**Laurell K. Hamilton** est née en 1963 dans une petite ville de l'Arkansas. Après des études d'anglais et de biologie, elle se tourne vers l'écriture. C'est en 1993 qu'elle crée le personnage d'Anita Blake, auquel elle consacrera un roman chaque année, parallèlement à des novélisations pour séries (*Star Trek*). Portées par le bouche à oreille, les aventures de sa tueuse de vampires sont devenues aujourd'hui d'énormes best-sellers.

www.milady.fr

# Laurell K. Hamilton

# *Offrande Brûlée*

Anita Blake – 7

Traduit de l'anglais (États-Unis) par Isabelle Troin

Milady

Milady est un label des éditions Bragelonne

Illustration de couverture :
Photographie : Marcus J. Ranum – Montage : Anne-Claire Payet

ISBN : 978-2-8112-0145-6

Bragelonne – Milady
35, rue de la Bienfaisance – 75008 Paris

E-mail : info@milady.fr
Site Internet : http://www.milady.fr

*À ma grand-mère, Laura Gentry,*
*qui à l'époque où je mesurais 1m25 m'a appris*
*qu'être un petit bout de femme n'empêchait pas d'être forte.*

## Remerciements

À mon beau-frère, l'officier Shawn Holsapple, que je voulais citer dans ces pages depuis bien longtemps.

Je voudrais remercier Paty Cockrum (qui a de nombreux talents dont celui d'être pompier volontaire), Bonnee Pierson (pompier volontaire aussi) et Florence Bradley (membre de la caserne de Birmingham) pour tous les renseignements qu'elles m'ont fournis sur les pompiers.

Je voudrais aussi remercier Dave Cockrum qui a trouvé la couleur des yeux d'Asher.

Et comme toujours, je remercie mon cercle d'écrivains, les *Alternate Historians* : Tom Drennan, N. L. Drew, Deborah Millitello, Rett MacPherson, Marella Sands, Sharon Shinn et Mark Sumner. Je serais perdue sans vous les gars.

# CHAPITRE PREMIER

La plupart des gens ne regardent pas mes cicatrices. Ils regardent, évidemment, mais ils ne s'attardent pas. Vous savez : ils jettent un coup d'œil rapide, puis ils baissent les yeux avant de les relever presque aussitôt, parce qu'ils ne peuvent pas s'en empêcher. Mais ils font vite. Mes cicatrices ne sont pas hideuses à ce point, juste… intéressantes.

Le capitaine Pete McKinnon, pompier et enquêteur en incendies criminels, était assis en face de moi, ses grosses paluches entourant le verre de thé glacé que notre secrétaire Mary lui avait apporté. Et il observait mes bras. D'habitude, ce n'est pas ce que les hommes matent avec le plus d'insistance. Mais ce coup-là, ça n'avait rien de sexuel. Il détaillait mes cicatrices et ne manifestait pas la moindre gêne.

Mon bras droit a été ouvert jusqu'à l'os par un couteau – deux fois. Une des cicatrices est assez vieille pour avoir blanchi. La seconde, en revanche, est encore récente et rose. Mon bras gauche est pire. Un monticule de tissu cicatriciel blanc occupe le creux de mon coude. Je vais devoir soulever des poids pendant le reste de ma vie si je ne veux pas que l'articulation se raidisse et que la motricité de mon bras en soit affectée. Du moins, d'après mon médecin. J'ai aussi une brûlure en forme de croix, un peu déformée depuis que je me suis fait griffer au même endroit par une sorcière métamorphe. Et une ou deux autres cicatrices sous mon chemisier. Mais rien de comparable avec celles de mes bras.

Bert, mon patron, m'a demandé de porter une veste de tailleur ou un haut à manches longues quand je suis au bureau. À ce qu'il paraît, certains clients auraient émis des réserves au sujet des… blessures que j'ai encaissées dans l'exercice de mes fonctions. Depuis, je fais exprès d'être toujours en manches courtes. Et chaque jour, Bert règle l'air conditionné un peu plus bas. Ce jour-là, on se pelait tellement que j'en avais la chair de poule. Tous mes collègues apportaient des pulls au bureau. Moi, j'achetais des brassières pour exhiber les cicatrices de mon dos.

J'avais été recommandée à McKinnon par le divisionnaire Rudolph Storr, un putain de bon flic qui est aussi mon ami. Apparemment, McKinnon et lui jouaient au foot américain ensemble du temps où ils étaient à la fac, et ils sont restés amis depuis. Dolph n'utilise pas le mot « ami » à la légère, donc, je savais qu'ils étaient vraiment proches.

— Qu'est-il arrivé à vos bras ? interrogea enfin McKinnon.

— Je suis une exécutrice officielle de vampires. Certains d'entre eux sont chahuteurs.

Je sirotai une gorgée de café.

— Chahuteurs, hein ? répéta McKinnon en souriant.

Il posa son verre sur le bureau et ôta sa veste de costard. Ses épaules étaient presque aussi larges que je suis haute. Il n'atteignait pas tout à fait les deux mètres de Dolph, mais il ne devait pas en être loin. Quarante-cinq ans à vue de nez, et déjà les cheveux complètement gris, avec une touche de blanc sur les tempes. Ça ne lui donnait pas l'air distingué – seulement fatigué.

Côté cicatrices, il me damait le pion. Des traces de brûlures remontaient tout le long de ses bras et disparaissaient sous les manches courtes de sa chemise blanche. Sa peau était un camaïeu de rose, de blanc et d'une étrange teinte marronnasse, comme celle d'un animal qui muerait régulièrement.

—Ça a dû faire mal, commentai-je.

—Plutôt, oui. (Il soutint mon regard sans ciller.) Certaines des vôtres ont dû vous envoyer direct à l'hosto.

—Ouais.

Je remontai ma manche gauche pour exposer la trace luisante qu'avait laissée une balle en m'effleurant. Les yeux de McKinnon s'écarquillèrent légèrement.

—Maintenant que nous avons établi que nous sommes tous deux costauds et virils, voudriez-vous en venir au fait ? Que faites-vous ici, capitaine McKinnon ?

Mon interlocuteur sourit et drapa sa veste sur le dossier de sa chaise, puis reprit son verre et but une gorgée de thé.

—Dolph m'avait prévenu que vous n'aimeriez pas être jaugée.

—Je déteste réussir une inspection.

—Comment savez-vous que vous avez réussi ?

Ce fut mon tour de sourire.

—Mettez ça sur le compte de l'intuition féminine. Alors, que voulez-vous ?

—Connaissez-vous la signification du terme ver luisant en jargon policier ?

—Oui. C'est un pyromane.

McKinnon me scruta comme s'il attendait des précisions.

—Un pyrokinétique, quelqu'un qui peut conjurer du feu psychiquement.

Il acquiesça.

—Vous en avez déjà vu un ?

—Seulement dans les films d'Ophelia Ryan.

—Les vieux en noir et blanc ?

—Ouais.

Elle est morte, vous savez.

—Non, je ne savais pas.

—Elle a flambé dans son lit – combustion spontanée. Beaucoup de vers luisants finissent comme ça, comme s'ils perdaient le contrôle de leur pouvoir en vieillissant. Vous en avez déjà rencontré un en personne ?

—Non.

—Où avez-vous vu ces films ?

—J'ai étudié la métapsychique pendant deux semestres à la fac, expliquai-je. Des tas d'intervenants extérieurs sont venus nous faire une démonstration de leurs capacités, mais la pyrokinésie est un don si rare qu'à mon avis, le prof n'a pas réussi à trouver quelqu'un qui le possède.

McKinnon hocha la tête et vida son verre en une longue gorgée.

—J'ai rencontré Ophelia Ryan une fois avant sa mort. C'était une femme charmante. (Il fit tourner le verre rempli de glaçons à moitié fondus dans ses mains, et le regarda au lieu de me regarder pendant qu'il poursuivait:) J'ai aussi rencontré un autre ver luisant. Un type encore jeune – une vingtaine d'années. Comme beaucoup de pyromanes, il avait commencé par incendier des maisons vides. Ensuite, il s'est attaqué à des bâtiments occupés, mais tout le monde a pu en sortir à temps. Et puis un jour, il s'est fait une résidence. Une vraie souricière. Il a foutu le feu à toutes les issues. Et tué plus de soixante personnes, essentiellement des femmes et des enfants.

McKinnon leva vers moi un regard hanté.

—C'est le plus grand nombre de victimes que j'aie jamais vu sur un site d'incendie. Il s'était payé un immeuble de bureaux de la même façon, mais il avait oublié deux issues. Il y a quand même eu vingt-trois morts.

—Comment l'avez-vous attrapé ?

—Il s'est mis à écrire aux journaux et à la télé. Il voulait qu'on sache que c'était lui. Il a fait flamber deux flics avant que nous réussissions à le capturer. Nous portions ces grosses combinaisons argentées qu'ils utilisent sur les plates-formes pétrolières. Il n'a pas pu les faire brûler. Nous l'avons emmené au commissariat. Ce fut une erreur. Il y a mis le feu.

—Où d'autre auriez-vous pu l'emmener ? interrogeai-je.

McKinnon haussa ses épaules massives.

—Je ne sais pas. Ailleurs. Je n'avais pas enlevé ma combinaison. Je me suis accroché à lui en lui disant que s'il n'arrêtait pas, on cramerait ensemble. Il a éclaté de rire et il s'est foutu le feu.

Il posa très prudemment son verre au bord du bureau.

—Les flammes avaient cette couleur bleue – clair comme celle du gaz, mais en plus pâle. Elles ne lui ont pas fait le moindre mal, mais ma combinaison a commencé à brûler. Elle était censée supporter quelque chose comme six mille degrés, et elle s'est mise à fondre. La peau humaine brûle à partir de cent vingt degrés. Je ne sais pas pourquoi, mais je ne me suis pas changé en flaque à l'intérieur. J'ai dû l'enlever précipitamment pendant que le type se marrait. Il s'est dirigé vers la porte. Sans doute pensait-il que personne ne serait assez stupide pour le retenir.

Au lieu d'énoncer une évidence, je le laissai poursuivre.

—Je me suis jeté sur lui dans le couloir et je l'ai projeté contre le mur. Deux fois. Le plus bizarre, c'est que ma peau n'a pas brûlé aux endroits où elle le touchait. C'était comme si le feu sautait une étape avant de s'attaquer à mes bras. Du coup, mes mains sont indemnes.

J'acquiesçai.

—Il existe une théorie selon laquelle l'aura d'un pyrokinétique le protège contre son propre feu. Quand vous avez touché sa peau, vous étiez à l'intérieur de cette aura.

McKinnon me regarda.

—C'est peut-être ce qui s'est passé, parce que je l'ai jeté contre le mur de toutes mes forces, encore et encore. Il a hurlé : « Je vais te faire cramer ! Tu vas brûler vif ! » Puis les flammes qui l'entouraient sont devenues jaunes – la couleur normale – et il s'est mis à flamber. Je l'ai lâché pour empoigner l'extincteur, mais nous n'avons pas réussi à l'éteindre. La mousse fonctionnait sur les murs et sur tout le reste, mais pas sur lui. Comme si le feu le dévorait de l'intérieur. Nous avons pu en étouffer une partie, mais les flammes ont continué à jaillir de lui jusqu'à l'envelopper complètement.

Son regard était lointain et rempli d'horreur, comme s'il revoyait toute la scène.

— Il n'est pas mort, mademoiselle Blake, pas comme il l'aurait dû. Il a hurlé pendant une éternité, et nous n'avons rien pu faire pour l'aider. Nous n'avons rien pu faire.

Sa voix se brisa et il se tut, regardant le vide.

J'attendis quelques instants avant de demander doucement :

— Pourquoi êtes-vous ici, capitaine ?

Il cligna des yeux et se ressaisit.

— Je pense que nous avons un autre ver luisant sur les bras, mademoiselle Blake. Dolph a dit que si quelqu'un pouvait nous aider à limiter les pertes humaines, c'était bien vous.

— Les capacités métapsychiques n'ont rien de surnaturel, contrai-je. C'est juste un don inné, comme celui qui fait les grands athlètes.

McKinnon secoua la tête.

— Ce que j'ai vu mourir sur le plancher du commissariat ce jour-là n'était pas humain. Ça ne pouvait pas être humain. Dolph dit que vous êtes experte en monstres. Aidez-moi à capturer celui-là avant qu'il tue.

— Il ou elle n'a pas encore tué ? Pour l'instant, il n'a causé que des dégâts matériels ? m'enquis-je.

McKinnon acquiesça.

— Si on apprend que je suis venu vous voir, je pourrais me faire virer. J'aurais dû demander à ma hiérarchie la permission de solliciter votre aide, mais jusqu'à maintenant, nous n'avons perdu que deux bâtiments, et j'entends bien que ça en reste là.

Je pris une profonde inspiration et la relâchai.

— Je serais ravie de vous donner un coup de main, capitaine, mais honnêtement, je ne vois pas ce que je peux faire pour vous.

Il me tendit une épaisse chemise cartonnée.

— Voici tous les éléments dont nous disposons. Jetez-y un coup d'œil et appelez-moi ce soir.

Je pris le dossier et le déposai sur mon sous-main.

— Mon numéro est dedans. Appelez-moi. Peut-être que ce n'est pas un ver luisant. Peut-être que c'est autre chose. Mais de quoi qu'il s'agisse, mademoiselle Blake, ça peut se baigner dans des flammes sans brûler. Ça peut entrer dans un bâtiment et y répandre le feu comme un jet d'arrosage. Nous n'avons retrouvé aucune trace de comburant, et pourtant, ces baraques ont flambé comme si leurs murs étaient imbibés d'essence. Quand notre labo a examiné le bois, il était intact. Comme si la chose responsable des deux incendies pouvait forcer le feu à faire des choses qu'il ne devrait pas faire.

McKinnon jeta un coup d'œil à sa montre.

— Je suis à la bourre. Je m'efforce de vous faire mettre officiellement sur cette affaire, mais j'ai peur que mes supérieurs ne réagissent pas avant qu'il y ait eu des victimes. Je ne veux pas attendre.

— Je vous appellerai ce soir, mais ce sera peut-être tard. Jusqu'à quelle heure êtes-vous joignable ?

— Quand vous voudrez, mademoiselle Blake. Quand vous voudrez.

Je hochai la tête, me levai et lui tendis la main. Il la serra. Sa poignée de main était ferme, robuste mais pas trop appuyée. Beaucoup de mes clients mâles qui m'ont interrogée sur mes cicatrices me serrent la main comme s'ils voulaient m'arracher un cri. McKinnon n'avait pas besoin de jouer à ça. N'avait pas besoin de se rassurer sur sa force. Il avait ses propres cicatrices.

Je venais à peine de me rasseoir quand le téléphone sonna.

—Qu'y a-t-il, Mary?

—C'est moi, répondit Larry. Mary pensait que ça ne t'ennuierait pas qu'elle me bascule directement sur ton poste.

Larry Kirkland, apprenti exécuteur de vampires, était censé se trouver à la morgue, en train d'empaler des buveurs de sang.

—Pas de problème. Que t'arrive-t-il?

—J'aurais besoin que tu me ramènes à la maison.

Je perçus une légère hésitation dans sa voix.

—Qu'est-ce qui ne va pas?

Il éclata de rire.

—Depuis le temps, je devrais savoir qu'il est inutile d'essayer de jouer au plus malin avec toi. Je suis tout recousu. Les docteurs disent que ça va aller.

—Que s'est-il passé?

—Viens me chercher, et je te raconterai tout.

Et le petit enfoiré me raccrocha au nez.

Il ne pouvait avoir qu'une seule raison de ne pas vouloir me parler. Il avait fait un truc stupide, et il avait été blessé. Deux corps à empaler. Deux corps qui n'étaient pas censés se relever avant la nuit prochaine, au plus tôt. Qu'est-ce qui pouvait bien avoir mal tourné? Comme on dit, il n'y avait qu'un seul moyen de le découvrir.

Mary reporta mes rendez-vous. Je sortis du tiroir de mon bureau le holster d'épaule qui contenait mon Browning Hi-Power et l'enfilais. Depuis que j'ai cessé de porter ma veste de tailleur au bureau, je le range toujours là, mais je ne sors jamais sans après la tombée de la nuit. La plupart des créatures qui m'ont infligé ces cicatrices sont mortes – généralement de ma main. Les balles plaquées argent sont une merveilleuse invention.

# CHAPITRE 2

Larry s'installa très prudemment dans le siège passager de ma Jeep. C'est difficile de s'asseoir dans une bagnole quand votre dos est couvert de points de suture tout frais. J'avais vu la blessure. Une perforation profonde et une longue entaille sanglante – donc, deux blessures, en fait. Larry portait toujours le tee-shirt bleu avec lequel il était parti de chez lui, mais l'arrière était déchiré et maculé de sang séché. J'étais très impressionnée qu'il ait réussi à empêcher les infirmières de le découper. Elles ont tendance à bousiller toutes les fringues qui s'interposent entre elles et leur boulot.

Larry se tortilla sous la ceinture de sécurité, cherchant une position confortable. Ses courts cheveux roux avaient été coupés récemment, assez près de son crâne pour qu'on ne remarque pas qu'ils bouclent. Il mesure un mètre soixante, à peine deux centimètres de plus que moi. En mai dernier, il a décroché sa licence en biologie surnaturelle. Mais avec ses taches de rousseur et le petit pli de douleur entre ses yeux bleu clair, il a l'air d'avoir seize ans plutôt que vingt et un.

J'étais si occupée à le regarder s'agiter que j'avais loupé l'entrée de l'autoroute 270. Nous nous retrouvions coincés sur Ballas jusqu'à Olive. Midi approchait, et Olive allait être bondée de gens pressés d'engloutir leur déjeuner avant de retourner au boulot en courant.

—Tu as pris ton calmant? m'enquis-je.

Un bras appuyé au bord du siège, Larry tentait de se stabiliser pour bouger le moins possible.

17

— Non.

— Pourquoi ?

— Parce que ces trucs-là m'assomment. Je ne veux pas dormir.

— Le sommeil induit par les médicaments n'est pas le même que le sommeil normal.

— C'est vrai. Les cauchemars sont pires.

Un point pour lui.

— Que s'est-il passé, Larry ?

— Je suis étonné que tu aies attendu si longtemps pour me le demander.

— Moi aussi, mais je ne voulais pas le faire devant le docteur. Quand on commence à interroger un patient, en général, son docteur file s'occuper de quelqu'un d'autre. Et je voulais d'abord qu'il me dise à quel point c'était grave.

— Bah, ce ne sont que quelques points de suture.

— Vingt.

— Dix-huit, corrigea Larry.

— J'arrondissais.

— Fais-moi confiance : c'est inutile, grimaça-t-il. Pourquoi est-ce que ça fait aussi mal ?

Ça aurait pu être une question rhétorique, mais j'y répondis quand même.

— Chaque fois que tu bouges un bras ou une jambe, tu utilises les muscles de ton dos. Chaque fois que tu remues la tête, les muscles de tes épaules actionnent ceux de ton dos. On n'apprécie jamais assez son dos jusqu'à ce qu'il vous lâche.

— Génial, soupira-t-il.

— Assez temporisé, Larry. Dis-moi ce qui s'est passé.

Nous étions immobilisés derrière une longue ligne de véhicules, au niveau des feux de circulation qui précédaient Olive. Coincés entre deux petits centres commerciaux. Dans celui de gauche, il y avait une fontaine et un *V.J. Thé et Épices*, où j'achète tout mon café. Dans celui de droite, un magasin de disques *Streetside* et un resto chinois avec buffet à volonté. Quand on remonte Ballas à l'heure du déjeuner, on a toujours le temps d'étudier les magasins sur les côtés.

Larry eut un sourire grimaçant.

—J'avais deux corps à empaler. Deux victimes d'attaque vampirique qui ne voulaient pas se relever.

—Elles l'avaient précisé dans leur testament, je m'en souviens. C'est toi qui te charges de la plupart de ces cas dernièrement.

Larry fit mine d'acquiescer et se figea en milieu de mouvement.

—Même hocher la tête me fait mal, se plaignit-il.

—Et ce sera encore pire demain.

—Merci, patron. J'avais vraiment besoin de le savoir.

Je haussai les épaules.

—Te mentir n'atténuerait pas la douleur.

—Quelqu'un t'a déjà dit que tu n'étais pas douée pour la compassion?

—Des tas de gens.

Larry émit un grognement.

—Je veux bien le croire. Bref. J'avais fini le boulot et j'étais en train de rempaqueter quand une femme a amené un autre corps. Elle a dit que c'était un vampire, et qu'il n'y avait pas d'ordre du tribunal le concernant.

Je lui jetai un coup d'œil et fronçai les sourcils.

—Tu ne te l'es quand même pas fait sans formalités préalables, j'espère?

Larry se rembrunit.

—Bien sûr que non! Je leur ai dit, pas d'ordre du tribunal, pas d'exécution. Empaler un vampire sans ordre du tribunal, c'est un meurtre, et je ne voulais pas me retrouver sur le banc des accusés parce que quelqu'un avait négligé de faire son boulot. Je me suis montré très clair sur ce point.

— Tu *leur* as dit ? répétai-je en me rapprochant légèrement du carrefour.

— L'autre employé de la morgue était revenu entre-temps. Ils sont partis chercher les papiers qui avaient dû être égarés, et je suis resté seul avec le vampire. C'était le matin. Il ne risquait pas de se sauver.

Larry tenta de détourner la tête pour fuir mon regard, mais frémit de douleur. Il finit par me dévisager d'un air coléreux.

— Je suis sorti fumer une clope.

J'écarquillai les yeux et dus enfoncer la pédale de frein comme le bouchon s'immobilisait. Larry fut projeté contre sa ceinture de sécurité. Il poussa un grognement, et quand il eut fini de se contorsionner, il lâcha sur un ton accusateur :

— Tu l'as fait exprès

— Non, mais j'aurais peut-être dû. Tu as laissé le corps d'un vampire sans surveillance. Un vampire qui avait peut-être fait assez de victimes pour mériter un ordre d'exécution, seul à la morgue.

— Ce n'était pas juste pour m'envoyer ma dose de nicotine, Anita. Le corps reposait bêtement sur le brancard. Il n'était pas enchaîné ni attaché. Il n'y avait de croix nulle part. J'ai déjà procédé à des exécutions. En général, le vampire croule sous les chaînes en argent et les crucifix, au point que c'est difficile de localiser son cœur. Mais là, quelque chose clochait. Je voulais parler à la légiste. Elle doit examiner tous les vampires avant une exécution, et de toute façon, elle fume aussi. Je me suis dit qu'on en grillerait une ensemble dans son bureau.

— Et… ?

— Elle n'était pas là ; alors, je suis retourné à la morgue. Quand je suis arrivé, la femme qui avait amené le vampire essayait de lui enfoncer un pieu dans la poitrine.

C'était une chance que nous soyons immobilisés au milieu du bouchon. Sinon, j'aurais probablement renversé quelqu'un. Je dévisageai Larry.

—Tu avais laissé tes instruments?

Il réussit à avoir l'air embarrassé et furieux en même temps.

—Contrairement au tien, mon kit n'inclut pas de fusil à pompe. Je me suis dit que personne ne s'y intéresserait.

—Des tas de gens n'hésiteraient pas à voler les affaires d'un exécuteur en guise de souvenir, Larry.

La file de véhicules recommença à avancer, et je dus fixer mon attention sur la route plutôt que sur son visage.

—D'accord, d'accord, j'ai eu tort. Je sais que j'ai eu tort. Je l'ai attrapée par la taille et arrachée au vampire.

Il baissa les yeux pour ne pas me regarder. Il arrivait au moment qui lui posait problème, ou du moins, au moment dont il pensait qu'il me poserait problème.

—Je lui ai tourné le dos pour examiner le vampire. Pour m'assurer qu'elle ne l'avait pas amoché.

—C'est elle qui t'a blessé, comprenai-je.

Nous progressions à une allure d'escargot neurasthénique. À présent, nous étions coincés entre un *Dairy Queen* et un *Kentucky Fried Chicken* d'un côté, et un concessionnaire *Infiniti* et une station-service de l'autre. Le paysage ne s'améliorait guère.

—Ouais, ouais. Elle a dû croire que j'avais mon compte, parce qu'elle s'est désintéressée de moi pour s'approcher du vampire. J'ai réussi à la désarmer, mais elle se débattait salement quand l'autre employé a débarqué. Nous n'avons pas été trop de deux pour la maîtriser. Elle était complètement cinglée, hystérique.

—Pourquoi n'as-tu pas dégainé ton flingue, Larry?

Le flingue en question était resté dans son sac de sport avec son kit, parce que dans son état, il ne pouvait pas porter son holster d'épaule. Mais il s'était rendu à la morgue armé. Je l'avais emmené au stand de tir et à la chasse aux vampires avec moi, jusqu'à ce que je sois certaine qu'il ne risquait plus de se tirer dans le pied.

— Si j'avais dégainé, j'aurais pu lui tirer dessus.

— C'est plus ou moins l'idée, Larry.

— C'est exactement l'idée. Je ne voulais pas la descendre.

— Elle aurait pu te tuer !

— Je sais.

J'agrippai le volant assez fort pour que des taches roses et blanches marbrent la peau de mes mains. J'expirai à fond et tentai de ne pas hurler.

— De toute évidence, tu ne sais rien du tout. Sinon, tu aurais été plus prudent.

— Je suis vivant, et elle n'est pas morte. Le vampire n'a même pas eu une égratignure. Tout s'est bien terminé.

Je m'engageai dans Olive et roulai avec une lenteur exaspérante vers la 270. Nous devions prendre la direction de Saint Charles, au nord. L'appartement de Larry se trouve dans le coin, à environ vingt minutes de bagnole du centre de Saint Louis. Il surplombe un lac où des oies se rassemblent en hiver et font leur nid au printemps. Richard Zeeman, prof de sciences dans un collège, loup-garou alpha et, à l'époque, mon petit ami, avait aidé Larry à y emménager. Il avait adoré mater les oies nichées sous son balcon. Et moi aussi.

— Il va falloir que tu te débarrasses de tes fichus scrupules si tu ne veux pas te faire tuer.

— Je vais continuer à faire ce que j'estime juste, Anita. Et rien de ce que tu diras ne pourra me faire changer d'avis.

— Putain, Larry ! Je ne veux pas être obligée de t'enterrer.

— Qu'est-ce que tu aurais fait à ma place ? Tu lui aurais tiré dessus ?

— Je ne lui aurais pas tourné le dos. J'aurais probablement réussi à la désarmer ou à l'occuper jusqu'au retour de l'autre employé. Je n'aurais pas eu besoin de lui tirer dessus.

— J'ai laissé la situation échapper à mon contrôle, reconnut Larry.

—Tes priorités étaient tout de travers. Tu aurais dû neutraliser la menace avant d'examiner la victime. Vivant, tu pouvais aider le vampire. Mort, tu le rejoignais dans la tombe.

—Au moins, j'ai une cicatrice que tu n'as pas, tenta-t-il de plaisanter.

Je secouai la tête.

—Il va falloir te donner un peu plus de mal que ça pour récolter une cicatrice que je n'ai pas.

—Tu as déjà laissé un humain te planter un de tes propres pieux dans le dos? s'étonna-t-il.

—Deux humains avec des morsures multiples – ce que j'appelais des serviteurs humains avant de savoir ce que ce terme signifie réellement. J'avais plaqué l'homme à terre et j'étais en train de le poignarder. La femme m'est tombée dessus par-derrière.

—Donc, dans ton cas, ce n'était pas une erreur.

Je haussai les épaules.

—J'aurais pu les descendre dès que je les ai vus, mais à l'époque, je ne butais pas les humains aussi facilement. J'ai bien retenu la leçon. Ce n'est pas parce que ça n'a pas de crocs que ça ne peut pas te tuer.

—Tu veux dire qu'avant, tu avais des scrupules à tirer sur des serviteurs humains? s'exclama Larry, incrédule.

Je pris la bretelle d'entrée de la 270.

—Personne n'est parfait. Pourquoi la femme voulait-elle à ce point éliminer le vampire?

Larry grimaça.

—Tu vas adorer ça. Elle appartient aux Humains d'Abord. Le vampire était un des docteurs de l'hôpital. Il s'était caché dans une buanderie. C'est là qu'il dormait pendant toute la journée s'il avait bossé trop tard pour rentrer chez lui en bagnole. Elle s'est contentée de l'allonger sur un brancard et de l'amener à la morgue.

—Je suis surprise qu'elle ne l'ait pas tout simplement exposé à la lumière du jour. Que ce soit au crépuscule ou à la tombée de la nuit, le soleil produit toujours le même effet.

—Il avait choisi une buanderie au sous-sol, au cas où quelqu'un ouvrirait la porte pendant la journée. La pièce n'avait pas de fenêtres. La femme a craint de se faire repérer avant qu'elle puisse l'amener jusqu'à l'ascenseur et le sortir du bâtiment.

—Elle pensait vraiment que tu l'empalerais sans poser de questions ?

—Je suppose. Je n'en sais rien, Anita. Elle était vraiment maboule. Complètement atteinte. Elle a craché sur le vampire et sur nous. Et dit que nous brûlerions tous en enfer. Que nous devions purifier cette Terre, parce que sinon, les monstres finiraient par nous réduire en esclavage. (Larry frissonna et fronça les sourcils.) Je trouvais les types d'Humains Contre Vampires déjà bien assez radicaux, mais ce groupe dissident, les Humains d'Abord, est carrément effrayant.

—HCV s'efforce d'œuvrer dans le respect des lois. Les Humains d'Abord ne font même pas semblant de s'en soucier. Ils affirment avoir empalé le fameux maire vampire, dans le Michigan.

—Affirment ? répéta Larry. Tu ne les crois pas ?

—Non. Je pense que c'est un de ses proches qui a fait le coup.

—Pourquoi ?

—Les flics m'ont envoyé une description et des photos du système de sécurité qu'il avait installé. Les Humains d'Abord sont peut-être dangereux, mais pour le moment, ils ne me semblent pas encore très bien organisés. Il aurait fallu une sacrée logistique et beaucoup de chance pour atteindre ce vampire-là en plein jour. Comme beaucoup d'anciens, il était très soucieux de sa protection diurne. À mon avis, le vrai coupable n'a été que trop heureux de laisser des activistes d'extrême droite revendiquer son geste.

—Tu l'as dit aux flics?

—Évidemment. C'est ce qu'ils voulaient.

—Je suis étonné qu'ils ne t'aient pas fait venir pour examiner le lieu du crime.

Je haussai les épaules.

—Je ne peux pas me déplacer personnellement chaque fois qu'un crime surnaturel est commis. Et puis, techniquement, je suis une civile. Les flics répugnent à impliquer des civils dans leurs enquêtes. Sans compter que les médias en auraient fait des gorges chaudes. «L'Exécutrice élucide un crime vampirique.» Je vois ça d'ici.

Larry grimaça.

—On a déjà écrit des choses bien plus scandaleuses sur toi, fit-il remarquer.

—Malheureusement. De toute façon, je pense que l'assassin est humain. Que c'était juste un intime du maire. Ça ressemble à n'importe quel crime soigneusement préparé, à ceci près que la victime était un vampire.

—Tu es bien la seule personne qui puisse donner des allures ordinaires à un meurtre de vampire commis dans une pièce close.

Je fus forcée de sourire.

—Je suppose que oui.

Mon bipeur se déclencha, et je sursautai. J'arrachai le maudit gadget à ma jupe et l'approchai de mes yeux. À la vue du numéro qui s'affichait sur le petit écran à cristaux liquides, je fronçai les sourcils.

—Qu'est-ce qui ne va pas? s'enquit Larry. C'est la police?

—Non. Un numéro que je ne connais pas.

—Tu ne donnes jamais ton numéro de bipeur à des inconnus.

—Tu croyais peut-être que j'avais oublié?

—Hé, pas la peine de t'en prendre à moi!

Je soupirai.

—Désolée.

Larry abaissait très lentement mon seuil d'agression. À force d'obstination, il m'apprenait peu à peu à me comporter plus gentiment. Si ça avait été n'importe qui d'autre, je lui aurais déjà arraché la tête à coups de dents. Mais Larry savait sur quels boutons appuyer. Il pouvait me demander d'être plus sympa sans même que je lui en colle une. C'est la base de beaucoup de relations réussies.

Nous ne nous trouvions plus qu'à une minute de son appartement. J'allais le mettre au lit, et ensuite seulement, je rappellerai mon mystérieux correspondant. Si ce n'était pas pour la police ou pour un zombie à relever, il allait m'entendre. Je déteste me faire biper quand ce n'est pas important. C'est à ça que servent les bipeurs, pas vrai ? À faire le tri entre les choses qui ne peuvent pas attendre et les autres. Une fois hors de portée d'ouïe de Larry, je pourrais être aussi désagréable que je voudrais. Ce serait presque un soulagement.

# CHAPITRE 3

Lorsque Larry fut au chaud dans son lit avec un Demerol, si profondément endormi qu'il aurait fallu un tremblement de terre pour le réveiller, je passai mon coup de fil. Je n'avais toujours pas la moindre idée sur l'identité de mon mystérieux correspondant, et ça me turlupinait. Ce n'était pas juste agaçant : c'était inquiétant. Qui distribuait mon numéro personnel, et pourquoi ?

La première sonnerie n'était même pas terminée quand quelqu'un décrocha à l'autre bout de la ligne. La voix qui me répondit était masculine, douce et paniquée.

—Allô ? Allô ?

Toute mon irritation fut engloutie par une vague de ce qui ressemblait fort à de la peur.

—Stephen, qu'est-ce qui ne va pas ?

Je l'entendis déglutir.

—Dieu merci…

—Que s'est-il passé ?

Je me forçai à parler clairement, calmement, au lieu de hurler comme j'en brûlais d'envie.

—Tu peux venir à l'hôpital universitaire de Saint Louis ?

S'il voulait capter mon attention, il avait réussi.

—Tu es gravement blessé ?

Ce n'est pas moi.

Mon cœur remonta dans ma gorge, et la voix qui s'en échappa ne fut qu'un couinement étranglé.

—Jean-Claude.

Je n'avais pas plus tôt prononcé ce nom que je me rendai compte combien c'était stupide. Nous étions en début d'après-midi. Si Jean-Claude avait eu besoin d'un docteur, un docteur serait allé chez lui. Les vampires ne se déplacent pas en plein jour. Pourquoi m'inquiétais-je à ce point pour un buveur de sang, me demanderez-vous? Parce que je sors avec lui. Les gens de ma famille – de fervents catholiques – sont littéralement aux anges. Comme ça m'embarrasse moi-même, j'ai du mal à défendre ma position.

—Ce n'est pas Jean-Claude. C'est Nathaniel.

—Qui?

Stephen poussa un long soupir douloureux.

—Nathaniel était l'un des gens de Gabriel.

Autrement dit, un léopard-garou. Gabriel avait été leur chef, leur alpha, jusqu'à ce que je le tue. Pourquoi l'ai-je tué? La plupart des blessures qu'il m'avait infligées ont guéri. C'est l'un des avantages en nature des marques vampiriques. Je régénère beaucoup mieux, à présent. Les cicatrices qui s'entrecroisent sur le haut de mes fesses et dans mes reins sont à peine visibles, mais j'arborerai toujours ce souvenir de Gabriel. Ce rappel inscrit dans ma chair que son fantasme consistait à me violer, à me faire crier son nom et à me tuer. Pas nécessairement dans cet ordre-là, le connaissant. Du moment que j'étais encore chaude... La plupart des lycanthropes ne sont pas trop amateurs de charogne.

J'en parlais d'une manière désinvolte; j'y pensais même d'une manière désinvolte. Mais à la mention de son nom, je me palpai instinctivement le dos, comme si je pouvais sentir les cicatrices à travers le tissu de ma jupe. Je ne devais pas trop y réfléchir. Sinon, je me mettrais à hurler, et je ne m'arrêterais plus.

—Les gens de l'hôpital ne savent pas que Nathaniel est un métamorphe, n'est-ce pas?

Stephen baissa la voix.

—Oh, si. Il guérit beaucoup trop vite pour qu'ils ne s'en doutent pas.

—Alors pourquoi chuchotes-tu?

— Parce que je t'appelle d'un téléphone à pièces dans la salle d'attente.

Il y eut un bruissement à l'autre bout de la ligne, comme s'il avait dû écarter le combiné de sa bouche. Il marmonna:

—Je n'en ai que pour une minute. (Puis sa voix résonna de nouveau clairement à mon oreille:) J'ai besoin que tu viennes, Anita.

—Pourquoi?

—Je t'en supplie.

—Tu es un loup-garou, Stephen. Tu peux m'expliquer pourquoi tu fais du minou-sitting?

—Je suis l'un des noms qui figure sur sa liste de gens à appeler en cas d'urgence. Nathaniel bosse au *Plaisirs Coupables*.

—Il est strip-teaser?

J'en fis une question plutôt qu'une affirmation, parce qu'il aurait pu être serveur. Mais ce n'était guère probable. Le *Plaisirs Coupables* appartient à Jean-Claude, qui ne gaspillerait jamais un métamorphe en lui faisant faire le service. Trop exotique.

—Oui.

—Vous avez besoin d'un chauffeur, c'est ça? soupirai-je. Décidément, c'était ma journée.

—Oui et non.

Il y avait dans la voix de Stephen quelque chose qui ne me plaisait pas beaucoup. Un malaise, une tension. Ça ne lui ressemblait pas de tourner autour du pot. D'habitude, il ne joue pas: il parle.

—Comment Nathaniel a-t-il été blessé?

Peut-être que si je posais de meilleures questions, j'obtiendrais de meilleures réponses.

—Un client a dépassé les bornes.

—Au club ?

—Non. Anita, s'il te plaît. Nous n'avons pas le temps. Viens ici, et assure-toi qu'il ne rentre pas avec Zane.

—Qui diable est Zane ?

—Il faisait aussi partie des gens de Gabriel. Il prostitue les autres depuis sa mort. Mais contrairement à Gabriel, il ne les protège pas. Ce n'est pas un alpha.

Je fronçai les sourcils.

—Il les prostitue ? De quoi parles-tu ?

La voix de Stephen monta dans les aigus.

—Salut, Zane, lança-t-il avec une gaieté forcée. Tu as déjà vu Nathaniel ?

Je n'entendis pas vraiment la réponse – juste le bourdonnement des occupants de la salle d'attente.

—Je ne crois pas qu'ils acceptent de le laisser partir tout de suite, dit Stephen. Il est salement amoché.

Zane avait dû s'approcher du téléphone, car une voix sourde et grondante fit vibrer mes tympans.

—Il partira quand je le dirai.

—Les docteurs ne vont pas aimer ça, protesta Stephen, au bord de la panique.

—Je m'en fiche comme de l'an quarante. À qui parles-tu ?

Pour que sa voix soit aussi claire, Zane avait dû plaquer Stephen contre le mur. Il le menaçait, sans rien dire de spécifique.

—Qui est-ce ? aboya-t-il soudain à mon oreille.

Il avait dû arracher le combiné à Stephen.

—Anita Blake. Et vous devez être Zane.

Il éclata d'un rire rauque, comme si sa gorge était endolorie.

—La lupa humaine des loups. Oh, j'ai les jetons.

Lupa est le terme par lequel les loups-garous désignent la compagne de leur chef. Je suis la première humaine à avoir reçu cet honneur. Et je ne sors même plus avec leur Ulfric. Nous avons rompu après que je l'ai vu dévorer quelqu'un. Hé, il faut bien qu'une fille ait un minimum d'exigences.

—Gabriel non plus n'avait pas peur de moi, répliquai-je sans me troubler. Regardez où ça l'a mené.

Zane garda le silence pendant quelques battements de cœur. Il soufflait dans le combiné comme un chien qui halète – pas comme s'il le faisait exprès, plutôt comme s'il ne pouvait pas s'en empêcher.

—Nathaniel est à moi. Tenez-vous à l'écart de lui.

—Stephen n'est pas à vous.

—Est-ce qu'il vous appartient?

J'entendis bruisser du tissu. Une impression de mouvement qui ne me plut pas du tout.

—Il est tellement ravissant… Avez-vous goûté ces lèvres si douces? Ces longs cheveux blonds se sont-ils répandus sur votre oreiller?

Je sus sans le voir qu'il le caressait Stephen aux endroits dont il parlait.

—Ne le touchez pas, Zane.

—Trop tard.

J'agrippai le téléphone et me forçai à conserver une voix calme, égale.

—Stephen est sous ma protection, Zane. Me comprenez-vous?

—Jusqu'où seriez-vous prête à aller pour assurer la sécurité de votre toutou, Anita?

—Croyez-moi, vous n'avez pas envie de le découvrir, Zane.

Sa voix devint un murmure presque douloureux.

—Seriez-vous prête à me tuer?

D'habitude, je rencontre les gens au moins une fois avant de les menacer de mort, mais j'étais sur le point de faire une exception.

—Oui.

Zane éclata d'un rire sourd et nerveux.

—Je comprends pourquoi vous plaisiez autant à Gabriel. Vous êtes si dure, si pleine d'assurance. Si dangereuse…

—Vous ressemblez à une mauvaise imitation de Gabriel.

Il émit un bruit à mi-chemin entre sifflement et ricanement.

—Stephen n'aurait pas dû interférer.

—Nathaniel est son ami.

—Je suis le seul ami dont il ait besoin.

—Ça m'étonnerait.

—Je vais emmener Nathaniel, Anita. Si Stephen tente de m'en empêcher, je lui ferai du mal.

—Faites du mal à Stephen, et je vous ferai du mal.

—Qu'il en soit ainsi.

Zane raccrocha.

*Et merde.*

Je me précipitai vers ma Jeep. J'étais à une demi-heure de l'hôpital, vingt minutes si je mettais les gaz. Stephen n'est pas dominant. C'est une victime. Mais c'est aussi quelqu'un de loyal. S'il pensait que Nathaniel ne devait pas partir avec Zane, il s'interposerait. Il ne se battrait pas, mais il se jetterait peut-être sous les roues de la voiture. Et il ne faisait aucun doute que Zane n'hésiterait pas à lui rouler dessus. Dans le meilleur des cas. Dans le pire des cas, il emmènerait Nathaniel *et* Stephen. S'il imitait Gabriel dans les actes autant que dans les paroles, mieux valait encore que Stephen finisse écrasé.

# CHAPITRE 4

Ma deuxième salle des urgences en moins de deux heures. C'était un triste record, même pour moi. La bonne nouvelle, c'est qu'aucune des blessures ne m'appartenait. La mauvaise nouvelle, c'est que ça pouvait encore changer. Alpha ou pas, Zane était un métamorphe. Donc, capable de soulever un éléphant de taille moyenne en développé couché.

Je ne comptais pas jouer au bras de fer avec lui. Non seulement je perdrais, mais il m'arracherait probablement le bras pour le bouffer. La plupart des lycanthropes tentent de se faire passer pour des humains ordinaires. Mon petit doigt me disait que Zane ne s'embarrassait pas de ce genre de détails.

Pourtant, je n'avais pas l'intention de le tuer à moins d'y être obligée. Ce n'était pas de la miséricorde : plutôt l'idée qu'il pourrait me forcer à le faire en public. Je ne voulais pas finir en prison. Le fait que la punition me préoccupait davantage que le crime en disait long sur mon état moral. Certains jours, j'ai l'impression de devenir une sociopathe. Et certains jours, j'ai l'impression de l'être déjà.

Mon flingue est toujours chargé avec des balles plaquées argent. L'argent fonctionne sur les humains, et aussi sur la plupart des créatures surnaturelles. Pourquoi m'emmerder à changer avec des munitions normales qui ne peuvent abattre que les humains et très peu de créatures surnaturelles ? Mais quelques mois plus tôt, j'avais rencontré un fairie qui avait bien failli me buter. L'argent ne fonctionne pas sur les fairies ; le plomb normal, si. Donc, depuis ce jour-là, j'ai pris l'habitude de garder un chargeur de balles normales dans ma boîte à gants.

J'ôtai les deux premières balles plaquées argent de mon chargeur et les remplaçai par des balles en plomb. Ce qui me laissait deux tirs avec lesquels décourager Zane avant de le tuer. Parce que, ne vous méprenez pas : s'il persistait à m'agresser après s'être pris dans le buffet deux Glazer Sécurité – qui font un mal de chien, même aux gens capables de régénérer les dommages –, ma première balle en argent ne serait pas destinée à le blesser.

Je ne réalisai que j'ignorais le nom de famille de Nathaniel qu'après avoir franchi les portes de l'hôpital. Et celui de Stephen n'allait pas me servir à grand-chose. Merde alors.

La salle d'attente était bondée. Des femmes avec des bébés qui pleuraient, des enfants livrés à eux-mêmes qui couraient entre les chaises, un homme avec un chiffon ensanglanté autour de la main, des gens sans blessures visibles qui scrutaient le vide d'un air morne… Stephen n'était nulle part en vue.

Puis des hurlements résonnèrent, suivis par un bris de verre. Du métal se fracassa sur le sol. Une infirmière débarqua depuis le couloir du fond.

— Appelez la sécurité ! Vite !

La femme qui était à l'accueil pianota sur les touches de son téléphone.

J'aurais parié que je savais où se trouvaient Stephen et Zane. Je brandis mon badge sous le nez de l'infirmière.

— Je suis avec la Brigade régionale d'Investigations surnaturelles. Je peux vous aider ?

Elle m'agrippa le bras.

— Vous êtes flic ?

— Je suis avec eux, oui.

C'est ce qu'on appelle esquiver une question. En tant que civil rattaché à une brigade de police, on prend vite le coup.

—Dieu merci!

Elle m'entraîna en direction du vacarme.

Je me dégageai et dégainai mon flingue. Cran de sécurité levé, canon pointé vers le haut, prêt à tirer. Avec des munitions normales, je n'aurais pas braqué le plafond – pas dans un hôpital plein de patients au-dessus de la tête –, mais les Glazer Sécurité ne portent pas ce nom-là pour rien.

La zone du fond ressemblait à toutes les salles des urgences que j'avais eu l'occasion de voir. Des rideaux suspendus à des tringles métalliques permettaient de délimiter de petites salles d'examen individuelles. Une poignée d'entre eux étaient tirés, mais les patients qu'ils dissimulaient se redressaient et passaient la tête dehors pour mater le spectacle. À cause du mur qui divisait la pièce en deux de part et d'autre du couloir, il n'y avait pas grand-chose à voir.

Un homme vêtu d'une tunique et d'un pantalon verts vola dans les airs depuis l'autre côté de ce mur. Il alla s'écraser contre le mur opposé, glissa lourdement jusqu'au sol et demeura immobile.

L'infirmière qui m'accompagnait se précipita vers lui, et je la laissai faire. Neutraliser la créature qui se trouvait là derrière, celle qui balançait les docteurs comme des joujoux dont elle se serait lassée, n'était pas un boulot d'aide-soignante. C'était un boulot d'exécutrice. Deux autres silhouettes en tenue chirurgicale gisaient déjà par terre : un homme et une femme. Cette dernière était encore consciente, et elle écarquillait les yeux. Son poignet brisé formait un angle à quarante-cinq degrés avec son bras. Elle avisa le badge clippé à ma veste.

—C'est un métamorphe, me prévint-elle. Soyez prudente.

—Je sais ce que c'est, répliquai-je.

Je baissai légèrement mon flingue. La femme frémit, et pas de douleur.

35

— Si vous pouviez éviter de tirer à travers mon unité de traumatologie…, dit-elle en désignant le plafond du menton.

— Je ferai mon possible, promis-je en m'éloignant.

Zane sortit dans le couloir. Je ne l'avais encore jamais vu, mais qui d'autre cela aurait-il bien pu être? Il portait quelqu'un dans ses bras. Je crus d'abord que c'était une femme, à cause de ses longs cheveux brillants, mais son dos et ses épaules étaient trop musclés, trop masculins. Il devait s'agir du fameux Nathaniel. Plus petit que son ravisseur, il tenait facilement dans les bras de celui-ci.

Zane mesurait environ un mètre quatre-vingts. Seul un gilet de cuir noir recouvrait son torse maigre et pâle. Ses cheveux étaient d'un blanc cotonneux, coupés courts sur les côtés et hérissés sur le dessus à grand renfort de gel. Il ouvrit la bouche et grogna. Sa bouche était garnie de crocs acérés en haut et en bas, comme la gueule d'un grand félin. *Doux Jésus.*

Je braquai mon flingue sur lui et expulsai tout l'air de mes poumons jusqu'à ce que mon corps soit parfaitement immobile. Je visai la ligne de son épaule au-dessus de la silhouette inerte de Nathaniel. À cette distance, je ne pourrais pas le manquer.

— Je ne vous le demanderai qu'une fois, Zane. Posez-le.

— Il est à moi, à moi!

Il s'élança dans le couloir à grandes enjambées, et je fis feu.

L'impact de la balle le fit pivoter sur lui-même et tomber à genoux. L'épaule que j'avais touchée cessa de fonctionner, et Nathaniel glissa hors de ses bras. Il se releva en le fourrant sous son aisselle comme une vulgaire poupée de chiffon. Déjà, la chair de son épaule se raccommodait, la plaie se résorbant comme le film en accéléré d'une fleur qui ouvre ses pétales.

Zane aurait pu foncer, tenter d'utiliser sa vitesse supérieure pour me dépasser. Mais il ne le fit pas. Il se contenta de marcher sur moi comme s'il ne me croyait pas capable de mettre ma menace à exécution. Il aurait dû.

La seconde balle l'atteignit en pleine poitrine. Du sang explosa à la surface de sa peau livide. Il tomba sur le dos, arquant les reins et luttant pour respirer avec un trou de la taille d'un poing dans sa cage thoracique. Je m'approchai de lui sans courir, mais sans lambiner non plus.

Je le contournai à une distance prudente, hors d'atteinte de ses bras, et m'immobilisai derrière lui, légèrement sur le côté. L'épaule que j'avais visée était toujours molle, son autre bras coincé sous le corps de Nathaniel. Il leva vers moi des yeux écarquillés et hoqueta de douleur.

—En argent, Zane. Le reste de mes balles est en argent. Je n'hésiterai pas à vous tirer dans la tête et à éclabousser ce joli plancher propre avec votre putain de cervelle.

—Vous… ne le ferez pas, articula-t-il avec difficulté.

Du sang emplit sa bouche et dégoulina le long de son menton.

Je pointai mon flingue sur sa figure, entre les deux yeux. Si j'appuyais sur la détente, il était foutu. Puis je toisai cet homme que je rencontrais pour la première fois. Il avait l'air jeune, encore loin de la trentaine.

Une sensation de vide me remplit. Comme si j'étais enveloppée par un grand bruit blanc. Je ne ressentais rien. Je ne voulais pas le tuer, mais ça ne me dérangerait pas de le faire. Ça ne dérangerait que lui. Je laissai cette certitude s'afficher dans mes yeux – la certitude que son sort ne m'importait guère. Je lui laissai la voir, parce qu'il était un métamorphe et qu'il comprendrait ce que je lui montrais. Contrairement à la plupart des gens. Ou du moins, des gens sains d'esprit.

—Vous allez laisser Nathaniel tranquille. Quand les flics arriveront, vous ferez tout ce qu'ils vous diront de faire.

Vous ne discuterez pas, vous ne vous débattrez pas, ou je vous tuerai. Pigé, Zane?

—Oui, acquiesça-t-il, et un nouveau flot rouge sombre dégoulina depuis les coins de sa bouche.

Alors, à ma grande surprise, il se mit à pleurer – de grosses larmes qui ouvrirent des sillons propres dans son visage barbouillé de sang. Je fronçai les sourcils. Les méchants ne sont pas censés chialer.

—Je suis si content que vous soyez venue, balbutia-t-il. J'ai essayé de m'occuper d'eux, mais je n'ai pas pu. J'ai essayé d'être Gabriel, mais je n'ai pas réussi.

Son épaule avait suffisamment régénéré pour lui permettre de lever une main et de se couvrir les yeux afin que nous ne le voyions pas pleurer, mais ses larmes enrouaient sa voix autant que son sang.

—Je suis si content que vous soyez venue à nous, Anita. Je suis si content que nous ne soyons plus seuls.

Je ne sus pas quoi dire. Affirmer que je n'avais aucunement l'intention de devenir leur chef semblait une mauvaise idée, avec tous ces corps qui jonchaient le sol. Si je refusais son offre, Zane pourrait mal le prendre, et je serais forcée de le tuer.

Soudain, je me rendai compte que je ne voulais pas le tuer. Ce fut presque un choc physique. Était-ce à cause de ses larmes? Peut-être – en partie. Mais c'était surtout parce que j'avais buté leur alpha, leur protecteur, sans même songer aux conséquences que ça pourrait avoir pour le reste des léopards-garous. Pas un seul instant je n'avais pensé que Gabriel n'avait pas de second susceptible de prendre sa place. En ce qui me concernait, il était impossible que je devienne leur alpha. Je ne vire pas poilue une fois par mois. Mais si ça pouvait empêcher Zane de massacrer d'autres docteurs, je voulais bien jouer le jeu un petit moment.

Le temps que les flics arrivent sur les lieux, Zane avait déjà guéri. Il s'était pelotonné autour du corps inconscient de Nathaniel comme si c'était un ours en peluche, et il continuait à pleurer. Caressant les cheveux de Nathaniel, il marmonnait comme une litanie :

— Elle va nous protéger. Elle va nous protéger. Elle va nous protéger.

« Elle », c'était moi, et la situation me dépassait complètement.

# CHAPITRE 5

Stephen gisait sur un étroit lit d'hôpital. Ses cheveux blonds bouclés, plus longs que les miens, étaient répandus sur l'oreiller blanc. Des cicatrices rouge et rose vif s'entrecroisaient sur son visage délicat. On aurait dit qu'il était passé à travers une fenêtre, et pour cause. Bien qu'il pèse à peine dix kilos de plus que moi, il avait refusé de s'écarter. Zane avait fini par le projeter par une fenêtre renforcée par un grillage métallique – l'équivalent d'une râpe à fromage géante.

Si Stephen avait été un humain, il serait mort. Et malgré sa nature de métamorphe, il était salement amoché. Mais il guérissait. Ses cicatrices s'estompaient petit à petit. C'était comme de regarder une fleur ouvrir ses pétales : vous saviez que ça se produisait, même si le processus n'était pas visible à l'œil nu. Mais il suffisait que je détourne les yeux une seconde, et quand je reportais mon attention sur lui, il avait une marque de moins. Quelque part, ça me foutait les chocottes.

Nathaniel occupait le lit voisin. Ses cheveux étaient encore plus longs que ceux de Stephen ; j'aurais parié qu'ils lui descendaient jusqu'à la taille. Difficile à dire, car pour le moment, je ne l'avais pas vu autrement qu'allongé. Ils étaient d'un auburn très sombre, presque bruns mais pas tout à fait. Leur couleur ressemblait à celle de l'acajou poli. Ils s'étalaient sur les draps blancs comme le pelage d'un animal, épais et soyeux.

Nathaniel était mignon plutôt que beau, et il ne devait pas mesurer plus d'un mètre soixante-cinq. Ses cheveux entretenaient une illusion de féminité. Mais ses épaules étaient démesurément larges, en partie parce qu'il devait faire de la muscu et en partie à cause de ses gènes. Bien que très agréables à regarder, elles auraient été plus à leur place sur un corps d'un mètre quatre-vingts. Puisqu'il était stripteaseur au *Plaisirs Coupables*, Nathaniel devait avoir au moins dix-huit ans. Son visage était fin, sa mâchoire un peu trop lisse. Au moins dix-huit ans, mais pas beaucoup plus, donc. Peut-être qu'il grandirait encore et atteindrait une taille plus en rapport avec sa carrure.

Nous nous trouvions dans une chambre semi-privée de l'aile d'isolement – l'étage réservé, dans la plupart des hôpitaux, aux lycanthropes, vampires et autres citoyens surnaturels. Tous les gens qui risquent d'être dangereux. Zane l'aurait sûrement été. Mais les flics l'avaient emmené sur un brancard, même si ses blessures étaient déjà pratiquement guéries. Sa chair avait expulsé mes balles qui avaient roulé sur le sol comme des organes rejetés. Je ne pensais pas qu'il soit nécessaire de placer Stephen et Nathaniel dans l'aile d'isolement. Je pouvais me tromper en ce qui concernait Nathaniel, mais ça m'aurait étonnée. J'avais plus de foi que ça en le jugement de Stephen.

Nathaniel n'avait pas repris connaissance. Je m'étais enquise de la nature de ses blessures, et les docteurs m'avaient répondu – parce qu'ils me prenaient toujours pour un flic, et parce que je venais de leur sauver la mise. La gratitude est une chose merveilleuse.

Quelqu'un avait plus ou moins éventré Nathaniel. Et je ne veux pas dire par là qu'il s'était contenté de lui ouvrir le bide avec un couteau. Je veux dire qu'il avait laissé ses entrailles se répandre sur le sol ; les médecins avaient retrouvé des débris accrochés à son gros intestin. D'autres parties de son corps présentaient des signes de trauma sévère. Il avait été sexuellement agressé. Eh oui, un prostitué peut être violé. Il suffit qu'il dise non. Personne, pas même un lycanthrope, ne consentirait à baiser avec les boyaux à l'air. Peut-être qu'on l'avait d'abord violé, puis qu'on avait tenté de le tuer. Dans cet ordre-là, c'était un tantinet moins malsain. Mais juste un tantinet.

Il y avait des marques sur ses poignets et sur ses chevilles, comme s'il avait été enchaîné. Rouges et boursouflées, elles avaient saigné quand il s'était débattu, et elles ne faisaient pas mine de guérir. Ce qui signifiait que ses bourreaux avaient utilisé des chaînes en argent pour qu'elles ne se contentent pas de l'immobiliser, mais qu'elles lui fassent mal par-dessus le marché. Donc, le ou les coupables avaient su à l'avance qu'ils auraient affaire à un lycanthrope. Ils étaient préparés à le recevoir. Ce qui soulevait des questions très intéressantes.

Stephen avait dit que Gabriel prostituait les léopards-garous. Je pouvais comprendre que des gens recherchent une source de divertissement aussi exotique qu'un métamorphe : je sais que le sadomasochisme existe, et les métamorphes peuvent encaisser un sacré paquet de dégâts. Donc, il peut sembler logique d'associer les deux. Mais ça… Ça allait au-delà d'un simple jeu sexuel. Je n'avais jamais entendu parler de quelque chose d'aussi brutal, hors les agissements d'un tueur en série.

Je ne pouvais pas laisser Stephen et Nathaniel seuls, sans protection. Hormis la menace d'un meurtrier pervers, je devais penser aux léopards-garous. Zane avait peut-être pleuré et baisé mes pieds, mais il n'était pas le seul. Si les autres n'avaient pas de structure de meute, pas d'alpha, ils n'avaient personne pour leur dire de laisser Nathaniel tranquille. Donc, je serais forcée de battre en retraite ou de tuer chacun d'eux individuellement. Ce n'était pas une perspective riante.

Les vrais léopards n'ont pas de structure de meute, et aucune notion d'autorité. Mais les léopards-garous ne sont pas des animaux : ce sont des gens. Aussi solitaire et primaire que soit leur moitié animale, leur moitié humaine trouve toujours un moyen de foutre le bordel. Si Gabriel avait personnellement choisi ses gens, je ne pouvais espérer qu'ils ne tenteraient pas de nouveau de s'emparer de Nathaniel. De son vivant, Gabriel était un vrai malade, et Zane ne m'avait pas beaucoup impressionnée non plus sur le plan de la santé mentale. Qui appelle-t-on quand on a besoin de renforts dans ce genre de cas ? La meute de loups-garous locale, évidemment. Stephen en faisait partie. Les autres se devaient de le protéger.

Quelqu'un toqua à la porte. Je sortis mon Browning et le planquai sous le magazine que j'avais ouvert sur mes genoux. J'avais réussi à trouver un exemplaire de *La Vie des animaux sauvages* vieux d'à peine trois mois, avec un article sur les ours kodiaks. Une parfaite couverture pour mon flingue.

— Qui est-ce ? appelai-je.

— Irving.

— Entre.

Je ne rengainai pas le Browning, au cas où un visiteur indésirable aurait tenté de s'engouffrer dans la pièce à sa suite. Irving Griswold est un journaliste et un loup-garou. Pour un journaliste, c'est un type plutôt décent, mais il n'est pas aussi prudent que moi. Quand je serai certaine qu'il est seul, alors je rangerai mon flingue. Pas avant.

Irving poussa la porte en souriant. Ses cheveux bruns frisés entouraient sa tête comme un halo, et un début de calvitie luisait au sommet de son crâne. Des lunettes étaient perchées en équilibre sur son petit nez. Petit, il donne une impression de rondeur sans vraiment être gros. Bref, il ressemble à tout sauf au Grand Méchant Loup. Il n'a même pas une gueule de journaliste, ce qui fait de lui un interviewer de première, mais l'empêchera probablement de passer un jour devant les

43

caméras. Pour l'instant, il bosse au *Saint Louis Post-Dispatch*, pour le compte duquel il m'a déjà interviewée plusieurs fois.

Il referma la porte derrière lui. Je rengainai mon flingue. Écarquillant les yeux, il me demanda à voix basse :

— Comment va Stephen ?

Je fronçai les sourcils.

— Comment es-tu arrivé jusqu'ici ? Il est censé y avoir un flic en faction devant la porte.

— Moi aussi, je suis ravi de te revoir, Blake, railla-t-il.

— Ne joue pas au plus malin avec moi, Irving. Où est ce foutu flic ?

— En train de brancher une ravissante infirmière à l'accueil.

— Et merde.

Je n'appartenais pas vraiment à la police, donc, je ne pouvais pas aller lui hurler dessus. Mais ce n'était pas l'envie qui m'en manquait. Washington examine un projet de loi qui pourrait attribuer très bientôt un badge fédéral à tous les chasseurs de vampires. Parfois, je trouve que c'est une mauvaise idée. Parfois, j'ai vraiment hâte de pouvoir utiliser ce fichu badge.

— Raconte-moi vite avant que je me fasse jeter dehors. Comment va Stephen ?

Je le lui dis.

— Et Nathaniel, tu t'en fiches ?

Irving se dandina, mal à l'aise.

— Tu sais que Sylvie est le chef *de facto* de la meute depuis que Richard a quitté la ville pour préparer son doctorat, pas vrai ?

Je soupirai.

— Non, je ne savais pas.

— Je comprends que tu ne lui parles plus depuis que vous avez rompu, mais je pensais que quelqu'un d'autre t'en aurait informée.

44

— Tous les autres loups m'évitent comme si j'avais la peste. Personne ne me parle de Richard, Irving. Je croyais qu'il le leur avait interdit.

— Pas à ma connaissance.

— Je suis surprise que tu ne sois pas venu me réclamer une déclaration.

— Je ne peux pas écrire d'article là-dessus, Anita. Je suis trop concerné.

— Parce que tu connais Stephen ?

— Parce que tous les gens impliqués sont des métamorphes, et que je ne suis qu'un inoffensif journaleux.

— Tu penses vraiment que tu perdrais ton boulot si ton employeur apprenait que tu es un métamorphe ?

— Il ne s'agit pas seulement de mon boulot. Que dirait ma pauvre mère ?

Je souris.

— Donc, tu ne peux pas jouer les gardes du corps.

Irving se rembrunit.

— Je n'y avais même pas pensé. Avant, quand un membre de la meute se faisait blesser en public et qu'on ne pouvait pas le cacher, Raina fonçait toujours à la rescousse. Mais maintenant, elle est morte, et il ne nous reste pas un seul alpha qui ne dissimule pas sa véritable nature. Pas un seul à qui je ferais confiance pour veiller sur Stephen, du moins.

Raina avait été la lupa de la meute jusqu'à ce que je lui pique son boulot. Techniquement, l'ancienne lupa n'a pas besoin de mourir pour être remplacée, contrairement à l'Ulfric – le roi des loups. Mais Raina était la compagne de jeu de Gabriel. Tous deux avaient certains passe-temps en commun, notamment, la réalisation de snuff pornographiques mettant en scène des métamorphes et des humains. Raina se trouvait sur le plateau de tournage lorsque Gabriel avait tenté de me violer. Du coup, ça avait été un vrai plaisir de la buter.

—C'est la deuxième fois que tu ignores Nathaniel, fis-je remarquer. Tu peux m'expliquer pourquoi ?

—Je viens de te dire que Sylvie tient les rênes jusqu'au retour de Richard.

—Et alors ?

—Elle nous a interdit d'aider les léopards de quelque façon que ce soit.

—Pourquoi ?

—Parce que Raina les utilisait souvent dans ses films – presque aussi souvent que les loups.

—J'ai vu un de ces films. Je n'ai pas été impressionnée. Horrifiée, oui, mais pas impressionnée.

Irving avait l'air terriblement sérieux.

—Elle laissait également Gabriel et ses matous punir les membres dissidents de la meute.

—Punir ? répétai-je sur un ton interrogateur.

Il hocha la tête.

—Sylvie était parmi ceux qui se sont fait punir. Plus d'une fois. Elle les déteste tous, Anita. Si Richard n'avait pas mis son veto, elle aurait utilisé la meute pour les traquer et les massacrer jusqu'au dernier.

—J'ai vu ce que Gabriel et Raina considéraient comme un divertissement. Pour une fois, je crois que je suis dans le camp de Sylvie.

—Vous avez fait le ménage pour nous, Richard et toi. Richard a tué Marcus, et maintenant, il est l'Ulfric, le chef de meute. Tu as tué Raina, et maintenant, tu es notre lupa.

—Je lui ai tiré dessus, Irving. D'après ce que j'ai compris, selon les lois de la meute, recourir à une arme à feu annule le défi. J'ai triché.

—Tu n'es pas devenue la lupa parce que tu as buté Raina. Tu es devenue la lupa parce que Richard t'a choisie pour compagne.

Je secouai la tête.

—Nous ne sortons plus ensemble, Irving.

—Mais Richard n'a toujours pas choisi de nouvelle lupa. Jusqu'à ce qu'il le fasse, tu garderas ton boulot.

Richard est grand, brun, séduisant, honnête, sincère, courageux. Il serait parfait s'il n'était pas un loup-garou. Et même ça, c'était pardonnable – du moins l'avais-je longtemps pensé. Jusqu'à ce que je le voie en action. Jusqu'à ce qu'il se tape un festin sous mes yeux. La viande avait été crue et remuante, la sauce un peu trop rouge à mon goût.

À présent, je sors avec Jean-Claude. Le chef des vampires de Saint Louis plutôt que le chef de ses loups-garous. J'ignore si c'est vraiment une amélioration, mais j'ai fait mon choix. Ce sont les mains si pâles de Jean-Claude qui m'étreignent, ses cheveux noirs bouclés qui s'étalent sur mon oreiller, ses yeux bleu marine qui me fixent pendant que nous faisons l'amour.

Les filles bien ne couchent pas avant le mariage, surtout avec un mort-vivant. Et je ne crois pas que les filles bien nourrissent des regrets à propos de leur ex. Peut-être avais-je commis une erreur. Depuis notre rupture, six semaines auparavant, Richard et moi nous évitions autant que possible. Et maintenant, il n'était plus en ville. Ça nous faciliterait le travail.

—Je ne te demanderai pas à quoi tu penses, parce que je crois déjà le savoir, déclara Irving.

—Toujours aussi psychologue, hein ?

Il écarta les mains.

—Déformation professionnelle.

Je ne pus m'empêcher de rire.

—Donc, Sylvie a interdit à quiconque d'aider les léopards. Qu'est-ce que ça signifie pour Stephen ?

—Il a enfreint ses ordres directs, Anita. Pour quelqu'un qui est situé si bas dans l'échelle hiérarchique de la meute, c'est une sacrée preuve de cran. Mais Sylvie ne sera pas impressionnée. Elle le taillera en pièces, et elle n'autorisera personne à venir ici pour les protéger, Nathaniel et lui, dit Irving d'un air sombre. Crois-moi, je la connais.

—Je ne peux pas assurer une permanence vingt-quatre heures sur vingt-quatre.

—Ils devraient être guéris d'ici demain. Après-demain, au pire.

Je fronçai les sourcils.

—Je ne peux pas passer deux jours à leur chevet!

Irving détourna les yeux et alla s'asseoir près du lit de Stephen. Les mains croisées dans son giron, il baissa le nez vers le métamorphe qui dormait. Je m'approchai de lui et lui touchai le bras.

—Qu'est-ce que tu me caches?

Il secoua la tête.

—Je ne vois pas de quoi tu parles.

Je le forçai à pivoter vers moi.

—Parle-moi, Irving.

—Tu n'es pas une métamorphe, Anita. Tu ne sors même plus avec Richard. Tu dois sortir de notre monde, pas t'y enfoncer encore plus.

Il semblait si solennel que cela me fit peur.

—Irving, qu'est-ce qui ne va pas? insistai-je.

Mais il se contenta de secouer la tête. Je le saisis par les bras et résistai à une forte envie de le secouer comme un prunier.

—Qu'est-ce que tu me caches?

—Il existe un moyen de forcer la meute à protéger Stephen, et même Nathaniel.

Je reculai d'un pas.

—Je t'écoute.

—Tu as un rang supérieur à celui de Sylvie.

—Je ne suis pas une métamorphe, Irving – comme tu viens de me le rappeler. Je n'étais que la petite amie du nouveau chef de meute, et ce n'est même plus le cas.

—Tu es bien plus que ça, Anita, et tu le sais. Tu as tué certains d'entre nous. Tu tues facilement et sans remords. La meute respecte ça.

—Merci pour ce portrait flatteur, grinçai-je.

—Es-tu rongée par le remords d'avoir tué Raina? La disparition de Gabriel t'a-t-elle fait perdre le sommeil?

—J'ai tué Raina parce qu'elle essayait de me tuer. J'ai éliminé Gabriel pour la même raison. C'était de la légitime défense. Donc, non : ça ne m'a pas fait perdre le sommeil.

—La meute te respecte, Anita. Si tu trouves parmi nous des gens dont la nature a déjà été publiquement dévoilée, et si tu réussis à les convaincre que tu es plus effrayante que Sylvie, ils protégeront Stephen et Nathaniel.

—Je ne suis pas plus effrayante que Sylvie, Irving. Je ne peux pas les battre comme plâtre. Elle, si.

—Mais tu peux les tuer, dit-il tout bas, en me dévisageant et en guettant ma réaction.

J'ouvris la bouche, la refermai et lâchai enfin :

—Qu'essaies-tu de me faire faire, Irving?

Il secoua la tête.

—Rien du tout. Oublie ce que j'ai dit. Je n'aurais jamais dû t'en parler. Fais venir d'autres flics et rentre chez toi, Anita. Tire-toi de là pendant que tu peux encore.

—Que se passe-t-il, Irving? Est-ce que Sylvie est un problème?

Il me regarda. Ses yeux ordinairement pétillants de bonne humeur étaient graves, pensifs.

—Il faut que j'y aille, Anita.

Il se leva et fit mine de se diriger vers la porte. Je lui saisis le bras.

—Tu n'iras nulle part avant de m'avoir expliqué ce qui se passe.

Il pivota vers moi à contrecœur. Je le lâchai et reculai.

—Parle.

— Sylvie a défié tous les membres de la meute qui étaient plus haut placés qu'elle. Et elle a gagné.

— Et alors ?

— Comprends-tu à quel point c'est inhabituel pour une femme de se hisser jusqu'à la place de second ? Sylvie mesure un mètre soixante-cinq, et c'est un tout petit gabarit. Demande-moi comment elle a remporté tous ses duels.

— Ne fais pas ton timide, Irving. Ça ne te ressemble pas. Je ne vais pas jouer aux Vingt Questions avec toi. Crache le morceau.

— Elle a tué ses deux premiers adversaires. Elle n'y était pas obligée : elle a choisi de le faire. Du coup, les trois suivants ont reconnu qu'elle était leur dominante. Ils ne voulaient pas se battre contre elle et risquer de se faire tuer.

— Quel admirable sens pratique…, commentai-je.

Il acquiesça.

— Sylvie en a toujours eu à revendre. Au bout du compte, elle s'est choisi un adversaire au sein du cercle intérieur. Elle n'a pas la carrure nécessaire pour devenir un exécuteur. De toute façon, je pense que Jamil et Shang-Da lui faisaient peur.

— Jamil ? m'exclamai-je. Richard ne l'a pas viré ? mais c'était l'un des larbins de Marcus et de Raina !

Irving haussa les épaules.

— Richard a pensé que la transition se ferait plus en douceur s'il gardait un ou deux membres de la vieille garde.

Je secouai la tête.

— Jamil aurait dû être chassé ou éliminé.

— Peut-être. Mais en fait, il semble qu'il soutienne Richard. Je crois qu'il a été surpris que le nouveau chef de meute ne le tue pas instantanément. Du coup, Richard s'est acquis sa loyauté.

— J'ignorais que Jamil était capable de loyauté, raillai-je.

—Comme nous tous. Bref. Sylvie a combattu et gagné la place de Geri, le second de l'Ulfric.

—Elle a tué pour ça?

—Étonnamment, non.

—D'accord. Donc, Sylvie a gravi l'échelle hiérarchique de la meute à coups de griffes et de crocs. Elle est désormais le second de Richard. Qu'est-ce que ça peut bien faire?

—Je pense qu'elle veut devenir Ulfric, Anita. Je pense qu'elle veut la place de Richard.

Je regardai Irving.

—Il n'y a qu'un seul moyen de devenir Ulfric, lui rappelai-je.

—Tuer l'ancien. Ouais. Sylvie en est parfaitement consciente.

—Je ne l'ai pas vue se battre, mais j'ai vu Richard. Il lui rend bien cinquante kilos – cinquante kilos de muscles –, et il est bon. Elle ne peut pas le vaincre en combat à la loyale, n'est-ce pas?

Irving secoua tristement la tête.

—Anita… C'est comme si Richard était blessé. Son cœur n'y est plus. À mon avis, si elle le défie et si elle veut vraiment gagner, elle gagnera.

—Qu'est-ce que tu essaies de me dire? Qu'il est déprimé?

—C'est bien plus que ça. Tu sais combien il déteste faire partie des monstres. Il n'avait jamais tué personne jusqu'à Marcus. Il n'arrive pas à se le pardonner.

—Comment sais-tu tout ça?

—J'écoute. Nous autres journalistes, nous sommes doués pour ça.

Nous nous entre-regardâmes.

—Raconte-moi la suite.

Irving baissa les yeux, puis les releva.

—Il ne me parle jamais de toi. La seule chose qu'il a dite, c'est que même toi, tu ne pouvais pas accepter ce qu'il était. Même toi, l'Exécutrice, tu étais horrifiée.

Ce fut mon tour de baisser les yeux.

—Je ne voulais pas l'être.

—Aucun de nous ne peut changer ce qu'il ressent, dit doucement Irving.

Je soutins son regard.

—Je le ferais, si je le pouvais.

—Je te crois.

—Je ne veux pas que Richard meure.

—Aucun de nous ne le veut. J'ai peur de ce que Sylvie ferait sans personne pour l'arrêter. (Irving désigna l'autre lit.) Pour commencer, elle nous ferait traquer et massacrer tous les léopards.

Je pris une profonde inspiration et la relâchai.

—Je ne peux pas changer ce que j'ai ressenti quand j'ai vu Richard dévorer Marcus. (Je me mis à faire les cent pas dans la petite pièce.) Mais je dois quand même pouvoir faire quelque chose d'autre pour vous aider.

—Convoque la meute, et exige qu'elle te reconnaisse comme sa lupa, suggéra Irving. Force certains de ses membres à venir ici et à veiller sur Stephen et sur Nathaniel en enfreignant les ordres de Sylvie. Mais en échange, tu devras leur accorder ta protection. Tu devras leur promettre qu'elle ne leur fera pas de mal, parce que tu peux faire en sorte que ça ne soit pas le cas.

—Si je fais ça et que ça ne plaît pas à Sylvie, je devrai la tuer, protestai-je. C'est comme si je lui tendais un piège. C'est un peu trop prémédité, même pour moi.

Irving secoua la tête.

—Je te demande d'être notre lupa. D'être la lupa de Richard. De montrer à Sylvie que si elle continue à faire pression, Richard ne la tuera peut-être pas, mais toi, si.

Je soupirai.

—Et merde…

—Je suis désolé, Anita. Je ne voulais rien dire, mais…

—J'avais besoin de savoir, coupai-je.

J'étreignis Irving. Surpris, il commença par se raidir, puis me rendit mon étreinte.

—C'était en quel honneur ?

—Pour te remercier de m'avoir tout dit. Je sais que Richard ne va pas aimer ça.

Son sourire s'évanouit.

—Depuis son accession au pouvoir, Richard a puni deux membres de la meute. Tous les deux avaient défié son autorité, et il les a pratiquement tués.

—Quoi ?

—Il les a découpés, Anita. On aurait cru qu'il était possédé. Qu'il était quelqu'un d'autre. Quelque chose d'autre.

—Ce n'est pas du tout son style, m'obstinai-je.

—Il faut croire que ça l'est devenu, répliqua Irving. Oh, la plupart du temps, il se conduit comme avant. Mais parfois, il pète les plombs et il entre dans une rage folle. Je préfère ne pas traîner dans le coin quand ça lui arrive.

—C'est si grave que ça ?

—Il faut qu'il accepte ce qu'il est, Anita. Qu'il apprenne à aimer la bête en lui ; sinon, il va devenir fou.

Je secouai la tête.

—Je ne peux pas l'aider à aimer sa bête, Irving. Moi non plus, je n'arrive pas à l'accepter.

Il haussa les épaules.

—Ce n'est pas si terrible d'être poilu, Anita. Il existe des choses bien pires… Comme d'être un mort-vivant.

Je fronçai les sourcils.

—Fiche le camp, Irving. Et merci de m'avoir tout dit.

—J'espère que ta gratitude tiendra encore d'ici une semaine.

—Et moi donc…

Irving me donna quelques numéros de téléphone et partit. Il préférait ne pas rester trop longtemps, de peur que quelqu'un le soupçonne d'être davantage qu'un simple journaliste. Personne ne semblait se soucier de ma réputation. Je relevais des zombies et je sortais avec le Maître de la Ville. Si les gens me prenaient en plus pour une métamorphe, quelle différence ça pouvait bien faire ?

Irving m'avait indiqué le nom de trois membres de la meute soumis, qu'il pensait assez costauds pour jouer les gardes du corps et assez faibles pour se laisser intimider. Je ne voulais pas faire ça. Les lois de la meute étaient fondées sur l'obéissance – un système de punitions et de récompenses, mais surtout de punitions. Si les loups-garous que j'appelais refusaient de m'obéir, je devrais les punir ou admettre que je n'étais pas la lupa, pas assez forte pour soutenir Richard. Évidemment, il ne m'en serait même pas reconnaissant. On aurait dit qu'il me haïssait, ces jours-ci. Et je ne pouvais pas l'en blâmer. Il détesterait que je me mêle de ses affaires.

Mais Richard n'était pas le seul en cause dans cette affaire. Je m'inquiétais au moins autant pour Stephen. Il m'avait sauvé la vie une fois, et je n'avais toujours pas remboursé ma dette. Il était aussi un de ces types qui se laissent piétiner par tout le monde – jusqu'à aujourd'hui. D'accord, Zane l'avait pratiquement tué, mais la question n'était pas là. Stephen avait fait passer l'amitié avant la loyauté envers la meute. Ce qui signifiait que Sylvie pouvait lui retirer la protection de la meute. Comme les léopards, il deviendrait le jouet ou la victime de quiconque s'intéresserait à lui. Je ne pouvais pas l'abandonner à son sort.

Stephen se ferait peut-être tuer. Richard se ferait peut-être tuer. Je serais peut-être forcée de tuer Sylvie. Je devrais peut-être mutiler ou tuer quelques autres membres de la meute pour asseoir mon autorité. Peut-être, peut-être, peut-être. *Et merde.*

Jusque-là, je n'avais jamais tué qu'en état de légitime défense, ou par vengeance. Si j'adoptais le plan d'Irving, je serais probablement amenée à commettre des meurtres prémédités, de sang-froid. Peut-être pas au sens technique, mais je savais ce que je mettrais en mouvement. Ce serait comme une cascade de dominos. Debout, bien alignés et immobiles jusqu'à ce qu'on renverse l'un d'eux. Ensuite… Rien ne peut interrompre leur chute. Je me retrouverais avec un joli motif tracé sur le sol. Richard solidement installé au pouvoir, Stephen et les léopards-garous en sécurité, Sylvie en retrait ou morte.

Les trois premières choses allaient se produire. La quatrième dépendrait entièrement de Sylvie. C'était dur, mais vrai. Et puis, ça lui rendrait un certain nombre d'options. Sylvie n'est pas impitoyable : simplement, elle ne laisse rien ni personne se dresser sur son chemin. C'est un trait de caractère que nous partageons. Non, je ne suis pas impitoyable. Si je l'étais, je me serais contentée de la convoquer sous prétexte de discuter, et de l'abattre dès qu'elle se serait pointée. Je ne suis pas encore assez sociopathe pour faire un truc pareil. La miséricorde est une vertu risquée, mais parfois, c'est la seule chose qui nous permet de rester humains.

Je passai mes coups de fil. Je commençai par un homme – un certain Kevin, pas de nom de famille. Sa voix était ensommeillée, et rauque comme celle d'un gros fumeur.

— Qui c'est, bordel ?

— Très poli, commentai-je.

— Qui c'est ?

— Je m'appelle Anita Blake. Savez-vous qui je suis ?

Quand on veut être menaçant, mieux vaut ne pas trop en faire. Une théorie que je partage avec Clint Eastwood.

Mon interlocuteur garda le silence pendant près de trente secondes, et je laissai monter son appréhension sans intervenir. Sa respiration avait accéléré. Je sentais presque son pouls battre la chamade à l'autre bout de la ligne.

Il répondit comme s'il avait l'habitude de recevoir des coups de fil impromptus, et qu'il connaissait parfaitement le fonctionnement de la meute.

—Vous êtes notre lupa.

—Très bien, Kevin. Très bien.

La condescendance, ça marche aussi.

Il toussa pour s'éclaircir la voix.

—Que voulez-vous?

—Je veux que vous veniez à l'hôpital universitaire de Saint Louis. Stephen et Nathaniel ont été blessés. Vous veillerez sur eux.

—Nathaniel? C'est un léopard-garou!

—Exact.

—Sylvie nous a interdit d'aider les léopards-garous.

—Sylvie est-elle votre lupa?

Les questions, c'est bien, à condition de connaître la réponse d'avance. Si vous posez des questions et que la réponse vous prend au dépourvu, vous passez pour un con. Difficile d'avoir l'air menaçant quand on est mal informé.

Kevin laissa passer quelques secondes avant de lâcher:

—Non.

—Qui est votre lupa?

Je l'entendis déglutir.

—Vous.

—Suis-je plus haut placée qu'elle?

—Vous savez bien que oui.

—Dans ce cas, ramenez vos fesses, et faites ce que je vous demande.

—Sylvie me fera du mal, lupa. Vous pouvez compter là-dessus.

—Je veillerai à ce que ça ne soit pas le cas.

—Vous n'êtes que la petite amie humaine de Richard. Vous ne pouvez pas combattre Sylvie et survivre.

—Vous avez raison, Kevin. Je ne peux pas combattre Sylvie, mais je peux la tuer.

—Que voulez-vous dire ?

—Si elle vous fait du mal parce que vous m'avez aidée, je la tuerai.

—Vous n'êtes pas sérieuse.

Je soupirai.

—Écoutez, Kevin, j'ai déjà rencontré Sylvie. Vous pouvez me croire : je serais parfaitement capable de pointer un flingue sur sa tête et d'appuyer sur la détente. J'en serais capable, et je le ferai si elle m'y oblige. Pas de vannes, pas de bluff, pas de petits jeux.

J'écoutais ma propre voix pendant que je parlais. Elle était lasse, presque blasée, et tellement sérieuse que c'en était presque effrayant.

—D'accord, je le ferai, mais si vous me laissez tomber, elle risque de me tuer.

—Vous avez ma protection, Kevin. Et je sais ce que ça signifie au sein de la meute.

—Ça signifie que je dois reconnaître que vous êtes dominante par rapport à moi.

—Ça signifie aussi que si quelqu'un vous défie, je pourrai vous aider à livrer vos batailles. Ça me paraît équitable.

De nouveau, le silence retomba à l'autre bout de la ligne. Sa respiration avait ralenti et s'était faite plus profonde.

—Promettez-moi que je ne mourrai pas à cause de vous.

—Je ne peux pas vous promettre ça, Kevin. Mais je peux vous promette que si Sylvie vous tue, je la tuerai pour vous.

Cette fois, le silence fut bref.

—Je vous crois. Je serai à l'hôpital dans quarante minutes maximum.

—Merci. Je vous attends.

Je raccrochai et appelai les deux autres personnes dont Irving m'avait fourni les coordonnées. Toutes deux acceptèrent de venir. Je venais de tracer une ligne dans le sable entre Sylvie et moi. Elle n'allait pas aimer ça. Et je ne pouvais pas l'en blâmer. Si nos positions avaient été inversées, j'aurais été salement en rogne. Mais elle aurait dû ficher la paix à Richard.

Irving avait dit que c'était comme si Richard était blessé, comme si son cœur n'y était plus. J'étais en partie responsable de cet état de fait. J'avais brisé son cœur en mille morceaux, et je les avais allégrement piétinés. Pas délibérément, bien sûr. Mes intentions étaient bonnes, mais vous savez ce qu'on raconte au sujet des bonnes intentions. L'enfer en est pavé.

Je ne pouvais pas aimer Richard, mais je pouvais tuer pour lui. Tuer était le plus pratique des deux dons. Et ces derniers temps, j'avais développé un solide sens pratique.

# CHAPITRE 6

Le divisionnaire Rudolph Storr arriva avant les garous-sitters. Je l'avais appelé moi-même. C'était le chef de la Brigade régionale d'Investigations surnaturelles : la BRIS, ou BIS, que beaucoup de gens surnomment la Brigade des Ombres. Au moins, ils savent qui nous sommes.

Dolph mesure deux mètres, et il est bâti comme un lutteur professionnel. Mais ce n'est pas seulement son physique qui le rend impressionnant. Il a accepté le commandement d'une brigade bidon, conçue pour apaiser les libéraux, et il a su en faire une unité efficace. Ces trois dernières années, la BRIS a résolu plus de crimes surnaturels que n'importe quelle autre unité de police. FBI compris. Dolph a même été invité à donner des conférences à Quantico. Pas mal pour quelqu'un qui avait reçu cette affectation à titre de punition. Dolph n'est pas vraiment un optimiste – peu de flics le sont –, mais filez-lui des citrons, et il réussira à en faire une sacrée bonne limonade.

Il referma la porte derrière lui et baissa les yeux vers moi.

— Le docteur a dit que mon inspecteur était ici. Je ne vois que toi.

— Je n'ai jamais dit que j'étais inspecteur. J'ai dit que j'étais avec la brigade. Le reste, il l'a supposé tout seul.

Dolph secoua la tête. Pour une fois, ses cheveux noirs dissimulaient le haut de ses oreilles. Il avait laissé passer trop de temps depuis son dernier rendez-vous chez le coiffeur.

—Si tu jouais à la fliquette, pourquoi n'as-tu pas gueulé sur le type qui était censé monter la garde devant cette chambre ?

Je lui souris.

—J'ai préféré te laisser faire. Je suppose qu'il sait qu'il a été vilain.

—Je m'en suis occupé, acquiesça Dolph.

Il demeura debout près de la porte. Je restai assise sur ma chaise. J'avais réussi à ne pas dégainer quand il était entré, et je m'en félicitais. Il me fixait déjà d'un regard bien assez dur.

—Que se passe-t-il, Anita ?

—Tu en sais autant que moi.

—Comment se fait-il que tu sois déjà là ?

—Stephen m'a appelée.

—Raconte-moi ça.

J'obtempérai. Je ne lui dissimulai même pas le côté prostitution de l'affaire. Parce que je voulais que ça s'arrête. Les flics sont plutôt efficaces quand il s'agit d'arrêter des agissements criminels, à condition de leur dire la vérité. En revanche, je me gardai bien de mentionner que j'avais tué l'ancien alpha des léopards-garous. Mais ce fut le seul détail que j'omis. Pour moi, c'était presque un record d'honnêteté.

Dolph cligna des yeux et nota tout dans son fidèle calepin.

—Essaies-tu de me dire que la victime a autorisé quelqu'un à lui faire ça ?

Je secouai la tête.

—Je ne crois pas que ce soit aussi simple. À mon avis, il y est allé en sachant que ses clients l'enchaîneraient. Et qu'il y aurait du sexe et de la douleur. Mais il ne devait pas se douter qu'ils passeraient aussi près de le tuer. Les docteurs ont dû lui faire une transfusion. Le choc traumatique était tel qu'il perdait du sang plus vite que son corps ne pouvait régénérer.

—J'ai entendu parler de métamorphes qui ont guéri après avoir reçu des blessures bien pires que ça, objecta Dolph.

Je haussai les épaules.

—Certaines personnes récupèrent mieux que d'autres, y compris chez les métamorphes. Nathaniel occupe une place assez basse dans leur structure de pouvoir, à ce qu'on m'a dit. Peut-être que c'est une des conséquences de sa faiblesse. (J'écartai les mains.) Franchement, je n'en sais rien.

Dolph parcourut ses notes.

—Quelqu'un l'a déposé devant l'entrée des urgences, enveloppé dans un drap. Personne n'a rien vu. Il est apparu comme par magie.

—Personne ne voit jamais rien, Dolph. C'est la règle, non?

Cela me valut un léger sourire. Une vision bienvenue. Ces derniers temps, Dolph n'est pas très content de moi. Il a appris récemment que je sors avec le Maître de la Ville, et ça ne lui plaît pas du tout. Il a du mal à faire confiance à quelqu'un qui fricote avec les monstres, et je ne peux pas l'en blâmer.

—Ouais, c'est la règle. M'as-tu dit tout ce que tu sais à propos de cette affaire, Anita?

Je levai une main façon salut des scouts.

—Tu crois que je te mentirais?

—Si ça t'arrangeait, oui.

Nous nous regardâmes. Le silence devint assez épais pour qu'on puisse marcher dessus. Je le laissai faire. Si Dolph pensait que j'allais craquer la première, il se fourrait le doigt dans l'œil. La tension entre nous n'était pas due à cette affaire, mais au fait qu'il désapprouvait mes fréquentations. Ces jours-ci, je sens sa déception en permanence. Pesant sur moi comme s'il attendait que je m'excuse ou que j'avoue que c'était juste une mauvaise plaisanterie. Parce que je sors avec un vampire, il a moins confiance en moi. Et je le comprends. Il y a à peine deux mois – peut-être même moins –, j'aurais éprouvé la même chose. Depuis, la situation a évolué. Dolph et moi devions tous deux l'accepter et faire avec.

Pourtant, il était mon ami, et je le respectais. J'étais même d'accord avec lui. Mais si j'arrivais à sortir de ce putain d'hôpital, ça ne m'empêcherait pas de me rendre à mon rendez-vous avec Jean-Claude. Malgré mes doutes à propos de Richard, des morts-vivants et de la moralité en général. L'idée que Jean-Claude m'attende me faisait chaud partout. C'était embarrassant, mais vrai. Pour satisfaire Dolph, il aurait fallu que je rompe avec lui. Et je n'étais pas certaine que ce soit encore possible, pour des tas de raisons. Aussi restai-je assise à fixer Dolph. Il soutint mon regard, et le silence continua à s'épaissir avec chaque «tic-tac» de la pendule.

Des coups frappés à la porte nous sauvèrent. L'inspecteur, revenu à son poste dans le couloir, chuchota quelque chose à Dolph. Dolph acquiesça et referma le battant. Le regard qu'il me jeta fut encore moins amical que précédemment, si c'était possible.

—L'inspecteur Wayne dit qu'il y a trois parents de Stephen là dehors. Il dit aussi que s'ils sont tous de sa famille, il mangera son flingue.

—Dis-lui d'aiguiser ses dents. Ce sont des membres de la meute. Les loups-garous considèrent ce lien-là comme plus fort que celui du sang.

—Mais légalement, ça ne compte pas.

—Combien de tes hommes veux-tu perdre quand le prochain métamorphe décidera de franchir cette porte?

—Nous pouvons les abattre aussi bien que toi, Anita.

—Mais vous êtes obligés de leur donner un avertissement avant de tirer, pas vrai? Vous devez les traiter comme des gens plutôt que comme des monstres; sinon, c'est le conseil de discipline.

—Des témoins affirment que tu as donné un avertissement à Zane – pas de nom de famille.

—Je me sentais d'humeur généreuse.

— Tu t'apprêtais à le flinguer devant témoins. Ça te rend toujours généreuse.

Et nous nous retrouvâmes de nouveau en train de nous regarder. Ce n'était peut-être pas juste parce que je sortais avec un vampire. C'était peut-être parce que Dolph est le flic ultime, et qu'il commençait à soupçonner que je tuais des gens. Que j'étais devenue une meurtrière.

Depuis quelque temps, les gens qui me font du mal ou qui menacent ont une fâcheuse tendance à disparaître. Ils ne sont pas si nombreux que ça, mais ça suffit. Et moins de deux mois auparavant, j'avais flingué deux personnes dont les corps n'avaient pu être dissimulés. En état de légitime défense, dans les deux cas. Je n'avais même pas été assignée à comparaître devant un tribunal. Mes deux victimes étaient des assassins avec un casier judiciaire plus long que je suis haute. Les empreintes de la femme avaient permis d'élucider plusieurs assassinats politiques qui traînaient dans les fichiers d'Interpol. Elle et son collègue étaient des grands méchants, le genre que personne ne pleure – du moins, pas les flics.

Mais tout cela alimentait les soupçons de Dolph. Les confirmait presque.

— Pourquoi m'as-tu recommandée à Pete McKinnon?

Il mit si longtemps à répondre que je crus qu'il n'allait pas le faire. Mais il finit par lâcher :

— Parce que tu es la meilleure dans ta partie, Anita. Je n'approuve pas toujours tes méthodes, mais tu nous aides à sauver des vies et à coffrer les méchants. Sur les lieux d'un crime, tu es plus efficace que certains des inspecteurs de ma brigade.

C'est rare que Dolph fasse un aussi long discours. J'ouvris la bouche, la refermai et dis enfin :

— Merci, Dolph. Venant de toi, c'est un sacré compliment.

— C'est juste que… Tu passes trop de temps avec ces putains de monstres, Anita. Et je ne parle pas seulement de celui avec qui tu sors. Tu joues selon leurs règles depuis si longtemps que, parfois, tu oublies ce que c'est d'être normale.

Je souris.

—Je gagne ma vie en relevant des morts, Dolph. Je n'ai jamais été normale.

Il secoua la tête.

—Ne fais pas semblant de ne pas comprendre, Anita. Ce ne sont pas les poils ou les crocs qui font d'une personne un monstre – pas toujours. Parfois, c'est l'endroit où nous traçons la frontière.

—Le fait que je joue dans la cour des monstres est ce qui me rend précieuse pour toi, lui rappelai-je. Si je jouais à la régulière, je ne pourrais pas t'aider autant dans tes enquêtes.

—C'est vrai. Parfois, je me demande si tu ne serais pas… moins dure si je t'avais fiché la paix au lieu de t'offrir ce boulot de consultante pour la brigade.

Je fronçai les sourcils.

—Es-tu en train de dire que tu te tiens responsable de ce que je suis devenue?

Je voulus éclater de rire tant cette idée me paraissait saugrenue, mais l'expression de Dolph m'en empêcha.

—Combien de fois t'es-tu adressée aux monstres sur ma requête? Combien de fois as-tu conclu des marchés avec eux pour m'aider à attraper un criminel? Si je n'avais pas sollicité tes services…

Je me levai, tendis la main vers lui, puis laissai retomber mon bras sans l'avoir touché.

—Je ne suis pas ta fille, Dolph. Tu n'es pas mon gardien. J'aide la police parce que ça me plaît. Parce que je suis douée pour ça. De toute façon, à qui d'autre aurais-tu pu t'adresser?

Il acquiesça.

—Oui, qui d'autre? Les trois métamorphes peuvent entrer pour… rendre visite aux patients.

—Merci, Dolph.

Il prit une profonde inspiration et la relâcha dans un grand souffle d'air.

— J'ai vu la fenêtre à travers laquelle ton ami Stephen a été projeté. S'il était humain, il serait mort. C'est un sacré coup de bol qu'aucun civil n'ait été tué.

Je secouai la tête.

— Je pense que Zane faisait attention aux humains, à défaut d'autre chose. Avec la force qu'il possède, il aurait été plus facile pour lui de les tuer que de les neutraliser.

— Pourquoi s'en serait-il soucié ?

— Parce que maintenant, il est en prison, et qu'il aura le droit d'être libéré sous caution.

— Ils ne le laisseront pas sortir.

— Il n'a tué personne, Dolph. Quand as-tu vu une personne simplement accusée de coups et blessures ne pas être libérée sous caution ?

— Tu réfléchis comme un flic, Anita. C'est ce qui te rend si bonne.

— Je réfléchis comme un flic et comme un monstre, corrigeai-je. C'est ça qui me rend si bonne.

Dolph hocha la tête, referma son calepin et le glissa dans une poche intérieure de son blouson.

— Ouais, ça doit être ça.

Et il sortit sans rien ajouter. Il s'effaça pour laisser entrer les trois métamorphes, puis referma la porte derrière eux.

Kevin était grand, brun, débraillé, et il empestait la clope. Lorraine était propre sur elle, tirée à quatre épingles comme une institutrice. Elle sentait le parfum White Linen et clignait nerveusement des yeux. Teddy — c'était lui qui avait tenu à ce que je l'appelle comme ça, pas moi — devait peser dans les cent cinquante kilos, essentiellement du muscle. Ses cheveux rasés dessinaient une ombre sur son crâne, et sa tête semblait trop petite pour son corps massif. Les deux hommes avaient une apparence assez effrayante, mais ce fut la poignée de main de Lorraine qui fit vibrer ma peau. Elle avait une tête de lapin apeuré, et assez de pouvoir pour être le grand méchant loup.

Vingt minutes plus tard, j'étais parée à partir. Le trio mal assorti s'était réparti les tours de garde, de sorte que l'un des métamorphes soit toujours au chevet des garçons. Leur faisais-je confiance pour veiller sur Stephen et Nathaniel ? Oui. Parce que s'ils abandonnaient leur poste et laissaient Stephen se faire tuer, je mettrais mes menaces à exécution. S'ils faisaient de leur mieux et s'avéraient n'être tout simplement pas assez costauds, ce serait une chose, mais s'ils péchaient par négligence… J'avais accordé ma protection à Stephen, et désormais à Nathaniel. Je ne plaisantais pas. Je m'assurai que chacun d'eux le comprenne bien.

Ce fut Kevin qui résuma le mieux leur mission :

— Si Sylvie se pointe, on vous l'envoie.

— C'est ça.

Il secoua la tête, jouant avec une cigarette non allumée. Je lui avais dit qu'il ne pouvait pas la fumer, mais le seul fait de la faire rouler entre ses doigts semblait le réconforter.

— Vous avez pissé dans sa mare. J'espère que vous pourrez la nettoyer.

Je souris.

— Très éloquent, Kevin.

— Éloquent ou pas, Sylvie vous bottera le cul si elle peut.

Mon sourire s'élargit. Je ne pus pas l'en empêcher.

— Laissez-moi me soucier de mon cul. Mon boulot consiste à protéger le vôtre, pas le mien.

Les trois métamorphes me dévisagèrent, ils arboraient tous la même expression, mais je n'arrivais pas à la déchiffrer.

— Être la lupa, ce n'est pas juste se battre pour une position dominante, dit Lorraine d'une toute petite voix.

— Je le sais.

— Vraiment ? demanda-t-elle.

Et sa question avait quelque chose de presque enfantin.

— Je crois.

— Vous nous tuerez si nous échouons, mais seriez-vous prête à mourir pour nous ? interrogea Kevin. À payer le même prix que vous exigez de nous ?

Je l'aimais mieux quand il fermait sa gueule. Je regardai ces trois étrangers. Des gens que je venais juste de rencontrer. Risquerais-je ma vie pour eux ? Pouvais-je leur demander de risquer leur vie pour moi si je n'étais pas prête à leur rendre la pareille ?

Je les regardai, les regardai vraiment. Les petites mains de Lorraine agrippaient son sac à main si fort qu'elles tremblaient. Les yeux de Teddy étaient placides, résignés, mais ils contenaient aussi un défi, une intelligence qui pouvait vous échapper si vous vous arrêtiez à son allure massive. Kevin avait la gueule d'un type qui aurait été plus à sa place dans une ruelle sombre, en quête de substances illégales, ou au comptoir d'un bar en train de s'envoyer whisky sur whisky. Mais sous son cynisme, je décelais de la peur. La peur que je sois comme tous les autres : une manipulatrice qui ne se souciait nullement de leur sort. Raina en avait été une, et maintenant, Sylvie. La meute était censée être leur refuge, leur protection – pas la chose qu'ils redoutaient le plus au monde.

Leur énergie tiède et électrique emplissait la pièce, s'écoulant hors de leur corps pour danser autour du mien. Ils étaient nerveux, effrayés. Quand ils sont en proie à des émotions intenses, la plupart des métamorphes ont des fuites de pouvoir. Si vous êtes réceptif à ce genre de chose, vous le sentez. Je l'avais senti souvent au fil des ans. Mais cette fois, c'était différent. Je ne me contentais pas de percevoir leur pouvoir : mon corps y réagissait. Pas seulement par un frisson ou par de la chair de poule. C'était plus profond que ça.

Presque sexuel, mais pas tout à fait non plus. Comme si leur pouvoir avait trouvé une partie de moi, caressait une partie de moi dont j'ignorais l'existence.

Il me remplissait, touchait quelque chose en moi, et quoi que ce soit, je le sentais s'ouvrir comme si quelqu'un venait d'appuyer sur un interrupteur. Une vague d'énergie tiède enfla à l'intérieur de mon corps et se déversa à travers ma peau, comme si chacun de mes pores émettait un courant d'air chaud. Je ne pus retenir un hoquet. Je connaissais le goût de ce pouvoir, et ce n'était pas celui de Jean-Claude. C'était celui de Richard. D'une façon qui m'échappait, j'avais puisé à sa source. Je me demandai s'il s'en apercevrait depuis l'endroit lointain où il planchait sur son doctorat.

Six semaines plus tôt, pour sauver la vie de mes deux chevaliers servants, j'avais laissé Jean-Claude nous lier tous les trois. Ils étaient mourants, et je ne pouvais pas les laisser partir. Richard avait accidentellement envahi mes rêves, mais en règle générale, Jean-Claude avait maintenu une séparation forcée entre nous, parce que tout le reste était trop douloureux. C'était la première fois que je sentais le pouvoir de Richard depuis lors. La première fois que j'avais la preuve que le lien était toujours là, toujours solide. La magie est ainsi. Même la haine ne peut en venir à bout.

Soudain, des mots que je ne pouvais connaître me montèrent aux lèvres.

— Je suis la lupa, la mère nourricière. Je suis votre gardienne, votre refuge, votre paix. Je livrerai vos batailles avec vous. Vos ennemis sont mes ennemis. Je partage la chair et le sang avec vous. Nous sommes les lukoi ; nous sommes la meute.

La chaleur retomba abruptement. Je titubai. Seule la main de Teddy m'empêcha de m'écrouler.

— Vous allez bien ? demanda-t-il d'une voix basse, aussi impressionnante que le reste de sa personne.

Je hochai la tête.

—Oui, oui, ça va.

Dès que je pus, je me dégageai. À des centaines de kilomètres de distance, Richard avait senti la traction sur son pouvoir, et il en avait interrompu le flux. Il m'avait refermé la porte au nez sans savoir ce que je faisais ou pourquoi. Un tourbillon de rage dansa dans mon esprit tel un cri silencieux. Il était en colère à ce point.

Nous étions tous deux liés à Jean-Claude. J'étais sa servante humaine, et Richard son loup. C'était une intimité douloureuse.

—Vous n'êtes pas une lukoi, s'étonna Lorraine. Vous n'êtes pas une métamorphe. Comment avez-vous fait ça?

Je souris.

—Secret professionnel.

La vérité, c'est que je l'ignorais. Il faudrait que je pose la question à Jean-Claude ce soir. J'espérais qu'il pourrait m'expliquer. Il n'était que le troisième maître vampire de leur longue lignée qui se soit lié simultanément à un mortel et à un métamorphe. Je soupçonnais fortement qu'il n'existait pas de manuel, et qu'il avançait à tâtons plus souvent que je ne voulais le savoir.

Teddy tomba à genoux.

—Vous êtes la lupa.

Les deux autres l'imitèrent. Ils se prosternèrent comme de bons petits loups soumis – même si Kevin n'aimait pas ça, et moi non plus. Mais je ne savais pas à quel point ça relevait de l'étiquette et à quel point c'était nécessaire. Je voulais qu'ils soient soumis pour ne pas avoir à combattre ou à tuer quelqu'un d'autre. Aussi les laissai-je ramper sur le sol, me palper les jambes et renifler ma peau comme des chiens.

Ce fut à cet instant que l'infirmière entra.

Les trois métamorphes se relevèrent d'un bond. Je tentai de trouver une explication, puis renonçai. L'infirmière se contenta de nous regarder longuement, un étrange sourire figé sur ses lèvres. Puis elle sortit à reculons.

— Je vais envoyer le docteur Wilson examiner les patients.

Elle hocha nerveusement la tête, deux ou trois fois, et referma la porte derrière elle. Si elle avait porté des talons, je suis sûre que nous l'aurions entendue courir.

Alors comme ça, je ne suis pas un monstre…

# CHAPITRE 7

Tout ce bazar avec les métamorphes m'avait mise en retard pour mon rendez-vous. Prendre le temps de lire le dossier de McKinnon n'arrangea rien, mais s'il y avait un incendie ce soir, ce serait embarrassant de ne pas être préparée.

Le dossier m'apprit deux choses. D'abord, que tous les incendies avaient été allumés après la tombée de la nuit, ce qui me fit instantanément penser à un vampire. Sauf que les vampires ne possèdent pas de capacités pyrokinétiques. Ils ont beaucoup de pouvoirs, mais pas celui-là. En fait, le feu est bien l'une des seules choses qu'ils redoutent. Oh, j'ai rencontré quelques vampires capables, dans une certaine mesure, de contrôler des flammes déjà existantes. D'augmenter ou de diminuer celle d'une bougie, par exemple. Mais ça ne va pas plus loin. Le feu est l'élément de la pureté. La pureté et les vampires sont antinomiques. La seconde chose que m'apprit le dossier, c'est que je n'y connaissais pas grand-chose en incendies en général, et en incendies criminels en particulier. J'allais avoir besoin d'un bouquin ou de quelqu'un qui pourrait me mettre au parfum.

Jean-Claude avait réservé chez *Demiche*, un très bon restaurant de cuisine française. J'avais dû rentrer en vitesse à la maison que je louais depuis peu pour me changer. Du coup, je m'étais arrangée pour le rejoindre directement sur place.

Le problème avec les endroits huppés, c'est que je ne sais jamais où planquer mes armes. Les vêtements féminins sexy n'offrent pas beaucoup de possibilités en la matière. Les vêtements féminins chics dissimulent plus de choses, mais ne permettent pas de dégainer aussi rapidement. Et je ne vous parle même pas de ceux qui sont archimoulants.

Ce soir-là, j'avais choisi une robe à fines bretelles, fendue si haut sur les côtés que j'étais forcée de porter des collants noirs et des sous-vêtements en dentelle de la même teinte. Je me connaissais assez bien pour savoir qu'à un moment de la soirée, je relâcherais mon attention et finirais par montrer ma culotte à toute la salle. Et si je devais sortir mon flingue, les autres clients s'en prendraient plein les mirettes. Alors, pourquoi porter cette robe-là ? Réponse : parce que j'avais un Firestar 9 mm à la ceinture.

Quand je dis « ceinture », c'était en fait une bande élastique que j'avais enfilée par-dessus mes sous-vêtements, mais en dessous de ma robe. En principe, on porte ça sous une chemise. En cas de besoin, il suffit de soulever la chemise d'une main, d'empoigner le flingue de l'autre, et voilà : vous êtes prêt à tirer. Avec la plupart des robes, ça marche moins bien, parce qu'il y a des kilomètres de tissu à remonter avant d'atteindre le flingue. C'est toujours mieux que rien, mais seulement si le méchant est très patient. Avec cette robe-là, je n'avais qu'à passer ma main par une des fentes. Il faudrait quand même que j'extirpe le Firestar de dessous, ce qui prendrait quelques fractions de seconde. Mais ça pourrait aller. De toute façon, cette ceinture n'aurait pas été avec une tenue plus moulante. Personne ne prend du bide en forme de flingue.

J'avais réussi à dégoter un soutien-gorge bandeau assorti à ma culotte en dentelle. Donc, une fois enlevés la robe et le Firestar, je me retrouverais vêtue de lingerie décente. Mes escarpins avaient des talons plus hauts que ceux que je mets d'habitude, mais c'était ça ou faire un ourlet à la robe. Comme je me refuse à coudre, j'avais opté pour les talons.

Le gros inconvénient des bretelles fines, c'est qu'elles ne dissimulaient aucune de mes cicatrices. J'avais songé à faire l'emplette d'une veste pour les couvrir, mais ce n'était pas le genre de robe qui se porte avec une veste. Tant pis. Jean-Claude avait déjà vu tout ce qu'il y avait à voir de moi, et les rares personnes qui seraient assez impolies pour mater s'en prendraient plein la vue.

Je commençais à me débrouiller plutôt bien côté maquillage. Ombre à paupières, fard à joues, rouge à lèvres… Un rouge intense, mais je pouvais me le permettre avec ma peau pâle, mes cheveux noirs bouclés et mes yeux marron foncé. Je suis tout en contrastes et en couleurs soutenues ; autant porter un rouge qui les fasse ressortir. Je me sentais franchement canon jusqu'à ce que j'aperçoive Jean-Claude.

Assis à notre table, il m'attendait. Je le repérai depuis l'entrée. Le maître d'hôtel avait deux personnes à placer avant moi, mais peu m'importait. Comme ça, je pourrais profiter de la vue.

Les cheveux de Jean-Claude sont noirs et bouclés. Mais ce soir-là, il avait dû leur faire quelque chose, car ils se déployaient tout raides sur ses épaules. Seule leur extrémité s'enroulait légèrement sur elle-même. Son visage semblait encore plus délicat, comme de la porcelaine fine.

Jean-Claude n'est pas juste mignon, mais carrément beau. Je ne sais pas trop ce qui l'empêche d'avoir l'air féminin – peut-être le tracé de sa mâchoire… Quoi qu'il en soit, personne ne pourrait le prendre pour autre chose qu'un homme. Il portait des vêtements bleu roi, une couleur que je n'avais encore jamais vue sur lui. Une veste courte, taillée dans une matière presque métallique et recouverte de dentelle noire avec un motif de fleurs. Une des chemises à jabot qu'il affectionne tant, même si elles n'ont pas été à la mode depuis le XVIIe siècle. Celle-ci était d'un bleu vibrant, jusqu'aux fronces bouillonnantes qui montaient à l'assaut de son cou pour encadrer son visage et se déversaient hors des manches de sa veste pour recouvrir la moitié supérieure de ses mains blanches et fines.

Il tenait un verre à vin vide dont il faisait tourner le pied entre ses doigts, observant le jeu de la lumière sur le cristal. Il ne pouvait guère boire plus qu'une gorgée de vin à la fois, et c'était l'un des rares aspects de sa nature vampirique qu'il déplorait.

Le maître d'hôtel me guida jusqu'à lui. Jean-Claude leva les yeux vers moi, et voir son visage de si près me serra la poitrine. Soudain, j'avais du mal à respirer. Le bleu de ses vêtements faisait paraître celui de ses prunelles encore plus intense – pas la couleur d'un ciel de minuit, plutôt celle du cobalt ou d'un saphir très pur. Mais aucun joyau ne possédait cette profondeur remplie d'intelligence, de ténébreuse connaissance. L'expression de ses yeux tandis qu'il me regardait approcher me fit frissonner. Pas de froid ou de peur. D'excitation anticipée.

Entre les talons et les fentes des deux côtés de la robe, marcher devenait tout un art. Il fallait se lancer, épaules rejetées en arrière, bassin propulsé vers l'avant, hanches ondulant ; sans quoi, le tissu s'enroulait autour de vos jambes, et les escarpins vous tordaient les chevilles. Se mouvoir comme si vous saviez que vous pouviez vous permettre une telle tenue, et qu'elle mettait en valeur vos considérables atouts. Au moindre doute, à la moindre hésitation, vous vous étaliez sur le sol et vous changiez en citrouille. Pendant très longtemps, j'avais été incapable de porter autre chose que mon sempiternel uniforme jean-baskets. En l'espace d'un mois, Jean-Claude avait réussi à m'enseigner ce que ma belle-mère n'avait pu m'apprendre en vingt ans.

Il se leva, et ça ne me dérangea pas. Autrefois, j'avais mis en rogne mon cavalier au bal de promo du lycée en me levant chaque fois qu'il le faisait pour les autres filles présentes à notre table. Mais d'une part, je m'étais radoucie depuis.

D'autre part, ça me permettait de voir le reste de la tenue de Jean-Claude.

Son pantalon était en lin noir, dénué du moindre faux-pli et si moulant que je sus qu'il ne portait rien dessous. Des bottes noires enveloppaient ses mollets jusqu'aux genoux. Elles étaient en cuir souple, pareil à du crêpe. Plissées et si douces qu'on avait envie de les caresser.

Jean-Claude glissa vers moi, et je le regardai venir à ma rencontre. J'avais encore un peu peur de lui. Peur de l'intensité de mon désir pour lui. J'étais comme un lapin pris dans la lumière des phares d'une voiture ; figée, j'attendais la mort. Mais le cœur du lapin battait-il de plus en plus vite ? Son souffle s'étranglait-il dans sa gorge ? Sa terreur était-elle mêlée d'impatience ?

Jean-Claude m'enlaça et m'attira contre lui. Ses mains pâles glissèrent sur mes bras nus. Elles étaient tièdes. Il avait dû se nourrir de quelqu'un avant de venir, lui emprunter sa chaleur. Mais sa victime avait sûrement été consentante, avide plutôt que résignée. Le Maître de la Ville n'a jamais besoin de forcer ses donneurs. Désormais, le sang est à peu près le seul fluide corporel que je refuse de partager avec lui.

Je laissai courir mes mains sur la soie de sa chemise, sous sa veste courte. J'avais envie de mouler mon corps contre sa chaleur empruntée. De caresser le lin dont la rugosité contrasterait avec la douceur de la soie. Jean-Claude est toujours un festin pour les sens, jusqu'à ses vêtements.

Il déposa un léger baiser sur mes lèvres. Nous avons appris à nos dépens que le rouge déteignait. Puis il inclina ma tête sur le côté et souffla le long de mon visage, dans mon cou. Son souffle était pareil à une ligne de feu sur ma peau. Il s'immobilisa la bouche au-dessus de la veine dans laquelle battait mon pouls.

—Tu es très en beauté ce soir, ma petite.

Et il pressa très doucement ses lèvres contre ma peau. Je lâchai une expiration tremblante et reculai.

Chez les vampires, c'est une tradition que de saluer leurs plus proches amis en leur embrassant la gorge. Un témoignage de leur confiance et de leur affection. Le refuser signifie qu'on est en colère contre eux, ou qu'on se méfie d'eux. Personnellement, je trouve ce geste un peu trop intime pour être fait en public, mais j'ai vu Jean-Claude le pratiquer avec d'autres gens et déclencher une bagarre quand ils se dérobent. C'est un vieux salut qui revient tout juste à la mode. En fait, les gens du show-biz et assimilés l'ont adopté en masse. Ils trouvent ça très chic. Et je suppose que ça vaut toujours mieux que d'embrasser l'air des deux côtés du visage de quelqu'un.

Le maître d'hôtel tenait ma chaise. Je lui fis signe qu'il pouvait laisser tomber. Ce n'était pas un accès de féminisme de ma part : plutôt une conscience aiguë de mon manque de grâce. Je n'arrive jamais à me laisser pousser sous une table sans que la chaise me cogne les jambes, et la plupart du temps, je finis tellement loin de mon assiette que je dois terminer la manœuvre moi-même. Donc, je préfère me débrouiller seule.

Jean-Claude me regarda lutter avec ma chaise. Il sourit mais ne me proposa pas son aide. J'ai au moins réussi à lui apprendre ça. Il se coula dans sa propre chaise avec une grâce infinie. Qui pourrait sembler efféminée s'il n'avait pas cette allure de félin. Même au repos, on devine ses muscles sous sa peau, et sa présence physique est éminemment virile. Autrefois, je pensais que c'était un tour de passe-passe vampirique. Mais non. Ça vient entièrement de lui.

Je secouai la tête.

— Qu'est-ce qui ne va pas, ma petite ?

— Je me sentais plutôt canon jusqu'à ce que je vous voie. Maintenant, j'ai l'impression d'être une des demi-sœurs ingrates de Cendrillon.

Il eut un claquement de langue désapprobateur.

— Tu sais bien que tu es ravissante, ma petite. Dois-je nourrir ta vanité en t'expliquant à quel point ?

— Je ne quémandais pas de compliments, le détrompai-je. (Je désignai sa tenue et secouai de nouveau la tête.) Vous avez vraiment une allure incroyable.

Il sourit en inclinant la tête sur le côté, de sorte que ses cheveux tombèrent en avant.

— Merci, ma petite.

— Vous avez fait une permanente ? demandai-je. (Je me hâtai d'ajouter :) Ça vous va bien.

Et c'était le cas, mais j'espérais que ça n'était pas aussi… permanent qu'une permanente. Parce que j'adore ses boucles.

— Si ça l'était, comment réagirais-tu ?

— Si ça l'était, vous me l'auriez dit. Là, vous vous contentez de me taquiner.

— Pleurerais-tu la disparition de mes boucles ?

— Je pourrais vous retourner l'ascenseur.

Il écarquilla les yeux avec une horreur feinte.

— Pas ta couronne de gloire, ma petite, mon Dieu !

Il se moquait de moi, mais j'ai l'habitude.

— Je ne savais pas qu'on trouvait des vêtements en lin aussi moulants.

Le sourire de Jean-Claude s'élargit.

— Et je ne savais pas qu'on pouvait dissimuler une arme à feu sous une robe aussi… sommaire.

— Tant que je ne serre personne dans mes bras, personne ne s'en doutera.

— Très juste.

Un serveur s'approcha et demanda si nous désirions un apéritif. Je réclamai de l'eau et un Coca. Jean-Claude ne prit rien. S'il avait pu boire quelque chose, ç'aurait été du vin.

Jean-Claude rapprocha sa chaise de la mienne. Quand notre dîner arriverait sur la table, il reprendrait sa place en face de moi, mais choisir les plats faisait partie des plaisirs de cette sortie. Plusieurs rendez-vous au restaurant s'étaient écoulés avant que je comprenne ce que Jean-Claude voulait – ou plutôt, ce dont il avait besoin. Je suis sa servante humaine. Je porte trois de ses marques. Un des effets secondaires de la deuxième, c'est qu'il peut s'alimenter à travers moi. Donc, si nous entreprenions une longue traversée en mer, il n'aurait pas besoin de se nourrir des autres passagers humains. Il pourrait se sustenter par mon intermédiaire pendant un bon moment. Et il pouvait aussi sentir le goût de la nourriture que j'avalais.

C'est la première fois que ça lui arrive depuis près de quatre siècles. Évidemment, il faut que je l'ingurgite à sa place, mais il peut savourer un repas. Même si c'est trivial comparé aux autres choses qu'il a acquises grâce à notre lien, j'ai souvent l'impression que c'est ce dont il se réjouit le plus. Chaque fois, il commande avec une joie enfantine et me regarde manger. Le goût des aliments lui parvient en même temps qu'à moi. En privé, il roule sur le dos tel un chat repu, les mains pressées sur sa bouche comme s'il ne voulait pas en perdre une miette. C'est la seule de ses attitudes que je trouve attendrissante. Jean-Claude est magnifique, sensuel, mais rarement attendrissant. En six semaines de rendez-vous, j'avais déjà pris deux kilos.

Il glissa son bras sur le dossier de ma chaise, et nous déchiffrâmes le menu ensemble. Il était assez près de moi pour que ses cheveux effleurent ma joue. L'odeur de son parfum – désolée : de son eau de Cologne – caressait ma peau. À ceci près que si on peut appeler ça de l'eau de Cologne, le Brut, c'est de l'insecticide.

J'écartai ma tête pour rompre le contact, essentiellement parce que sa proximité m'empêchait de réfléchir. Peut-être que si j'avais accepté son invitation à venir vivre avec lui au *Cirque des Damnés*, une partie de cette chaleur se serait dissipée. Mais j'avais, en temps record, loué une maison au milieu de nulle part pour que mes voisins ne se fassent plus tirer dessus – la raison pour laquelle j'avais quitté mon ancien appartement. Je déteste cette maison. Contrairement à des tas de gens, je n'ai jamais rêvé d'un joli jardin avec une barrière blanche. Une terrasse aurait suffi à me combler. Mais qui dit terrasse dit immeuble, et qui dit immeuble dit voisins.

Jean-Claude posa une main sur mon épaule nue, caressant ma peau du bout des doigts. La dentelle de sa veste me grattait le dos. Sa jambe effleura ma cuisse, et je me rendai compte que je n'avais pas entendu une seule syllabe de ce qu'il venait de dire. C'était foutrement embarrassant.

Il cessa de parler et me dévisagea de ses yeux extraordinaires, son visage à quelques centimètres du mien.

—Je viens de t'expliquer ce que j'aimerais manger, ma petite. M'as-tu écouté?

Je secouai la tête.

—Désolée.

Il éclata de rire, et ce son balaya ma peau comme son souffle, enveloppant mon corps de sa tiédeur. C'était un tour vampirique parmi les plus anodins, qui faisait désormais partie de nos préliminaires publics. En privé, nous faisions bien d'autres choses.

—Inutile de t'excuser, ma petite, chuchota-t-il contre ma joue. Tu sais que j'adore pouvoir te troubler à ce point.

Il rit de nouveau, et je le repoussai.

—Retournez de l'autre côté de la table. Vous êtes resté ici assez longtemps pour savoir ce que vous voulez.

Docilement, il reprit sa place initiale.

—J'ai déjà ce que je veux, ma petite.

Je fus forcée de baisser les yeux. Malgré cela, une rougeur brûlante remonta le long de mon cou et embrasa mon visage, et je ne pus rien faire pour l'arrêter.

—Si tu parlais de ce que je veux manger, c'est une autre question.

—Ce que vous pouvez me bourrer le mou..., maugréai-je.

—Et tant d'autres endroits..., susurra Jean-Claude.

Je ne croyais pas pouvoir m'empourprer davantage. J'avais tort.

—Arrêtez ça.

—Ça me plaît de te voir rougir. Je trouve ça charmant.

Le ton de sa voix me fit sourire malgré moi.

—Je n'ai pas mis cette robe pour être charmante. Je visais plutôt «sexy et sophistiquée».

—Ne peux-tu être charmante en plus? Y a-t-il une loi qui interdise de cumuler les trois?

—Vil flatteur…

Il écarquilla les yeux, tentant de prendre un air innocent et échouant. Jean-Claude est des tas de choses, mais innocent ne figure pas sur la liste.

—Maintenant, commençons les négociations.

—À t'entendre, c'est une corvée pour toi.

Je soupirai.

—Avant de sortir avec vous, je considérais la nourriture comme un truc qu'il faut avaler pour ne pas mourir. Je n'aimerais jamais ça autant que vous. Chez vous, c'est presque une obsession.

—Tu exagères.

—Un passe-temps, alors.

Il acquiesça.

—Peut-être.

—Donc, dites-moi ce qui vous ferait plaisir dans ce menu, et nous négocierons.

—Tout ce que je te demande, c'est de goûter ce que je commanderai. Tu n'es pas obligée de le finir.

—Non, ça suffit. À force de manger une bouchée de ci, une bouchée de ça, j'ai pris du poids. Avant, je ne grossissais jamais.

—Deux pauvres petits kilos. Que j'ai cherchés diligemment sans jamais les localiser. Ça t'amène au monstrueux total de… quoi? Cinquante-cinq kilos?

— Exact.

— Une vraie baleine, gloussa affectueusement Jean-Claude.

— Je le fixai, et pas d'un regard amical.

— On ne plaisante jamais avec le poids d'une femme, Jean-Claude. Du moins, pas avec le poids d'une Américaine du XXIe siècle.

Il écarta les mains.

— Mes plus sincères excuses.

— Quand vous vous excusez, essayez de ne pas vous marrer en même temps, dis-je sévèrement. Ça gâche un peu l'effet.

Son sourire s'élargit jusqu'à dévoiler un soupçon de crocs.

— Je tâcherai de m'en souvenir pour la prochaine fois.

Le serveur revint avec mon eau et mon Coca.

— Êtes-vous prêts à commander, ou avez-vous encore besoin de quelques minutes ?

Jean-Claude me consulta du regard.

— Encore quelques minutes.

Les négociations commencèrent.

Vingt minutes plus tard, j'avais fini mon premier Coca, et nous étions tombés d'accord. Le serveur revint, stylo en suspens au-dessus de son carnet, et nous jeta un regard plein d'espoir.

J'avais gagné la bataille de l'entrée – donc, nous n'en prendrions pas. En échange, j'avais capitulé sur la salade et accepté de commander une soupe. Poireaux-pommes de terre, rien de dramatique pour ma ligne. Nous avions tous deux envie d'un bon morceau de bœuf.

— La petite entrecôte.

Quelle cuisson ? s'enquit le serveur.

— Moitié bien cuite, moitié saignante.

Il cligna des yeux.

— Je vous demande pardon?

— Vous la coupez en deux et vous laissez cuire une moitié plus longtemps que l'autre.

Il fronça les sourcils.

— Je ne crois pas que nous puissions faire ça.

— Vu les prix, vous devriez amener la vache vivante à notre table et pratiquer un sacrifice rituel. Ne discutez pas.

Je lui rendis la carte. Il la prit et, les sourcils toujours froncés, se tourna vers Jean-Claude.

— Et pour vous, monsieur?

Jean-Claude lui adressa un petit sourire.

— Je ne commande rien ce soir.

— Un peu de vin, peut-être? suggéra le serveur.

— Oh, je ne bois jamais… de vin, insinua Jean-Claude.

Je toussai et crachai la moitié de mon deuxième Coca sur la nappe. Ce fut tout juste si le serveur ne me fit pas la manœuvre de Heimlich. Jean-Claude rit si fort que des larmes coulèrent sur ses joues. Ça ne se voyait pas dans l'éclairage tamisé du restaurant, mais je savais qu'elles étaient teintées de rouge. Que sa serviette serait pleine de taches rosâtres quand il aurait fini de s'essuyer les yeux.

Le serveur s'enfuit sans avoir saisi la plaisanterie. Tandis que je regardais le vampire souriant assis face à moi, je me demandai si la plaisanterie m'était destinée, ou si j'étais juste sa cible. Certains soirs, j'ai du mal à faire la part des choses.

Mais quand Jean-Claude me tendit sa main par-dessus la table, je la pris. Ouais. J'étais définitivement sa cible.

# CHAPITRE 8

Pour dessert, nous avions commandé un cheesecake framboise-chocolat. Une triple menace envers n'importe quel régime. Franchement, je préfère mon cheesecake nature. Les fruits – à l'exception des fraises – et le chocolat ne font que troubler le goût crémeux. Mais Jean-Claude en raffole, et le dessert était censé remplacer le vin que j'avais refusé de boire pendant le dîner. Je déteste l'alcool. Donc, j'avais laissé Jean-Claude choisir le dessert. De toute façon, *Demiche* ne sert pas de cheesecake nature. J'imagine que ce n'est pas assez « artistique » pour eux.

Je mangeai tout le gâteau, pourchassai le dernier copeau de chocolat autour de mon assiette et la repoussai. J'étais gavée comme une oie. Jean-Claude avait étendu son bras sur la nappe et posé sa joue sur son bras. Les yeux clos, en pâmoison, il s'efforçait de savourer les ultimes bribes du cheesecake. Il cligna des yeux comme s'il émergeait d'une transe et, sans relever la tête, me dit :

— Tu as laissé un peu de crème fouettée, ma petite.

— Je suis pleine comme un œuf.

— C'est de la vraie crème fouettée. Qui fond sur la langue et glisse le long du palais…

Je secouai la tête.

— Je n'avalerai pas une bouchée de plus. Sinon, je vais être malade.

Il poussa un soupir résigné et se redressa.

— Certains soirs, je désespère de toi, ma petite.

Je souris.

— C'est marrant, parce qu'il m'arrive de penser la même chose de vous.

Il inclina légèrement la tête.

— Touché, ma petite. Touché.

Son regard dériva par-dessus mon épaule, et il se raidit. Son sourire ne s'estompa pas : il se volatilisa littéralement. Son visage devint un masque figé, dénué d'expression. Et je n'eus pas besoin de me retourner pour savoir que quelqu'un se tenait derrière moi. Quelqu'un dont Jean-Claude avait peur.

Je réussis à faire tomber ma serviette et la ramassai de la main gauche. De la droite, je dégainai mon Firestar. Quand je me redressai, il était posé sur mes genoux. Défourailler à l'intérieur d'un resto huppé me semblait une mauvaise idée, mais bon, ça ne serait pas ma première.

Pivotant à demi, je vis un couple se diriger vers nous en louvoyant entre les tables. La femme paraissait grande, jusqu'à ce que vous aperceviez ses chaussures. Des talons aiguilles de douze centimètres. Si j'avais essayé de marcher avec, je me serais pété une cheville. Sa robe blanche, à encolure carrée, était moulante et avait sans doute coûté plus cher que tout ce que je portais sur moi, Firestar compris. Ses cheveux d'un blond platine très pâle étaient presque assortis à sa robe et à l'étole de vison blanc toute simple qui ceignait ses épaules. Elle les avait relevés en un chignon haut perché, que des éclats argentés et le feu cristallin d'un semis de diamants entouraient comme une couronne. Son teint était crayeux, et malgré son maquillage adroit, je devinai qu'elle ne s'était pas encore nourrie ce soir-là.

L'homme était humain, même s'il émanait de lui une énergie bourdonnante qui portait à en douter. Il arborait ce splendide bronzage couleur d'acajou auquel seules les peaux olivâtres peuvent prétendre. Ses cheveux bruns luxuriants étaient coupés court sur les côtés, mais retombaient en boucles épaisses devant ses yeux. Il regardait Jean-Claude sans ciller, d'un regard plein de joie – mais d'une joie sinistre. Il portait un costume de lin blanc et une cravate de soie.

Comme on pouvait s'y attendre, tous deux s'immobilisèrent près de notre table. L'homme n'avait d'yeux que pour Jean-Claude. J'aurais aussi bien pu être transparente. Il avait des traits forts, depuis ses pommettes hautes jusqu'à son nez presque crochu. À quelques millimètres près, son visage aurait pu être ordinaire. Là, il était d'un charme frappant, séduisant d'une façon toute virile.

Jean-Claude se leva, les bras ballants.

— Yvette. Ça faisait longtemps, dit-il sur un ton aussi neutre que son expression.

La femme lui adressa un sourire radieux.

— Très longtemps, Jean-Claude. Tu te souviens de Balthazar ?

Elle toucha le bras de l'homme, qui le glissa obligeamment autour de sa taille. Puis il déposa un baiser sur sa joue pâle et me regarda pour la première fois. Jamais encore un homme ne m'avait regardée de cette façon. S'il avait été une femme, j'aurais juré qu'il était jaloux. Sa compagne parlait un anglais parfait, mais avec un pur accent français.

— Bien sûr que je me souviens de lui. Le temps passé en compagnie de Balthazar est toujours mémorable.

Alors, l'homme reporta son attention sur Jean-Claude.

— Mais pas assez mémorable pour que tu restes avec nous.

Lui aussi avait un accent français, mais j'en décelais un autre par-dessous. Comme quand on mélange du bleu et du rouge et qu'on obtient du violet.

— Je suis maître de mon propre territoire. N'est-ce pas ce dont nous rêvons tous ?

— Certains rêvent d'un siège au Conseil, répliqua Yvette sur un ton légèrement amusé.

Mais je captais autre chose de tapi dans sa voix, comme quand on nage dans une eau très sombre qu'on sait peuplée de requins.

—Je n'aspire pas à de si vertigineuses hauteurs, affirma Jean-Claude.

—Vraiment ? s'étonna Yvette.

—Vraiment.

Elle sourit, mais son regard demeura distant et froid.

—Nous verrons.

—Il n'y a rien à voir. Ma position actuelle me satisfait.

—Si tel est le cas, tu n'as rien à craindre de nous.

—Quel que soit le cas, nous n'avons rien à craindre de vous, dis-je aimablement.

Yvette et Balthazar me regardèrent comme si j'étais un chien qui venait de faire un tour intéressant. Ils commençaient vraiment à me déplaire.

—Yvette et Balthazar sont des envoyés du Conseil, ma petite, m'informa Jean-Claude.

—Tant mieux pour eux, lâchai-je nonchalamment.

—Nous n'avons pas l'air de l'impressionner, remarqua Yvette.

Elle se tourna vers moi. Ses yeux étaient gris-vert, avec de minuscules éclats ambrés qui dansaient autour des pupilles. Je la sentis tenter de m'aspirer avec son regard, mais ça ne marcha pas. Même si son pouvoir me donnait la chair de poule, elle n'arrivait pas à me capturer avec ses yeux. Elle était balèze, mais elle n'était pas un maître vampire.

Je percevais son âge comme une pulsation sourde à l'intérieur de mon crâne. Un millier d'années, au moins. La dernière fois que j'avais rencontré un vampire aussi vieux, je m'étais fait botter le cul. Mais Nikolaos était le Maître de la Ville, et Yvette ne pourrait jamais y prétendre. Si un vampire n'a pas décroché le statut de maître au bout d'un millénaire, il ou elle n'y parviendra jamais. Il gagnera du pouvoir et des capacités en vieillissant, mais dans une certaine limite. Yvette avait déjà atteint la sienne. Je la regardai dans les yeux, laissai son pouvoir me picoter la peau et ne réagis pas.

Elle se rembrunit.

—Impressionnant.

—Merci.

Balthazar la contourna et mit un genou en terre devant moi. Puis il posa sa main sur le dossier de ma chaise et se pencha vers moi. Si Yvette n'était pas un maître, il ne pouvait pas être son serviteur humain. Seul un maître vampire peut créer un serviteur humain. Ce qui signifiait qu'il appartenait à quelqu'un d'autre. Quelqu'un que je n'avais pas encore rencontré. Pourquoi avais-je le pressentiment que ça ne tarderait plus ?

—Mon maître est membre du Conseil, dit-il. Vous n'avez aucune idée du genre de pouvoir dont il dispose.

—Demandez-moi si je m'en soucie.

Un éclair de colère passa sur son visage, assombrissant ses yeux et crispant ses doigts sur ma chaise. Il posa sa main sur ma jambe, juste au-dessus du genou, et se mit à serrer. Ça fait assez longtemps que je joue avec les monstres pour reconnaître une force surnaturelle. Ses doigts s'enfoncèrent dans ma chair, et je sus qu'il pourrait augmenter la pression jusqu'à ce que mes muscles cèdent et que mes os se dénudent.

J'empoignai sa cravate de soie, le tirai vers moi et lui collai le canon de mon Firestar entre les côtes. Je regardai la surprise chasser la colère sur son visage, à quelques centimètres du mien.

—Je vous parie que je peux vous faire un trou dans la poitrine avant que vous réussissiez à me broyer la jambe.

—Vous n'oseriez pas.

—Pourquoi ça ?

Un nuage de peur passa dans ses yeux.

—Je suis le serviteur humain d'un membre du Conseil.

— Ça ne m'impressionne pas. Essayez la porte numéro deux.

Il fronça les sourcils.

— Je ne comprends pas.

— Donne-lui une meilleure raison de ne pas te tuer, reformula Jean-Claude.

— Si vous me tirez dessus devant témoins, vous irez en prison.

Je soupirai.

— Ce n'est pas faux. (Je tirai d'un coup sec sur sa cravate pour rapprocher encore son visage du mien.) Ôtez votre main de mon genou, tout doucement, et je n'appuierai pas sur la détente. Continuez à me faire mal, et je tenterai ma chance avec la police.

Il me regarda.

— Vous le feriez. Vous le feriez vraiment.

— Je ne bluffe jamais, Balthazar. Tâchez de vous en souvenir pour nos prochaines rencontres, et peut-être que je n'aurai pas à vous tuer.

Sa main se détendit, puis s'écarta lentement de moi. Je le laissai reculer, sa cravate glissant dans ma main comme un fil de pêche. Je me laissai aller contre le dossier de ma chaise. À aucun moment je n'avais sorti mon flingue de dessous ma serviette. Nous avions été la discrétion même.

Le serveur s'approcha néanmoins.

— Y a-t-il un problème ?

— Pas du tout, répondis-je.

— Apportez-nous l'addition, s'il vous plaît, ajouta Jean-Claude.

— Tout de suite.

Nerveusement, le serveur regarda Balthazar se relever. Balthazar lissa les plis de son pantalon, sans grand résultat. Les fringues en lin ne pardonnent pas le moindre mouvement.

— Tu remportes le premier round, Jean-Claude. Prends garde à ce que ça ne devienne pas une victoire pyrrhique, lança Yvette.

Puis Balthazar et elle sortirent du restaurant sans rien avoir avalé. Je suppose qu'ils n'avaient pas faim...

— Que se passe-t-il ? m'enquis-je.

Jean-Claude se rassit.

— Yvette est l'un des larbins du Conseil. Et Balthazar, le serviteur humain d'un de ses membres les plus puissants.

— Pourquoi sont-ils ici ?

— Je pense que c'est à cause de M. Oliver.

M. Oliver était le plus vieux vampire que j'aie jamais rencontré. Le plus vieux vampire dont j'aie jamais entendu parler. Il avait un million d'années – je ne plaisante pas, un million d'années à quelques siècles près. Pour ceux d'entre vous qui s'y connaissent en préhistoire, oui, ça signifie qu'il n'était même pas *Homo sapiens*. Un *Homo erectus* capable de se déplacer en plein jour, même si je ne l'avais jamais vu traverser la lumière directe du soleil.

Il était le seul vampire qui ait réussi, fût-ce brièvement, à me faire croire qu'il était humain – une idée sacrément ironique, puisqu'il n'était pas humain du tout. Il avait l'intention d'écarter Jean-Claude, de prendre le contrôle de tous les vampires de la région et de les forcer à massacrer des humains, espérant que cela pousserait les autorités à révoquer le statut légal des vampires. Il pensait qu'en tant que citoyens américains reconnus, ses semblables se multiplieraient trop rapidement et finiraient par submerger les humains. J'étais plus ou moins d'accord avec lui.

Son plan aurait pu fonctionner si je ne l'avais pas tué. Comment avais-je réussi à le tuer ? C'est une longue histoire, mais j'avais fini dans le coma. Pendant une semaine, j'avais été si près de la mort que les médecins ne comprenaient toujours pas comment j'avais survécu. Évidemment, ils ne comprenaient même pas pourquoi j'étais tombée dans le coma en premier lieu, et personne ne s'était donné la peine de leur expliquer le fonctionnement des marques vampiriques et des vampires *Homo erectus*.

Je regardai Jean-Claude.

— Le fils de pute maboule qui a essayé de vous renverser pendant le dernier Halloween ?

— Oui.

— Qu'est-ce qu'il avait de spécial ?

— C'était un membre du Conseil.

Je faillis éclater de rire.

— Impossible. Il était vieux, plus vieux que le péché, mais pas si puissant que ça.

— Je t'ai déjà dit qu'il avait accepté de restreindre ses pouvoirs, ma petite. Au début, j'ignorais qui et ce qu'il était. Puis j'ai découvert qu'il était le membre du Conseil connu sous le nom de Trembleterre.

— Je vous demande pardon ?

— Il pouvait faire trembler la terre par son seul pouvoir.

— Vous plaisantez ?

— Pas du tout, ma petite. Il avait accepté de ne pas provoquer de séisme capable d'engloutir la ville, parce que cela aurait été imputé à une catastrophe naturelle. Il voulait que les victimes soient portées au crédit des vampires. Souviens-toi qu'il visait le retour à l'illégalité pour tous nos semblables. Un séisme n'aurait pas servi sa cause. Un bain de sang, si. Personne, pas même toi, ne pourrait croire un simple vampire capable de provoquer un tremblement de terre.

— Et comment ! (J'étudiai le visage de Jean-Claude.) Vous êtes sérieux, comprenai-je.

— Mortellement sérieux, ma petite.

Ça faisait beaucoup à digérer, en plus de mon repas. Dans le doute, ignorez ce qu'on vous raconte et restez détaché.

— Donc, nous avons éliminé un membre du Conseil, résumai-je. Et alors ?

Jean-Claude secoua la tête.

— Il n'y a pas de peur en toi, ma petite. Comprends-tu le danger que nous courons tous ?

— Non, et que voulez-vous dire par « tous » ? Qui est en danger, à part nous deux ?

— Tous mes gens.

— Définissez « gens ».

— Mes vampires, plus les métamorphes et les humains que le Conseil considère comme miens.

— Larry ?

Il soupira.

— Peut-être.

— Devrais-je l'appeler ? Le prévenir ? Quelle est l'ampleur de ce fameux danger, au juste ?

— Je n'en suis pas certain. Jusqu'ici, ce n'était jamais arrivé que quelqu'un élimine un membre du Conseil et refuse de prendre sa place.

— C'est moi qui l'ai tué, pas vous.

— Tu es ma servante humaine. Aux yeux du Conseil, chacun de tes actes est une extension de ma volonté.

Je le regardai.

— Vous voulez dire que si je tue quelqu'un, ça va sur votre ardoise ?

Jean-Claude acquiesça.

— Je n'étais pas encore votre servante humaine quand j'ai buté Oliver.

— À ta place, je garderais ça pour moi.

— Pourquoi ?

— Ils ne me tueront peut-être pas, ma petite, mais ils exécuteraient sûrement une chasseuse de vampires coupable d'avoir éliminé un membre du Conseil. Sans jugement et sans la moindre hésitation.

—Même si je suis votre servante humaine à présent?

—Ça pourrait te sauver. L'interdiction de détruire le serviteur humain d'un autre vampire est l'une de nos règles les plus strictes.

—Donc, ils ne peuvent pas me tuer.

—Mais ils peuvent te faire du mal, ma petite. Te faire tellement de mal que tu appelleras la mort à grands cris.

—Vous voulez dire, me torturer?

—Pas au sens traditionnel du terme. Mais ils sont passés maîtres dans l'art de découvrir ce qui te terrifie le plus, et de l'utiliser contre toi. Ils retourneront tes désirs les plus secrets contre toi, et déformeront tout ce que tu es de la manière qui leur plaira.

—J'ai déjà rencontré des vampires capables de faire ça, lui rappelai-je.

—Considère tout ce que tu as vu de nous jusqu'ici comme un rêve lointain, ma petite. Le Conseil est la réalité. Le cauchemar sur lequel nous nous basons tous. La seule chose que nous craignions.

—Je n'ai pas trouvé Yvette et Balthazar si terrifiants que ça.

Jean-Claude me regarda. Son visage était dénué d'expression – un masque lisse et plaisant.

—S'ils ne t'ont pas terrifiée, ma petite, c'est uniquement parce que tu ne les connais pas. Yvette est le larbin du Conseil parce que ses membres sont assez puissants pour lui fournir autant de victimes qu'elle en désire.

—De victimes? Vous ne parlez pas de proies humaines, n'est-ce pas?

—Ça peut être des humains. Mais Yvette passe pour pervertie, même aux yeux des autres vampires.

Je n'étais pas certaine de vouloir le savoir, mais…

—Pervertie dans quel sens?

Jean-Claude soupira et baissa les yeux comme pour examiner ses mains, qui reposaient immobiles sur la nappe.

Comme s'il essayait de se dérober à moi. Je voyais presque les murs se déplacer. Il se reconfigurait pour redevenir Jean-Claude, Maître de la Ville. Je fus choquée de me rendre compte qu'il avait changé. Ça s'était produit de manière si graduelle que je ne m'étais pas rendu compte qu'avec moi, pendant nos rendez-vous, il était différent. J'ignorais s'il était davantage lui-même, ou davantage ce qu'il pensait que je voulais qu'il soit, mais il se montrait plus détendu, moins sur ses gardes. Le voir reprendre son visage public pendant que j'étais assise en face de lui me parut presque déprimant.

—Yvette aime les morts, dit-il enfin.

Je fronçai les sourcils.

—Mais c'est une vampire. C'est redondant.

Jean-Claude me fixa d'un regard qui n'avait rien d'amical.

—Je n'ai pas l'intention d'en débattre avec toi, ma petite. Tu partages mon lit. Si j'étais un zombie, tu ne me toucherais pas.

—C'est vrai. (Il me fallut quelques secondes pour assimiler celle révélation.) Essayez-vous de me dire qu'Yvette aime baiser avec des zombies, des cadavres en décomposition ?

—Entre autres choses, oui.

Je ne pus empêcher le dégoût de s'inscrire sur mon visage.

—Doux Jésus, c'est… (Les mots me manquaient. Puis j'en trouvai un :) C'est une nécrophile.

—Elle se servira d'un corps mort si elle n'a rien d'autre sous la main, mais ce qui lui plaît vraiment, ce sont les cadavres pourris et animés. Tes dons l'exciteraient beaucoup, ma petite. Tu pourrais lui relever plus de partenaires qu'elle en désire.

—Je ne relèverai pas de cadavres juste pour son plaisir.

—Pas au départ.

—En quelques circonstances que ce soit.

— Le Conseil a les moyens de créer des circonstances qui te forceraient à faire pratiquement n'importe quoi.

Je scrutai le visage de Jean-Claude en regrettant de ne pas pouvoir voir au travers de son masque. Mais je comprenais. Déjà, il se cachait d'eux.

— Le trou dans lequel nous sommes… À quel point est-il profond ?

— Assez pour tous nous ensevelir, si tel est le bon vouloir du Conseil.

— Je n'aurais peut-être pas dû braquer Balthazar.

— Peut-être pas, non.

L'addition arriva. Nous payâmes. Nous partîmes. Je fis un arrêt aux toilettes des dames pour récupérer mon Firestar. Jean-Claude prit mes clés de voiture, pour que je ne sois encombrée par rien d'autre. De la porte des toilettes à la sortie du restaurant, il n'y avait que quelques pas à faire. Flingue noir contre robe noire. Ou bien personne ne le remarqua, ou bien personne ne voulut s'en mêler. Rien de nouveau, en somme.

# CHAPITRE 9

Le parking était une sombre étendue de ténèbres luisantes, à travers laquelle quelques ronds de lumière éclairaient des voitures à la carrosserie polie. Jaguar, Volvo et Mercedes étaient les espèces dominantes.

J'aperçus ma Jeep au bout d'une rangée. Puis je la perdis de vue tandis que nous marchions entre les autres véhicules. Jean-Claude avait refermé sa main sur mes clés pour ne pas qu'elles tintent quand il bougeait. Je tenais mon Firestar à deux mains, pointé vers le sol mais prêt à tirer. Du regard, je balayais les alentours. Je n'essayais même pas de m'en cacher. Malgré l'obscurité, un flic aurait compris ce que je faisais à dix ou quinze mètres de distance. Je cherchais du danger, cherchais des cibles.

Je me sentais à la fois stupide et nerveuse. La peau de mes épaules nues essayait de ramper le long de ma colonne vertébrale. C'était idiot, mais je me serais sentie plus à l'aise en jean et en tee-shirt. Plus en sécurité.

— Je ne crois pas qu'ils soient ici, dis-je à voix basse.

— Je suis sûr que tu as raison, ma petite. Yvette et Balthazar ont remis leur message en main propre, et ils sont retournés en courant auprès de leurs maîtres.

Je jetai un coup d'œil en biais à Jean-Claude, avant de reporter mon attention sur le parking.

— Dans ce cas, pourquoi suis-je en mode combat ?

— Parce que le Conseil ne se déplace jamais sans escorte. Et les membres de cette escorte se manifesteront avant la fin de la nuit. Je peux te le garantir.

—Génial.

Nous contournâmes les dernières voitures qui s'interposaient entre nous et ma Jeep. Un homme était appuyé contre celle-ci. Tout à coup, le canon de mon Firestar se retrouva braqué sur lui. Je n'avais pas réfléchi ; j'avais juste laissé ma paranoïa prendre le dessus. Pardon : ma prudence.

Jean-Claude se figea à mon côté. Il était aussi immobile qu'une statue. Les vieux vampires peuvent faire ça. Ils s'arrêtent. S'arrêtent de bouger, s'arrêtent de respirer, s'arrêtent tout court. Comme s'ils allaient disparaître dès l'instant où vous détournerez les yeux.

L'homme était de profil par rapport à nous. En train de s'allumer une cigarette. Vous auriez pu croire qu'il ne nous avait pas vus, mais moi, on ne me la fait pas. Je pointais un flingue sur lui. Il savait que nous étions là.

L'allumette s'embrasa, éclairant l'un des profils les plus parfaits que j'aie jamais vus. La lumière jaune conférait des reflets dorés à ses cheveux blonds, longs jusqu'aux épaules, dont les vagues épaisses encadraient son visage. D'un geste négligent du poignet, il éteignit l'allumette et la laissa tomber. Puis il ôta sa clope de sa bouche et leva son visage vers le ciel. Il exhala trois ronds de fumée parfaits et éclata de rire.

Son rire dégoulina le long de mon échine comme s'il m'avait touchée. Il me fit frissonner, et je me demandai comment j'avais bien pu croire que cet homme était humain.

—Asher, lâcha Jean-Claude.

Il prononça ce nom sans la moindre trace d'émotion, et pourtant, j'eus beaucoup de mal à ne pas tourner la tête pour le dévisager. Je connaissais Asher, mais seulement de réputation. Lui et sa servante humaine Julianna avaient parcouru l'Europe avec Jean-Claude pendant une vingtaine d'années. Ils formaient un ménage à trois, ce que Jean-Claude avait connu de plus approchant d'une famille depuis qu'il était devenu un vampire. Puis Jean-Claude avait été appelé au chevet de sa mère mourante. En son absence, Asher et Julianna avaient été capturés par l'Église. Lisez «par des chasseurs de sorcières».

Asher pivota, nous révélant son profil droit. La lumière du lampadaire qui avait caressé la perfection de son profil gauche paraissait trop crue à présent. Le côté droit de son visage ressemblait à de la cire fondue. Cicatrices de brûlures, d'acide, d'eau bénite. Les vampires ne peuvent régénérer les dommages causés par des objets saints. Les prêtres avaient pensé qu'ils pourraient expulser le démon hors d'Asher, une goutte d'eau bénite après l'autre.

Je gardai mon flingue braqué sur lui, et mes mains ne tremblèrent pas. J'avais vu pire, récemment. Un vampire dont la moitié du visage avait pourri, et dont l'œil roulait dans une orbite à vif. Comparé à lui, Asher aurait pu faire la couverture de *GQ*. Mais la perfection de son corps et de l'autre côté de son visage rendait ses cicatrices plus horribles, presque obscènes. Ses bourreaux n'avaient pas touché à ses yeux, ni au milieu de son visage, de sorte que son nez et sa bouche aux lèvres pleines se détachaient contre une masse de chair torturée. Jean-Claude l'avait sauvé avant que ces fanatiques le tuent, mais Julianna avait été brûlée vive comme sorcière.

Asher n'avait jamais pardonné à Jean-Claude la mort de la femme qu'ils aimaient tous les deux. En fait, la dernière fois que j'avais entendu parler de lui, il réclamait ma mort. Il voulait tuer la servante humaine de Jean-Claude pour se venger. Jusqu'ici, le Conseil lui avait refusé sa permission.

— Écartez-vous de la Jeep, lentement, lui ordonnai-je.

— Tu me tirerais dessus parce que je me suis appuyé sur ta voiture? répliqua-t-il d'un air plaisant, amusé.

Le ton de sa voix, la façon dont il choisissait ses mots me rappelèrent Jean-Claude à l'époque de notre première rencontre. Asher se redressa sans s'aider de ses mains. Il me souffla un rond de fumée au visage et éclata de nouveau de rire.

Le son glissa sur ma peau comme la caresse d'une fourrure, soyeuse et légèrement imprégnée de mort. C'était le même rire que celui de Jean-Claude. Foutrement déstabilisant.

Jean-Claude prit une grande inspiration tremblante et fit un pas en avant. Mais il ne bloqua pas ma ligne de tir, et il ne me demanda pas de rengainer.

—Que fais-tu ici, Asher?

Dans sa voix, je décelai quelque chose que j'y avais rarement entendu : du regret.

—Est-ce qu'elle va me tirer dessus?

—Demande-lui toi-même. Ce n'est pas moi qui tiens le flingue.

—Ainsi, c'est vrai. Tu ne contrôles pas ta propre servante.

—Les meilleurs serviteurs humains sont ceux qui viennent à nous librement. C'est toi qui m'as appris ça, Asher. Toi… et Julianna.

Asher lâcha sa cigarette et fit deux pas rapides vers Jean-Claude.

—N'avancez plus! aboyai-je.

Il avait serré les poings, et sa colère électrifiait l'air comme une menace de foudre.

—Ne prononce plus jamais son nom, gronda-t-il. Tu ne le mérites pas.

Jean-Claude esquissa une légère courbette.

—Comme tu voudras. Maintenant, dis-moi ce que tu es venu faire ici, Asher. Anita ne va pas tarder à s'impatienter.

Asher me regarda. Il me détailla de la tête aux pieds, d'une manière pas vraiment sexuelle – plutôt comme si j'étais une bagnole qu'il envisageait d'acheter. Ses yeux avaient une étrange teinte bleu pâle.

—Tu me tirerais vraiment dessus?

Il détourna la tête pour que je ne puisse pas voir ses cicatrices. Il savait exactement de quelle façon les ombres joueraient sur son visage. Il m'adressa un sourire qui était censé me faire fondre sur place. Mais ça ne fonctionna pas.

—Laissez tomber le charme et donnez-moi une bonne raison de ne pas vous tuer.

Il me fit de nouveau face en secouant la tête, et un rideau de cheveux dorés tomba devant le côté droit de son visage. Si ma vision nocturne avait été un peu moins bonne, ça m'aurait dissimulé ses cicatrices.

—Le Conseil envoie son invitation à Jean-Claude, Maître de la Ville de Saint Louis, et à sa servante humaine Anita Blake. Il requiert votre présence ce soir même.

—Tu peux ranger ton arme, ma petite. Nous sommes en sécurité jusqu'à ce que rencontrions le Conseil.

—Juste comme ça ? protestai-je. Aux dernières nouvelles, Asher voulait me tuer !

—Le Conseil lui a refusé sa permission, me rappela Jean-Claude. Nos serviteurs humains nous sont trop précieux pour qu'ils la lui accordent.

—Exact, acquiesça Asher.

Les deux vampires s'entre-regardèrent. Je m'attendais qu'ils fassent usage de leurs pouvoirs l'un sur l'autre, mais ils s'abstinrent, se contentant de se regarder sans bouger. Leur visage ne trahissait pas la moindre émotion, mais s'ils avaient été des humains et non des monstres, je leur aurais dit de se serrer la pince et de se réconcilier. On sentait leur souffrance dans l'air. Alors, je pris conscience d'une chose qui m'avait échappé jusque-là. Autrefois, ils s'étaient aimés. Seul l'amour peut se changer en regret si amer. Julianna avait été leur lien, mais l'amour de chacun d'eux ne s'était pas limité à elle.

Il était temps de rengainer. Ce qui allait m'obliger à montrer ma culotte à tout le parking. Irritée, je songeai qu'il fallait vraiment que j'investisse dans un tailleur pantalon un peu plus classe que ceux que je porte pour le boulot. Pour dissimuler une arme, les robes, ça craint.

Il n'y avait personne d'autre que nous trois dans le parking. Je tournai le dos aux vampires et remontai ma robe sur mon ventre.

—Tant de pudeur, juste pour moi ? railla Asher.

Je laissai retomber ma robe et la lissai avant de lui faire de nouveau face.

—Ne vous flattez pas.

Il m'adressa un sourire amusé, plein de condescendance… et d'autre chose. Ce fut l'autre chose qui me perturba le plus.

—Tu es pudique, inutile de le nier. Étais-tu également chaste avant que notre séduisant Jean-Claude t'attire dans ses filets ?

—Ça suffit, Asher, intervint Jean-Claude.

—Elle était vierge avant de te connaître ?

Asher rejeta la tête en arrière et s'esclaffa. Si fort qu'il dut prendre appui sur ma Jeep pour ne pas tomber.

—Toi, avec une vierge ! Quel gaspillage… C'est vraiment trop drôle.

—Je n'étais pas vierge, le détrompai-je. Non que ça vous regarde.

Son rire s'interrompit si abruptement que ce fut choquant. Il se laissa glisser à terre et s'assit sur le bitume sombre. Puis il leva les yeux vers moi à travers son rideau de cheveux dorés. Ses yeux étaient pâles et étranges.

—Pas vierge, mais chaste.

—J'ai assez joué pour cette nuit, l'informai-je sèchement.

—Oh, la partie ne fait que commencer.

—Qu'est-ce que c'est censé signifier ?

—Ça signifie, ma petite, que le Conseil nous attend, répondit Jean-Claude à la place d'Asher. Qu'il a beaucoup de jeux à nous proposer, et qu'aucun ne te plaira.

Asher se redressa comme une marionnette dont on vient de tirer les ficelles. Il s'épousseta et rajusta son pardessus noir. Il faisait un peu trop chaud pour porter ce genre de pelure. D'accord, la température ne devait pas le gêner, mais je trouvais quand même ça bizarre. D'habitude, les vampires essaient de ne pas se faire remarquer. Je me demandai ce qu'il portait sous ce gros manteau – assez long pour dissimuler un pistolet automatique, ou même un fusil à canon scié. Je n'ai encore jamais rencontré de vampire qui se balade avec une arme à feu, mais il y a un début à tout.

Jean-Claude avait dit que nous serions en sécurité jusqu'à ce que nous arrivions devant le Conseil, mais ça ne signifiait pas qu'Asher ne pourrait pas dégainer à ce moment et nous faire exploser la cervelle. J'avais été très imprudente de ranger mon arme sans le fouiller d'abord.

Je soupirai.

— Qu'est-ce qui ne va pas, ma petite?

Asher était un vampire. Pouvait-il être beaucoup plus dangereux avec un flingue? Sans doute pas, mais…

— Voyons si j'ai bien compris. Asher va monter en voiture avec nous?

— Je suis bien obligé, pour vous montrer le chemin.

— Dans ce cas, posez vos mains sur le capot de la Jeep.

Il eut un froncement de sourcils condescendant.

— Je te demande pardon?

— Peu m'importe que vous soyez la réincarnation de l'Antéchrist. Vous ne vous assiérez pas derrière moi dans ma propre voiture tant que je ne saurai pas que vous ne dissimulez aucune arme.

— Ma petite, c'est un vampire, tenta de me raisonner Jean-Claude. S'il est assis derrière toi dans une voiture, il est assez près de toi pour te tuer sans arme.

Je secouai la tête.

— Vous avez raison. Je sais que vous avez raison, mais ce n'est pas une question de logique. La question, c'est que je ne peux pas le laisser monter derrière moi sans savoir ce qu'il a sous son manteau. Je ne peux tout simplement pas.

C'était vrai. Un signe de paranoïa aiguë, mais vrai quand même.

Jean-Claude me connaissait suffisamment pour ne pas discuter.

—Très bien, ma petite. Asher, aurais-tu l'amabilité de faire face à la Jeep ?

Asher nous adressa un sourire radieux qui dévoila ses crocs.

—Tu veux me fouiller ? Je pourrais te tailler en pièces à mains nues, et tu as peur que je porte un flingue ? (Il laissa échapper un gloussement, un son pointu qui me picota la peau.) C'est trop mignon.

Mignonne, moi ?

—Contentez-vous de faire ce qu'on vous demande.

Sans cesser de glousser, il se tourna face à la Jeep.

—Les mains sur le capot, les jambes écartées, ordonnai-je.

Je ressortis mon flingue. En fin de compte, je devrais l'accrocher à une chaîne et le porter autour de mon cou. Je pressai le canon contre la colonne vertébrale d'Asher et le sentis se raidir.

—Tu es sérieuse, comprena-t-il.

—Absolument. Plus écartées, les jambes.

Il obtempéra, mais ce n'était pas encore assez. Je lui donnai de petits coups de pied dans les chaussures jusqu'à ce qu'il soit en position – trop déséquilibré pour pouvoir se jeter sur moi – et commençai à le palper de ma main libre.

—Très dominante, commenta-t-il. Est-ce qu'elle aime être dessus ?

Je l'ignorai. Plus surprenant, Jean-Claude l'ignora aussi.

—Doucement. Jean-Claude ne t'a-t-il pas appris qu'il est bien plus agréable de prendre son temps ? (Il hoqueta au moment approprié.) Mmmh. C'est bon.

Oui, c'était embarrassant, mais ça ne m'empêcha pas de le fouiller de la tête aux pieds. Même s'il n'y avait rien à trouver, je me sentis mieux après. Je reculai jusqu'à ce que je sois hors de sa portée et levai mon flingue vers le ciel.

Asher m'observait par-dessus son épaule.

—Est-ce que ta culotte est assortie à ton soutien-gorge?

Je secouai la tête.

—Vous pouvez vous relever.

Il resta contre la voiture.

—Tu es sûre que tu n'as pas besoin de me déshabiller?

—Dans vos rêves

Il se redressa et rajusta son manteau.

—Tu n'as aucune idée de ce dont je rêve, Anita.

Je ne pouvais pas déchiffrer son expression, mais elle me suffisait. Je ne voulais pas savoir ce qu'il voyait quand il fermait les yeux au lever du jour.

—Pouvons-nous y aller? demanda Jean-Claude.

—Es-tu si impatient de te suicider? rétorqua Asher. La colère revint à l'assaut, chassant ses taquineries équivoques.

—Le Conseil ne me tuera pas ce soir, dit Jean-Claude.

—En es-tu si certain?

—C'est lui-même qui a interdit aux vampires résidents des États-Unis de se battre entre eux jusqu'à ce que Washington ait voté ou rejeté le projet de loi. Il veut que nous conservions une existence légale dans ce pays. S'il contrevient à ses propres règles, plus personne ne lui obéira.

Asher pivota vers lui dans la lumière.

—Il existe des choses pires que la mort, Jean-Claude.

Jean-Claude soupira.

—Je ne vous ai pas abandonnés, Asher. Comment puis-je t'en convaincre? Tu dois sentir la vérité dans mes paroles. Je suis venu dès que j'ai su.

—Tu as eu des siècles pour te convaincre tout seul de la vérité qui t'arrange, Jean-Claude. Mais il ne suffit pas de vouloir qu'une chose soit vraie pour qu'elle le devienne.

— Qu'il en soit ainsi, Asher. Mais si je pouvais remédier au crime dont tu m'accuses, je le ferais. Si je pouvais la ramener, je le ferais.

Asher leva les mains comme pour repousser cette idée.

— Non, non, non ! Tu l'as tuée. Tu l'as laissée mourir. Tu l'as laissée brûler vive. Je l'ai sentie mourir, Jean-Claude. J'étais son maître. Elle avait si peur… Jusqu'à la fin, elle a pensé que tu viendrais la sauver. J'étais son maître, et je dois vivre en sachant que le dernier mot qu'elle a prononcé, c'était ton nom.

Jean-Claude tourna le dos à Asher. L'autre vampire couvrit en deux grandes enjambées la distance qui les séparait. Il lui saisit le bras et le força à pivoter. Le lampadaire le plus proche éclaira le visage ruisselant de Jean-Claude. Il pleurait pour une femme morte depuis plus de deux siècles. C'est ce qu'on appelle un chagrin durable…

— Tu ne me l'avais jamais dit, murmura-t-il.

Asher le repoussa si violemment qu'il tituba.

— Économise tes larmes, Jean-Claude. Tu en auras besoin pour toi et pour elle. Les membres du Conseil m'ont promis que j'aurais ma vengeance.

Jean-Claude s'essuya les joues d'un revers de main.

— Tu ne peux pas la tuer. Ils ne t'y autoriseront pas.

Asher eut un sourire très déplaisant.

— Je ne veux pas sa vie, Jean-Claude. Je veux ta douleur.

Il se mit à me tourner autour tel un requin, et je pivotai pour ne pas le perdre des yeux. Mais il était trop près. S'il se jetait sur moi, je n'arriverais pas à sortir mon flingue à temps.

— Tu m'as enfin donné ce dont j'avais besoin pour te faire mal, Jean-Claude. Tu es enfin tombé amoureux de quelqu'un d'autre. L'amour n'est jamais gratuit. C'est la plus coûteuse de nos émotions, et je veillerai à ce que tu la paies au prix fort.

Il s'immobilisa face à Jean-Claude, les poings serrés, tremblant de l'effort qu'il faisait pour ne pas le frapper. Jean-Claude avait cessé de pleurer, mais je n'étais pas certaine qu'il riposterait le cas échéant. Alors, je compris qu'il ne voulait pas faire de mal à Asher. La culpabilité est une chose merveilleuse. Le problème, c'est qu'Asher, lui, voulait faire du mal à Jean-Claude.

Je me glissai entre eux et fis un pas en avant. Asher allait devoir reculer, ou nous nous toucherions. Il recula, baissant les yeux vers moi et m'observant comme si je venais juste d'apparaître. L'espace d'une seconde, il m'avait oubliée.

— L'émotion la plus coûteuse, ce n'est pas l'amour, Asher, lançai-je. (J'avançai encore d'un pas, et il recula d'autant.) C'est la haine. Parce qu'elle vous ronge de l'intérieur et vous détruit longtemps avant de vous tuer.

— Très philosophique.

— Ceci est un avertissement, Asher. Je ne vous le répéterai pas. Ne nous menacez plus jamais – sinon, je vous tuerai. Parce que je me fiche de votre passé torturé comme de l'an quarante. Maintenant, pouvons-nous y aller ?

Il me regarda pendant quelques battements de cœur.

— J'en serai ravi. J'ai vraiment hâte de te présenter au Conseil.

Il essayait de me faire peur, et il avait réussi. Je n'avais aucune envie de faire la connaissance des croque-mitaines de l'espèce vampirique, mais d'une façon ou d'une autre, j'y serais obligée. Si j'ai appris une chose au sujet des maîtres vampires, c'est bien qu'on peut les fuir, mais qu'on ne peut jamais aller assez loin. Qu'on peut se cacher, mais jamais assez bien. Un jour ou l'autre, ils vous rattrapent. Et ils n'aiment pas qu'on les fasse attendre.

# CHAPITRE 10

J e conduisais. Asher me guidait, penché en avant, une main agrippant mon dosseret. Je ne lui avais pas demandé de s'attacher au cas où nous ayons un accident. Assis dans le siège passager, Jean-Claude gardait le silence. Il ne regardait ni Asher ni moi.

— Quelque chose ne va pas, dit-il soudain.

Je lui jetai un coup d'œil.

— Vous voulez dire, à part le fait que le Conseil est en ville?

Il acquiesça.

— Tu ne le sens pas?

— Je ne sens rien du tout.

— C'est justement le problème. (Il pivota autant que sa ceinture de sécurité l'y autorisait et planta son regard dans celui d'Asher.) Qu'arrive-t-il à mes gens?

Asher s'était assis entre les deux sièges, de sorte que son visage s'encadrait parfaitement dans mon rétroviseur arrière – comme s'il avait voulu que je le voie. Il sourit, et tout son visage bougea. Les muscles du côté droit fonctionnaient encore sous sa peau couverte de cicatrices. Il n'était abîmé qu'en surface – physiquement, du moins. Son expression trahissait une intense satisfaction, la même que celle d'un chat en train de tourmenter une souris.

— Moi, je l'ignore. Mais toi, tu devrais le savoir. Après tout, tu es le Maître de la Ville.

— Que se passe-t-il, Jean-Claude? interrogeai-je. Qu'est-ce qui cloche?

—Je devrais pouvoir sentir mes gens, ma petite. D'habitude, quand je me concentre, c'est comme… un bruit de fond. Je sens leur flux et leur reflux. Dans des circonstances extrêmes, je perçois leur douleur, leur peur. Là, je me concentre, et je me heurte à un mur.

—Le maître de Balthazar t'a empêché d'entendre leurs cris, révéla Asher.

La main de Jean-Claude se tendit à une vitesse stupéfiante, presque magique. Il saisit le col d'Asher et le tordit dans son poing comme pour étrangler l'autre vampire.

—Je… n'ai… rien… fait… de… mal. Ils n'ont pas le droit de s'en prendre à mes gens.

Asher ne tenta pas de se dégager. Il regarda simplement Jean-Claude.

—Pour la première fois depuis quatre mille ans, il y a un siège vacant au Conseil. La personne qui libère un siège doit l'occuper. Telle est la loi de la succession.

Jean-Claude relâcha lentement Asher.

—Je ne veux pas de ce siège.

—Dans ce cas, tu n'aurais pas dû tuer le Trembleterre.

—C'était de la légitime défense, protestai-je.

—Jean-Claude a usurpé le privilège du Conseil.

—C'est ridicule! Vous voulez dire qu'on va nous tuer pour nous punir de ne pas nous être laissés tuer?

—Personne n'est venu ici dans l'intention de tuer qui que ce soit. Croyez-moi, j'aurais bien voulu, mais j'étais en minorité. Le Conseil veut juste s'assurer que Jean-Claude ne tente pas de monter sa propre organisation rivale.

Jean-Claude et moi regardâmes tous deux Asher. Je dus reporter mon attention sur la route avant de me sentir prête à ravaler ma surprise.

—Tu radotes, Asher.

—Tout le monde n'approuve pas les règles du Conseil actuel. Certains disent qu'elles sont dépassées.

—Ils le disent depuis quatre siècles.

—Oui, mais jusqu'ici, il n'existait pas d'alternative. Certains considèrent ton refus de ce siège comme un coup porté au nom du nouvel ordre.

—Tu sais très bien pourquoi je n'en ai pas voulu.

Asher éclata d'un rire bas qui roula sur ma peau.

—Que veux-tu dire, Jean-Claude ?

—Je ne suis pas assez puissant. Le premier vampire qui se sentirait de taille à revendiquer un siège au sein du Conseil le sentirait et me tuerait pour prendre ma place. Je serais une cible.

—Pourtant, tu as tué un membre du Conseil. Comment as-tu réussi, Jean-Claude ?

Asher s'appuya contre le dossier de mon siège. Il enroula une mèche de mes cheveux autour de son index, et je secouai la tête pour me dégager.

—Où allons-nous ? Vous étiez censé me guider.

—Tu connais déjà le chemin, déclara Jean-Claude. Je sais où nous allons. Ils ont pris le *Cirque*.

—Quoi ? (Je le regardai, et seule la chance m'empêcha d'aller m'encastrer dans l'un des arbres qui bordaient la route.) Qu'avez-vous dit ?

—Ne comprends-tu pas ? Le Voyageur – le maître de Balthazar – a bloqué mes pouvoirs et ceux de mes vampires, pour qu'ils ne puissent pas communiquer avec moi.

—Vos loups. Vous devriez encore les sentir. Vous avez un lien privilégié avec eux.

Jean-Claude se tourna vers Asher.

—Un seul vampire pourrait empêcher mes loups de m'appeler à l'aide. Le Maître des Bêtes.

Asher posa son menton sur mon dosseret, et je le sentis acquiescer.

—Reculez-vous, aboyai-je.

Il ôta sa tête mais ne recula pas vraiment.

—Ils doivent me croire très puissant pour m'avoir envoyé deux maîtres, commenta Jean-Claude.

Asher ricana.

—Il n'y a que toi pour être arrogant au point de croire que deux maîtres du Conseil auraient traversé un océan rien que pour toi.

—Si ce n'est pas pour me donner une leçon, pourquoi sont-ils venus aux États-Unis ?

—Notre ténébreuse reine voulait mesurer elle-même l'impact de son statut légal sur la communauté vampirique. Nous nous sommes d'abord rendus à Boston, puis à La Nouvelle-Orléans et à San Francisco. Elle a choisi les villes auxquelles nous rendrions visite, et l'ordre dans lequel nous le ferions. Elle a gardé Saint Louis pour la fin.

—Pourquoi donc ? demanda Jean-Claude.

Asher haussa les épaules.

—La Reine des Cauchemars peut faire ce que bon lui semble. Elle ordonne, et nous obéissons sans discuter.

—Si elle vous ordonnait de sortir en plein jour, le feriez-vous ? m'enquis-je.

Je lui jetai un coup d'œil. Il était si près de moi que je n'eus qu'à tourner la tête. Son visage était vide, dénué d'expression.

—Peut-être.

Je reportai mon attention sur la route.

—Vous êtes cinglés. Vous êtes tous cinglés.

—Tu n'as pas idée à quel point.

Asher renifla mes cheveux.

—Arrêtez ça.

—Tu sens le pouvoir, Anita. Tu pues la mort.

Il me caressa le cou du bout des doigts. Je braquai délibérément, et il glissa sur la banquette arrière.

—Ne me touchez pas.

—Le Conseil pensait que nous te trouverions gorgé de pouvoir, Jean-Claude. En possession de nouvelles capacités.

Mais tu ne sembles pas avoir beaucoup changé. Elle… C'est autre chose. Je n'avais encore jamais rencontré quelqu'un comme elle. Et il y a aussi ce loup-garou, cet Ulfric. Richard Zeeman. Il semble que tu l'aies également lié à toi.

Asher se cala de nouveau entre les sièges de devant un peu plus loin de moi, cette fois.

— Ce sont tes serviteurs qui ont le pouvoir. Pas toi.

— Que serait Padma sans ses animaux? Pas grand-chose.

— C'est vrai, mais à ta place, j'éviterais de le dire devant lui. Donc… Tu reconnais que ce sont tes serviteurs qui t'ont donné le pouvoir de tuer un membre du Conseil.

— Ma servante humaine et mon loup ne sont que des extensions de mon pouvoir, argumenta Jean-Claude. Leurs mains sont mes mains; leurs actes sont mes actes. Telle est la loi du Conseil. Alors, qu'importe d'où vient mon pouvoir?

— Tu cites la loi du Conseil, maintenant? Tu es devenu prudent depuis note dernière rencontre…

— La prudence m'a bien servi, Asher.

— Mais t'a-t-elle permis de t'amuser?

C'était une drôle de question, venant de la part de quelqu'un qui était censé haïr Jean-Claude.

— Un peu. Et toi, Asher, qu'es-tu devenu? Sers-tu toujours le Conseil, ou t'es-tu joint à cette mission dans la seule intention de me tourmenter?

— Oui, et oui.

— Pourquoi n'as-tu pas fui le Conseil?

— Beaucoup aspirent à le servir.

— Ce n'était pas ton cas autrefois.

— Le désir de vengeance m'a peut-être amené à reconsidérer mes aspirations.

Jean-Claude posa une main sur le bras d'Asher.

— Ma petite a raison. La haine est un feu froid, qui ne dégage aucune chaleur.

Asher se rejeta en arrière aussi loin que la banquette le lui permettait. Je jetai un coup d'œil par le rétroviseur arrière. Il s'était recroquevillé sur lui-même dans le noir.

—Quand je te verrai pleurer pour ta bien-aimée, j'aurai toute la chaleur dont j'ai besoin.

—Nous arriverons bientôt au *Cirque*, annonçai-je. Quel est le plan ?

—Je ne suis pas sûr qu'il y en ait un, répondit Jean-Claude. Nous devons supposer qu'ils ont neutralisé tous nos gens. Donc, nous ne pourrons compter que sur nous deux.

—On essaie de reprendre le *Cirque* ? suggérai-je.

Asher éclata de rire.

—Elle est sérieuse ?

—Toujours, dit Jean-Claude.

—Très bien, m'impatientai-je. Que sommes-nous censés faire ?

—Survivre… si vous pouvez, grimaça Asher.

—La ferme. Jean-Claude, est-ce qu'on entre là-dedans en bottant des culs ou en rampant ? Voilà ce que je veux savoir.

—Ramperais-tu vraiment devant eux, ma petite ?

—Ils tiennent Willie, Jason, et Dieu sait combien d'autres. Alors, ouais. Si ça permet d'éviter qu'on leur fasse des misères, je suis prête à ramper un peu.

—Je ne crois pas que tu serais très douée pour ça.

—Je ne le suis pas.

—Mais pour répondre à ta question : non, nous ne ramperons pas ce soir. Nous ne sommes pas assez forts pour reprendre le *Cirque* ; ça ne nous empêchera pas de… botter des culs, comme tu dis.

—On se la joue dominante ?

—Oui.

—À quel point ?

—Sois agressive, pas kamikaze. Tu peux blesser, mais pas tuer. Nous ne voulons pas leur donner de prétexte.

— Ils croient que tu as lancé une révolution, Jean-Claude, intervint Asher depuis l'obscurité de la banquette arrière. Comme tous les révolutionnaires, en mourant, tu deviendrais un martyr. Ils ne veulent pas ta mort.

Jean-Claude pivota pour pouvoir le regarder.

— Dans ce cas, que veulent-ils, Asher ? Dis-le-moi.

— Ils doivent faire un exemple de toi. Tu t'en rends sûrement compte.

— Si j'essayais réellement de créer un second Conseil aux États-Unis, je comprendrais leur réaction. Mais je connais mes limites. Je ne pourrais pas tenir un siège contre tous ceux qui aspireraient à me le prendre. Ce serait une sentence de mort. Je veux juste qu'on me fiche la paix.

Asher soupira.

— Il est trop tard pour ça, Jean-Claude. Les envoyés du Conseil sont ici, et tu auras beau protester, ils ne croiront pas à ton innocence.

— Vous, vous y croyez, fis-je remarquer.

Asher garda le silence quelques instants.

— Oui, j'y crois. S'il y a une chose pour laquelle Jean-Claude a toujours été doué, c'est bien la survie. Défier le Conseil irait à l'encontre de tous ses instincts de préservation. (Il glissa en avant et passa la tête entre nos sièges.) Souviens-toi, Anita… Autrefois, il a attendu pour me sauver. Attendu jusqu'à ce qu'il soit certain de ne pas se faire prendre. Attendu jusqu'à ce que son intervention le mette le moins possible en danger. Attendu jusqu'à ce que Julianna soit morte, parce que c'était courir un trop gros risque.

— Ce n'est pas vrai, protesta Jean-Claude.

Asher l'ignora.

— Fais attention qu'il n'attende pas trop pour te sauver.

— Je n'attends pas d'être sauvée par quiconque, répliquai-je.

112

À travers le pare-brise, Jean-Claude regardait les voitures qui roulaient dans l'avenue. Il secoua la tête.

— Tu me fatigues déjà, Asher.

— Je te fatigue parce que je dis la vérité.

Jean-Claude se tourna de nouveau vers l'autre vampire.

— Non, tu me fatigues parce que tu me fais penser à elle et au fait qu'il y a bien longtemps, j'ai été presque heureux.

Ils s'observèrent.

— Mais maintenant, tu as une seconde chance de bonheur, déclara Asher.

— Toi aussi, tu pourrais en avoir une si tu enterrais le passé.

— Le passé, c'est tout ce qui me reste.

— Ça, ce n'est pas ma faute, dit Jean-Claude.

Asher se renfonça dans les ténèbres, pelotonné contre le dossier de la banquette arrière. Jean-Claude avait eu le dernier mot… Pour le moment. Parce que mon petit doigt me disait que cette discussion était loin d'être terminée.

# CHAPITRE 11

Le *Cirque des Damnés* occupe un entrepôt reconverti. Vu de devant, il ressemble à une fête foraine couverte, avec ses posters pour la parade des monstres et les clowns qui pirouettent au-dessus de son enseigne lumineuse. Vu de derrière, c'est juste un bâtiment sombre.

Je garai ma Jeep dans le parking réservé au personnel. Il était petit, parce que la plupart des employés logeaient au *Cirque*. Pas besoin d'une bagnole quand on ne sort jamais. J'espérais vraiment que nous aurions encore besoin de la mienne.

Je coupai le moteur, et le silence tourbillonna à l'intérieur de la voiture. Les deux vampires s'étaient abîmés dans cette immobilité absolue qui m'obligeait à tourner la tête vers eux pour m'assurer qu'ils étaient toujours là. Les mammifères peuvent se figer, mais un lapin qui, tapi dans son terrier, attend que le renard se soit éloigné est une créature vibrante. Il respire de plus en plus vite. Son cœur bat la chamade. Les vampires ressemblent plutôt à des serpents. Quand ils s'arrêtent de bouger, ils ne donnent pas une impression de mouvement interrompu. De mouvement qui pourrait reprendre. Pendant cet instant de temps suspendu, les serpents paraissent irréels – des œuvres d'art, des sculptures plutôt que des êtres vivants.

Jean-Claude avait l'air d'être tombé dans un puits de silence où tout mouvement, respiration y comprise, était interdit. Je jetai un coup d'œil à Asher, immobile sur la banquette arrière. Une présence dorée parfaite, mais pas vivante.

Le silence emplissait la Jeep comme de l'eau glacée. J'avais envie de taper des mains, de hurler – n'importe quoi pour faire du bruit, pour les forcer à reprendre vie dans un sursaut. Mais je savais que tout ce que je leur arracherais, c'était un battement de paupières et un regard. Un regard qui n'était pas humain, qui ne l'avait peut-être jamais été.

Le bruissement de ma robe contre la housse de mon siège résonna avec une intensité dérangeante.

— Est-ce qu'ils vont me fouiller pour m'enlever mes armes ?

Ma voix parut plate dans le silence plombé.

Jean-Claude cligna gracieusement des yeux, puis tourna la tête vers moi. Son regard était paisible plutôt que vide. Je commençais à me demander si cette foutue immobilité n'était pas une forme de méditation pour les vampires. Si nous survivions à cette rencontre, peut-être poserais-je la question.

— C'est un défi, ma petite. Ils nous laisseront les moyens d'être dangereux. Mais à ta place, je n'entrerais pas là-dedans avec un arsenal en évidence. Ton petit pistolet devrait suffire.

Je secouai la tête.

— Je pensais emporter d'autres armes.

Il haussa les sourcils.

— Que te faut-il de plus ?

Je pivotai pour dévisager Asher. Il cligna des paupières et leva les yeux vers moi. J'allumai le plafonnier et vis véritablement la couleur de ses yeux pour la première fois. Ils étaient bleus. Mais cet adjectif ne leur rendait pas justice. Ils étaient aussi pâles que ceux de Jean-Claude étaient sombres. Un bleu très clair et très froid, saisissant comme celui des prunelles d'un husky. Et si ça n'avait été que ses yeux… Mais il y avait aussi ses cheveux. Dans la lumière crue du plafonnier, je prenais conscience que ce n'était pas seulement une illusion due à la pénombre. Ils étaient vraiment dorés. Pareils à un écheveau de fils métalliques très fins. La combinaison de ses cheveux et de ses yeux était stupéfiante. Même sans ses cicatrices, il n'aurait pas eu l'air réel.

Mon regard passa d'un vampire à l'autre. Jean-Claude restait le plus beau des deux, et ça n'avait rien à voir avec les cicatrices. Asher était juste un tantinet plus beau que mignon.

— C'est la même vampire qui vous a créés tous les deux, pas vrai ? demandai-je.

Jean-Claude acquiesça. Asher se contenta de me regarder.

— Et où vous a-t-elle trouvés ? Chez un grossiste en étalons d'une beauté surnaturelle ?

Asher émit un rire pareil à un aboiement. Il laissa courir ses doigts sur le côté abîmé de son visage, tendant la peau vers le bas et l'écartant de son œil de sorte que je pus voir la chair pâle à l'intérieur de son orbite. Changeant ses traits en un masque hideux.

— Tu me trouves vraiment beau, Anita ?

Il relâcha sa peau, qui se remit en place d'un mouvement élastique – résiliente, parfaite à sa façon.

Je le regardai.

— Que voulez-vous que je réponde, Asher ?

— Je veux que tu sois terrifiée. Je veux lire sur ton visage ce que j'ai lu sur tous les visages ces deux derniers siècles : du dégoût, de la dérision, de l'horreur.

— Désolée.

Il se pencha vers moi pour que la lumière tombe directement sur ses cicatrices. Il semblait avoir une perception innée de la façon dont n'importe quelle lumière éclairerait ses traits et dessinerait des ombres sur son visage. Des années de pratique, je suppose.

Je continuai à le scruter sans ciller. Je croisai le regard de ses yeux si pâles et si parfaits, observai les vagues épaisses de ses cheveux dorés et la courbe pleine de ses lèvres. Puis je haussai les épaules.

—Que voulez-vous que je vous dise ? Ce que je préfère chez un homme, ce sont ses yeux et ses cheveux, et les vôtres sont magnifiques.

Asher se rejeta dans son siège. Il nous dévisagea tous les deux, et ses yeux étaient pleins d'une telle rage que cela m'effraya.

—Là. Là, tu as peur de moi. Je le vois, je le sens.

Il sourit, satisfait de lui-même. Triomphant.

—Dis-lui ce qui te fait peur, ma petite.

Je jetai un coup d'œil à Jean-Claude, puis reportai mon attention sur Asher.

—Ce ne sont pas vos cicatrices. C'est votre haine que je trouve effrayante.

Il se pencha en avant, et automatiquement, ses cheveux se déployèrent autour de son visage, camouflant ses cicatrices. Je ne pensais même pas qu'il l'avait fait exprès. Il me semblait plutôt que c'était un réflexe né de l'habitude, d'un besoin de réconfort.

—Oui, ma haine est effrayante. Terrifiante. Et souviens-toi, Anita Blake, qu'elle est toute pour toi et pour ton maître.

Je savais qu'il parlait de Jean-Claude. Et je ne pouvais plus protester contre ce titre, même si j'en avais encore envie, parfois.

—La haine nous rend tous laids, dis-je.

Asher émit un sifflement qui n'avait rien d'humain. Je lui rendis un regard blasé.

—Laissez tomber votre petit numéro, Asher. Vous n'êtes pas le premier à me le servir. Si vous voulez jouer le grand méchant vampire, faites la queue.

Il arracha son pardessus d'un mouvement violent. Puis ce fut le tour d'une veste de tweed brun, qui finit roulée en boule sur la banquette. Il tourna la tête pour me faire voir que ses cicatrices descendaient le long de son cou et disparaissaient sous le col de sa chemise de soirée blanche. Qu'il se mit à déboutonner.

Je jetai un coup d'œil à Jean-Claude. Son visage était impassible. Aucune aide à attendre de son côté. J'allais devoir me débrouiller seule. Comme d'hab.

— Je ne voudrais pas me montrer ingrate, mais d'habitude, je ne laisse pas un homme se désaper au premier rendez-vous.

Asher grogna en découvrant ses crocs, et écarta les pans de sa chemise sans la sortir de son pantalon. Les cicatrices dégoulinaient le long de sa chair comme si quelqu'un avait dessiné une ligne verticale au milieu de sa poitrine. Une moitié était pâle et parfaite, l'autre, monstrueuse. Ses bourreaux avaient pris des précautions avec son visage et son cou, mais pas avec son torse. De longs sillons s'ouvraient dans sa chair, et sa peau était tellement fondue qu'elle n'avait même plus l'air réelle. Les cicatrices recouvraient son estomac et rampaient sous la ceinture de son pantalon.

Je le regardais, parce que c'était ce qu'il attendait de moi. Quand je pus enfin relever les yeux pour soutenir son regard, je n'avais plus de mots. Quelques mois auparavant, Edward avait versé de l'eau bénite sur la morsure que m'avait infligée un vampire. On appelle ça « purification ». Moi, j'appelle ça « torture ». J'avais rampé, juré et vomi. Je ne pouvais même pas imaginer la douleur à laquelle Asher avait survécu.

Ses yeux écarquillés étaient pleins de colère et de frayeur.

— Les cicatrices descendent plus bas.

Ce qui conjura la vision que j'avais désespérément tenté de réprimer jusque-là.

J'aurais pu dire beaucoup de choses. « Ouah » faisait un peu trop ado – et eût été cruel. « Désolée » semblait totalement inapproprié. J'écartai les mains et m'agenouillai sur mon siège face à lui.

— Je vous l'ai déjà demandé, Asher : que voulez-vous que je vous dise ?

Il s'écarta de moi autant qu'il le pouvait, se rencognant contre la portière de la Jeep.

— Pourquoi ne détourne-t-elle pas les yeux ? Pourquoi ne me hait-elle pas ? Pourquoi ce corps ne la dégoûte-t-il pas ?

Sous-entendu : pas autant qu'il mc dégoûte. Il ne le précisa pas, mais cela se voyait dans ses yeux et dans son attitude. Les mots qu'il n'avait pas prononcés restèrent suspendus dans les airs, avec le poids et la pression d'un ciel orageux.

— Pourquoi ne vois-je pas dans ses yeux la même horreur que je vois dans les yeux de tous les autres ? hurla Asher.

— Tu nc vois pas d'horreur dans mes yeux, mon ami, dit doucement Jean-Claude.

— Non, en effet. Je vois pis encore. Je vois de la pitié !

Asher ouvrit la portière sans se retourner. J'aurais pu dire qu'il tomba de la voiture, mais ç'eût été inexact. Il flotta vers le haut avant de toucher le sol. Une rafale de vent me balaya, et il disparut.

# CHAPITRE 12

Pendant quelques secondes, nous restâmes assis en silence, regardant tous deux la portière ouverte. Finalement, je n'y tins plus. Je devais briser le silence.

—Ça alors… Les gens vont et viennent à toute vitesse dans le coin.

Jean-Claude ne saisit pas la référence cinématographique. Richard aurait pigé, lui. Il aime bien *Le Magicien d'Oz*.

—Asher a toujours été très doué pour voler, répondit Jean-Claude très sérieusement.

Quelqu'un gloussa. Ce son me poussa à empoigner mon Firestar. La voix était familière, mais le ton était nouveau. Arrogant – très arrogant.

—Les balles en argent ne peuvent plus me tuer, Anita. Mon nouveau maître me l'a promis.

Liv s'encadra par l'ouverture, la tête passée à l'intérieur de la Jeep pour mieux nous voir, ses deux bras musclés agrippant les côtés de la portière. Elle nous adressa un sourire assez large pour révéler ses crocs. Quand vous avez passé le cap des cinq siècles, comme Liv, vous ne montrez vos crocs que lorsque vous le voulez bien. Elle grimaçait tel le Chat de Cheshire, comme si quelque chose lui faisait très plaisir. Elle portait une brassière de sport noire et un short de jogging fendu sur les côtés, de sorte que ses muscles scintillaient dans la lumière des lampadaires.

Liv est l'un des vampires que Jean-Claude a récemment invités à venir s'installer sur son territoire. Et jusque-là, elle était aussi censée être un de ses lieutenants.

—Quel canari as-tu mangé ? lui demandai-je.

Elle fronça les sourcils.

—Quoi ?

—Le chat qui a mangé le canari, tentai-je d'expliquer.

Elle n'eut pas l'air de comprendre. Liv parle un anglais parfait, sans le moindre accent. Parfois, j'oublie que ce n'est pas sa première langue. Beaucoup de vampires ont perdu leur accent originel, mais ils ne captent quand même pas toutes les références culturelles, toutes les expressions idiomatiques. À sa décharge, j'aurais parié que Liv connaissait un paquet d'argot slave qui me serait passé au-dessus de la tête.

—Anita te demande pourquoi tu as l'air si contente de toi, traduisit Jean-Claude. Mais je crois déjà connaître la réponse.

Je lui jetai un coup d'œil, puis reportai mon attention sur Liv. J'avais sorti mon Firestar, mais je ne la braquais pas avec. Elle était censée être de notre côté. Même si j'avais l'impression que ça venait juste de changer.

—Elle a bien dit « mon nouveau maître » ?

—Oui, acquiesça Jean-Claude.

Je levai mon flingue et le pointai sur Liv. Elle éclata de rire. C'était inquiétant. Elle se faufila sur la banquette arrière sans cesser de s'esclaffer. Très inquiétant. Elle avait peut-être plus de six siècles, mais elle n'était pas si puissante que ça. Pas assez, en tout cas, pour se rire d'une balle en argent.

—Tu sais que je n'hésiterai pas à tirer, Liv. Alors, c'est quoi le truc ?

—Ne le sens-tu pas, ma petite ? La différence en elle…

Je calai ma main sur le dosseret de mon siège, le canon braqué sur l'impressionnante poitrine de la vampire. Je me trouvais à moins de cinquante centimètres d'elle ; à cette distance, ma balle pouvait lui pulvériser le cœur. Et elle n'avait pas l'air de s'en soucier. Elle aurait dû.

Je me concentrai sur elle. Tentai de faire rouler son pouvoir dans la tête. Pour l'avoir déjà fait, je savais ce qu'elle dégageait. Ou du moins, je croyais le savoir. Son pouvoir pulsa sous mon crâne et vibra le long de mes os, telle une note si basse et si profonde qu'elle en devenait presque douloureuse.

Je pris une profonde inspiration et la relâchai lentement, sans baisser mon flingue.

—J'ignore d'où te vient tout ce pouvoir, Liv, mais si j'appuyais sur la détente, tu mourrais quand même.

Liv observa Jean-Claude d'un air éminemment satisfait.

—Tu sais que je ne mourrais pas, Jean-Claude.

—Seul le Voyageur pourrait faire une promesse aussi extravagante et espérer la tenir. Pourtant, à moins qu'il ait beaucoup changé, tu es un peu trop féminine pour lui, non ?

—Il est au-dessus de ce genre de désirs mesquins, répliqua Liv sur un ton méprisant. Il m'a seulement offert du pouvoir, et j'ai accepté.

Jean-Claude secoua la tête.

—Si tu crois vraiment que le Voyageur est au-dessus de ses appétits charnels, il a dû se montrer très… prudent avec toi.

—Il n'est pas comme les autres, insista Liv.

Jean-Claude soupira.

—Sur ce point, nous sommes d'accord. Mais prends garde à ce que son pouvoir ne devienne pas une drogue pour toi.

—Tu essaies de me faire peur, l'accusa Liv. Ça ne marchera pas, Jean-Claude. Son pouvoir ne ressemble à rien de ce que j'ai déjà senti, et il peut le partager. M'aider à devenir ce que j'étais censée être.

—Il peut te remplir de pouvoir jusqu'à t'en faire exploser, et ça ne fera pas de toi un maître pour autant. S'il t'a promis le contraire, il t'a menti.

Liv siffla.

—Tu dirais n'importe quoi pour sauver ta peau, ce soir.

Jean-Claude haussa les épaules.

—Peut-être.

—Je croyais que Liv vous avait prêté un serment de loyauté, intervins-je.

—Oui.

—Dans ce cas, que se passe-t-il?

—Le Conseil prendra grand soin de respecter les règles, ma petite. Le *Cirque* est un lieu public, donc, ses envoyés auraient pu en franchir le seuil sans y être invités. Au lieu de ça, ils ont jugé préférable de trouver quelqu'un pour les inviter.

Je regardai la vampire grimaçante à l'arrière de ma Jeep.

—Elle nous a trahis?

—Oui, acquiesça doucement Jean-Claude. (Il toucha mon épaule.) Ne tire pas, ma petite. La balle pénétrerait son corps, mais le Voyageur ne la laisserait pas mourir. Tu ne ferais que gaspiller tes munitions.

Je secouai la tête.

—Elle vous a trahis. Vous, et tous vos gens.

—Si les envoyés du Conseil n'avaient pas réussi à soudoyer un des occupants du *Cirque*, ils auraient torturé quelqu'un pour lui faire faire leurs quatre volontés. Je préfère de loin cette méthode.

Le long du canon de mon Firestar, je regardai le visage souriant de Liv. J'aurais pu appuyer sur la détente sans le moindre remords. Elle avait déjà fait tout le mal qu'elle pouvait faire. Donc, je ne l'aurais pas tuée pour nous sauver. Je n'avais pas spécialement envie, et pas spécialement *pas* envie, de lui tirer dessus. Je pensais juste qu'elle méritait de mourir pour nous avoir trahis. Ce n'était pas une question de colère ou même de vengeance: seulement de réputation. Autoriser quelqu'un à vous trahir et à survivre, ça établit un mauvais précédent. Ça donne un mauvais exemple.

Je sursautai presque en comprenant que la tuer ne signifiait rien pour moi, sinon préserver ma réputation. *Doux Jésus.* Je baissai mon flingue. Je ne voulais pas tuer quiconque aussi froidement. Tuer ne me dérange pas, mais il faut que j'aie une bonne raison de le faire.

Liv s'adossa à la banquette et grimaça, ravie que j'aie compris la futilité de mon geste. Si elle avait connu la vraie raison pour laquelle je m'étais abstenue de lui tirer dessus, peut-être aurait-elle encore eu peur de moi, mais elle se dissimulait derrière le pouvoir du fameux Voyageur. Elle croyait dur comme fer que c'était un bouclier capable de la protéger contre n'importe quoi. Si elle m'énervait suffisamment ce soir, nous mettrions peut-être sa théorie à l'épreuve.

Je secouai la tête. Si je devais rencontrer les croque-mitaines de l'espèce vampirique, il me fallait plus d'armes. Mes couteaux en argent, rangés dans leurs fourreaux de poignet, se trouvaient dans la boîte à gants. Je les y laisse souvent quand je porte une tenue qui m'interdit de les avoir sur moi – comme cette robe. On ne peut jamais savoir quand on aura besoin d'un bon couteau.

—Je leur parlerai de toutes les armes que j'aurai vues, annonça Liv.

Je finis d'ajuster les lanières de mes fourreaux sans me troubler.

—Yvette et Balthazar sont déjà au courant que j'ai un flingue. Je n'essaie pas d'être subtile : juste parée à tout.

J'ouvris ma portière et descendis de la Jeep. Je scrutai les ténèbres pour voir si d'autres vampires nous attendaient dehors, même si les plus vieux pouvaient se dissimuler quasiment en pleine vue. Quand il s'agit de se fondre avec leur environnement, certains d'entre eux pourraient donner des leçons aux caméléons. Une fois, j'en ai rencontré un qui pouvait s'envelopper d'ombres et les rejeter comme une cape. J'avais trouvé ça plutôt impressionnant.

Liv s'extirpa de la voiture et me rejoignit. Elle avait soulevé un peu trop de fonte pour être à l'aise quand elle croisait les bras sur sa poitrine, mais elle essayait. Sans doute visait-elle l'allure nonchalante qui est la marque de fabrique de tous les bons gardes du corps. Vu qu'elle mesure un mètre quatre-vingts et qu'elle est bâtie comme un immeuble, elle n'a pas besoin de faire beaucoup d'efforts pour avoir l'air intimidant.

Jean-Claude sortit de la Jeep de mon côté et s'interposa entre nous deux. Je ne savais pas trop qui il protégeait – elle, ou moi. Dans ses bras, il tenait le manteau d'Asher.

—Je te suggère de porter ceci pour cacher tes armes, ma petite.

—Je leur parlerai des couteaux, dit Liv.

—Si les armes sont apparentes, c'est un plus grand défi, insista Jean-Claude. Quelqu'un pourrait se sentir obligé de t'en délester.

—Il peut toujours essayer, ricanai-je.

Jean-Claude me tendit le manteau drapé sur ses avant-bras.

—S'il te plaît, ma petite.

C'est assez rare que Jean-Claude dise « s'il te plaît ». Du coup, je pris le pardessus et l'enfilai. Deux choses me revinrent immédiatement en mémoire. Premièrement, il faisait trop chaud pour porter un manteau. Deuxièmement, Asher mesurait plus d'un mètre quatre-vingts ; donc, ses fringues étaient beaucoup trop grandes pour moi. J'entrepris de rouler les manches.

—Anita, appela Liv.

Je lui jetai un coup d'œil. Elle semblait très sérieuse à présent ; son visage carré de Nordique était pareil à un masque lisse, inexpressif.

—Regarde-moi dans les yeux.

Je secouai la tête.

—Ma parole, vous passez votre temps à quoi, tes petits copains et toi ? À regarder des vieux films de Dracula et à piquer les dialogues ?

Elle s'avança d'un pas menaçant. Je l'observai sans bouger.

—Épargne-moi le numéro du grand méchant vampire, Liv, soupirai-je sur un ton las. On a déjà essayé. Tu ne peux pas me rouler avec tes yeux.

—Ma petite, fais ce qu'elle te demande.

Je fronçai les sourcils.

—Pourquoi ?

Soupçonneuse, moi ?

—Parce que si le surcroît de pouvoir du Voyageur peut t'hypnotiser à travers les yeux de Liv, mieux vaut le savoir maintenant que nous sommes en sécurité relative, plutôt que lorsque nous serons entourés d'adversaires autrement plus formidables.

Il n'avait pas tort, mais ça ne me disait rien. Je haussai les épaules.

—D'accord.

Je scrutai son visage, plongeai mon regard dans ses yeux bleus dont les lampadaires délavaient légèrement la couleur.

Liv pivota. La lumière jaune qui se déversait par la portière ouverte de ma Jeep frappa ses prunelles et leur conféra cette étonnante teinte violacée, presque pourpre. Ses yeux étaient ce qu'elle avait de mieux, de vrais pétales de fleur, et je n'avais jamais eu aucun mal à soutenir leur regard.

Je pouvais toujours le faire. Je ne sentais même pas un frémissement.

Liv serra les poings. Quand elle parla, il ne me sembla pas qu'elle s'adressait à l'un de nous deux.

—Vous m'aviez promis. Promis assez de pouvoir pour rouler son esprit.

Il y eut une bourrasque, assez froide pour me faire frissonner et resserrer les pans du manteau d'Asher.

Liv éclata d'un rire pareil à un braiement. Elle leva les bras comme si le vent s'enroulait autour d'elle tel un rideau agité par la brise. Je sentis mes cheveux se hérisser dans ma nuque – pas à cause de la température, mais à cause du pouvoir.

—Maintenant, dit Liv, regarde-moi dans les yeux si tu l'oses.

—Je note une légère amélioration du côté des dialogues.

—Aurais-tu peur de moi, Exécutrice ?

Le vent froid qui était sorti de nulle part retomba, puis s'évanouit dans une dernière caresse glaciale. J'attendis jusqu'à ce que la chaleur estivale glisse sur moi comme un filin plastique, attendis jusqu'à ce que de la sueur dégouline le long de mon dos. Puis je levai les yeux.

À une époque, j'évitais de regarder n'importe quel vampire dans les yeux. Je savais que je possédais une sorte d'immunité naturelle, mais même les plus jeunes et les moins puissants des buveurs de sang peuvent être dangereux. Le regard hypnotique est un don qu'ils possèdent tous, à des degrés variables. Puis mes pouvoirs se sont développés, et les marques de Jean-Claude ont fait le reste. À présent, mon immunité est quasi absolue. Alors, de quoi avais-je peur ?

Je soutins le regard violet de Liv sans ciller. Au début, il n'y eut rien d'autre que leur extraordinaire couleur. Ma tension se relâcha. Ce n'était que des yeux.

Puis ce fut comme si le violet de ses prunelles était la surface d'une mare gelée, et que je patinais dessus… Jusqu'à ce que quelque chose en jaillisse pour m'attirer dans ses profondeurs. Toutes les fois où ça m'était arrivé, ça avait ressemblé à une chute. Là, j'avais l'impression qu'une force ténébreuse et puissante m'aspirait. Je hurlai et me débattis. Cherchai à me raccrocher à cette mince couche de glace, à regagner une surface qui n'était pas physique ni même méta-phorique. Bref, je luttai contre l'attraction des ténèbres.

Lorsque je revins à moi, j'étais à genoux dans le parking, et la main de Jean-Claude agrippait la mienne.

— Ma petite, ça va ?

Je secouai la tête sans rien dire. Je n'avais pas confiance en ma propre voix. J'avais oublié combien je déteste me faire rouler par leur regard. Oublié combien je me sens impuissante quand ça arrive. Mon pouvoir me rendait imprudente dans le voisinage de ces monstres.

Liv était adossée à la Jeep. Elle aussi semblait fatiguée.

— Je te tenais presque.

Je retrouvai ma voix.

— Tu ne tenais rien du tout. Ce n'était pas tes yeux qui m'aspiraient. C'était les siens.

Elle secoua la tête.

— Il m'a promis le pouvoir de te vaincre, Anita. De m'emparer de ton esprit.

Je laissai Jean-Claude m'aider à me relever, ce qui vous dit à quel point j'étais ébranlée.

— Dans ce cas, il t'a menti, Liv. Ce n'est pas ton pouvoir, c'est le sien.

— Tu as peur de moi, maintenant. Je sens ta peur dans ma tête.

J'acquiesçai.

— Ouais, j'ai peur. Marre-toi si ça te fait plaisir.

Je reculai. Plus d'armes. Il me fallait plus d'armes.

— Oui, ça me fait plaisir. Tu ne sauras jamais à quel point.

— Son pouvoir t'a quittée, Liv, lâcha Jean-Claude.

— Il reviendra.

Je me trouvais de l'autre côté de la Jeep. Je me dirigeai vers le coffre, mais je ne voulais pas me retrouver à portée de contact de Liv. Même si j'avais réussi à lui échapper, je ne voulais pas tenter le diable.

— Le pouvoir reviendra peut-être, Liv. Mais Anita a brisé son lien avec toi. Elle l'a repoussé.

— Non, contra la vampire. Il a choisi de la laisser filer.

Jean-Claude éclata d'un rire qui courut le long de mon corps, et je sus que Liv le sentait aussi.

— Si le Voyageur avait pu retenir ma petite, il l'aurait fait. Mais il n'a pas pu. Anita est un trop gros poisson, même pour ses filets.

— Menteur ! aboya Liv.

Je les laissai se chamailler. J'avais réussi à me libérer du pouvoir du Voyageur, mais ça n'avait pas été joli-joli. Ni facile. Même si, à bien y réfléchir, il avait lâché prise dès que j'avais commencé à me débattre. La triste vérité, c'est que je n'avais pas essayé de me protéger. J'avais observé les yeux vacants et expectatifs de Liv, persuadée qu'elle ne pourrait pas me rouler. Ça avait été stupide de ma part. Non : arrogant. Parfois, il n'y a guère de différence entre les deux.

J'ouvris le coffre de la Jeep et y entrai à quatre pattes. Edward, assassin de morts-vivants, m'avait persuadée de laisser une de ses connaissances « customiser » ma bagnole. À présent, la cavité qu'occupe une de mes roues arrière abrite un compartiment secret. À l'intérieur, j'avais rangé mon Browning de rechange et des munitions supplémentaires. Je m'étais sentie un peu bête quand je m'étais laissée convaincre par Edward. Mais maintenant… plus du tout.

J'ouvris le compartiment et découvris une surprise. Un mini-Uzi avec sa bandoulière en cuir. Un message était scotché sur l'arme. « On n'a jamais trop de puissance de feu. » Il n'était pas signé, mais je savais qu'il venait d'Edward.

Edward a commencé sa carrière comme un assassin normal ; puis les humains sont devenus des proies trop faciles pour lui, et il s'est spécialisé en monstres. Il adore placer la barre très haut. J'ai un autre mini-Uzi à la maison : encore un cadeau d'Edward. Il a toujours les meilleurs joujoux.

J'ôtai le pardessus d'Asher et passai la bandoulière en travers de ma poitrine. Quand je renfilai le pardessus, le mini-Uzi pendait dans son dos. Ce n'était pas parfait comme camouflage, mais ça ne se verrait pas trop. Puis je glissai mon Browning Hi-Power dans la poche droite du manteau, et deux chargeurs de rabe dans la gauche. Quand je ressortis du coffre, le pardessus tombait bizarrement. Mais il était tellement grand pour moi que ça ne choquerait pas.

Les deux vampires avaient cessé de se disputer. Liv boudait adossée à la Jeep, comme si Jean-Claude avait eu le dernier mot. Je la regardai sans bouger. Je voulais l'abattre. Pas parce qu'elle nous avait trahis, mais parce qu'elle m'avait fait peur. Une raison insuffisante. Et puis, c'était ma propre imprudence qui lui avait permis de m'effrayer. En général, je m'efforce de ne pas punir les autres pour mes erreurs.

—Je ne peux pas te laisser partir sans t'infliger de châtiment, Liv, déclara Jean-Claude. Le Conseil considérerait ça comme une faiblesse.

Elle le dévisagea.

—Frappe-moi si ça peut te soulager.

Elle s'écarta de ma voiture, traversa en trois longues enjambées la distance qui les séparait et leva le menton comme une brute qui vous met au défi de taper le premier.

Jean-Claude secoua la tête.

—Non, Liv. (Il leva une main.) J'avais autre chose en tête.

Sa main lui caressa la joue. Liv soupira et frotta son visage contre sa paume. Elle essayait de coucher avec lui depuis qu'elle était arrivée en ville. Jamais elle n'avait dissimulé ses aspirations à une promotion canapé. Et elle avait été très frustrée que Jean-Claude refuse de… coopérer.

Elle déposa un baiser sur sa paume.

—Les choses auraient pu être si différentes sans ta familière humaine…

Je me rapprochai d'eux, et ce fut comme si je n'existais pas. Ils s'étaient enfermés dans une bulle privée qui se trouvait simplement être en pleine vue.

—Non, Liv, contra Jean-Claude. Rien n'aurait été différent. Ce n'est pas Anita qui t'a empêchée d'accéder à mon lit. C'est toi.

Sa main se referma sur le cou de la vampire. Ses doigts se convulsèrent sur sa chair. D'un mouvement vif, il lui arracha le devant de la gorge.

Liv s'écroula sur le bitume, toussant et s'étranglant alors qu'un flot de sang écarlate dégoulinait de sa bouche et de sa plaie béante. Elle roula sur le dos en se tenant le cou à deux mains.

Je m'immobilisai près de Jean-Claude et baissai les yeux vers elle. Entre les lambeaux de chair déchiquetée, j'aperçus l'éclat blanc de ses vertèbres. Ses yeux étaient écarquillés, pleins de douleur et de peur.

Jean-Claude secoua sa main, et de petits bouts de matière rosâtre tombèrent sur le sol. L'air beaucoup trop pitoyables et insignifiants pour provoquer la mort de quelqu'un. Il s'essuya avec un mouchoir de soie, et ensemble, nous regardâmes Liv se tordre à nos pieds.

Le visage de Jean-Claude était redevenu ce masque magnifique, vacant et lointain, aussi dénué de réconfort que la lune. Je n'avais pas de miroir, et mon visage n'atteindrait jamais cette troublante perfection, mais il était tout aussi vide que celui du vampire. J'observais Liv qui se contorsionnait sur le bitume, et je n'éprouvais aucune pitié.

Aucun vent froid ne vint la sauver. Je crois que cela la surprit, car elle tendit une main vers Jean-Claude, implorant son aide du regard. Il ne bougea pas, plongé dans cette immobilité absolue, comme s'il pouvait disparaître par la seule force de sa volonté. Peut-être que ça le perturbait de la regarder mourir.

Si elle avait été humaine, ça aurait été assez rapide. Mais elle n'était pas humaine, et ce ne fut pas rapide. Elle ne mourait pas. Je n'étais pas sûre que ce soit de la miséricorde, mais quels que soient mes griefs envers elle, je ne pouvais pas l'abandonner à une telle souffrance, à une telle teneur.

Je sortis mon Browning de la poche du pardessus et le pointai sur sa tête.

— Je vais l'achever.

— Elle guérira, ma petite. C'est une blessure que son corps vampirique pourra réparer, si on lui en laisse le temps.

— Pourquoi son nouveau maître ne l'aide-t-il pas ?

— Parce qu'il sait qu'elle guérira même sans son aide.

— Il ne veut pas gaspiller une seule goutte de sa précieuse énergie, hein ?

— Quelque chose comme ça, approuva Jean-Claude.

C'était difficile à dire à travers tout ce sang, mais il me semblait que la plaie se rebouchait. Elle était si énorme…

— En guise de salut formel, les moins puissants d'entre nous offrent leur chair – leur gorge, leur poignet ou le creux de leur coude – aux plus puissants, reconnaissant ainsi leur supériorité. Un geste qui peut paraître symbolique, mais qui revêt parfois une signification littérale. Liv m'a offert sa gorge, et je l'ai prise.

Je scrutai les yeux écarquillés de la vampire à l'agonie.

— Savait-elle que c'était une possibilité ?

— Si elle ne s'en doutait pas, c'est une imbécile. Nos semblables désapprouvent une telle violence, à moins que le plus faible des deux vampires ait remis en question l'autorité de l'autre. Liv a défié ma domination sur elle. Tel est le prix qu'elle paie à présent.

Liv roula sur le côté en toussant. Son souffle s'échappait de sa gorge ravagée en hoquets douloureux. Mais sa chair se reformait. Elle respirait de nouveau. Quand elle eut assez d'air pour parler, elle articula :

— Sois maudit, Jean-Claude.

Puis elle cracha du sang. Très appétissant.

Jean-Claude me tendit sa main. Il l'avait essuyée, mais c'est impossible de se débarrasser du sang incrusté sous les ongles sans un bon lavage à l'eau chaude et au savon. J'hésitai et finis par l'accepter. Nous finirions la nuit bien plus sales que ça, c'était quasiment garanti.

Nous nous dirigeâmes vers le *Cirque*. Le pardessus d'Asher flottait derrière moi comme une cape, et l'Uzi rebondissait doucement contre mon dos. J'avais pris un petit quelque chose en plus dans ma boîte à gants. Une longue chaîne en argent avec un crucifix au bout. J'avais investi dans des chaînes plus longues quand j'avais commencé à sortir avec Jean-Claude. Les précédentes laissaient ma croix s'échapper de mon décolleté aux moments les plus inopportuns.

Bref, j'étais armée jusqu'aux dents et prête à tuer quelqu'un. Edward aurait été fier de moi.

# CHAPITRE 13

La porte latérale du *Cirque* n'a pas de poignée. Le seul moyen d'entrer par là, c'est que quelqu'un vous ouvre de l'intérieur. Mesure de sécurité. Jean-Claude toqua, et le battant pivota à son contact. S'ouvrit devant nous telle une gueule béante, menaçante. Patiente.

Nous pénétrâmes dans une petite réserve austère. Un plafonnier nu. Quelques caisses alignées contre un mur. Et sur la droite, une porte qui donnait sur la partie principale du *Cirque*, celle où les gens font des tours de manège et mangent de la barbe à papa. Sur la gauche, une porte plus petite. Pas de lumières brillantes ni de friandises de ce côté-là.

L'ampoule se balançait au plafond comme si quelqu'un venait de la frapper, de telle façon qu'il était impossible de distinguer l'ombre de la lumière. Quelque chose brillait sur la porte de gauche. Quelque chose d'accroché à sa surface. J'ignorais ce que c'était, mais ça ne me disait rien qui vaille.

Je repoussai violemment la porte d'entrée contre le mur pour m'assurer que personne ne se planquait derrière. Puis je collai le dos au battant et braquai mon Browning sur la pièce.

— Empêchez le plafonnier de se balancer.

Jean-Claude leva un bras vers l'ampoule. Il dut se dresser sur la pointe des pieds pour l'attraper. Donc, la personne qui l'avait fait bouger mesurait plus d'un mètre quatre-vingts.

— Cette réserve est vide, ma petite.

— Et ça, c'est quoi ? demandai-je en désignant la porte de gauche.

La chose était plate et mince, et sa forme ne m'évoquait rien. Apparemment, elle était clouée sur le battant avec des pointes en argent.

Jean-Claude poussa un long soupir.

— Mon Dieu.

Je traversai la pièce en tenant mon Browning à deux mains, pointé vers le sol. Jean-Claude avait dit que la réserve était vide. J'avais confiance en lui, mais j'avais encore plus confiance en moi.

Liv apparut sur le seuil. Elle titubait ; son visage et sa poitrine étaient couverts de sang, mais son cou était de nouveau intact. Je me demandai si le Voyageur l'avait aidée après que nous l'avions laissée. Elle toussa, et s'éclaircit la gorge si violemment que cela me blessa les oreilles.

— Je voulais voir vos têtes quand vous découvririez le compromis du Maître des Bêtes, susurra-t-elle. Le Voyageur a refusé de le laisser vous accueillir en personne. Ceci est sa carte de visite. Elle vous plaît ?

Son impatience avait quelque chose de prédateur, de déplaisant. Que pouvait bien être ce putain de truc sur la porte ?

Même de plus près, je ne voyais toujours pas. De minces filets de sang dégoulinaient le long du battant, leur odeur métallique douceâtre réchauffant l'air stagnant de la pièce. La chose était presque aussi mince que du papier, mais sa consistance rappelait plutôt celle du plastique. Elle se recroquevillait sur les bords, comme pour se dégager des cinq clous qui l'immobilisaient.

Soudain, une atroce idée me traversa l'esprit. Si atroce que mes yeux refusèrent de la voir même après que je l'eus pensée. Je reculai de trois pas et tentai de distinguer la silhouette. Là, et là. Deux bras, deux jambes, des épaules… C'était une peau humaine. Une fois que je tins sa forme, je ne pus plus la lâcher. Et je sus que la prochaine fois que je fermerais les yeux

135

pour dormir, elle me hanterait. Cette dépouille pitoyable qui était encore une personne il y a peu de temps.

— Où sont les mains et les pieds ? demandai-je.

Ma voix me parut étrange, distante, comme détachée de mon corps. L'horreur de cette vision me picotait les lèvres et le bout des doigts.

— C'est juste le dos de quelqu'un, ma petite, pas son corps entier. Et puis, il est difficile d'écorcher les doigts et les orteils de quelqu'un qui se débat encore, dit Jean-Claude d'une voix soigneusement atone, vide.

— Qui se débat encore ? Vous voulez dire qu'il était vivant quand on lui a fait ça ?

— C'est toi l'experte en crimes surnaturels, ma petite.

Je déglutis.

— Ça ne saignerait pas autant si la victime était morte avant.

— En effet.

Jean-Claude avait raison. Je le savais. Mais la vue d'une peau humaine clouée sur une porte m'avait décontenancée. C'était une première, même pour moi.

— Doux Jésus, est-ce que les clous en argent signifient que c'était un vampire ou un loup-garou ?

— Très probablement.

— À votre avis, il est toujours vivant ?

Jean-Claude m'observa. Son regard réussissait à être à la fois vide et éloquent.

— Il était vivant quand on l'a écorché. Et si c'est bien un vampire ou un lycanthrope, le fait de lui avoir ôté sa peau n'a pas pu suffire à le tuer.

Un frisson me parcourut de la tête aux pieds. Ce n'était pas exactement de la peur : c'était de l'horreur. Un tel acte impliquait tant de désinvolture, tant de cruauté…

— Asher a mentionné Padma. C'est lui le Maître des Animaux ?

— Le Maître des Bêtes, corrigea Jean-Claude. Tu ne peux pas le tuer pour cette indiscrétion, ma petite.

— Vous vous trompez.

L'horreur était pareille à une couche de glace sous ma peau, mais par-dessus, il y avait de la colère. De la rage. Et sous la rage, de la peur. La peur de quiconque était capable d'écorcher vif quelqu'un juste pour frimer. Ça m'en disait long sur le dénommé Padma. Ça me disait à quel point il était dénué de scrupules et de règles morales. Ça me disait, très explicitement, que je devrais le tuer dès que je le verrai.

— Nous ne pouvons pas le punir pour ça ce soir, ma petite. Ce soir, nous ne devons nous préoccuper que de notre survie à tous. Souviens-toi de cela et mets un frein à ta colère.

Je regardai la chose immonde sur la porte.

— Franchement, je suis au-delà de la colère.

— Dans ce cas, mets un frein à ta fureur. Nous devons sauver le reste de nos gens.

— S'ils sont encore en vie.

— Ils étaient en vie quand je suis montée pour vous attendre, intervint Liv.

— À qui appartient cette peau ? lui demandai-je.

Elle éclata de rire. Son braiment habituel. Maintenant qu'elle était guérie, sa voix avait retrouvé sa tonalité normale.

— Devine. Si tu trouves, je te le dirai – mais seulement si tu trouves.

Le self-control qui me fut nécessaire pour ne pas braquer mon Browning sur elle ne dut pas me montrer à mon avantage. Je secouai la tête.

— Je ne joue pas, Liv. Pas avec toi. La véritable partie ne commencera pas avant que nous soyons descendus.

— Bien dit, ma petite. Allons-y.

— Non, contra Liv. Non, tu devineras. Tu devineras qui c'est. Je veux voir ton visage. Je veux voir la douleur dans tes yeux pendant que tu penseras à chacun de tes amis, Anita.

Je veux regarder l'horreur sur tes traits quand tu imagineras chacun d'eux se faire écorcher tour à tour.

— Mais qu'est-ce que je t'ai fait pour que tu m'en veuilles à ce point ? m'exclamai-je.

— Tu t'es dressée sur mon chemin.

Je secouai la tête et pointai mon flingue sur elle.

— La troisième infamie était la bonne, Liv.

Elle fronça les sourcils.

— De quoi parles-tu ?

— La première, c'est de nous avoir trahis. La deuxième, c'est d'avoir tenté de me rouler avec tes yeux. C'était partiellement ma faute, donc, j'aurais pu laisser filer. Mais tu avais fait le serment de protéger les gens de Jean-Claude. Tu t'étais engagée à utiliser ce corps magnifique, cette force, pour défendre les plus faibles que toi. Qui qu'elle soit, la personne à qui appartenait cette peau était quelqu'un sur lequel tu avais juré de veiller. Au lieu de ça, tu l'as trahi. Tu l'as expédié en enfer. Ça fait trois.

— Tu ne peux pas me tuer, Anita. Le Voyageur me guérira, quoi que tu fasses.

Je lui tirai dans le genou droit. Elle s'écroula sur le sol en tenant sa jambe brisée, en se contorsionnant et en hurlant. Je sentis un sourire très déplaisant étirer mes lèvres.

— J'espère que ça fait mal, Liv. J'espère que ça fait un mal de chien. De chienne. C'est tout ce que tu mérites.

La température de la pièce dégringola comme un poids mort. Tout à coup, j'avais tellement froid que je m'attendais à voir mon souffle former un nuage devant ma bouche. Les hurlements de Liv s'interrompirent, et elle leva vers moi ses yeux violets. Si un regard avait pu tuer, je serais tombée raide morte.

— Tu ne peux pas me faire de mal, Anita. Mon maître ne t'y autorisera pas.

Elle se releva et, avec une infime claudication, se dirigea vers la porte et son affreuse décoration. Elle s'en saisit à deux mains et l'étira, me montrant des trous qui ne devaient rien au processus d'écorchement.

— Je me suis nourrie de lui pendant qu'ils le torturaient. J'ai bu son sang pendant qu'il hurlait.

Quand elle retira ses doigts, ils étaient couverts de sang. Elle les fourra dans sa bouche et les lécha avec une mine gourmande.

— Mmmh… Délicieux.

Je n'avais qu'à deviner de qui il s'agissait, et elle me le dirait. Je n'avais qu'à jouer à son jeu. Je lui tirai dans l'autre genou. De nouveau, elle s'effondra en glapissant.

— Ne comprends-tu pas ? Tu ne peux pas me faire de mal !

— Oh, je crois bien que si, Liv. Je crois bien que si.

Je lui tirai une deuxième fois dans le genou droit. Allongée sur le dos, elle hurla de toute la force de ses poumons, voulut saisir ses jambes brisées et sursauta parce que son propre toucher était insupportable.

Le pouvoir du Voyageur hérissa tous les poils de mon corps dans un frisson de chair de poule. Il allait vraiment la guérir. Si je ne voulais pas la tuer, je devais m'éloigner d'elle avant qu'elle soit en état de marcher. Je la connaissais assez bien pour savoir que dès qu'elle retrouverait une position verticale, elle serait furax. Et je ne l'en blâmais pas. En fait, si je restais là assez longtemps pour qu'elle se relève, ce serait de la légitime défense. Mais de la légitime défense préméditée.

— Viens, ma petite. Laisse-la. Le Voyageur n'accorde pas si facilement sa bénédiction la deuxième fois – ou est-ce la troisième ? Il prendra son temps pour la guérir. Ce sera un bienfait et une punition en même temps. Comme la plupart des cadeaux du Conseil.

Jean-Claude ouvrit la porte qui conduisait au sous-sol. Quand il lâcha la poignée, sa main était couverte de sang. Il la tint devant son visage comme s'il ne savait pas quoi en faire. Enfin, il franchit le seuil en l'essuyant sur le mur, laissant une légère trace écarlate derrière lui.

—Plus nous attendons, plus ils inventeront de tortures à infliger.

Sur ces paroles réconfortantes, il s'engagea dans l'escalier.

Je jetai un dernier coup d'œil à Liv. Recroquevillée sur le flanc, elle pleurait et gémissait. Hurlait qu'elle allait me tuer. J'aurais dû lui tirer dans la tête jusqu'à ce que sa cervelle se répande sur le sol. Si j'avais vraiment été impitoyable, je l'aurais fait. Mais je m'abstins. Je la laissai en vie, en train de m'invectiver et de cracher des menaces. Edward aurait été tellement déçu…

# CHAPITRE 14

Les marches qui conduisent au sous-sol du *Cirque des Damnés* sont plus hautes que la normale, comme si elles avaient été conçues pour quelque chose de pas tout à fait humain.

Je refermai la porte d'un coup de pied – je ne voulais pas la toucher. Le battant interrompit Liv en plein milieu d'un hurlement. Je l'entendais encore vaguement, comme le bourdonnement d'un insecte, mais la porte était insonorisée. Il fallait bien étouffer les cris qui venaient d'en bas. Évidemment, ce soir, le silence régnait dans l'escalier. Un silence si profond qu'il vibrait dans mes oreilles.

Malgré leur hauteur, Jean-Claude descendait les marches avec une grâce désossée, tel un grand félin. Je dus relever le bas du manteau d'Asher et le draper sur mon bras gauche pour ne pas me prendre les pieds dedans. Pour autant, je ne glissai pas jusqu'en bas : avec mes talons de sept centimètres, je clopinai plutôt. Jean-Claude m'attendait à l'endroit où l'escalier décrivait une courbe avant de déboucher sur le palier.

— Je pourrais te porter, ma petite, suggéra-t-il.

— Non, merci.

Si j'ôtais mes escarpins, ma robe était si longue que je devrais la tenir. Or, j'avais besoin d'une main libre pour mon flingue. À choisir entre être lente et armée, ou rapide et les mains pleines de tissu… Je préférais être lente.

Les marches étaient vides, assez larges pour qu'on puisse y faire passer une petite voiture. La porte qui se dressait à leur pied était en chêne épais, bardée de fer comme celle d'un donjon. Une assez bonne analogie, pour ce soir.

Jean-Claude tira sur la poignée, et le battant pivota sur ses gonds. D'habitude, il était verrouillé. Jean-Claude se tourna vers moi.

— Les envoyés du Conseil peuvent exiger que je salue formellement chaque vampire en ces murs.

— Vous voulez dire, comme vous avez fait avec Liv ?

Il eut un très léger sourire.

— Si je ne reconnais pas leur domination sur moi… Peut-être.

— Et si vous la reconnaissez ?

Il secoua la tête.

— Si nous étions venus à eux pour leur réclamer une aide quelconque, je ne me battrais pas. Je reconnaîtrais leur supériorité, un point c'est tout. Je ne suis pas assez fort pour tenir un siège ; j'en ai conscience.

Il lissa les ruchés de sa chemise, ajustant les manches de sa veste pour dégager le bouillonnement de tissu qui recouvrait à demi ses mains. Il tripote souvent ses fringues quand il est nerveux. Évidemment, il passe son temps à tripoter ses fringues même quand il n'est pas nerveux.

— Je sens venir un « mais »…

Il me sourit.

— Oui, ma petite. Mais ce sont eux qui sont venus à nous. Ils ont envahi notre territoire. Blessé nos gens. Si nous reconnaissions leur supériorité sans nous battre, ils pourraient me remplacer par un autre maître, me prendre tout ce que j'ai acquis.

— Je croyais que le seul moyen de se faire prendre son territoire, c'était de mourir, objectai-je.

— Oh, nous y viendrions à un moment ou à un autre.

— Dans ce cas, autant faire feu de tout bois.

— Sauf que nous ne pourrons pas gagner par la violence, ma petite. Ce que nous avons fait à Liv était prévisible. Elle

142

devait être punie. Mais dans un combat à mort, les envoyés du Conseil gagneraient.

Je fronçai les sourcils.

—Si nous ne pouvons pas admettre qu'ils sont plus forts et plus méchants que nous, et que nous ne pouvons pas non plus les combattre, quelle option nous reste-t-il?

—Jouer le jeu.

—Quel jeu?

—Celui que j'ai appris à la Cour, voici bien longtemps. Celui qui est basé sur la diplomatie, la bravade et les insultes. (Il porta ma main gauche à ses lèvres et y déposa un doux baiser.) Tu seras très bonne pour certains de ses aspects, et très mauvaise pour d'autres. La diplomatie n'est pas ton fort.

—Mais la bravade et les insultes sont deux des choses que je maîtrise le mieux.

Il sourit sans lâcher ma main.

—En effet, ma petite. En effet. Range ton arme. Je ne t'interdis pas de t'en servir, mais fais attention aux cibles que tu choisiras. Tous les gens que tu vas rencontrer ce soir ne sont pas vulnérables aux balles en argent. (Il inclina la tête sur le côté d'un air songeur.) À bien y réfléchir, je n'ai encore jamais vu personne tenter de tuer un membre du Conseil avec des munitions modernes. (Il grimaça.) Ça pourrait marcher. (Puis, secouant la tête comme pour chasser cette image, il ajouta :) Mais si nous en arrivons au stade où nous devons abattre les envoyés du Conseil par balles, tout sera perdu, et il ne nous restera plus qu'à en entraîner autant que possible dans notre chute.

—Et à sauver autant de nos gens que possible, aussi.

—Tu ne les comprends pas, ma petite. Si nous mourons, il n'y aura pas de pitié pour ceux qui nous étaient loyaux. Durant une révolution digne de ce nom, les fidèles de l'ancien régime sont les premiers éliminés.

Il toucha légèrement le dos de ma main droite. Un rappel. Je tenais toujours mon flingue. Bizarrement, je n'avais pas trop envie de le ranger.

Mais je m'exécutai. Je ne voulais pas que nos adversaires sachent qu'il était là, donc, je ne pouvais pas le garder à la main. Je remis la sécurité parce que je ne voulais pas me tirer dans la jambe. Ce serait aussi embarrassant que douloureux, et ça n'impressionnerait sans doute pas beaucoup nos interlocuteurs.

Je ne connaissais pas le jeu dont parlait Jean-Claude, mais je fréquentais les vampires depuis assez longtemps pour savoir que lorsqu'on arrive à les impressionner, parfois, ils vous laissent repartir vivant. Évidemment, parfois, ils vous tuent quand même. Parfois, faire la grande gueule ne vous apporte qu'une mort plus lente, comme avec ces tribus amérindiennes qui ne torturaient que les ennemis qu'elles jugeaient dignes de cet honneur. Un honneur dont je pouvais me passer.

Mais parfois, pendant qu'on s'acharne sur vous, vous avez une opportunité de vous échapper. Si on se contente de vous arracher la gorge, vos options disparaissent du même coup. Donc, notre but serait d'impressionner les envoyés du Conseil. Si nous réussissions, nous les tuerions. Si nous n'arrivions pas à les tuer… Ils nous tueraient. Liv n'avait été qu'un amuse-bouche. Le festin allait commencer maintenant.

La salle à manger était redevenue une salle de pierre nue. Tous les efforts de décoration de Jean-Claude gisaient en piles de tissu noir et blanc et de bois brisé. La seule chose demeurée intacte était le tableau qui surplombait la fausse cheminée. Depuis leur cadre, Jean-Claude, Julianna et un Asher indemne contemplaient les ruines à leurs pieds. Je pensais qu'une surprise déplaisante nous attendrait là. Mais il n'y avait que Willie McCoy, debout devant l'âtre froid.

Les mains croisées derrière lui, il nous tournait le dos. Son costume vert petit pois jurait avec ses cheveux noirs plaqués sur son crâne à grand renfort de gomina. Une de ses manches était lacérée et couverte de sang. Il se tourna vers nous. Sur son front, du sang suintait d'une entaille. Il la tamponna avec un mouchoir imprimé de squelettes dansants. Un mouchoir en soie qui lui avait été offert par sa petite amie. Hannah était une vampire vieille d'un siècle, qui nous avait rejoints récemment. Grande et dotée de jambes interminables, elle était aussi ravissante que Willie était petit et mal habillé.

Il nous sourit.

— C'est si aimable à vous d'être venus nous rejoindre.

— Épargne-nous tes sarcasmes. Où sont les autres ?

Je voulus m'avancer vers lui, mais Jean-Claude me posa une main sur le bras pour me retenir.

Le sourire de Willie était presque affectueux. Il regarda Jean-Claude d'un air interrogateur. Une expression que je n'avais jamais vue sur son visage.

Je jetai un coup d'œil à Jean-Claude – à son masque parfait, fermé et prudent. Non : effrayé.

— Que se passe-t-il ? demandai-je.

— Ma petite, je te présente le Voyageur.

Je fronçai les sourcils.

— De quoi parlez-vous ?

Willie éclata de rire, le même braiment irritant que d'habitude. Mais cette fois, il se termina par un grondement sourd qui hérissa mes cheveux dans ma nuque. Je le dévisageai et sus que le choc devait se lire sur mes traits.

Je dus déglutir avant de pouvoir parler, et même alors, je ne sus pas quoi dire.

— Willie ?

— Il ne peut plus te répondre, ma petite.

Willie se tenait face à moi, et il me dévisageait. Vivant, il avait toujours été maladroit. Mort, il ne s'était pas beaucoup arrangé. Sa transformation était encore assez récente pour qu'il n'ait pas acquis la fluidité de mouvement surnaturelle des vampires plus âgés. Pourtant, il se dirigea vers nous d'un pas glissant, presque liquide. Ce n'était pas Willie.

— Merde, soufflai-je doucement. Est-ce que c'est permanent?

L'étranger qui occupait le corps de Willie rit de nouveau.

— Je ne fais qu'emprunter son corps. J'emprunte des tas de corps, n'est-ce pas, Jean-Claude?

Je sentis Jean-Claude me tirer en arrière. Il ne voulait pas que nous nous approchions. Pour une fois, je ne discutai pas. Nous reculâmes. C'était bizarre de devoir battre en retraite devant Willie. En temps normal, il est l'un des vampires les moins effrayants que j'aie jamais rencontrés. À présent, la tension chantait à travers la main de Jean-Claude. Je sentais son cœur battre dans ma propre tête. Il avait peur, et ça me faisait peur.

Le Voyageur s'immobilisa, les mains posées sur les hanches.

— Craindrais-tu que je t'utilise comme hôte, Jean-Claude? s'esclaffa-t-il. Si tu es vraiment assez fort pour avoir tué le Trembleterre, tu devrais être assez fort pour me repousser.

— Je suis d'une nature prudente, Voyageur. Le temps n'a pas atténué ce trait de caractère.

— Tu as toujours eu la langue bien pendue... Et pas seulement au sens figuré.

Le sous-entendu me fit froncer les sourcils. Je n'étais pas sûre de comprendre, et encore moins sûre de le vouloir.

— Laissez partir Willie.

— Je ne lui fais pas de mal.

— Il est toujours à l'intérieur de son corps, déclara Jean-Claude. Il sent toujours, il voit toujours. Vous l'avez seulement écarté, Voyageur. Vous ne l'avez pas remplacé.

Je jetai un coup d'œil à Jean-Claude. Son expression ne révélait rien.

—Vous dites ça comme si vous le saviez par expérience personnelle, fis-je remarquer.

—Autrefois, Jean-Claude fut l'un de mes corps favoris. Balthazar et moi nous sommes beaucoup amusés avec lui.

Balthazar émergea du couloir du fond comme s'il avait attendu cette invitation pour entrer en scène. Ce qui était peut-être le cas. Il souriait, mais c'était davantage pour montrer ses crocs que son plaisir. Toujours vêtu de son costume blanc, il pénétra dans la salle à manger d'une démarche à la fois élégante et provocante et s'immobilisa derrière Willie, ses mains posées sur les épaules frêles du vampire plus petit que lui. Willie se laissa aller contre sa poitrine. Balthazar l'enveloppa de ses bras. Ils formaient un couple.

—Se rendra-t-il compte de ce qu'ils font avec son corps? demandai-je à Jean-Claude.

—Oui.

—Willie n'aime pas les hommes.

—Je sais.

Je déglutis et tentai de réfléchir raisonnablement. Mais je ne pus pas. Un vampire ne pouvait pas s'emparer du corps d'un autre vampire. C'était impossible. Tout simplement impossible. Pourtant, les pensées d'un étranger flottaient dans les yeux bruns de Willie, dans son visage si familier. Je dus me rendre à l'évidence.

Ces yeux bruns sourirent aux miens. Je leur dérobai mon regard. Si le Voyageur pouvait me rouler à travers les yeux de Liv quand il ne la possédait même pas, ça lui serait encore plus facile de le faire à travers les yeux de Willie qu'il possédait. Il m'aspirerait littéralement. Ça faisait un bail que je ne m'étais pas entraînée à fixer quelqu'un sans soutenir son regard. C'était comme jouer à chat perché avec les yeux. Irritant, et effrayant.

Jean-Claude avait dit que la violence ne nous sauverait pas ce soir. Il ne plaisantait pas. Si un vampire avait retenu

147

Willie contre sa volonté, s'il avait abusé de lui sexuellement, je lui aurais tiré dessus. Mais c'était le corps de Willie, et il le récupérerait. Le cribler de trous semblait une mauvaise idée. Ce dont j'avais besoin, c'était d'une bonne idée.

— Est-ce que le Voyageur aime les femmes?

— Pourquoi? Proposerais-tu de prendre sa place? interrogea le vampire.

— Non. Je me demandais juste ce que vous éprouveriez si les positions étaient inversées.

— Personne d'autre ne possède ma capacité à partager un corps.

— Mais si c'était possible, cela vous plairait-il qu'on vous force à coucher avec une femme?

Willie pencha la tête sur le côté, avec une expression qui ne lui appartenait pas. C'était assez déstabilisant pour faire frémir ma peau.

— Je n'ai jamais éprouvé d'attirance pour un corps de femme.

— Vous trouveriez ça répugnant.

Le Voyageur acquiesça.

— Oui.

— Dans ce cas, libérez Willie. Choisissez quelqu'un qui le vivrait mieux.

Le Voyageur se pelotonna dans les bras de Balthazar et éclata de rire.

— Es-tu en train d'implorer ma pitié?

Je haussai les épaules.

— Je ne peux pas vous tirer dessus. Vous être membre du Conseil. J'espérais que, du coup, vous feriez preuve de plus de décence que les autres. Apparemment, je me trompais.

Il reporta son attention sur Jean-Claude.

— Ta servante humaine parle-t-elle à ta place, désormais?

— Elle se débrouille plutôt bien.

—Si elle fait appel à ma miséricorde, tu n'as pas dû beaucoup lui parler du temps que tu as passé avec nous à la Cour.

Jean-Claude s'écarta légèrement de moi, sans toutefois lâcher ma main gauche. Je le sentis se redresser de toute sa hauteur comme si, jusque-là, il s'était tenu voûté, recroquevillé sur sa propre panique. Je savais qu'il avait toujours la trouille, mais il se forçait à la dépasser. Brave Jean-Claude. Moi, je n'avais pas si peur que ça… pour le moment. Mais bon, j'ignorais presque tout du Voyageur.

—Je ne remâche pas le passé.

—Il a honte de nous, dit Balthazar en frottant son visage contre celui de Willie.

Il lui déposa un baiser sur la tempe.

—Non, contra le Voyageur. Il a peur de nous.

—Que voulez-vous de moi, Voyageur ? Pourquoi le Conseil a-t-il envahi mon territoire et pris mes gens en otages ?

Le corps de Willie s'écarta de Balthazar mais demeura planté devant l'humain qui le dépassait d'une demi-tête. En temps normal, Willie a toujours l'air plus petit qu'il l'est réellement, comme un lapin inquiet. À présent, il semblait agile et plein d'assurance. Le Voyageur lui avait donné la grâce et la confiance en lui qu'il n'avait jamais possédées.

—Tu as tué le Trembleterre, mais tu n'es pas venu prendre son siège. Il n'y a pas d'autre moyen d'intégrer le Conseil qu'en éliminant un de ses membres. Nous avons une place vacante que tu es le seul à pouvoir occuper, Jean-Claude.

—Je n'en veux pas, et je ne suis pas non plus assez puissant pour la tenir.

—Si tu n'es pas assez puissant, comment as-tu tué Oliver ? Il était une effrayante force de la nature. (Le Voyageur s'approcha de nous, Balthazar sur ses talons.) Comment l'as-tu tué ?

Cette fois, Jean-Claude ne recula pas. Sa main se crispa sur la mienne, mais il resta là où il était.

—Il avait accepté de ne pas utiliser la terre contre moi.

Le vampire et son serviteur nous tournaient autour comme des requins. Le premier par la gauche, le second par la droite, de sorte qu'il était difficile de les garder à l'œil tous les deux.

—Pourquoi aurait-il limité ses pouvoirs ?

—Il était devenu renégat, Voyageur. Oliver souhaitait un retour à l'époque où les vampires ne possédaient pas de statut légal. Un séisme aurait pu détruire la ville, mais jamais il n'aurait été attribué à l'un des nôtres. Oliver voulait posséder mes vampires et déclencher un bain de sang pour que nous soyons de nouveau pourchassés. Il craignait que nous finissions par détruire toute l'humanité, et notre race du même coup. Il pensait que nous étions trop dangereux pour qu'on nous accorde des libertés et des droits civils.

—Nous avons reçu ton rapport, acquiesça le Voyageur.

Il s'arrêta près de moi, et Balthazar fit de même près de Jean-Claude. Le serviteur humain reproduisait les attitudes de son maître comme un miroir. J'ignorais si c'était parce que le Voyageur le contrôlait, ou parce qu'ils avaient des siècles de pratique derrière eux.

—Je connaissais les idées d'Oliver.

Je me rapprochais de Jean-Claude.

—Son truc, là… Ça ne fonctionne que sur les vampires, ou il peut aussi posséder des humains ?

—Tu es à l'abri d'une intrusion de sa part, ma petite.

—Génial.

Je regardai le Voyageur. La facilité avec laquelle je commençais à considérer ce corps comme le Voyageur et non comme Willie m'effrayait presque.

—Dans ce cas, pourquoi ne l'avez-vous pas arrêté ? m'enquis-je.

Le Voyageur s'avança d'un pas glissant, jusqu'à ce qu'il n'y ait plus que deux centimètres entre nous.

—Il était membre du Conseil. Nous ne pouvons pas nous battre à mort entre nous. Et rien n'aurait pu l'arrêter hormis la mort véritable.

—Vous l'avez laissé venir ici en sachant ce qu'il planifiait, l'accusai-je.

—Nous savions qu'il avait quitté le pays, mais nous ignorions où il s'était rendu et dans quelle intention, répliqua le Voyageur.

Il leva une main vers mon visage – la petite main de Willie –, et Balthazar l'imita comme pour toucher Jean-Claude.

—Vous l'aviez déclaré renégat, dit Jean-Claude. Donc, tout vampire qui le trouvait pouvait le détruire sans enfreindre nos lois.

Le Voyageur effleura ma joue d'une main tremblante, hésitante.

—Tu as pensé que nous ne viendrions pas chez toi parce que tu nous avais épargné la peine de le traquer nous-mêmes…

—Oui.

Balthazar avait cessé de caresser Jean-Claude. Il vint rejoindre son maître et le regarda faire glisser sa main le long de mon visage. Il semblait perplexe, surpris. Il se passait quelque chose, et du diable si je savais quoi.

Le Voyageur saisit doucement mon menton et tourna ma tête vers lui. Sa main remonta le long de ma mâchoire, descendit dans mon cou et se faufila derrière ma nuque. Je le sentis passer ses doigts dans mes cheveux et reculai pour me dégager.

—Je croyais que vous n'aimiez pas les filles.

—Oh, je ne les aime pas. (Immobile, il me regardait.) Ton pouvoir est stupéfiant.

Sa main se tendit trop vite pour que je la voie, trop vite pour que je réagisse. Il tenait une poignée de mes cheveux, et ses yeux, les yeux de Willie, captèrent les miens. Cette

151

fois, j'étais prête ; je me protégeais. Mais mon cœur me tomba quand même dans les chaussures. J'attendis que ces ténèbres froides me submergent.

Il ne se passa rien. Nous étions face à face, séparés par quelques centimètres, et ses yeux étaient juste des yeux. Je sentais son pouvoir pulser le long de son bras comme une charge glaciale, mais ça ne suffisait pas.

Il posa ses mains des deux côtés de mon visage comme s'il voulait m'embrasser. Nos têtes étaient si proches que ses paroles suivantes semblèrent beaucoup plus intimes qu'elles le furent réellement.

— Je pourrais te forcer avec mon regard, Anita. Mais ce serait un gaspillage de pouvoir que je serais peut-être amené à regretter avant l'aube. Tu as déjà blessé Liv deux fois ce soir. Je suis en train de la guérir, mais cela aussi réclame du pouvoir.

Il recula et s'enveloppa de ses bras comme si en me touchant, il avait récolté bien plus que le simple contact de ma peau. Puis il fit trois pas glissant qui l'amenèrent devant Jean-Claude.

— Son pouvoir est une chose enivrante. Une chose dont tu peux vêtir ta chair froide, à laquelle tu peux réchauffer ton cœur pour toute l'éternité.

Jean-Claude expira lentement.

— Anita est ma servante humaine.

— En effet, acquiesça le Voyageur. Il y a un siècle, je pouvais t'envahir sans même toucher ta peau d'albâtre. À présent, j'en suis incapable. Est-ce elle qui te confère cette résistance ?

Il tendit la main vers le visage de Jean-Claude comme il l'avait fait avec moi. Je tirai Jean-Claude en arrière, hors de sa portée, et m'interposai entre eux.

— Il est à moi. Je ne partage pas.

Jean-Claude glissa un bras autour de ma taille, me tenant près de lui sans me serrer.

— Si vous nous laissez en paix, je permettrai à Balthazar et à n'importe quelle personne de votre choix de m'utiliser. Mais je ne serai plus jamais votre hôte volontaire, Voyageur.

Les yeux bruns de Willie fixèrent Jean-Claude. Dans ces prunelles familières, je décelai une ruse, une intensité effrayantes.

— Je suis membre du Conseil. Pas toi. Tu n'auras pas ton mot à dire.

— Voulez-vous dire que s'il acceptait le siège qui lui revient de droit, vous ne pourriez pas lui faire de mal? interrogeai-je.

— S'il est assez puissant pour tenir un siège au Conseil, je ne devrais pas pouvoir envahir son corps délectable, quand bien même mes lèvres seraient pressées sur les siennes.

— Voyons si j'ai bien tout compris. S'il accepte le siège, vous essaierez de le prendre de force — parce que si vous y parvenez, c'est qu'il n'est pas assez puissant pour appartenir au Conseil. Mais s'il refuse le siège, vous le ferez quand même.

Le Voyageur m'adressa un sourire rayonnant, son ravissement faisant étinceler les yeux de Willie.

— Tout à fait.

— Avec vous, on est toujours obligé de choisir entre la peste et le choléra. Vous ne pratiquez pas la négociation : juste la torture.

— Serais-tu en train de nous juger? demanda-t-il d'une voix soudain plus basse et plus profonde que ce que la gorge de Willie aurait dû pouvoir produire.

Il couvrit le dernier pas qui nous séparait, et je me retrouvai en contact avec les deux vampires à la fois. Leur pouvoir m'embrasa. C'était comme se retrouver prise entre deux feux, sauf que ça ne brûlait pas. Comme celui de Jean-Claude, le pouvoir du Voyageur était froid et liquide. Un souffle de mortalité. Le spectre d'une tombe. Il m'arracha un hoquet et hérissa tous les poils de mon corps.

—Reculez !

Je tentai de le repousser, mais il me saisit le poignet trop vite pour que je l'en empêche, et presque trop vite pour que je le voie faire. Telle une lance de glace, le contact de sa peau nue propagea une vague de froid engourdissant à travers mon corps. Il me tira d'un coup sec pour m'arracher à Jean-Claude.

Jean-Claude me prit l'autre poignet. À l'instant où sa main toucha ma peau, le froid s'estompa. Le pouvoir qui émanait de lui me balaya comme un raz de marée tiède, et ce n'était pas le sien. Je connaissais bien cette sensation. C'était celui de Richard. Jean-Claude puisait au pouvoir de Richard comme je l'avais fait un peu plus tôt.

Il chassa de moi le pouvoir du Voyageur telle une canicule estivale faisant fondre de la glace. Ce fut le Voyageur qui me lâcha le premier. Il recula en se frottant la main sur sa veste, comme si elle lui faisait mal.

—Jean-Claude, tu as été très polisson.

Jean-Claude m'attira contre lui, une main posée sur ma nuque. Cette tiédeur électrique était toujours là, jouant sur sa peau et sur la mienne. À cet instant, je sus que Richard avait perçu notre urgence, notre besoin.

# CHAPITRE 15

Un bruit nous fit tous pivoter vers le couloir du fond. Je ne reconnus pas l'homme qui venait d'entrer. Il était grand, mince et mat de peau – peut-être hispanique, peut-être quelque chose de plus exotique. Il ne portait qu'un pantalon de satin noir avec des broderies d'argent le long des jambes. Et derrière lui, il traînait Hannah, la petite amie de Willie.

Son mascara avait coulé, dessinant de longs sillons noirs sur son visage. Sa coupe de cheveux sophistiquée encadrait toujours son visage, attirait toujours le regard vers ses pommettes en relief et ses lèvres pleines. Mais à présent, ses traits étaient pareils à un masque – larmes noires et rouges à lèvres prune étalé sur le bas de sa figure comme une plaie.

— Pourquoi l'as-tu amenée ici, Fernando ? demanda sévèrement le Voyageur.

— Mon père est membre du Conseil au même titre que vous, Voyageur, répliqua le nouveau venu sur un ton de défi.

— Je ne le conteste pas.

— Pourtant, vous lui avez interdit d'assister à cette première entrevue.

— S'il est membre du Conseil, laisse-le donc me ployer sous sa volonté, ricana le Voyageur. Nous sommes tous membres du Conseil, mais nous ne sommes pas tous égaux.

Fernando sourit. Il agrippa la robe bleue couverte de perles scintillantes que portait Hannah et la déchira dans son dos. Elle hurla.

Le Voyageur tituba et porta une main à son visage.

— Je vais la baiser, dit Fernando.

Balthazar se dirigea vers eux à grandes enjambées. À cet instant, deux léopards aussi gros que des poneys rampèrent hors du couloir. Le premier était noir, le second tacheté de jaune, tous les deux assez puissants pour le tailler en pièces. Avec un grondement sourd et menaçant, ils s'avancèrent sur leurs énormes pattes munies de coussinets pour s'interposer entre Balthazar et Fernando.

Fernando saisit Hannah par la taille et releva sa robe sur ses hanches, exposant un porte-jarretelles bleu pâle. Hannah pivota et le gifla si violemment qu'il vacilla. Elle était aussi féminine que possible, mais elle était aussi un vampire, et elle aurait pu le projeter contre le mur de pierre avec assez de force pour qu'il y reste incrusté.

Fernando riposta. Du sang jaillit de la bouche d'Hannah en gouttelettes brillantes, et elle se retrouva assise par terre, à moitié sonnée. Le pouvoir de Fernando bouillonna autour de nous comme s'il l'avait contenu jusque-là. Un métamorphe. De la même espèce que les léopards qui protégeaient ses arrières ? Peut-être, mais peu m'importait. Il empoigna le devant de la robe d'Hannah et la força à se dresser sur ses genoux. Puis il arma son bras comme pour la frapper de nouveau.

Je sortis mon Browning de la poche du manteau d'Asher. Willie s'effondra sur le sol. Il leva les yeux et articula :

— Crocs-d'Ange.

Il tenta de se relever et n'y parvint pas. Jean-Claude lui glissa ses mains sous les aisselles et le redressa facilement.

Fernando assena à Hannah une gifle désinvolte. Sa tête partit en arrière, et ses yeux roulèrent dans leur orbite.

— Il doit vraiment t'aimer pour combattre la possession du Voyageur chaque fois qu'on te maltraite.

La main de Jean-Claude sur mon bras me fit reprendre mes esprits. Mon Browning était pointé sur Fernando. Je dus vider mes poumons pour m'empêcher d'appuyer sur la détente. La sécurité était enlevée, et je ne me rappelais pas l'avoir fait. Pourquoi Fernando et pas les matous ? Les léopards-garous auraient pu franchir en un seul bond la distance qui nous séparait, mais je savais qui était l'alpha. Éliminez le chef, et ses gardes du corps iront peut-être jouer ailleurs.

Jean-Claude soutenait Willie d'un bras et me touchait toujours de l'autre, comme s'il craignait ce que je pouvais faire.

— Fernando, dit-il. Tu as eu ce que tu voulais. Le Voyageur a été expulsé, et il lui faudra un peu de temps pour se trouver un nouvel hôte. Tu peux lâcher Hannah.

Fernando grimaça, et ses dents blanches étincelèrent dans son visage brun.

— À ta place, je ne compterais pas trop là-dessus.

Il souleva Hannah pour la remettre sur ses pieds, ses deux bras enserrant la taille de la vampire et immobilisant les siens contre ses flancs. Il tenta de l'embrasser. Elle détourna la tête et hurla.

Willie tenait debout tout seul, à présent. Il repoussa Jean-Claude.

— Non, je ne te laisserai pas lui faire du mal.

La panthère noire s'aplatit sur le sol et se rapprocha de lui – de nous – en rampant.

— Si on veut se les faire, c'est maintenant, dis-je.

Fernando en premier, puis l'un des léopards, si j'avais le temps. Si je ne l'avais pas… Un problème à la fois.

— Pas encore, ma petite. Le père de Fernando, Padma, ne perdra pas un temps précieux à tourmenter les petits. Le Voyageur reviendra trop tôt pour ça.

— Le Voyageur ne me laissera pas la goûter, gronda Fernando.

Maintenant Hannah plaquée contre lui d'un bras, il souleva sa robe avec l'autre.

— Il croit vraiment que nous allons rester les bras ballants pendant qu'il la violera ? m'exclamai-je, incrédule.

— Mon père est le Maître des Bêtes. Vous ne m'arrêterez pas, de peur de subir son courroux.

— Tu ne comprends rien, pas vrai, Fernando ? (Je pointai très calmement mon flingue sur sa tête.) Je me fiche de savoir qui est ton père. Lâche-la, et dis à tes copains poilus de reculer ou je vais faire de ton père un vampire très mécontent.

— Crois-moi, tu n'as pas envie que je sois mécontent.

La voix me fit reporter mon attention sur le couloir du fond, mais mon Browning ne bougea pas.

Le vampire qui venait d'apparaître sur le seuil était un Hindou. Il portait même une de ces espèces de veste-tunique. Blanche et dorée, elle scintilla à la lisière de ma vision comme il s'avançait dans la pièce. Je ramenai mon regard vers son fils. Un monstre après l'autre.

Jean-Claude laissa retomber le bras qui me touchait. Il fit un pas en arrière et légèrement sur le côté, afin de ne pas bloquer ma ligne de tir.

— Padma, Maître des Bêtes. Salutations, et bienvenue en ma demeure.

— Jean-Claude, Maître de la Ville, salutations. Ton hospitalité a dépassé mes espoirs les plus fous.

Il éclata de rire. Un rire normal. Théâtral et agaçant, certes. Sinistre, même. Mais il ne fit pas tressaillir ma peau. Ça changeait un peu.

— Dites-lui de lâcher Hannah.

— Tu dois être la servante humaine de Jean-Claude, Anita Blake.

— Ouais. Ravie de vous rencontrer. Maintenant, dites à votre fils de lâcher notre vampire, ou je le change en passoire.

— Tu n'oserais pas faire de mal à mon fils.

À mon tour de rire. Ce fut bref, abrupt, et pas franchement drôle.

— Votre fils m'a pratiquement dit la même chose. Vous vous trompez tous les deux.

— Si tu tues mon fils, je te tuerai. Je vous tuerai tous.

— D'accord, voyons si j'ai bien compris. S'il ne la lâche pas, que va-t-il lui faire ?

Fernando émit un rire sifflant, qui me dit tout ce que j'avais besoin de savoir. À l'intérieur de ce corps ravissant, il y avait un poil sombre et des yeux pareils à des boutons. Un rat-garou.

— Je la prendrai parce que le Voyageur me l'a interdit, et parce que mon père me l'a donnée.

— Non, dit Willie.

Il fit un pas en avant, mais Jean-Claude le retint.

— Non, Willie. Ce n'est pas ton combat.

Fernando pelota le bas-ventre d'Hannah. Seule la main de Jean-Claude sur le bras de Willie empêcha celui-ci de se jeter sur les métamorphes.

— Maître, aidez-moi, implora Hannah.

— Il ne peut pas t'aider, mon enfant, dit Padma. Il ne peut aider aucun de vous.

Je visai cinq centimètres à droite de la tête de Fernando. La détonation se répercuta dans la grande salle, et la balle mordit dans le mur de pierre. Tout le monde se figea.

— La prochaine ira dans le crâne de Fernando, annonçai-je.

— Tu n'oserais pas, répéta Padma.

— Vous n'arrêtez pas de dire ça. Mettons les choses au clair, Padma. Fernando ne violera pas Hannah. Il n'en est pas question. Je le tuerai d'abord.

— Et je te tuerai ensuite.

— D'accord, mais ça ne vous rendra pas votre fils, pas vrai ? (Je chassai tout l'air de mes poumons et sentis le calme habituel m'envahir.) À vous de décider.

— Je suis le Maître des Bêtes.

—Vous pourriez être le Père Noël que ça reviendrait au même, rétorquai-je. Ou bien il la lâche, ou bien il meurt.

—Jean-Claude, contrôle ta servante.

—Si vous pouvez la contrôler, Padma, surtout ne vous gênez pas. Mais faites très attention. Anita ne bluffe jamais. Elle n'hésitera pas à abattre votre fils.

—Décidez, dis-je doucement. Décidez, décidez.

J'avais envie de descendre Fernando. Vraiment. Parce qu'aussi sûr qu'il se tenait devant moi, je savais que si je ne le tuais pas maintenant, je devrais le tuer plus tard. Il était trop arrogant pour renoncer, trop aveuglé par son propre pouvoir pour ficher la paix à Hannah, et jamais je ne le laisserais la violer. Il existait une frontière qu'il ne pouvait pas franchir sans le payer de sa vie.

—Lâche-la, Fernando, ordonna Padma.

—Père !

Le rat-garou semblait choqué.

—Elle appuiera sur la détente, Fernando. Elle en a envie. N'est-ce pas, Anita ?

—Ouais.

—Balles en argent, je présume ?

—Je ne sors jamais sans elles.

—Lâche-la, Fernando. Même moi, je ne pourrai pas te sauver si tu reçois une balle en argent.

—Non, elle est à moi. Tu m'avais promis !

—À ta place, Fernando, j'écouterais papa, lui conseillai-je.

—Me désobéirais-tu, mon fils ?

Le ton de la voix de Padma projeta un courant d'air tiède à travers la pièce. Les prémices de la colère. Quelque chose parcourut ma peau, un pouvoir qui n'était pas exactement vampirique. Padma n'essayait pas de contrôler Jean-Claude. Son pouvoir avait un goût de sang chaud, une qualité dansante et électrique qui disait «lycanthrope». Ce qui n'était pas vraiment possible. Un vampire ne peut pas être un lycanthrope, et vice versa.

Fernando frémit et serra Hannah contre lui telle une poupée, enfouissant son visage dans ses cheveux blonds.

— Non, père. Jamais je ne te désobéirais.

— Dans ce cas, fais ce que je te dis.

Fernando repoussa violemment Hannah. Elle se précipita vers Willie. Il la prit dans ses bras et tamponna avec son mouchoir de soie le sang qui lui maculait le visage.

Je baissai mon flingue. Fernando tendit une main brune vers moi.

— Je vais peut-être demander que tu la remplaces.

— Que de la gueule, Speedy Gonzales. (D'accord, hindou et mexicain, ce n'est pas la même chose, mais au point où nous en étions, je n'allais pas me laisser arrêter par ce genre de détail.) Voyons si tu es assez balèze pour m'y forcer.

Je l'appâtais. Je me rendai compte que je voulais qu'il se jette sur moi. Je voulais une excuse pour le tuer. Ce n'était pas bon, pas bon du tout. Je devais me calmer, ou j'allais tous nous faire tuer.

La panthère noire, dont les épaules m'arrivaient plus haut que la taille, commença à ramper vers moi. Son ventre frottait le sol ; ses muscles tendus ondulaient sous son pelage. Automatiquement, je braquai mon flingue sur elle.

— Elizabeth ! aboya Padma.

Le nom me fit sursauter. J'avais déjà vu Elizabeth sous sa forme humaine – de loin. Elle était l'un des léopards-garous de Saint Louis. Jusque-là, j'avais supposé que les deux léopards faisaient partie de la suite avec laquelle Padma se déplaçait. Mais si le premier était Elizabeth, le second aussi était peut-être du coin. La seule chose dont je pouvais être sûre, c'est que ça n'était ni Zane ni Nathaniel. Ceci mis à part, ça aurait pu être n'importe lequel.

En me reconnaissant comme son alpha, Zane avait gagné le droit de ne pas être ici. S'il avait été alpha, le vaincre aurait mis tous les léopards de la ville sous mon contrôle, et aucun d'eux n'aurait été ici. Du moins, en théorie. Vu que je suis humaine et non lycanthrope, le Maître des Bêtes aurait peut-être pu appeler les minous quand même. Mais j'aurais essayé de les protéger. Je me demandai si Elizabeth en avait fait autant.

Elle émit un grondement pareil à une menace – pour Padma, pour moi, pour tout le monde. Ses crocs avaient la blancheur de l'ivoire, et à moins de trois mètres, ils étaient foutrement impressionnants. À cette distance, même un vrai léopard aurait pu m'atteindre avant que je réussisse à le descendre. On n'est pas censé chasser du gros gibier avec une arme de poing.

La panthère noire continua à se traîner vers nous.

—Elizabeth.

Ce simple mot projeté comme un missile brûla ma peau et m'arracha un hoquet. La panthère noire s'arrêta net, comme si elle était arrivée au bout de sa laisse. Elle roula sur le sol, se débattant et griffant l'air.

—Elle te hait, Anita, déclara Padma.

Sa voix était redevenue normale, mais ce qu'il faisait à la panthère noire continuait. Même si je ne savais pas ce que c'était, je le sentais picoter ma peau telle une armée de fourmis. De fourmis avec des mandibules pareilles à des tisonniers chauffés au rouge.

Je jetai un coup d'œil à Jean-Claude. Je me demandais s'il le sentait aussi. Son visage était lisse, vide, inexpressif. S'il souffrait, il ne le montrait pas.

Je n'étais pas sûre qu'admettre que je le sentais soit une bonne idée.

—Arrêtez ça! aboyai-je.

—Elle te tuerait si je la laissais faire. Tu as tué celui qu'elle aimait, leur chef. Elle voudrait se venger.

—Votre petite démonstration nous a convaincus. Laissez-la.

—De la miséricorde envers quelqu'un qui te déteste à ce point? s'étonna Padma.

Il glissa à l'intérieur de la pièce, ses pieds chaussés de pantoufles effleurant à peine le sol comme s'il était porté par son propre pouvoir.

J'aurais dû percevoir ses capacités vampiriques. Pourtant, il m'apparaissait presque comme un nul, comme si quelque chose le contrôlait ou me protégeait. De nouveau, je jetai un coup d'œil à Jean-Claude. Était-il assez puissant pour assurer notre sécurité? Notre triumvirat l'aidait-il autant? Son visage ne me disait rien, et je n'osais pas lui poser la question devant le Maître des Bêtes.

La panthère noire gisait sur le flanc, haletante. Elle me fixait de ses yeux vert pâle, et ce n'était pas un regard amical.

—Quand je les ai appelés, elle a essayé de négocier avec moi, révéla Padma. Ils n'ont pas d'alpha, et elle a quand même essayé de négocier. Elle était prête à m'amener ses léopards sans discuter, et à me laisser faire d'eux ce que je voudrais, pourvu que je la laisse te tuer. Que je l'aide à te tuer.

Il agita une main dans son dos. Une petite femme mince apparut derrière lui, comme si elle avait attendu son signal dans le couloir. Comme un toutou bien dressé.

Elle était nue, à l'exception d'un collier de diamants qui devait peser dans les deux-trois kilos. Sa peau avait cette teinte brun pâle qui trahit un mélange de sang afro-américain et irlandais. Son visage était couvert d'ecchymoses violettes qui dégoulinaient le long de son corps. Malgré ça, elle était sans aucun doute une des plus belles femmes que j'aie jamais vues. Parfaitement proportionnée, depuis son front jusqu'à ses pieds menus. Ses yeux bruns passèrent de la panthère noire à Jean-Claude, puis au rat-garou, et se posèrent enfin sur moi.

Elle m'implorait du regard, et je n'avais pas besoin de mots pour savoir ce qu'elle me demandait. *Aidez-moi.* Je la comprenais, mais pourquoi moi ?

— Quand Elizabeth est venue, elle a amené les autres avec elle, poursuivit Padma. J'ai choisi Vivian comme cadeau de bienvenue. (Il caressa distraitement les cheveux de la jeune femme, comme il l'eût fait avec un chien.) Je lui offrirai un présent chaque fois que je lui ferai mal. Si elle survit, elle sera riche.

Autour de Vivian, l'air vibrait comme des ondulations de chaleur au-dessus d'une route bitumée. Encore un léopard-garou que je n'avais jamais rencontré. Combien étaient-ils, au juste ? Combien de personnes Elizabeth avait-elle livrées aux méchants ?

— À quoi jouez-vous ? À Viol en Duo Père-Fils ?

Padma fronça les sourcils.

— Tu commences à me fatiguer, Anita Blake.

— C'est réciproque, l'informai-je aimablement.

— Nous avons forcé le Voyageur à quitter le corps de son hôte, mais le bouclier de son pouvoir vous protège toujours. Il devait vous empêcher de percevoir la détresse de vos vampires. À présent, il semble qu'il atténue l'impact de mes pouvoirs sur vous. C'est bien dommage. Leur contact vous ferait trembler.

Jean-Claude me toucha légèrement l'épaule, en un geste assez éloquent. Je n'étais pas là pour échanger des vannes avec le Maître des Bêtes. Le tuer me paraissait une excellente idée, mais j'avais déjà rencontré des vieux vampires immunisés aux balles en argent. Avec la chance que j'ai, Padma serait sans doute l'un d'eux.

Il rappela les léopards à lui. Celui qui était tacheté s'enroula autour de ses chevilles tel un gros chaton. Elizabeth s'assit comme un chien bien dressé.

Willie et Hannah s'étaient enfermés dans leur bulle, coupés du reste de la pièce. Willie caressait doucement la joue de sa petite amie, comme si elle était en verre filé. Ils s'embrassèrent – un chaste baiser plein d'amour et de tendresse. Ils étaient ivres l'un de l'autre. C'était mignon comme tout.

—À présent, comprends-tu pourquoi je l'ai donnée à mon fils? Les tourments qu'il devait lui infliger les auraient tant fait souffrir, tous les deux… Mais le Voyageur avait besoin de leurs corps.

Je regardai Padma. C'était déjà assez affreux que Fernando ait pu jeter son dévolu sur Hannah parce qu'elle était blonde et canon, mais savoir que c'était plus une question de cruauté que d'attirance sexuelle rendait les choses encore pires.

—Fils de pute, sifflai-je.

—Essaierais-tu de me mettre en colère?

Jean-Claude me toucha de nouveau.

—Anita, s'il te plaît.

C'est rare qu'il utilise mon prénom. D'habitude, quand il le fait, c'est parce que la situation est critique, ou parce que le message qu'il veut me transmettre risque de ne pas me plaire. Cette fois, c'était les deux.

Je ne devais jamais savoir ce que j'avais été sur le point de répliquer, parce qu'à cet instant, le Voyageur leva son bouclier. Le pouvoir de Padma s'écrasa sur nous. Tel un grondement de tonnerre, il emplit ma tête, pulvérisant jusqu'à ma moindre pensée. Je tombai à genoux comme si j'avais reçu un coup de marteau entre les deux yeux.

Jean-Claude resta debout, mais je le sentis vaciller près de moi.

—Padma éclata de rire.

—Il ne peut pas posséder un nouvel hôte et maintenir son bouclier.

Une voix balaya la pièce comme une rafale de vent. Je n'aurais su dire si elle résonna autour de moi ou seulement à l'intérieur de ma tête.

—Il aura besoin de ses pouvoirs dans le couloir. J'ai choisi de lever le bouclier. Assez joué, Padma. Laisse-le voir ce qui l'attend au-delà.

Les mots étaient accompagnés par une odeur de terre fraîchement retournée, de racines arrachées au sol. Je sentais presque l'humus sombre et humide s'effriter entre mes mains. Je crispai mes doigts sur le Browning jusqu'à ce que mes bras tremblent, et ne parvins néanmoins pas à me débarrasser de cette sensation. J'avais beau fixer mon flingue et voir qu'il était propre, ça n'y changeait rien.

—Que se passe-t-il ? demandai-je, surprise et ravie d'être encore capable de composer une phrase cohérente.

—Ils sont les envoyés du Conseil, répondit Jean-Claude. Ils viennent de… comment dire ? De jeter le gant.

—Et merde, jurai-je.

Padma s'esclaffa, il me regarda, et je sus qu'il se concentrait rien que pour moi. Petite veinarde que j'étais.

Son pouvoir me percuta de plein fouet, me pénétra. C'était à mi-chemin entre empoigner un fil électrique dénudé et plonger sa main dans le feu. La chaleur me dévora le corps et se regroupa au centre de moi. Elle se fléchit comme un poing, grossissant de plus en plus. Si Padma écartait ses doigts à l'intérieur de moi, il me déchiquetterait, me ferait imploser avec son seul pouvoir.

Je hurlai.

# CHAPITRE 16

Une caresse fraîche glissa par-dessus la chaleur. Un vent libérateur comme la mort balaya mon corps, rabattant mes cheveux en arrière. Une fraîcheur bénie m'envahit. Les mains de Jean-Claude palpèrent mes épaules. Agenouillé sur le sol, il me berçait dans ses bras. Je ne me souvenais pas d'être tombée. La peau de Jean-Claude était fraîche. Je savais que, d'une façon ou d'une autre, il dépensait sa chaleur si durement acquise. Sa tiédeur pour rafraîchir le feu.

L'atroce pression en moi s'atténua, puis se dissipa. Comme si Jean-Claude était un vent qui soufflait sur le feu de Padma pour l'éteindre. Mais ça lui coûtait cher. Je sentais son cœur ralentir. Son sang couler de moins en moins vite dans ses veines. La tiédeur qui lui tenait lieu de vie le quittait, et la mort infiltrait son corps pour prendre sa place.

Je pivotai dans ses bras pour voir son visage. Ses traits étaient pâles et parfaits, et à le regarder, vous n'auriez jamais deviné combien il lui en avait coûté de me sauver.

Hannah se tourna vers nous, une expression calme sur son visage tuméfié.

—Toutes mes excuses, Jean-Claude. Mon condisciple a laissé l'insolence de ta servante occulter son jugement.

Willie s'écarta d'elle en secouant la tête.

—Soyez maudit, cracha-t-il. Soyez maudit.

Les yeux gris d'Hannah se posèrent sur lui. Ils étaient pleins de colère.

— Ne me provoque pas, petit. Tu ne peux pas m'insulter et survivre.

— Willie, dit Jean-Claude.

Il n'y avait pas de pouvoir dans sa voix juste un avertissement. Cela suffit. Willie recula.

Jean-Claude détailla le Voyageur dans son nouveau corps.

— S'il avait tué Anita, j'aurais pu mourir avec elle. Est-ce la véritable raison de votre venue – nous tuer ?

— Je te jure que non.

Le Voyageur avait donné à Willie une démarche glissante, mais dans le corps d'Hannah, perché sur des talons aiguilles, il était maladroit. Il ne tombait pas, mais il ne glissait pas non plus. Ça me consolait un peu. Il n'était pas parfait.

— Pour prouver ma sincérité, je t'autorise à reprendre ta chaleur à ta servante. Nous ne t'en empêcherons pas.

— Il m'a jeté dehors, protesta Padma. Comment peux-tu l'autoriser à reprendre des forces ?

— Tu sembles effrayé, commenta le Voyageur.

— Je n'ai pas peur de lui.

— Dans ce cas, laisse-le se nourrir.

Je me laissai aller contre la poitrine de Jean-Claude, appuyant ma joue contre le bouillonnement soyeux de son col. Son cœur avait cessé de battre. Il ne respirait même plus. Il s'était trop dépensé.

Depuis la sécurité de ses bras, je regardai Padma et sus que je le tuerais. Je savais qu'il souhaitait notre mort. Je l'avais senti. Personne d'aussi puissant que lui ne pouvait perdre le contrôle à ce point. Il avait failli me tuer, et malgré les apparences, ça n'aurait pas été un tragique accident. On ne me la fait pas.

Le Browning gisait sur le sol à l'endroit où je l'avais lâché, mais à présent que j'avais goûté au pouvoir de Padma, je n'étais plus très sûre qu'une balle en argent suffise à le tuer. Et me contenter de le blesser semblait une très mauvaise idée. Comme tous les grands prédateurs, il devait être abattu du premier coup ou laissé en paix. Je ne m'amuserais pas à l'agresser à moins d'être certaine de pouvoir finir le boulot.

— Nourris-toi de ta servante, lâcha Padma. Je ne t'en empêcherai pas. Le Voyageur a parlé.

Sa dernière phrase contenait une touche d'amertume. Membre du Conseil ou non, Padma craignait le Voyageur – sans quoi, il n'aurait pas cédé aussi facilement. Condisciples, mais pas égaux.

Je m'agenouillai, agrippant les bras de Jean-Claude à travers la dentelle rêche et le tissu scintillant de sa veste. Leur solidité, leur réalité me rassurait.

— Que… ?

Il m'interrompit en posant délicatement ses doigts sur mes lèvres.

— Ce n'est pas de son sang que j'ai besoin, Padma. C'est de sa chaleur. Seul un maître mineur aurait besoin de prendre le sang de ses serviteurs.

Toute expression avait déserté le visage du Maître des Bêtes.

— Tu n'as pas perdu ton don pour insulter les gens sans jamais être insultant, Jean-Claude.

Je levai les yeux vers Jean-Claude. Même à genoux, il était plus grand que moi. Sa voix se faufila dans mon esprit.

— Pas de questions, ma petite, ou ils comprendront que tu n'es pas totalement mienne.

Comme j'avais des tas de questions à lui poser, ça ne m'arrangeait pas. Mais je pouvais me renseigner sans lui poser de questions directes.

— Le Maître des Bêtes doit-il planter ses crocs dans quelqu'un pour faire redémarrer son cœur ?

— Oui, ma petite.

—Comme c'est… vulgaire.

C'était l'une des insultes les plus civilisées que j'avais jamais balancées. Et elle fonctionna à merveille.

Padma siffla.

—N'abuse pas de ma patience, Jean-Claude. Le Voyageur n'est pas le chef du Conseil. Désormais, tu t'es fait assez d'ennemis pour qu'un vote ne se conclue pas en ta faveur. Pousse-moi à bout, et je réclamerai ce vote.

—Dans quelle intention ? répliqua Jean-Claude. Le Voyageur m'a promis que vous n'étiez pas venus pour me tuer. Quelle autre proposition voudriez-vous mettre aux voix ?

—Finissons-en, Jean-Claude.

La voix de Padma était aussi basse qu'un grondement, plus animale que vampirique.

Jean-Claude toucha doucement mon visage et le tourna vers lui.

—Montrons au Maître des Bêtes comment cela doit être fait, ma petite.

Ça ne me disait rien du tout. Mais si j'étais sûre d'une chose, c'est bien que Jean-Claude avait besoin de récupérer ses forces. Jamais il ne pourrait renouveler son intervention et expulser un membre du Conseil alors qu'il était si froid, si vide.

—Allez-y.

Je devais lui faire confiance. Croire qu'il ne me ferait pas de mal. Croire qu'il ne ferait rien d'horrible ou d'embarrassant. Je réalisai que je ne lui faisais pas confiance. Aussi folle de son corps que je sois, nous ne partagions pas les mêmes valeurs. Ce qu'il considérait comme acceptable ne l'était pas forcément selon mes critères.

Il sourit.

—Je me baignerai dans ta chaleur, ma petite. Je te roulerai autour de moi jusqu'à ce que mon cœur ne batte que pour toi. Mon souffle se réchauffera à ton baiser.

Il prit mon visage entre ses mains froides et m'embrassa.

Ses lèvres étaient de velours, son contact léger et caressant. Ses doigts remontèrent le long de mes joues, se glissèrent dans mes cheveux et me massèrent le cuir chevelu. Il m'embrassa le front, et je frissonnai.

Je tentai de lui rendre son baiser, mais il se déroba.

—Souviens-toi, ma petite : si une partie de ton corps délectable reste trop longtemps en contact avec le mien, elle s'engourdira. Ne sois pas si impatiente de perdre les sensations de tes lèvres pour le reste de la nuit.

Je m'immobilisai dans ses bras, songeant à ce qu'il venait de dire. Contact corporel – peau nue contre peau nue, sans doute. Si cela se prolongeait, je perdrais mes sensations, mais ça ne serait que temporaire. Jean-Claude était très doué pour me donner des informations sans en avoir l'air. Ce qui m'amenait à me demander combien de fois il avait dû le faire dans le passé.

Il fit glisser le manteau d'Asher de mes épaules, jusqu'à ce que le col pende au niveau de ma taille. Puis il laissa courir ses doigts sur ma peau, pétrissant ma chair au passage. Ses mains étaient tièdes. Il agrippa mes avant-bras toujours couverts par les manches du pardessus et déposa sur ma gorge un baiser léger comme un papillon, frottant son visage contre mon cou et ma joue.

Il prit une inspiration hoquetante et se rejeta en arrière. Je posai ma main sur son cœur et ne sentis rien. Je caressai son visage, touchai la veine de sa gorge. Là non plus, rien. Je voulus lui demander ce que nous faisions de travers, mais je n'osai pas. Je ne voulais pas faire savoir aux méchants que nous étions novices en la matière. Nous couchions ensemble, mais je préférais éviter le reste des pratiques vampiriques, quand c'était possible.

Jean-Claude commença à déboutonner sa chemise en partant du bas. Je le dévisageai, les yeux écarquillés. Il dénuda juste la chair pâle de son ventre, et je ne réagis pas.

— Que voulez-vous que je fasse ?

— Touche-moi, ma petite.

Je jetai un coup d'œil aux vampires qui nous observaient et secouai la tête.

— Pas de préliminaires devant les méchants.

— Je pourrais juste te prendre du sang, si tu préfères, dit-il doucement, comme si nous le faisions chaque soir.

En réalité, nous ne l'avions fait que deux fois, et je m'étais toujours portée volontaire. La première fois, ça avait été pour lui sauver la vie. La deuxième fois, pour sauver sa vie et celle de Richard. Je ne voulais pas lui donner de sang. Parfois, il me semble que pour un vampire, boire le sang de quelqu'un est un acte plus intime qu'un rapport sexuel. Je ne voulais pas le faire en public.

Je levai les yeux vers lui et sentis la moutarde me monter au nez. Il me demandait de faire des choses très intimes devant des étrangers. Je n'aimais pas ça, et il devait savoir depuis le début que je n'aimerais pas. Alors, pourquoi ne m'avait-il pas prévenue ? N'avait-il vraiment pas envisagé que nous soyons forcés de le faire ce soir ?

— Elle est en colère contre toi, constata Padma. Est-elle réellement pudique à ce point ? (Il semblait sceptique.) Se pourrait-il que tu sois incapable de faire ce dont tu t'es vanté ?

Le corps d'Hannah se tenait jambes écartées, pour un meilleur équilibre sur ses talons aiguilles peu familiers.

— Es-tu aussi faible que Padma ? Un buveur de sang comme les autres ? (Le Voyageur secoua la tête, et les cheveux d'Hannah glissèrent sur les épaules de sa robe déchirée.) À quel autre sujet as-tu bluffé, Jean-Claude ?

— Allez tous vous faire foutre, grognai-je.

Je passai mes mains à l'intérieur de la chemise de Jean-Claude et laissai glisser mes doigts sur son ventre. Il était froid. Et merde. Je sortis sa chemise de son pantalon sans la moindre douceur et fis courir mes mains sur sa peau. Lorsque

172

je pétris les muscles de son dos, je sentis une bouffée de chaleur me monter au visage. Dans d'autres circonstances – l'intimité d'une chambre, par exemple –, ça aurait été plutôt prometteur. Là, ce n'était qu'embarrassant.

Jean-Claude écarta mes bras.

—Attention, ma petite, où ils vont s'engourdir.

Le bout de mes doigts était déjà aussi gelé que si j'étais sorti sans gants par une température négative. Je levai les yeux vers lui.

—Si je ne peux pas vous toucher avec mes mains, que voulez-vous que j'utilise?

Padma fit une suggestion assez explicite pour que je tende un doigt excédé vers lui.

—Vous, ne vous en mêlez pas!

Il me rit au nez.

—Elle est vraiment embarrassée. Comme c'est charmant… Asher a dit qu'elle était vierge avant de te connaître. Je ne l'avais pas cru… jusqu'à maintenant.

Je laissai ma tête retomber sur ma poitrine. Je n'allais pas le dire. Ma vie amoureuse ne regardait pas le Conseil. Je ne devais pas d'explications à Padma.

La main de Jean-Claude apparut dans mon champ de vision. Il ne me toucha pas, mais ce seul mouvement suffit à me faire relever la tête pour soutenir son regard.

—Je ne te demanderais jamais de faire ça, ici et maintenant, si ça n'était pas nécessaire. Tu dois me croire.

Je regardai ses yeux si bleus, et je le crus. C'était stupide, mais vrai.

—Que voulez-vous que je fasse?

Il leva sa main au niveau de mon visage, si près de mes lèvres que ses doigts m'auraient touchée si j'avais respiré.

—Pose ta ravissante bouche sur mon cœur. Si notre lien est aussi fort que je le crois, il existe des raccourcis, ma petite.

Je soupirai et soulevai sa chemise, dénudant sa poitrine. En privé, j'adore lécher sa cicatrice en forme de croix. Mais nous n'étions pas en privé. Loin s'en fallait.

Quand il faut y aller… Je soupirai, posai mes lèvres sur la peau pâle de son estomac et, du bout de ma langue, dessinai une ligne humide en remontant vers sa poitrine.

Jean-Claude prit une inspiration sifflante. Comment pouvait-il respirer alors que son cœur ne battait pas? Mystère, mais j'avais déjà vu ça. Des vampires qui respiraient sans avoir de pouls.

Je léchai le tissu cicatriciel lisse de sa brûlure et terminai par un baiser sur son cœur. Déjà, je sentais mes lèvres refroidir. Mais ce n'était pas le froid piquant de l'hiver. Comme il me l'avait expliqué, son corps dérobait ma chaleur, aspirait ma vie.

Je me rassis sur mes talons en léchant mes lèvres pour dissiper leur engourdissement.

— Que dites-vous de ça?

Jean-Claude rit, et le son de sa voix glissa le long de ma colonne vertébrale tel un glaçon, avant de s'immobiliser au creux de mes reins. Je frissonnai.

— Vous vous sentez mieux.

Sans crier gare, il m'attrapa par les cuisses et me souleva. Je poussai un glapissement surpris et posai mes mains sur ses épaules pour me retenir. Il entoura mes jambes de ses bras et leva les yeux vers moi. Un feu bleu brillant embrasait ses pupilles.

Je sentis les battements de son cœur dans ma gorge. Son pouls filant à travers mon corps. Il me laissa lentement glisser dans ses bras.

— Embrasse-moi, ma petite, comme tu as l'habitude de le faire. Je suis de nouveau tiède et inoffensif.

— Tiède, peut-être. Inoffensif, jamais, répliquai-je.

Je commençai à l'embrasser alors que je me trouvais encore au-dessus de lui, et continuai tandis que je glissais le long de son corps. Il répondit à mon baiser avec autant d'ardeur que s'il voulait me dévorer toute crue. Je sentis ses crocs acérés me piquer la langue, et il dut reculer légèrement pour ne pas faire couler mon sang. Notre baiser me laissa essoufflée, en proie à des picotements qui ne devaient rien au froid.

Je compreṇai que boire ma chaleur l'avait excité. Qu'il avait adoré ça, et pas seulement pour les avantages pratiques qu'il en tirait. Faites confiance à Jean-Claude pour changer une obligation en plaisir.

— Maintenant, tu as recouvré tes pleins pouvoirs, commenta le Voyageur. Je vais te laisser. Tu as pu repousser Padma sans mon aide; tu seras sûrement capable de te défendre de nouveau en cas de besoin.

— Toi aussi, il t'a tenu en échec, fit remarquer le Maître des Bêtes.

Les yeux d'Hannah nous dévisagèrent.

— En effet. Je n'en attendais pas moins de la part du maître qui a tué le Trembleterre. (Le Voyageur se tourna vers Padma.) Et il a réussi à faire ce dont tu es incapable. Il a repris la chaleur de sa servante humaine sans boire son sang. Comme n'importe quel véritable maître.

— Assez! aboya le Maître des Bêtes.

Il semblait en colère. De toute évidence, être obligé de partager le sang d'un serviteur humain était une humiliation pour les vampires.

— La nuit avance. À présent que tu es en pleine possession de tes moyens, Jean-Claude, mets-toi en quête de tes gens. Vois qui ne répondra pas à ton appel.

— Je vous laisse, dit le Voyageur. Je vous attendrai un peu plus loin.

Hannah s'affaissa soudain. Willie la rattrapa et l'allongea doucement sur le sol.

— Cherche, Jean-Claude. Cherche tes gens, ricana Padma.

Jean-Claude se leva, me forçant à en faire autant. Ses pupilles nageaient dans le bleu étincelant de ses yeux. Ceux-ci reprirent leur couleur normale et regardèrent un point au-delà de moi ou de Padma. Je ne crois pas qu'il voyait quoi que ce soit dans la pièce. Son pouvoir rampait depuis ses mains et le long de ma peau. Je pense que si je ne l'avais pas touché, je ne l'aurais pas senti. C'était un scintillement d'énergie presque imperceptible.

Jean-Claude cligna des paupières et regarda Padma.

—Damian, lâcha-t-il.

Damian est l'un des lieutenants de Jean-Claude. Comme Liv, il a plus de cinq siècles, mais ne sera jamais un maître. Sauf que, dans son cas, c'est plus d'un millénaire, mais ne sera jamais un maître. Oh, ne vous méprenez pas. Damian est puissant. Pour un vampire de cinq siècles, il serait effrayant. Pour un vampire d'un millénaire, c'est un bébé. Un bébé dangereux et carnivore, mais qui a acquis tout le pouvoir dont il disposera jamais. Il pourrait vivre jusqu'à ce que le soleil engloutisse la Terre, et il ne serait toujours pas plus puissant que la semaine dernière.

Damian est l'un des rares buveurs de sang qui ait jamais réussi à me berner à propos de son âge. Au départ, je l'avais cru moitié moins vieux. J'avais basé mon estimation sur son niveau de pouvoir, et je commençais juste à comprendre que ça n'était pas le seul facteur.

Jean-Claude avait négocié la liberté de Damian avec l'ancien maître de celui-ci, afin qu'il puisse venir jouer les seconds couteaux à Saint Louis.

—Que lui avez-vous fait? gronda-t-il.

—Moi, rien. Mais est-il mort? (Padma sourit et prit la main de Vivian.) C'est une question à laquelle seul son maître peut répondre.

Il s'éloigna dans le couloir, entraînant la femelle léopard-garou avec lui. Vivian me jeta un coup d'œil par-dessus son épaule, me fixa avec de grands yeux écarquillés et effrayés jusqu'à ce qu'ils disparaissent à ma vue. La panthère noire s'attarda dans la pièce. Elle m'observait.

Je parlai sans réfléchir – presque instinctivement.

—Comment as-tu pu les livrer à cette chose?

Elle découvrit ses crocs et grogna en agitant la queue.

—Tu es faible, Elizabeth. Gabriel le savait, et il te méprisait pour ça.

Elle poussa un rugissement coléreux. Que la voix de Padma déchira comme un couteau.

—Elizabeth, dépêche-toi, ou je vais me fâcher.

La panthère noire gronda une dernière fois dans ma direction et sortit à son tour.

—Gabriel t'a-t-il dit qu'elle était faible, ma petite?

Je secouai la tête.

—Elle ne les aurait pas amenés ici si elle avait été plus forte. Il a appelé et elle est venue, mais elle aurait dû venir seule.

—Peut-être a-t-elle fait de son mieux, ma petite.

—Dans ce cas, son mieux n'est pas encore suffisant.

Je regardai l'expression prudente, indéchiffrable de Jean-Claude. Son corps était immobile, calme. Je posai ma main sur son cœur, sous sa chemise. Il battait avec force.

—Vous croyez que Damian est mort.

—Je sais qu'il est mort. (Jean-Claude baissa les yeux vers moi.) Toute la question est de savoir si c'est permanent.

—La mort l'est toujours.

Il éclata de rire et me serra contre lui.

—Oh, ma petite. Tu es pourtant bien placée pour savoir que c'est faux.

—Vous aviez dit qu'ils ne pouvaient pas nous tuer ce soir.

—C'est ce que je pensais.

Génial. Chaque fois que je croyais comprendre les règles, elles changeaient. Et toujours en pire.

# Chapitre 17

Willie s'approcha de nous en tenant Hannah par la main.

—Merci, maître, Anita.

Son visage mince était couvert de plaies, qu'il avait dû récolter durant la bataille initiale pour le *Cirque*. Elles guérissaient déjà, mais lui donnaient une apparence encore plus macabre que d'habitude.

—Tu as vraiment une sale gueule, commentai-je.

Il grimaça en découvrant ses canines. Willie est mort depuis moins de trois ans. Il faut plus d'entraînement que ça pour sourire sans montrer les crocs.

—Je vais bien. (Il reporta son attention sur Jean-Claude.) J'ai essayé de les arrêter. Nous avons tous essayé.

Jean-Claude avait renfilé sa chemise dans son pantalon. Il lissa les ruchés du devant et posa une main sur l'épaule de Willie.

—Tu as combattu le Conseil, Willie. Que tu aies gagné ou perdu, tu t'es bien débrouillé.

—Merci, maître.

D'habitude, Jean-Claude corrige ses vampires quand ils l'appellent « maître ». Mais je suppose que ce soir, les formalités étaient de rigueur.

—Viens, nous devons aller voir Damian.

Il m'offrit son poignet. Comme je ne réagissais pas, il posa le bout de mes doigts sur sa veine.

—Touche-moi comme si tu me prenais le pouls.

—Ça a une signification ?

—Ça montre que tu es davantage que ma servante ou ma maîtresse. Ça montre que je te considère comme une égale.

—Qu'est-ce que les envoyés du Conseil vont en penser ?

—Ça les forcera à prendre conscience qu'ils ne négocient pas seulement avec moi, mais aussi avec toi. Ça compliquera les choses pour eux, et ça nous ouvrira d'autres options.

Je posai ma main gauche sur mon poignet. Son pouls était régulier sous mes doigts.

—Vous voulez semer la confusion chez nos ennemis, hein ?

Il hocha la tête en s'inclinant légèrement.

—En effet, ma petite. En effet.

Nous nous dirigeâmes vers le couloir. Ma main droite était dans la poche du manteau d'Asher, refermée autour du Browning que j'avais ramassé. Lorsque nous arrivâmes en vue du passage, je sentis le pouls de Jean-Claude accélérer sous mes doigts.

Damian gisait sur le flanc, recroquevillé autour d'une épée. Autour de la lame, du sang imbibait le matériau sombre du gilet de smoking qu'il portait en guise de chemise. La pointe ressortait dans son dos. Il avait été embroché. Difficile d'être sûre à cent pour cent, mais il me semblait que son meurtrier avait visé le cœur.

Un vampire que je ne connaissais pas montait la garde près de son corps. Ses doigts étaient entrelacés sur la garde d'une épée à deux mains dont il appuyait la pointe sur le sol, comme si c'était une canne. Je reconnus l'arme. C'était celle avec laquelle Damian dormait dans son cercueil.

Le nouveau était grand – un mètre quatre-vingt-quinze ou plus – et large d'épaules. Des tortillons de cheveux blonds, coupés au bol, encadraient son visage en découvrant ses oreilles. Vêtu d'une tunique blanche et d'un pantalon assorti, il se tenait très droit, au garde-à-vous comme un soldat.

—Warrick, le salua Jean-Claude. J'espérais que tu avais échappé aux tendres attentions d'Yvette.

Le gaillard nous détailla. Son regard se posa sur ma main gauche, dont l'index et le majeur étaient tendus sur le poignet de Jean-Claude. Il mit un genou en terre et tendit l'épée de Damian devant lui, à plat sur ses paumes ouvertes. Comme s'il nous l'offrait.

—Il s'est bien battu. Ça faisait longtemps que je n'avais pas affronté un tel adversaire. Je me suis oublié, et je l'ai tué. Je ne souhaitais pas la mort finale d'un tel guerrier. C'est une grande perte.

Jean-Claude lui prit l'épée des mains.

—Garde tes excuses, Warrick. Je suis venu sauver Damian, pas l'enterrer.

Warrick leva vers nous ses yeux bleu pâle.

—Je lui ai transpercé le cœur, protesta-t-il. Si vous étiez le maître qui l'a transformé, vous auriez une chance. Mais ce n'est pas vous qui l'avez relevé de la tombe pour lui donner une seconde vie.

—Néanmoins, je suis le Maître de la Ville, et Damian m'a prêté un serment de sang, révéla Jean-Claude.

—Dans ce cas, votre sang pourra peut-être le rappeler, acquiesça Warrick. Je prie pour que ce soit le cas.

Je le regardai. Je n'avais jamais entendu un vampire utiliser ce verbe. Pour des raisons évidentes, les morts-vivants ne prient pas beaucoup. Qui pourrait bien leur répondre ? D'accord, il y a bien l'Église de la Vie Éternelle, mais c'est plutôt une religion humaniste New Age. Je ne suis pas sûre que ses fidèles parlent souvent de Dieu.

Les cheveux de Damian sont d'un roux presque rouge – une couleur étonnante qui contraste avec la pâleur d'albâtre de son teint. Je sais que ses yeux sont d'un vert que n'importe quel chat lui envierait, mais ce soir-là, ses paupières étaient closes, et si les choses tournaient mal, elles ne se rouvriraient jamais.

Jean-Claude s'agenouilla près de Damian. Il déposa son épée sur le sol et posa sa main sur la poitrine du vampire, près de la lame qui traversait sa cage thoracique.

— Si je l'enlève et que son cœur ne bat pas, il sera définitivement perdu. Nous n'aurons qu'une seule chance. Nous pourrions l'enterrer quelque part et l'y laisser pendant un siècle, et jusqu'à ce qu'on retire l'épée de son cœur, il resterait encore une chance. Si nous le faisons ici et maintenant, nous risquons de le perdre à jamais.

Entre parenthèses : c'est pour ça qu'il ne faut jamais retirer un pieu du cœur d'un cadavre, aussi mort qu'il semble.

Je m'agenouillai près de Jean-Claude.

— Y a-t-il un rituel à observer ?

Il secoua la tête.

— Je vais invoquer le serment de sang qu'il a prêté. Cela nous aidera à le rappeler, mais Warrick a raison. Je n'ai pas créé Damian. Je ne suis pas son véritable maître.

— Non, acquiesçai-je. Il a environ six cents ans de plus que vous.

Je baissai les yeux vers le vampire qui gisait dans une mare de son propre sang sombre. Il portait un pantalon de smoking assorti à son gilet. En l'absence de chemise, cela lui donnait une allure étrangement érotique. Je le sentais toujours dans ma tête. Les pulsations de son pouvoir et de son âge coulaient en lui. Il n'était pas mort, ou du moins, pas complètement. Je percevais encore son aura, à défaut d'autre chose.

— Je sens toujours Damian.

— Que veux-tu dire, ma petite ?

J'avais une atroce envie de le toucher, de caresser ses bras nus. Pourtant, la nécrophilie, ce n'est pas mon truc – même si je suis à deux doigts de tomber dedans. Que se passait-il donc ?

— Je le sens, répétai-je. Son énergie dans ma tête. Comme quand je trouve un cadavre encore frais, avant que son âme ait quitté son corps. Il est toujours intact, je crois.

Warrick me dévisageait.

— Comment pouvez-vous le savoir ?

Instinctivement, je tendis les mains vers Damian, me repris au dernier moment et serrai les poings. J'avais tellement envie de le toucher que ça me faisait mal. Ça n'était pas sexuel, pas tout à fait. Je voulais palper ses contours comme j'aurais voulu caresser une très belle sculpture. Sentir son flux et son reflux.

— Qu'est-ce qui ne va pas, ma petite ?

J'effleurai le bras de Damian du bout des doigts, comme si je craignais de me brûler. Ma main glissa sur sa chair fraîche, sans que je le veuille ou presque. La force qui animait son corps s'écoulait par sa peau qui refroidissait, enveloppait ma main, remontait le long de mon bras et hérissait tous les poils de mon corps.

Je hoquetai.

— Que fais-tu, ma petite ?

Jean-Claude se frottait les bras comme s'il le sentait aussi.

Warrick tendit une main hésitante vers moi. Comme si j'étais une flamme à laquelle il craignait de se brûler, il la retira très vite et la frotta sur son pantalon.

— Ainsi, c'est vrai. Vous êtes une nécromancienne.

— Vous n'avez encore rien vu, chuchotai-je. (Je me tournai vers Jean-Claude.) Quand vous ôterez l'épée, toute l'astuce va consister à empêcher son pouvoir de s'enfuir par la plaie. D'empêcher – disons, faute d'un terme plus approprié – son âme de quitter son corps. C'est bien ça ?

Jean-Claude me dévisageait comme s'il me voyait pour la première fois. C'était bon de savoir que je pouvais encore le surprendre.

— Franchement, je l'ignore, ma petite. Je ne suis pas un sorcier ni un spécialiste en métaphysique de la magie. Je vais invoquer le serment, effectuer le rituel et espérer qu'il survive.

— Parfois, quand j'ai relevé un zombie de sa tombe, c'est plus facile de l'appeler la deuxième fois.

Je saisis une des mains molles de Damian dans les miennes, et compris aussitôt que ça ne suffirait pas. Mon pouvoir et le sien avaient besoin d'un contact plus étroit.

— Damian n'est pas un zombie, ma petite.

— Warrick a dit que vous ne l'aviez pas relevé de la tombe. Mais moi, je l'ai fait.

Quelques semaines plus tôt, presque par accident, j'avais relevé trois des vampires de Jean-Claude. Lorsque Richard, lui et moi avions invoqué notre triumvirat pour la première fois. Le pouvoir généré avait été si monstrueux que j'avais relevé en tant que zombies tous les cadavres qui se trouvaient à ma portée. Mais ça n'avait pas suffi à tout dépenser. Alors, j'avais canalisé le reste vers les vampires, et ils étaient sortis de leur cercueil pour moi.

Selon la rumeur, les nécromanciens sont capables de manipuler toutes les espèces de morts. Mais ce n'est qu'une légende. À ma connaissance, je suis la seule qui puisse réussir ce tour-là.

— Que suggères-tu, ma petite ?

Je contournai Damian à quatre pattes. Son sang était froid à travers mes collants. Ma main remonta le long de son bras sans jamais perdre le contact avec son corps, avec ce pouvoir lové en lui. La fois précédente, il m'avait expulsée, m'avait fait mal. Il n'en demeurait pas moins que pour s'être déjà touchés, son pouvoir et le mien étaient désormais liés. Du moins l'espérais-je.

— Vous êtes lié à Damian, et aussi à moi. Je sens Damian dans ma tête. Je ne sais pas si c'est un lien, mais c'est quelque chose. Utilisez-le.

— Tu veux que je puise à ton pouvoir pour raffermir ma prise sur lui ? reformula Jean-Claude.

— C'est ça.

J'attirai Damian dans mon giron – sur le flanc, à cause de l'épée qui le traversait. Lorsque Jean-Claude vit ce que je faisais, il me donna un coup de main. Nous déposâmes les épaules de Damian sur mes cuisses et sa tête au creux de mon bras, comme s'il était un gros bébé que je voulais bercer.

Puis je glissai ma main le long de sa poitrine. Je cherchais son cœur, et ne trouvais que l'épée. Même avec mon aide, même avec l'aide de Jean-Claude, s'il n'avait pas eu plus de cinq siècles, il serait mort. Cinq siècles semble être l'âge charnière auquel les vampires acquièrent le gros de leur pouvoir. Avoir plus d'un millénaire ne pouvait que servir Damian. Je le sentais dans mon corps, dans ma tête. À travers son pouvoir qui m'envahissait, je me rendai compte que j'avais tourné le dos au couloir. J'avais du mal à réfléchir, mais je dis :

— Pouvons-nous considérer que nous bénéficions d'une trêve momentanée ?

— Tu veux savoir s'ils risquent de nous attaquer pendant que nous essayons de le sauver ?

— Oui.

— Je vous protégerai, déclara Warrick.

Il ramassa l'épée de Damian et se redressa.

— Ça ne constitue pas un conflit d'intérêts pour vous ? hasardai-je.

— S'il ne se relève pas, je serai puni pour l'avoir tué. Ce n'est pas seulement le regret de ma propre imprudence qui me pousse à vous aider. Je crains le châtiment de ma maîtresse.

Jean-Claude baissa les yeux vers Damian.

— Padma voudrait tous nous tuer à cause du pouvoir que le triumvirat nous a donné, ma petite. Maintenant qu'il sait que tu as relevé Damian de son cercueil comme un zombie, il te craindra encore plus.

— Warrick va-t-il lui en parler ?

Jean-Claude eut un léger sourire.

— Il n'en aura pas besoin, n'est-ce pas, Voyageur ?

Une voix soupira autour de nous.

—Je suis là.

Je levai les yeux et observait l'air – le vide.

—Vous nous espionnez, espèce de fils de pute !

Willie trébucha. Hannah dégagea sa main dans un sursaut et recula.

—Je peux faire beaucoup de choses, Anita. (Willie pivota vers nous ; de nouveau, une intelligence ancienne brillait dans ses yeux.) Pourquoi nous as-tu dissimulé cette information, Jean-Claude ?

—Vous nous considériez déjà comme une menace sans ça, Voyageur. Pouvez-vous me blâmer de n'avoir rien dit ?

Il eut un sourire à la fois doux et condescendant.

—Non, je suppose que non.

Jean-Claude agrippa la poignée de l'épée et, de sa main libre, prit appui sur la poitrine de Damian.

—Tu devrais peut-être retirer ta main, ma petite, dit-il comme le bout de ses doigts l'effleurait. Le tranchant est bien affûté.

Je secouai la tête.

—Je vais forcer son cœur à battre. Je ne peux pas faire ça si je ne le touche pas.

Jean-Claude tourna la tête sur le côté pour me dévisager.

—Tu es sous l'emprise de la magie, ma petite, et tu t'oublies. Utilise au moins ta main gauche.

Il avait raison. La magie, faute d'un terme plus approprié, enflait peu à peu en moi. Je n'avais jamais senti mon propre pouvoir de manière aussi aiguë hors d'un sacrifice de sang. Évidemment, il y avait un paquet de sang, mais je ne l'avais pas versé moi-même. Pourtant, je percevais le cœur de Damian dans sa poitrine. Comme si j'aurais pu plonger ma main à l'intérieur de sa cage thoracique pour le caresser. Comme si je le voyais autrement qu'avec mes yeux – sauf que ça n'était pas tout à fait ça non plus. Je n'avais pas les mots pour décrire cette sensation. Elle ne relevait ni du toucher ni de la vue, mais elle était là quand même. J'ôtai ma main droite et la remplaçai par la gauche.

—Tu es prête, ma petite?

Je hochai la tête.

Jean-Claude se dressa sur ses genoux.

—Je suis le Maître de la Ville. Tu as bu mon sang. Tu as touché ma chair. Tu es mien, Damian. Tu t'es donné à moi de ton plein gré. Viens à moi maintenant. Relève-toi devant moi.

Il serra la poignée de l'épée un peu plus fort, et je sentis Damian remuer avec la fluidité désossée des morts. Je sentis son cœur et le caressai. Il était froid, mort.

—Je suis maître de ton cœur, Damian, clama Jean-Claude. Je lui ordonne de battre.

—Nous le ferons battre, affirmai-je.

Ma voix semblait lointaine et étrange, comme si elle ne m'appartenait pas. Le pouvoir souffla à travers moi, à travers Damian et en Jean-Claude. Je le sentis se déployer vers l'extérieur et sus que tous les cadavres qu'abritaient le *Cirque* le percevraient aussi.

—Maintenant, chuchotai-je.

Jean-Claude me regarda une dernière fois, puis tourna toute son attention vers Damian. D'un geste brutal, il arracha l'épée de sa poitrine.

L'essence de Damian tenta de suivre la lame, tenta de s'enfuir par la plaie. Je la sentis me glisser entre les doigts. Je l'appelai, la pressai dans la chair morte, et cela ne suffit pas. Je déplaçai ma main au-dessus de son cœur, et le tranchant de l'épée m'entailla au passage. Du sang frais, tiède et humain, se répandit sur la plaie. L'essence de Damian hésita. Et resta pour goûter mon sang. Cela suffit. Je ne caressai pas son cœur je l'écrasai, le remplis du pouvoir qui rampait sur nous.

Le cœur de Damian cogna contre sa cage thoracique, si fort que je le sentis jusque dans mes os. Sa colonne vertébrale s'arqua, le soulevant de mes genoux et rejetant sa tête en arrière. Sa bouche s'ouvrit en un cri silencieux. Ses yeux s'ouvrirent brusquement. Puis il retomba dans mon giron.

Levant vers moi des yeux écarquillés, effrayés, il m'agrippa le bras. Il tenta de parler et ne réussit pas à projeter le moindre son au-delà du martèlement de son pouls dans sa gorge. Je sentais le sang dans son corps, les battements de son cœur qui le propulsaient dans ses veines.

Il tendit la main vers Jean-Claude et s'accrocha à la manche de sa veste. Enfin, il parvint à chuchoter :

— Que m'avez-vous fait ?

— Nous t'avons sauvé, mon ami. Nous t'avons sauvé.

Damian s'affaissa. Comme son corps commençait à se calmer, je perdis la sensation de son pouls, le goût de son sang. Son cœur se déroba lentement à moi, et je le laissai faire. Mais j'étais presque sûre que j'aurais pu le retenir. Maintenir le lien entre nous. Manipuler son essence et la plier à mes désirs. J'en étais presque sûre.

Je passai mes doigts dans ses épais cheveux roux et connus la tentation — une tentation qui n'avait rien à voir avec le sexe, ou si peu. Je levai ma main ensanglantée devant mon visage. La coupure n'était pas trop vilaine ; deux-trois points de suture, et on n'en parlerait plus. Ça faisait mal, mais pas assez. De nouveau, je glissai ma main dans les cheveux de Damian. Au contact abrasif de ses mèches contre la plaie, la douleur se fit plus vive, lancinante. Écœurante. Suffisante pour me faire recouvrer mes esprits.

Damian leva les yeux vers moi. Et dans son regard, je lus de la peur.

# CHAPITRE 18

— C omment c'est impressionnant…
Je tournai le buste sans déloger Damian de mes genoux. Yvette se dirigeait vers nous à grandes enjambées déterminées. Elle avait ôté son étole en vison, et sa robe blanche était très simple, très élégante, très Chanel. Le reste de la scène était du pur marquis de Sade.

Jason, loup-garou, larbin, parfois amuse-gueule consentant des morts-vivants, l'accompagnait. Il portait un croisement entre un pantalon de cuir noir et des cuissardes, qui dénudait la peau de ses cuisses et son entrejambe moulé dans un string de cuir. Un collier de chien, hérissé de clous, ceignait son cou. Yvette tenait la laisse auquel il était fixé. Des ecchymoses fraîches paradaient le long de son visage, de son cou et de ses bras. Sur son torse et son estomac, j'aperçus des coupures qui ressemblaient à des traces de griffes. Ses mains étaient liées derrière son dos, ses bras si étroitement serrés contre son corps que cela seul devait lui faire mal.

Yvette s'arrêta à trois mètres de nous et prit la pose. Elle assena dans le dos de Jason une bourrade assez violente pour qu'il pousse un petit glapissement et tombe à genoux. Puis elle tira sur sa laisse, de sorte qu'il se retrouva presque suspendu au bout du lien de cuir. Elle passa une main dans ses cheveux blonds, le recoiffant comme si elle voulait qu'il soit beau sur la photo.

— Jason est mon cadeau de bienvenue. Il sera à moi durant tout mon séjour à Saint Louis. Vous aimez l'emballage ?

—Tu peux t'asseoir? demandai-je à Damian.

—Je crois.

Il s'extirpa de mon giron et se redressa prudemment, comme si ses muscles étaient rouillés. Je me relevai.

—Comment vas-tu, Jason?

—Ça va.

Yvette tira encore un peu sur la laisse, lui coupant la parole et l'étranglant à moitié. Je me rendai compte que l'intérieur du collier était lui aussi garni de pointes métalliques. Génial.

—Jason est mon loup, Yvette. Mon protégé. Tu ne peux pas l'avoir, déclara Jean-Claude.

—Je l'ai déjà eu. Et je l'aurai encore. Pour l'instant, je ne lui ai pas fait de mal. Ce n'est pas moi qui l'ai frappé. Il a récolté ces bleus en défendant cet endroit. En te défendant. Demande-lui toi-même.

Elle donna du mou à la laisse. Jason prit une longue inspiration et nous regarda.

—Elle t'a fait du mal? demanda Jean-Claude.

—Non.

—Tu as fait preuve d'une grande retenue, Yvette, commenta Jean-Claude. À moins que tes goûts aient changé depuis notre dernière étreinte…

La vampire éclata de rire.

—Oh, ne te fais pas d'illusions: mes goûts sont toujours les mêmes. Je vais le tourmenter maintenant, devant toi, et tu ne pourras rien faire pour m'en empêcher. Ainsi, je torturerai plusieurs personnes pour le prix d'une.

Et elle sourit. Elle avait une moins sale gueule qu'au restaurant. Elle était moins pâle.

—De qui vous êtes-vous nourrie? lui lançai-je.

Son regard se posa sur moi.

—Tu le verras bien assez tôt.

Elle reporta son attention sur Warrick. Il ne frémit

pas exactement, mais tout à coup, il me parut plus petit, moins brillant.

—Warrick, tu m'as déçue.

Il se tenait contre le mur, l'épée de Damian toujours dans sa main.

—Je ne voulais pas lui faire de mal, maîtresse.

—Oh, je ne parlais pas de ça. Tu les as protégés pendant qu'ils le ramenaient.

—Vous aviez dit que je serais puni s'il mourait.

—En effet. Mais aurais-tu réellement utilisé cette grande épée contre moi ?

Warrick tomba à genoux.

—Non, maîtresse.

—Dans ce cas, comment pouvais-tu les protéger ?

Il secoua la tête.

—Je n'ai pas réfléchi…

—Tu ne réfléchis jamais. (Yvette attira Jason contre ses jambes, lui saisit le visage d'une main et le colla contre sa cuisse.) Regarde, Jason. Regarde ce que je fais aux petits garçons polissons.

Warrick se plaqua contre le mur et lâcha l'épée, qui s'abattit sur le sol avec fracas.

—Je vous en prie, maîtresse, pas ça.

Yvette prit une profonde inspiration. La tête rejetée en arrière, les yeux clos, elle caressa le visage de Jason. Elle se délectait d'avance de la punition qu'elle allait infliger à Warrick.

—Que va-t-elle faire ? demandai-je.

—Regarde, fut tout ce que put dire Jean-Claude.

Warrick se laissa mollement tomber à genoux, comme si ses jambes ne pouvaient plus le porter. Il était assez près pour que je le touche. Quoi qu'il soit sur le point de se passer, nous serions aux premières loges. J'imagine que c'était le but.

Warrick regarda le mur d'en face derrière nous, nous ignorant autant que possible. Une pellicule blanche recouvrit ses yeux bleu pâle, les rendant nuageux et aveugles. Si je ne m'étais pas trouvée à moins d'une longueur de bras de lui, le changement aurait été trop subtil pour que je le remarque.

Ses globes oculaires s'effondrèrent sur eux-mêmes, comme en proie à une décomposition accélérée. Son visage était toujours parfait, puissant et héroïque comme celui d'une statue de saint Georges, mais ses orbites n'étaient plus que deux trous vides, pourrissants. Un épais pus verdâtre dégoulina le long de ses joues, pareil à des larmes solides.

—C'est elle qui lui fait ça ? hoquetai-je.

—Oui, répondit Jean-Claude, presque trop bas pour que je l'entende.

Warrick émit un son étranglé. Un fluide noir jaillit de sa bouche et coula sur son menton. Il tenta de crier, mais ne réussit qu'à produire un gargouillis écœurant. Il tomba à quatre pattes. À présent, le pus sortait aussi de sa bouche et de ses oreilles, formant sous sa tête une mare de liquide plus épais que du sang. Ça aurait dû puer, mais comme souvent quand un vampire pourrit, il n'y avait pas la moindre odeur.

Warrick vomit ses organes internes décomposés sur le sol. Nous reculâmes tous devant la petite mare qui se répandait. Nous ne voulions pas marcher dedans. Ça ne nous ferait pas de mal, mais même les autres vampires battirent en retraite.

Warrick s'écroula sur le flanc. Ses vêtements blancs imbibés étaient pratiquement devenus noirs. Pourtant, en dessous, il était toujours intact. Son corps ne présentait pas la moindre marque. Il tendit une main tremblante devant lui. C'était un geste d'impuissance – un geste qui disait, mieux que des mots, que ça faisait mal, et qu'il était toujours là. Qu'il sentait toujours. Qu'il pensait toujours.

—Doux Jésus, soufflai-je.

—Tu devrais voir ce que je peux faire avec mon propre corps.

La voix d'Yvette ramena notre attention vers elle. Elle se tenait toujours devant nous, plaquant le visage de Jason contre sa jambe. Pareille à une vision d'une étincelante blancheur, à l'exception de sa main. Depuis son coude, une pourriture verte descendait le long de son avant-bras.

Jason s'en aperçut. Il se mit à hurler, et elle tira sur son collier pour l'en empêcher. Elle lui caressa la joue de sa main décomposée, laissant sur sa peau une trace sombre, épaisse et bien trop réelle.

Jason péta les plombs. Il se dégagea violemment. Yvette tira sur son collier et sur sa laisse jusqu'à ce que son visage rosisse, puis rougisse. Il lutta pour rester le plus loin d'elle possible. Se débattit comme un poisson accroché à un hameçon. Son visage vira au pourpre, mais sa résolution ne faillit pas. Il ne se laisserait pas toucher par cette main.

Il s'écroula sur le sol. Bientôt, il allait s'évanouir par manque d'air.

— Il a déjà goûté les plaisirs de la chair pourrissante avec d'autres vampires, n'est-ce pas, Jason ? susurra Yvette. Il a tellement peur… C'est pour ça que Padma me l'a donné. (Elle s'avança vers le corps prostré du loup-garou.) Je doute que son esprit survive à une seule nuit de ce traitement. N'est-ce pas délicieux ?

— Vous n'aurez pas l'occasion de le vérifier, grondai-je. (Je sortis le Browning de ma poche et le lui montrai.) Ne le touchez pas.

— Vous êtes un peuple conquis, Anita. Ne l'as-tu pas encore compris ?

— Conquérez donc ça, dis-je en braquant mon flingue sur elle.

Jean-Claude me toucha le bras.

— Range ton arme, ma petite.

— Nous ne pouvons pas lui laisser Jason.

—Oh, elle n'aura pas Jason, me promit-il. (Il reporta son attention sur Yvette.) Jason est à moi, de toutes les façons possibles. Je ne le partagerai pas avec toi et causer des dommages permanents à l'un de mes gens irait à l'encontre de toutes les règles de l'hospitalité. En brisant son esprit, tu contreviendrais aux lois du Conseil.

—Padma n'est pas de cet avis, répliqua Yvette.

—Mais tu n'es pas Padma.

Jean-Claude glissa vers elle. Son pouvoir emplit le couloir comme une eau fraîche montant à l'assaut des murs.

—Tu as été mon jouet pendant plus d'un siècle, Jean-Claude. Crois-tu vraiment pouvoir te dresser contre moi à présent ?

Je sentis le pouvoir d'Yvette frapper tel un couteau. Mais dès qu'il rencontra celui de Jean-Claude, il se dissipa comme s'il n'avait touché que de la brume. Le pouvoir de Jean-Claude ne riposta pas : il absorba.

Jean-Claude s'immobilisa devant Yvette, si près qu'il la touchait presque, et lui arracha la laisse de la main. Elle toucha son visage avec sa main pourrie, maculant sa joue de choses bien pires que du sang.

Jean-Claude éclata d'un rire amer, comme s'il avait avalé du verre brisé. Le son me blessa les tympans.

—Je t'ai vu sous ton pire jour, Yvette. Tu ne peux rien me montrer de nouveau.

La vampire laissa retomber sa main et leva les yeux vers lui.

—D'autres délices t'attendent plus loin. Avec Padma et le Voyageur.

Elle ignorait que le Voyageur se trouvait déjà parmi nous. Le corps de Willie demeura immobile, ne trahissant pas la présence de son passager clandestin. Intéressant.

Yvette leva la main. De nouveau, elle était lisse et parfaite.

— Tu es conquis, Jean-Claude. Simplement, tu ne t'en rends pas encore compte.

Il la frappa si vite et si fort qu'elle glissa en arrière sur le sol et alla s'écraser contre le mur du fond en un tas pas si élégant que ça.

— Je suis peut-être conquis, Yvette, mais pas par toi. Pas par toi.

# CHAPITRE 19

Jean-Claude détacha les mains de Jason et lui arracha son collier. Le loup-garou se recroquevilla sur le sol en émettant de petits bruits de gorge plus primitifs, plus pitoyables que n'importe quels mots.

Yvette s'était relevée en chancelant sur ses talons hauts et nous avait laissés. Warrick guérissait, si tel était le terme exact. Il s'assit, toujours couvert de ses propres fluides corporels, mais ses yeux étaient redevenus bleus et clairs, et il semblait indemne.

Le Voyageur s'approcha de Jean-Claude dans le corps de Willie.

—Tu m'as impressionné plus d'une fois ce soir, lui dit-il.

—Rien de ce que j'ai fait ne visait à vous impressionner, Voyageur, le détrompa Jean-Claude. Ce sont mes gens. C'est mon territoire. Je les défends. Ce n'est pas un jeu. (Il sortit deux mouchoirs de sa poche et m'en tendit un.) Pour ta main, ma petite.

Avec l'autre, il entreprit d'essuyer la substance visqueuse sur le visage de Jason.

Je baissai les yeux vers ma main gauche. Un filet de sang coulait le long de mon avant-bras. En regardant pourrir Warrick, je l'avais complètement oublié. Certaines atrocités sont pires que la douleur.

—Merci.

J'enveloppai ma main blessée du carré de soie bleue, mais ne pus attacher ce bandage improvisé avec l'autre. Le Voyageur s'avança pour m'aider. Je me dérobai.

—Je n'allais pas te faire de mal, m'assura-t-il.

—Merci quand même.

Il sourit, et de nouveau, ce ne furent pas les pensées de Willie qui s'inscrivirent sur son visage.

—Ça te pose vraiment un problème que j'occupe ce corps, constata-t-il. Pourquoi ?

—Willie est mon ami, répondis-je simplement.

—Ce vampire ? s'étonna le Voyageur. Il n'est rien. Il n'est pas assez puissant pour qu'on tienne compte de lui.

—La puissance n'a rien à voir avec l'amitié, le détrompai-je.

—Ça fait très longtemps que personne n'a invoqué l'amitié en ma présence, dit-il sur un ton pensif. Les gens auxquels j'ai affaire implorent ma pitié, mais jamais au nom de l'amitié.

Jean-Claude se redressa.

—Personne d'autre qu'Anita n'aurait pensé à le faire.

—Personne d'autre n'aurait été aussi naïf, grimaça le Voyageur.

—C'est vrai, c'est une forme de naïveté, convint Jean-Claude. Mais depuis combien de temps quelqu'un n'a-t-il pas eu le courage de faire preuve de naïveté devant le Conseil ? On vient à vous pour vous demander le pouvoir, la sécurité, la vengeance, mais jamais l'amitié ou la loyauté. Non. S'il est bien une chose que l'on ne peut attendre du Conseil, c'est bien celle-là.

De nouveau, la tête de Willie s'inclina sur le côté comme si le Voyageur réfléchissait.

—M'offre-t-elle son amitié, ou réclame-t-elle la mienne ?

J'ouvris la bouche pour répondre, mais Jean-Claude me prit de vitesse.

—Peut-on offrir une véritable amitié sans réclamer la même chose en retour ?

Je faillis dire que je préférais encore devenir amie avec un crocodile affamé, mais Jean-Claude me toucha doucement le bras. Cela suffit. Nous étions en train de gagner. Je ne devais pas tout gâcher.

—L'amitié, répéta le Voyageur. En effet, c'est une chose que l'on ne m'a pas offerte depuis que j'ai pris mon siège au Conseil.

Cette fois, les mots sortirent de ma bouche sans que je puisse les retenir.

—Vous devez vous sentir très seul.

Le Voyageur éclata de rire – moitié braiment de Willie, moitié gloussement sifflant.

—Elle est pareille à un courant d'air à travers une fenêtre trop longtemps fermée, Jean-Claude. Un mélange de cynisme, de naïveté et de pouvoir.

Il tendit la main vers moi, et cette fois, je ne me dérobai pas. Je le laissai prendre mon visage dans sa main en coupe, en un geste presque familier.

—Elle possède un certain charme, reconnut-il.

Sa main glissa le long de ma joue, s'y attardant quelques instants. Soudain, il la laissa retomber et se frotta le bout des doigts comme s'il essayait de sentir quelque chose d'invisible. Il secoua la tête.

—Ce corps et moi vous attendrons dans la salle de torture. (Avant que je puisse protester, il ajouta :) Je n'ai pas l'intention de lui faire du mal, Anita, mais j'en ai besoin pour me déplacer. Je quitterai cet hôte si tu veux m'en désigner un autre.

Il pivota et détailla le reste de notre groupe. Son regard s'arrêta sur Damian.

—Je pourrais prendre celui-là. Je crois qu'il plairait à Balthazar.

Je secouai la tête.

—Non.

—Est-il aussi ton ami ?

Je jetai un coup d'œil à Damian.

— Non, mais il m'appartient quand même.

Le Voyageur me dévisagea.

— Il t'appartient ? De quelle façon ? Est-il ton amant ?

— Non.

— Ton frère ? Ton cousin ? Ton ancêtre ?

— Non.

— Dans ce cas, en quoi t'appartient-il ?

Je ne savais pas comment l'expliquer.

— Je ne vous donnerai pas Damian pour sauver Willie. Vous l'avez dit vous-même : vous ne lui faites pas de mal.

— Et si c'était le cas ? interrogea le Voyageur, curieux. Échangerais-tu la sécurité de Damian contre celle de ton ami ?

Je fis un signe de dénégation.

— Je n'ai pas l'intention d'en débattre avec vous.

— J'essaie juste de comprendre quelle importance tes amis ont pour toi, Anita.

De nouveau, je secouai la tête. Je n'aimais pas le tour que prenait cette conversation. Si je me plantais, le Voyageur commencerait à découper Willie. Je le voyais venir. C'était un piège, et tout ce que je pouvais dire me ferait tomber droit dedans.

— Les amis de ma petite comptent beaucoup pour elle, intervint Jean-Claude.

Le Voyageur leva la main.

— Non, je veux qu'elle me réponde elle-même. C'est sa loyauté que j'aspire à comprendre, pas la tienne.

Enfin, je trouvai une réponse susceptible de ne pas me conduire là où il voulait m'emmener.

— Assez d'importance pour que je tue pour eux.

Le Voyageur en resta bouche bée.

— Serais-tu en train de me menacer ? demanda-t-il, les yeux écarquillés.

Je haussai les épaules.

— Vous m'avez posé une question. Je vous ai répondu.

Il rejeta sa tête en arrière et éclata de rire.

— Oh, quel homme tu aurais fait!

Je fréquentais des machos depuis assez longtemps pour savoir que dans sa bouche, c'était un compliment – un compliment sincère. Les gens comme le Voyageur ne saisissent jamais l'insulte sous-jacente. Et tant qu'ils ne découpent pas de gens auxquels je tiens, je veux bien ne pas leur mettre le nez dedans.

— Merci, dis-je.

Instantanément, le visage du Voyageur redevint un masque dont toute la gaieté s'était envolée comme un mauvais souvenir. Seuls ses yeux – les yeux de Willie – étaient toujours vivants, étincelant d'une force qui rampait le long de ma peau tel un vent glacial. Il m'offrit son bras comme Jean-Claude l'avait fait un peu plus tôt. Je jetai un coup d'œil à Jean-Claude. Il m'adressa un hochement de tête imperceptible. Alors, je posai ma main toujours ensanglantée sur le poignet du Voyageur.

Son pouls était vif et robuste sous mes doigts. C'était comme si ma petite coupure avait un second pouls qui battait au rythme du sien. Attiré par son pouvoir, mon sang s'échappa plus vite de la plaie. Il coula le long de mon avant-bras jusqu'à mon coude, imbibant la manche du pardessus d'Asher, et se répandit sur le poignet du Voyageur en filets écarlates.

Mon cœur accéléra, nourrissant ma peur et augmentant le flux de mon sang. À cet instant, je sus que le Voyageur pourrait rester immobile et me saigner à mort par cette blessure ridicule. Qu'il pourrait me vider de tout mon sang et de tout mon pouvoir pour prouver sa supériorité.

Les battements de mon cœur résonnaient aussi fort que des coups de tonnerre dans mes oreilles. Je savais que j'aurais dû retirer ma main, mais je ne le faisais pas, comme si quelque chose étouffait les cris de mon esprit avant qu'ils se traduisent par un mouvement.

Jean-Claude tendit la main vers moi, mais le Voyageur parla avant qu'il puisse me toucher.

—Non, Jean-Claude. Je la reconnaîtrai comme une puissance qui compte si elle peut s'arracher d'elle-même à mon emprise.

Ma voix était essoufflée, précipitée comme si j'avais couru, mais je pouvais parler, penser – simplement, je ne pouvais pas remuer ma main.

—Qu'est-ce que ça me rapportera ?

Le Voyageur émit un gloussement satisfait. Enfin, je venais de poser une question qui lui plaisait.

—Que veux-tu ?

J'y réfléchis pendant que mon pouls battait de plus en plus vite dans ma main. Mon sang commençait à imbiber la manche du Voyageur, la manche de Willie. Je voulais qu'il me rende mon ami.

—Un sauf-conduit pour moi, pour tous mes gens et mes amis.

Le Voyageur rejeta la tête en arrière et explosa d'un rire tonitruant. Qui s'arrêta net comme celui d'un mauvais acteur. Ses yeux scintillants se tournèrent vers moi.

—Arrache-toi à mon emprise, et je t'accorderai ce que tu réclames. Mais si tu n'y parviens pas, qu'y gagnerai-je ?

C'était un piège, et je le savais, mais je ne voyais pas comment m'en sortir. S'il continuait à me saigner, j'allais m'évanouir, et tout serait fichu.

—Mon sang, dis-je.

Le Voyageur sourit.

—Je l'ai déjà.

—Je vous autoriserai à le boire de mon plein gré. Ce qui n'est pas le cas en ce moment.

—Tentant, mais pas suffisant.

Des taches grises dansaient devant mes yeux. Je transpirais, et la nausée me gagnait. Normalement, j'aurais mis plus de temps que ça à m'évanouir parce que j'avais perdu trop de sang, mais le Voyageur accélérait le processus. Je ne voyais pas quoi lui offrir. J'avais de plus en plus de mal à réfléchir.

—Que désirez-vous?

Jean-Claude soupira comme si j'avais dit ce qu'il ne fallait pas.

—La vérité.

Je tombai lentement à genoux, et seule la main du Voyageur sur mon coude me maintint en position verticale. De grosses taches blanches et grises dévoraient ma vision. La tête me tournait, et ça n'allait pas s'arranger.

—Quelle vérité?

—Qui a tué le Trembleterre? Dis-le-moi, et vous êtes libres.

Je déglutis et soufflai

—Allez vous faire foutre.

Je glissai à terre en m'accrochant toujours à lui. En saignant toujours. Le Voyageur se pencha sur moi, mais mes yeux affaiblis ne virent que Willie. Willie avec ses traits aigus. Willie aux costumes criards et aux cravates inqualifiables. Willie qui aimait Hannah avec une douce dévotion capable de me serrer la gorge. Je tendis la main et touchai ce visage, fis courir mes doigts dont le bout me picotait à travers ces cheveux gominés, caressai cette mâchoire et chuchotai:

—Willie, viens à moi.

Il y eut une secousse presque électrique, et de nouveau, je pus voir clairement. Mon corps me paraissait engourdi et lointain, mais ma vision s'était dégagée. Je scrutai ces yeux scintillants et songeai à Willie. Là, tout au fond de ces prunelles, je perçus une étincelle qui me répondait comme un cri désespéré.

—Willie, viens à moi, répétai-je d'une voix plus forte.

—Que fais-tu ? demanda le Voyageur.

Je l'ignorai. Willie était l'un des vampires que j'avais accidentellement relevés de leur cercueil en même temps que Damian. Peut-être m'appartenait-il autrement que par l'amitié qui nous liait. Peut-être.

—Avec mon sang, je t'appelle, Willie McCoy. Relève-toi et viens à moi.

Le second pouls dans ma main ralentit. À présent, c'est le Voyageur qui tentait de se dérober, de rompre l'emprise qu'il avait lui-même forgée. Mais c'était une lame à double tranchant. Elle coupait dans les deux sens, et je voulais que le message soit mordant et profond.

—Viens à moi, Willie. Laisse ma voix, ma main, mon sang te relever. Relève-toi et réponds-moi, Willie McCoy Maintenant !

Je regardai Willie se déverser dans ces yeux comme de l'eau emplissant une tasse, le sentis expulser le Voyageur. Je l'aidai en repoussant son envahisseur de toutes mes forces et en lui claquant au nez une porte dont j'ignorais l'existence dans ma tête. Dans le corps de Willie. Je délogeai le Voyageur, et il s'éloigna en hurlant dans les ténèbres.

Willie me regarda, et c'était bien lui. Mais dans ses yeux, il y avait une expression que je n'avais jamais vue auparavant.

—Que voulez-vous de moi, maître ?

Je m'écroulai sur le sol en pleurant. Je voulus dire « Je ne suis pas ton maître », mais les mots moururent dans ma gorge, avalés par une obscurité de velours qui dévora ma vision, puis le reste du monde.

# CHAPITRE 20

Je m'étais endormie la tête sur les genoux de mon père. Il me caressait les cheveux. Je me blottis contre lui, ma joue appuyée sur sa cuisse nue.

*Sa cuisse nue ?*

Soudain, je fus tout à fait réveillée. Avant même de voir ce qui m'entourait, je me redressais déjà.

Jason était assis contre un mur de pierre. C'était dans son giron que j'avais fait un somme. Il m'adressa une vision très édulcorée de son habituel sourire provocant, mais celui-ci laissa ses yeux froids et fatigués. Ce soir, Jason n'était pas d'humeur à me brancher. Il fallait vraiment que la situation soit critique.

Jean-Claude et Padma se disputaient en français. Ils se tenaient de part et d'autre d'une table sur laquelle un homme gisait à plat ventre, les poignets, les chevilles et le cou maintenus par des liens d'argent. Des liens vissés au plateau de bois. L'homme était nu, mais ses vêtements n'étaient pas la seule chose qui manquait à l'appel. Son dos n'était plus qu'une masse de chair à vif, ensanglantée. Je venais de trouver le propriétaire de la peau clouée sur la porte d'en haut.

Le visage séduisant et ténébreux de Rafael était flasque, inconscient. J'espérais qu'il le resterait longtemps.

Rafael, le roi des rats, est le chef de la plus grande et de la plus puissante bande de métamorphes de Saint Louis, après celle des loups-garous. Et il n'est le jouet de personne. Que diable faisait-il ici – à plus forte raison, dans cet état ?

—Que fait Rafael ici ? demandai-je à Jason.

Il me répondit d'une voix lasse, traînante.

—Le Maître des Bêtes veut prendre le contrôle des rats. Rafael n'a pas été assez fort pour résister à son appel, mais il a été assez fort pour n'emmener aucun des siens avec lui. Il s'est livré en tant que sacrifice. (Jason appuya sa tête contre le mur et ferma les yeux.) Mais ils n'ont pas pu le briser. Comme ils n'ont pas pu briser Sylvie.

—Sylvie ?

Je regardai autour de moi. La pièce mesurait dans les sept mètres sur sept – pas si grande que ça, donc. Sylvie était enchaînée au mur de l'autre côté. Affaissée au bout de ses menottes, tout le poids de son corps tirant sur ses poignets. Évanouie. La table me dissimulait le plus gros de son corps, mais elle ne semblait pas blessée.

—Pourquoi est-elle ici ?

—Le Maître des Bêtes a également appelé les loups. Richard n'était pas là pour lui répondre, alors, Sylvie est venue à sa place. Et elle nous a protégés, comme Rafael a protégé ses gens.

—De quoi discutent Jean-Claude et Padma ?

—Le Voyageur nous a accordé notre liberté, mais les autres ne veulent pas inclure Rafael dans le marché. Le Maître des Bêtes dit que le roi des rats n'est pas l'un des nôtres, et qu'il n'est pas non plus notre ami.

—Il est le mien, contrai-je.

Jason sourit sans ouvrir les yeux.

—Je savais que tu dirais ça.

Je me relevai en prenant appui sur le mur. Je ne tenais pas encore trop bien sur mes pattes, mais ça passerait. Je me dirigeai vers les deux vampires. Je ne comprends pas le français, mais le ton de leur voix était brûlant, furieux. Jean-Claude se tourna vers moi.

—Ma petite, tu es réveillée, me dit-il en anglais avec un

accent prononcé, comme chaque fois qu'il a parlé français trop longtemps.

Padma leva la main.

—Non, ne l'influence pas.

Jean-Claude s'inclina en une profonde courbette.

—Comme vous voudrez.

Je voulais toucher Rafael. Je voyais son dos se soulever et s'abaisser, mais je refuserais de croire qu'il allait bien tant que je ne l'aurais pas touché. Je promenai ma main au-dessus de lui en hésitant. Il n'y avait presque aucun endroit accessible de son corps qui ne soit à vif et douloureux. Finalement, je caressai ses cheveux et retirai aussitôt ma main. Je ne voulais pas le réveiller. Pour le moment, son évanouissement était une bénédiction.

—Qui est cet homme pour toi ? me demanda Padma.

—C'est Rafael, le roi des rats. Mon ami.

Hannah entra par la porte ouverte du donjon. À l'instant où elle apparut, je sus que c'était le Voyageur. Il appuya l'épaule de ce corps si féminin contre le chambranle et réussit à lui donner une apparence masculine.

—Tu ne peux pas être amie avec tous les monstres de la ville.

Je le regardai.

—Vous voulez parier ?

Il secoua la tête, et les cheveux blonds d'Hannah ondulèrent doucement comme dans une pub pour du shampooing. Quand il éclata de rire, ce fut presque un gloussement de fillette.

—Oh, non, Anita Blake. Je ne négocierai plus avec toi ce soir.

Il descendit les marches. Il avait ôté les talons hauts d'Hannah, et ses pieds étaient nus à l'exception de ses bas.

—Mais il y aura d'autres soirs.

—J'ai réclamé un sauf-conduit, et vous me l'avez accordé. Vous ne pouvez plus nous faire de mal.

—Je t'ai accordé un sauf-conduit pour ce soir seulement, Anita.

—Je ne me souviens pas que vous ayez limité votre offre dans le temps, intervint Jean-Claude.

Le Voyageur écarta son objection d'un geste insouciant.

—C'était sous-entendu.

—Pas par moi, répliquai-je.

Il s'arrêta de l'autre côté de la table, près de Padma. Me dévisagea avec les yeux gris d'Hannah et fronça les sourcils.

—N'importe qui d'autre aurait su que je voulais dire pour ce soir seulement.

—Comme vous l'avez vous-même affirmé, Anita n'est pas n'importe qui, fit remarquer Jean-Claude.

—Le Voyageur n'est que l'un des membres du Conseil, aboya Padma. Il ne peut pas négocier en notre nom à tous. Il peut nous forcer à vous laisser partir ce soir, mais ça s'arrête là. Il ne peut pas tous vous libérer sans un vote de tous les envoyés ici présents.

—Dans ce cas, sa promesse ne vaut rien, dis-je.

—Si j'avais imaginé que tu réclamais votre sécurité à tous pour l'entière durée de notre séjour, j'aurais demandé bien plus que la vérité sur la mort du Trembleterre en échange, grinça le Voyageur.

—Nous avons conclu un marché. J'ai honoré ma part de ce marché.

Il tenta de croiser les bras sur sa poitrine, mais dut se contenter de les caler sur son ventre, sous la poitrine voluptueuse d'Hannah. Les femmes ne sont pas conçues pour jouer les caïds.

—À cause de toi, j'ai un nouveau problème sur les bras. Il serait sage de ta part de ne pas en rajouter.

— Menacez-moi autant que vous voudrez, mais ce soir, vous ne pouvez pas nous toucher.

— Ne laisse pas ta sécurité provisoire te monter à la tête.

Sa voix était descendue de quelques octaves et écorchait la gorge d'Hannah.

Je fis un pas sur le côté pour me rapprocher de la tête de Rafael. Je voulais lui caresser les cheveux, mais je n'osais pas. Des larmes appuyaient sur l'arrière de mes yeux comme une main.

— Détachez-le. Il part avec nous, ou votre parole ne vaut rien, Voyageur.

— Je ne renoncerai pas à lui, cracha Padma.

— Tu feras ce qu'on te dira, rétorqua le Voyageur.

Je me détournai du corps torturé de Rafael. Je ne supportais plus de le regarder, et surtout, je ne voulais pas que les méchants me voient pleurer. Du coup, je me retrouvai face à Sylvie. Ce que je vis m'arrêta net.

Son pantalon était autour de ses chevilles et elle portait toujours ses chaussures.

Je fis un pas vers elle, puis un autre. Le temps que je la rejoigne, je courais presque.

Je me laissai tomber à genoux près d'elle. Du sang maculait ses cuisses. Ses poings étaient serrés, ses paupières closes et crispées. Elle chuchotait quelque chose tout doucement, le répétait comme un mantra. Je touchai son bras, et elle frémit. Le volume de sa voix monta juste assez pour que j'entende ce mot.

— Non, non, non…

Ce coup-ci, je pleurais pour de bon. Un peu plus tôt, j'avais envisagé de coller une balle dans la tête de Sylvie. Et maintenant, je chialais sur son sort. Vous parlez d'une sociopathe ! D'accord, on ne s'était pas toujours très bien entendues, elle et moi, mais ça… En temps normal, Sylvie n'aime déjà pas beaucoup les hommes. Cela aggravait le crime de ses bourreaux, le rendait encore plus insultant. Ou peut-être était-ce juste le fait que d'habitude, elle est si fière – si pleine de morgue et d'assurance. La voir dans cet état était plus que je n'en pouvais supporter.

—Sylvie, Sylvie… C'est Anita. (Je voulais la rhabiller, mais j'avais peur de la toucher tant qu'elle ne comprenait pas que je ne venais pas pour l'agresser, moi aussi.) Sylvie, tu m'entends ?

Jason s'approcha de nous.

—Laisse-moi essayer, offrit-il.

—Elle ne voudra pas qu'un homme la touche.

—Je ne la toucherai pas. (Il s'agenouilla de l'autre côté d'elle.) L'odeur de la meute est sur moi. Pas sur toi. (Très prudemment, il lui tendit son bras sous le nez en faisant attention à ne pas la toucher.) Sens la meute, Sylvie. Laisse notre étreinte te réconforter.

Sylvie se tut, mais ça s'arrêta là. Elle ne voulut même pas ouvrir les yeux.

Je me relevai et fis volte-face.

—Qui a fait ça ?

—Elle aurait pu nous arrêter n'importe quand, dit Padma. Si elle m'avait donné la meute, tout aurait été fini. Elle aurait pu repartir libre.

—QUI A FAIT ÇA ? hurlai-je.

—Moi.

Je baissai les yeux, et quand je les relevai, mon Uzi était pointé sur Padma.

—Je vais vous couper en deux.

—Ma petite, tu risquerais de toucher Rafael, et peut-être moi.

Un pistolet-mitrailleur n'est pas fait pour viser une cible précise au milieu d'une foule, mais le Maître des Bêtes survivrait à une des balles en argent de mon Browning. Je secouai la tête.

— Il est mort. D'une façon ou d'une autre, il paiera ça de sa vie.

Le Voyageur se planta devant Padma.

— Oserais-tu tuer ce corps ? dit-il en écartant les mains. Oserais-tu tuer la tendre moitié de ton ami Willie ?

Des larmes brûlantes roulaient sur mes joues.

— Allez vous faire foutre. Allez tous vous faire foutre.

— Padma n'a pas personnellement violé ton amie, révéla le Voyageur. N'importe quel rustaud peut violer, mais seul un véritable artiste réussirait à écorcher vif un métamorphe.

— Alors, qui ?

Ma voix était un tantinet plus calme. Je n'allais pas faire usage de mon Uzi, et nous le savions tous. Je le lâchai et le laissai glisser de nouveau dans mon dos, sous le manteau d'Asher. Puis je refermai ma main sur le Browning et hésitai.

Jean-Claude se dirigea vers moi. Il me connaissait trop bien.

— Ma petite, nous pourrons tous repartir sans que personne nous fasse de mal, ce soir au moins. Et c'est grâce à toi. Ne détruis pas tout ce que tu as accompli au nom de la vengeance.

À cet instant, Fernando entra dans la pièce, et je sus. Il n'avait peut-être pas été le seul, mais il avait participé. Il m'adressa un sourire grimaçant.

— Le Voyageur ne voulait pas me laisser Hannah.

Je me mis à trembler – des vibrations imperceptibles qui commencèrent dans mes bras et remontèrent jusqu'à mes épaules avant de se propager au reste de mon corps. Jamais je n'avais eu envie de tuer quelqu'un autant que j'avais envie de tuer Fernando à cette seconde précise. Il glissa vers le bas des marches sur ses pieds nus, se caressant la poitrine et jouant avec la ligne de poils bouclés qui descendait depuis son nombril. Frottant ses mains sur la soie de son pantalon.

— Peut-être que je t'enchaînerai au mur, toi aussi.

Je sentis un sourire étirer mes lèvres. Je parlai très clairement, en détachant bien les syllabes – parce que si je me laissais emporter, j'allais me mettre à hurler, et si je perdais le contrôle de ma voix, j'allais le tuer. C'était aussi certain que deux et deux font quatre.

— Qui t'a aidé ?

Padma arrêta son fils et l'attira contre lui. Sur le visage du maître vampire, je lus une peur palpable. Fernando, lui, était trop arrogant ou trop stupide pour comprendre.

— Je l'ai fait moi-même.

Un rire assez amer pour m'étrangler s'échappa de ma gorge.

— Tu n'as pas pu faire autant de dégâts tout seul. Qui t'a aidé ?

Le Voyageur toucha l'épaule de Fernando.

— D'autres, que je ne nommerai pas. Si la femme peut te dire leur nom, qu'elle le fasse. Sinon, tu n'as pas besoin de le savoir. Tu ne les pourchasseras pas, Exécutrice.

— Pas ce soir, acquiesçai-je.

Le tremblement s'apaisait. Le centre froid et dur de mon âme, l'endroit où j'ai renoncé à un morceau de moi, répandait sa glace dans le reste de mon être. J'étais calme à présent, mortellement calme. J'aurais pu tous les descendre sans ciller.

— Mais vous l'avez dit vous-même, Voyageur : il y aura d'autres soirs.

Jason parlait tout bas, et Sylvie lui répondait. Je lui jetai un coup d'œil. Elle ne pleurait plus. Son visage était pâle et étrangement immobile, comme si tout s'était pétrifié à l'intérieur d'elle. Jason défit les cadenas de ses chaînes, et elle glissa le long du mur. Il tenta de remonter son pantalon, mais elle le repoussa.

Je m'agenouillai près d'elle.

— Laisse-moi t'aider, s'il te plaît.

Sylvie essaya de se rhabiller seule, mais ses mains refusaient de lui obéir. Elle tira maladroitement sur sa ceinture à plusieurs reprises, finit par renoncer et s'écroula en pleurs sur le sol.

Je commençai à remonter son pantalon de lin rose, et elle me laissa faire. Elle participa autant que possible, mais ses mains tremblaient si fort qu'elles n'étaient plus bonnes à grand-chose. Je n'arrivais pas à retrouver sa culotte. Elle avait disparu. J'étais pourtant certaine qu'elle en avait mis une, parce qu'elle n'était pas du genre à se balader à poil sous ses fringues. Sylvie est une dame, et les dames ne sortent jamais sans sous-vêtements.

Lorsqu'elle fut enfin couverte, elle reporta son attention sur moi. L'expression de ses yeux marron me donna envie de détourner la tête, mais je me retins. Si elle pouvait afficher autant de douleur sur ses traits, le moins que je puisse faire, c'était de la regarder. Je ne frémis pas. J'avais même cessé de pleurer.

—Je ne leur ai pas donné la meute, dit-elle.

—Je sais.

Je voulais la toucher, la réconforter, mais j'avais peur de le faire.

De nouveau, elle s'effondra en sanglotant violemment, en hoquetant comme si elle voulait expulser des morceaux d'elle-même par ses yeux, par son nez et par sa bouche. J'hésitai, puis l'enlaçai doucement. Elle se laissa aller contre moi et me rendit mon étreinte. Je la tins moitié dans mes bras, moitié sur mes genoux, et la berçai lentement. Penchée sur elle, je lui chuchotai à l'oreille :

—Il est mort. Ils sont tous morts.

Ravalant ses larmes, Sylvie leva les yeux vers moi.

—Tu le jures ?

—Je le jure.

Elle se pelotonna contre moi et dit tout bas :

—Je ne tuerai pas Richard.

— Tant mieux, approuvai-je, parce que je détesterais être obligée de te tuer maintenant.

Elle eut un petit rire étranglé qui se changea de nouveau en sanglots. Mais plus doux, plus calmes, moins désespérés qu'avant.

Je relevai la tête et balayai les autres du regard. Les hommes, morts ou vivants, me regardaient.

— Rafael vient avec nous. Fin de la discussion.

Padma acquiesça.

— Très bien.

Fernando se tourna vers lui.

— Père, tu ne peux pas la laisser faire ça protesta-t-il. Les loups, oui, mais pas le roi des rats!

— Tais-toi, Fernando.

— Il ne peut être autorisé à vivre s'il refuse de se soumettre.

— En tant que rat, tu n'as pas été assez costaud pour le dominer, pas vrai? lui lançai-je sur un ton narquois. Il est plus fort que tu ne le seras jamais, et tu le hais pour ça.

Fernando fit un pas vers moi. Padma et le Voyageur le retinrent en lui posant chacun une main sur l'épaule.

Jean-Claude s'interposa entre nous.

— Mettons-nous en route, ma petite. La nuit touche à sa fin.

Le Voyageur s'écarta lentement de Fernando. Je n'aurais su dire de qui il se méfiait le plus: moi, ou Speedy Gonzales. Il commença à défaire les chaînes de Rafael. Le rat-garou était toujours évanoui, inconscient de son sort.

Je me relevai, entraînant Sylvie avec moi. Elle me lâcha, tenta de faire un pas toute seule et faillit s'étaler. Je la rattrapai, et Jason lui saisit l'autre bras.

Fernando éclata de rire.

Sylvie trébucha comme si elle venait de recevoir une gifle. Ce rire était plus blessant que n'importe quels mots.

Je collai mes lèvres contre sa joue, tins son visage contre le mien de ma main libre et soufflai à son oreille :

—Souviens-toi : il est mort.

Un instant, elle se laissa aller contre moi, puis hocha la tête. Elle se redressa fièrement, et Jason l'aida à marcher jusqu'à l'escalier.

Jean-Claude souleva Rafael dans ses bras, le plus doucement possible, et le chargea en travers de ses épaules. Rafael grogna, et un spasme crispa ses mains. Mais ses yeux demeurèrent clos.

Je regardai le Voyageur.

—Vous devrez vous trouver un autre hôte. Hannah vient avec nous.

—Bien sûr.

—Tout de suite, exigeai-je.

Une expression que je n'y avais jamais vue s'inscrivit sur le visage d'Hannah. De l'arrogance.

—Ne laisse pas ta petite victoire magique de tout à l'heure te monter à la tête, Anita.

Je souris, et sus sans le voir que mon sourire n'avait rien de plaisant. Il était amer, plein de morgue et de colère.

—Ma patience a atteint ses limites pour ce soir, Voyageur. Libérez-la immédiatement, ou…

J'enfonçai le canon de mon flingue dans le bas-ventre de Fernando. Oui, ils étaient serrés les uns contre les autres à ce point.

Fernando écarquilla les yeux, mais il n'était pas aussi effrayé qu'il l'aurait dû – loin s'en fallait. J'appuyai un peu plus fort, assez pour faire reculer la plupart des hommes. Au lieu de ça, le rat-garou se contenta de pousser un léger grognement, puis se pencha vers moi. Il allait essayer de m'embrasser.

Je ris. Je ris tandis que ses lèvres hésitaient au-dessus de ma bouche et que mon Browning se pressait contre sa chair.

Ce fut ce rire et non le flingue qui le poussa finalement à battre en retraite.

Hannah tomba à genoux. Le Voyageur l'avait quittée. Quelqu'un devrait l'aider à monter l'escalier. Je pensai à Willie, et il s'avança. Sans me regarder, il lui tendit la main pour l'aider à se relever. De mon côté, je gardai les yeux fixés sur les méchants. Un problème à la fois.

— Pourquoi ris-tu? interrogea Fernando.

— Parce que tu es bien trop stupide pour survivre. (Je reculai lentement, sans cesser de le braquer.) Vous avez d'autres fils? demandai-je à Padma.

— Fernando est mon seul enfant.

— Toutes mes condoléances.

Non, je ne tirai pas. Mais en observant le regard coléreux du rat-garou, je sus que j'aurais d'autres opportunités de le faire. Certaines personnes courtisent la mort par désespoir. D'autres lui tombent dans les bras mus par leur propre stupidité. Si Fernando voulait faire le grand saut, je serais plus que ravie de le pousser par-dessus bord.

# CHAPITRE 21

Rafael gisait sur une table d'examen. Nous n'étions pas à l'hôpital. Les lycanthropes avaient équipé le sous-sol d'un bâtiment qui leur appartenait pour en faire un dispensaire de fortune. Je m'y étais déjà fait soigner une fois. À présent, Rafael gisait sur le ventre, relié par une intraveineuse à un flacon rempli de liquide et de tranquillisants. Les tranquillisants ne fonctionnent pas toujours sur les métamorphes, mais il fallait bien essayer quelque chose. Rafael avait repris connaissance dans la Jeep. Il n'avait pas hurlé, mais les gémissements étranglés qui s'échappaient de sa gorge chaque fois que nous passions sur une bosse avaient été bien assez éloquents.

Le docteur Lilian est une petite femme aux cheveux poivre et sel coupés de manière plutôt stricte. Et aussi un rat-garou. Elle se tourna vers moi.

—Je ne peux rien faire de plus pour lui.

—Guérira-t-il?

Elle hocha la tête.

—Oui. Avec ce type de blessure, quand le patient survit au choc et à l'hémorragie, le plus grand risque est que ses plaies s'infectent. Les lycanthropes ne peuvent pas contracter d'infections.

—Un bon point pour les poilus, commentai-je.

Lilian sourit et me tapota l'épaule.

—Je sais que faire de l'humour, c'est votre façon de gérer le stress, mais n'essayez pas sur Rafael ce soir. Il veut vous parler.

—Il a déjà…?

— Suffisamment récupéré ? Non. Mais il est mon roi, et il refuse que je l'endorme avant de vous avoir parlé. J'irai voir notre autre patiente pendant que vous écouterez ce qu'il juge si important de vous dire.

Avant qu'elle puisse s'éloigner, je lui posai une main sur le bras.

— Comment va Sylvie ?

Au début, Lilian refusa de soutenir mon regard. Puis elle leva les yeux vers moi en soupirant.

— Physiquement, elle s'en remettra. Mais je ne suis pas psychologue. Je n'ai pas été formée à gérer les retombées d'une attaque comme celle-là. Je lui ai suggéré de passer la nuit ici, mais elle insiste pour repartir avec vous.

J'écarquillai les yeux.

— Pourquoi ?

Lilian haussa les épaules.

— Je pense qu'elle se sent en sécurité avec vous. Et pas ici. (Soudain, elle scruta mon visage très intensément.) Y a-t-il une raison pour qu'elle ne se sente pas en sécurité ici ?

Je réfléchis.

— Avez-vous déjà traité des léopards-garous dans ce dispensaire ?

— Oui.

— Et merde.

— Quelle importance ? s'étonna Lilian. C'est un endroit neutre. Nous en avons tous convenu.

Je secouai la tête.

— Pour ce soir, ça devrait aller. Mais tout ce que sait Elizabeth, le Maître des Bêtes le sait aussi. D'ici demain, le dispensaire ne sera peut-être plus un refuge sûr.

— En êtes-vous certaine ?

— Non. Mais je ne suis pas non plus certaine du contraire.

Lilian hocha la tête.

—Très bien. Dans ce cas, emmenez Sylvie avec vous, mais Rafael devra passer la nuit ici. Je prendrai mes dispositions pour le faire déplacer dès demain. (Elle balaya du regard l'équipement médical qui nous entourait.) Nous ne pourrons pas tout prendre, mais nous ferons de notre mieux. Maintenant, je vous laisse parler avec notre roi.

Elle sortit de la pièce, et je me retrouvai seule dans le silence du sous-sol. Je jetai un coup d'œil à Rafael. Lilian l'avait recouvert d'un drap qui formait une tente au-dessus de son corps, de façon que sa pudeur soit protégée mais que le tissu ne touche pas ses chairs à vif. Sur celles-ci, elle avait appliqué un onguent apaisant, mais pas de bandages dont le contact aurait fait plus de mal que de bien à Rafael. Elle avait traité sa blessure comme une brûlure. Je ne savais pas ce qu'elle lui avait fait d'autre, parce que j'étais en train de me faire recoudre la main par un autre docteur pendant qu'elle s'occupait de lui.

Je contournai la table afin que Rafael n'ait pas à tourner la tête pour me voir. Tout mouvement devait être douloureux pour lui. Ses yeux étaient clos, mais sa respiration rapide et haletante. Il ne dormait pas.

—Lilian a dit que tu voulais me parler.

Il cligna des paupières et tenta de lever son regard vers moi. Ses yeux roulèrent dans leur orbite selon un angle inconfortable. Il fit mine de remuer la tête, et un son étouffé monta de sa poitrine. Je n'avais jamais rien entendu de pareil. Et je ne voulais pas l'entendre de nouveau.

—Ne bouge pas, je t'en prie.

J'avisai un petit tabouret à roulettes et l'approchai de la table d'examen. Lorsque je m'assis, nos visages se retrouvèrent pratiquement à la même hauteur.

—Tu devrais la laisser te bourrer de calmants. Tu as besoin de dormir, si c'est possible.

—D'abord, je dois savoir comment tu m'as libéré.

Il prit une inspiration plus profonde, et la douleur balaya son visage en une vague frémissante. Je détournai les yeux, puis reportai mon attention sur lui. Pas de ça.

—J'ai négocié.

—Que… ?

Un spasme agita les mains de Rafael, et ses lèvres pleines se pincèrent si fort qu'elles blanchirent. Lorsqu'il parla de nouveau, ce fut d'une voix plus basse, plus prudente, comme si même les vibrations de ses cordes vocales le faisaient souffrir.

—Que leur as-tu donné en échange de moi ?

—Rien.

—Il n'aurait pas… renoncé à moi si facilement.

Rafael me dévisagea, ses yeux sombres exigeant que je lui dise la vérité. Il pensait que je lui mentais ; c'est pour ça qu'il n'arrivait pas à se détendre. Il croyait que j'avais fait quelque chose de noble et d'indicible pour le sauver.

Je soupirai et lui résumai les événements de la soirée. C'était le meilleur moyen de lui expliquer.

—Tu vois ? Ça ne m'a pas coûté grand-chose de te rajouter sur la liste.

Il sourit presque.

—Les rats-garous se souviendront de ce que tu as fait ce soir, Anita. Je m'en souviendrai.

—On ne va peut-être pas faire les magasins ensemble, ni même s'entraîner au stand de tir, mais tu es mon ami, Rafael. Je sais que si je t'appelais à l'aide, tu viendrais.

—Oui, acquiesça-t-il. Oui, je viendrais.

Je lui souris.

—Maintenant, je vais aller chercher Lilian, d'accord ?

Il ferma les yeux, et un peu de sa tension s'évapora. Comme s'il pouvait enfin s'abandonner à la douleur.

—D'accord.

Je lui envoyai Lilian et me mis en quête de Sylvie. Elle occupait une petite chambre privée où Lilian avait espéré qu'elle trouverait le sommeil. Sa petite amie – sa maîtresse, son autre moitié, peu importe comment vous voulez l'appeler – l'y avait rejointe. Jason l'avait appelée. Elle se nommait Gwen, et jusque-là, je n'étais même pas au courant de son existence.

Tandis que je longeais le couloir, sa voix me parvint très clairement.

— Tu dois lui dire, Sylvie. Tu le dois.

Je n'entendis pas la réponse de Sylvie, mais mes talons hauts n'étaient pas particulièrement silencieux. Les deux femmes savaient que j'approchais.

La porte de la chambre était ouverte. Lorsque j'entrai, Gwen me regarda, et Sylvie détourna les yeux pour ne pas avoir à le faire. La taie blanche de son oreiller encadrait ses cheveux bruns très courts et très frisés. Même si elle mesure huit centimètres de plus que moi, elle semblait terriblement fragile dans son petit lit d'hôpital.

Assise à son chevet dans une chaise à dossier droit, Gwen tenait une de ses mains dans les deux siennes. Elle avait de longs cheveux blonds ondulés, de grands yeux marron et un visage délicat – l'apparence coquette et suprêmement féminine d'une poupée de porcelaine. Mais l'intensité de son expression et l'intelligence de son regard faisaient presque vibrer ma peau. Gwen était psychologue. Elle aurait eu beaucoup de charisme même sans les minces volutes d'énergie lycanthropique qui l'enveloppaient comme un parfum.

— Que dois-tu me dire, Sylvie ? interrogeai-je.

— Comment savez-vous que je parlais de vous ? répliqua Gwen.

— Mettez ça sur le compte de mon intuition.

Elle tapota la main de sa compagne.

— Vas-y, dis-lui.

Sylvie tourna la tête vers moi, mais continua à éviter mon regard. Je m'adossai au mur et attendis. Le pistolet-mitrailleur s'enfonça dans mes reins, m'empêchant d'appuyer davantage mes épaules et ma nuque contre le mur. Pourquoi ne m'en étais-je pas débarrassée ? Parce qu'il suffit de poser son flingue quelque part pour en avoir besoin dans la minute qui suit. J'avais confiance en la parole du Voyageur, mais pas assez pour parier ma vie dessus.

Le silence se répandit dans la petite pièce jusqu'à ce que le bourdonnement de l'air conditionné résonne aussi fort à mes oreilles que les pulsations de mon sang. Enfin, Sylvie me dévisagea.

— Le Maître des Bêtes a ordonné au frère de Stephen de me violer. (Elle baissa le nez et le releva ; la colère monta dans ses yeux comme un raz de marée.) Gregory a refusé.

Je ne me donnai pas la peine de dissimuler ma surprise.

— Je croyais qu'il avait joué dans bon nombre des films pornos de Raina.

— Oui, acquiesça doucement Sylvie.

Je voulais demander depuis quand il faisait le difficile, mais ça semblait un peu cru. Aussi cherchai-je un autre moyen de formuler ma question.

— Depuis quand s'est-il laissé pousser une conscience ?

— Je ne sais pas. (Sylvie scrutait le drap, agrippant les mains de Gwen comme si le pire était encore à venir.) Il a refusé d'aider les autres à me torturer. Le Maître des Bêtes a dit qu'il le punirait. Gregory n'a pas cédé. Il a dit que Zane lui avait dit que tu étais leur nouvel alpha. Que les accords conclus par Elizabeth ne liaient plus leurs semblables. Que c'était à toi qu'il devait s'adresser désormais.

Sylvie dégagea sa main de celles de Gwen et me dévisagea. Ses yeux marron étaient furieux, mais pas contre moi.

— Tu ne peux pas être leur chef et notre lupa. Tu ne peux pas être les deux. Gregory a menti.

Je soupirai.

— Je crains que non.

— Mais comment... ?

—Écoute, il est tard, et nous sommes tous fatigués. Contentons-nous de la version abrégée. J'ai tué Gabriel, ce qui, techniquement, fait de moi le chef des léopards-garous. Zane m'a reconnue comme telle après que je lui ai logé quelques balles ordinaires dans la peau.

—Pourquoi ne l'as-tu pas buté ?

—Parce que c'était plus ou moins ma faute. Je n'avais pas compris ce que ça signifiait de les laisser privés de chef. Quelqu'un aurait dû m'informer des conséquences de mon geste, me dire qu'ils deviendraient des proies.

—Je voulais qu'ils souffrent.

—On m'a dit que tu voulais leur mort à tous : que si tout s'était passé comme tu le désirais, la meute les aurait traqués et exterminés jusqu'au dernier.

—Oui, acquiesça Sylvie. Oui, je voulais leur mort à tous.

—Je sais qu'ils ont aidé à punir plusieurs membres de la meute, dont toi.

Elle secoua la tête et se couvrit les yeux de ses mains. Je mis quelques instants à voir qu'elle pleurait.

—Tu ne comprends pas. Quelque part là dehors circule un film de moi. Un film des léopards en train de me violer.

Elle baissa les mains et me regarda de ses yeux pleins de larmes. La rage et la douleur qui se lisaient sur ses traits étaient presque insoutenables.

—Je ne faisais pas le poids face à Marcus et Raina. Ça a été ma punition. Raina voulait faire un exemple pour les autres. Et ça a marché. Après ça, tout le monde avait peur. Plus personne n'osait se dresser contre eux.

J'ouvris la bouche, la refermai et dis enfin :

—Je ne savais pas.

—Maintenant, comprends-tu pourquoi je souhaite leur mort ?

—Oui.

—Gregory m'avait déjà violée une fois. Pourquoi a-t-il refusé de recommencer? Pourquoi n'a-t-il pas voulu me faire de mal ce soir?

—S'il pense vraiment que je suis son nouveau chef, il doit savoir comment j'aurais réagi.

—Tu étais sincère tout à l'heure? Quand tu as dit que tu les tuerais tous?

—Oh que oui.

—Dans ce cas, Gregory avait raison.

Je fronçai les sourcils.

—Que veux-tu dire?

—Il a affirmé que tu étais leur *léopard lionné*.

—Je ne connais pas cette expression.

—C'est un terme d'héraldique française, intervint Gwen. Il désigne un félin rampant sur un blason : le symbole d'un guerrier courageux et généreux ayant accompli une bonne action. Dans le cas présent, un protecteur ou un vengeur. Gabriel était un *lion passant*, un félin dormant. Il dirigeait mais ne protégeait pas. Concrètement, Gregory n'a pas juste refusé de faire du mal à Sylvie : il a dit au Maître des Bêtes que s'il lui arrivait quoi que ce soit, tu viendrais à son secours.

—Comment puis-je être leur *léopard lionné* alors que je ne suis pas un léopard?

—Comment peux-tu être notre lupa alors que tu n'es ni un loup ni la maîtresse de notre Ulfric? répliqua Sylvie.

Là, elle me tenait.

Des larmes fraîches coulèrent sur ses joues.

—Voyant qu'il ne tirerait rien de Gregory, Padma a ensuite demandé à Vivian de me... faire des choses. Il a dit que j'aimais les femmes, et que ça me délierait peut-être la langue. Bien qu'étant son esclave pendant la durée de son séjour à Saint Louis, Vivian a refusé en invoquant la même raison que Gregory.

Je me souvins du regard effrayé de Vivian, de ses yeux qui m'avaient implorée de l'aider.

— Et merde! Elle s'attendait vraiment que je la tire des griffes de cet affreux, comprenai-je.

Sylvie se contenta d'acquiescer.

— Oui, dit Gwen.

— Et merde, répétai-je.

— Honnêtement, je n'y ai pensé que lorsque nous avons été dans la Jeep, déclara Sylvie. Je te jure que ça ne m'est pas venu à l'esprit avant. Mais même alors, je n'ai rien dit, parce que je voulais qu'ils souffrent. Je ne peux pas arrêter de les haïr juste comme ça, tu comprends?

Je comprenais.

— Toi et moi, on a quelque chose en commun. On est toutes les deux rancunières à mort. Donc – oui, je comprends, mais je ne peux pas les abandonner comme ça. Pas s'ils s'attendent que je les sauve.

Sylvie essuya ses larmes.

— Tu ne peux pas y retourner ce soir. Tu ne peux rien faire de plus.

— Oh, je n'ai pas l'intention de me battre de nouveau ce soir, la rassurai-je.

— Mais tu as l'intention de faire quelque chose.

Elle semblait inquiète. Je souris.

— Oui.

Gwen se leva.

— Ne faites pas l'idiote, Anita.

Je secouai la tête.

— Je suis bien au-delà de l'idiotie. (Je me dirigeai vers la porte, m'arrêtai sur le seuil et jetai un coup d'œil aux deux femmes par-dessus mon épaule.) Au fait, Sylvie… Ne défie jamais Richard.

Elle écarquilla les yeux.

— Comment as-tu su?

Je haussai les épaules.

—Peu importe. Tout ce qui compte, c'est que si tu le tues, je te tuerai ensuite.

—Ce serait un combat à la loyale.

—Je m'en fiche.

—Tu ne l'as pas vu récemment, Anita. Il est au bord du gouffre. Tu peux m'interdire de le défier, mais tôt ou tard, d'autres le feront à ma place, et ils ne s'occuperont pas de la meute aussi bien que moi.

—Dans ce cas, c'est valable pour tout le monde. Si quelqu'un tue Richard, je le tuerai ensuite. Pas de défi, pas de combat à la loyale : je l'abattrai purement et simplement.

—Tu ne peux pas faire ça, protesta Sylvie.

—Bien sûr que si. Souviens-toi, je suis la lupa.

—En interdisant les combats de succession, vous sapez l'autorité de Richard, fit remarquer Gwen. C'est comme si vous affirmiez que vous le croyez incapable de diriger la meute.

—Aujourd'hui même, deux membres de la meute m'ont raconté que Richard est devenu incontrôlable – qu'il est quasiment suicidaire. Qu'il s'est enfermé dans sa haine de lui-même, dans son dégoût de sa bête et dans mon rejet de lui. Je ne le laisserai pas mourir juste parce que j'ai choisi quelqu'un d'autre, clamai-je. Dans quelques mois, quand il ira mieux, je m'effacerai et je le laisserai se débrouiller seul. Mais pas maintenant.

—Je transmettrai le message.

—Je compte sur vous.

—Tu vas essayer de faire sortir les léopards ce soir, n'est-ce pas ? insista Sylvie.

Je n'arrêtais pas de revoir les ecchymoses sur le corps de Vivian, la supplication dans ses yeux.

—Ils s'attendaient que je les sauve, et je ne l'ai pas fait.

—Vous ne saviez pas, dit Gwen.

—Maintenant, je sais.

— Tu ne peux pas sauver tout le monde, déclara Sylvie.

— Il faut bien que je m'occupe, grimaçai-je.

Je fis mine de sortir, mais Gwen me rappela. Je me retournai vers elle.

— Dis-lui le reste, intima-t-elle doucement à Sylvie.

Sa petite amie refusait de me regarder. Les yeux rivés sur le drap qui la recouvrait, elle lâcha :

— Quand Vivian a refusé de me faire du mal, ils ont appelé Liv.

Elle leva la tête. Des larmes brillaient dans ses yeux.

— Elle a utilisé des… accessoires sur moi. Elle m'a fait des choses.

De nouveau, elle se couvrit le visage de ses mains et roula sur le flanc en pleurant.

Mon regard croisa celui de Gwen. Son expression était tellement haineuse qu'elle me fit peur.

— Vous devez savoir qui tuer.

Je hochai la tête.

— Elle ne quittera pas Saint Louis vivante.

— Et l'autre ? Le fils du membre du Conseil ?

— Lui non plus.

— Promettez-le-moi.

— Je l'ai déjà fait.

Je laissai les deux femmes et me mis en quête d'un téléphone. Je voulais parler à Jean-Claude avant de faire quoi que ce soit. Il avait emmené les autres chez moi. Je leur avais suggéré de barricader les fenêtres du sous-sol pour que les vampires puissent y passer la journée en sécurité. Le Voyageur avait refusé de les laisser emporter leurs cercueils. De toute façon, vous avez déjà essayé de louer un camion en pleine nuit ?

Qu'allais-je faire pour les léopards ? Que je sois damnée si j'en avais la moindre idée.

# CHAPITRE 22

La voix de Jean-Claude flotta jusqu'à moi depuis l'autre bout de la ligne. Depuis mon téléphone. Depuis ma maison. Il n'y avait encore jamais mis les pieds avant ce soir.

— Que se passe-t-il, ma petite ? Jason m'a dit que ça semblait urgent.

Je lui racontai tout. Il garda le silence si longtemps que je me sentis obligée de réclamer :

— Parlez-moi, Jean-Claude.

— Envisages-tu réellement de nous mettre tous en danger pour l'amour de deux personnes – une que tu ne connaissais pas avant ce soir, et l'autre que je t'ai entendue décrire comme un gaspillage d'espace ?

— Je ne peux pas laisser Vivian et Gregory là-bas s'ils s'attendaient que je les libère.

— Ma petite, ma petite… Ta noblesse t'honore. Mais nous ne pouvons pas les sauver. Demain soir, les envoyés du Conseil se lanceront à nos trousses, et nous ne pourrons peut-être pas nous sauver nous-mêmes.

— Je croyais qu'ils n'étaient pas venus pour nous tuer.

— Padma le ferait s'il le pouvait. Il est le plus faible des membres du Conseil, et je crois qu'il a peur de nous.

— C'est le Voyageur que nous devons convaincre.

— Non, ma petite, me détrompa Jean-Claude. Les membres du Conseil sont au nombre de sept – un chiffre impair, afin qu'une question en suspens puisse toujours être réglée par un vote. Il est vrai qu'en ce qui nous concerne,

Padma et le Voyageur voteraient l'un contre l'autre, comme ils le font systématiquement depuis des siècles. Mais Yvette est ici pour représenter son seigneur, Mort d'Amour. Et même si elle déteste Padma, je pense qu'elle me déteste encore plus. Sans compter que Balthazar pourrait persuader le Voyageur de se retourner contre nous. Si cela se produisait, nous serions perdus.

— Et les autres ? Ils représentent quelqu'un, eux aussi ?

— Asher parle au nom de Belle Mort, à la lignée de laquelle nous appartenons tous les deux.

Mes épaules s'affaissèrent.

— Et il vous hait. Nous sommes foutus.

— À mon avis, ce n'était pas innocent de leur part de nous envoyer quatre personnes. Ils veulent que j'accepte le siège du Trembleterre ; donc, je pourrais être la cinquième voix.

Si le Voyageur vous soutient, et si Yvette déteste Padma plus que vous…

— Ma petite, si j'agis comme membre votant du Conseil, les autres attendront de moi que je rentre en France pour prendre ma place parmi eux.

— En France ? répétai-je.

Jean-Claude éclata d'un rire qui glissa le long de la ligne téléphonique comme une caresse tiède.

— Ce n'est pas de quitter notre douce ville de Saint Louis qui m'effraie, ma petite. Si notre triumvirat était en pleine possession de ses pouvoirs, il me serait peut-être – je dis bien : peut-être – possible d'apparaître comme assez redoutable pour que d'éventuels prétendants à un siège choisissent de défier quelqu'un d'autre.

— Êtes-vous en train de dire que sans la quatrième marque, notre triumvirat est inutile ?

Il y eut un silence si long et si profond que je finis par m'impatienter.

—Jean-Claude?

—Je suis là, ma petite. La quatrième marque ne nous rendra pas plus puissants à moins que Richard se soigne.

—Vous voulez dire, qu'il renonce à me haïr.

—Sa jalousie à notre égard est effectivement un problème, mais ce n'est pas le seul. L'ardeur avec laquelle il hait la bête en lui l'affaiblit. Affaiblit un maillon d'une chaîne, et elle risque de se briser.

—Étiez-vous au courant de ce qui s'est passé au sein de la meute ces dernières semaines?

—Richard a interdit à ses loups de me parler sans sa permission. Comme il a dû leur interdire de te parler, me semble-t-il. Parce que, je cite, « ce ne sont pas mes oignons ».

—Je suis étonnée que vous n'ayez pas forcé Jason à vous parler quand même.

—As-tu vu Richard depuis un mois?

—Non.

—Moi, oui. Il est à bout, ma petite. Je n'ai pas eu besoin que Jason me le dise: n'importe qui aurait pu le voir. Ses tourments intérieurs seront considérés comme une faiblesse au sein de la meute. Et la faiblesse attire les lycanthropes comme le sang attire les vampires. Tôt ou tard, l'un d'eux le défiera.

—Deux lukoi viennent de me dire qu'ils ne pensent pas que Richard se battra. Qu'il se laissera bêtement tuer. Et vous, vous y croyez?

—Qu'il se suiciderait faute de se défendre avec assez de conviction? Mmmh. (Jean-Claude réfléchit quelques instants.) Je n'avais même pas envisagé cette éventualité, ma petite. Sinon, je m'en serais ouvert à toi. Je ne souhaite pas de mal à Richard.

—Ben voyons..., raillai-je.

—Il est le troisième membre de notre triumvirat, ma petite. Il est dans mon propre intérêt qu'il reste heureux et en bonne santé. J'ai besoin de lui.

—Comme vous avez besoin de moi.

Jean-Claude éclata d'un rire bas et profond, et même au téléphone, je le sentis me picoter la peau.

—Oui, ma petite. Richard ne doit pas mourir. Mais pour surmonter son désespoir, il doit étreindre sa bête. Je ne peux pas l'y aider. J'ai essayé, et il refuse de m'écouter. Il accepte juste le nécessaire pour ne pas envahir tes rêves, et réciproquement, mais ceci mis à part, il n'attend rien de nous. Du moins, rien qu'il soit prêt à admettre.

—Qu'est-ce que c'est censé signifier ?

—C'est de ta tendre miséricorde qu'il a besoin, ma petite.

—Quelle tendre miséricorde ?

—Si tu pouvais accepter sa bête, l'accepter complètement, je crois que ça changerait pas mal de choses pour lui.

—Je ne peux pas, Jean-Claude. J'aimerais pouvoir, mais je ne peux pas. Je l'ai vu manger Marcus. Je…

Je n'avais vu Richard se transformer qu'une seule fois. Blessé durant son combat contre Marcus, il s'était écroulé sur moi. Je m'étais retrouvée coincée sous lui pendant que ses poils jaillissaient, que ses muscles et ses os se reconfiguraient. Un liquide clair s'était répandu sur moi en une douche presque brûlante. Si je m'étais contentée d'y assister de loin, ça aurait été différent. Mais sentir son corps qui me clouait à terre faire des choses qu'aucun corps humain n'est censé faire… Ça avait été trop pour moi.

Si Richard avait géré l'affaire différemment, si je l'avais vu se transformer depuis une distance qui m'aurait permis de rester calme et détachée, et de me rapprocher progressivement de lui au propre comme au figuré… Peut-être. Mais les choses ne s'étaient pas déroulées ainsi, et je ne pouvais pas l'oublier. Quand je fermais les yeux, je voyais encore sa forme mi-homme mi-loup avaler une grosse bouchée de la chair rouge et sanglante de Marcus.

Je m'adossai au mur en agrippant le combiné coincé dans le creux de mon épaule, et en me balançant sur mes talons d'une façon qui me rappela Jason dans le couloir. Je me forçai à m'immobiliser. Je voulais oublier. Je voulais accepter Richard. Mais je ne pouvais pas.

—Ma petite, ça va?

—Ouais, au poil.

Jean-Claude laissa filer. Il devenait vraiment malin, du moins, en ce qui me concernait.

—Je ne voulais pas te mettre dans tous tes états.

—J'ai fait ce que je pouvais pour Richard de mon côté.

Je lui répétai ce que j'avais déjà dit aux loups.

Tu me surprends, ma petite. Je pensais que tu ne voulais plus rien avoir à faire avec les lukoi.

—Je ne veux pas que Richard meure parce que je lui ai brisé le cœur.

—S'il mourait maintenant, tu te sentirais responsable, n'est-ce pas?

—Oui.

Jean-Claude prit une profonde inspiration et la relâcha dans un grand soupir. Qui me fit frissonner sans raison.

—À quel point souhaites-tu aider les léopards-garous?

—C'est quoi, cette question?

—Une question importante. Qu'es-tu prête à risquer pour eux? Qu'es-tu prête à endurer?

—Vous avez quelque chose de spécifique en tête, pas vrai?

—Padma accepterait sans doute d'échanger Vivian contre toi. Et nous pourrions obtenir la liberté de Gregory contre celle de Jason.

—Je remarque que vous ne vous offrez pas en sacrifice.

—Padma ne voudrait pas de moi, ma petite. Il n'aime ni les hommes, ni les autres vampires. Il préfère une compagnie chaude et féminine.

—Dans ce cas, pourquoi Jason ?

—Parce qu'un loup-garou contre un léopard-garou, ça lui paraîtrait sans doute équitable.

—À lui, mais pas à moi. Nous n'échangerons pas un otage contre un autre, et je ne me livrerai sûrement pas à ce monstre.

—Tu vois, ma petite. Tu n'endurerais pas cela. Et tu ne risquerais pas la vie de Jason pour sauver celle de Gregory. Je repose ma question : qu'es-tu prête à risquer exactement ?

—Ma vie, mais seulement si j'ai une bonne chance de m'en tirer vivante. Pas de sexe, sous aucun prétexte. Pas d'échange d'otages. Personne d'autre ne sera violé ou écorché vif à cause de moi. Ça vous suffit ?

—Padma et Fernando seront déçus, mais les autres accepteront peut-être. Je ferai de mon mieux dans les limites que tu m'as imparties.

—Pas de viols, pas de mutilations, pas de pénétration, pas d'otages, c'est si restrictif que ça ?

—Lorsque nous aurons survécu à tout ceci et que les envoyés du Conseil seront rentrés chez eux, je te parlerai du temps où je vivais à la Cour. J'ai assisté à des spectacles dont le seul récit pourrait te donner des cauchemars.

—C'est rassurant de savoir que vous pensez que nous allons survivre.

—J'ai bon espoir que nous y parvenions.

—Mais vous n'en êtes pas certain.

—Rien n'est jamais certain, ma petite, pas même la mort.

Là, il marquait un point.

Mon bipeur sonna, et je sursautai. Nerveuse, moi ?

—Tu vas bien, ma petite ?

—Mon bipeur vient de sonner.

Je consultai le numéro. C'était celui de Dolph.

—C'est la police. Il faut que je rappelle.

—Je vais commencer les négociations avec les envoyés du Conseil, ma petite. S'ils en demandent trop, je laisserai tes léopards là où ils sont.

—Maintenant qu'il pense qu'elle m'appartient, Padma n'hésitera pas à tuer Vivian. Avant, il l'aurait peut-être fait de toute façon, mais ça aurait été un accident. Si nous ne la faisons pas sortir de là, ce sera intentionnel.

—Une seule rencontre avec lui, et tu crois déjà si bien le connaître?

—Vous pensez que je me trompe?

—Non, ma petite. Je pense que tu as mis en plein dans le mille.

—Faites-les sortir de là, Jean-Claude. Passez le meilleur accord possible.

—Ai-je ta permission d'utiliser ton nom?

—Oui.

Mon bipeur sonna une deuxième fois. Dolph s'impatientait, pour changer un peu.

—Il faut que j'y aille, Jean-Claude.

—Très bien, ma petite. Je négocierai en notre nom à tous.

—Merci. Encore une chose…

—Oui?

—Vous ne comptez pas retourner au *Cirque* ce soir, n'est-ce pas? Je ne veux pas que vous alliez là-bas tout seul.

—J'utiliserai le téléphone, si tu préfères.

—Je préfère.

—Tu n'as pas confiance en eux.

—C'est le moins qu'on puisse dire.

—Si jeune et déjà si sage…

—Si jeune et déjà si méfiante, vous voulez dire.

—Aussi, gloussa Jean-Claude. Et s'ils refusent de négocier par téléphone?

—Dans ce cas, laissez tomber.

— Tu as dit que tu étais prête à risquer ta vie, ma petite.

— Je n'ai pas dit que j'étais prête à risquer la vôtre.

— Ah! Je t'aime, ma petite.

— Je vous aime aussi.

Jean-Claude raccrocha le premier, et je composai le numéro de Dolph. En espérant qu'il avait une petite enquête bien peinarde à me proposer.

On peut toujours rêver, non?

# CHAPITRE 23

Le temps que j'arrive à l'*Offrande Brûlée*, la victime avait été transportée à l'hôpital. De tous les établissements vampiriques récents, celui-ci est l'un de mes préférés. Il se trouve loin du quartier vampirique, à des kilomètres des autres bars, restaurants et boîtes de nuit tenus par des buveurs de sang.

Dès que vous franchissez le seuil, Oliver Reed et Bette Davis vous toisent depuis une affiche du film *Offrande Brûlée*, sorti en 1970. Près du comptoir se dresse une effigie en cire grandeur nature de Christopher Lee dans son costume de Dracula. Tout un mur est recouvert de caricatures de stars de films d'horreur des années 1960 et 1970, depuis le sol au plafond, sans aucune table pour obstruer la vue. En revanche, il n'est pas rare que les clients se massent devant, essayant d'identifier les acteurs. À minuit, celui qui a obtenu le meilleur score gagne un repas gratuit pour deux personnes.

L'*Offrande Brûlée* est le royaume de l'esbroufe. Quelques-uns des serveurs sont de vrais vampires, mais les autres font juste semblant. Pour certains, c'est un boulot comme un autre, à ceci près que leur uniforme comprend un dentier en plastique. Pour le reste, c'est une occasion rêvée de changer de peau. Ils se font poser des canines en céramique et bossent dur pour adopter le maniérisme des vrais vampires. De temps en temps, on peut apercevoir parmi eux une momie, un loup-garou ou un monstre de Frankenstein. À ma connaissance, ce sont tous des faux. Si un métamorphe voulait sortir du placard, il pourrait se faire davantage de fric dans des établissements d'un genre plus exotique.

L'*Offrande Brûlée* est toujours bondé. Je ne sais pas si Jean-Claude est consterné de ne pas y avoir pensé le premier, ou s'il trouve juste cet endroit embarrassant pour la communauté vampirique – un peu vulgaire. Personnellement, j'adore. Depuis la bande-son de maison hantée jusqu'aux steaks Bela Lugosi, servis saignants sauf réclamation contraire. Bela est l'une des rares exceptions au décor de films des années 1960 et 1970. Dans un resto à thème «horreur», difficile de négliger le Dracula cinématographique originel.

Vous n'avez pas vraiment vécu tant que vous n'êtes pas venu ici un vendredi pour la soirée Karahorreur. Une fois, j'ai emmené Ronnie: Veronica Sims, détective privé et ma meilleure amie. On s'est éclatées.

Mais revenons à notre corps. Ou plutôt, à notre victime. Cela dit, si le barman avait été un peu moins rapide au dégainé d'extincteur, ça aurait effectivement été un corps.

L'inspecteur Clive Perry était chargé de l'affaire. Grand et mince, il ressemble un peu à Denzel Washington, sans les épaules de déménageur. C'est l'une des personnes les plus polies que j'aie jamais rencontrées. Je ne l'ai jamais entendu crier, et je ne l'ai vu perdre son sang-froid qu'une seule fois – quand un gros flic blanc a braqué son flingue sur le «sale Nègre». Et même alors, c'est moi qui ai mis ce connard en joue. Moi qui étais prête à lui tirer dessus pendant que Perry essayait encore de calmer le jeu. Peut-être que j'en ai fait un peu trop. Peut-être pas. En tout cas, personne n'est mort.

Perry se tourna vers moi en souriant et me salua d'une voix douce.

— Mademoiselle Blake, c'est bon de vous voir.

— Et réciproquement, inspecteur.

Il me fait toujours cet effet-là. Il est tellement bien élevé que je me sens obligée de l'imiter. Je ne suis jamais aussi aimable avec personne d'autre.

Nous nous trouvions dans la partie bar de l'établissement, non loin du Dracula en cire qui nous toisait de toute sa hauteur. Le barman était un type du nom de Harry, qui avait de longs cheveux auburn et un clou en argent dans le nez. Il semblait très jeune, très branché, et se souvenait probablement de la charte de Jamestown, même si son accent anglais indiquait qu'il était arrivé dans le pays bien après le XVIIe siècle. Il polissait son comptoir comme si sa vie en dépendait. Et malgré son expression soigneusement neutre, je voyais bien qu'il était nerveux. Je ne pouvais pas l'en blâmer. Outre qu'il fait office de barman, Harry est l'un des proprios de l'*Offrande Brûlée*.

Une femme avait été attaquée par un client vampire. Le genre d'incident mauvais pour les affaires. Elle lui avait lancé son verre à la figure et l'avait enflammé avec son briquet. Une réaction ingénieuse en cas d'urgence. Les vampires brûlent quasiment aussi bien que du papier. Mais l'*Offrande Brûlée* est un établissement tranquille, qui accueille surtout des familles de touristes. On ne s'attend pas à devoir y recourir à des mesures aussi extrêmes. Peut-être qu'elle avait paniqué…

— Les témoins affirment qu'elle semblait assez amicale jusqu'à ce qu'il s'approche un peu trop d'elle, rapporta Perry.

— Est-ce qu'il l'a mordue? interrogeai-je.

Perry acquiesça.

— Et merde.

— Mais elle l'a allumé, Anita. Au sens propre du terme. Il est salement amoché. Il se peut qu'il ne s'en remette pas. Qu'a-t-elle pu lui lancer dessus pour lui causer aussi rapidement des brûlures au troisième degré?

— Qu'entendez-vous par « aussi rapidement » ?

Il consulta ses notes.

— En quelques secondes.

Je pivotai vers Harry.

— Que buvait-elle ?

Il ne me demanda pas de qui je parlais.

— Un whisky sec, répondit-il. Notre meilleur.

— Avec une forte teneur en alcool ?

— Ouais.

— Ça aurait pu suffire, dis-je à Perry. Une fois enflammés, les vampires brûlent jusqu'à ce qu'il ne reste plus rien d'eux. Ils sont hautement combustibles.

— Donc, elle ne s'est pas pointée ici avec un genre d'accélérateur ?

— Vous voulez dire, un comburant ? (Je secouai la tête.) Elle n'en a pas eu besoin. Ce qui ne me plaît pas, c'est qu'elle ait eu le réflexe de foutre le feu à son whisky. S'il avait été humain et s'était montré un peu trop entreprenant, elle se serait contentée de lui balancer son verre à la figure et d'appeler à l'aide.

— Il l'a bel et bien mordue, insista Perry.

— Si l'idée qu'un vampire puisse lui planter ses crocs dans le cou lui répugnait tellement, elle n'aurait pas fait ami-ami avec lui dans un bar. Quelque chose cloche.

— Je suis aussi de cet avis, mais je ne vois pas quoi. Si le vampire survit à ses blessures, il sera arrêté pour agression.

— J'aimerais voir la femme.

— Dolph l'a conduite aux urgences pour qu'on panse sa morsure ; ensuite, il l'a emmenée au central. Il a dit que vous pouviez passer si vous vouliez l'interroger.

Il était tard, et j'étais crevée, mais cette affaire sentait le bouc. Je reportai mon attention sur le comptoir.

Elle était venue se chercher un buveur de sang ?

Harry secoua la tête.

— À l'origine, elle était entrée passer un coup de fil. Puis elle s'est assise pour boire un coup. Elle était franchement canon. Il n'a pas fallu longtemps pour que quelqu'un vienne la brancher. Manque de bol pour elle, c'était un vampire.

—Ouais. Manque de bol. Mais pour qui ? marmonnai-je.

Harry continuait à frotter le comptoir avec son chiffon, en décrivant de petits cercles, mais ses yeux étaient rivés sur moi.

—Si elle nous fait un procès, c'est la faillite assurée.

—Elle ne vous fera pas de procès.

—Va dire ça au *Crematorium* de Boston. Une nana s'est fait mordre là-bas ; elle a attaqué les proprios en justice, et ils ont dû fermer boutique. Des manifestants anti-vampires campaient sur le pas de leur porte.

Je tapotai la main d'Harry, et il se figea. Sa peau avait la dureté du bois, comme celle de tous les vampires quand ils n'essaient pas de se faire passer pour humains. Je soutins son regard sombre. Son visage était aussi immobile et inexpressif que du verre.

—Je vais parler à la soi-disant victime.

Il me regarda.

—Ça ne servira à rien, Anita. Elle est humaine. Nous ne le sommes pas. Rien de ce qu'ils pourront décider à Washington n'y changera quoi que ce soit.

Je retirai ma main et résistai à l'envie de l'essuyer sur ma robe. Je n'aime pas le contact des vampires quand ils se pétrifient. Au toucher, leur chair ressemble à du plastique – comme celle des dauphins, mais en plus dur. Comme s'il n'y avait pas de muscles en dessous, comme s'ils étaient taillés tout d'un bloc à l'instar des arbres.

—Je ferai ce que je pourrai, Harry.

—Nous sommes des monstres, Anita. Nous serons toujours des monstres. J'adore pouvoir me balader dans la rue comme n'importe qui, mais ça ne durera pas.

—Peut-être que oui, peut-être que non. Occupons-nous de ce problème-là avant d'en emprunter un autre, d'accord ?

Harry hocha la tête et s'éloigna pour ranger des verres.

— Vous avez fait preuve de beaucoup de compassion, commenta Perry.

N'importe quel autre membre de la brigade aurait ajouté que ça ne me ressemblait pas. Évidemment, n'importe quel autre membre de la brigade m'aurait taquinée au sujet de ma robe. J'allais devoir me rendre au central de la BRIS. Dolph y serait, et Zerbrowski aussi, probablement. Eux, ils sauraient quoi dire sur ma robe.

# CHAPITRE 24

À 3 heures du matin, je me retrouvai au quartier général de la Brigade régionale d'Investigations surnaturelles. Une autre unité nous avait fait fabriquer des badges marqués «Brigade des Ombres», dont les lettres dégoulinaient comme du sang. Ils existaient en rouge ou en vert, au choix. Zerbrowski les avait distribués, et nous les portions tous, Dolph y compris. Le premier vampire que nous avions tué juste après ça était arrivé à la morgue avec un badge épinglé sur sa chemise. Nous n'avions jamais démasqué le coupable, mais j'aurais parié sur Zerbrowski.

Il m'accueillit sur les marches du bâtiment.

— Si ta robe était fendue deux centimètres plus haut, ce serait une chemise, me lança-t-il en guise de salut.

Je le détaillai de la tête aux pieds. Sa chemise bleu pâle dépassait de son pantalon vert foncé, et sa cravate était si lâche qu'elle ressemblait à un collier de tissu.

— Katie a une dent contre toi en ce moment, ou quoi?

Zerbrowski fronça les sourcils.

— Non, pourquoi?

Je désignai la cravate qui n'était assortie ni à sa chemise, ni à son pantalon.

— Elle t'a laissé sortir dans cette tenue. Alors qu'elle savait que tu n'allais pas à l'Institut des aveugles.

Il grimaça.

— Je me suis habillé dans le noir.

Je tripotai sa cravate ornée de petits bonshommes noirs.

— Je veux bien le croire.

Sans se troubler, Zerbrowski poussa la porte et s'inclina théâtralement.

— La beauté avant l'âge, dit-il en me faisant signe de passer.

Ce fut mon tour de froncer les sourcils.

— Que mijotes-tu ?

Il écarquilla de grands yeux innocents.

— Qui, moi ?

Je secouai la tête et entrai. Il y avait un pingouin en peluche sur chaque bureau. Chaque flic présent répondait au téléphone, classait ses dossiers ou pianotait sur son clavier d'ordinateur. Personne ne me prêtait la moindre attention. Simplement, il y avait un pingouin en peluche sur chaque bureau.

Près d'un an s'était écoulé depuis que Dolph et Zerbrowski avaient découvert ma collection de pingouins en peluche. Les vannes n'avaient pas démarré tout de suite, et j'avais cru m'en être tirée à bon compte. Mais quand Zerbrowski était revenu de son congé maladie après le Nouvel An, les pingouins avaient commencé à apparaître sur chaque scène de crime. Sur les sièges de ma voiture, dans mon coffre. Depuis le temps, mes chers collègues avaient dû claquer plus de deux cents dollars chez *Toys R'Us*.

Je ne savais toujours pas comment réagir. Faire comme si de rien n'était ? Ignorer la dizaine de peluches éparpillées dans la pièce ? Les ramasser une par une et les rapporter à la maison ? Piquer une gueulante ? Si j'avais deviné quelle réaction mettrait un terme à cette petite plaisanterie, je la leur aurais donnée, histoire qu'on n'en parle plus. Jusqu'ici, j'avais essayé d'ignorer les pingouins et de les ramasser. Et ça n'avait rien changé. Au contraire, ça semblait empirer. Je soupçonnais que toute cette histoire culminerait en un bouquet final spectaculaire. J'ignorais lequel, et je n'étais pas certaine de vouloir le découvrir.

— Ravie de voir que tout le monde est si énergique à 3 heures du mat.

— Aucun effort n'est trop grand, aucune heure trop matinale, affirma crânement Zerbrowski.

— Où est Dolph?

— Dans la salle d'interrogatoire avec notre victime.

Quelque chose dans le ton de sa voix me poussa à le dévisager.

— Dolph l'a appelée la « soi-disant victime » au téléphone. Pourquoi est-ce que personne ne la croit?

Zerbrowski sourit.

— Dolph serait en pétard si je crachais le morceau. (Il me fit signe d'un index recourbé.) Viens, fillette. Il y a quelqu'un que tu dois voir.

Je me renfrognai.

— Si c'est une plaisanterie tordue, vous allez m'entendre.

Il me tint la porte et s'effaça pour me laisser passer.

— Aurions-nous interrompu ton rancard avec le comte Dracula?

— Ça ne te regarde pas.

Un chœur de « ooooh » résonna à travers la grande salle. Je sortis sous une nuée de suggestions libidineuses dont une au moins était physiquement impossible à mettre en œuvre, même avec un vampire. Ou bien je considérais ça comme du harcèlement sexuel, ou bien je me résignais à être traitée comme les autres gars de la brigade. La frontière entre les deux est parfois très mince.

Je passai la tête par la porte et lançai :

— Vous êtes juste jaloux.

Ce qui me valut une nouvelle salve de sifflements et de quolibets.

Zerbrowski m'attendait dans l'escalier.

— Je m'interroge. Est-ce que je pourrai mieux mater si je passe devant ou derrière toi ? À mon avis, la vue sera meilleure du dessous.

— Si tu pousses le bouchon trop loin, je rapporterai tout à Katie, menaçai-je.

— Bah, elle sait que je suis un sale pervers.

Zerbrowski commença à descendre les marches en se tordant le coup pour me regarder par-dessus son épaule. Je lui emboîtai le pas en laissant ma robe cacher ce qu'elle pourrait. Quand vous portez une robe fendue pratiquement jusqu'à la taille, même si c'est pour avoir plus facilement accès à votre flingue, ou bien vous supportez que les hommes vous matent, ou bien vous choisissez une autre tenue.

— Comment as-tu convaincu Katie de sortir avec toi ? Pis encore, de t'épouser ?

— Je l'ai fait boire.

J'éclatai de rire.

— Je lui demanderai la prochaine fois que vous m'inviterez à dîner.

Zerbrowski grimaça.

— Oh, elle te racontera sans doute une histoire stupide et romantique. Une pure invention. Ne la crois surtout pas.

Il s'arrêta devant la première salle d'interrogatoire et toqua doucement à la porte.

Dolph vint ouvrir. Sa silhouette massive emplissait tout l'encadrement. Dolph n'est pas juste grand : il est bâti comme un lutteur professionnel. Sa cravate nouée à la perfection plaquait son col de chemise amidonné contre son cou, et le pli de son pantalon de costard gris était toujours impeccable. Sa seule concession à la chaleur et à l'heure tardive était ses manches. Pas de veste. Je crois pouvoir compter sur les doigts d'une main le nombre de fois où j'ai vu Dolph en bras de chemise.

Tous les flics mettent au point une expression blasée ou impavide, parfois légèrement amusée. Et à la longue, ce qui n'était qu'un masque devient leur véritable visage. Un visage qui garde tout à l'intérieur. Un regard vacant qui dissimule tous leurs secrets. Dolph est champion en la matière. Mais ce soir-là, il avait l'air en pétard, et il n'essayait même pas de le cacher. Je ne l'avais encore jamais vu faire cette tête pendant qu'il interrogeait un suspect.

— Que se passe-t-il ? lui demandai-je.

Il fit un pas dans le couloir et referma la porte derrière lui. Puis il secoua la tête.

— Je ne sais pas pourquoi elle m'énerve à ce point.

— Raconte-moi ça.

Il baissa les yeux vers ma robe, comme s'il venait juste de remarquer ma tenue. Son expression s'adoucit, et l'ébauche d'un sourire fit frémir ses lèvres.

— Quelqu'un exerce une très mauvaise influence sur ta garde-robe.

Je me rembrunis.

— J'ai un flingue à la ceinture, d'accord ? Avec les fentes, c'est plus facile de l'attraper.

Je ne me serais pas donné la peine de me justifier devant Zerbrowski, mais Dolph... C'était autre chose.

— Et moi qui espérais que tu voulais nous montrer ta culotte, dit Zerbrowski avec une tristesse feinte.

Le sourire de Dolph s'élargit suffisamment pour que ses yeux se mettent à briller.

— Au moins, si elle la montre, ce sera pour une bonne cause.

Je croisai les bras sur mon ventre.

— Vous avez vraiment un suspect là-dedans, ou vous m'avez fait venir juste pour vous foutre de ma gueule ?

Le sourire de Dolph s'évanouit, cédant de nouveau la place à son expression coléreuse.

— Ce n'est pas un suspect, mais une victime. Je sais que tu as dû discuter avec Perry sur le lieu de l'incident, mais je veux que tu entendes sa version de l'histoire. Ensuite, tu me diras ce que tu en penses.

Sur ce, il ouvrit la porte. C'était du Dolph tout craché : il n'aime pas influencer ses subordonnés. Mais franchement, je trouvais ça un peu brusque. Il ne m'avait même pas laissé le temps d'enfiler mon masque professionnel. Du coup, mon regard croisa celui de la femme avant que j'aie pu effacer toute surprise de mes traits.

Des yeux bleus immenses, des cheveux blonds soyeux, des traits délicats… Pourtant, elle était grande même assise, ça se voyait. Très peu de femmes de plus d'un mètre soixante-dix parviennent à avoir l'air fragile, mais celle-ci y arrivait.

— Mademoiselle Vicki Pierce, je vous présente Anita Blake. J'aimerais que vous lui racontiez votre histoire.

Mlle Pierce cligna des paupières, et des larmes embuèrent ses grands yeux bleus. Mais sans tomber : elles se contentèrent de scintiller comme des joyaux, soulignant la couleur de ses iris. Elle les tamponna avec un Kleenex. Un bandage ornait le côté de son cou.

— Divisionnaire Storr, je vous ai déjà raconté ce qui s'est passé. Je vous l'ai raconté encore et encore. (Une larme unique roula sur sa joue.) Je suis si fatiguée, et cette nuit a été si éprouvante… Faut-il que je recommence encore une fois ?

Elle se pencha vers lui, coudes collés au corps et poings plaqués sur sa poitrine en une attitude défensive, suppliante. Beaucoup d'hommes auraient cédé sous la pression de ces grands yeux candides. Dommage pour elle : Dolph était immunisé à ce genre de numéro.

— Une dernière fois pour Mlle Blake.

Par-dessus mon épaule, le regard de la jeune femme se posa sur Zerbrowski.

— Je vous en prie. Je suis si fatiguée…

Zerbrowski s'adossa au mur.

— C'est lui le chef.

Elle avait tenté d'utiliser ses charmes, et ça n'avait pas marché. En un clin d'yeux bleus, elle bascula vers l'option solidarité féminine.

— Vous êtes une femme, mademoiselle Blake. Vous savez ce qu'on ressent quand on se retrouve seule au milieu de tous ces… (Elle baissa la voix.)… Hommes.

Elle observa le plateau de la table, puis releva les yeux. Des larmes ruisselaient le long de sa peau parfaite.

C'était une performance digne d'un Oscar. Je réprimais mon envie d'applaudir. J'allais d'abord essayer la compassion. Je pourrais toujours recourir aux sarcasmes plus tard.

Je contournai la table et posai mes fesses sur le bord sans vraiment m'asseoir. Je ne me trouvais qu'à quelques centimètres d'elle – une invasion caractérisée de son espace personnel. Je lui tapotai l'épaule et souris, même si je n'étais pas assez bonne actrice pour que mon sourire monte jusqu'à mes yeux.

— Vous n'êtes plus seule à présent, mademoiselle Pierce. Je suis là. Je vous en prie, racontez-moi ce qui s'est passé.

— Êtes-vous avocate ?

Si elle réclamait un avocat et qu'elle insistait, l'interrogatoire serait terminé. Je m'agenouillai devant elle et pris ses mains tremblantes dans les miennes. Puis je levai les yeux vers elle. Je n'arrivais pas à avoir l'air compatissant ; du moins semblais-je intéressée. Je concentrai toute mon attention sur elle. Scrutai son visage comme si je voulais graver chacun de ses traits dans ma mémoire et dis :

— Je vous en prie, Vicki, laissez-moi vous aider.

Ses mains s'étaient immobilisées sous les miennes. Elle me regardait avec ses grands yeux bleus comme une biche qui avait senti le fusil mais pensait que si elle ne bougeait pas, le chasseur s'abstiendrait de tirer. Elle hocha la tête, pour elle plus que pour moi. Puis elle m'agrippa les mains.

— Ma voiture est tombée en panne, m'expliqua-t-elle avec des trémolos de sincérité dans la voix. Je suis entrée dans le bar pour passer un coup de fil. (Elle baissa la tête pour se dérober à mon regard.) Je sais que je n'aurais pas dû faire ça. Une femme seule dans un bar, au beau milieu de la nuit… C'est comme si elle cherchait les ennuis. Mais il n'y avait pas de cabine dans la rue.

Je n'eus pas à faire semblant d'être outrée.

—Vous avez le droit d'aller où vous voulez à l'heure que vous voulez, Vicki. Que vous soyez une femme n'y change rien.

De nouveau, elle me dévisagea attentivement. Je voyais presque les rouages tourner à l'intérieur de son crâne. Elle pensait me tenir. Dieu, qu'elle était jeune.

Ses doigts se crispèrent sur les miens, et un léger tremblement remonta le long de ses bras.

—J'ai demandé à un de mes amis de venir jeter un coup d'œil à ma voiture. Je suis étudiante, et je n'ai pas beaucoup d'argent. Je ne voulais pas appeler une dépanneuse avant que mon ami ait vu ma voiture. J'espérais qu'il pourrait la réparer.

Elle me fournissait beaucoup trop de détails que je ne lui avais pas réclamés. Déjà, elle se justifiait. Ou peut-être avait-elle raconté son histoire trop de fois. Non.

—J'aurais réagi de la même façon, affirmai-je.

Et c'était peut-être vrai.

Elle me pressa les mains et se pencha vers moi avec un soupçon d'avidité tandis qu'elle s'immergeait dans son récit.

—Il y avait un homme au comptoir. Il avait l'air gentil. On a bavardé un peu, et il m'a proposé de m'asseoir près de lui. Je lui ai dit que j'attendais un ami. Il a répondu que ce n'était pas un problème, qu'il voulait juste discuter. (Elle baissa les yeux.) Il m'a dit que j'avais un teint de rose. (Puis les releva, innocemment écarquillés.) C'était si romantique…

C'était si téléphoné…

—Continuez.

— Je l'ai laissé me payer un verre. Je sais que je n'aurais pas dû. (Elle se tamponna les yeux.) Je lui ai demandé si ça le dérangeait que je fume, et il a répondu que non.

Il y avait un cendrier plein de mégots près de son coude. Ni Dolph ni Zerbrowski ne fument, ce qui signifiait que notre petite Vicki s'enfilait des sucettes à cancer à la chaîne.

— Il a passé un bras autour de mes épaules et il s'est penché vers moi pour m'embrasser – je crois. (Ses larmes se mirent à couler plus vite, et elle se recroquevilla sur elle-même, tremblant de tout son corps.) Il m'a mordue dans le cou. Je vous jure que jusque-là, je ne m'étais pas rendu compte que c'était un vampire.

Elle me dévisagea, son visage vibrant de sincérité à quelques centimètres du mien. Je lui tapotai le bras.

— Beaucoup de gens sont incapables de distinguer les vampires des humains. Surtout quand ils viennent de se nourrir.

Elle cligna des yeux.

— Pourquoi ?

— Si un vampire est plein de sang, il a l'air plus humain.

— Oh.

— Comment avez-vous réagi quand il vous a mordue ?

— Je lui ai jeté mon verre la figure et je l'ai allumé avec mon briquet.

— Vous avez allumé quoi : le verre ou le vampire ?

— Les deux.

Je hochai la tête.

— Les vampires sont très combustibles. Il a dû flamber joliment, n'est-ce pas ?

— Je ne savais pas qu'il s'enflammerait d'un coup. Les gens ne brûlent pas aussi facilement.

— Non, en effet.

—Je me suis mise à hurler et j'ai reculé. Mon ami est arrivé au même moment. Tous les autres clients criaient aussi. C'était affreux.

Je me redressai.

—Je n'en doute pas.

Vicki leva vers moi des yeux sincères mais dénués de remords. Elle n'était pas le moins du monde horrifiée par ce qu'elle avait fait. Soudain, elle m'agrippa le bras, comme si elle pouvait me forcer à comprendre.

—Je devais me défendre.

Je posai ma main sur la sienne et souris.

—Qu'est-ce qui vous a donné l'idée d'allumer l'alcool après le lui avoir jeté à la figure ?

—Je me suis souvenue que les vampires avaient peur du feu.

—Mais si vous jetiez de l'alcool à la figure d'un humain et que vous l'allumiez, ça ne brûlerait que jusqu'à ce que tout l'alcool se soit évaporé. Ça ne durerait que quelques secondes. Après ça, un humain, même blessé, vous ficherait la paix. N'aviez-vous pas peur que le vampire soit seulement furieux contre vous ?

—Les vampires sont très combustibles, vous l'avez dit vous-même.

Mon sourire s'élargit.

—Donc, vous saviez qu'il flamberait.

—Oui, reconnut-elle, enfonçant ses ongles dans mon bras.

—Je croyais que vous l'ignoriez, mademoiselle Pierce, intervint Dolph.

—Je l'ignorais jusqu'à ce qu'il se mette à brûler comme ça.

Je tapotai la main de la jeune femme.

—Mais, ma chère Vicki, vous venez de dire que vous saviez qu'il était combustible.

—Vous l'avez dit la première.

—Vicki, insistai-je, vous avez avoué à l'instant que vous saviez qu'il flamberait quand vous l'avez allumé.

—Non.

—Si.

Elle se dégagea et carra les épaules, assise bien droite dans sa chaise.

—Vous essayez de m'embrouiller.

Je secouai la tête.

—Non, Vicki, vous y arrivez très bien toute seule.

Je m'écartai d'elle sans rompre notre contact visuel.

—Qu'est-ce que c'est censé signifier ? s'exclama-t-elle, une pointe de colère transperçant son masque de damoiselle en détresse.

—De quel bar s'agissait-il ? demandai-je comme si je n'y avais pas été vingt minutes plus tôt.

Les interrogatoires sont souvent répétitifs.

—Quoi ?

—Quel était le nom de l'établissement dans lequel vous avez été attaquée ?

—Je ne m'en souviens pas.

—Dolph ?

—L'*Offrande Brûlée*.

J'éclatai de rire.

—Un repaire vampirique notoire.

—Il ne se trouve pas dans le quartier vampirique. Comment aurais-je pu deviner ?

—Peut-être en vous fiant à la photo de Christopher Lee déguisé en Dracula qui figure sur l'enseigne ? suggérai-je aimablement.

—Il était tard, et il n'y avait rien d'autre d'ouvert.

—Sur Delmar, dans le quartier universitaire, un vendredi soir ? Allons, Vicki. Vous pouvez faire mieux que ça.

Elle porta une main délicate et tremblante au bandage qui ornait son cou.

— Il m'a mordue, dit-elle d'une voix étranglée.

De nouveau, ses larmes coulèrent.

Je revins vers elle, m'appuyai des deux côtés de sa chaise et me penchai jusqu'à ce que nos deux nez se touchent presque.

— Vous mentez, Vicki.

Elle éclata en sanglots et se couvrit le visage de ses mains. Je glissai mon index sous son menton et lui relevai la tête.

— Vous êtes douée, je vous le concède. Mais pas assez douée.

Elle se rejeta en arrière et se leva si brusquement que sa chaise se renversa.

— J'ai été attaquée, et vous essayez de me faire passer pour la coupable. Vous êtes une femme. Je pensais que vous comprendriez.

Je secouai la tête.

— Laissez tomber l'appel à la solidarité féminine, Vicki. Ça ne marche pas avec moi.

Elle arracha le bandage de son cou et le jeta rageusement à terre.

— Regardez, regardez ce qu'il m'a fait !

Si elle s'attendait que je frémisse, elle avait choisi la mauvaise nana. Je m'approchai d'elle et tournai sa tête sur le côté. Des marques de crocs vampiriques, encore assez fraîches. Une belle morsure bien nette, mais pas d'ecchymose sur sa chair crémeuse. Juste deux petits trous.

Je reculai.

— Vous lui avez jeté votre verre à la figure dès qu'il vous a mordue ?

— Oui. Je ne voulais pas qu'il me touche.

— Parce que c'était un monstre répugnant ?

— Parce que c'était un cadavre ambulant.

Là, elle marquait un point.

—Merci, Vicki. Merci de votre coopération.

Je me dirigeai vers la porte et fis signe à Dolph de me suivre. Zerbrowski resta dans la pièce avec Mlle Pierce.

Dolph referma la porte derrière nous.

—Tu as vu quelque chose qui m'a échappé. De quoi s'agit-il ?

—Si un vampire te plante ses crocs dans la chair mais n'a pas le temps de boire beaucoup de ton sang, ça laisse un suçon. Comme ceux que te faisait ta petite amie au collège. Les canines des vampires ne sont pas creuses ; elles leur permettent juste de percer la peau de leurs victimes pour se nourrir. C'est pour ça que les marques sont si petites, expliquai-je. Par contre, si le vampire a le temps de boire tout son saoul, il aspire le sang de la zone ponctionnée, et il n'en reste pas assez pour former une ecchymose. Il est impossible qu'une morsure à l'arraché ait laissé le cou de Vicki aussi nickel. Quelqu'un d'autre lui a fait ça un peu avant, et ça a duré bien plus de quelques secondes.

—Je savais qu'elle mentait, gronda Dolph. (Il secoua la tête.) Mais je pensais qu'elle lui avait jeté autre chose qu'un verre à la figure. Je croyais qu'elle était entrée dans le bar avec un comburant.

Je fis un signe de dénégation.

—Une fois allumés, les vampires crament jusqu'à ce qu'on les éteigne ou qu'ils soient réduits en cendres. À la fin, c'est tout juste s'il reste quelques fragments d'os. Ils se consument bien davantage que les humains. Même leurs empreintes dentaires ne permettent pas de les identifier.

—Le barman a utilisé l'extincteur qui se trouvait derrière le comptoir. D'après les témoins, il a réagi très vite.

—Ouais. Brave vieil Harry. C'est un miracle que la victime ait survécu. Je sais que pas mal de gens sont farouchement opposés à l'existence d'un établissement de ce genre hors du quartier vampirique. Ils font circuler une pétition, et ils ont demandé un entretien avec les autorités municipales. Mlle Pierce pourrait apporter un témoignage de poids en leur faveur.

— Le propriétaire de l'*Offrande Brûlée* a dit que la mauvaise publicité pourrait le ruiner.

J'acquiesçai.

— Oui. Ça pourrait être aussi une vengeance personnelle contre la victime. Pas de Mlle Pierce elle-même, mais de quelqu'un qu'elle connaît et qui souhaitait sa mort.

— Elle pourrait être membre des Humains d'Abord, suggéra Dolph. Ils aimeraient bien voir flamber tous les vampires.

— Une vraie fanatique n'aurait pas laissé un buveur de sang lui planter ses crocs dans le cou. Sous aucun prétexte. Je crois plutôt que les Humains d'Abord l'ont payée pour discréditer le bar. Elle appartient peut-être aux Humains Contre Vampires ou même aux Humains d'Abord, mais elle ne partage pas vraiment leurs convictions. Sa morsure le prouve.

— Le vampire aurait-il pu l'hypnotiser ?

— Je ne pense pas. Mais j'ai de meilleures questions à te faire poser à tes autres témoins.

— Lesquelles ?

— Sont-ils certains que le vampire en question a bien mordu Vicki ? Demande-leur si elle sentait le sang quand elle est arrivée.

— Je ne comprends pas.

— Si elle avait déjà été mordue avant d'entrer dans le bar, un autre vampire a pu le sentir. Ou pas, me ravisai-je, parce que la blessure était vraiment très propre – c'est sans doute pour ça que le vampire qui l'a mordue a procédé de la sorte. S'il avait juste amené son sang à la surface, tous les autres l'auraient senti.

Dolph griffonna mes informations dans son fidèle calepin.

— Donc, un vampire est bien impliqué dans cette affaire ?

—Il ne savait peut-être pas ce qu'elle comptait faire. À ta place, je vérifierais qu'elle n'a pas un petit ami vampire, ou qu'elle n'est pas sortie au moins une fois avec l'un d'eux. Et je me renseignerais pour savoir si elle ne prend pas des cours de comédie. Jette un coup d'œil à son cursus universitaire, à tout hasard.

—C'est déjà fait. Elle appartient à la troupe de théâtre du campus.

Je souris.

—Pourquoi avais-tu besoin de moi ? Tu disposais déjà de tous les éléments.

Dolph secoua la tête.

—La morsure, le fait que les vampires brûlent si facilement… Rien de tout ça ne figure dans les bouquins.

—Les bouquins ne sont pas fiables quand il s'agit d'une enquête de police ; tu le sais bien.

—Tu devrais peut-être en écrire un.

—C'est cela, oui. As-tu de quoi obtenir une ordonnance pour accéder à ses relevés bancaires ?

—Peut-être, si je m'adresse au bon juge.

Je soupirai.

—Tu sais, même si une plainte est déposée contre elle et qu'elle est reconnue coupable, le mal est déjà fait. La pétition sera présentée aux autorités municipales la semaine prochaine. Tout le monde sera au courant pour l'attaque, et la réalité sera amplifiée et déformée.

Dolph hocha la tête.

—Nous ne pouvons pas y faire grand-chose.

—Tu pourrais te rendre à la réunion et raconter la vérité sur la petite Vicki.

—Pourquoi ne le ferais-tu pas toi-même ?

—Parce que pour les extrémistes de droite, je suis la putain de Babylone. Je me fais culbuter par la sangsue en chef. Ils ne croiraient pas un mot de ce que je leur dirais.

— Je n'ai pas le temps d'assister à ce genre de réunion, Anita.

— Tu penses que les établissements vampiriques devraient faire l'objet d'une ségrégation ?

— Ne me pose pas de questions dont tu risquerais de ne pas aimer la réponse.

Je laissai tomber. Dolph a toujours pensé que les vampires sont des monstres contre lesquels il faut protéger la population humaine. Je suis même d'accord avec lui – en partie. Mais je couche avec l'un de ces monstres. Du coup, je peux difficilement militer dans le camp de Dolph. On s'est mis d'accord sur le fait qu'on n'est pas d'accord. Ça nous permet de maintenir la paix entre nous et de continuer à bosser ensemble.

— Si tu détestes les vampires à ce point, pourquoi n'as-tu pas avalé l'histoire de Mlle Pierce ? lui demandai-je.

— Parce que je ne suis pas stupide.

— Désolée. Désolée d'avoir pensé une seule seconde que tes opinions personnelles pourraient prendre le pas sur ton intégrité professionnelle. Tu ne les y autoriserais jamais, n'est-ce pas ?

Dolph sourit.

— Ça dépend. Tu ne moisis pas encore en prison, n'est-ce pas ?

— Si tu avais une preuve que j'ai enfreint la loi... Je pourrais.

— Tu pourrais, acquiesça-t-il. (Son sourire s'évanouit, et son regard devint vacant – un regard de flic.) Qu'est-il arrivé à ta main ?

Je baissai les yeux et fixai mon bandage comme s'il venait juste d'apparaître.

— Un accident de cuisine.

— Un accident de cuisine, répéta Dolph sur un ton neutre.

—Ouais. Je me suis entaillée avec un couteau.

—En faisant quoi ?

Je ne cuisine jamais, et Dolph le sait.

—En coupant un bagel.

Moi aussi, je savais faire le coup du regard vacant. Il n'y a pas si longtemps, on pouvait lire sur mon visage comme dans un livre ouvert. Toutes mes pensées et mes émotions s'affichaient sur mes traits. Mais plus maintenant. Je scrutai le visage soupçonneux de Dolph et sus que le mien ne trahissait rien. Seule son absence d'expression suggérait que je mentais. Mais ça, Dolph le savait déjà. Je n'allais pas gaspiller son temps ou le mien à chercher un mensonge plus convaincant. Pourquoi me donner cette peine ?

Nous nous regardâmes longuement.

—Il y a du sang sur tes collants, Anita. Ça devait être un sacré bagel.

—Ça l'était. (Je ne pus m'empêcher de sourire.) J'aurais bien dit que j'avais été attaquée, mais tu insisterais pour que je fasse une déposition.

Dolph soupira.

—Salope. Tu es sur une autre affaire en ce moment même. (Il serra des poings presque aussi gros que ma tête.) Je te crierais bien dessus, mais ça ne servirait à rien. Je te jetterais bien en cellule pour la nuit… (Il éclata d'un rire amer.)… Ou pour ce qu'il en reste, mais je ne dispose d'aucune charge contre toi, pas vrai ?

—Je n'ai rien fait, Dolph. (Je levai ma main blessée.) Je relevais un mort pour rendre service à un ami, et nous avions besoin de sang. C'est tout.

—Tu me le jures ?

Je hochai la tête.

—Oui.

—Pourquoi ne me l'as-tu pas dit tout de suite ?

—Parce que j'ai fait ça gratuitement. Si Bert apprend

que je bosse pour rien, il fera une crise cardiaque. Lui, il croira l'histoire du bagel.

Dolph gloussa.

—Il ne te demandera pas comment tu t'es coupée. Il ne veut pas le savoir.

—Exact, grimaçai-je.

—Au cas où ça barderait encore en cuisine… N'hésite pas à m'appeler.

—J'y penserai. Promis.

Dolph rangea son calepin.

—Tâche de ne tuer personne ce mois-ci, Anita. Même en état de légitime défense incontestable, si tu fais trop de victimes, tu finiras en taule.

—Je n'ai tué personne depuis plus de six semaines. Presque sept. J'essaie de diminuer ma consommation.

Il secoua la tête.

—Les deux dernières sont les deux seules que nous ayons pu t'imputer, et tu avais assez de témoins pour ne pas être inquiétée. Mais nous n'avons jamais retrouvé le corps d'Harold Gaynor. Juste sa chaise roulante dans un cimetière. Et Dominga Salvador est toujours portée disparue.

Je lui souris.

—On raconte que la señora est rentrée en Amérique du Sud.

—Il y avait du sang plein cette foutue chaise, Anita.

—Vraiment?

—Un jour, ta chance te lâchera, et je ne pourrai pas t'aider.

—Je ne te l'ai pas demandé. Et puis, si le projet de loi est voté, j'aurai bientôt un badge fédéral.

—Être flic ne signifie pas être à l'abri d'une arrestation.

Je soupirai.

—Je suis fatiguée. Je rentre chez moi. Bonne nuit, Dolph.

Il m'observa encore une seconde ou deux avant de répondre :

— Bonne nuit, Anita.

Puis il regagna la salle d'interrogatoire et me laissa seule dans le couloir.

Dolph n'était jamais d'aussi mauvais poil avant de découvrir que je sortais avec Jean-Claude. Je n'étais pas certaine qu'il se rende compte à quel point son attitude envers moi avait changé – mais moi, je le voyais. Un petit câlin (ou une petite dizaine de câlins) avec un mort-vivant, et il n'avait plus confiance en moi. Pas complètement.

Ça me rendait triste et furieuse à la fois. Le plus dur, c'est que moins de deux mois auparavant, j'aurais été d'accord avec lui. On ne peut pas avoir confiance en quelqu'un qui fricote avec les monstres. Et pourtant, c'est ce que je faisais. Moi, Anita Blake, j'étais devenue une cercueilleuse. D'un côté, ma vie privée ne regardait pas Dolph ; d'un autre côté, je ne pouvais pas le blâmer pour son attitude envers moi. Ça ne me plaisait pas beaucoup, mais je n'avais pas le droit de m'en plaindre. D'accord, j'avais le droit et je ne m'en privais pas. Mais c'était de la pure mauvaise foi de ma part.

Je sortis sans repasser par la grande salle. Je me demandai combien de temps les gars garderaient les pingouins en peluche sur leur bureau en attendant mon retour. L'image mentale de tous ces jouets incongrûment perchés au milieu des dossiers criminels de la brigade m'arracha un sourire. Mais ça ne dura pas.

J'étais perturbée, et pas seulement par la méfiance de Dolph à mon égard. Dolph est un excellent flic, un enquêteur hors pair. S'il commençait à fouiller vraiment, il pourrait dégotter des preuves. Dieu sait que j'ai abattu assez de gens sans mandat d'exécution pour passer le reste de ma vie en prison. J'ai même utilisé mes pouvoirs de réanimatrice pour tuer des humains.

Si c'était prouvé, je serais automatiquement condamnée à mort. Et la peine capitale n'est pas la même pour quelqu'un qui a utilisé sa magie pour tuer que, mettons, pour un type qui a massacré toute sa famille à coups de hache. En faisant appel, ce type-là pourrait passer encore quinze ans dans le couloir de la mort. Mais pour les meurtriers dans mon genre, il n'y a pas d'appel qui tienne. Procès, jugement et application de la sentence en six semaines, parfois moins. Les gens qui gèrent les prisons ont peur de la magie ; ils n'aiment pas garder chez eux ceux qui sont capables de la manipuler.

Une fois, dans le Maine, un sorcier a invoqué des démons dans sa cellule. Je ne saurai jamais comment on a pu le laisser seul assez longtemps pour qu'il effectue le rituel nécessaire – parce que les gardiens de la paix qui ont merdé ont tous fini découpés en petits morceaux. Et comme on n'a jamais retrouvé leur tête, on n'a pas pu les interroger. Même moi, je n'avais pas réussi à relever assez de leurs restes pour qu'ils expliquent ou écrivent ce qui s'était passé. Ça avait été un carnage.

Le sorcier s'était échappé. Plus tard, les flics l'avaient repris avec l'aide d'un chapitre de sorciers blancs et, curieusement, d'un groupe de satanistes. Aucun utilisateur de magie n'apprécie qu'un de ses semblables vire renégat. Ça nous fait de la mauvaise publicité à tous.

Dans ce pays, la dernière fois qu'une sorcière a été brûlée vive par une foule enragée remonte à peine à 1953. Elle s'appelait Agnès Simpson. J'ai vu les photos en noir et blanc de son exécution – dans un de mes manuels, comme tous les gens qui étudient le surnaturel. Sur celle qui m'avait marqué le plus, son visage était encore pâle et intact, mais imprégné d'une terreur presque palpable. La chaleur qui ne l'avait pas encore consumée agitait ses longs cheveux bruns. Seuls sa chemise de nuit et son peignoir avaient déjà pris feu. La tête rejetée en arrière, elle hurlait. Cette photo avait valu le prix Pulitzer à son auteur. Les autres étaient un peu moins connues. Une série qui s'achevait par la vision de son cadavre noirci et calciné.

Je ne comprendrai jamais comment quelqu'un avait pu rester là à la prendre en photo pendant qu'elle brûlait. Peut-être que le prix Pulitzer immunise contre les cauchemars. Mais peut-être pas.

# CHAPITRE 25

Je me garai dans le parking de l'immeuble dont le sous-sol abritait le dispensaire secret des métamorphes. Il était presque 5 heures du matin. L'aube pressait contre le vent telle une main fraîche. Le ciel était gris, pris entre ténèbres et lumière – cet instant fugace et tremblant où les vampires sont toujours debout, et où vous pouvez vous faire arracher la gorge à quelques secondes du lever du soleil.

Un taxi se gara devant le bâtiment. Une grande femme aux cheveux blonds coupés très court en émergea. Elle portait une jupe microscopique et un blouson de cuir. Pas de chaussures. Zane descendit à sa suite. Quelqu'un avait payé sa caution, et ce n'était pas moi. Ce qui signifiait qu'il avait eu droit aux tendres attentions du Maître des Bêtes. Apparemment, celui-ci n'avait pas tenté de lui faire violer Sylvie. Si Zane avait refusé, il aurait été beaucoup plus mal en point qu'il semblait l'être. S'il avait accepté, j'aurais dû le tuer. Ce qui ne m'aurait pas vraiment arrangée.

Je remis le manteau d'Asher aux poches pleines d'artillerie et me dirigeai vers eux. Zane m'aperçut et me fit signe de la main en souriant. Il ne portait rien d'autre qu'un pantalon de vinyle noir et brillant, moulant comme une seconde peau, et une paire de bottes. Oh, et un anneau dans le nombril. Il ne faut surtout pas oublier la quincaillerie.

La femme me dévisagea. Elle ne semblait pas heureuse de me voir. Pas hostile, mais pas contente non plus. Le chauffeur dit quelque chose ; elle sortit une liasse de billets de la poche de son blouson et le paya. La voiture s'éloigna.

Vivian, que Padma s'était choisie comme animal de compagnie pendant son séjour, n'était pas là. Gregory, le frère de Stephen avec sa conscience flambant neuve, n'y était pas non plus. Donc, il me manquait au moins deux léopards. Que se passait-il ?

Zane vint à ma rencontre comme si nous étions de vieux amis.

—Je te l'avais bien dit, Cherry. Anita est notre alpha, notre *léopard lionné*. Je savais qu'elle nous sauverait.

Il tomba à genoux devant moi. Ma main droite était dans la poche du manteau, agrippant le Browning ; aussi dut-il se contenter de la gauche. J'avais passé assez de temps parmi les loups-garous pour savoir que les alphas se font souvent tripoter. Comme les animaux qu'ils sont parfois, les métamorphes ont besoin du réconfort que leur procure le contact avec leur chef. Donc, je ne me dérobai pas, mais je ne lâchai pas non plus mon Browning.

Zane me prit la main avec un respect frôlant la révérence. Il frotta sa joue contre les jointures de mes doigts, tel un chat qui marque son humain. Lorsque je sentis sa langue me lécher, je lui retirai doucement ma main, et dus faire appel à tout mon self-control pour ne pas l'essuyer sur le manteau d'Asher.

La femme – Cherry, présumais-je – se contenta de me dévisager.

—Elle ne nous a pas tous sauvés.

Sa voix était un contralto grave. Même sous sa forme humaine, elle ronronnait.

—Où sont Vivian et Gregory ? demandai-je.

Cherry tendit le doigt vers la direction par laquelle ils étaient arrivés.

—Toujours là-bas. Ils sont toujours là-bas.

—Nous avions convenu que tous mes gens seraient libres de s'en aller.

Zane se releva d'un bond. Le mouvement fut si vif que mon cœur tressauta, que ma gorge se serra et que mon doigt glissa automatiquement sur la détente de mon flingue. Je remis la sécurité et sortis ma main de ma poche. Ces deux-là ne voulaient pas me faire de mal, mais si Zane continuait à sautiller dans tous les sens comme un Tigrou punk, je risquais de lui tirer accidentellement dessus. D'habitude, je ne suis pas si nerveuse.

— Le Maître des Bêtes a dit que toute personne prête à reconnaître votre domination pouvait partir, à condition de le faire en marchant. Mais il s'était déjà assuré que Vivian et Gregory n'en soient pas capables.

Quelque chose de froid et de dur me remplit l'estomac.

— Que voulez-vous dire ?

— Vivian était inconsciente lorsque nous sommes partis. (Cherry observa le sol à ses pieds avant de poursuivre:) Gregory a tenté de nous suivre en rampant, mais il était trop mal en point. (Elle leva vers moi ses yeux écarquillés, dans lesquels tremblaient des larmes.) Il a pleuré. Il nous a suppliés de ne pas l'abandonner. (Elle s'essuya la figure d'un geste rageur.) Mais je l'ai abandonné quand même. Je l'ai abandonné en train de hurler, parce que je voulais sortir de là plus que n'importe quoi d'autre au monde. Même si ça revenait à laisser mes amis se faire torturer, violer et tuer.

Elle enfouit son visage dans ses mains et éclata en sanglots.

Zane s'approcha derrière elle et l'enlaça.

— Gabriel non plus n'a jamais réussi à assurer notre sécurité à tous. Anita a fait de son mieux.

— Ça reste à voir, marmonnai-je.

Zane me regarda. Il frotta sa joue contre le cou de Cherry, mais son regard était grave. Même s'il se réjouissait d'être encore en vie, il lui en avait coûté d'abandonner Vivian et Gregory.

— Je vais passer un coup de fil.

J'entrai dans le bâtiment, et au bout de quelques secondes, les deux métamorphes me suivirent. J'utilisai l'appareil avec lequel j'avais déjà appelé Jean-Claude un peu plus tôt. Il ne me restait que très peu de temps avant que l'aube se lève et le mette KO.

Il répondit comme s'il avait attendu mon appel.

— Oui, ma petite.

— Gregory et Vivian n'ont pas pu sortir. Je croyais que vous aviez négocié pour eux.

— Les autres ont forcé Padma à accepter, mais il a imposé une condition. Quiconque voulait s'en aller devait le faire en marchant. Je savais ce qu'il mijotait, mais c'est le meilleur accord que j'aie pu conclure. Crois-moi, je t'en prie.

— Soit, mais je ne peux pas les laisser. Les envoyés du Conseil veulent couper les cheveux en quatre ? Nous aussi, nous en sommes capables.

— Que comptes-tu faire, ma petite ?

— Je vais y retourner et les aider à sortir en marchant. Padma n'a pas précisé qu'ils devaient le faire sans aucun soutien, n'est-ce pas ?

— Non. (Jean-Claude poussa un long soupir.) L'aube est affreusement proche, ma petite. Si tu tiens vraiment à faire ça, attends au moins deux heures. D'ici là, même les plus puissants d'entre nous dormiront. Mais ne traîne pas trop non plus. J'ignore de combien d'heures de sommeil les envoyés du Conseil ont besoin. Ils pourraient se réveiller très tôt.

— J'attendrai deux heures.

— Je vais t'envoyer quelques-uns de mes loups. Tant que Padma dormira, ils pourront t'être utiles.

— D'accord.

— Je dois y aller, à présent.

La communication fut coupée, et je sentis le soleil pointer à l'horizon. Ce fut comme si un grand poids s'abattait sur mes épaules. L'espace d'un instant, je ne pus pas respirer, et mon corps me parut lourd, si lourd… Puis la pression s'évanouit, et je sus que Jean-Claude avait quitté le royaume des vivants pour la journée.

Malgré les trois marques que nous partagions, c'était la première fois que j'éprouvais quelque chose de semblable. Je savais qu'il me protégeait contre certains effets de la troisième marque, et qu'il protégeait aussi Richard. De nous trois, c'était lui qui en savait le plus sur les marques vampiriques : comment les utiliser, comment ne pas les utiliser, et ce qu'elles signifiaient réellement. Ça faisait plusieurs mois que je portais les siennes, et je n'avais pas posé beaucoup de questions. Parfois, je n'étais pas certaine de vouloir savoir. D'après Jean-Claude, Richard semblait tout aussi réticent. Jean-Claude faisait preuve de beaucoup de patience avec nous, comme un parent qui préfère ne pas brusquer son enfant attardé mental.

Cherry s'adossa au mur, les bras croisés sur son ventre. Elle ne portait rien sous son blouson de cuir. Son regard était prudent, comme si elle avait été déçue souvent et cruellement.

— Vous allez retourner les chercher. Pourquoi ?

Zane était assis près d'elle, le dos collé au mur.

— Parce qu'elle est notre alpha, répondit-il à ma place.

Cherry secoua la tête.

— Pourquoi risqueriez-vous votre vie pour deux personnes que vous ne connaissez même pas ? J'ai accepté votre domination parce que je voulais sortir de là, mais je n'y crois pas vraiment. Qu'est-ce qui vous pousse à y retourner ?

Je ne savais pas trop comment lui expliquer.

— Ils s'attendent que je les sauve.

— Et alors ?

— Et alors, je vais essayer.

— Pourquoi ? insista-t-elle. Je soupirai.

— Parce que… Parce que je me souviens du regard implorant de Vivian et de son corps couvert de bleus. Parce que Gregory a pleuré et supplié qu'on ne l'abandonne pas. Parce que sachant qu'il peut me blesser à travers eux, Padma va leur faire encore plus de mal qu'il en avait l'intention à l'origine. (Je secouai la tête.) Je vais tâcher de me reposer pendant deux heures, et je vous suggère d'en faire autant. Mais vous n'êtes pas obligés de m'accompagner. Je n'emmènerai que des volontaires.

— Je ne veux pas retourner là-bas, avoua Cherry.

— Dans ce cas, ne venez pas.

— Moi, je viendrai, déclara Zane.

Cela me fit presque sourire.

— Je m'en doutais un peu.

# Chapitre 26

J'étais allongée sur un étroit lit d'hôpital, dans l'une des chambres du dispensaire. Ma robe de soirée reposait pliée sur l'unique chaise de la pièce. Que j'avais coincée sous la poignée de la porte – parce que la serrure ne me paraissait pas bien costaude. Si quelqu'un était vraiment déterminé à entrer, la chaise ne l'en empêcherait pas, mais elle me donnerait quelques secondes pour viser.

Je m'étais douchée, et j'avais jeté mes collants imbibés de sang. Je ne portais plus que ma culotte. Les métamorphes n'avaient même pas une blouse d'hôpital en rabe à me prêter. Je m'endormis dans un lit qui n'était pas le mien, les draps plaqués sur mes seins nus et le Firestar caché sous mon oreiller. J'avais fourré le pistolet-mitrailleur sous le lit. Je ne pensais pas en avoir besoin, mais où d'autre pouvais-je le ranger ?

Je rêvais. Perdue dans une maison abandonnée, je cherchais des chatons. Les chatons pleuraient, et dans le noir, il y avait des serpents qui voulaient les dévorer. Pas besoin d'être Freud pour interpréter ça. À l'instant où cette pensée me traversa, à l'instant où je me rendai compte que c'était un rêve et compris sa signification, il se délita et me laissa éveillée dans l'obscurité. Je scrutais le plafond, et les draps avaient glissé sur mes jambes, de sorte que je me retrouvais quasiment nue.

Je sentais mon corps palpiter. Comme si j'avais piqué un cent mètres dans mon sommeil. Il y avait de la sueur dans le pli sous mes seins. Quelque chose clochait.

Même si je n'avais pas froid, je ne pus m'empêcher de tirer le drap sur ma poitrine en m'asseyant. Quand j'étais gamine, je pensais que les monstres tapis dans mon placard et sous mon lit ne pouvaient pas m'atteindre si j'étais couverte. Aujourd'hui encore, quand je me réveille après un cauchemar, je plaque instinctivement les draps sur moi, quelle que soit la température. Évidemment, je me trouvais dans un sous-sol équipé de l'air conditionné. Il ne faisait pas si chaud que ça. Alors, pourquoi mon corps était-il presque brûlant de fièvre?

Je glissai ma main sous l'oreiller et en sortis le Firestar. Son contact métallique me rassura. Si je m'étais juste laissée effrayer par un rêve, j'allais me sentir idiote.

Assise dans le noir, je tendis l'oreille et écoutai avant de me décider à appuyer sur l'interrupteur. S'il y avait quelqu'un dans le couloir, il verrait la lumière sous ma porte. Et s'il essayait de me surprendre, je ne voulais pas qu'il voie la lumière. Pas encore.

Je sentis quelque chose s'approcher depuis l'autre côté du battant. Une vague d'énergie, de chaleur, caressa mon corps comme une main. On aurait dit qu'une tempête fondait sur moi ; la pression d'un picotement électrique avait empli la pièce. J'ôtai la sécurité du Firestar, et tout à coup, je sus qui c'était. Richard. Richard se dirigeait vers moi. Cette tempête coléreuse, c'était lui.

Je remis la sécurité mais ne reposai pas le Firestar. Richard était furax ; je le sentais. Une fois, dans un accès de rage, je l'avais vu renverser un lit à baldaquin en chêne massif comme s'il ne pesait rien. Donc, je préférais garder le Firestar, juste au cas où. Ça ne me plaisait pas plus que ça, mais le dilemme moral n'était pas suffisant pour que je renonce à me protéger.

J'appuyai sur l'interrupteur. La brusque clarté me fit cligner des yeux, et un nœud dur se forma dans mon estomac.

Je ne voulais pas voir Richard. Je n'avais pas su quoi lui dire depuis la nuit où j'avais couché avec Jean-Claude pour la première fois. Depuis la nuit où je l'avais fui, où j'avais fui ce qu'il devenait à la pleine lune. Fui à la vue de sa bête.

Pieds nus, je me dirigeai vers la chaise et saisis mes vêtements. Le Firestar était posé à côté de moi sur le lit, et j'étais en train de lutter pour attacher mon soutien-gorge bandeau lorsque l'odeur de son after-shave me chatouilla les narines. Je sentis l'air remuer sous la porte, et sus que c'était son corps qui l'avait déplacé. Son after-shave n'était pas si fort. Je n'aurais pas dû pouvoir le humer. Brusquement, je prenai conscience que Richard aussi devait me sentir depuis l'autre côté de la porte, et qu'il devinerait que j'avais mis du parfum Oscar de la Renta pour Jean-Claude.

Je sentis le bout de ses doigts presser de chaque côté du battant, le sentis prendre une inspiration et se remplir les poumons de mon odeur. Que diable se passait-il ? Nous étions liés depuis deux mois, et je n'avais encore jamais éprouvé ça. Ni avec Richard, ni avec Jean-Claude.

—Anita, il faut que je te parle.

La voix de Richard, douloureusement familière. Pleine de colère et de rage – autant que son corps. Il était pareil à une tempête plaquée contre ma porte.

—Je suis en train de m'habiller.

Je l'entendis faire les cent pas dans le couloir.

—Je sais. Je te sens. Que nous arrive-t-il ?

Ça, c'était une question chargée, ou je ne m'y connaissais pas. Je me demandai s'il pouvait sentir mes mains comme j'avais senti les siennes quelques secondes plus tôt.

—Nous n'avons pas été physiquement aussi proches à l'aube depuis la création du triumvirat. Jean-Claude n'est pas là pour nous servir de tampon.

J'espérais vraiment que c'était ça. La seule alternative qui me venait à l'esprit, c'est que les envoyés du Conseil avaient fait quelque chose à nos marques. Mais je ne pensais pas que ce soit ça. Cela dit, nous ne pourrions pas en être certains avant que Jean-Claude nous le confirme. *Et merde.*

Richard secoua la poignée de la porte.

—Pourquoi mets-tu si longtemps?

—J'ai presque fini.

J'enfilai la robe. À défaut d'être pratique à porter, elle avait le mérite d'être rapide à mettre. Mes escarpins n'étaient pas confortables sans collants, mais je me serais sentie encore plus mal à l'aise pieds nus. Je ne saurais pas dire pourquoi, mais ça me rassure d'avoir quelque chose aux pieds.

Je déplaçai la chaise et ouvris la porte. Puis je reculai un peu trop vite, jusqu'à me retrouver de l'autre côté de la pièce. Je récupérai mon flingue et fourrai mes mains derrière mon dos. Je ne pensais pas que Richard me ferait du mal, mais je ne l'avais jamais senti dans cet état. Sa colère était pareille à un nœud brûlant dans mes entrailles.

Il poussa prudemment le battant, comme s'il devait réfléchir avant de faire le moindre geste. Son self-control était une ligne tremblante entre sa rage et moi.

Richard mesure un mètre quatre-vingt-deux. Il a des épaules carrées, des pommettes hautes, une bouche large, très douce, et une fossette au menton. Je l'ai toujours trouvé beaucoup trop beau. Ses yeux avaient la même couleur chocolat que dans mon souvenir, mais à présent, ils contenaient une douleur que je n'avais pas l'habitude d'y voir. Ses cheveux tombaient en vagues épaisses sur ses épaules – bruns, mais avec tant de reflets dorés et cuivrés qu'on aurait dû inventer un autre mot pour les décrire. «Bruns», c'est un mot terne, et les cheveux de Richard sont tout sauf ternes. À l'époque où nous sortions ensemble, j'adorais y passer mes mains et les saisir à pleines poignées quand nous nous embrassions.

Ce matin-là, il portait un tee-shirt sans manches rouge sang qui dénudait ses épaules et ses bras musclés. Je savais que chaque centimètre carré visible de sa peau – et chaque centimètre carré invisible, aussi – était délicieusement bronzé. Sauf que ça n'était pas dû au soleil : Richard a le teint naturellement mat.

Mon cœur battait dans ma gorge, et cette fois, ce n'était pas de la peur. Il me détaillait dans ma robe noire. J'avais enlevé mon maquillage, et j'étais toute décoiffée ; pourtant, je sentis son corps réagir à la vue du mien. Je le sentis comme une torsion dans mes entrailles. Je dus fermer les yeux pour m'empêcher de regarder son jean, pour m'empêcher de vérifier que ce que je ressentais était visible.

Lorsque je rouvris les yeux, Richard n'avait pas bougé. Il était toujours planté au milieu de la pièce, les poings serrés et la respiration un peu trop rauque. Ses yeux écarquillés révélaient trop de blanc, comme ceux d'un cheval sur le point de détaler.

Je fus la première à retrouver l'usage de la parole.

— Tu as dit que tu voulais me parler. Je t'écoute.

Ma voix paraissait essoufflée. Je sentais son cœur battre, sa poitrine se soulever et s'abaisser comme si c'était les miens. J'avais déjà éprouvé ça avec Jean-Claude, mais jamais avec Richard. Si nous avions toujours été ensemble, ça m'aurait intriguée. Là, ça me plongeait juste dans la confusion.

Richard se força à desserrer les poings et à fléchir ses doigts.

— Jean-Claude a dit qu'il nous protégeait l'un contre l'autre. Qu'il nous empêchait de trop nous rapprocher jusqu'à ce que nous soyons prêts. Jusqu'à maintenant, je ne l'avais pas cru.

J'acquiesçai.

— C'est assez embarrassant.

Il sourit et secoua la tête, mais la colère ne quitta pas ses yeux.

— Embarrassant ? C'est tout ce que ça te fait, Anita ? Ça t'embarrasse, et rien de plus ?

— Tu sens tout ce que je sens en ce moment. As-tu vraiment besoin de me poser cette question ? répliquai-je.

Richard ferma les yeux et joignit les mains devant sa poitrine. Il pressa ses paumes l'une contre l'autre jusqu'à ce que l'effort fasse trembler ses bras et que ses muscles saillent sous sa peau.

Je le sentis se retirer de moi. Bien que ça ne soit pas une description très exacte. On aurait plutôt dit qu'il dressait un mur entre nous – ou un bouclier. Il fallait bien que quelqu'un le fasse. Je n'avais même pas pensé à essayer. À sa vue, à son contact mental, je m'étais transformée en une boule d'hormones palpitantes. C'était épouvantablement gênant.

Je regardai son corps se détendre, un muscle à la fois, jusqu'à ce qu'il rouvre lentement les yeux. Son regard était presque ensommeillé, son corps, calme et paisible. Je n'ai jamais été aussi douée pour la méditation.

Il baissa les bras et me dévisagea.

— C'est mieux ?

Je hochai la tête.

— Oui, merci.

— Ne me remercie pas. Je n'avais pas le choix. Ou bien j'arrêtais ça, ou bien je me sauvais en hurlant.

Nous nous observâmes sans bouger. Le silence s'épaissit jusqu'à devenir étouffant.

— Que veux-tu, Richard ? demandai-je enfin.

Il émit un petit rire étranglé, et mes joues s'enflam-mèrent.

— Tu sais très bien ce que je veux dire.

— Oui, je le sais, acquiesça-t-il. Tu as invoqué ton statut de lupa en mon absence.

— Tu parles du fait que j'ai protégé Stephen ?

— Oui. Tu n'avais pas le droit d'aller à l'encontre des ordres de Sylvie. C'est à elle que j'avais confié la meute jusqu'à mon retour, pas à toi.

— Elle avait retiré sa protection à Stephen, protestai-je. Sais-tu ce que ça signifie ?

— Bien mieux que toi. Sans la protection d'un dominant, un métamorphe appartient à quiconque le désire, comme les léopards après que tu eus tué Gabriel.

Je m'écartai du mur.

— Si tu m'avais prévenue sur le coup, je les aurais aidés.

— Vraiment ? insinua Richard. (Il désigna le Firestar dans ma main.) Tu les aurais aidés, ou tu les aurais butés ?

— C'est Sylvie qui voulait les buter, pas moi.

À présent, j'étais gênée de tenir mon flingue, mais je ne voyais pas de manière gracieuse de m'en débarrasser.

— Je sais combien tu hais les métamorphes, Anita. Je ne pensais pas que tu te soucierais de leur sort, et je n'étais pas le seul – sans quoi, quelqu'un t'aurait prévenue. Mais ils ont tous pensé que tu t'en ficherais. Franchement… Tu as rejeté un homme dont tu étais soi-disant amoureuse parce qu'il se transforme en monstre une fois par mois ; à côté de ça, quelle chance des étrangers pouvaient-ils bien avoir ?

Richard se montrait délibérément cruel. Jusque-là, jamais je ne l'avais vu faire du mal juste pour le plaisir, retourner le couteau dans la plaie sans nécessité absolue. C'était mesquin, et même s'il avait des défauts, la mesquinerie n'en faisait pas partie.

— Tu me connais mieux que ça.

— Tu crois ?

Il s'assit sur le lit. Empoignant le drap à deux mains, il le porta à son nez et respira profondément, sans jamais me quitter de son regard coléreux.

— Ton odeur me fait toujours l'effet d'une drogue, et je te déteste pour ça.

— Souviens-toi : je viens juste de passer quelques minutes dans ta tête. Tu ne me détestes pas, Richard. Sinon, ce serait moins douloureux.

Il froissa le drap dans son giron, formant une boule de tissu entre ses poings crispés.

— Mais l'amour ne peut venir à bout de tous les obstacles, n'est-ce pas ?

Je secouai la tête.

— Non. Hélas.

Il se leva d'un mouvement presque violent et se mit à faire les cent pas dans la pièce, à grandes enjambées furieuses. Puis il s'immobilisa devant moi. Il n'y avait plus de magie à présent, juste deux personnes. Mais je trouvais ça difficile d'être aussi près de lui. Difficile d'accepter que je n'avais plus le droit de le toucher. Et merde. Ça n'aurait pas dû être si dur. J'avais fait mon choix.

— Tu n'as jamais été ma maîtresse, et maintenant, tu n'es même plus ma petite amie. Tu n'es pas non plus une métamorphe. Tu ne peux pas être ma lupa.

— Tu m'en veux vraiment d'avoir protégé Stephen ?

— Je t'en veux d'avoir ordonné à trois membres de la meute de veiller sur lui et sur un léopard-garou. De leur avoir dit que tu les tuerais s'ils ne t'obéissaient pas. Tu n'avais pas le droit de faire ça.

— Tu m'as donné ce droit en faisant de moi ta lupa. (Je levai une main pour l'empêcher de m'interrompre.) Et que ça te plaise ou non, c'est une chance que j'ai eu un statut à faire valoir. Si je n'avais pas été là pour lui, Stephen serait peut-être mort. Et Zane aurait foutu encore davantage de bordel à l'hôpital. Les lycanthropes n'ont vraiment pas besoin de mauvaise publicité.

— Nous sommes des monstres, Anita. Les monstres ne peuvent pas avoir un autre genre de publicité.

— Tu n'y crois pas toi-même.

— Tu es persuadée que nous sommes des monstres, Anita. Tu l'as prouvé. Tu préfères coucher avec un cadavre que me laisser te toucher.

—Que veux-tu que je te dise, Richard? Que je suis désolée de n'avoir pas pu faire face? Oui, je suis désolée. Que j'ai toujours honte d'avoir couru me réfugier dans le lit de Jean-Claude? Oui, j'ai toujours honte. Que j'ai chuté dans ma propre estime pour ne pas avoir continué à t'aimer, même après avoir vu ce que tu as fait à Marcus?

—Tu voulais que je le tue.

—Oui – parce que c'était lui ou toi. Mais je ne t'ai jamais demandé de le manger.

—Lorsqu'un membre de la meute périt au cours d'une lutte de domination, tous les autres se nourrissent de son corps. C'est un moyen d'absorber son énergie. Tant que la meute vivra, Marcus et Raina n'auront pas vraiment disparu.

—Tu as bouffé Raina, aussi?

—Où crois-tu que les corps soient passés? Pensais-tu que tes amis flics les avaient escamotés?

—Je croyais que Jean-Claude s'en était chargé.

—Il a fait en sorte qu'il n'y ait pas d'enquête, mais c'est la meute qui s'est tapé le sale boulot. Les vampires ne sont pas intéressés par un corps froid. Si son sang n'est plus tiède, ils n'en veulent pas.

Je faillis demander à Richard s'il préférait la chair tiède ou froide, mais je me retins. Je ne voulais vraiment pas le savoir. Cette conversation était en train de nous conduire dans un endroit que je n'avais aucune envie de visiter. Je consultai la montre à mon poignet.

—Il faut que j'y aille, Richard.

—Que tu ailles sauver tes léopards?

Je le regardai.

—Oui.

—C'est pour ça que je suis venu. Pour te servir de renfort.

—C'est une idée de Jean-Claude?

—Sylvie m'a dit que Gregory avait refusé de lui faire du mal. Quoi que les léopards aient pu faire du temps de

Gabriel, ce sont des métamorphes, et nous aidons nos semblables, même si ce ne sont pas des lukoi.

—Les léopards-garous ont-ils eux aussi un petit nom ?

Richard hocha la tête.

—Entre eux, ils s'appellent pard.

Je me dirigea vers le lit. Au passage, mon épaule effleura le bras nu de Richard. Ce simple contact hérissa tous les poils de mon corps, comme s'il avait touché un endroit beaucoup plus infime. Mais je finirais bien par m'y habituer. J'avais fait mon choix, et quelle que soit ma confusion, je m'y tiendrais. D'accord, je désirais toujours Richard. Je l'aimais toujours. Et alors ? J'avais choisi le vampire, et on ne peut pas avoir à la fois le vampire et le loup-garou.

Je sortis le pistolet-mitrailleur de dessous le lit et enfilai la bandoulière.

—Jean-Claude a dit que nous n'étions censés tuer personne.

—Il savait que tu viendrais ?

Richard acquiesça. Je souris, mais ça n'eut rien de plaisant.

—Il ne te l'a pas dit ?

—Non.

De nouveau, nous nous regardâmes sans bouger.

—Tu ne peux pas lui faire confiance, Anita, tu le sais.

—C'est toi qui l'as volontairement laissé te faire la première marque, Richard. Moi, je n'ai accepté que pour vous sauver la vie à tous les deux, lui rappelai-je. Si tu te méfiais de lui à ce point, pourquoi nous as-tu liés à lui ?

Alors, il détourna les yeux et dit très doucement :

—Je ne pensais pas que je risquais de te perdre.

—Va m'attendre dans le couloir.

—Pourquoi ?

—Il faut que je finisse de m'habiller.

Son regard glissa le long de mes jambes, dont la blancheur contrastait avec le noir de ma robe et de mes chaussures.

— Des collants, murmura-t-il.

— En fait, je pensais plutôt à mon holster, le détrompai-je. Mes collants n'ont pas survécu à la nuit dernière. Maintenant, sors d'ici, s'il te plaît.

Il obtempéra. Sans même me gratifier d'une dernière remarque blessante. C'était une amélioration.

Quand il eut refermé la porte derrière lui, je m'assis sur le lit. Je ne voulais pas faire ça. Retourner chercher les léopards était une mauvaise idée. Y retourner avec Richard comme renfort, c'était encore pire. Pourtant, nous allions le faire. Je ne pouvais pas lui dire de rester à la maison. Sans compter que j'aurais besoin de lui. Aussi douloureuse que me soit sa proximité, Richard est l'un des métamorphes les plus puissants que j'aie jamais rencontrés. S'il n'était pas paralysé par une conscience de la taille de Rhode Island, il serait dangereux.

Évidemment, Marcus aurait pu répliquer qu'il l'était déjà bien assez comme ça. Et il aurait eu raison.

# Chapitre 27

Richard nous emmena au *Cirque* dans son 4x4. J'étais assise près de lui, mais d'une certaine façon, j'aurais aussi bien pu ne pas être là. Il ne me regarda pas une seule fois pendant tout le trajet, et me parla encore moins. Mais la tension de son corps suffisait. Il savait que j'étais là.

Cherry et Zane avaient pris place sur la banquette arrière. J'avais été assez surprise lorsque Cherry était montée en voiture. Le blanc de ses yeux étincelait, et ses paupières papillotaient nerveusement. Elle semblait sur le point de s'évanouir.

Zane était égal à lui-même : souriant, le regard secret. Égal à lui-même ? Quelle blague ! Je le connaissais depuis moins de vingt-quatre heures. C'était un peu tôt pour prétendre savoir ce qui était normal ou pas chez lui.

Affalée dans le siège, Cherry s'était enveloppée de ses bras et se recroquevillait lentement sur elle-même. Je la connaissais depuis encore moins longtemps que Zane, mais je savais qu'un tel comportement n'était normal chez personne.

Je pivotai autant que ma ceinture de sécurité m'y autorisait et demandai :

— Qu'est-ce qui ne va pas, Cherry ?

Elle tourna ses yeux vers moi, puis les ferma dans une grimace, secoua la tête et se recroquevilla encore davantage. Un bleu tout frais était en train de se former sur sa joue. Peut-être l'avait-elle déjà quand j'étais arrivée au dispensaire. Mais je n'en étais pas certaine.

—Zane, qu'est-ce qui lui arrive ?

—Elle a peur.

La voix du léopard-garou était neutre, mais son expression trahissait une colère rentrée.

—Je lui ai dit que je n'emmènerais que des volontaires. Elle n'était pas obligée de venir.

—Dites ça à M. Macho, répliqua Zane en observant l'arrière du crâne de Richard.

Je reportai mon attention sur Richard. De profil par rapport à moi, il refusait toujours de me regarder.

—Tu peux m'expliquer ce qui se passe ?

—Elle vient, un point c'est tout, répondit-il sur un ton sec.

—Pourquoi ?

—Parce que je l'ai décidé.

—Tu te prends pour qui ?

Enfin, il me jeta un coup d'œil. Il essayait de garder son calme, mais je vis bien que la moutarde lui montait au nez.

—Tu es peut-être ma lupa, mais je suis toujours l'Ulfric. Ma parole fait toujours loi.

—Oublie ça. Tu ne la forceras pas à nous accompagner parce que tu es en pétard contre moi.

Les muscles de sa mâchoire se contractèrent de façon visible.

—Zane et elle ont abandonné leurs semblables. À présent, ils vont se racheter.

Sa voix était toujours basse et tendue, prudente comme s'il craignait de perdre le contrôle. Il parlait comme parlent les gens qui ont envie de hurler.

—Regarde-la, Richard. Elle ne nous servira à rien. Elle ne sera qu'un boulet pour nous – une victime de plus que nous devrons protéger.

Il secoua la tête.

—On n'abandonne pas ses semblables, pour quelque raison que ce soit. C'est la loi.

— La loi de la meute. Cherry n'en fait pas partie.

— Jusqu'à ce que tu cesses d'être ma lupa, Anita, tout ce qui est à toi est à moi.

— Espèce de branleur arrogant.

Il sourit en découvrant les dents – une grimace plutôt qu'une expression de bonne humeur.

— Chacun se soulage comme il peut.

Il me fallut une seconde pour comprendre le sous-entendu et me sentir gênée. Mais que je sois damnée si je précisais que je ne l'avais pas traité de branleur au sens littéral du terme. Il le savait très bien : il essayait juste de m'embarrasser. Qu'il aille se faire foutre – ça lui éviterait le recours manuel.

— As-tu frappé Cherry ?

Soudain, il semblait très intéressé par la route, mais je vis ses mains se crisper sur le volant. Il n'était pas fier d'avoir fait ça. Et à juste titre.

— Tu voulais que je sois fort. Ton vœu a été exaucé.

— La force et la cruauté, ce n'est pas tout à fait la même chose, Richard.

— Vraiment ? Je n'ai jamais pu faire la différence.

Je pense qu'il avait dit ça pour moi. Mais on ne peut pas me culpabiliser éternellement. Au bout d'un moment, on réussit juste à me foutre en rogne.

— Très bien. Si tout ce qui est à moi est à toi, je pars du principe que c'est réciproque.

Il me coula en regard en biais et fronça les sourcils.

— Que veux-tu dire ?

Je me délectai de l'inquiétude sur son visage. J'aimais lui renvoyer sa propre logique à la figure. D'une certaine façon, j'étais tout aussi furax contre lui qu'il l'était contre moi. Certes, je ne prétendais pas être un ardent défenseur de la morale, mais je n'avais pas non plus viré cannibale. Sur ce coup-là, c'est moi qui étais en position de force.

—Si tu peux forcer Cherry à nous accompagner, je peux ordonner à la meute de protéger Stephen. Ou de faire n'importe quoi d'autre, du moment que je suis assez dominante pour lui imposer ma volonté.

—Non.

—Pourquoi?

—Parce que je le dis.

J'éclatai d'un rire moqueur. Alors, Richard poussa un long hurlement de rage et de frustration.

—Doux Jésus, Anita…

—Si on ne fait pas la paix, on va finir par s'entre-tuer.

De nouveau, il me jeta un coup d'œil. Il n'y avait plus de colère dans son regard – juste de l'amertume et un soupçon de panique.

—Tu couches avec le vampire. Je ne vois pas comment on pourrait faire la paix.

—Nous sommes liés tous les trois, et nous le resterons probablement très, très longtemps. Nous allons devoir trouver un moyen de vivre ensemble.

Il eut un rire pareil à un aboiement.

—De vivre ensemble? Tu voudrais peut-être qu'on se prenne une maison tous les trois: Jean-Claude dormirait à la cave, et moi dans une niche au fond du jardin?

—Pas exactement, mais tu ne peux pas continuer à te haïr ainsi.

—Ce n'est pas moi que je hais. C'est toi.

Je secouai la tête.

—Si c'était vrai, je te ficherais la paix. Mais c'est la bête que tu hais, et la bête fait partie de toi.

Il se gara devant le *Cirque*.

—Nous y sommes. (Il coupa le moteur, et le silence emplit la voiture.) Cherry peut nous attendre ici.

Merci, Richard.

—Ne me remercie pas.

Il fit remonter ses mains le long de sa figure et passa ses doigts dans ses cheveux pour les lisser en arrière – un geste qui mettait merveilleusement en valeur sa poitrine et ses bras musclés. Il n'avait jamais imaginé l'impact qu'avait sur moi le moindre de ses mouvements.

—Ne me remercie pas, répéta-t-il.

Puis il descendit du 4 x 4.

Je dis à Cherry de se planquer entre les sièges. Je ne voulais pas donner aux autres l'idée de venir la chercher pendant que nous secourrions Vivian et Gregory. Ça aurait ruiné toute l'expédition.

Zane l'embrassa sur le front, comme vous le feriez pour rassurer un enfant. Il lui dit que tout irait bien, qu'ils seraient en sécurité avec moi. Dieu, j'espérais qu'il avait raison.

# CHAPITRE 28

Un homme se porta à la rencontre de Richard. De toute évidence, il l'avait attendu dehors. Je glissai la main dans la poche du manteau d'Asher et ôtai la sécurité de mon Browning. Parce que je le connaissais bien.

Zane, qui était tout près de moi, me demanda à voix basse:

— Quelque chose ne va pas?

Je secouai la tête.

— Salut, Jamil.

— Salut, Anita.

Jamil frôle le mètre quatre-vingts. Ce matin-là, il portait un tee-shirt sans manches presque identique à celui de Richard, mais blanc. Sauf qu'il avait découpé l'encolure et la taille pour montrer le haut de ses pectoraux et ses tablettes de chocolat. Le tissu formait un contraste saisissant avec le brun profond de sa peau. Ses cheveux coiffés en une multitude de petites tresses ornées de perles aux couleurs vives lui tombaient jusque dans le creux des reins. Un pantalon de jogging blanc complétait sa tenue; on aurait dit qu'il sortait à l'instant de la gym.

La dernière fois que je l'avais vu, il avait essayé de tuer Richard.

— Que fais-tu ici? lui lançai-je sur un ton peu amical.

Jamil sourit, et ses dents étincelèrent brièvement entre ses lèvres.

Je suis l'exécuteur de Richard.

— Et alors?

—Les envoyés du Conseil nous ont autorisé un renfort chacun, plus les léopards-garous, expliqua Richard.

Il avait parlé sans me regarder, occupé à regarder la façade du *Cirque* que baignait la clarté matinale.

—Il me manque un léopard et un renfort, fis-je remarquer.

Alors, Richard tourna la tête vers moi. Son visage était plus fermé que jamais.

—Je croyais que Jean-Claude te l'avait dit, et que tu avais décidé de ne pas emmener de renfort.

—J'emmènerais des renforts jusqu'en enfer si je le pouvais. Tu le sais bien.

—Ce n'est pas ma faute si ton petit ami a oublié de t'en parler.

—Il a sans doute pensé que tu t'en chargerais.

Richard me dévisagea sans rien dire, mais la colère était revenue dans son regard.

—Y a-t-il autre chose que tu aies négligé de mentionner ?

—Jean-Claude veut juste que tu évites de tuer nos interlocuteurs.

—Il a mentionné quelqu'un en particulier ?

Richard fronça les sourcils.

—En fait, oui. (Il prit un accent français pour répéter :) Dis à ma petite de ne pas tuer Fernando, pour autant qu'il la provoque.

J'eus un sourire pincé.

—Très bien.

Jamil me dévisageait.

—Cette expression, ma grande… Elle me ferait presque froid dans le dos. Je peux savoir ce que t'a fait le fameux Fernando ?

—À moi, personnellement ? Rien.

—Il a violé votre Geri, intervint Zane.

Les deux loups-garous pivotèrent vers lui et le fou-droyèrent d'un regard si hostile qu'il recula instinctivement. Il essaya de se planquer derrière moi, mais comme il mesurait une bonne tête de plus, le résultat fut assez pitoyable.

— Il a violé Sylvie ? gronda Richard.

Je hochai la tête.

— Il doit être puni.

— J'ai promis à Sylvie que je le tuerai. Que nous les tuerions tous.

— Tous ? répéta Richard sur un ton interrogateur.

— Tous, confirmai-je.

Il détourna les yeux et, sans me regarder, demanda :

— Combien étaient-ils ?

— Elle m'a donné le nom de deux personnes. Il y en avait peut-être plus, mais si c'est le cas, elle n'est pas encore prête à en parler.

— Tu es certaine que ça n'était pas juste ce Fernando ? insista Richard sur un ton plein d'espoir, comme s'il voulait que je lui dise que ça n'était pas aussi terrible que ça en avait l'air.

— C'était un viol collectif, Richard. Ils étaient tout fiers de me l'annoncer.

— Qui était l'autre personne ?

Puisqu'il tenait à le savoir…

— Liv.

Il cligna des yeux.

— C'est une femme.

— Je suis au courant.

Il reporta son attention sur moi et me regarda sans comprendre.

— Mais, comment…

Je haussai les sourcils.

— Tu veux vraiment que j'entre dans les détails techniques ?

Richard secoua la tête. Il semblait au bord de la nausée. On ne pouvait pas en dire autant de Jamil. Celui-ci soutint mon regard sans frémir, les traits pincés et creusés par la fureur.

—S'ils peuvent s'emparer d'un de nos loups les plus hauts placés et le traiter de la sorte, la menace de la meute ne signifie rien pour eux.

—Exact. Mais je ne tuerai pas quelqu'un dans la seule intention de préserver votre réputation.

—Alors, pourquoi ? s'enquit Jamil.

Je réfléchis quelques secondes.

—Parce que j'ai donné ma parole que je le ferai. En levant la main sur elle, ils ont creusé leur propre tombe. Je ne ferai que la reboucher.

—Mais pourquoi ? Tu détestes Sylvie.

Apparemment, c'était important pour lui que je réponde, comme si cette question signifiait davantage qu'il y paraissait.

—Ils n'ont pas réussi à la briser. Ils se sont acharnés sur elle de la pire des façons, et elle n'a pas cédé. Elle aurait pu mettre un terme à leurs tortures en leur donnant la meute. Elle ne l'a pas fait. (Je cherchais mes mots.) Ce genre de loyauté mérite la même chose en retour.

—Que sais-tu de la loyauté ? interrogea Richard.

—Juste ça. (Je pivotai vers lui et lui enfonçai un index entre les côtes.) Après avoir sauvé Vivian et Gregory, nous allons les massacrer. Ils se sont mis à plusieurs pour violer Sylvie. Crois-tu qu'ils auront fait preuve de davantage de miséricorde envers deux métamorphes qui n'ont, à leur connaissance, personne pour les protéger ? (Je lui crachais chaque mot à la figure d'une voix étranglée, parce que si je me laissais aller, je me mettrais à hurler.) Nous allons les faire sortir et les emmener en lieu sûr. Quand ce sera terminé, tu pourras recommencer à me détester. Tu pourras nous vomir dessus ta jalousie et ta haine de la bête en toi jusqu'à ce que nous nous étranglions avec. Mais pour le moment, nous avons une mission à mener à bien. D'accord?

Il me regarda l'espace d'un ou deux battements de cœur, puis hocha imperceptiblement la tête.

—D'accord.

—Génial.

J'avais laissé mon sac à main au dispensaire, mais la clé de la porte de devant était dans ma poche, avec ma carte d'identité. Une fille n'a besoin de rien d'autre.

—Il t'a donné la clé du *Cirque*? s'exclama Richard.

—Laisse tomber, tu veux?

Il déglutit.

—Tu as raison. Tu as raison, et j'ai tort. Depuis deux mois, je ne m'occupe pas assez de la meute. Sylvie me l'a dit. Je ne l'ai pas écoutée. Si je l'avais fait, peut-être qu'elle n'aurait pas… Peut-être qu'elle n'aurait pas été blessée.

—Doux Jésus, Richard, tu n'en as pas assez de tourner en rond sur le circuit de la culpabilité? Même si tu avais été Attila le Hun, ces enfoirés seraient venus quand même. Aucune démonstration de force ne les en aurait dissuadés.

—Qu'est-ce qui aurait pu le faire?

Je secouai la tête.

—Ce sont les envoyés du Conseil, Richard. L'étoffe dont on fait les cauchemars. Les cauchemars se fichent de la force de leurs victimes.

—De quoi se soucient-ils, dans ce cas?

J'enfonçai la clé dans la serrure.

—De ta peur. De ta terreur.

Les doubles battants pivotèrent vers l'intérieur. Je sortis le Browning de ma poche.

—Nous ne sommes pas censés les tuer pour le moment, me rappela Richard.

—Je n'ai pas oublié.

Mais je gardai mon flingue à la main. Jean-Claude ne voulait pas que je les tue : il ne m'avait pas interdit de les blesser. Ça ne serait pas aussi satisfaisant ; néanmoins, quand vous avez besoin de montrer que vous ne bluffez pas, quelqu'un qui se tord sur le sol, c'est presque aussi bien qu'un cadavre. Parfois, c'est même mieux.

# CHAPITRE 29

Je me tenais dos à la porte fermée, mes compagnons déployés autour de moi. Une douce lumière filtrait vers nous depuis les hautes fenêtres. L'allée centrale semblait maussade et fatiguée dans la clarté matinale. La grande roue surplombait la maison hantée, le labyrinthe de miroirs et les baraques de jeux. C'était une vraie fête foraine, à ceci près qu'elle n'était pas itinérante. Comme toutes les autres, elle sentait la barbe à papa, les épis de maïs grillés et la friture à beignets.

Deux hommes sortirent de l'énorme tente de cirque qui occupait un coin entier du bâtiment. Côte à côte, ils se dirigèrent vers nous. Le plus grand mesurait environ un mètre quatre-vingts ; il avait des épaules larges et des cheveux raides, ni vraiment blonds ni franchement bruns, juste assez longs pour caresser le col de sa chemise. Il portait une chemise blanche rentrée dans un jean blanc, une ceinture blanche et des mocassins blancs – mais pas de chaussettes. Bref, il avait la gueule d'un comédien qu'on se serait attendu à voir déambuler le long d'une plage dans une pub pour carte de crédit à l'exception de ses yeux. Malgré la distance qui nous séparait encore, je voyais bien que ses yeux étaient bizarres. Orange. Une couleur qu'on ne trouve pas chez les gens normaux.

Le second homme mesurait un mètre soixante-douze à vue de nez. Ses cheveux blond foncé étaient coupés très court ; une moustache châtaine ornait sa lèvre supérieure, s'incurvant vers le haut pour rejoindre ses favoris de la même teinte. Personne ne porte plus ce genre de moustache depuis le début du XIXᵉ siècle. Son pantalon blanc moulant était rentré dans des bottes noires cirées. Sa veste rouge laissait apercevoir une chemise et un gilet également blancs. Il aurait été plus à sa place au milieu d'une chasse à courre, en train de pourchasser de petits animaux poilus.

Ses yeux à lui étaient d'un brun normal, plutôt agréable. Mais plus ils se rapprochaient de nous, plus ceux de son compagnon me paraissaient étranges. Leurs iris étaient jaunes – ni ambrés, ni marron –, avec des stries orange qui partaient de ses pupilles comme les rayons d'une roue. Ce n'était pas des yeux humains, jamais de la vie. Sans eux, je n'aurais jamais identifié leur propriétaire comme un lycanthrope, mais ces yeux le trahissaient. Ils me rappelaient ceux d'un tigre que j'avais vu en photo, une fois.

Les deux hommes s'immobilisèrent à une distance prudente de nous. Richard s'avança sur ma gauche; Zane et Jamil demeurèrent en retrait derrière nous. Nous nous entre-regardâmes. Si j'avais été plus naïve, j'aurais dit que les nouveaux venus semblaient mal à l'aise ou gênés.

— Je suis le capitaine Thomas Carswell, se présenta le plus petit. Et vous devez être Richard Zeeman.

Il avait un accent anglais très aristocratique, mais pas trop non plus.

Richard fit un pas en avant.

— En effet. Et voici Anita Blake, Jamil et Zane.

— Je m'appelle Gideon, annonça l'homme aux yeux de tigre.

Sa voix était presque douloureusement basse, comme s'il grondait même sous sa forme humaine. Si basse qu'elle fit vibrer ma colonne vertébrale.

— Où sont Vivian et Gregory? demandai-je.

Le capitaine Thomas Carswell cligna des yeux et me dévisagea. Il semblait mécontent de cette interruption.

— Tout près, répondit-il.

— Mais d'abord, il faut nous remettre votre arme, mademoiselle Blake, ajouta Gideon.

Je secouai la tête.

— Et puis quoi encore ?

Les deux hommes échangèrent un regard.

— Nous ne pouvons pas vous autoriser à aller plus loin avec une arme à feu dans la main, mademoiselle Blake, insista Carswell.

— Chaque fois que quelqu'un veut me prendre mon flingue, ça signifie soit qu'il ne me fait pas confiance, soit qu'il s'apprête à faire quelque chose qui ne me plaira pas.

— Je vous en prie, dit Gideon de sa voix grave, rocailleuse. Vous devez sûrement comprendre notre réticence. Vous jouissez d'une certaine réputation.

— Anita ? lança Richard sur un ton mi-interrogateur, mi-autoritaire.

Je remis la sécurité du Browning et le tendis à Gideon. Il me restait encore deux flingues et deux couteaux. Je pouvais bien leur laisser celui-là.

Gideon prit l'arme et recula pour se retrouver au même niveau que Carswell.

— Merci, mademoiselle Blake.

J'acquiesçai.

— De rien.

— Y allons-nous ? interrogea Carswell en m'offrant son bras comme s'il m'escortait pour aller dîner.

Je l'observai, puis reportai mon attention sur Richard et haussai les sourcils – histoire de lui demander son avis sans le lui demander vraiment. Comme il secouait les épaules, je glissai mon bras gauche autour de celui de Carswell.

— Je vous trouve bien poli, commentai-je.

— Que la situation soit un peu… tendue n'est pas une raison pour oublier nos bonnes manières.

Je le laissai m'entraîner vers la tente, tandis que Gideon et Richard nous emboîtaient le pas côte à côte. Ils faisaient pratiquement la même taille, et le bouillonnement d'énergie qui émanait d'eux hérissa mes cheveux dans ma nuque. Ils se testaient mutuellement, jaugeaient leurs niveaux de pouvoir respectifs sans rien faire d'autre que baisser leurs barrières si difficiles à dresser. Jamil et Zane fermaient la marche comme de bons petits soldats.

Nous avions presque atteint la tente lorsque Carswell s'arrêta net. Ses doigts se crispèrent sur mon bras. Je glissai ma main droite derrière mon dos, sous le manteau d'Asher, pour toucher le pistolet-mitrailleur.

— Vous portez quelque chose de lourd dans le dos, mademoiselle Blake. Quelque chose qui n'est pas un sac à main.

Son étreinte se resserra encore sur mon bras gauche. Il ne me faisait pas vraiment mal, mais je compris qu'il ne lâcherait pas – pas à moins que j'emploie la force pour l'y obliger.

De la main droite, je ramenai l'Uzi devant moi et lui collai le canon dans les côtes. Sans appuyer. Pour l'instant, ce n'était qu'une démonstration, comme sa main sur mon autre bras.

— On se calme.

Les deux hommes se figèrent brusquement.

— Nous allons vous rendre vos gens, mademoiselle Blake, gronda Gideon. Il est inutile de nous menacer.

— Thomas ici présent a demandé ce que je portais dans le dos. Je le lui montre.

— Vous ne me connaissez pas assez bien pour m'appeler par mon prénom, mademoiselle Blake, dit Carswell.

Je clignai des yeux. Il n'y avait pas de peur en lui. Il était humain – si j'appuyais sur la détente, il serait foutu – et pourtant, il n'y avait pas de peur en lui. J'observai ses yeux bruns et n'y lus que… de la tristesse. Un chagrin plein de lassitude, comme s'il eût volontiers embrassé la mort.

Je secouai la tête.

— Désolée, capitaine Carswell.

— Nous ne pouvons pas vous laisser entrer dans la tente avec cette arme.

Sa voix était très calme, très terre à terre.

— Sois raisonnable, Anita, ajouta Richard. Si les positions étaient inversées, tu ne leur permettrais pas de garder leurs armes non plus.

Le problème, c'est que pour ôter la bandoulière de l'Uzi, il aurait fallu que j'enlève mon manteau. Et que si j'enlevais mon manteau, Carswell et Gideon verraient mes couteaux. Je ne voulais pas perdre mes couteaux. Évidemment, il me resterait toujours le Firestar…

Je lâchai le pistolet-mitrailleur, qui glissa de nouveau dans mon dos, hors de vue.

— Il faut que j'enlève mon manteau, les avertis-je.

Carswell lâcha mon bras et recula, tout en restant assez près de moi pour me ceinturer en cas de problème. Je détaillai sa tenue. Sa veste était coupée trop près du corps pour dissimuler un holster ; son pantalon n'avait pas de poches, mais il aurait pu porter une arme à sa ceinture, dans le creux de ses reins.

— J'enlève mon manteau si vous enlevez votre veste.

— Je ne suis pas armé, mademoiselle Blake.

— Enlevez votre veste, et je vous croirai.

Il soupira et ôta sa veste rouge, puis fit un tour complet devant moi, les bras largement écartés.

— Vous voyez ? Je ne suis pas armé.

Pour en être vraiment sûre, il aurait fallu que je le palpe, mais comme je ne voulais pas qu'il me rende la pareille, je laissai filer.

Je me débarrassai du manteau d'Asher, et ses yeux s'écarquillèrent à la vue de mes fourreaux de poignet.

— Mademoiselle Blake, je suis impressionné et déçu.

Je laissai le manteau tomber sur le sol et fis passer la bandoulière par-dessus ma tête. Je n'avais pas envie de renoncer à mon Uzi, mais je comprenais leur position. Ils avaient fait des choses affreuses à Vivian et à Gregory. À leur place, je n'aurais pas pris le risque de laisser à une amie de leurs victimes le moyen de les venger. J'éjectai le chargeur et remis le pistolet-mitrailleur à Carswell.

— Vous craignez que je vous fasse du mal, ou que j'en fasse à vos gens ?

Je haussai les épaules.

— Vous ne pouvez pas m'en vouloir d'être prudente.

Carswell eut un sourire qui monta presque jusqu'à ses yeux.

— Non, je suppose que non.

Je sortis un de mes couteaux de son fourreau et le lui tendis manche le premier. Il le refusa d'un geste désinvolte.

— Vous pouvez garder vos couteaux, mademoiselle Blake. Ils ne vous protégeront que si quelqu'un s'approche très, très près de vous. Je pense qu'une femme devrait toujours être autorisée à défendre son honneur.

Merde alors. Il se la jouait gentleman. Si je gardais le Firestar et qu'il s'en apercevait plus tard, il ne se montrerait peut-être pas aussi affable.

— Ce n'est pas tout, soupirai-je.

Carswell fronça les sourcils.

— J'ai un autre flingue, avouai-je.

— Il doit être très bien dissimulé, mademoiselle Blake.

Nouveau soupir.

— Dans un endroit assez intime, oui. Vous le voulez, ou pas ?

Carswell consulta du regard Gideon, qui acquiesça.

— Oui, s'il vous plaît.

— Retournez-vous.

Regards amusés ou interloqués tout autour de moi.

—Il faut que je soulève ma robe et que je montre ma culotte pour le sortir de sa cachette. Je ne veux pas que vous matiez.

D'accord, c'était stupide et puéril de ma part, mais je ne pouvais pas me résoudre à me foutre quasiment à poil devant cinq hommes. Mon papa m'avait mieux élevée que ça.

Carswell se retourna sans que j'aie besoin de le lui demander deux fois. Malgré leur expression amusée, les autres en firent autant, à l'exception de Gideon.

—Je serais un bien piètre garde du corps si je vous autorisais à nous tirer dans le dos pendant que nous protégeons votre pudeur.

Là, il marquait un point.

—D'accord, c'est moi qui vais me retourner.

Ce que je fis, extirpant le Firestar de ma ceinture pour la dernière fois. La bande élastique était une bonne idée, mais quand je récupérerais mon flingue, je le fourrerais dans l'autre poche de mon manteau. Toute cette gymnastique commençait à me fatiguer.

Je tendis le Firestar à Gideon. Il le prit et grimaça.

—À part les couteaux, il ne vous reste rien d'autre ?

—Non.

—Vous me donnez votre parole d'honneur ? insista-t-il.

Je hochai la tête.

—Oui.

Il hocha la tête lui aussi, comme si cela lui suffisait. Je savais déjà que Carswell était le serviteur humain de quelqu'un. Un authentique soldat britannique, de l'armée de la reine Victoria. Mais jusque-là, je n'avais pas réalisé que Gideon était aussi vieux. Les lycanthropes ne vieillissent pas si lentement. Ou bien quelqu'un l'aidait, ou bien il était davantage qu'un simple métamorphe.

—Vous êtes un lycanthrope, mais quoi d'autre ? lui demandai-je.

Il me sourit de toutes ses dents, dévoilant de petits crocs pointus sur ses deux mâchoires. Je n'avais connu qu'un seul autre lycanthrope possédant des crocs semblables. Gabriel. C'est ce qui arrive quand on passe trop de temps sous sa forme animale.

—Devinez, dit-il dans un murmure si sourd, si rocailleux qu'il me fit frissonner.

—Pouvons-nous nous retourner? s'enquit poliment Carswell.

—Bien sûr.

Il renfila sa veste, lissa les plis du tissu et m'offrit son bras une nouvelle fois.

—Si vous voulez bien me suivre, mademoiselle Blake…

—Anita. Je m'appelle Anita.

Il sourit.

—Dans ce cas, vous pouvez m'appeler Thomas, dit-il comme s'il ne donnait pas cette permission à beaucoup de gens.

Je lui rendis son sourire.

—Merci, Thomas.

Il cala plus fermement mon bras dans le creux de son coude.

—Je déplore que nous ne nous rencontrions pas en de plus favorables circonstances… Anita.

Je soutins son regard triste et demandai :

—Que deviennent mes gens pendant que vous me retardez avec toutes vos politesses?

Il soupira.

—J'espère qu'il en aura fini avec eux avant que nous les rejoignions. (Une expression presque douloureuse passa sur son visage.) Ce n'est pas un spectacle convenable pour une dame.

Je tentai de me dégager, mais il m'agrippa le bras un peu plus fort. À présent, ses yeux n'étaient plus pleins de tristesse, mais d'une chose que je ne parvenais pas à identifier.

—Sachez que je n'ai pas choisi ceci.

—Lâchez-moi, Thomas.

Il me laissa retirer mon bras. Soudain, j'avais peur de ce que j'allais trouver à l'intérieur de la tente. Je n'avais jamais parlé à Vivian, et Gregory n'était qu'une raclure perverse, mais je n'avais plus envie de voir ce qui leur était arrivé.

—Thomas, ne devrions-nous pas la...? commença Gideon.

—Laisse faire. Elle n'a que ses couteaux.

Je ne courus pas exactement, mais je n'en étais pas loin lorsque j'atteignis le rabat fermé de la tente. Derrière moi, j'entendis Richard protester :

—Anita...

Je le sentis approcher dans mon dos, mais je ne l'attendis pas. J'écartai le rabat d'un geste brusque et entrai.

La tente n'abritait qu'une piste centrale. Gregory gisait prostré au milieu de celle-ci, nu, les mains attachées dans son dos avec un épais Chatterton gris. Son corps n'était qu'une masse d'ecchymoses et de coupures. À travers sa chair sanguinolente, je vis luire la blancheur de ses tibias fracturés en de multiples endroits. C'est pour ça qu'il n'avait pas pu sortir en marchant. Ces salauds lui avaient brisé les jambes.

Un petit bruit me poussa à descendre l'allée jusqu'à la balustrade qui entourait la piste. Vivian et Fernando se trouvaient également à l'intérieur de cette dernière. Je ne les avais pas vus tout de suite, parce qu'ils étaient si près de la balustrade que celle-ci les avait dissimulés à mes yeux.

Vivian leva la tête vers moi. Un morceau de Chatterton était collé sur sa bouche ; un de ses yeux saignait, tellement enflé qu'elle ne pouvait pas ouvrir sa paupière. Fernando lui plaqua violemment le visage contre le sol, nous révélant ses mains liées avec du Scotch. Nous révélant ce qu'il était en train de lui faire. Il se retira d'elle, humide et satisfait. Puis il assena une petite tape sur ses fesses nues.

—C'était délicieux.

Déjà, je me dirigeais vers eux en foulant le sable de la piste d'un pas rageur. Ce qui signifiait que j'avais enjambé la balustrade avec une robe longue et des talons aiguilles. Je ne me souvenais pas de l'avoir fait.

Fernando se redressa et boutonna son pantalon en me souriant.

—Si tu n'avais pas négocié sa liberté, je n'aurais jamais été autorisé à la toucher. Mon père ne partage pas.

Je continuai à marcher. J'avais sorti un de mes couteaux, que je plaquais le long de ma cuisse. Je ne savais pas s'il l'avait remarqué, et encore moins si je me souciais qu'il l'ait fait. Je tendis vers lui ma main gauche vide.

—Tu es très fort quand ta partenaire est ligotée et bâillonnée. Et quand elle est armée?

Pour toute réponse, Fernando m'adressa un sourire moqueur. Puis il poussa du pied le corps prostré de Vivian, comme si elle n'avait été qu'un chien affalé en travers de son chemin.

—Elle est assez gironde, mais un peu trop soumise à mon goût. Je les préfère plus combatives, comme ta louve. (Il finit d'attacher son pantalon et se frotta la poitrine d'un air ravi.) C'était un sacré coup.

Mes doigts rampèrent le long du couteau pour le saisir par la lame. Ce n'était pas une arme de lancer, mais faute de mieux, ça ferait sans doute l'affaire.

Une ombre presque imperceptible passa dans le regard de Fernando, comme si pour la première fois, il comprenait qu'il n'y avait personne pour le sauver. À cet instant, quelque chose bondit par-dessus la balustrade. Une masse brouillée par la vitesse percuta le rat-garou de plein fouet, avec assez de force pour l'envoyer rouler sur le sol. Quand le mouvement ralentit assez pour que mon œil puisse le distinguer, Richard chevauchait Fernando.

— Ne le tue pas, Richard ! m'époumonai-je. Ne le tue pas !

Je m'élançai vers eux, mais Jamil fut plus rapide que moi. Il se laissa tomber à genoux près de Richard, lui saisit le bras et lui dit quelque chose. Richard l'empoigna par la gorge et le projeta à travers la piste.

Je me précipitai vers Jamil et m'accroupis près de lui, mais il était trop tard. Sa trachée artère était broyée, ses yeux écarquillés et pleins de terreur. Il tenta de respirer et n'y parvint pas. Tandis qu'il luttait pour se remplir les poumons d'air, un spasme agita ses jambes, et son dos s'arqua. Il m'agrippa la main avec un regard suppliant. Mais je ne pouvais rien faire pour lui. Ou bien il guérirait, ou bien il mourrait.

Je hurlai.

— Merde, Richard, aide-le !

Richard plongea sa main dans le ventre de Fernando. Il n'avait pas encore de griffes. Ce furent des doigts parfaitement humains qui remontèrent sous les côtes de Fernando en quête de son cœur. Il était assez fort pour le lui arracher. À moins que nous réussissions à l'en empêcher.

Je me relevai, et la main de Jamil glissa à terre. Il m'avait lâchée, mais son regard me hanterait longtemps. Je courus vers Richard en braillant son nom.

— Richard !

Il m'observa de ses yeux ambrés de loup dans son visage humain. Tendit vers moi une main ensanglantée. Alors, le bouclier mental qui nous protégeait l'un contre l'autre s'effondra.

Un voile noir s'abattit devant mes yeux. Lorsque ma vision s'éclaircit, j'étais à genoux sur la piste. Je sentais mon corps, mais je sentais aussi les doigts de Richard se frayant un chemin à travers une chair dense. Le sang était tiède, mais il n'y en avait pas assez. Il voulait utiliser ses dents pour ouvrir le ventre de sa victime, et il luttait pour réprimer son impulsion.

Thomas s'accroupit près de moi.

—Servez-vous de vos marques pour le calmer avant qu'il tue Fernando.

Je secouai la tête. Mes ongles lacéraient de la chair. Je dus presser mes paumes sur mes yeux pour me souvenir quel corps j'habitais. Je recouvrai l'usage de ma voix, et cela aida à nous séparer. M'aida à savoir qui j'étais, ce que j'étais.

—Je ne sais pas comment faire, avouai-je.

—Dans ce cas, maîtrisez sa rage, sa bête.

Thomas me prit les mains et les agrippa, pas pour me faire mal mais pour m'aider à m'ancrer dans mon propre corps. Je crispai mes doigts sur les siens et le dévisageai éperdument, comme une noyée.

—Je ne sais pas comment faire, répétai-je.

Il émit un son exaspéré.

—Gideon va devoir intervenir en attendant que vous puissiez le calmer.

C'était presque une question. J'acquiesçai. Certes, j'avais été sur le point de tuer Fernando moi-même, mais je savais que s'il mourait, nous ne lui survivrions pas longtemps. Padma nous massacrerait tous.

Je continuais à regarder le visage de Thomas, et pourtant, je sentis Gideon ceinturer Richard. Je sentis l'arracher à Fernando. Richard se tortilla et frappa Gideon, qui s'écroula. Puis il se jeta sur lui. Les deux hommes roulèrent sur le sol, chacun d'eux essayant de prendre le dessus. La seule chose qui les empêcha de s'entre-tuer fut le fait qu'ils s'accrochaient tous deux à leur forme humaine et se battaient quand même comme s'ils avaient des griffes. Mais la bête de Richard enflait en lui. S'il se transformait, jamais nous ne pourrions l'empêcher de tuer à moins de le tuer le premier.

Thomas posa une main sur ma joue, et je me rendai compte que je ne voyais pas son visage. Je ne voyais que les yeux étranges de Gideon à quelques centimètres des miens, tandis que mes mains serraient sa gorge comme pour l'étouffer. Mais ce n'était pas vraiment mes mains.

—Aidez-moi, croassai-je.

—Ouvrez-vous à sa bête, m'ordonna Thomas. Contentez-vous de vous ouvrir à elle, et elle vous remplira. Elle cherche un moyen de s'échapper. Donnez-le-lui, et elle s'engouffrera en vous.

En cet instant, je compris que Thomas et Gideon faisaient partie d'un triumvirat, tout comme Richard et moi.

—Je ne suis pas une lycanthrope.

—Peu importe. Faites-le, ou nous n'aurons pas d'autre choix que de le tuer.

Je hurlai et fis ce que Thomas me demandait. Mais je ne me contentai pas de m'ouvrir à elle : je l'attirai vers moi. Le pouvoir que Richard appelait sa bête réagit à mon contact. Je m'offrais à lui comme un refuge accueillant, et il se déversa en moi, sur moi, à travers moi, telle une aveuglante tempête de chaleur et d'énergie.

Ça ressemblait à toutes les fois précédentes où j'avais invoqué du pouvoir avec Richard et Jean-Claude, sauf que là, il n'y avait pas de sort dans lequel le canaliser. Aucun endroit vers lequel l'expulser. Il tenta de ramper hors de ma peau, de croître à l'intérieur de mon corps, mais je n'abritais pas de bête à conjurer. Je ne contenais rien qu'il puisse animer, et il déchaîna sa rage en moi. Je le sentis enfler jusqu'à ce qu'il me semble que j'allais imploser en fragments de chair sanguinolente. La pression augmenta, encore et encore, sans trouver le moindre débouché.

Mes hurlements se succédaient, haletants et déchirants, aussi vite que mes poumons parvenaient à aspirer de l'air pour les former. Je sentis Richard se traîner vers moi à quatre pattes, sentis ses mains et ses genoux imprimer des traces dans le sable, sentis les muscles de son corps onduler sensuellement comme ceux d'un prédateur redoutable mais fascinant.

301

Soudain, il apparut au-dessus de moi. Juste son visage, qui me regardait. Ses longs cheveux tombaient autour de sa tête tel un rideau d'ombre. Du sang brillait au coin de sa bouche. Je sus qu'il avait envie de le lécher mais qu'il se retenait, et notre lien était si étroit que je sus aussi pourquoi il se retenait. Pour moi. Parce qu'il avait peur que je le trouve monstrueux.

Son pouvoir cherchait toujours un moyen de s'échapper de moi. Lui aussi voulait goûter le sang – et les lèvres de Richard. Voulait s'envelopper de la tiédeur de sa chair et ne faire plus qu'un avec lui. Tel un amant frustré, il lui hurlait de lui ouvrir ses bras, son esprit, et de l'étreindre de toutes ses forces.

Richard l'appelait sa bête, pour le distinguer de lui, mais ce n'était pas une entité séparée. En cet instant, je comprenai pourquoi Richard tentait si désespérément de fuir son pouvoir, de se soustraire à lui. Parce que ce pouvoir, c'était lui. De la même façon que sa forme poilue était modelée à partir de son corps humain, sa rage, sa fureur destructrice était modelée à partir de sa psyché humaine. Sa bête se composait de cette partie de notre esprit que nous enfouissons, et qui ne monte jusqu'à notre conscience que durant nos pires cauchemars. Pas ceux où nous sommes pourchassés par des monstres : ceux où nous sommes les monstres. Où nous levons nos mains couvertes de sang vers le ciel et hurlons non de peur, mais de joie. De la joie très pure du massacre. Du moment cathartique où nous plongeons nos mains dans le sang chaud de nos ennemis, et où aucune pensée civilisée ne nous retient de danser sur leur tombe.

Le pouvoir s'embrasa, jaillit de mon corps telle une main caressante et se tendit vers Richard alors qu'il se penchait sur moi. De la peur emplit son regard, et ce n'était pas de la peur pour moi, ou de la peur de moi. C'était la peur que la bête soit la réalité et que sa morale bienséante – tout ce qu'il était ou avait jamais été – soit le mensonge.

Je levai les yeux vers lui.

—Richard, chuchotai-je. Nous sommes tous des créatures de la lumière et des ténèbres. Embrasser tes ténèbres n'éteindra pas ta lumière. Le bien est plus fort que ça.

Il se laissa tomber face contre terre, ne se retenant que sur ses coudes. Ses cheveux effleurèrent mes joues, et je luttai contre une envie pressante de frotter mon visage contre eux. Il était si près de moi que je sentais l'odeur de son after-shave, et en dessous, celle de sa peau. Le parfum chaud de son corps. Je voulais toucher cette chaleur, l'envelopper de ma bouche et tenter de la retenir à jamais. Je le désirais. À cette idée, le pouvoir flamba ; les pensées primitives l'excitaient, le rendaient plus difficile à contrôler.

—Comment peux-tu dire que le bien est plus fort ? souffla Richard, le fluide rouge sombre continuant à goutter du coin de ses lèvres. J'ai envie de lécher le sang dont je suis couvert, de presser ma bouche sur la tienne pour te nourrir de ma blessure. C'est mal.

Je touchai son visage du bout des doigts, et ce contact léger suffit à faire bondir le pouvoir entre nous.

—Ce n'est pas mal, Richard : juste assez peu civilisé.

Le sang formait une goutte tremblante au bord de son menton. Quand elle se détacha et tomba sur ma peau, elle me brûla presque. Son pouvoir fusa comme un geyser et m'emporta avec lui. Il voulait que je lèche – je voulais lécher – le sang sur le visage de Richard. Alors qu'une partie de moi continuait à s'y refuser, je levai la tête pour faire courir mes lèvres, ma langue et, très légèrement, mes dents le long de sa mâchoire. Puis je me laissai aller sur le sol, la bouche pleine de son goût salé, et j'en voulus plus. Beaucoup plus. À un point qui me fit peur.

Cette partie de moi, de lui, m'effrayait autant que lui. C'est pour ça que je l'avais fui en courant la nuit de la pleine lune. Ce n'était pas parce qu'il avait mangé Marcus – même si ça avait joué –, ou parce qu'il avait si mal géré la situation. Le souvenir qui me hantait le plus était celui du moment où je m'étais laissée emporter par le pouvoir de la meute et où, pendant une fraction de seconde, j'avais voulu tomber à genoux pour me nourrir avec les loups. Je craignais que la bête de Richard annihile ce qui restait de mon humanité. J'avais peur pour les mêmes raisons que lui. Il n'en restait pas moins que ce que je venais de dire était vrai. Ce n'était pas mal – juste pas très humain.

Richard posa ses lèvres sur les miennes en un baiser tremblant. Un bruit sourd monta de sa gorge, et soudain, il pressa sa bouche sur la mienne avec tant de force que si je ne lui cédais pas, il allait me faire mal. Je cédai. Mes lèvres s'ouvrirent, et la langue de Richard plongea entre elles. Le sang qui s'écoulait de sa coupure emplit ma bouche de son goût sucré et salé tandis que ses lèvres avides se repaissaient de moi.

Je pris son visage dans mes mains et lui rendis goulûment son baiser, mais ce n'était pas encore assez. Un gémissement aigu s'échappa de ma bouche et se perdit dans la sienne. C'était un son né du besoin, de la frustration, d'un désir qui n'était pas civilisé et ne l'avait jamais été. Nous avions joué à Ozzie et Harriet, mais ce que nous voulions l'un de l'autre évoquait plutôt *Hustler* et *Penthouse*.

Nous nous relevâmes sur les genoux sans décoller nos bouches. Mes mains glissèrent sur la poitrine de Richard, sur son dos, et quelque chose en moi se détendit. Comment pourrais-je jamais être aussi proche de lui et ne pas le toucher ?

Son pouvoir tenta de se déverser à l'extérieur, mais je le retins. Je le retins comme je pouvais retenir ma propre magie, le laissai enfler jusqu'à ce que je ne puisse plus le contenir. Les mains de Richard remontèrent le long de mes jambes et trouvèrent la dentelle de ma culotte. Ses doigts caressèrent ma colonne vertébrale, et je craquai.

Le pouvoir jaillit vers le haut et se répandit hors de nous, nous emplissant tous les deux. Il nous submergea en une vague précipitée de chaleur et de lumière, jusqu'à ce que ma vision vole en éclats et que nous poussions un même cri. Sa bête se faufila en lui. Je la sentis ramper hors de moi, comme tirée par une corde épaisse, envahir Richard et se lover dans son corps. Je m'attendais que ses vestiges retombent entre nous comme la dernière goutte d'un verre de vin, mais ils restèrent en moi.

Quelque part au centre de ce raz de marée, j'avais senti Richard prendre le contrôle de sa bête et projeter cette chaleur palpitante vers Jamil. Je n'aurais pas su comment m'y prendre, mais Richard, lui, le savait. J'avais senti Jamil guérir sous le flux impétueux de son pouvoir.

Richard me tenait dans ses bras, et mon visage était pressé contre sa poitrine. Son cœur battait contre ma joue comme une chose vivante. Une légère pellicule de sueur recouvrait son corps. Je léchai la transpiration sur son torse et levai les yeux.

Les paupières de Richard étaient lourdes, son regard hébété. On aurait presque pu croire qu'il somnolait, mais pas tout à fait. Il me prit le visage dans ses mains en coupe. La plaie de sa bouche s'était déjà refermée. Sa bête l'avait refermée. Il baissa la tête, et ses lèvres effleurèrent les miennes.

— Qu'allons-nous faire?

Je pressai mes mains sur les siennes comme si je ne voulais pas qu'il me lâche.

— Ce que nous sommes venus faire.

— Et ensuite?

Je secouai la tête, frottant mon visage contre ses paumes.

— La survie passe avant tout. On réglera les détails plus tard.

Une brusque panique envahit ses yeux.

—Jamil… J'aurais pu le tuer.

—Mais au final, tu l'as sauvé.

Il laissa cette idée le calmer partiellement. Ce qui ne l'empêcha pas de se relever et de se diriger vers son exécuteur prostré sur le sol. Il lui devait au moins des excuses. Ce n'était pas moi qui dirais le contraire. De mon côté, je restai à genoux. Pour tout un tas de raisons, je n'étais pas certaine de pouvoir marcher. Pas encore.

—Ce n'est pas ainsi que Gideon et moi aurions procédé, commenta Thomas. Mais puisque ça a fonctionné…

Je sentis une chaleur brûlante me monter au visage.

—Désolée.

—Ne vous excusez pas, gronda Gideon. C'était un spectacle délectable.

Il rampa vers nous, un bras replié et plaqué sur sa poitrine. Du sang dégoulinait le long de son épaule, formant un filet sombre et brillant contre le tissu blanc de sa chemise. Je n'avais absolument aucune envie de le lécher. Et je m'en réjouissais.

—C'est Richard qui a fait ça ?

—Il commençait à se transformer quand vous l'avez appelé. Vous avez bu sa bête, et il s'est calmé.

Gideon s'assit par terre, légèrement penché sur le côté. Une flaque poisseuse se formait déjà à l'aplomb de sa blessure. Il ne réclama d'aide ni par la parole ni par le geste. Pourtant, Thomas tendit un bras vers lui et lui posa une main sur l'épaule en un geste presque fraternel. Leur pouvoir se combina en un souffle froid qui me picota la peau, mais si je n'avais pas été capable de le sentir, jamais je n'aurais su ce qui était passé entre eux.

—Est-ce seulement la légendaire réserve européenne, ou Richard et moi nous y sommes-nous affreusement mal pris ? interrogeai-je.

Thomas sourit, mais ce fut Gideon qui répondit.

—Vous ne vous y êtes pas mal pris. En fait, je me sens presque volé. (Il tapota la main de son compagnon et sourit, dévoilant ses crocs.) Il existe des moyens de partager le pouvoir qui sont plus discrets, moins… spectaculaires. Mais, en l'occurrence, vous avez fait ce qui devait être fait. C'était une situation désespérée, qui appelait des mesures désespérées.

Je laissai filer. Inutile de leur expliquer que chaque fois où je me retrouvais près de Richard finissait par appeler des mesures désespérées.

De l'autre côté de la piste Richard aidait Jamil à s'asseoir. Zane avait détaché les deux léopards-garous et conduit Vivian jusqu'à Gregory. Tous deux s'agenouillèrent près de lui. Accrochée au cou de Zane, Vivian pleurait.

Je me redressai et me rendai compte que je pouvais marcher. *Génial.* Richard me prit quand même de vitesse. Il écarta les cheveux emmêlés de Gregory de sa figure, et le léopard-garou leva les yeux vers lui.

—Nous devons redresser tes jambes, dit Richard.

Gregory acquiesça, les lèvres pincées en une ligne très mince qui me rappela Cherry.

—Il faut le conduire à l'hôpital pour ça, intervins-je.

Richard leva les yeux vers moi.

—Ses os ont déjà commencé à se ressouder, Anita. Chaque minute qu'ils passent de travers est une minute où ils guérissent de travers.

Je regardai les jambes de Gregory. Il était totalement nu, mais ses blessures étaient si terribles que ça n'avait rien de gênant : c'était juste pitoyable. Au-dessous des genoux, ses jambes étaient pliées dans le mauvais sens. Je dus fermer les yeux et détourner la tête. Si ç'avait été un cadavre, j'aurais pu le regarder, mais Gregory saignait encore, souffrait encore. D'une certaine façon, c'était pire.

Je me forçai à reporter mon attention sur lui.

—Tu veux dire qu'elles risquent de rester comme ça ?

—Oui, acquiesça Richard.

Je scrutai les yeux effrayés de Gregory. Ils avaient le même bleu de fleur de maïs que ceux de Stephen, et leur couleur paraissait encore plus intense à travers le masque ensanglanté qui recouvrait son visage. Je cherchai quelque chose à dire, mais il parla le premier. Sa voix était aiguë et éraillée, comme s'il avait hurlé à s'en écorcher les cordes vocales.

—Quand tu es partie sans moi la première fois, j'ai pensé que tu les laisserais me garder.

Je m'agenouillai près de lui.

—Tu n'es pas un objet qu'on puisse garder. Tu es une personne. Tu mérites d'être traité…

J'allais dire « mieux que ça », mais ça semblait si évident ! Je voulus lui prendre la main comme je l'aurais fait pour réconforter un môme, mais deux de ses doigts étaient en si sale état que je ne savais même pas par où l'attraper.

—Il est mort ? demanda Vivian.

C'était la première fois que j'entendais sa voix. Rauque et légèrement essoufflée, à mi-chemin entre celle d'une enfant et d'une séductrice. Elle devait être divine au téléphone. En revanche, son regard n'était ni enfantin ni séducteur. Il était effrayant. Par-dessus nos têtes, elle regardait le corps immobile de Fernando, et sa haine émanait d'elle en vagues brûlantes, bouillantes.

Non que je l'en blâmasse. Je me dirigeai vers notre petit violeur pour voir comment il allait. Gideon et Thomas l'atteignirent avant moi. Je remarquai qu'ils ne s'étaient pas approchés de lui avant que je le fasse. Mon petit doigt me disait qu'ils ne l'aimaient pas beaucoup plus que nous. Fernando avait un don pour s'attirer l'antipathie des gens. Ça semblait bien être son seul talent.

Son ventre nu n'était qu'une masse de chair ensanglantée à l'endroit où Richard avait tenté de lui arracher ses intestins, mais la blessure guérissait déjà. Se refermait comme un film visionné en accéléré. Je voyais les bords se ressouder à l'œil nu.

— Il vivra, lâchai-je sans faire d'effort pour dissimuler ma déception.

— Oui, acquiesça Thomas sans plus d'enthousiasme que j'en ressentais. (Il se secoua et tourna vers moi ses yeux bruns si tristes.) S'il était mort, Padma aurait mis cette ville sens dessus dessous pour vous retrouver. Ne vous méprenez pas, Anita : il aime son fils, mais surtout, Fernando est son seul héritier.

— Je ne pensais pas qu'un vampire se soucierait de ça.

— Padma est originaire d'une époque et d'une culture qui considèrent un fils comme une chose incroyablement importante. Peu importe la durée de notre existence ou ce que nous devenons : à l'origine, nous étions tous des gens, et nous ne parvenons jamais à nous défaire totalement des vestiges de notre humanité. Elle continue à nous hanter au fil des siècles.

— Vous êtes toujours humain, fis-je remarquer.

Il sourit et secoua la tête.

— Plus vraiment.

J'ouvris la bouche pour lui demander quelque chose, mais il m'interrompit d'une main levée.

— Si nous en avons le temps, Gideon et moi vous parlerons volontiers, et en détail, de ce que peut être un triumvirat. Mais pour le moment, vous devez partir avant le réveil de Fernando. Pendant la journée, c'est lui qui nous commande.

Mes yeux s'écarquillèrent, et je dévisageai le compagnon de Thomas.

— Il n'est pas assez dominant pour contrôler Gideon, protestai-je.

— Padma est un maître impitoyable, Anita. Nous obéissons, ou nous en subissons les conséquences.

— Et c'est pourquoi vous devez filer aussi vite que possible, ajouta Gideon. Mieux vaut ne pas parler de ce que ce petit bâtard nous ordonnerait de vous faire s'il se réveillait maintenant.

Là, il marquait un point. Gregory poussa un cri aigu qui s'acheva par un gémissement. Richard avait dit que ses os avaient commencé à se ressouder de travers. Je comprenai soudain ce que ça signifiait.

— Si ses jambes avaient guéri dans la mauvaise position, Gregory serait resté handicapé.

— Oui, acquiesça Gideon. Telle était la punition que Padma souhaitait lui infliger.

Fernando poussa un grognement, mais ses paupières demeurèrent closes. Le temps nous était compté.

— Je voudrais récupérer mes flingues.

Thomas et Gideon ne discutèrent même pas : ils me les rendirent, un point c'est tout. Ou bien ils me faisaient confiance, ou bien ils me croyaient incapable d'abattre le fils de leur patron pendant qu'il était inconscient. Et ils avaient raison, même si Fernando l'avait cent fois mérité. J'ai déjà tué des gens pour moins que ce qu'il venait de faire – beaucoup moins.

Gregory s'était miséricordieusement évanoui. Richard le tenait le plus prudemment possible dans ses bras. Il avait trouvé du bois je ne sais où et déchiré son tee-shirt pour lui confectionner des attelles rudimentaires.

Vivian s'appuyait lourdement sur Zane, comme si ses propres jambes ne fonctionnaient plus tout à fait. Elle tentait également de couvrir son intimité. Elle avait si mal qu'elle pouvait à peine marcher, et sa nudité la gênait quand même. Comme j'avais laissé mon manteau dehors, nous étions un peu à court de fringues à lui offrir.

Au final, ce fut Thomas qui la tira d'embarras en lui offrant sa veste rouge si chic. Vivian était beaucoup plus petite que lui, de sorte que le vêtement lui tombait jusqu'à mi-cuisses. Notre petite bande d'éclopés se dirigea cahin-caha vers la sortie.

Dès que nous émergeâmes de la tente dans l'allée centrale du *Cirque*, la tension de mes épaules se relâcha d'un cran. Je récupérai le manteau d'Asher et fourrai un flingue dans chaque poche. J'avais déjà renfilé la bandoulière de l'Uzi.

Thomas nous tint la porte. Je fus la dernière à sortir.

— Merci, dis-je.

Nous savions tous deux que je ne parlais pas de son geste galant.

— De rien.

Il referma la porte derrière nous, et je l'entendis la verrouiller.

Debout dans la vive clarté estivale, je laissai mon corps absorber la chaleur qui m'entourait. C'était bon de me retrouver dehors en plein jour. Mais la nuit approchait, et je ne savais toujours pas à quoi Jean-Claude avait consenti pour obtenir la libération de Vivian et de Gregory. Néanmoins, à l'idée que la première avait été traitée comme de la viande et le second délibérément mutilé, je me réjouissais que nous ayons négocié. Je n'irais pas jusqu'à dire que ça aurait valu n'importe quel prix, mais pas loin. Jean-Claude avait dit pas de viol, pas de pénétration, pas de mutilation, pas de dépiautage à vif. La liste m'avait paru plus complète et plus rassurante une heure auparavant.

# CHAPITRE 30

Nous nous garâmes dans l'allée de ma maison de location avec deux léopards-garous blessés, deux léopards-garous indemnes, deux loups-garous très silencieux, un raton-laveur, et assez d'équipement pour que Richard puisse installer une paire d'attelles suspendues dans ma chambre à coucher. Selon le docteur Lilian, Gregory devrait garder les jambes en traction pendant vingt-quatre heures.

Les métamorphes étaient en train d'évacuer le dispensaire. Si Fernando commandait pendant la journée, ce n'était pas seulement une précaution, mais une nécessité. Il n'avait pas voulu libérer Rafael, et il souhaiterait certainement se venger de Richard pour la tannée qu'il venait de recevoir : donc, les loups étaient en danger autant que les rats. Je ne voulais même pas imaginer ce qu'il ferait à Vivian et à Gregory s'il réussissait à remettre ses sales petites pattes sur eux. Le mieux que nous puissions faire, c'était de les garder avec nous et d'éviter tous les endroits où il penserait à nous chercher.

J'espérais plus ou moins que Thomas et Gideon l'empêcheraient de trop bien nous chercher. D'habitude, je ne fais pas confiance aux gens si facilement, mais Gideon l'avait traité de petit bâtard. Thomas et lui ne l'aimaient pas davantage que nous. C'était difficile à croire, mais peut-être vrai.

Et puis, où aurions-nous été en sécurité, à part chez moi ? Nous ne pouvions pas nous planquer dans un hôtel : ça aurait mis tout le personnel et les autres clients en danger. Quand j'ai cherché une maison à louer dans les petites annonces, mon critère numéro un, c'était qu'elle soit isolée. Franchement, je suis une citadine dans l'âme, mais depuis quelque temps, ma vie est une zone de combat. C'est feu à volonté dans tous les azimuts. Donc, je ne pouvais pas habiter dans un appartement, ni même dans un gentil petit lotissement. Il me fallait du terrain à perte de vue, et aucun voisin qui risque de se ramasser une balle perdue. J'avais fini par trouver ce que je désirais – mais seulement sur le plan de l'isolement.

Cette maison était trop grande pour moi. Elle réclamait à grands cris une famille qui irait se balader dans les bois le dimanche, avec un chien qui gambaderait autour des gamins. Richard n'y était encore jamais venu. Je me serais sentie moins mal à l'aise s'il l'avait vue avant notre petite séance de pelotage – pardon, de réconciliation.

Avant que Jean-Claude s'interpose entre nous, Richard et moi étions fiancés. Et nous planifiions le genre de futur qui allait avec ce genre de maison. Je ne savais pas si Richard avait compris à quel point nous rêvions, mais en ce qui me concerne, je m'étais bel et bien réveillée – en sursaut. Le genre de futur qui incluait une jolie barrière blanche et deux enfants et demi n'était pas dans mes cartes. Je ne pensais pas non plus qu'il soit dans les siennes, mais je ne voulais pas faire éclater sa bulle d'illusion. Tant que je n'étais pas dedans… Et si j'y étais revenue, nous avions un problème sur les bras.

La maison était flanquée d'un parterre rectangulaire, de taille moyenne, qui recevait du soleil pratiquement toute la journée. À l'origine, un massif de rosiers y était planté, mais les locataires précédents avaient déterré les buissons pour les emporter avec eux. Quand j'avais emménagé, il ressemblait à la face cachée de la lune, cratères compris.

C'était si désolant que j'avais passé un week-end à y replanter des fleurs. De la rose moussue en bordure, parce que j'adore ses bourgeons minuscules aux teintes vives.

Des zinnias derrière, parce que leurs couleurs se font écho entre elles. C'était une véritable explosion de rouge, de violet, d'orange et de fuchsia. Rien de subtil. Les zinnias attiraient les papillons et les colibris. Immédiatement après venaient des cosmos, élancés, duveteux et emmêlés. Les papillons raffolaient de leurs fleurs pâles et largement épanouies ; les colibris, beaucoup moins. Leurs pétales étaient un peu trop pastel comparés à ceux des zinnias et de la rose moussue, mais bon, ça allait quand même. Et à l'automne, les cosmos seraient pleins de graines pour les chardonnerets.

En me mettant à jardiner, j'avais plus ou moins admis que je risquais de rester là un bout de temps. Que je ne pourrais pas retourner en ville et me reprendre un appartement. Que ma vie ne m'autorisait pas le luxe d'avoir des voisins.

— Jolies fleurs, commenta Richard en coupant le moteur de son 4 x 4.

— Je ne pouvais pas laisser ce truc en friche, me défendis-je.

Il émit un bruit qui voulait tout dire, et rien dire à la fois. Nous ne sortions plus ensemble depuis un bout de temps, mais même sans nos marques, il me connaissait assez bien pour savoir quand il valait mieux ne pas insister. Ça m'ennuyait de n'avoir pas pu laisser ce putain de parterre à l'abandon. Je détestais m'être sentie obligée de le rendre plus joli. Non, je n'assume pas bien mon côté féminin.

Richard et Jamil transportèrent Gregory à l'intérieur, en utilisant le brancard que le dispensaire nous avait prêté. Lilian avait bourré le léopard-garou de tellement de tran-quillisants qu'il ne ressentait aucune douleur. Ce dont je me réjouissais. Éveillé, Gregory avait tendance à gémir et à hurler.

Curieusement, il s'était avéré que Cherry était infirmière. Un seul regard à Gregory, et son professionnalisme avait repris le dessus. Une solide couche d'assurance et de compétence avait jailli de nulle part, comme si elle était devenue une personne différente. Voyant que Gregory la laissait le toucher et ne rejetait pas son aide, elle avait recouvré son calme. Pour être tout à fait honnête, je n'avais eu confiance en elle qu'à partir du moment où le docteur Lilian m'avait donné le feu vert. Elle m'avait assuré que Cherry saurait installer les attelles suspendues et y placer les jambes de Gregory sans lui causer davantage de dégâts.

J'avais foi en le jugement de Lilian, mais quelque part, je me méfiais toujours de Cherry. Même si je n'approuvais pas le fait que Richard l'ait malmenée, j'étais d'accord avec lui sur un point : toute personne capable de vous abandonner à un sort pire que la mort ne peut être considérée comme fiable. Il n'y a pas de honte à être faible, mais je ne me fierais jamais à Cherry pour protéger mes arrières.

Vivian avait refusé que Zane la porte à l'intérieur de la maison, bien qu'il lui soit visiblement très douloureux de marcher. Elle s'accrochait à mon bras de ses deux petites mains. En vérité, celles-ci n'étaient pas beaucoup plus petites que les miennes, mais Vivian paraissait tellement plus fragile que moi… Ce n'était pas une question de taille, et ce n'était pas non plus parce qu'elle s'était fait violer. Même enveloppée de la veste rouge de Thomas et du peignoir bleu élimé que Lilian lui avait prêté, elle avait quelque chose de très délicat, très féminin, à la fois ravissant et éthéré. Je sais, c'est difficile d'avoir l'air ravissant et éthéré quand la moitié de votre visage est tuméfiée, mais Vivian y parvenait quand même.

Elle trébucha dans l'allée de gravier qui conduisait à la maison. Je la rattrapai, mais ses genoux cédèrent sous elle, et elle faillit m'échapper. Zane fit mine de nous prêter main-forte ; Vivian poussa un petit cri étranglé et enfouit son visage dans le creux de mon épaule. Depuis que nous étions montés en voiture, elle n'avait laissé aucun homme la toucher. C'est Zane qui l'avait détachée, mais apparemment, c'est moi qu'elle considérait comme son sauveur. Peut-être parce que j'étais la seule femme de notre petit commando, et qu'elle ne pouvait se sentir en sécurité qu'entre les mains d'une femme.

Je soupirai et secouai la tête. Zane recula sans discuter. Si j'avais été en baskets, ou même en mocassins, j'aurais porté Vivian jusqu'à la maison. Manque de bol, j'étais en escarpins à talons hauts, et avec ce genre de pompes, je ne pouvais pas soulever quelqu'un qui pesait presque aussi lourd que moi. Si je me débarrassais de mes chaussures, je risquais de marcher sur ma robe et de me vautrer. Je commençais vraiment à détester cette tenue.

—Vivian, appelai-je. (Elle ne répondit pas.) Vivian ?

Elle continuait à glisser vers le sol. J'écartai les jambes pour prendre le meilleur appui possible avec ces foutues godasses, et je m'apprêtais à la soulever lorsque ses jambes cédèrent complètement. Même avec mes talons, j'aurais pu la porter en travers de mes épaules comme font les pompiers, mais j'avais vu son corps nu, et tout son estomac était couvert d'ecchymoses violacées. Si ma nuque appuyait sur son ventre, ça lui ferait mal. Je réussis à la prendre dans mes bras et à me redresser ; quant à marcher… Je n'étais pas assez débile pour essayer.

—Allez chercher Cherry, ordonnai-je.

Zane acquiesça et se dirigea d'un pas vif vers la maison.

Je restai plantée là avec Vivian dans les bras, attendant l'arrivée des renforts. Le soleil de juillet pesait sur mon dos à travers le manteau de laine noire. De la sueur dégoulinait le long de mon échine. Des cigales emplissaient l'air de leur bourdonnement. Une petite armée de papillons butinait mon cher massif de fleurs. Ne le racontez à personne, mais chaque jour, je sors au moins une fois dans mon jardin pour boire mon café en matant ces bestioles stupides.

Le tableau était charmant, mais je m'impatientais. Combien de temps fallait-il à Zane pour demander à Cherry de ramener son cul dehors ? Évidemment, peut-être qu'elle était occupée avec Gregory et ses horribles blessures. Dans ce cas, je risquais de poireauter un moment. Le problème, ce n'était pas que je me sentais incapable de tenir Vivian trop longtemps. C'est que je me sentais idiote de porter des talons trop hauts pour l'emmener à l'intérieur de la maison. Je déteste avoir l'air d'une fifille.

Pour passer le temps, j'entrepris de compter les différentes espèces de papillons visibles. Des machaons noirs et tigrés, des vanesses, des mélitées, des colias et des belles-dames. Un trio de minuscules argus bleus voltigeait dans les airs comme des morceaux de ciel scintillants.

C'était très joli, mais que fichait donc Cherry ? J'en avais ras le bol. J'avançai prudemment un pied. Ma cheville se tordit, et je dus me jeter en arrière pour ne pas laisser tomber Vivian sur le gravier. J'atterris sur les fesses au milieu du parterre de fleurs, écrabouillant ma chère rose moussue et aplatissant quelques zinnias. Les cosmos me surplombaient ; certains d'entre eux mesuraient déjà un mètre quatre-vingts.

Vivian poussa un petit gémissement et ouvrit son œil valide.

—Tout va bien, lui dis-je sur un ton apaisant. Tout va bien.

Je restai assise là et la berçai dans mes bras, le cul dans les fleurs et les jambes tendues devant moi. J'avais réussi à rester debout face à des vampires, à des métamorphes, à des serviteurs humains et à des pyromanes, mais une paire de talons hauts avait eu raison de moi. Vanité, ton nom est femme. Même si celui qui a écrit ça n'a jamais dû avoir un numéro de *GQ* entre les mains.

Un machaon tigré presque aussi gros que ma main voleta près de ma figure. Il était jaune pâle, avec des rayures brunes sur les ailes. Un instant, il demeura en suspension au-dessus de Vivian, puis se posa sur mon poignet. Il arrive qu'un papillon vienne vous lécher la peau pour pomper le sel de

317

votre transpiration, mais d'habitude, il faut que vous ne remuiez pas d'un poil. Au moindre mouvement, il reprend son envol. Celui-ci semblait plus tenace que la moyenne de ses congénères. Sa trompe incurvée n'était pas beaucoup plus épaisse qu'une épingle, mais je la sentais me chatouiller.

C'était peut-être la troisième fois de ma vie qu'un papillon venait me butiner. Je n'essayai pas de le chasser. C'était plutôt agréable. Ses ailes battaient très lentement tandis qu'il se nourrissait, et ses pattes minuscules ne pesaient presque rien sur ma main.

Cherry sortit de la maison et écarquilla les yeux en me voyant.

— Vous êtes blessée ?

Je secouai la tête, prenant toujours garde à ne pas effrayer le machaon.

— Je n'arrive pas à prendre suffisamment d'appui pour me relever, c'est tout.

Cherry s'agenouilla près de nous, et le papillon s'éloigna en glissant sur l'air. Elle le suivit des yeux.

— Je n'avais encore jamais vu un papillon faire ça, s'émerveilla-t-elle.

— Il en avait après le sel de ma transpiration, révélai-je. Il se serait aussi bien nourri d'un fruit pourri ou d'une crotte de chien.

Cherry grimaça.

— Merci d'avoir gâché une image idyllique.

Elle me prit Vivian des bras et vacilla en dépliant une jambe pour caler son pied sur le sol. Vivian gémit tandis qu'elle se redressait en la serrant contre elle et en s'efforçant de trouver son équilibre. Porter quelqu'un, ce n'est pas juste une question de force. C'est aussi une question d'équilibre, et un corps inconscient est un fardeau difficile à manipuler.

— Vous avez besoin d'un coup de main ? me demanda-t-elle.

Je secouai la tête et ramenai mes genoux sous moi. Cherry me prit au mot; elle se dirigea vers la maison sans plus me prêter d'attention. Elle devait être plus maligne qu'elle en avait l'air. Évidemment, si j'avais subi les tendres attentions de Padma pendant toute une nuit, je n'aurais pas non plus fait une bonne impression à quelqu'un qui m'aurait rencontrée pour la première fois.

Je m'efforçais de redresser les tiges ployées par ma chute lorsque le machaon tigré revint vers moi. Comme il voletait autour de ma tête, je perçus un picotement de pouvoir. S'il avait fait nuit, je l'aurais attribué à un vampire, mais nous étions en plein jour.

Je me redressai et sortis le Browning de la poche de mon manteau. Le machaon agitait ses ailes brillantes, fines comme du papier, devant mon visage. Son attitude, qui m'avait presque attendrie une minute plus tôt, me perturbait soudain. Pour la première fois de ma vie, je repoussai un papillon comme s'il avait été une chose immonde. Et peut-être était-ce le cas.

Je ne veux pas dire par là que le machaon était un vampire au sens littéral du terme. À ma connaissance, les buveurs de sang ne peuvent pas se transformer en animal. Évidemment, ils ne peuvent pas non plus sortir en plein jour. D'un autre côté, comment aurais-je pu savoir de quoi les envoyés du Conseil étaient capables ou non?

Le machaon s'éloigna en direction des bois, revint vers moi et continua à faire la navette comme s'il m'invitait à le suivre. Je secouai la tête. Je me sentais idiote d'avoir dégainé mon flingue pour un vulgaire papillon. Mais il y avait quelque chose d'autre là dehors. Debout dans la chaleur estivale, je sentais le soleil marteler le sommet de mon crâne. J'aurais dû être en sécurité – ou à tout le moins, à l'abri des vampires. Ce n'était pas juste qu'ils aient changé les règles sans me prévenir.

J'étais sur le point de rentrer dans la maison pour réclamer des renforts lorsque j'aperçus une silhouette. Grande, et enveloppée d'une lourde cape dont la capuche masquait ses traits. Ce qui ne m'empêcha pas de deviner qu'elle appartenait à un homme. Près de deux mètres à vue de nez, des épaules aussi larges… Ça ne pouvait être que Warrick. Sauf que ça ne pouvait pas être lui. Il n'était pas assez puissant pour sortir en plein jour, loin s'en fallait.

J'observai cette haute silhouette et sa cape d'une blancheur étincelante, aussi immobile que si elle était taillée dans du marbre. Même M. Oliver, le plus vieux vampire que j'aie jamais rencontré, évitait la lumière directe du soleil. Pourtant, Warrick se tenait face à moi, pareil à un fantôme qui aurait appris à se déplacer pendant la journée. À ceci près qu'il ne se déplaçait pas, bien sûr. Il restait dans l'ombre ondulante des arbres, sans essayer de s'avancer dans la lumière directe de la clairière. Peut-être ne le pouvait-il pas. Peut-être ce mince voile d'ombre était-il la seule chose qui l'empêche de se consumer. Peut-être.

Je me dirigeai vers lui en déployant mes perceptions. Son pouvoir était le seul que je puisse sentir. Ça aurait pu être un piège, une embuscade, mais je n'y croyais pas. Si les envoyés du Conseil avaient voulu me capturer, ils auraient cherché un moyen plus subtil. Néanmoins, juste au cas où, je m'immobilisai à une distance prudente de la lisière des arbres. Si j'apercevais le moindre mouvement, je pourrais toujours appeler à l'aide et revenir en courant vers la maison. Voire tirer une ou deux balles.

Warrick avait la tête inclinée si bas que sa capuche dissimulait totalement son visage. Il ne bougea pas, comme s'il n'avait pas conscience de ma présence. Le seul mouvement était celui du vent qui agitait le tissu de sa cape. Il ressemblait à une statue sur laquelle on aurait jeté un drap. Plus les secondes s'écoulaient, plus la scène prenait une qualité étrange, quasi surnaturelle. Je me sentis obligée de rompre le silence.

—Que voulez-vous, Warrick?

Un frisson le parcourut. Lentement, il leva la tête. La pourriture avait gagné son visage si carré. Sa peau était verte et noire, comme si cette mince couche de tissu cutané contenait des siècles de mort. Même ses yeux bleus étaient ternis par une pellicule opaque, comme ceux d'un poisson crevé depuis trop longtemps pour qu'on puisse le manger.

J'en restai bouche bée. Après ce qu'Yvette lui avait fait sous mes yeux, vous auriez pu croire que cette vision ne m'aurait pas choquée, mais ce fut pourtant le cas. On ne s'habitue jamais à certaines choses.

—Yvette vous a encore puni? demandai-je.

—Non, me détrompa Warrick. Ma pâle maîtresse dort dans son cercueil. Elle ne sait rien de cette visite.

Sa voix était toujours ferme et sonore – la seule partie de lui qui demeure normale. Elle n'avait pas été affectée par la décomposition qui rongeait son corps.

—Que vous arrive-t-il, Warrick?

—Au lever du soleil, je ne suis pas mort. J'ai pensé que c'était un signe de Dieu. Qu'Il me donnait Sa permission de mettre un terme à mon existence maudite. Qu'Il m'accordait le privilège de marcher dans la lumière une dernière fois. Je suis sorti dans la lumière du jour, et je n'ai pas brûlé. Mais il m'est arrivé ceci.

Il sortit une main des replis de sa cape pour me montrer sa chair grisâtre. Ses ongles étaient noircis, et le bout de ses doigts semblait flétri.

—Guérirez-vous?

Il sourit, et malgré la hideur de son visage, ce fut un sourire rayonnant d'espoir. Ses traits pourris irradiaient d'une lumière qui ne devait rien à ses pouvoirs vampiriques. Le machaon tigré voletait devant sa figure.

—Dieu me rappellera bientôt à lui. Après tout, je suis un homme mort.

Sur ce point, je ne pouvais pas le contredire.

—Pourquoi êtes-vous venu ici ?

Un deuxième papillon rejoignit le premier, puis un troisième. Ils tournèrent autour de sa tête comme un carrousel. Warrick leva les yeux vers eux et sourit.

—Je suis venu vous mettre en garde. Padma redoute Jean-Claude et votre triumvirat. Il vous tuera s'il le peut.

—Ce n'est pas nouveau.

—Notre maître, Mort d'Amour, a donné à Yvette l'ordre de vous détruire tous.

Ça, c'était nouveau.

—Pourquoi ?

—Je ne crois pas qu'aucun membre du Conseil soit véritablement persuadé que Jean-Claude compte établir une organisation rivale dans ce pays. Néanmoins, ils le considèrent tous comme un rouage de ce nouveau vampirisme légal, une pièce de la machine du changement qui pourrait balayer notre ancienne existence. Les vieux vampires qui ont assez de pouvoir pour assurer leur sécurité et leur domination ne souhaitent pas que le *statu quo* soit remis en question. Lorsqu'ils voteront, vous aurez deux voix contre vous, Anita.

—Qui d'autre a une voix ?

—Asher dispose de la procuration de sa maîtresse, Belle Mort. Sa haine pour Jean-Claude est aussi brûlante et concentrée que la lumière du soleil à travers une vitre. Je ne pense pas que vous puissiez compter sur son soutien.

—Donc, ils sont bel et bien venus pour nous tuer.

—Si tel était le cas, vous seriez morts à l'heure qu'il est.

—Je ne comprends pas, avouai-je.

—La peur de Padma est trop forte pour qu'il accepte l'idée de vous laisser en vie, mais notre maître serait probablement satisfait si Jean-Claude renonçait à régner sur ce territoire et intégrait le Conseil comme il aurait déjà dû le faire depuis plusieurs mois.

— Le premier arriviste qui voudrait s'emparer d'un siège le défierait et le détruirait, protestai-je. Non, merci.

— C'est ce que Jean-Claude ne cesse de répéter. Je commence à croire qu'il se sous-estime. Qu'il vous sous-estime.

— Il est prudent, et moi aussi.

Un nuage coloré et dansant de papillons s'était formé au-dessus de la tête de Warrick. L'un d'eux se posa sur sa main, agitant doucement ses ailes brillantes tandis qu'il se nourrissait de sa chair pourrissante.

Le pouvoir de Warrick vibrait le long de mon corps. Il n'était pas aussi fort qu'un membre du Conseil, mais il l'était bien assez pour prétendre au statut de maître. Ce qui n'avait pas été le cas la veille.

— Empruntez-vous le pouvoir de quelqu'un? demandai-je.

— Celui de Dieu.

*Évidemment…*

— Plus nous restons loin de notre maître, plus Yvette s'affaiblit, et plus je deviens fort. Le Saint Feu de la lumière éternelle de Dieu a repris possession de mon corps. Peut-être me pardonnera-t-Il ma faiblesse. J'ai eu peur de la mort, Anita. J'ai craint la punition de l'enfer plus que je craignais Yvette. Mais je marche en plein jour. Le pouvoir de Dieu brûle de nouveau en moi.

Personnellement, je n'ai jamais cru que Dieu possède une salle de torture privée. Pour moi, l'enfer, c'est être coupé de Dieu, coupé de son pouvoir, de son énergie – de Lui. Nous baignons dans son pouvoir chaque jour de notre vie jusqu'à ce qu'il ne soit plus qu'un bruit de fond, quelque chose que nous ignorons ou cessons d'entendre. Mais reprocher à Warrick d'avoir laissé Yvette le torturer pendant des siècles parce qu'il craignait la damnation éternelle, qui à mon avis n'existe pas, aurait paru inutile. Voire carrément cruel.

—Je m'en réjouis pour vous, Warrick.

—J'ai une faveur à vous demander, Anita.

—Un service, c'est ça?

Je ne voulais pas consentir à quelque chose sans savoir de quoi il s'agissait exactement.

—Oui.

—Allez-y.

—Avez-vous une croix sur vous?

Je hochai la tête.

—Montrez-la-moi, s'il vous plaît.

Je ne pensais pas que ce soit une bonne idée, mais… Je tirai sur la chaîne en argent jusqu'à ce que la croix étincelle au soleil. Elle ne brillait pas : elle reflétait juste la lumière du jour.

Warrick sourit.

—La Sainte Croix ne me rejette pas.

Je n'eus pas le cœur de lui dire que ma croix ne réagissait pas à la proximité de tous les vampires. Elle semblait se réserver pour ceux qui me voulaient du mal, même s'il y avait parfois des exceptions dans les deux sens. Comme Warrick, je ne mettais pas en doute l'existence de Dieu. Je me disais qu'Il devait savoir ce qu'Il faisait, et que s'Il ne le savait pas, je préférais l'ignorer.

Warrick s'approcha de la lisière des arbres et s'immobilisa, hésitant sous sa cape blanche à la doublure noire. J'observai la lutte qui se déroulait sur son visage. Il voulait s'avancer dans la lumière directe du soleil, et il avait peur de le faire. Je ne pouvais pas l'en blâmer.

Il tendit sa main vers le rideau tremblant, liquide et doré, puis la laissa retomber.

—Mon courage et ma foi me trahissent une fois de plus. Je suis toujours indigne. Je devrais entrer dans la lumière et saisir la Sainte Croix sans redouter ses effets.

Il se couvrit le visage de ses mains putréfiées. Les papillons se posèrent sur chaque centimètre carré de sa peau nue, battant des ailes. Il n'y avait rien d'autre à voir que sa cape et les insectes palpitants. L'espace d'un instant, l'illusion fut parfaite. On aurait pu croire qu'il n'y avait rien d'autre à l'intérieur de cette cape que des papillons.

Warrick écarta lentement les mains, comme pour ne pas déranger ses petits copains. Il sourit.

—Ça faisait des siècles que j'entendais les maîtres vampires parler d'appeler leurs animaux, mais jusqu'ici, je n'avais pas compris à quel point c'était un don merveilleux.

Il semblait content de l'animal qui lui avait été attribué. À sa place, j'aurais été un peu déçue. Un papillon ne pouvait pas servir à grand-chose face aux animaux que la plupart des autres maîtres étaient capables d'appeler. Mais du moment que Warrick s'en satisfaisait, qui étais-je pour gâcher sa joie ?

—Yvette m'a fait jurer devant Dieu que je ne dévoilerais pas certains de ses secrets. Je n'ai pas manqué à ma parole.

—Insinuez-vous qu'il existe des choses que je devrais savoir et que vous ne m'avez pas dites ?

—Je vous ai dit tout ce que j'avais la liberté de vous dire, Anita. Yvette a toujours été redoutablement intelligente. Il y a bien des années, elle m'a manipulé pour me faire trahir tout ce qui m'était cher. Avant que nous débarquions sur vos rivages, elle m'a lié avec des serments. Sur le coup, je n'ai pas compris, mais je comprends maintenant. Elle savait que je vous considérerais comme une personne honorable. Une personne qui protège les faibles et n'abandonne pas ses amis. Malgré tout leur prétendu honneur, toute leur prétendue responsabilité, les membres du Conseil font pâle figure à côté de vous.

Le remercier semblait bien insuffisant, mais je ne pouvais pas faire grand-chose d'autre.

—Merci, Warrick.

—Même quand j'étais encore vivant, il existait une grande différence entre les nobles qui dirigeaient vraiment et pourvoyaient aux besoins de leurs gens, et ceux qui se contentaient de les dépouiller.

—Ça n'a pas beaucoup changé.

—Je suis navré de l'apprendre. (Il leva les yeux, peut-être vers le soleil, peut-être vers quelque chose que je ne pouvais pas voir.) Le soleil approche de son zénith, et je m'affaiblis.

—Avez-vous besoin d'un endroit où passer la journée ?

Ces mots avaient à peine quitté ma bouche que je regrettai de les avoir prononcés. Avais-je suffisamment confiance en Warrick pour le loger dans ma cave avec Jean-Claude et le reste de la bande, sans le surveiller chaque seconde ? Non, pas tout à fait.

La réaction du vampire me soulagea.

—Si cette journée doit être la dernière que je passe dans la lumière du soleil, je ne la gaspillerai pas en me cachant. Je marcherai dans vos bois enchanteurs et creuserai le sol pour m'y faire une couche. Ce ne sera pas la première fois que je reposerai parmi les feuilles mortes. Elles sont aussi épaisses et confortables qu'un matelas.

Je hochai la tête.

—Je sais. Je vous croyais plus citadin que ça.

—J'ai vécu en ville pendant de nombreuses années, mais j'ai passé ma jeunesse dans une forêt bien plus dense et verdoyante que celle-là. Les terres de mon père se situaient loin de toute cité… même si les choses ont bien changé depuis. Il ne reste plus aucun arbre aux endroits où je pêchais et chassais, enfant. Ils ont tous été rasés. Yvette m'a autorisé à retourner chez moi en pèlerinage – sous sa surveillance. Je regrette d'y être allé. Ça a souillé mes souvenirs en leur donnant des allures de rêves enfuis.

—Les bonnes choses sont aussi réelles que les mauvaises. Ne laissez pas Yvette vous enlever ça.

Warrick sourit et frissonna. Les papillons tourbillonnaient dans les airs comme des feuilles mortes emportées par le vent.

—Je dois y aller.

Il s'éloigna entre les arbres, suivi par une nuée de papillons avides. Je perdis de vue sa cape blanche tandis qu'il descendait une butte, mais les papillons continuèrent à danser dans son sillage comme de minuscules vautours attirés par une charogne.

# CHAPITRE 31

J e traversai le jardin en sens inverse, et je me dirigeais vers la porte d'entrée de ma maison quand le bruit d'une voiture s'engageant dans l'allée de gravier me fit faire volte-face. C'était Ronnie. Et merde. J'avais oublié de l'appeler pour annuler notre jogging matinal.

Veronica Sims, dite Ronnie, est détective privé. C'est aussi ma meilleure amie. Nous nous entraînons ensemble au moins une fois par semaine, généralement le samedi matin. Parfois, nous allons à la salle de gym soulever de la fonte ; parfois, nous allons courir. C'était samedi matin, et elle passait me prendre comme convenu.

Je plaquai le Browning contre ma cuisse, dissimulé sous mon manteau. Non que Ronnie s'en serait formalisée : c'était juste un réflexe. Si vous avez la chance de détenir un permis de port d'arme, vous évitez d'agiter l'arme en question sous le nez de n'importe qui. Sortir un flingue en public sans raison valable, c'est un délit baptisé « brandissement », qui peut vous valoir un retrait de permis. C'est une réaction d'amateur, comme quand un vampire nouveau-né montre ses crocs.

Je me sentais coupable d'avoir fait venir Ronnie jusqu'ici pour rien, et ce fut encore pire lorsque je prenai conscience qu'elle n'était pas seule. Louie – le docteur Louie Fane, qui enseignait la biologie à l'université de Washington – l'accompagnait. Ils sortirent de la voiture ensemble, riant de bon cœur, et se reprirent par la main dès que le capot ne s'interposa plus entre eux. Tous deux portaient une tenue de jogging. Le maxi tee-shirt de Louie, qui mesure à peine un mètre soixante-cinq, descendait si bas sur ses cuisses qu'il dissimulait pratiquement son short très… sommaire. Ses cheveux noirs coupés courts et soigneusement peignés contrastaient avec le négligé de ses vêtements.

Ronnie portait un cycliste en lycra mauve qui mettait en valeur ses longues jambes. Sa brassière assortie révélait son ventre plat. Elle ne s'habille jamais aussi bien pour aller courir avec moi. Ses cheveux blonds mi-longs étaient tout propres et brillants; elle s'était même fait un brushing. Il ne lui manquait que du maquillage, mais elle n'en avait pas besoin. Son visage rayonnait. Ses prunelles grises avaient cette teinte bleutée qu'elles prennent quand elle porte des vêtements du même ton. Elle n'avait pas choisi son cycliste et sa brassière au hasard, et Louie n'avait d'yeux que pour elle.

Je les regardai approcher main dans la main en me demandant quand ils me remarqueraient. Soudain, ils levèrent le nez vers moi et sursautèrent comme si je venais de jaillir de nulle part. Ronnie eut la bonne grâce de prendre un air embarrassé, mais Louie se contenta de m'adresser un sourire béat. Je savais qu'ils couchaient ensemble, mais même si Ronnie ne me l'avait pas dit, je l'aurais deviné rien qu'à les voir. Les doigts de Louie caressèrent doucement ceux de Ronnie, qui venait de s'immobiliser à côté de lui. Je n'étais pas certaine qu'il y ait de l'amour entre eux, mais du désir? Personne n'aurait pu en douter.

Ronnie me détailla de la tête aux pieds.

—Tu es un peu chaudement vêtue pour aller courir, non?

Je fronçai les sourcils.

—Désolée, j'ai oublié de t'appeler. Je viens juste de rentrer.

—Que s'est-il passé? s'enquit Louie.

Il tenait toujours la main de Ronnie, mais tout le reste avait changé. À présent, il était en alerte ; il semblait avoir grandi, et ses yeux noirs scrutaient mon visage, remarquant pour la première fois ma main bandée et les autres signes qui indiquaient que les dernières vingt-quatre heures avaient été mouvementées pour moi.

— Tu empestes le sang et… (Ses narines frémirent.) Quelque chose de pire.

Je me demandais s'il sentait la chair pourrie de Warrick sur mes chaussures, mais je me gardai bien de poser la question. Je ne voulais pas vraiment le savoir. Louie est l'un des lieutenants de Rafael, et j'étais surprise qu'il ne soit pas déjà au courant des derniers événements.

— Vous n'avez pas passé la nuit en ville, pas vrai ?

Ils secouèrent la tête d'un même mouvement. Le sourire de Ronnie s'était évanoui, lui aussi.

— Nous étions au chalet.

Ce chalet, elle l'avait récupéré durant son divorce, à la fin d'un mariage de deux ans qui s'était très mal terminé. Mais c'était un endroit génial pour un couple d'amoureux.

— Ça a dû être sympa…

— Que s'est-il passé ? répéta Louie sur un ton plus pressant.

— Venez. Je ne pourrai pas vous faire un résumé assez court pour que vous l'avaliez sans une tasse de café.

Ils me suivirent à l'intérieur de la maison sans se lâcher la main, mais leur expression radieuse n'était plus qu'un souvenir. J'ai tendance à faire cet effet sur les gens. Difficile de rester guilleret au milieu d'une zone de combat.

Gregory était étendu sur mon canapé, toujours drogué et miséricordieusement inconscient. En entrant dans le salon, Louie s'arrêta net. Évidemment, ce n'était peut-être pas juste à cause du léopard-garou. Mon canapé blanc et le fauteuil assorti reposaient sur un grand tapis persan aux couleurs duquel une multitude de coussins faisaient écho, pareils à des joyaux scintillant dans la lumière matinale. Ce décor ne me ressemblait pas beaucoup.

—Stephen, articula Ronnie.

Elle s'avança comme pour le toucher, mais Louie la retint.

—Ce n'est pas Stephen.

—Comment le sais-tu? interrogeai-je.

—Ils n'ont pas la même odeur.

Ronnie le regardait, perplexe.

—C'est Gregory?

Louie acquiesça.

—Je savais que c'était de vrais jumeaux, mais…

—Ouais. Il faut que je me change, mais qu'une chose soit bien claire. Gregory m'appartient, désormais. C'est un gentil. Alors, interdiction de le tabasser.

Louie se tourna vers moi. Le noir de ses iris avait envahi le reste de ses yeux, leur donnant l'aspect de deux boutons brillants. Des yeux de rat.

—Il a torturé son propre frère.

—J'étais là, lui rappelai-je sèchement. J'ai assisté à toute la scène.

—Dans ce cas, comment peux-tu le défendre?

Je secouai la tête.

—La nuit a été longue, Louie. Disons juste que depuis que Gabriel n'est plus là pour les forcer à se comporter de façon maléfique, les léopards-garous ont choisi un autre chemin. Gregory a refusé de torturer un membre de la meute, et c'est pour ça qu'on lui a cassé les jambes.

À voir l'expression de Louie, je sus qu'il ne me croyait pas. Je secouai de nouveau la tête et leur fis signe de dégager.

— Allez dans la cuisine et faites-vous du café. Laissez-moi enlever cette putain de robe, et je vous raconterai tout.

331

Ronnie entraîna Louie vers la cuisine, mais ce fut moi qu'elle continua à dévisager d'un regard interrogateur. J'articulai silencieusement «Plus tard», et elle passa dans la pièce voisine. Je lui faisais confiance pour occuper Louie jusqu'à ce que je me sois changée. D'accord, je ne pensais pas sérieusement qu'il pourrait faire du mal à Gregory, mais les léopards-garous s'étaient mis pas mal de monde à dos. Prudence est mère de sûreté.

Perché sur un escabeau, Richard perçait des trous dans le plafond de ma chambre. Je pouvais dire adieu à ma caution. Il n'y avait qu'une seule chambre au rez-de-chaussée – la mienne –, et je l'avais cédée à Gregory pour que nous ne soyons pas obligés de le transporter à l'étage. De petits flocons de plâtre recouvraient la poitrine nue de Richard en une fine poussière blanche. Vêtu de son seul jean, il était l'incarnation du bricoleur viril et craquant. Cherry et Zane avaient grimpé sur le lit; ils lui faisaient passer les différents morceaux de l'appareillage et l'aidaient à mesurer l'écartement des trous.

La perceuse se tut, et je demandai :

—Où est Vivian ?

—Gwen l'a emmenée voir Sylvie, répondit Richard.

Ses yeux étaient neutres, sa voix prudente. Nous n'avions pas échangé plus de quelques mots depuis notre baiser sur la piste du *Cirque*.

—Avoir une psychologue qualifiée sous la main, c'est un vrai coup de bol, acquiesçai-je.

Cherry et Zane m'observaient. Ils me faisaient penser à des labradors face à leur dresseur – regard débordant de sincérité, d'attention et de bonne volonté. Je déteste qu'on me mate de cette façon. Ça me rend nerveuse.

—Je suis juste venue chercher des fringues de rechange. Je n'en peux plus de cette robe.

Je me dirigeai vers la commode. Cette pièce aussi portait la patte de Jean-Claude : simplement, la déco ne jurait pas avec mes goûts de manière aussi flagrante que celle du salon. Une confortable banquette se dressait dans le renfoncement de la fenêtre en saillie. Elle était pleine à craquer – de toute ma collection de pingouins en peluche. Une nouvelle pièce reposait sur le lit, avec un gros ruban rouge autour du cou et une carte en bristol épinglée sur son ventre duveteux. Sa fourrure noire était déjà constellée de fragments de plâtre.

—Vas-y, lis la carte, m'enjoignit Richard sans broncher. C'est ce qu'il voulait que tu fasses.

Je levai les yeux vers lui. Dans son regard, il y avait toujours de la colère et de la douleur, mais aussi quelque chose d'autre. Quelque chose que je n'avais pas de mots pour définir – ou peut-être, que je ne voulais pas définir. Je saisis le pingouin, l'époussetai et ouvris l'enveloppe en lui tournant le dos. Il ne recommença pas à percer. Je le sentis me regarder pendant que je déchiffrais le message.

« Un petit compagnon pour réchauffer ton lit les soirs où je ne serai pas avec toi. » Et pour toute signature, un élégant J majuscule.

Je remis la carte dans l'enveloppe et fis face à Richard, le pingouin serré sur mon ventre. Il arborait toujours cette expression de neutralité étudiée. Il me dévisagea, luttant pour la conserver, et finit par renoncer. Une douleur toute neuve envahit ses yeux, et aussi un besoin de mots qui n'avaient pas été prononcés.

Zane et Cherry descendirent du lit et reculèrent vers la porte. Ils ne sortirent pas, mais firent bien attention à ne pas se retrouver entre nous. Je ne pensais pas que nous allions nous battre – pas physiquement, en tout cas –, mais je ne pouvais pas les blâmer de leur méfiance.

—Tu peux lire la carte si ça te chante. Mais je ne suis pas sûre que ça nous aidera.

Richard émit un petit bruit de gorge qui n'était pas tout à fait un rire.

—Tu trouves ça normal de faire lire à ton ex les lettres d'amour de ton nouveau petit ami?

—Je ne te veux pas de mal, Richard. Vraiment pas. Si ça peut te faire du bien de lire la carte, lis-la. Cette fameuse première fois mise à part, je ne t'ai jamais rien caché. Je n'ai pas l'intention de commencer maintenant.

Je regardai les muscles de ses mâchoires se contracter jusqu'à ce que la tension raidisse son cou et ses épaules. Il secoua la tête.

—Je ne veux pas la voir.

—Très bien.

Je me détournai, le pingouin calé dans le creux de mon bras gauche, et ouvris un des tiroirs de ma commode. Je saisis le premier truc qui me tomba sous la main sans vraiment faire attention. Je voulais juste sortir de la pièce sur laquelle un silence pesant s'était soudain abattu, et me soustraire au regard encore plus pesant de Richard.

—J'ai entendu quelqu'un entrer avec toi, dit-il à voix basse. Qui était-ce?

Je pivotai, pingouin et fringues pêle-mêle dans les bras.

—Louie et Ronnie.

Richard se rembrunit.

—Louie? C'est Rafael qui l'envoie?

Je secouai la tête.

—Ronnie et lui ont passé la nuit dans leur petit nid d'amour, en pleine cambrousse. Louie n'est pas au courant des derniers événements. Il a l'air vraiment en rogne contre Gregory. C'est personnel, ou c'est à cause de ce qu'il a fait à Stephen?

—C'est à cause de Stephen. Louie est extrêmement loyal envers ses amis.

Quelque chose dans le ton de Richard insinuait que ça n'était pas forcément le cas de tous les occupants de cette maison. Ou peut-être que je me faisais des films, et que je décelais des sous-entendus dans une remarque parfaitement innocente. Peut-être. La culpabilité est une lame à tranchant multiple. Mais en plongeant mon regard dans celui de Richard, j'eus la conviction que je n'avais rien entendu qu'il ne voulait pas que j'entende.

Si j'avais su quoi lui dire, j'aurais demandé aux léopards-garous de nous laisser seuls pour que nous puissions parler. Mais que je sois damnée si je savais quoi lui dire. Notre conversation devrait attendre jusqu'à ce que j'aie eu le temps d'y réfléchir. En fait, c'était sans doute mieux comme ça. Je ne m'étais pas attendue à éprouver encore quelque chose pour Richard, et réciproquement. Je couchais avec un autre homme, j'étais amoureuse d'un autre homme. Ça compliquait les choses. À cette idée, je ne pus m'empêcher de sourire et de secouer la tête. Depuis quand ma vie n'avait-elle pas été simple ?

— Qu'y a-t-il de si drôle ? s'enquit Richard, vexé.

— De drôle ? Rien. Absolument rien.

Je me repliai dans la salle de bains du rez-de-chaussée pour me changer. C'était la plus grande de la maison, celle qui était équipée d'une baignoire en marbre enterrée. Elle n'était pas aussi grande que celle de Jean-Claude au *Cirque des Damnés*, mais pas loin. Des bougies blanches étaient disposées à sa tête et à son pied. Neuves et intactes, elles attendaient la tombée de la nuit. Jean-Claude les avait choisies parfumées à la menthe poivrée. Il adore les bougies qui sentent le comestible. Son obsession pour la bouffe ressortait.

Une seconde carte était scotchée au pied d'un chandelier en argent. L'enveloppe ne portait aucune mention, mais je n'en avais pas besoin. Je l'ouvris. « Si nous étions seuls, ma petite, je te demanderais de les allumer au crépuscule et je te rejoindrais. *Je rêve de toi.* » La dernière phrase était en français. Ce message-là n'était pas signé. Jean-Claude était si imbu de lui-même ! D'après lui, en quatre siècles, j'étais la seule femme qui l'ait jamais repoussé. Et même moi, j'avais fini par perdre la bataille. Pas étonnant qu'il ait confiance en lui avec des antécédents pareils!

En vérité, j'aurais adoré remplir la baignoire, allumer les bougies et attendre, nue et mouillée, qu'il se relève pour la nuit. L'idée me plaisait vraiment. Mais la maison était bourrée d'invités, et si Richard était encore là au crépuscule, nous devrions nous retenir. Si Richard m'avait plaquée pour une autre femme, je ne l'aurais pas pris aussi mal que lui, mais jamais je n'aurais pu passer la nuit sous le même toit que lui et sa nouvelle copine et les écouter faire l'amour. Mes nerfs ne sont pas solides à ce point. Je ne voulais pas mettre Richard dans cette… position. Du moins, pas volontairement.

Je dus refaire deux voyages entre la salle de bains et ma chambre. D'abord, j'avais oublié de prendre un soutien-gorge normal. Mon bandeau n'était pas conçu pour être porté aussi longtemps. Ensuite, j'échangeai le short que j'avais pris sans regarder contre un jean.

Je sentis Richard me suivre des yeux pendant mes allées et venues. Zane et Cherry nous observaient comme des chiens nerveux qui s'attendent à recevoir un coup de pied. La tension était assez épaisse pour marcher dessus, et les deux léopards le sentaient. Elle ne se bornait pas à une conscience aiguë de notre présence physique : on aurait dit que Richard réfléchissait très fort, et je sentais croître une pression qui ne pouvait culminer qu'en réprimande morali-satrice ou en bagarre.

Au final, je me retrouvai vêtue d'un jean neuf, de cette merveilleuse couleur indigo qui ne résiste jamais à quelques passages en machine, d'une brassière bleu roi, de chaus-settes de tennis blanches et de Nike blanches avec une virgule noire. Je fourrai mes sous-vêtements sales dans le panier à linge et pliai soigneusement la robe sur le dessus. Évidemment, elle ne se nettoyait qu'à sec.

Puis je glissai le Firestar dans la ceinture de mon jean, sur le devant. J'avais bien un holster de taille, mais il se trouvait dans la chambre, et je n'avais pas suffisamment envie de le récupérer pour y retourner tout de suite. J'avais l'impression de tenter le sort chaque fois que Richard et moi passions l'un près de l'autre. Il finirait par insister pour qu'on parle, et je n'étais pas prête. Pour cette conversation-là, je ne le serais peut-être jamais.

Je pliai le manteau d'Asher sur mon bras. Sa poche de droite était alourdie par le Browning. Je gardai l'Uzi pendu à l'épaule comme un sac à main. Quand il n'y aurait plus personne dans ma chambre, je le rangerais dans ma penderie. Le problème quand on a autant de flingues chargés, c'est qu'on n'ose pas les laisser traîner. Les lycanthropes sont des combattants féroces, mais la plupart d'entre eux semblent incapables de distinguer une extrémité d'une arme à feu de l'autre. Et un flingue qui traîne – surtout un flingue aussi sophistiqué qu'un pistolet-mitrailleur – a quelque chose d'irrésistiblement attirant. Il suscite chez n'importe qui une démangeaison presque physique de s'en saisir, de viser et de défourailler. Ou bien vous rendez votre flingue inoffensif, en sortant le chargeur ou en l'enfermant, ou bien vous le gardez sur vous, là où vous pouvez le contrôler. Telles sont les règles. Enfreindre les règles, c'est ce qui permet à des gamins de huit ans de faire exploser la tête de leur petite sœur.

Je passai dans le salon. Gregory n'était plus sur le canapé. Je supposai que les autres l'avaient transporté dans ma chambre, et rebroussai chemin pour m'en assurer. Ça aurait vraiment craint qu'on enlève un léopard-garou sous mon nez et que je ne m'en aperçoive même pas.

Cherry et Richard étaient en train de border Gregory dans mon lit, avec l'aide de Zane. Le frère de Stephen avait suffisamment repris connaissance pour gémir. Richard me surprit à les épier depuis le couloir.

— Je voulais juste m'assurer que Gregory allait bien, me justifiai-je.

— Non, répliqua-t-il. Tu t'assurais que les méchants ne l'avaient pas repris.

Je baissai les yeux, puis les relevai.

— Ouais.

Nous aurions peut-être ajouté quelque chose, mais Gregory se réveilla comme Cherry et Zane mettaient ses jambes en traction. Il commença à hurler. Les lycanthropes métabolisent les médicaments à une vitesse incroyable. Cherry prépara une seringue remplie de liquide clair, et je m'enfuis. Je déteste les piqûres. Mais surtout, je ne voulais pas que Richard me fasse un sermon au sujet de mes armes. Sa nature de métamorphe n'était pas le seul problème entre nous. Richard pense que je tue trop facilement. Peut-être qu'il a raison, mais ma rapidité à presser une détente lui avait sauvé la peau plus d'une fois. Et ses scrupules avaient failli me faire perdre la mienne plus d'une fois.

Je m'éloignai dans le couloir en secouant la tête. Ça ne servait à rien d'insister. Il y avait trop de sujets de discorde entre nous. Ça ne marcherait jamais. Oui, nous avions du désir l'un pour l'autre, et même de l'amour. Mais ça ne suffisait pas. Si nous n'arrivions pas à nous mettre d'accord sur tout le reste, nous finirions par nous entre-tuer, peut-être au sens littéral du terme. Mieux valait que la rupture soit aussi nette que possible. Ma tête acceptait cette logique. D'autres parties de mon corps semblaient plus réticentes.

Je suivis l'odeur du café jusqu'à la cuisine. C'était une cuisine géniale, si je me décidais un jour à recevoir ou à me préparer autre chose que des sandwichs. Elle était équipée de meubles en bois foncé, avec un grand îlot au milieu et des crochets suspendus pour les casseroles. Je ne possédais pas assez de vaisselle pour remplir un seul placard, et encore moins pour occuper toutes ces surfaces scintillantes de propreté. De toutes les pièces de ma nouvelle maison, c'était dans celle-ci que je me sentais le moins à ma place. Elle était si différente de ce que j'aurais choisi en d'autres circonstances...

Ronnie et Louie étaient assis de part et d'autre de ma petite table pour deux personnes, dans l'alcôve surélevée que des fenêtres bordaient sur trois côtés. Ce coin repas avait été conçu pour accueillir une table beaucoup plus grande, de sorte que mon installation y prenait des allures temporaires. Malgré les fleurs qui recouvraient la quasi-totalité du minuscule plateau, et que je n'y avais pas placées moi-même.

Je n'eus pas besoin de compter pour savoir qu'il y avait une douzaine de roses blanches plus une rouge. Jean-Claude m'envoyait des roses blanches depuis des années, mais depuis la première fois où nous avions fait l'amour, il en ajoutait systématiquement une treizième à ses bouquets. Rouge écarlate – une goutte de passion noyée dans un océan de pureté. Il n'y avait pas de carte. C'était inutile.

Adossé au mur près de Ronnie et de Louie, Jamil sirotait une tasse de café. Il s'était tu à mon entrée dans la pièce, ce qui signifiait qu'il était probablement en train de parler de moi quelques secondes plus tôt. Ou peut-être pas, mais le silence était pesant, et Ronnie se donnait beaucoup de mal pour ne pas me regarder. Quant à Louie, il me regardait avec un peu trop d'insistance. Ouais, Jamil avait craché le morceau.

Je ne voulus rien entendre avant d'avoir absorbé un minimum de caféine. Je me servis dans une chope qui portait l'inscription : «Attention : me parler avant mon premier café de la journée est dangereux pour votre santé.» Je l'avais gardée au boulot jusqu'à ce que Bert m'accuse de menacer nos clients. Je l'avais rapportée chez moi, et je ne lui avais pas encore trouvé de remplaçante. Il me fallait quelque chose d'assez irritant, et les candidates ne se bousculaient pas au portillon.

Une machine à expresso chromée, flambant neuve, reposait sur le comptoir près de ma cafetière électrique. Je bus une gorgée de liquide brûlant et lus la carte qui l'accompagnait. « Un petit gadget pour réchauffer ton corps et remplir cette *cuisine* vide. » Le mot « cuisine » était en français. Jean-Claude me laisse souvent des messages émaillés de termes ou d'expressions françaises, comme si, même après avoir vécu plus d'un siècle aux États-Unis, il lui arrivait encore d'oublier leur traduction. Il parle anglais à la perfection, mais beaucoup de gens parlent leur deuxième langue mieux qu'ils l'écrivent. Évidemment, ça pourrait aussi être une façon détournée de m'enseigner le français. Et ça marche. Chaque fois que je tombe sur un mot que je ne comprends pas, j'appelle Jean-Claude pour lui demander sa signification. Même si c'est très agréable de se faire roucouler à l'oreille des mots d'amour français, au bout d'un moment, vous vous demandez de quoi cause votre partenaire. Jean-Claude me donne d'autres genres de leçons, mais rien dont je puisse parler sans forcer ma pudeur.

— Jolies fleurs, commenta Ronnie.

Sa voix était neutre, mais elle ne m'avait pas épargné son opinion sur Jean-Claude. Elle le considère comme un salaud arrogant, et elle a raison. Elle pense aussi qu'il est maléfique. Sur ce point, je ne suis pas d'accord avec elle.

Je m'assis entre Louie et elle, dos au mur et la tête en dessous du rebord des fenêtres.

— J'ai déjà eu plus que ma part de sermons aujourd'hui, Ronnie, soupirai-je. Tu veux bien laisser tomber ?

Elle haussa les épaules et but une gorgée de café.

— Tu es une grande fille, Anita.

— Exactement, acquiesçai-je sur un ton irrité.

Je posai le pistolet-mitrailleur et le manteau à côté de ma chaise, sur le carrelage, et me remplis les poumons de l'odeur du café noir et épais. Parfois, j'y ajoute de la crème et du sucre, mais je préfère ne pas diluer ma première tasse de la journée.

—Jamil nous a tout raconté, annonça Louie. Vous avez vraiment invoqué le pouvoir au beau milieu du *Cirque*, Richard et toi ?

Je bus une gorgée de café avant de répondre :

—Apparemment.

—Il n'y a pas de statut équivalent à celui de lupa chez les rats. La capacité à invoquer le pouvoir de cette façon est-elle courante chez les loups ?

Le regard de Ronnie faisait la navette entre Louie et moi comme si elle suivait un match de tennis. Ses yeux étaient légèrement écarquillés. Je ne lui avais jamais rien caché de ce qui se passait dans ma vie. Par mon intermédiaire, elle fréquentait les monstres depuis assez longtemps pour avoir rencontré Louie, mais ça restait encore un monde nouveau et étrange pour elle. Parfois, je pense qu'elle n'aurait jamais dû s'y impliquer. Mais comme elle venait de le dire, nous étions toutes deux des grandes filles. Parfois, elle portait même un flingue sur elle. Elle était capable de prendre ses propres décisions.

Ce fut Jamil qui répondit.

—Je suis métamorphe depuis plus de dix ans. Cette meute est ma troisième. Je n'avais jamais entendu parler d'une lupa qui puisse aider son Ulfric à invoquer le pouvoir hors du lupanar, notre centre de pouvoir. Et la plupart des lupa ne sont même pas capables de ça. De toutes celles que j'ai rencontrées, Raina était la première qui arrivait à invoquer le pouvoir au sein du lupanar. Elle pouvait également faire de petits tours sans la pleine lune pour la booster, mais rien qui ressemble à ce que j'ai senti aujourd'hui.

—Jamil dit que tu as aidé Richard à invoquer assez de pouvoir pour le guérir, ajouta Louie.

Je haussai prudemment les épaules, pour ne pas renverser mon café.

—J'ai aidé Richard à contrôler sa bête. Et ça a invoqué…
quelque chose. Je ne sais pas quoi au juste.

—Richard est entré dans une de ses rages, et tu as aidé
à le ramener ? insista Louie.

Je le dévisageai.

—Tu l'as déjà vu quand il perd le contrôle ?

Il acquiesça.

—Une fois.

Ce souvenir le fit frissonner.

—Une fois, c'est bien suffisant.

—Mais tu l'as aidé à reprendre le contrôle.

—Oui, elle l'a fait, affirma Jamil sur un ton satisfait.

Louie lui jeta un coup d'œil et secoua la tête.

—Que se passe-t-il ? demandai-je.

—Je n'ai pas arrêté de dire à Richard que son état ne
s'améliorerait pas à moins qu'il t'oublie complètement. Je
croyais que c'était le seul moyen de guérir pour lui.

—On dirait que tu as changé d'avis, fis-je remarquer.

—Si tu peux l'aider à contrôler sa bête, alors, il a besoin
de toi. Peu m'importe l'arrangement que vous conclurez entre
vous, Anita. S'il ne se reprend pas très rapidement, il finira par
se faire tuer. Et pour éviter ça, je suis prêt à tout, ou presque.

Pour la première fois, je comprenai que Louie ne
m'aimait plus. Et je ne pouvais pas lui en vouloir : il était
le meilleur ami de Richard. S'il avait plaqué Ronnie aussi
salement que j'avais plaqué Richard, je serais en rogne contre
lui, moi aussi.

—Même à encourager Richard à me fréquenter de
nouveau ?

—Est-ce ce que tu désires ?

Je secouai la tête sans pouvoir soutenir son regard.

—Je ne sais pas. Nous sommes liés l'un à l'autre pour
l'éternité. Ça fait beaucoup de temps pour nous quereller.

Richard apparut sur le seuil de la cuisine.

—Beaucoup de temps pour te regarder dans ses bras, dit-il sur un ton plus las qu'amer.

Ses cheveux épais et son torse musclé étaient couverts d'une fine poussière blanche. Même son jean n'y avait pas échappé. Il semblait sorti d'un film porno où l'ouvrier console la femme au foyer esseulée. Il s'approcha de nous et s'immobilisa devant le bouquet.

—Beaucoup de temps pour regarder des roses blanches qui portent ton nom. (Il effleura la rose rouge et sourit.) Très symbolique.

Sa main se referma sur la fleur ; quand il la rouvrit, les pétales soyeux tombèrent en pluie sur la table. Avec une goutte de sang. Il s'était piqué sur une épine.

Ronnie écarquilla les yeux en regardant la rose décapitée. Elle me consulta du regard en haussant les sourcils, mais du diable si je savais quelle expression afficher en retour.

—C'était très puéril de ta part, commentai-je.

Richard pivota et me tendit sa main.

—Dommage que notre troisième larron ne soit pas là pour lécher mon sang.

Je sentis un sourire déplaisant relever le coin de mes lèvres, et les mots s'échappèrent de ma bouche avant que je puisse les retenir. Ou peut-être étais-je trop fatiguée pour essayer.

—Il y a au moins trois personnes dans cette pièce qui adoreraient lécher le sang sur ta peau, Richard. Je ne suis pas l'une d'elles.

Il serra le poing.

—Ce que tu peux être chienne…

—Ouaf, ouaf.

Louie se leva.

—Ça suffit, vous deux.

—Je m'arrêterai s'il s'arrête, répliquai-je.

Richard se détourna et, sans regarder personne, dit :

—Nous avons changé les draps. Mais je suis toujours sale.

Il ouvrit sa main. Son sang s'était répandu dans les lignes de sa paume, tel un fleuve suivant son lit. Il me fit de nouveau face et me dévisagea d'un air coléreux.

—Puis-je utiliser une de tes salles de bains pour me nettoyer ?

Il porta sa main à sa bouche et la nettoya à coups de langue d'une lenteur délibérée. Ronnie poussa un hoquet. Je réussis à ne pas m'évanouir : j'avais déjà assisté à ce spectacle.

—Il y a une cabine de douche dans la salle de bains de l'étage. La porte en face de la chambre d'amis.

Richard introduisit un doigt dans sa bouche au ralenti, comme s'il venait de manger du poulet rôti et qu'il ne voulait pas perdre une seule goutte de son jus succulent. À aucun moment ses yeux ne quittèrent mon visage. Je lui retournai mon expression la plus neutre, la plus vide. Je ne savais pas ce qu'il attendait de moi, mais apparemment, ce n'était pas ça.

—Pourquoi pas la grande baignoire du rez-de-chaussée ?

—Si tu veux.

Je sirotai mon café telle la nonchalance incarnée. Edward aurait été fier de moi.

—Ça n'ennuierait pas Jean-Claude que j'utilise votre précieuse baignoire ? Je sais combien vous raffolez de l'eau, tous les deux.

Quelqu'un lui avait dit que nous avions fait l'amour dans la baignoire du *Cirque*. J'aurais adoré savoir qui et lui faire beaucoup de mal. Mon visage s'empourpra ; je ne pus pas l'en empêcher.

—Une réaction, enfin, se réjouit Richard.

—Tu as réussi à m'embarrasser, grinçai-je. Satisfait ?

Il acquiesça.

—Très.

—Va prendre ta douche, Richard, ou ton bain si tu préfères. Allume les putains de bougies et amuse-toi bien.

—Tu viendras me rejoindre ?

Il fut une époque où j'avais désiré ce genre d'invitation plus que n'importe quoi au monde, ou presque. Mais la colère que contenait sa voix fit monter à mes yeux quelque chose qui ressemblait beaucoup à des larmes. Je ne pleurais pas, mais j'avais mal.

Ronnie se leva, et Louie posa une main sur son bras. Jamil et eux s'immobilisèrent, tentant de faire comme s'ils n'étaient pas en train d'assister à quelque chose de très intime et de très douloureux.

Je pris deux profondes inspirations et me sentis mieux. Il n'était pas question que je pleure devant Richard.

—Je n'ai pas rejoint Jean-Claude dans la baignoire, Richard. C'est lui qui m'a rejointe. Si tu ne t'étais pas comporté comme un putain de boy-scout, c'est peut-être avec toi que je serais en ce moment.

—Une bonne bourre, c'est vraiment tout ce que tu attendais?

Je repoussai ma chaise et me levai. Le café déborda, éclaboussa ma main et coula sur le sol. Je posai ma chope sur la table. Je n'aurais eu qu'à tendre le bras pour toucher Richard.

Ronnie et Louie s'étaient écartés de la table pour nous laisser de la place. Je pense qu'ils seraient sortis de la cuisine s'ils n'avaient pas craint que nous en venions aux mains. Jamil avait posé sa tasse comme s'il s'apprêtait à bondir pour nous sauver de nous-mêmes. Mais il était trop tard pour ça, beaucoup trop tard.

—Espèce de salaud, crachai-je. Si nous en sommes arrivés là, c'est ta faute autant que la mienne.

—Et celle de Jean-Claude.

—D'accord. (Mes yeux me brûlaient, et ma gorge était nouée.) Peut-être qu'une bonne bourre aurait suffi, comme tu viens de le dire si élégamment. Je n'en sais rien. Est-ce que tes idéaux te tiennent chaud la nuit, Richard? Est-ce que tu te sens moins seul pour n'avoir pas dérogé à tes principes?

345

Il fit le dernier pas qui nous séparait. À présent, nous nous touchions presque. Sa colère me balaya comme un courant électrique.

—C'est toi qui m'as trompé. Maintenant, tu as Jean-Claude dans ton lit, et je n'ai personne.

—Dans ce cas, trouve-toi quelqu'un. N'importe qui, mais lâche-moi. Lâche-moi, bordel !

Il recula si brusquement que je vacillai. Puis il sortit à grandes enjambées, laissant derrière lui un sillage de fureur pareil à un parfum entêtant.

Je restai immobile une seconde, puis aboyai :

—Sortez. Tout le monde dehors.

Les deux hommes obtempérèrent, mais Ronnie resta. Je vous jure que j'aurais pu me retenir de pleurer si elle n'avait pas posé ses mains sur mes épaules et ne m'avait pas serrée contre elle par-derrière en chuchotant à mon oreille :

—Je suis désolée.

J'aurais pu supporter n'importe quoi, sauf de la compassion.

Je me couvris le visage de mes mains et éclatai en sanglots. Je ne pouvais pas m'empêcher de cacher mes larmes. C'était devenu un réflexe.

# CHAPITRE 32

On sonna à la porte d'entrée. Je fis mine d'aller voir, mais Ronnie me retint.

—Quelqu'un d'autre va s'en charger.

—J'y vais, lança Zane depuis le salon.

Du coup, je me demandai où étaient passés Jamil et Louie. Peut-être réconfortaient-ils Richard…

Je me dégageai de l'étreinte de Ronnie et m'essuyai les yeux.

—Qui ça peut bien être? Nous sommes au milieu de nulle part.

Soudain, Jamil et Louie réapparurent dans la cuisine. Ou bien ils m'avaient entendue, ou bien ils étaient aussi méfiants que moi. Je ramassai mon Uzi et me plantai sur le seuil de la pièce en le tenant contre ma cuisse gauche, hors de vue. Le Firestar était dans ma main droite, également hors de vue. Louie et Jamil me dépassèrent et se postèrent de part et d'autre de moi dans le salon.

—Ne traversez pas ma ligne de tir, leur recommandai-je.

Ils s'écartèrent un peu plus.

—Je n'ai pas apporté mon flingue, dit Ronnie.

—Le Browning est dans la poche de mon manteau, par terre.

Ses yeux gris étaient légèrement écarquillés, sa respiration un poil trop rapide, mais elle acquiesça et alla chercher le Browning.

Zane m'observait d'un air interrogateur. Je hochai la tête. Il regarda par l'œil-de-bœuf.

—On dirait un livreur avec des fleurs.

—Ouvrez la porte.

Il obtempéra, et sa silhouette me masqua le nouvel arrivant. Celui-ci dit quelque chose, si bas que je ne l'entendis pas. Zane se tourna vers moi.

—Il faut que vous signiez le bon de livraison.

—Qui m'envoie ces fleurs ?

Le livreur se tordit le cou pour me regarder par-dessus l'épaule de Zane.

—Jean-Claude.

—Une petite minute.

Je posai le pistolet-mitrailleur sur le sol, là où le type ne pourrait pas le voir, et gardai le Firestar planqué derrière ma cuisse tandis que je me dirigeais vers la porte. Jean-Claude m'inonde de fleurs en permanence, mais en général, il attend que le bouquet précédent se fane. Évidemment, ce jour-là, il semblait avoir décidé de faire des heures sup' côté romantisme.

Le livreur était un petit homme. Il avait calé le carton au creux de son bras droit de sa main gauche, il tenait sur le dessus de la boîte un porte-papier avec un stylo attaché au bout d'une ficelle.

Zane s'effaça pour me laisser passer. Mon regard se posa sur la petite fenêtre de plastique transparent du carton. Les roses qu'il contenait étaient jaunes. Je me figeai et tentai de sourire.

—Je n'ai pas de monnaie sur moi. Je vais aller chercher mon sac.

L'homme balaya la pièce du regard. Il vit Jamil s'avancer sur sa gauche et Louie en faire autant sur sa droite. Je m'écartai d'un pas pour ne plus me trouver directement face à lui. Il me suivit en pivotant, la main droite toujours dissimulée par le carton.

C'était Jamil qui bénéficiait du meilleur angle. Je prononçai son nom comme une question.

—Jamil?

—Oui, se contenta-t-il de répondre.

Mais cela me suffit.

—Je n'ai pas besoin de pourboire, dit l'homme. Je suis déjà en retard. Si vous vouliez juste signer, pour que je puisse continuer ma tournée…

—Bien sûr, acquiesçai-je.

Jamil avait compris ce qui se passait, mais Zane semblait perplexe. Ronnie se tenait quelque part derrière moi. Je n'osai pas la regarder, mais je continuai à me déplacer sur le côté, et le livreur continua à me suivre avec sa main que je ne pouvais pas voir – avec la main dont Jamil venait de me confirmer qu'elle tenait un flingue.

J'étais presque arrivée au niveau de Louie. Le rat-garou s'était immobilisé, attendant que je le rejoigne. Lui aussi avait pigé. Génial. Et maintenant, qu'allions-nous faire?

Ce fut Ronnie qui décida.

—Lâchez ce flingue, ou je vous abats.

Sa voix était confiante, pleine d'assurance. Je lui jetai un coup d'œil par-dessus mon épaule. Solidement campée sur ses pieds écartés, elle tenait le Browning à deux mains et visait la tête de l'homme.

Jamil hurla.

—Anita!

Je pivotai et brandis mon Firestar dans le même mouvement. Déjà, l'homme levait sa main droite. J'eus le temps d'entrevoir son arme sous le carton de fleurs. Ignorant complètement Ronnie, il me mit en joue. S'il avait tiré flingue à la hanche, il aurait eu le temps de m'envoyer une balle, mais il avait opté pour une meilleure position. Ce devait être sa dernière erreur.

Zane réagit enfin, alors que la seule chose qu'il aurait dû faire, c'est rester à l'écart. Ce qui prouve bien qu'une force et une rapidité surhumaines ne suffisent pas : encore faut-il savoir les utiliser. D'une tape vers le bas, il fit sauter le carton et le porte-papier de la main du livreur, et la première balle de celui-ci alla se perdre dans le plancher.

La première balle de Ronnie manqua sa cible et se ficha dans l'encadrement de la porte. Zane bloquait ma ligne de tir. Je regardai l'homme lever de nouveau son flingue. Cette fois, c'était Ronnie qu'il visait.

Zane tenta de s'emparer de son arme, et deux autres coups partirent. Le corps du léopard-garou tressauta et s'écroula comme au ralenti. Mais j'avais déjà visé dans son dos, si bien que lorsqu'il dégagea ma ligne de tir, j'étais prête à faire feu.

La seconde balle de Ronnie atteignit l'homme à l'épaule, le repoussant en arrière. Il eut le temps de me tirer dessus avant de s'affaisser sur le seuil. Sa balle me loupa. La mienne fit mouche.

Du sang fleurit sur sa poitrine. Il me dévisagea, les yeux écarquillés et presque surpris, comme s'il ne comprenait pas ce qui lui arrivait. Déjà, la mort emplissait son regard ; pourtant, il tenta de lever son flingue pour tirer une dernière fois.

L'écho de deux détonations se répercuta dans le hall tel un grondement de tonnerre. Ma balle se ficha dans sa cage thoracique non loin de la précédente ; celle de Ronnie lui fit sauter le sommet du crâne. Les Glazer Sécurité ne pardonnent pas quand elles touchent un endroit non protégé.

Je me dirigeai vers l'homme sans cesser de le braquer, prête à lui en coller une autre dans le buffet si nécessaire. Mais c'était fini. Sa poitrine n'était plus qu'une masse de chair explosée et sanglante ; quant à sa tête… On aurait dit que quelqu'un avait essayé de le scalper et coupé un trop gros morceau dans son enthousiasme. Des fluides plus épais que du sang dégoulinaient sur le pas de ma porte d'entrée.

Ronnie s'approcha derrière moi, Browning tendu à bout de bras. Elle lui jeta un seul coup d'œil et tituba à l'extérieur, manquant trébucher sur ses jambes. Deux pas plus loin, elle se laissa tomber dans l'herbe, et je l'entendis sangloter à travers ses haut-le-cœur.

Zane gisait sur le sol, immobile. Il était en train de se vider de son sang. Louie lui prit le pouls.

— Il est mourant.

Il s'essuya les mains sur son tee-shirt et sortit s'occuper de Ronnie.

Je baissai les yeux vers la poitrine pâle de Zane. Une balle l'avait atteint dans le bas des poumons. Des bulles rouges emplissaient la plaie, produisant ce bruit de succion horrible qui dit que, faute de soins immédiats, le blessé va mourir. Ce n'était plus qu'une question de temps.

# Chapitre 33

Nous avions appelé le SAMU, et on nous avait informé qu'on ne pouvait pas nous envoyer une ambulance tout de suite. Apparemment, il y avait trop d'urgences auxquelles répondre avant la nôtre. C'était Louie qui m'avait arraché le téléphone des mains pour présenter des excuses à la gentille standardiste.

Cherry s'élança vers la cuisine. Je l'entendis ouvrir et refermer des tiroirs, faire claquer des portes de placard. Je la rejoignis. Elle était plantée au milieu de la pièce, un tiroir arraché à la main et de la panique dans le regard. Avant que je puisse ouvrir la bouche, elle dit très vite :

— Il me faut un sac congélation, du Scotch et des ciseaux.

Au lieu de poser des questions idiotes, j'ouvris le petit tiroir près de la gazinière et lui tendis le Scotch et les ciseaux. Les sacs congélation se trouvaient dans le garde-manger, où ils voisinaient avec quelques boîtes de conserve esseulées.

Cherry me les arracha des mains et fonça vers le salon. Je n'avais aucune idée de ce qu'elle comptait faire, mais c'était elle qui avait reçu une formation médicale, pas moi. J'étais partante pour tout ce qui permettrait de faire gagner quelques minutes à Zane. L'ambulance finirait bien par arriver. Toute l'astuce consistait à maintenir le métamorphe en vie assez longtemps pour qu'elle serve à quelque chose.

Je n'eus pas l'impression que Cherry utilisait les ciseaux. Elle scotcha le sac congélation sur la poitrine de Zane, en le scellant presque à l'exception d'un coin. Je me doutais bien qu'elle avait fait exprès, mais je ne pus refréner ma curiosité.

— Pourquoi n'avez-vous pas scotché le dernier coin ?

Elle me répondit sans détacher les yeux de son patient.

— Il faut une ouverture juste suffisante pour le laisser respirer, mais assez petite pour qu'au moment où il inspire, le sac s'aplatisse sur sa plaie et la bouche. On appelle ça un pansement inclusif.

Elle parlait sur un ton docte, comme si elle était en train de faire cours. Je me demandai, et pas pour la première fois, à quoi elle ressemblait quand elle n'était pas entourée de monstres. On aurait presque dit deux femmes différentes. Je n'avais jamais rencontré personne, créature surnaturelle ou pas, qui soit aussi divisé.

— Est-ce que ça lui permettra de tenir jusqu'à l'arrivée de l'ambulance ? m'enquis-je.

Enfin, Cherry leva vers moi un regard très grave.

— Je l'espère.

J'acquiesçai. C'était toujours mieux que ce que j'aurais pu faire. Je suis très douée pour cribler les gens de trous beaucoup moins pour les reboucher.

Richard apporta une couverture et en enveloppa les jambes de Zane, laissant Cherry rabattre le haut sur sa blessure de la manière qu'elle jugeait la plus appropriée. Il ne portait rien d'autre qu'une serviette de toilette autour de la taille, et des gouttes d'eau perlaient sur sa peau comme s'il n'avait pas eu le temps de se sécher. L'humidité plaquait le tissu éponge sur ses fesses tandis qu'il s'affairait auprès de Zane. Ses cheveux épais pendaient en lourdes mèches trempées, et de fins ruisselets dégoulinaient le long de son dos.

Quand il se releva, l'entrebâillement de la serviette ne me dissimula pas grand-chose de ses cuisses.

— J'ai des draps de bain, tu sais.

Il fronça les sourcils.

—J'ai entendu des coups de feu. J'ai attrapé la première serviette qui m'est tombée sous la main, sans me soucier de sa taille.

Je hochai la tête.

—Tu as raison. Désolée.

Ma colère contre Richard était toujours inversement proportionnelle à la quantité de tissu qui le recouvrait. S'il avait vraiment voulu gagner la guerre, il n'aurait eu qu'à se désaper. J'aurais immédiatement agité le drapeau blanc et applaudi. C'était embarrassant, mais pas très loin de la vérité.

Richard passa une main dans ses cheveux pour repousser les mèches qui lui tombaient devant la figure et en extirper l'excès d'eau. Ce simple geste mit merveilleusement ses bras et sa poitrine en valeur, arqua son dos et étira tout le reste de son corps en une longue ligne musclée. Ce fut la cambrure exagérée de ses reins qui vendit la mèche. Il posait, c'était indéniable. Jusque-là, j'avais toujours cru qu'il ne se rendait pas compte de l'effet que son corps produisait sur moi. À présent, j'observais ses yeux gris coléreux, et je savais qu'il avait fait exprès de me montrer tout ça. C'était sa façon de me dire, sans prononcer le moindre mot : regarde à quoi tu as renoncé, regarde ce que tu as perdu. Si j'avais juste renoncé à un corps superbe, ça ne m'aurait pas fait si mal. Mais j'avais aussi renoncé aux dimanches après-midi passés à regarder de vieilles comédies musicales. Aux promenades du samedi dans les bois. Aux week-ends de rafting sur le Meramec. Et ça me manquait. Tout comme ça me manquait de ne plus l'entendre me raconter sa journée de boulot. Tout comme il me manquait, lui. Son corps n'était qu'un bonus appétissant. Je n'étais pas certaine qu'il y ait assez de roses dans le monde pour me faire oublier ce que Richard avait failli être pour moi.

Il s'éloigna en direction de l'escalier et de sa douche interrompue. Si j'avais eu autant de volonté que j'aime à le croire, je ne l'aurais pas suivi du regard. Soudain, je m'imaginai en train de lécher l'eau sur sa poitrine et d'arracher cette minuscule serviette blanche. L'image fut assez vivace pour m'obliger à me détourner et à prendre quelques profondes inspirations afin de me calmer. Richard n'était plus à moi. Peut-être ne l'avait-il jamais été.

— Je m'en voudrais d'interrompre ta petite séance de voyeurisme, grimaça Jamil, mais qui était ce type, et pourquoi a-t-il essayé de te tuer ?

Si je croyais avoir déjà touché le fond de la honte, je me trompais lourdement. Le fait que j'aie laissé mes problèmes avec Richard me distraire de la question beaucoup plus vitale de l'aspirant assassin prouvait que j'avais merdé. J'avais été tellement imprudente qu'il n'y avait pas de mots pour qualifier ma connerie. Une connerie qui aurait pu me tuer.

— Je ne le connais pas.

Louie souleva le drap que quelqu'un avait jeté sur le cadavre.

— Moi non plus.

— S'il vous plaît, gémit Ronnie, dont le visage avait pris une teinte d'un gris verdâtre.

Louie laissa retomber le drap, mais celui-ci s'aplatit davantage et colla au crâne du cadavre. Le sang imbiba le coton blanc comme de l'huile une mèche. Ronnie émit un bruit étranglé et se rua vers la salle de bains. Louie la regarda s'enfuir. Je regardai Louie regarder Ronnie. Il surprit mon regard et lança :

— Elle a déjà tué des gens.

Il n'eut pas besoin d'ajouter « alors pourquoi réagit-elle ainsi ? » C'était si implicite dans le ton de sa voix…

— Une fois, oui.

Il se releva.

— Alors pourquoi est-elle aussi bouleversée ?

Je secouai la tête.

— Je crois que c'est la vue de sa cervelle répandue qui l'a mise dans cet état.

Gwen entra dans la pièce.

— Beaucoup de gens supportent la vue du sang, mais pas celle d'autres fluides corporels, déclara-t-elle.

— Merci, madame la psychologue, railla Jamil.

Elle pivota vers lui comme une petite tornade blonde, et son énergie surnaturelle balaya la pièce.

— Tu n'es qu'un salaud homophobe.

Je haussai les sourcils.

— J'ai loupé quelque chose ?

— Jamil fait partie de ces mecs persuadés qu'en chaque lesbienne se cache une hétéro qui attend juste un type qui saura s'y prendre avec elle. Il a été tellement lourd avec moi que Sylvie a dû lui botter le cul.

— Je ne pensais pas qu'une psychologue qualifiée puisse se laisser aller à employer un tel langage, lança Jason sur un ton amusé.

Entendant les détonations, il était précipitamment remonté de la cave où nous avions entreposés les vampires pour la journée. Puis, à la fin de la bagarre, il était redescendu voir si tout le monde allait bien.

— Tout est calme en bas ? lui demandai-je.

Il m'adressa cette grimace qui réussit à être à la fois malicieuse et un tantinet maléfique. C'est sa grande spécialité.

— Aussi calme qu'une tombe.

Je poussai un grognement, parce que c'était ce qu'il espérait. Mais mon sourire s'évanouit avant le sien.

— Est-ce que ça pourrait être le Conseil ? interrogeai-je.

— Est-ce que ça pourrait être le Conseil qui... quoi ? s'enquit Louie.

— Qui m'a envoyé le tireur.

— Tu penses que c'était un assassin professionnel ? voulut savoir Jamil.

— Non.

— Pourquoi pas ? s'étonna Gwen.

— Parce qu'il n'était pas assez bon.

—Il était peut-être puceau, suggéra Jamil.

—Tu veux dire, c'était peut-être son premier contrat ?

—Oui.

—Possible. (Je jetai un coup d'œil à la masse recouverte d'un drap.) Il a choisi la mauvaise carrière.

—Si tu avais été une épouse encombrante ou un banquier véreux, il aurait sans doute réussi son coup.

—Tu parles comme si tu t'y connaissais.

Jamil haussa les épaules.

—Je suis exécuteur depuis l'âge de quinze ans. Mes menaces ne valent rien si je ne suis pas prêt à tuer.

—Et qu'en pense Richard ?

Nouveau haussement d'épaules.

—Richard est différent ; sinon, je serais déjà mort. Il m'aurait tué après Marcus. Traditionnellement, le nouvel Ulfric se débarrasse des exécuteurs de son prédécesseur.

—Moi, j'aurais voulu qu'il te tue.

Jamil eut un sourire pincé, mais pas hostile.

—Je sais. Je me dis souvent que tu nous ressembles plus que lui. Que tu es plus proche de nous.

—Je n'ai plus beaucoup d'illusions, Jamil. C'est tout.

—Tu crois que la moralité de Richard est une illusion ?

—À ton avis ? ripostai-je. Il t'a pratiquement broyé la gorge aujourd'hui.

—Mais ensuite, il m'a soigné. Marcus et Raina n'auraient pas pu le faire.

—T'auraient-ils aussi gravement blessé par accident ?

Jamil eut un sourire qui dévoila brièvement ses crocs.

—Si Raina m'avait pris à la gorge, ça n'aurait pas été par accident.

—Par caprice, acquiesça Gwen, mais pas par accident.

Les loups-garous partagèrent un moment de parfaite compréhension. Aucun d'eux ne pleurait Raina – pas même Jamil, qui avait plus ou moins été dans son camp.

Je secouai la tête.

—Bref. Je ne crois pas que le Conseil nous aurait envoyé un amateur. Ses membres disposent d'assez de gros bras capables de sortir en plein jour pour ne pas être obligés de faire appel aux services d'un étranger.

—Alors, qui ? insista Jamil.

—C'est ce que j'aimerais savoir.

Ronnie revint dans le salon. Nous la suivîmes tous des yeux tandis qu'elle se dirigeait vers le canapé d'un pas tremblant. Elle s'assit, les yeux rougis d'avoir trop pleuré – et pas seulement ça. Louie lui apporta un verre d'eau. Elle but très lentement, en me regardant par-dessus le rebord du verre. Je m'attendais qu'elle parle du cadavre. Voire à ce qu'elle m'accuse d'être la pire amie que la Terre ait jamais portée. Mais elle décida d'ignorer le mort pour se concentrer sur les vivants.

—Si tu avais couché avec Richard depuis le début, tu aurais pu vous épargner toute cette souffrance.

—En es-tu si sûre ?

Je la laissai changer de sujet. Elle avait besoin de penser à autre chose. J'aurais préféré qu'elle choisisse un autre sujet que ma vie amoureuse, mais bon… J'avais une dette envers elle.

—Oui. La façon dont tu le regardes, Anita… La façon dont il te regarde quand il n'essaie pas de te blesser… Oui, j'en suis sûre.

Une partie de moi était d'accord avec elle. L'autre, en revanche…

—Il resterait quand même Jean-Claude.

Ronnie émit un claquement de langue impatient.

—Je te connais. Si tu avais couché avec Richard avant la fameuse scène de la baignoire, tu ne l'aurais jamais trompé avec ce foutu vampire. Tu penses que le sexe constitue un engagement.

Je soupirai. Nous avions déjà eu cette conversation.

—Je pense que le sexe devrait signifier quelque chose.

—Et je suis d'accord avec toi. Mais si j'avais eu autant de scrupules, Louie et moi, nous serions encore en train de nous regarder dans le blanc des yeux au lieu de passer de merveilleux moments.

—Sais-tu seulement où ça va vous mener ?

Ronnie ferma les yeux et s'affaissa contre le dossier du canapé.

—Anita, tu te compliques la vie plus que nécessaire. (Elle rouvrit les yeux et baissa la tête pour pouvoir me regarder sans se redresser.) Pourquoi faudrait-il toujours qu'une relation soit sérieuse ? Pourquoi ne pourrait-on pas simplement la prendre pour ce qu'elle est et en profiter à fond ?

Je croisai les bras sur mon ventre et la regardai. Si je croyais qu'elle allait détourner la tête la première, je m'étais fourrée le doigt dans l'œil. Je cédai la première.

—Parce que c'est sérieux… Ou que ça devrait l'être.

—Pourquoi ?

J'en fus réduite à hausser les épaules. Si je n'avais pas couché avec un vampire en dehors des liens du mariage, j'aurais peut-être pu lui faire la morale. Là, je n'aurais réussi qu'à me rendre ridicule. J'étais restée vertueuse très longtemps, mais quand j'avais fini par me laisser aller, je n'y étais pas allée de main morte. J'étais passée direct de la chasteté au lit d'un mort-vivant. Si j'avais encore été catholique, ça aurait suffi à me faire excommunier. Évidemment, mes seuls pouvoirs de réanimatrice auraient suffi à me faire excommunier. Une chance pour moi que j'aie viré protestante.

—Tu veux un conseil de tata Ronnie ?

Cela m'arracha un sourire. Un tout petit sourire, mais c'était toujours mieux que rien.

—Je t'écoute.

—Monte rejoindre Richard dans sa douche.

Je la regardai avec l'air scandalisé que sa suggestion exigeait. Le fait que j'aie fantasmé là-dessus moins de dix minutes plus tôt la rendait encore plus embarrassante.

— Tu l'as vu dans la cuisine, Ronnie. Je ne crois pas qu'il soit d'humeur pour les batifolages aquatiques.

La lueur qui passa dans le regard de Ronnie me donna tout à coup l'impression d'être très jeune ou très naïve.

— Si tu te déshabilles et que tu le prends par surprise, il ne te jettera pas dehors. On n'obtient pas ce genre de colère sans passion. Il te désire autant que tu le désires. Cesse de lutter contre ça.

Je secouai la tête. Ronnie soupira.

— Pourquoi pas?

— Pour un millier de raisons, mais principalement à cause de Jean-Claude.

— Plaque-le.

J'éclatai de rire.

— C'est cela, oui.

— Il est si bon que ça? Si bon que tu ne peux pas renoncer à lui?

J'y réfléchis une minute sans trouver quoi répondre. Mais en vérité, ça se résumait à une chose très simple.

— Je ne suis pas sûre qu'il y ait assez de roses blanches dans le monde pour me faire oublier Richard. (Je levai une main avant que Ronnie puisse m'interrompre.) Mais je ne suis pas sûre qu'il y ait assez de dimanches après-midi au coin du feu dans toute l'éternité pour me faire oublier Jean-Claude.

Ronnie se redressa en me dévisageant. Une expression presque chagrinée passa dans ses yeux.

— Tu le penses vraiment, n'est-ce pas?

— Oui.

Elle secoua la tête.

— Doux Jésus, Anita… Tu es foutue.

Cela me fit rire, parce qu'elle avait raison. Il n'y avait pas trente-six solutions : ou bien je prenais ça à la rigolade, ou bien je me mettais à pleurer. Et j'avais déjà assez versé de larmes sur Richard pour aujourd'hui.

# CHAPITRE 34

Le téléphone sonna, et je sursautai. À présent que tout danger était écarté, je pouvais me permettre d'être nerveuse. Je passai dans la cuisine et décrochai. Avant même que je puisse répondre, la voix de Dolph résonna à mon oreille.

—Anita, tu vas bien ?

—Décidément, les rumeurs circulent encore plus vite que je l'aurais cru…

—De quoi parles-tu ?

Je lui répétai ce que j'avais raconté à la standardiste du SAMU.

—Je n'étais pas au courant.

—Alors, pourquoi voulais-tu savoir si j'allais bien ?

—La plupart des maisons et des établissements appartenant à des vampires ont été attaqués à peu près à la même heure ce matin. L'Église de la Vie Éternelle a été bombardée à coups de cocktails Molotov, et des non-vampires se sont fait agresser individuellement un peu partout en ville.

La peur envahit mes veines, me tournant la tête comme du champagne – de l'adrénaline inutile qui n'avait nulle part où aller. J'avais des tas d'amis morts-vivants, en plus de Jean-Claude.

—*Dead Dave* fait partie du lot ?

—Je sais que Dave n'a toujours pas digéré de s'être fait jeter de la police juste parce qu'il était… mort, mais nous prenons soin des nôtres. Nous avons posté un flic en uniforme devant son bar ; il y restera jusqu'à ce que nous ayons tiré cette affaire au clair. Le pyromane a juste eu le temps d'enfumer un mur extérieur avant de se faire choper, révéla Dolph.

Je savais qu'il n'y avait plus que des méchants au *Cirque*, mais Dolph l'ignorait. Il aurait sans doute trouvé bizarre que je ne pose pas la question.

—Et le *Cirque*?

—Ses occupants se sont défendus eux-mêmes contre deux pyromanes. Pourquoi ne t'inquiètes-tu pas pour l'amour de ta vie, Anita? N'était-il pas à la maison aujourd'hui?

Dolph me demandait ça comme s'il le savait déjà, ce qui signifiait que soit il le savait déjà, soit il prêchait le faux pour me soutirer le vrai. Mais j'étais à peu près certaine que les larbins du Conseil ne lui avaient pas raconté toute la vérité. Une demi-vérité, dans le meilleur des cas.

—Jean-Claude a dormi chez moi.

Cette fois, le silence fut encore plus chargé. Je le laissai croître jusqu'à ce qu'il soit assez épais et déplaisant pour nous étouffer. Je n'aurais su dire pendant combien de temps nous nous écoutâmes respirer sans rien dire, mais ce fut Dolph qui craqua le premier.

—Il a eu beaucoup de chance. Vous vous doutiez de ce qui allait arriver?

Cela me prit par surprise. S'il pensait que je lui avais dissimulé quelque chose d'aussi grave, pas étonnant qu'il soit en rogne contre moi.

—Non, Dolph. Je te jure que je n'en avais pas la moindre idée.

—Et ton petit ami?

J'y réfléchis une seconde.

—Je ne pense pas non plus, mais je lui demanderai quand il se lèvera.

—Tu veux dire, quand il se relèvera d'entre les morts.

—Oui, Dolph. C'est ce que je veux dire.

— Crois-tu qu'il aurait pu être au courant et ne pas t'en parler ?

— Probablement pas, mais ça lui arrive de me faire des cachotteries, admis-je.

— Et tu sors quand même avec lui… Franchement, Anita, je ne te comprends pas.

— Si je pouvais te l'expliquer, je le ferais. Mais je ne peux pas.

Dolph soupira.

— Tu as une idée de la raison pour laquelle quelqu'un s'en prend aux monstres aujourd'hui ?

— Pourquoi il s'en prend aux monstres, ou pourquoi il le fait aujourd'hui ?

— Les deux.

— Tu as arrêté des suspects, n'est-ce pas ?

— Oui.

— Mais ils n'ont pas parlé.

— Seulement pour réclamer un avocat. La plupart d'entre eux se sont fait refroidir comme ton agresseur.

— Humains Contre Vampires, ou peut-être les Humains d'Abord, suggérai-je.

— Les crois-tu capables de s'en prendre à des métamorphes ?

Un nœud dur et serré se forma dans mon estomac.

— De quoi parles-tu ?

— Un homme est entré dans un bar de la Boucle, avec un pistolet-mitrailleur chargé de balles en argent.

L'espace d'une minute, je crus que Dolph faisait allusion au *Lunatic Café*, l'ancien restaurant de Raina. Sauf que les métamorphes s'y réunissent en secret. Peu de gens ordinaires savent qu'ils fréquentent cet établissement. Je fouillai ma mémoire en quête d'un endroit réputé pour être un QG lycanthrope.

— L'*Antre du Cuir* ?

— Ouais, acquiesça Dolph.

À ma connaissance, l'*Antre du Cuir* est le seul bar de ce pays dont la clientèle se compose de métamorphes gays à tendance sadomaso. Une triple menace aux yeux de tous les fanatiques.

— Merde alors… S'il s'était agi d'un incident isolé, j'aurais dit que ça pouvait être l'œuvre de n'importe quel cinglé d'extrême droite, mais là… Vous avez chopé le type vivant ?

— Non. Les survivants l'ont bouffé.

— Je parie que tu exagères.

— Ils ont utilisé leurs dents pour le tuer, Anita. C'est ce que j'appelle bouffer quelqu'un.

J'avais déjà vu des métamorphes manger des gens, et pas seulement les attaquer. Comme ça avait été illégal – autrement dit : un meurtre, aux yeux de la justice américaine –, je laissai le dernier mot à Dolph. Il avait tort, mais je ne pouvais pas le lui démontrer sans mettre nombre de mes proches dans la panade.

— Si tu le dis.

Dolph garda le silence assez longtemps pour que je me sente obligée de lui demander :

— Tu es toujours là ?

— Pourquoi ai-je l'impression que tu me caches des choses, Anita ?

— Tu m'en crois capable ?

— Et comment !

Le fait qu'il m'ait interrogée sur la date d'aujourd'hui avait remué un vague souvenir dans ma mémoire.

— La date… Ça me dit quelque chose.

— À quoi correspond-elle ?

— Je n'arrive pas à m'en rappeler. (Une pause.) Tu veux que je vienne ?

— Comme la plupart des attaques ont visé des non-humains, on nous réclame partout. Donc : oui, ce serait bien de t'avoir avec nous. Nous aurons besoin de tout le monde sur le terrain. Les unités d'isolement réservées aux monstres de tous les grands hôpitaux de la ville ont été touchées.

—Doux Jésus! m'exclamai-je. Stephen!

—Il est indemne. Ils sont tous indemnes, me rassura Dolph. Un type armé d'un 9 mm a tenté de s'en prendre à eux. Le flic en faction a été touché.

—Il va bien?

—Il survivra.

Dolph n'avait pas l'air content, et ce n'était pas juste parce qu'un de ses collègues s'était fait blesser.

—Qu'est devenu le tireur? m'enquis-je.

Il éclata d'un rire abrupt, pareil à un aboiement.

—Un des «cousins» de Stephen l'a jeté contre le mur, si fort que son crâne s'est fendu. D'après les infirmières, il était sur le point de coller une balle entre les deux yeux du flic quand il a été… arrêté.

—Donc, le cousin de Stephen a sauvé la vie du flic.

—Ouais.

—Ça n'a pas l'air de te réjouir.

—Laisse tomber, Anita.

—Désolée. Que veux-tu que je fasse?

—L'inspecteur chargé de l'enquête s'appelle Padgett. C'est un bon flic.

—Et ce n'est pas un mince compliment venant de ta part. Pourquoi ai-je l'impression qu'il va y avoir un «mais»?

—Mais il a tendance à perdre les pédales en présence de monstres. Il faut que quelqu'un aille là-bas et lui tienne la main pour l'empêcher de s'en prendre aux métamorphes.

—Tu veux que je joue les baby-sitters? m'exclamai-je, mécontente.

—Ce sont tes amis, Anita, me rappela Dolph. Je peux envoyer quelqu'un d'autre. Je pensais juste que tu préférerais t'en charger.

Je me radoucis.

—Oui, je préfère. Merci.

—N'y passe quand même pas toute la journée. Fais le plus vite possible. Pete McKinnon vient juste de m'appeler pour demander s'il pouvait t'emprunter à la brigade.

—Il y a eu un autre incendie criminel ?

—Oui, mais cette fois, ce n'était pas son ver luisant. Je t'ai dit que l'Église de la Vie Éternelle avait été bombardée à coups de cocktails Molotov.

—Ouais. Et alors ?

—Malcolm était là-bas.

—Et merde, jurai-je.

Malcolm est le Billy Graham des morts-vivants, le fondateur de l'ordre religieux qui connaît actuellement la croissance la plus rapide aux États-Unis. À la base, c'est un ordre vampirique, mais les humains peuvent y adhérer. En fait, on les y encourage. Restent-ils humains longtemps après leur adhésion ? Ça, c'est discutable.

—Je suis étonnée qu'il ait choisi un endroit aussi évident pour se retirer pendant la journée, fis-je remarquer.

—Que veux-tu dire ?

—La plupart des maîtres vampires consacrent beaucoup de temps et d'énergie à dissimuler leur adresse diurne, justement pour se préserver de ce genre de problème. Il est mort ?

—Tu es pleine d'humour aujourd'hui, grinça Dolph.

—Tu vois très bien ce que je veux dire.

—Personne ne le sait. McKinnon va t'appeler pour te donner plus de détails. Tu vas d'abord à l'hôpital ; ensuite, tu files le rejoindre à l'Église. Quand tu auras terminé là-bas, passe-moi un coup de fil, et je te dirai où tu devras te rendre.

—Tu as contacté Larry ?

—Tu crois qu'il est de taille à gérer seul un truc aussi maous ?

J'y réfléchis une seconde.

—Il est très calé en surnaturel.

— Je sens venir un « mais »…, lâcha Dolph.

J'éclatai de rire.

— Ça fait beaucoup trop longtemps qu'on bosse ensemble. D'accord : *mais* Larry n'est pas un flingueur. Et je ne crois pas que ça changera.

— Des tas de bons flics ne sont pas des flingueurs, Anita.

— Un flic peut passer vingt-cinq ans sans jamais être obligé de dégainer. Les exécuteurs de vampires n'ont pas ce luxe. Notre boulot consiste à tuer des choses, et les choses que nous comptons tuer le savent bien. Elles n'ont pas toujours envie de se laisser faire.

— Quand on n'a qu'un marteau dans sa trousse à outils, tous les problèmes commencent à ressembler à des clous.

— Moi aussi, j'ai lu Massad Ayoob, Dolph, ripostai-je sèchement. Je n'utilise pas mon flingue comme une panacée.

— Ben voyons. Je vais appeler Larry.

Je voulus lui dire « ne le fais pas tuer », mais je me retins. Dolph ne le ferait pas tuer exprès, et Larry était un adulte. Il avait gagné le droit de prendre ses risques comme n'importe lequel d'entre nous. Mais ça m'angoissait de savoir qu'il allait se retrouver en pleine zone de combat sans que je sois là pour couvrir ses arrières. On appelle ça laisser l'oisillon s'envoler du nid. J'avais la hantise que le mien aille s'écraser au pied de l'arbre.

Soudain, je me rappelai pourquoi la date d'aujourd'hui était importante.

— Le Jour de la Purification.

— Hein ?

— Les livres d'histoire appellent ça le Jour de la Purification, mais les vampires l'appellent Inferno. Il y a deux cents ans, l'Église s'est alliée avec les armées allemande, anglaise et… celles de presque tous les pays d'Europe – à l'exception de la France –, pour brûler dans la même journée tous les vampires

368

et les humains soupçonnés d'être leurs partisans. Ce fut un carnage ; beaucoup d'innocents périrent dans les flammes. Mais le but fut partiellement atteint, puisqu'après ça, il resta beaucoup moins de vampires en Europe.

— Pourquoi la France n'a-t-elle pas participé ?

— Certains historiens pensent que le roi de l'époque avait une maîtresse vampire. À un moment donné, les révolutionnaires ont essayé de faire croire que tous les nobles étaient des vampires – ce qui était un pur mensonge, évidemment. D'après ces historiens, c'est pour ça que la guillotine fut si populaire à cette période. Parce qu'elle tuait aussi bien les vivants que les morts-vivants.

Pendant mon petit discours, je me rendai compte que Jean-Claude aurait pu me rancarder là-dessus. S'il avait loupé la Révolution française, ça ne devait pas être de beaucoup. Pour ce que j'en savais, peut-être était-il venu aux États-Unis pour la fuir. Pourquoi ne lui avais-je jamais posé la question ? Parce que ça me foutait encore les jetons de penser que l'homme qui partageait mon lit avait presque trois siècles de plus que moi. Vous parlez d'un écart d'âge… Alors, ne m'en voulez pas si j'essayais de maintenir le plus de normalité possible dans les autres aspects de notre relation. Interroger mon amant sur des événements qui s'étaient passés du temps de George Washington et de Thomas Jefferson n'aurait définitivement pas été normal.

— Anita, ça va ?

— Désolée. Je réfléchissais.

— Est-ce que j'ai envie de savoir à quoi ?

— Probablement pas.

Dolph laissa filer. Il y a à peine trois ou quatre mois de ça, il aurait insisté jusqu'à ce qu'il soit convaincu que je lui avais tout dit sur tout. Mais si nous voulions rester collègues, et à plus forte raison amis, mieux valait ne pas aborder certains sujets. Notre relation ne survivrait pas à une transparence

369

absolue. Elle ne l'aurait jamais pu, même avant que je commence à sortir avec Jean-Claude, mais je crois que Dolph ne l'avait compris que très récemment.

— Le Jour de la Purification. D'accord.

— Si tu parles à des vampires, ne l'appelle pas comme ça. Appelle-le Inferno. Si tu parlais de l'Holocauste avec un Juif, tu ne l'appellerais pas « purification ethnique », pas vrai ? C'est la même chose.

— Pigé. Pendant que tu seras sur le terrain, tâche de ne pas oublier que quelqu'un cherche à t'abattre.

— Ma parole, tu m'aimes vraiment !

— N'en profite pas trop, grogna-t-il.

— Toi aussi, tu devrais surveiller tes arrières. S'il t'arrive quoi que ce soit, c'est Zerbrowski qui te remplacera à la tête de la brigade.

Le rire sonore de Dolph fut la dernière chose que j'entendis avant que la communication soit coupée. Ça fait cinq ans qu'on se connaît, et pendant tout ce temps, pas une seule fois il ne m'a dit au revoir avant de raccrocher.

Le téléphone sonna dès que j'eus reposé le combiné. C'était Pete McKinnon.

— Salut, Pete. Je viens juste de parler à Dolph. Il m'a dit que vous vouliez que je vienne au QG de l'Église de la Vie Éternelle.

— Il vous a dit pourquoi ?

— C'est à propos de Malcolm, non ?

— Tous les membres humains de l'Église nous hurlent dessus pour que nous vérifiions que leur chef ne s'est pas fait griller. Mais nous avons défoncé le plancher de l'aile ouest pour faire sortir les vampires qui dormaient au sous-sol, et ils n'étaient pas dans leur cercueil. Deux d'entre eux sont partis en fumée. Si nous laissons Malcolm casser définitivement sa pipe en essayant de le sauver… Disons que je n'ai pas envie de m'occuper de la paperasse.

—Que voulez-vous que je fasse? demandai-je avec l'impression d'être un disque rayé.

—Nous devons savoir si nous pouvons le laisser seul jusqu'à ce qu'il se relève par ses propres moyens, ou si nous devons trouver un moyen de l'extraire. Les vampires peuvent se noyer, n'est-ce pas?

C'était une drôle de question.

—Ils ne craignent pas l'eau – sauf si elle est bénite, évidemment.

—Pas même l'eau courante? insista Pete.

—Vous avez potassé votre sujet. Je suis impressionnée.

—Je suis un érudit contrarié. Alors, pour l'eau courante…?

—À ma connaissance, courante ou croupie, elle ne leur pose pas de problème. Pourquoi me demandez-vous ça?

—Vous n'êtes jamais entrée dans un bâtiment après un incendie, n'est-ce pas?

—Non.

—À moins que le sous-sol soit étanche, il se remplit de toute l'eau qu'on a utilisée pour éteindre le feu. Ça en fait un paquet.

Les vampires pouvaient-ils se noyer? C'était une bonne question. Je ne savais pas trop. Peut-être qu'ils pouvaient, et que c'était la raison pour laquelle le folklore parlait d'eau courante. Ou peut-être que, comme l'idée reçue qui veut que les vampires puissent se transformer en animaux, ce n'était qu'une légende.

—Ils ne respirent pas toujours, donc, je ne pense pas qu'ils pourraient se noyer. Autrement dit, si un vampire se réveillait sous l'eau, il n'aurait qu'à s'abstenir de respirer jusqu'à ce qu'il en soit sorti. Mais ce n'est que mon avis, et je n'en suis pas certaine à cent pour cent.

—Pouvez-vous dire si un vampire est indemne ou non sans descendre le voir?

—Ça non plus, je n'en suis pas certaine. Je n'ai jamais essayé.

—Vous voulez bien tenter le coup?

J'acquiesçai, comprenai que Pete ne pouvait pas me voir et dis:

—Bien sûr. Mais vous ne venez qu'en seconde position sur ma liste d'urgences.

—Je comprends. Faites le plus vite possible. Les médias nous harcèlent déjà. Entre les journalistes et les membres de l'Église, je peux vous dire que nous passons un sale quart d'heure.

—Demandez-leur si Malcolm est le seul vampire qui reste au sous-sol, et si le plancher du rez-de-chaussée est renforcé par des poutres en acier.

—Pourquoi le serait-il? s'étonna Pete.

—La plupart des sous-sols où dorment des vampires ont un plafond en béton renforcé par des poutres d'acier. Celui de l'Église n'a pas de fenêtres, ce qui pourrait signifier qu'il a été conçu spécialement pour accueillir des vampires. Mieux vaut que vous le sachiez, même si vous décidez de l'éventrer.

—C'est probablement ce que nous ferons.

—Emmenez les casse-couilles dehors et interrogez-les. D'une façon ou d'une autre, vous aurez besoin de connaître les réponses, et au moins, ça leur donnera l'illusion qu'il se passe quelque chose jusqu'à mon arrivée.

—C'est la meilleure idée que j'aie entendue ces deux dernières heures, approuva Pete.

—Merci. Je viendrai dès que possible, je vous le promets. (J'eus une idée.) Une minute. Malcolm a-t-il un serviteur humain?

—Beaucoup des humains qui se trouvent sur les lieux portent des morsures vampiriques.

—Je parle d'un véritable serviteur humain.

— Je croyais que ce terme désignait un humain qui s'est fait mordre une ou deux fois.

— Je le croyais aussi autrefois. Un humain qui s'est fait mordre une ou deux fois, c'est ce que les vampires appellent un Renfield, comme le personnage du roman de Bram Stoker.

J'avais demandé à Jean-Claude comment ils les appelaient avant la publication de *Dracula*. « Des esclaves », m'avait-il répondu. À question stupide...

— Dans ce cas, qu'est-ce qu'un serviteur humain ? interrogea Pete.

Il n'était pas copain avec Dolph pour rien.

— Un humain lié à un vampire par ce qu'on appelle des marques. Un truc à la fois mystique et magique dont nous pourrions nous servir pour vérifier si Malcolm va bien.

— Est-ce que n'importe quel vampire peut avoir un serviteur humain ?

— Non. Ça ne concerne que les maîtres vampires, et encore, pas tous. Je n'ai jamais entendu dire que Malcolm en ait un, mais il pourrait s'il le voulait. Demandez aux fidèles. À mon avis, s'il en avait un, vous l'entendriez gueuler beaucoup plus fort que les autres. Mais ça vaut quand même la peine de vérifier. Si vous résolvez votre problème avant mon arrivée, appelez-moi. D'après Dolph, il y a des tas d'autres endroits où je pourrais me rendre utile.

— Il ne plaisante pas. La ville est en train de péter les plombs. Jusqu'ici, nous avons réussi à circonscrire les incendies à quelques bâtiments, mais si les cinglés continuent comme ça, nous n'allons pas tarder à perdre le contrôle de la situation. Dieu seul sait quels dégâts ils pourraient causer.

— Nous devons découvrir qui est à l'origine de ces attaques.

— À qui le dites-vous..., soupira Pete. Venez dès que possible.

Il semblait tellement sûr que je pourrais les aider! J'aurais voulu partager sa conviction. Je n'étais pas certaine de pouvoir faire quoi que ce soit en plein jour. Une fois, quelqu'un m'a dit que la raison pour laquelle je ne pouvais pas relever des morts en plein jour, c'est que je ne pensais pas en être capable. J'étais sur le point de mettre sa théorie à l'épreuve. Mais je continuais à penser que c'était impossible, et le doute est le plus grand ennemi de toute capacité psychique ou magique. Comme une prophétie qui provoque son propre accomplissement.

— Je ferai de mon mieux, promis-je.

— Génial. Je ne vous cache pas que ça me soulagera d'avoir sur les lieux quelqu'un qui possède une expérience en matière de créatures surnaturelles. Depuis peu, les flics ont droit à un entraînement, mais personne ne prépare les pompiers à ce genre de conneries.

L'idée ne m'avait jamais effleurée que les pompiers avaient affaire aux monstres presque aussi souvent que la police. Ils ne les chassaient pas, mais ils entraient dans leurs maisons. Ce qui pouvait être tout aussi dangereux, si les monstres ne comprenaient pas qu'ils étaient là pour les aider.

— Vous pouvez compter sur moi, Pete.

— Nous vous attendons. À très vite.

Nous raccrochâmes. J'allai chercher mon holster d'épaule et changer de tee-shirt. Avec ma brassière, les lanières de cuir m'auraient irrité la peau.

# CHAPITRE 35

J'enfilai un polo bleu marine et ne tombai pas sur
Richard. L'eau avait cessé de couler, mais il n'était pas
sorti de la salle de bains. Je ne voulais pas le revoir, surtout à
moitié nu. Je voulais juste m'éloigner de lui au plus vite. Dans
un sens, cette croisade anti-monstres tombait à pic. J'allais
avoir un tas de boulot, peut-être assez pour m'occuper loin de
chez moi pendant le reste de la journée. Ça me convenait.

L'ambulance arriva, et Zane fut chargé à l'arrière. Cherry
partit avec lui. Je me sentais coupable de ne pas l'accompagner, mais la présence d'une infirmière diplômée lui serait
bien plus utile que la mienne. Les flics n'étaient toujours pas
venus voir le cadavre. Ça m'ennuyait de laisser les autres se
débrouiller avec eux, mais je n'avais pas tellement le choix.
Le fait que je sois soulagée d'y aller me valut bien quelques
instants de remords, mais qui ne durèrent pas.

Ronnie était retournée s'asseoir sur le canapé. Comme je
me dirigeais vers la porte, elle demanda :

— Tu crois que je vais aller en prison ?

Je m'agenouillai devant elle et pris ses mains étrangement
froides dans les miennes.

— Ronnie, tu n'as pas tué ce type.

— Je lui ai fait exploser le crâne. À ce propos, tu peux me
dire avec quel genre de munitions tu charges ce flingue ?

— Je lui ai tiré deux fois dans la poitrine. Ce qui restait
de son cœur n'aurait pas suffi à remplir une petite cuiller.

Elle ferma les yeux.

—Il y a de la cervelle partout sur le pas de ta porte. Ne me dis pas que ma balle n'aurait pas suffi à le tuer.

Je soupirai et lui tapotai les mains.

—Ronnie, s'il te plaît… Tu as fait ce que tu devais faire. Seul le légiste pourra déterminer laquelle de nos balles l'a tué. En attendant, quand les flics se pointeront ici, tâche de ne pas prendre la responsabilité de sa mort.

—J'ai déjà vécu ça, Anita. Souviens-toi. Je sais exactement ce qu'il faut dire et ne pas dire.

Elle me fixa d'un regard qui n'était pas entièrement amical. Je lâchai ses mains et me redressai.

—Je suis désolée, Ronnie.

—Je n'ai tué que deux personnes, et les deux fois, j'étais avec toi.

—Et les deux fois, tu l'as fait pour me sauver la vie, lui rappelai-je.

Elle leva vers moi ses yeux rougis, hantés.

—Je sais.

Je lui caressai la joue et voulus lui tapoter la tête ou quelque chose du genre – la réconforter comme on réconforterait un enfant. Mais Ronnie n'était plus une enfant.

—Je suis vraiment navrée pour ce qui s'est passé, mais franchement, qu'aurais-tu pu faire d'autre ?

—Rien, acquiesça-t-elle. Du coup, je me demande si j'ai choisi le bon métier.

Mon estomac se noua.

—Ne veux-tu pas plutôt dire que tu te demandes si tu as choisi les bonnes fréquentations ? Ce n'est pas arrivé à cause de ton métier. C'est arrivé à cause du mien.

Elle m'agrippa la main. Très fort.

—Tu es ma meilleure amie, Anita. Et tu le resteras toujours.

—Merci, Ronnie. Tu ne peux pas savoir à quel point ça compte pour moi. Si je perdais ton amitié, je ne crois pas que je m'en remettrais, mais je ne veux pas que tu continues à me fréquenter juste par loyauté. Réfléchis-y – réfléchis-y sérieusement. Ma vie prend une tournure de plus en plus dangereuse, et ça m'étonnerait que ça change durant les mois ou même les années à venir. Demande-toi si tu as vraiment envie de rester dans la ligne de tir.

Rien que de l'encourager à reconsidérer sa position vis-à-vis de moi, je sentais mes yeux me brûler. Je lui pressai la main et me détournai avant qu'elle puisse voir que le fléau de la communauté vampirique avait la larme à l'œil.

Elle ne me rappela pas pour m'assurer de sa dévotion éternelle. Une moitié de moi désirait qu'elle le fasse, mais l'autre moitié se réjouissait qu'elle y réfléchisse sérieusement. Si Ronnie se faisait tuer à cause de moi, je m'envelopperais de ma culpabilité comme d'un linceul, et je n'aurais plus qu'à ramper au fond d'un trou pour y passer le reste de mon existence misérable. Levant la tête, je surpris Richard qui m'observait depuis le pied de l'escalier. Peut-être qu'on pourrait partager le même trou. Ce serait déjà une punition en soi.

—Que s'est-il encore passé ? me demanda-t-il.

Il avait séché ses cheveux, et ceux-ci formaient une masse de boucles brillantes qui glissa sur ses épaules comme il s'approchait de moi. Il avait remis son jean et trouvé un haut à sa taille : un maxi tee-shirt dont le devant s'ornait d'une caricature d'Arthur Conan Doyle. Je le porte pour dormir. Il lui était un peu juste en largeur. Pas trop petit, mais… moulant. Moi, il m'arrive jusqu'aux genoux.

—Je vois que tu as trouvé le sèche-cheveux et le tiroir où je range mes tee-shirts. Surtout n'hésite pas à te servir, raillai-je.

—Réponds-moi.

—Demande à Jamil. Il connaît tous les détails.

—C'est à toi que j'ai posé la question.

—Je n'ai pas le temps de tout raconter une deuxième fois. Il faut que j'aille bosser.

—C'est une enquête de police ou une exécution vampirique ?

—Avant, tu me demandais ça parce que tu t'inquiétais davantage si c'était un vampire. Tu étais toujours soulagé que ce soit juste une enquête. Et maintenant, pourquoi veux-tu le savoir, Richard ? Qu'est-ce que ça peut bien te foutre ?

Je sortis sans attendre sa réponse.

Je dus enjamber le cadavre toujours affalé sous mon porche. J'espérais que les flics ne tarderaient plus. C'était une journée de juillet typique à Saint Louis, chaude et si humide que la pression de l'air aurait pu vous rendre claustrophobe. Si personne n'enlevait le corps de là, il commencerait bientôt à sentir. Encore une des innombrables joies de l'été.

Ma Jeep était à sa place dans le garage. J'avais laissé Jean-Claude l'utiliser pour convoyer tout le monde chez moi. Même s'il ne l'avait pas conduite personnellement. Je n'ai jamais rencontré de vieux vampire qui conduise. La plupart d'entre eux sont assez technophobes.

J'étais en train de sortir en marche arrière lorsque j'aperçus Richard dans mon rétroviseur. Il semblait en colère. J'envisageai sérieusement de continuer à reculer. Il finirait bien par se pousser. Mais au cas où il aurait été assez stupide pour ne pas le faire, j'attendis qu'il s'approche de ma fenêtre. J'appuyai sur le bouton, et la vitre descendit avec un léger chuintement électrique.

—Quoi ? lançai-je sur un ton aussi hostile que son regard.

—Trois membres de ma meute sont en danger. Trois de mes gens sont peut-être en état d'arrestation, et tu t'es bien gardée de me le dire.

—Je m'en occupe, Richard.

—C'est mon boulot de m'occuper de mes loups.

—Tu veux te rendre personnellement à l'hosto et annoncer que tu es leur Ulfric? Tu ne peux même pas t'y rendre en simple ami, de peur que ça compromette ton précieux secret.

Il agrippa le bord de la vitre si fort que ses jointures blanchirent.

—La plupart des chefs de meute ont une identité secrète, Anita. Tu le sais bien.

—Raina était votre alpha publique, Richard. Elle serait allée à l'hôpital pour les voir. Mais elle est morte, et tu ne peux pas y aller à sa place. Qui reste-t-il?

Quelque chose céda à l'intérieur de ma portière.

—Essaie de ne pas casser ma bagnole, tu veux? aboyai-je sur un ton sec.

Richard retira lentement ses mains, comme s'il avait besoin de s'accrocher à quelque chose pour ne pas me frapper.

—Tâche de ne pas t'habituer à ta position de lupa, Anita, parce que je vais te remplacer.

Nous nous observâmes à moins de trente centimètres de distance. Autrefois, il serait venu jusqu'à la voiture pour m'embrasser avant que je parte. À présent, il ne voulait plus que se battre avec moi.

—Très bien. Mais jusqu'à ce que tu trouves quelqu'un d'autre, je suis tout ce que tu as. Maintenant, il faut que j'y aille, et que je voie si je peux éviter la prison à nos loups.

—Ils n'auraient pas été arrêtés si tu les avais laissés à l'écart de tout ça.

Là, il marquait un point.

—Si je n'avais pas posté des gardes au chevet de Stephen et de Nathaniel, ils seraient morts à l'heure qu'il est.

Je secouai la tête et recommençai à reculer. Richard s'écarta pour que je ne lui roule pas sur les orteils.

Planté dans l'allée, il me regarda m'éloigner. S'il me l'avait demandé, je lui aurais trouvé un tee-shirt, mais ça n'aurait pas été celui-là. Premièrement, parce que c'est l'un de mes préférés ; deuxièmement, parce qu'il me rappelle un certain week-end. Une chaîne du câble avait diffusé une rétrospective des vieux films de Sherlock Holmes avec Basil Rathbone dans le rôle principal. Ce ne sont pas mes préférés, parce que le docteur Watson y est dépeint comme un bouffon, mais je les aime bien quand même. J'avais mis mon tee-shirt ce week-end-là, même s'il était trop grand pour être porté hors de la maison. La brigade de la mode ne m'était pas tombée dessus, et Richard avait adoré ma tenue.

Avait-il saisi la première fringue qui lui était tombée sous la main, sans même s'en souvenir ? Ou l'avait-il choisie à dessein pour me rappeler à quoi j'avais renoncé ? Je préférais que ce soit un geste revanchard. S'il pouvait porter ce tee-shirt sans se souvenir de ce fameux week-end, je ne voulais pas le savoir.

Nous avions réussi à renverser tout le pop-corn sur moi et sur le canapé de Richard. Il ne m'avait pas laissé me relever pour m'épousseter, insistant pour me nettoyer lui-même. Et pas avec ses mains. Si ce souvenir ne signifiait rien pour lui, peut-être n'y avait-il jamais eu d'amour entre nous. Peut-être que ça avait seulement été du désir, et que j'avais confondu les deux. Mon Dieu, j'espérais que non.

# CHAPITRE 36

Une autre scène de crime, un autre massacre. Du moins le corps avait-il été évacué. Ça constituait une sacrée amélioration par rapport à chez moi.

J'avais laissé trois métamorphes à l'hôpital pour veiller sur Stephen et Nathaniel. Deux d'entre eux se trouvaient dans le couloir. Lorraine était toujours habillée comme une parfaite maîtresse d'école, à l'exception de ses menottes qui n'allaient pas du tout avec le reste de sa tenue. Elle était assise dans une des chaises de plastique dur dont tous les hôpitaux semblent équipés. Celle-ci était d'un orange criard qui jurait avec les couleurs pastel des murs. Le visage enfoui dans ses mains, elle sanglotait. Ses poignets paraissaient terriblement fins à l'intérieur des bracelets métalliques. Agenouillé près d'elle telle une montagne de muscles, Teddy tapotait son dos étroit.

Deux flics au garde-à-vous les encadraient. L'un d'eux avait nonchalamment posé sa main sur la crosse de son arme de service. La languette qui fermait son holster était déjà déboutonnée. Cela eut le don de m'agacer.

Je me dirigeai vers lui et ne m'arrêtai que lorsqu'il ne resta plus que quelques centimètres entre nous — une violation caractérisée de son espace personnel.

— Reboutonnez-moi cette languette avant que quelqu'un vous confisque votre flingue.

Il cligna de ses yeux pâles.

— Madame ?

—Utilisez votre holster de la façon pour laquelle il a été conçu, ou écartez-vous de ces gens.

—Quel est le problème, Murdock?

Un grand homme efflanqué, au crâne orné d'une masse de boucles noires, s'approcha de nous. Son costume pendait tellement sur son corps maigre qu'il semblait l'avoir emprunté à un type beaucoup plus costaud que lui. Une paire d'immenses yeux bleus lui dévorait le visage. Sa taille mise à part, il m'évoquait un gamin de douze ans qui a piqué les fringues de papa.

—Je ne sais pas, monsieur, répondit le dénommé Murdock, le regard fixé droit devant lui.

J'aurais parié qu'il avait servi dans l'armée, ou qu'il envisageait de le faire. Il avait la gueule et l'attitude d'un aspirant.

Le nouveau venu se tourna vers moi.

—Quel est le problème, inspecteur…

Il laissa un long blanc à la fin de sa phrase pour que je le remplisse de mon nom.

—Blake. Anita Blake. Je suis avec la Brigade régionale d'Investigations surnaturelles.

Il me tendit une paluche aux jointures saillantes. Je la pris. Il me serra la main un peu trop vigoureusement, mais sans me la broyer. Il n'essayait pas de me tester : il était juste content de me voir. À son contact, ma peau me picota. Il avait des talents psychiques. C'était une première chez les flics que je connaissais – à l'exception d'une sorcière qui avait été engagée spécialement pour ça.

—Vous devez être l'inspecteur Padgett, avançai-je.

Il acquiesça et lâcha ma main avec un sourire béat, qui lui donna l'air encore plus jeune. S'il n'avait pas été presque aussi grand que Dolph, il aurait eu des problèmes pour se faire respecter. Mais la plupart des gens confondent hauteur et autorité. J'ai été victime de la méprise inverse pendant pratiquement toute ma vie.

Padgett passa un bras en travers de mes épaules et m'entraîna à l'écart des loups-garous. Je n'appréciai pas beaucoup le geste. Il ne l'aurait pas fait si j'avais été un mec. Dès qu'il s'arrêta près du mur du fond, je me dégageai. Je n'en fis pas toute une histoire : simplement, je me dégageai. Qui dit que je ne m'arrange pas avec le temps ?

—Racontez-moi tout, lui enjoignis-je.

Il obtempéra. Autrement dit, il me répéta ce que Dolph avait dit. La seule chose que j'appris de sa bouche, c'est que c'était Lorraine qui avait projeté le tireur contre le mur – d'où ses larmes. Elle pensait sans doute qu'on allait l'envoyer en prison. Et je ne pouvais pas lui promettre le contraire. Si elle avait été humaine et qu'elle avait sauvé la vie d'un policier en tuant un méchant par accident, elle ne serait pas allée en prison. Mais elle n'était pas humaine, et la justice n'est ni équitable ni aveugle, contrairement à ce que nous aimons croire.

—Laissez-moi voir si j'ai tout compris. L'officier de garde était à terre. Le tireur avait pointé son arme sur sa tête et était sur le point de lui porter le coup de grâce quand cette femme a plongé sur lui. Leur élan les a emportés tous les deux jusqu'au mur du fond, contre lequel le tireur s'est cogné la tête. C'est bien ça ?

Padgett consulta ses notes.

—Oui, à peu près.

—Alors, pourquoi lui avez-vous passé les menottes ?

Il écarquilla les yeux et m'adressa son plus beau sourire de gamin. L'inspecteur Padgett était un charmeur. Malgré son allure d'épouvantail, il avait l'habitude d'utiliser sa séduction pour obtenir ce qu'il voulait. Du moins, avec les femmes. J'aurais parié que son petit numéro avait encore moins bien fonctionné sur Lorraine.

—C'est une lycanthrope, répondit-il en souriant, comme si ça expliquait tout.

—Elle vous l'a dit ?

Il eut l'air surpris.

—Non.

—Mais vous avez supposé qu'elle en était une, parce que… ?

Son sourire se flétrit, et fut remplacé par une expression maussade qui lui donna l'air boudeur plutôt que coléreux.

—Elle a projeté un homme contre un mur avec assez de force pour lui fendre le crâne.

—Des mémés moins épaisses que moi peuvent soulever une bagnole si elle a roulé sur leur petit-fils. Cela fait-il d'elles des lycanthropes ?

—Non, mais…

À présent, le visage de Padgett était fermé, sur la défensive.

—Je me suis laissé dire que vous n'aimiez pas beaucoup les métamorphes, inspecteur.

—Mes sentiments personnels n'ont pas à interférer avec mon travail.

J'éclatai de rire, et il sursauta.

—Padgett, nos sentiments personnels affectent toujours notre travail. Quand je suis arrivée ici, j'étais en pétard parce que je venais de me disputer avec mon ex ; c'est pour ça que j'ai agressé Murdock au sujet de son flingue. Pourquoi n'aimez-vous pas les lycanthropes ?

—Ils me donnent la chair de poule, d'accord ?

J'eus une idée.

—Au sens littéral du terme ?

—Que voulez-vous dire ?

—Est-ce que vos poils se hérissent réellement lorsque vous vous trouvez en présence d'un métamorphe ?

Padgett jeta un coup d'œil vers l'endroit où ses collègues s'étaient rassemblés. Puis il se pencha vers moi en baissant la voix, et je sus que j'avais vu juste.

—Chaque fois qu'il y en a un dans les parages, c'est comme si des insectes rampaient sur ma peau.

À présent, il ne semblait plus avoir douze ans. La crainte et la haine qui déformaient ses traits lui rendaient son âge véritable. Une petite trentaine, sans doute.

Je hochai la tête.

—Vous percevez leur énergie, leur aura.

Il s'écarta vivement de moi.

—Pas du tout!

—Écoutez, Padgett, j'ai su que vous aviez des dons psychiques à l'instant où je vous ai serré la main.

—Vous racontez des conneries, protesta-t-il avec véhémence.

—Dolph a fait passer le mot pour que tous les flics dotés de ce genre de talent se signalent à la BRIS. Pourquoi n'avez-vous pas postulé?

—Je ne suis pas un monstre.

—Ah ah! La vérité fait surface. Vous n'avez pas peur des lycanthropes. Vous avez peur de vous.

Il serra un poing, pas pour me frapper, mais pour contenir sa colère.

—Vous ne savez rien de moi.

—Moi aussi, ils me filent la chair de poule, avouai-je.

Cela le calma un peu.

—Comment pouvez-vous supporter d'être près d'eux?

Je haussai les épaules.

—On s'habitue à tout.

Padgett secoua la tête et frissonna.

—Je ne m'habituerai jamais à ça.

—Ils ne font pas exprès, inspecteur. Certains métamorphes sont plus doués que d'autres pour dissimuler leur véritable nature, mais tous sans exception dégagent davantage d'énergie quand ils éprouvent une émotion forte.

Plus vous les avez interrogés, plus ils ont paniqué, plus ils ont dégagé d'énergie, et plus vous vous êtes senti mal.

—J'ai pris la femme à part dans une pièce, et j'ai cru que ma peau allait se détacher de mon corps pour s'enfuir.

—Elle vous a dit quelque chose ?

—Pas un traître mot.

—Et les autres ?

—Les deux hommes n'ont rien fait.

—Sont-ils libres de partir ?

—Le grand refuse de la laisser, et l'autre est dans la chambre avec les blessés. Il prétend qu'il ne peut pas les abandonner sans protection. Je lui ai dit qu'on pouvait s'occuper d'eux. Il m'a répliqué : « Apparemment pas. »

Sur ce coup-là, j'étais d'accord avec Kevin.

—Vous avez des témoins qui disent qu'elle n'a pas voulu faire de mal à votre collègue, qu'elle a juste essayé de le protéger. Il n'est même pas mort, pour le moment. Alors pourquoi la retenez-vous ici ?

—Elle a déjà tué un homme aujourd'hui. Je pense que ça suffit.

—Deux choses, inspecteur. D'abord, elle pourrait très facilement briser ces menottes si elle le désirait. Ensuite, si elle était humaine, vous l'auriez déjà laissée rentrer chez elle.

—Ce n'est pas vrai.

Je regardai Padgett. Il tenta de soutenir mon regard, mais craqua le premier et dit en observant un point au-dessus de ma tête :

—Il est mourant. Si je la laisse partir, elle pourrait s'enfuir pour ne pas avoir à répondre des charges qui pèsent contre elle.

—Quelles charges ? Elle a vu un flic sur le point de se faire abattre et elle a bondi sur son agresseur pour le sauver. Elle ne l'a même pas découpé en morceaux : elle l'a juste poussé contre un mur. Faites-moi confiance, inspecteur. Si elle avait voulu le tuer, elle ne s'y serait pas prise de cette façon. Elle a risqué sa vie pour sauver l'un des vôtres.

—Elle n'a rien risqué du tout, s'obstina Padgett. Les balles ne peuvent pas blesser les lycanthropes.

—Les balles en argent, si. Elles fonctionnent aussi bien sur eux que les balles ordinaires sur les humains. Toutes les victimes d'aujourd'hui ont été abattues avec des balles en argent, lui rappelai-je. Lorraine aurait pu se faire tuer, mais elle n'a pas hésité. Si tel avait été le cas, vous auriez un flic mort sur les bras. Combien de citoyens seraient prêts à risquer leur peau pour sauver celle d'un flic ?

Enfin, Padgett me dévisagea d'un regard si coléreux que le bleu de ses iris s'était assombri de deux tons.

—C'est bon, j'ai compris.

—Vraiment ?

Il hocha la tête.

—Oui.

Il revint vers les autres flics et vers la métamorphe qui continuait à sangloter.

—Détachez-la.

Murdock tressaillit.

—Monsieur ?

—Vous m'avez entendu ! aboya Padgett.

Renonçant à discuter, Murdock s'agenouilla devant Lorraine et ouvrit ses menottes. De l'autre côté de la chaise, son partenaire défit la languette de son holster et recula de deux pas. Je laissai filer. Nous avions gagné ; inutile de continuer à nous battre.

Dès qu'elle fut libre, Lorraine se jeta sur moi. Je savais bien qu'elle ne me voulait aucun mal, mais j'entendis les flics s'agiter. Je haussai la voix.

—Tout va bien, les gars. Il n'y a pas de danger. Repos.

À genoux, les bras passés autour de mes jambes, Lorraine hoquetait et sanglotait bruyamment. Je tendis les bras, paumes fléchies vers les deux extrémités du couloir pour faire signe aux flics de ne pas approcher. Teddy se releva, et la moitié des flingues se braquèrent sur lui. La situation était à deux doigts de déraper méchamment.

—Padgett, contrôlez vos hommes!

Je lui jetai un coup d'œil et vis qu'il faisait partie des flics qui tenaient Teddy en joue. Et merde.

—Padgett, baissez votre flingue et ils vous imiteront.

—Dites-lui de s'asseoir, exigea l'inspecteur d'une voix égale, très sérieuse.

—Teddy, dis-je doucement. Asseyez-vous très lentement, sans faire de gestes brusques.

—Je n'ai rien fait!

—Peu importe. Contentez-vous d'obéir, s'il vous plaît.

Il s'assit sous le regard vigilant d'une demi-douzaine de flingues, l'extrémité de leur canon pareil à un œil noir et cyclopéen. Puis il posa ses grosses paluches sur ses genoux, paumes à plat pour montrer qu'il n'était pas armé. Comme s'il avait l'habitude d'essayer de paraître inoffensif.

—Maintenant, Padgett, levez-moi ce flingue, ordonnai-je.

Padgett me regarda l'espace d'une seconde, et je crus qu'il n'allait pas le faire. Je scrutai ses grands yeux bleus et y vis quelque chose de dangereux : une peur si béante et si profonde qu'elle lui intimait de détruire ce qu'il craignait. Il finit par lever son flingue, mais cet instant de vérité toute nue dans son regard m'avait suffi. Je demanderais à Dolph s'il avait des métamorphes à son tableau de chasse. J'aurais presque parié que c'était le cas. Ce n'est pas parce qu'on a été disculpé qu'on est nécessairement innocent.

Je tapotai la tête de Lorraine.

—Tout va bien. Tout va bien.

Je devais les faire sortir d'ici. Les gentils constituaient une menace presque aussi grande que les méchants.

Lorraine leva la tête vers moi. Ses yeux étaient gonflés, et de la morve dégoulinait de son nez. Pleurer, c'est comme baiser : quand on s'y adonne sans retenue, ce n'est pas beau à voir.

— Je ne voulais pas lui faire de mal, chuchota-t-elle.

— Je sais.

Je balayai du regard les flics alignés dans le couloir. Certains d'entre eux baissèrent les yeux. Je secouai la tête et aidai Lorraine à se relever.

— Je les emmène avec moi dans la chambre de Stephen et de Nathaniel. Des objections, inspecteur Padgett ?

Il se contenta de faire un signe de dénégation.

— Parfait. Venez, Teddy.

— Je peux me lever ?

Je jetai un coup d'œil à Padgett.

— Vous croyez pouvoir éviter de jouer les Rambo, vous et vos hommes ?

— S'il se tient bien – sans problème.

Padgett n'essayait plus de charmer qui que ce soit. Je pense qu'il était embarrassé par son propre comportement. Et je savais qu'il était toujours en colère, peut-être contre moi, peut-être contre lui-même. Peu m'importait du moment qu'il ne se mettait pas à tirer.

— Vous avez un homme dans la chambre ? demandai-je.

Il acquiesça sèchement.

— Est-il aussi chatouilleux de la gâchette que vous autres, ou puis-je ouvrir la porte sans me prendre une balle ?

Padgett traversa le couloir et toqua au battant.

— Smith, c'est Padgett. Un inspecteur va entrer.

Il ouvrit la porte d'un geste théâtral et s'effaça pour nous laisser passer.

Je détaillai le jeune flic assis contre le mur, à droite de la porte. Face à lui, Kevin était affalé dans une chaise, une cigarette éteinte au coin de la bouche. Il leva les yeux vers moi, et ce regard me suffit. Il était à cran, et pas seulement parce qu'il souffrait d'un manque de nicotine.

Je poussai à demi Lorraine à l'intérieur de la pièce, puis revins vers Teddy. Je lui tendis ma main gauche, et il la prit. Même s'il n'en avait pas vraiment besoin, je l'aidai à se relever.

—Merci, dit-il, et je sus que ce n'était pas pour ce geste-là.

—De rien.

Je l'escortai vers la chambre. Dès qu'il fut en sécurité à l'intérieur avec Lorraine, je pivotai vers Padgett.

—Nous devons parler. J'aimerais mieux le faire en privé, si vous pouvez me garantir que personne ne se fera flinguer en mon absence.

—Ça va là-dedans, Smith? appela Padgett.

—Au poil, répondit le jeune flic. J'adore les animaux.

Même moi, je fus effrayée par l'expression de Teddy. Une énergie surnaturelle se déversa hors de lui tel un raz de marée tiède et cinglant.

—Si le gentil policier se tient bien, j'en attends autant de votre part, dis-je sévèrement.

Teddy me regarda.

—Je sais obéir aux ordres.

—Tant mieux. Venez, inspecteur. Trouvons-nous un coin pour discuter.

Padgett respirait si vite qu'il haletait presque. Lui aussi sentait monter le pouvoir de Teddy.

—Nous pouvons parler ici. Il n'est pas question que je laisse un de mes hommes seul avec ces choses.

—Ça va aller, chef, lui assura Smith.

—Tu n'as pas peur? interrogea Padgett.

C'est une question que les flics se posent rarement entre eux. Ils se demandent si tout va bien; parfois, ils admettent qu'ils sont nerveux. Jamais qu'ils ont la trouille.

Smith écarquilla légèrement les yeux, mais secoua la tête.

—Je connais Crossman. C'est un brave type. Elle lui a sauvé la vie. (Il se redressa dans sa chaise et ajouta doucement :) Ces gens-là ne sont pas les méchants.

Un tic convulsa la joue de Padgett. Il ouvrit la bouche, la referma, puis tourna brusquement les talons et sortit. La porte se rabattit en glissant derrière lui, et un silence épais nous enveloppa.

—Anita, appela Stephen.

Il me tendit la main. Son visage était parfait, dénué de la moindre marque ou cicatrice. Je pris sa main et lui souris.

—J'ai beau savoir combien vous guérissez vite, ça m'impressionne chaque fois. Tu étais dans un sale état la dernière fois que je t'ai vu.

—Le mien était encore pire, dit une douce voix masculine.

Nathaniel s'était réveillé dans le lit voisin. Ses cheveux auburn se déployaient comme un rideau autour de son visage peut-être lui tombaient-ils plus bas que la taille. Je n'avais encore jamais rencontré d'homme dont les cheveux soient aussi longs. Je ne voyais pas ses traits parce que j'étais trop occupée à scruter ses yeux. Ils avaient une couleur de lilas, un merveilleux mauve pâle dont la beauté vous coupait le souffle. Il me fallut quelques secondes pour pouvoir détailler le reste de son visage. Réveillé, il semblait un tantinet plus vieux qu'inconscient – disons, dix-neuf ans au lieu de seize. Il avait toujours l'air épuisé et malade, mais l'amélioration était évidente.

—C'est vrai, le tien était encore pire, acquiesçai-je.

Stephen se tourna vers l'agent Smith comme s'ils étaient de vieux amis.

—Pouvez-vous nous laisser seuls quelques minutes ?

Smith me consulta du regard.

—Vous êtes d'accord ?

Je hochai la tête, et il se leva.

—À mon avis, Padgett ne va pas trop aimer ça. Si vous voulez échanger des codes secrets ou un truc dans le genre, faites vite, nous conseilla-t-il.

—Merci.

—De rien. (Avant de sortir, il s'arrêta devant Lorraine.) C'est vous qu'on devrait remercier. Crossman a une femme et deux filles. Je sais qu'elles vous seront très reconnaissantes de ce que vous avez fait.

Lorraine rougit et acquiesça, marmonnant :

—Pas de problème.

Smith s'en alla, et je me dirigeai vers le lit de Nathaniel.

—C'est bon de te voir enfin conscient.

Il tenta de sourire, mais de toute évidence, cela lui était douloureux. Sa main droite étant toujours reliée à un flacon d'intraveineuse, il me tendit la gauche. Je la pris. Il agrippa faiblement mes doigts et porta ma main à sa bouche comme pour la baiser. Je le laissai faire. L'effort fit trembler son bras. Il pressa ses lèvres sur le dos de ma main, les yeux clos comme s'il se reposait. L'espace d'une seconde, je crus qu'il s'était évanoui. Puis il me donna un rapide coup de langue. Je me dégageai dans un sursaut, réprimant une forte envie d'essuyer la trace humide sur mon jean.

—Une poignée de main aurait suffi.

Nathaniel fronça les sourcils.

—Mais vous êtes notre *léopard lionné*.

—C'est ce qu'on n'arrête pas de me dire.

Il tourna la tête vers Stephen.

—Tu m'as menti. (Des larmes tremblotèrent dans ses yeux si pâles.) Elle ne nous nourrira pas.

Je dévisageai Stephen.

—J'ai comme l'impression d'avoir loupé le début de cette conversation…

—As-tu déjà vu Richard partager son sang avec la meute ?

Je faillis dire non, puis me ravisai.

—Une fois, je l'ai vu laisser Jason sucer la plaie faite par un coup de couteau. Quand il a eu fini de boire, Jason avait l'air presque drogué.

Stephen acquiesça.

—C'est ça. Gabriel pouvait partager son sang.

J'écarquillai les yeux.

—Je ne pensais pas qu'il soit assez fort pour faire ça.

—Nous non plus, intervint Kevin.

Il se leva et s'approcha de moi. Il avait transféré sa cigarette toujours éteinte dans sa main gauche.

—C'était très instructif d'écouter Nathaniel parler de Gabriel. Nathaniel était accro à l'héroïne ; il se prostituait pour payer ses doses quand Gabriel l'a recueilli et lui a donné une nouvelle vie.

—C'est bien qu'il l'ait fait décrocher, mais il a quand même continué à le prostituer, fis-je remarquer. Auprès de clients bien plus malsains.

Kevin tapota la jambe de Nathaniel sous le drap – un geste désinvolte, comme quand on caresse un chien.

—Mais Nat aime bien ça, pas vrai, mon garçon ?

Nathaniel le dévisagea et souffla :

—Oui.

—Pitié, dis-moi que ça ne t'a pas plu de te faire égorger…

Il ferma les yeux.

—Non, pas ça. Mais le reste, avant, c'était…

—Tu n'as pas à te sentir coupable, lui assurai-je. (Une idée me traversa l'esprit.) Tu as dit à la police qui t'avait fait ça ?

—Il l'ignore, déclara Kevin.

Il se colla sa sempiternelle cigarette au coin des lèvres, comme s'il se délectait du seul goût du papier.

—Comment ça, il l'ignore ?

Cette fois, ce fut Stephen qui répondit.

—Zane l'a enchaîné et lui a noué un bandeau sur les yeux. Puis il est parti, comme convenu. Nathaniel ne les a jamais vus.

—« Les » ? répétai-je sur un ton interrogateur.

Stephen acquiesça.

—« Les ».

Je pris une profonde inspiration et expirai lentement.

—Nathaniel, te souviens-tu d'un détail qui nous aiderait à les identifier ? Y avait-il quoi que ce soit d'inhabituel ?

—Un parfum de gardénia… et une odeur écœurante.

*Génial*, songeai-je. *Ça allait beaucoup nous aider…*

Le léopard-garou m'observa, et soudain, je me rendis compte que ce n'était pas seulement la fatigue ou la maladie qui ternissaient son regard. C'était l'expérience. Nathaniel était plus que blasé, comme s'il avait contemplé les cercles inférieurs de l'enfer. Il avait survécu, mais il ne s'en était pas tiré indemne.

—J'ai mémorisé ce parfum. Je le reconnaîtrais si je le sentais de nouveau.

—D'accord, Nathaniel. D'accord.

Au fond du vide atroce de ses yeux, je décelai de la panique. Il avait peur – il était terrorisé à un point incroyable. Je lui tapotai la main, et quand ses doigts se refermèrent sur les miens, je ne me dégageai pas.

—Plus personne ne te fera jamais de mal comme ça, Nathaniel. Je te le promets.

—Vous vous occuperez de moi ?

Il me regarda avec une avidité si crue, si primitive, que je lui aurais promis n'importe quoi pour la faire disparaître.

—Oui, je m'occuperai de toi.

Tout son corps se détendit. La tension s'écoula de lui comme l'eau d'une tasse ébréchée. Je la sentis dégouliner le long de son bras et se déverser en moi comme un courant électrique. Cela me fit sursauter, mais je ne le lâchai pas.

Nathaniel me sourit et se laissa aller contre ses oreillers. Il semblait un peu rasséréné, plus vaillant. Lentement, je glissai ma main hors de la sienne, et il ne tenta pas de me retenir. *Génial.* Je me tournai vers les autres.

— Il faut vous faire sortir d'ici.

— Je pourrais rentrer chez moi, dit Stephen, mais Nathaniel n'est pas en état de supporter le déplacement.

— Je n'ai pas assez confiance en ces flics pour vous laisser sous leur protection. Je me méfie de ce qu'ils pourraient faire si je ne suis pas là pour servir de tampon.

— Padgett a très peur de nous, affirma Teddy.

J'acquiesçai.

— Je sais.

— Nourrissez-moi, suggéra Nathaniel. Donnez-moi votre force, et je partirai avec vous.

Je le dévisageai en fronçant les sourcils, puis reportai mon attention sur Stephen.

— Il ne me demande pas sérieusement de m'ouvrir une veine pour lui, hein ?

— Richard pourrait le faire.

— Richard ne pourrait pas nourrir un léopard, contra Lorraine. Seulement les membres de sa meute.

— Raina l'aurait baisé pour lui rendre la santé, déclara Kevin.

Je le dévisageai durement.

— Que voulez-vous dire ?

— Raina pouvait donner de l'énergie sans partager son sang, expliqua-t-il avec une expression de dégoût et d'avidité mêlés, comme s'il avait apprécié malgré lui. Elle vous caressait, elle se caressait elle-même… Et elle finissait toujours par vous baiser. Plus vous étiez mal en point à la base, plus elle s'éclatait, mais d'une façon ou d'une autre, quand elle en avait terminé avec vous, vous étiez guéri.

Je pivotai vers Stephen, parce que je ne voulais pas le croire. Il hocha la tête.

—Je l'ai vue faire.

—Tu ne voudrais quand même pas qu'Anita…

Lorraine ne formula pas cette répugnante idée à voix haute, mais j'étais d'accord avec elle.

—Je ne m'ouvrirai pas une veine, et je ne coucherai pas non plus avec lui, dis-je sur un ton catégorique.

—Vous ne voulez pas de moi, souffla Nathaniel d'une voix larmoyante, comme si je venais de lui briser le cœur.

—Ça n'a rien de personnel. Les coups d'un soir, ce n'est pas mon truc – c'est tout.

Cette conversation prenait un tour trop surréaliste, même pour moi.

—Dans ce cas, Nathaniel devra rester ici pendant au moins une journée de plus, dit Kevin en faisant rouler sa clope entre ses doigts.

Stephen acquiesça.

—C'est ce qu'a dit le docteur. Nous le lui avons demandé quand il m'a dit que je pouvais rentrer chez moi aujourd'hui.

—Ne me laisse pas, Stephen, supplia Nathaniel en tendant la main vers lui, comme s'il pouvait le toucher malgré l'espace qui séparait leurs lits.

Teddy prit la parole.

—Raina finissait toujours par baiser celui qu'elle essayait de guérir. Mais ce n'est pas une obligation.

Nous le dévisageâmes tous.

—Que veux-tu dire ? interrogea Kevin.

—Raina ramenait toujours tout au sexe. Mais en fait, c'est le contact physique qui possède des vertus régénératrices. Je pense que mes blessures s'étaient déjà refermées avant que nous entrions… dans le vif du sujet.

Venant d'un type qui devait faire un mètre cinquante de tour de poitrine, sans le moindre centimètre de gras, cette déclaration me donna mal à la tête. Comme si je venais de découvrir que mon labrador était doué de parole. Personne ne se serait attendu qu'il y ait une cervelle dans un emballage aussi encombrant.

Kevin haussa les épaules.

— Je ne sais pas trop. Tout ce que je sais, c'est qu'elle m'a guéri. Je ne me souviens pas à partir de quel moment. Je ne me souviens que d'elle.

— Y a-t-il dans cette pièce quelqu'un qui n'ait pas couché avec Raina ? m'exclamai-je, incrédule.

Lorraine fut la seule à lever la main, et connaissant Raina, ça n'avait pas été gagné d'avance.

— Doux Jésus…

— Je crois qu'Anita pourrait guérir Nathaniel sans coucher avec lui – par le simple contact de leurs peaux nues, conclut Teddy.

Je faillis dire non, puis je me souvins de la fois où j'avais partagé mon pouvoir avec Jean-Claude. Le contact de nos peaux nues avait joué un rôle crucial. Peut-être était-ce la même chose.

— Raina semblait-elle fatiguée après vous avoir guéris ?

Tous les hommes secouèrent la tête. Ils tombèrent d'accord pour dire qu'au contraire, elle leur avait paru chargée à bloc. Mais évidemment, c'était Raina – quelqu'un de très spécial, même pour une lycanthrope.

Je ne voulais pas laisser Nathaniel à l'hôpital, pas même avec des métamorphes pour veiller sur lui. Je n'avais pas confiance en Padgett. Sans compter qu'il n'y avait aucune garantie que les fanatiques, qui qu'ils soient, ne reviennent pas à la charge. Ou bien nous partions tous, ou bien nous restions tous. J'avais encore du boulot. Je ne pouvais passer toute ma putain de journée ici.

— D'accord, soupirai-je. On va essayer. Mais je n'ai pas la moindre idée sur la façon de m'y prendre.

Nathaniel se laissa aller contre ses oreillers avec un sourire ravi. Comme un enfant à qui on vient de promettre une glace. Le problème, c'est que la glace, c'était moi.

# CHAPITRE 37

Kevin coinça le dossier d'une chaise sous la poignée de la porte pour éviter que nous soyons dérangés en pleine action. J'avais dit à Smith, qui montait la garde dans le couloir, que j'avais encore deux ou trois trucs à faire, et que j'ignorais combien de temps ça me prendrait. Les flics me prenaient pour un inspecteur, donc, ils resteraient dehors.

Mon seul souci, c'était Padgett. Il ne s'abstiendrait d'intervenir que jusqu'à ce que son ego se soit remis de notre petite confrontation. Après ça… Je m'attendais à moitié qu'il fasse irruption dans la pièce. Cependant, une chose pourrait le retenir. Il voudrait défoncer la porte parce qu'il sentirait ce que nous étions en train de faire, mais il répugnerait à se trahir en l'admettant devant ses hommes.

Je me tenais près du lit. Nathaniel leva vers moi un regard si confiant que cela me rendit nerveuse. Je me détournai et constatai que tous les autres me regardaient avec la même expression.

—Et maintenant, les gars? Je n'ai même jamais vu personne faire ce genre de chose.

Les métamorphes s'entre-regardèrent.

—C'est difficile à expliquer, dit Stephen.

Je hochai la tête.

—C'est toujours comme ça avec la magie. Ou bien on sait, ou bien on ne sait pas.

—Est-ce vraiment de la magie, ou juste une capacité psychique? avança Teddy.

—Je ne suis pas sûre qu'il y ait une différence. Si ce n'est, peut-être, qu'une personne utilise ses capacités psychiques sans y penser, alors que l'emploi de la magie nécessite un rituel.

—Vous devez mieux vous y connaître que nous en la matière. Nous ne sommes que des métamorphes, pas des sorciers, fit remarquer Kevin.

—Je ne suis pas une sorcière, le détrompai-je. Je suis une nécromancienne.

Il haussa les épaules.

—Pour moi, c'est du pareil au même.

Il se rassit dans sa chaise, écrasant la cigarette dans sa paume comme si elle était allumée et que sa main lui servait de cendrier. Puis il me regarda d'un air maussade. Je ne le connaissais pas assez bien pour en être certaine, mais je pense qu'il était nerveux.

Et moi donc... Pour ce que j'en savais, il n'existait que deux moyens d'invoquer de l'énergie : un rituel, ou du sexe. Quand j'étais avec Jean-Claude ou avec Richard, le sexe nous tenait lieu de rituel. Mais je n'avais aucun lien avec Nathaniel. Pas de marques, pas d'émotions partagées – rien. Je n'étais pas son *léopard lionné*, pas vraiment. Ce n'était qu'un mensonge. Je ne pouvais pas faire ça sans éprouver quelque chose pour lui, et la pitié ne suffisait pas.

Teddy se dressa derrière moi.

—Qu'est-ce qui ne va pas, Anita ?

Je l'aurais bien entraîné à l'écart pour en discuter à voix basse, mais la pièce était si petite que Nathaniel nous aurait entendus de toute façon.

—J'ai besoin d'une émotion à partir de laquelle travailler. Quelque chose.

—Une émotion ? répéta-t-il.

—Je ne connais pas Nathaniel. Je ne ressens rien d'autre pour lui que de la compassion, un sens du devoir. Rien qui soit assez fort pour enclencher le processus.

—De quoi avez-vous besoin ?

Le regard de Teddy était grave ; l'intelligence qui brillait dans ses yeux, presque palpable.

Je cherchai mes mots.

—De quelque chose qui puisse se substituer à un rituel.

—Raina n'utilisait pas de rituel, lança Kevin depuis sa chaise.

—Elle utilisait du sexe. Le sexe peut se substituer à un rituel.

—Une nuit, tu as invoqué le pouvoir au lupanar, avec Richard, me rappela Stephen. Vous n'avez pas couché ensemble, et ça a marché quand même.

—Mais je… J'avais envie de Richard. Le désir sexuel est une énergie en soi.

—Nathaniel est plutôt beau gosse, non ?

Je secouai la tête.

—Ça n'a jamais été aussi simple que ça pour moi. Il me faut plus qu'un visage séduisant.

Stephen glissa hors de son lit. Il portait une chemise d'hôpital ouverte dans le dos, mais celle-ci ne bâillait pas : il était si menu qu'elle l'enveloppait comme un drap. Le concept de taille unique, c'est une vaste fumisterie. Il tenta de prendre ma main, et je me dérobai.

—Laisse-moi t'aider.

—Définis « aider ».

Soupçonneuse, moi ?

Stephen eut un sourire presque condescendant. Le sourire que les hommes adressent aux femmes quand elles viennent de dire quelque chose d'adorablement stupide.

—C'est quoi, ton problème ? aboyai-je, piquée au vif.

—Toi, répondit-il doucement. Tu sais que je ne te ferais jamais de mal, n'est-ce pas ?

Je scrutai ses yeux couleur de fleur de maïs et acquiesçai.

—Pas exprès, du moins.

—Alors, fais-moi confiance. Laisse-moi t'aider à invoquer le pouvoir.

—Comment ?

Stephen prit ma main dans les deux siennes, et cette fois, je le laissai faire. Il guida mon bras vers Nathaniel et posa le bout de mes doigts sur son front. Sa peau était fraîche. Il suffisait de le toucher pour savoir qu'il n'allait pas bien.

—Caresse-le, m'enjoignit Stephen.

Je l'observai en secouant la tête et retirai ma main.

—Et puis quoi encore ?

Nathaniel ouvrit la bouche, mais Stephen lui posa un doigt sur les lèvres.

—Non.

C'était comme s'il savait ce que l'autre homme voulait dire. Sauf qu'il ne pouvait pas en être certain, n'est-ce pas ? Il aurait éventuellement pu l'être si Nathaniel avait appartenu à la meute, mais ça n'était pas le cas.

—Ferme les yeux, Anita.

Je me raidis.

—Non.

—Nous n'avons pas de temps à perdre, me pressa Kevin.

—Il a raison, acquiesça Teddy. Je comprends votre réticence, Anita, mais les flics finiront bien par frapper à la porte.

Si Nathaniel ne pouvait pas partir avec nous, je serais forcée de laisser des gens à son chevet pour veiller sur lui, et les gens en question seraient de nouveau en danger. Si nous allions tous nous planquer quelque part, du moins ne ferions-nous pas courir de risques à des flics innocents… Même si la plupart des flics frémiraient à l'idée qu'on puisse les considérer comme innocents.

Je pris une profonde inspiration et la relâchai.

—Très bien. C'est quoi, ton plan ?

—Ferme les yeux, répéta Stephen.

Je fronçai les sourcils. Il me rendit un regard d'une patience stoïque, et j'obtempérai à contrecœur. Il prit ma main dans la sienne. Comme il dépliait mes doigts, je me rendis compte que j'avais involontairement serré le poing. Il se mit à me masser la main.

—Arrête ça ! aboyai-je.

—Alors, détends-toi. Ça ne va pas te faire mal.

—Je n'ai pas peur que ça fasse mal.

Je sentis Stephen me contourner et s'immobiliser dans mon dos, si près de moi que le bas de sa blouse effleura mes jambes.

—Mais tu as peur quand même. (Sa voix n'était plus qu'un chuchotement.) Peux-tu utiliser cette peur pour invoquer le pouvoir ?

Mon pouls battait la chamade dans ma gorge, et j'avais peur, mais ce n'était pas la bonne sorte de peur : celle qui vous submerge dans une situation dangereuse, vous permettant d'invoquer le pouvoir presque sans effort. Cette peur-là était du genre qui vous empêche de sauter d'un avion en parfait état de marche, même si vous avez un parachute sur le dos et que vous avez décidé de le faire. Elle n'avait rien de malsain ou de honteux, mais elle vous paralysait.

—Non, admis-je.

—Dans ce cas, repousse-la.

Stephen me prit gentiment par les coudes et me fit asseoir sur le bord du lit. Nathaniel émit un gémissement de protestation, comme si ça lui avait fait mal. J'ouvris les yeux.

—Referme-les, dit Stephen.

C'était bien la première fois que je l'entendais donner un ordre à quiconque. J'obéis. Il me prit les mains et posa le bout de mes doigts de chaque côté du visage de Nathaniel.

—Au-dessus des tempes, la peau est si douce…

Il fit courir mes doigts le long des joues du léopard-garou en une caresse aussi légère qu'une plume, comme si j'étais aveugle et qu'il voulait que je mémorise ses traits. Puis il glissa mes mains dans les cheveux de Nathaniel. Ceux-ci étaient soyeux, incroyablement doux. Ils avaient la texture du satin. Je crispai mes doigts dans leur tiédeur presque liquide, inclinai ma tête vers eux et les respirai. Une odeur médicinale me chatouilla les narines. J'enfouis mon visage dans leur bouillonnement et localisai le parfum de Nathaniel en dessous. Le léopard-garou sentait la vanille – et aussi le bois, la terre et la fourrure. Il n'appartenait pas à la meute, mais il avait le même genre d'odeur. Une odeur aussi familière que celle d'un refuge. Quelque chose s'enclencha en moi, comme si on venait d'appuyer sur un interrupteur.

J'ouvris les yeux, et je sus quoi faire. Je sus comment le faire. J'eus envie de le faire. Aussi vaguement qu'un souvenir enfui, je prenai conscience que Stephen m'avait lâchée depuis longtemps.

Je plongeai mon regard dans les incroyables yeux lilas de Nathaniel et, comme attirée par une force irrésistible, me penchai vers lui. J'effleurai ses lèvres en un chaste baiser, et ce simple contact conjura une vague de pouvoir tiède qui me picota la peau. Il se déversa hors de moi comme de l'eau chaude et apaisante. Mais le pouvoir seul ne suffisait pas. Il avait besoin d'une direction, besoin qu'on le guide vers une destination, et je savais comment m'y prendre aussi sûrement que si je l'avais déjà fait des dizaines de fois. Je ne me demandai pas comment cela était possible – je m'en fichais.

Je voulus faire courir ma main sur la poitrine du léopard-garou, mais sa blouse d'hôpital s'interposait entre nous. Comme Stephen, comme moi, il était petit et menu. Sa blouse était attachée sur le devant plutôt que dans son dos. Ma main tâtonna en quête de l'ouverture, se glissa à l'intérieur et palpa sa chair jusqu'à trouver l'incision.

J'enfourchai les jambes de Nathaniel. De nouveau, il poussa un gémissement de douleur, et cela me plut. Je me dressai sur mes genoux de sorte que seule la face interne de mes jambes touche son corps. Puis je fis glisser vers le bas le drap qui le recouvrait et écartai les pans de sa blouse, exposant son torse. Les points de suture dessinaient sur la pâleur de son ventre une mince ligne sombre qui courait pratiquement d'une hanche à l'autre. C'était une blessure terrible, une blessure mortelle.

Nathaniel ne portait rien en dessous de la taille. Dans les hôpitaux, on déshabille toujours les patients pour les rendre le plus vulnérable possible. La vue de son corps nu aurait dû m'arrêter net. Quelque part, elle me choquait. Je ne m'y étais pas attendue, mais à présent, il était trop tard. Le pouvoir se fichait bien de ce genre de détail.

Je caressai doucement les agrafes. Nathaniel poussa un cri, et cette fois, ce ne fut pas seulement à cause de la douleur. Avant même que j'incline ma tête vers son ventre, il était déjà à moitié en érection. Je léchai la plaie comme un chien aurait pu le faire, à grands coups de langue lents et humides. Lorsque je me redressai, Nathaniel me dévisageait, et il était bien plus qu'à moitié en érection. À cet instant, je sus que j'aurais pu l'avoir – qu'il voulait que je fasse le dernier pas.

Je sentais les autres occupants de la pièce comme un bourdonnement d'énergie, une toile de fond vibrante à l'énergie qui bouillonnait en moi. Le sexe pour le sexe ne m'a jamais intéressée, mais l'odeur et le contact de Nathaniel annihilaient presque mes facultés de raisonnement. Jamais je n'avais été si tentée par un étranger.

Néanmoins, la tentation n'est qu'une pulsion. Rien ne vous oblige à lui céder. Je me dressai sur mes genoux, appuyai mes mains sur les hanches saillantes du léopard-garou et les rapprochai l'une de l'autre en glissant sur l'incision. Lorsqu'elles se rejoignirent, je les posai l'une sur l'autre et pressai. Pas avec mes muscles et ma chair : avec mon pouvoir. Je projetai cette énergie tiède qui enflait en moi à l'intérieur du corps de Nathaniel. Il hoqueta, ses reins s'arquant sous moi, ses mains agrippant mes bras, ses doigts se convulsant sur ma chair nue.

C'était comme lisser les imperfections d'un zombie à ceci près que le léopard-garou était chaud et vivant, et que mes yeux ne voyaient pas ce que je réparais. Mais je le sentais. Je sentais la fermeté de sa chair, caressais des endroits qu'aucune main n'était censée toucher. Je les faisais rouler entre mes doigts, les remplissais de la chaleur précipitée qui jaillissait hors de moi. Celle-ci se déversa le long de mes bras pour envahir Nathaniel. Se répandit en lui telle une fièvre, recouvrant sa peau, imprégnant ses tissus, liant nos deux corps en une masse unique de chaleur solide, en une vague de pouvoir qui continuait à enfler. Je fermai les yeux, mais même les ténèbres étaient transpercées par la clarté ; des fleurs blanches explosaient sous mes paupières closes.

Ma respiration était haletante : trop rapide, trop superficielle. Je rouvris les yeux et scrutai le visage de Nathaniel. Son souffle faisait écho au mien. Je nous forçai à ralentir, à nous calmer. Je sentais son cœur aussi sûrement que si je l'avais caressé, tenu dans mes mains. Je pouvais toucher n'importe quelle partie de lui. Je pouvais m'emparer de n'importe quelle partie de lui. Je sentais le sang sous sa peau, et j'avais envie de le goûter.

Nathaniel était déjà guéri lorsque je me penchai sur lui et pressai ma bouche sur la sienne. Je tournai sa tête sur le côté et dévorai le côté de son cou jusqu'à ce que je trouve la grosse veine dans laquelle battait son pouls. Je léchai sa peau, mais cela ne me suffit pas. Je posai mes lèvres sur sa veine palpitante, mordis doucement sa chair jusqu'à ce que je puisse tenir ses pulsations dans ma bouche. Je voulais serrer les dents jusqu'à ce que son sang coule. Je le voulais. Je comprenai vaguement que Jean-Claude avait dû se réveiller. C'était sa faim que je sentais, son besoin. Mais ce n'était pas son besoin qui me faisait chevaucher le corps de Nathaniel. Ce n'était même pas le mien.

Je me souvenais du corps du léopard-garou alors que je venais de le rencontrer pour la première fois. Je connaissais son goût, son odeur comme seule une maîtresse l'aurait pu. Ce n'était pas mes souvenirs, pas mon énergie.

Je glissai sur le côté pour m'écarter de lui, tentai de descendre du lit et tombai à genoux sur le linoléum. Je ne pouvais pas me lever, pas encore. Richard avait affirmé que tant que la meute existerait, Raina ne disparaîtrait pas. Je n'avais pas compris ce qu'il voulait dire… jusqu'à maintenant. Je venais de servir d'intermédiaire à cette chienne, de canaliser son essence, et j'y avais pris beaucoup de plaisir.

Mais je savais quelque chose d'autre, quelque chose que Raina n'avait pas fait. Pour une fois, je ne pouvais pas rejeter la faute sur elle. Je savais comment guérir le corps de Nathaniel. Je savais aussi comment le briser. Si vous savez réparer une chose, vous savez aussi la démanteler. Quand j'avais tenu son cœur dans ma main métaphysique, l'espace d'un instant, j'avais ressenti le noir désir de refermer cette main, de broyer le muscle palpitant jusqu'à ce que son sang coule et que sa vie s'interrompe. Ça n'avait pas duré plus d'une fraction de seconde, mais la pulsion avait été si maléfique qu'elle m'avait effrayée.

J'aurais voulu pouvoir blâmer Raina ; malheureusement, quelque chose me disait que ce petit morceau de ténèbres n'appartenait qu'à moi. Sans la main de Stephen posée sur ma bouche, j'aurais hurlé.

# CHAPITRE 38

La main de Stephen réduisit mon cri à un gémissement. Il me serra contre lui, très fort, comme s'il avait peur de ce que je pourrais faire s'il me lâchait. Moi-même, je n'en étais pas certaine. Prendre mes jambes à mon cou me paraissait une bonne idée. Courir jusqu'à ce que je sème cette sensation, jusqu'à ce que je la laisse loin derrière moi. Mais comme Richard, je ne pouvais pas me fuir moi-même. À cette pensée, je cessai de me débattre et m'immobilisai dans l'étreinte de Stephen.

— Ça va ? s'enquit-il doucement.

Je hochai la tête.

Son bras retomba lentement, comme s'il n'était pas sûr que je l'aie entendu ou compris. Je m'affaissai contre lui et manquai de glisser à terre. Il me caressa le visage, encore et encore, comme s'il avait voulu réconforter une enfant malade. Il ne me demanda pas ce qui clochait. Aucun des métamorphes ne me le demanda.

Nathaniel était agenouillé près de nous. Il ne semblait pas seulement guéri : il pétait la forme. Son sourire lui conférait une séduction adolescente, plus ou moins inachevée. Si on avait coupé ses cheveux et changé la couleur de ses yeux, il aurait eu la gueule du lycéen qui sort avec la reine du bal et emmène son équipe de foot américain à la victoire.

Deux minutes plus tôt, j'avais failli lui tailler une pipe. À cette idée, mon visage s'empourpra, et j'enfouis ma tête dans l'épaule de Stephen. Je ne voulais pas regarder ce visage si jeune et réaliser combien j'étais passée près de le baiser. Le fait que je me souvenais de détails de son corps que je n'avais jamais personnellement touchés ne m'aidait pas beaucoup. Raina était morte, mais pas oubliée.

Je perçus un mouvement. L'énergie vibrante des métamorphes se rapprochait. Sans les regarder, je sentis qu'ils se massaient autour de moi. Leur pouvoir se referma comme un cercle, et soudain, j'eus du mal à respirer.

Je sentis une joue se frotter contre la mienne. Je tournai juste assez la tête pour apercevoir Kevin à quelques centimètres de moi. J'aurais pourtant parié sur Nathaniel. Les grosses pattes de Teddy malaxaient mes bras nus. Il porta ses mains à son visage.

—Vous sentez la meute, gronda-t-il.

Allongée sur le dos, Lorraine me fixait d'un regard étrange. Ses yeux étaient devenus ceux d'un loup.

—Elle sent comme Raina.

Sa tête bascula sur le côté, et ses lèvres effleurèrent mon jean à la hauteur du genou.

Je savais que si je les laissais faire, nous dormirions entassés les uns sur les autres comme une portée de chiots. Le contact physique contribuait à l'unité de la meute, de la même façon que les primates d'un groupe donné se nettoient mutuellement pour renforcer leurs liens. C'était une question de réconfort plus que de sexe. Raina avait choisi d'en faire une question de sexe, mais rien ne l'y avait obligée. Kevin, Teddy, Lorraine et Stephen étaient des loups, mais ils étaient aussi des humains, ce qui faisait d'eux des primates. Deux animaux en un.

Kevin enfouit sa tête dans mon giron, la joue appuyée sur ma cuisse. Je ne voyais pas ses yeux, mais sa voix me parvint, sourde et épaisse :

—Maintenant, j'ai vraiment besoin d'une clope.

Cela me fit rire. Et dès que j'eus commencé, je ne pus plus m'arrêter. Je ris jusqu'à ce que des larmes dégoulinent sur mes joues. Les loups-garous me palpèrent, me caressèrent, frottèrent leur visage contre ma peau nue. Ils s'imprégnaient de mon odeur, se roulaient dans le parfum résiduel de Raina. Me marquaient.

Stephen déposa un baiser sur ma joue, comme il l'eût fait avec une sœur.

— Ça va?

J'avais du mal à me souvenir, mais il me semblait qu'il me l'avait déjà demandé. Je hochai la tête.

— Oui.

Ma voix était aiguë et lointaine. Je me rendai compte que j'étais en état de choc, ou limite. Ce n'était pas bon du tout.

Stephen fit signe aux loups de s'écarter de moi. Ils obtempérèrent languissamment, comme si l'énergie que nous avions invoquée était une drogue qui leur tournait la tête – ou comme si nous venions de faire l'amour. C'était sans doute une meilleure analogie. Je ne savais pas trop, et je n'étais pas sûre de vouloir le savoir.

— Richard a dit que Raina ne disparaîtrait jamais vraiment tant que la meute existerait. C'est de ça qu'il parlait?

— Oui, acquiesça Stephen. Même si je n'avais jamais entendu parler de quelqu'un d'extérieur à la meute qui soit capable de faire ce que tu viens de faire. Les esprits des morts ne devraient pouvoir posséder que les lukoi.

— Les esprits des morts, répétai-je. Vous n'avez pas de nom plus exotique pour les désigner?

— Si. Les munin.

Je faillis me remettre à rire.

— Le corbeau d'Odin. La mémoire.

Stephen hocha la tête.

— Oui.

— Qu'est-ce que c'était… qu'est-ce que c'est exactement ? Pas un fantôme. J'ai déjà senti des fantômes, et ça ne ressemblait pas à ça.

— Tu viens de sentir un munin. Je ne peux pas mieux t'expliquer avec des mots.

— C'est de l'énergie, intervint Teddy. L'énergie n'est ni créée ni détruite. Elle existe, un point c'est tout. Nous détenons celle de tous les anciens membres de la meute.

— Vous ne voulez pas dire celle de tous les lukoi, n'est-ce pas ?

— Non. Celle de tous les membres qui ont appartenu à la meute, depuis le commencement jusqu'à maintenant.

— Pas tous, contra Lorraine.

Teddy acquiesça.

— Parfois, l'un de nous périt à la suite d'un accident, et nous ne pouvons pas récupérer son corps pour le partager. Tout ce qu'il était – toutes ses connaissances, tout son pouvoir – est perdu pour nous à jamais.

Kevin s'était assis par terre, adossé à sa chaise.

— Parfois, ajouta-t-il, nous choisissons de ne pas nous nourrir. C'est un peu comme une excommunication. La meute rejette un de ses membres dans la mort comme dans la vie.

— Pourquoi n'avez-vous pas rejeté Raina ? m'étonnai-je. C'était une salope sadique.

— C'est Richard qui en a décidé ainsi. En rejetant son corps une ultime fois, il craignait de provoquer la colère des membres de la meute qui ne lui étaient pas encore loyaux. Il a eu raison, mais… Maintenant, Raina est en nous.

— Elle est puissante. (Lorraine frissonna.) Assez pour posséder un loup non dominant.

— Ce ne sont que des histoires de bonne femme, protesta Kevin. Elle est morte. Son pouvoir survit, mais il ne se manifeste que lorsqu'on l'invoque.

—Je ne l'ai pas invoqué, fis-je remarquer.

—Il se peut que nous l'ayons fait, dit doucement Stephen.

Allongé sur le dos, il se couvrait les yeux de ses mains comme si cette idée était trop atroce pour qu'il la contemple en face.

—Que veux-tu dire?

—Raina mise à part, nous n'avions jamais vu personne faire ce que tu viens de faire. Je pensais à elle. Je me souvenais d'elle.

—Moi aussi, renchérit Kevin.

—C'est vrai, dit Teddy.

Il avait reculé jusqu'au mur comme s'il n'osait pas rester près de moi. Lorraine l'avait imité; à présent, elle était assise près de lui, et leurs deux corps se touchaient légèrement. Cette proximité devait la réconforter.

—Moi aussi, je pensais à elle. Je me réjouissais qu'elle ne soit pas là. Que ce soit Anita.

Elle s'enveloppa de ses bras comme si elle avait froid. Teddy passa un bras musclé autour de ses épaules, l'attira contre lui et posa son menton sur le sommet de sa tête.

—Moi, je ne pensais pas à Raina, dit Nathaniel en rampant vers moi.

—Ne me touche pas.

Il roula sur le dos, tel un énorme matou qui veut qu'on lui caresse l'estomac. Puis il s'étira de la pointe de ses orteils jusqu'au bout de ses doigts. Avec un petit rire, il se remit sur le ventre et se dressa en appui sur ses coudes. Il me regarda, ses longs cheveux auburn formant un rideau devant sa figure. Ses yeux lilas me dévisageaient, féroces et presque effrayants. Il baignait dans sa chevelure éparse et dans sa propre énergie. Il ne détachait pas son regard de moi, et je me rendai compte qu'il jouait. Il me provoquait d'une manière plus ludique que sexuelle. Ce qui me perturbait presque davantage. Il avait quelque chose de félin, d'enfantin et de très adulte à la fois. Je ne savais pas si je devais lui gratter les oreilles, lui tapoter la tête ou l'embrasser. Les trois options semblaient disponibles. J'étais carrément paumée.

Je pris appui sur le lit pour me redresser. Quand je fus certaine de pouvoir tenir debout toute seule, je le lâchai. Je vacillai un chouïa, mais rien de trop grave. Je pouvais marcher. Tant mieux, parce que je voulais ficher le camp d'ici.

—Que veux-tu faire? interrogea Stephen.

—Rentrer chez moi. Jean-Claude est là-bas, et Richard y était.

—Qu'est-ce qu'on fait de lui? voulut savoir Kevin.

Nathaniel leva la tête pour tous nous balayer du regard. Il ne dit rien, ne demanda rien, mais je sentais son pouls dans ma bouche. Je savais qu'il avait peur – peur qu'on le laisse seul une fois de plus. J'espérais que cette empathie ne serait pas permanente. J'avais déjà bien assez d'hommes qui se bousculaient dans ma tête sans l'ajouter à la liste.

—Emmenez-le avec vous. Les léopards m'appartiennent comme vous m'appartenez.

—Doit-on le protéger et le traiter comme un membre de la meute? s'enquit Kevin.

Je me frottai les tempes. Je sentais poindre un début de migraine.

—Oui, oui. Je lui ai accordé ma protection. Tous les léopards qui veulent ma protection peuvent l'avoir.

—Vous êtes notre lupa, me rappela Lorraine. Votre parole nous engage à les protéger nous aussi, à donner notre vie pour eux si nécessaire. Sont-ils prêts à en faire autant?

La migraine ne pointait pas: elle était fermement installée, et je ne pourrais pas la déloger de sitôt.

Nathaniel se releva d'un mouvement trop gracieux pour être réel, et presque trop rapide pour être visible. Il s'assit au pied du lit de Stephen, m'observant de ses yeux brillants et avides.

— Mon corps vous appartient. Et ma vie aussi, si vous voulez la prendre.

Il l'avait dit sur un ton nonchalant – non : joyeux, comme s'il s'en réjouissait. Je le dévisageai.

— Je ne veux prendre la vie de personne, Nathaniel, mais si les membres de la meute acceptent de risquer leur vie pour toi, j'attends que tu fasses de même en retour.

— Je ferai tout ce que vous voudrez, acquiesça-t-il. Vous n'avez qu'à me le dire.

Pas «à me le demander» : «à me le dire». Je n'avais jamais entendu une telle affirmation tournée de la sorte. Ça impliquait qu'il n'avait pas le droit de refuser.

— Vous êtes tous conscients que vous avez le droit de me contredire, n'est-ce pas – de protester si vous n'êtes pas d'accord avec moi? Si je vous ordonne de sauter, vous n'allez pas vous contenter de demander à quelle hauteur, pas vrai?

— Non, répondit Stephen avec une expression fermée, prudente.

— Et toi? insistai-je en me tournant vers Nathaniel.

Il se dressa sur ses genoux et inclina son buste vers moi, en agrippant le rebord métallique du lit à deux mains. Il n'essaya pas de me toucher : il voulait juste se rapprocher de moi.

— Quoi, moi?

— Tu comprends que tu as le droit de me refuser un service? Que je n'ai pas d'autorité divine sur toi?

— Dites-moi juste ce que vous voulez que je fasse, Anita, et je le ferai.

— Juste comme ça. Tu ne poseras pas de questions tu obéiras, un point c'est tout?

Il acquiesça.

— Est-ce que c'est une coutume chez les pard? interrogeai-je.

— Non, me détrompa Stephen. C'est juste la façon d'être de Nathaniel.

Je secouai la tête et agitai les mains devant moi comme si je pouvais effacer toute cette absurdité.

— Je n'ai pas le temps de discuter de ça avec vous. Il est guéri. Emmenez-le.

— Voulez-vous que je vous attende dans votre chambre? s'enquit Nathaniel.

— Si tu as besoin de te reposer, trouve-toi un lit. Mais je ne serai pas dedans.

Il m'adressa un sourire joyeux, et j'eus l'impression qu'il y avait une sacrée différente entre ce que je disais et ce qu'il entendait. Je voulais sortir de cette chambre, m'éloigner de lui et des autres métamorphes. J'avais dit à Padgett que je les enverrais en lieu sûr, et il avait gobé parce qu'il n'avait qu'une seule envie: qu'on les lui sorte des pattes. Il les supportait encore moins que moi.

Le docteur fut stupéfait par le rétablissement miraculeux de Nathaniel. Il parla de lui faire passer d'autres examens, mais je lui dis qu'il n'en était pas question. Nous avions des endroits où aller, des gens à voir. Finalement, il autorisa son patient à sortir.

Les métamorphes s'entassèrent dans les voitures de Kevin et de Teddy, et je me dirigeai vers ma Jeep. Ravie d'être débarrassée d'eux pour le moment. Ravie même si je ne savais toujours pas comment m'y prendre pour déterminer si Malcolm était toujours vivant dans son sous-sol.

Nathaniel me suivit du regard par le pare-brise arrière de la caisse de Teddy, et je sentis le poids de ses yeux lilas sur moi jusqu'à ce que la voiture ait tourné à un carrefour. Jusque-là, il était perdu, et il pensait que je venais de le trouver. Mais s'il s'attendait que nous devenions autre chose que des amis, il allait continuer à errer pendant un moment.

# CHAPITRE 39

J'avais l'impression de m'être fait battre comme plâtre, et je n'avais pas le moindre bleu pour le justifier. Je me concentrai sur mon problème suivant, repoussant dans un coin de ma tête ce que j'avais fait et failli faire. Tant que je n'aurais pas parlé à Jean-Claude et à Richard, je ne pourrais pas remédier à ce problème-là. J'avais eu peur de me lier à un vampire, mais je ne m'étais jamais inquiétée des répercussions de mon lien avec un loup-garou. J'aurais dû me douter que notre triumvirat m'attirerait des ennuis des deux côtés.

Je fus bipée trois fois en autant de minutes. D'abord McKinnon, puis Dolph, et enfin un numéro inconnu. Celui-ci me recontacta deux fois durant le quart d'heure suivant. Et merde. Je m'arrêtai dans une station-service et commençai par appeler Dolph.

—Anita, lança-t-il en décrochant.

—Comment fais-tu pour savoir toujours que c'est moi ? m'étonnai-je.

—Je ne le sais pas. Je l'espère.

—D'accord. Que se passe-t-il ?

—Nous avons besoin de toi à un autre endroit.

—Je suis en route pour rejoindre McKinnon à l'Église de la Vie Éternelle.

—Pete est ici, avec moi.

—Ah. J'imagine que ça ne signifie rien de bon…

—Nous venons d'envoyer un vampire à l'hôpital.

—Dans son cercueil ?

—Non.

—Alors, comment…?

—Il était dans l'escalier, enveloppé dans une couverture, expliqua Dolph. Les gars ne pensent pas qu'il va s'en tirer. Mais cette baraque est l'un des refuges de l'Église. Une Deux-Morsures nous a dit que la victime était le gardien des vampires plus jeunes qui se trouvent toujours à l'intérieur. Elle s'inquiète de ce qu'ils feront quand ils se réveilleront et que leur gardien ne sera pas là pour les calmer ou les nourrir.

—Les nourrir?

—Apparemment, chacun d'eux boit une gorgée du sang du gardien pour démarrer la nuit. Elle dit que sans ça, la faim est trop forte, et qu'elle les rend difficiles à contrôler.

—Je la trouve bien coopérative…

—Elle a peur, Anita. Elle porte deux putains de morsures vampiriques dans le cou, et elle a peur.

—Et merde, soupirai-je. Je vais venir, mais franchement, Dolph, je ne vois pas ce que tu veux que je fasse.

—C'est toi l'experte. À toi de me le dire, répliqua-t-il sur un ton légèrement hostile.

—J'y réfléchirai en chemin. Peut-être que j'aurai trouvé une idée le temps d'arriver.

—Avant qu'ils deviennent des citoyens à part entière, nous les aurions cramés nous-mêmes.

—C'était le bon vieux temps…

—Ouais.

Je ne crois pas que Dolph avait saisi le sarcasme. Mais avec lui, c'est toujours difficile à dire.

Je composai le troisième numéro. Larry me répondit.

—Anita.

Sa voix était tendue, douloureuse.

—Qu'cst-cc qui cloche? demandai-je, la gorge brusquement serrée.

—Je vais bien.

—À t'entendre, on ne dirait pas.

—C'est juste qu'à force de m'agiter dans tous les sens, j'ai trop tiré sur mes agrafes. Il faudrait que je prenne un calmant, mais je serai trop sonné pour conduire.

—Tu veux que je passe te chercher?

Larry garda le silence quelques instants, puis lâcha:

—S'il te plaît.

Je savais combien il lui en avait coûté de m'appeler. C'était l'une des premières fois qu'on l'envoyait sur le terrain sans moi pour contribuer à une enquête criminelle. Ça devait lui trouer le cul d'avoir besoin de mon aide pour quoi que ce soit. En tout cas, moi, ça m'aurait troué le cul. En fait, je n'aurais pas appelé du tout. J'aurais serré les dents jusqu'à ce que je m'évanouisse. Entendons-nous bien: ce n'est pas Larry que je critique – c'est moi. Parfois, c'est lui le plus malin de nous deux.

—Où es-tu?

Il me donna l'adresse. Coup de bol pour nous, je n'étais pas loin.

—Je suis à moins de cinq minutes, mais je ne pourrai pas te ramener chez toi. Je suis en route pour rejoindre Dolph.

—Tant que je n'ai pas à conduire, ça devrait aller. Il faut que je me concentre à mort rien que pour rester sur la route. Quand ça devient aussi dur que ça, il vaut mieux s'arrêter.

—Décidément, tu es beaucoup plus sage que moi.

—Ce qui signifie qu'à ma place, tu n'aurais pas encore réclamé de l'aide.

—Ben... ouais.

—Quand l'aurais-tu fait?

—Après avoir quitté la route et embouti ma bagnole.

Larry éclata de rire et prit une inspiration hoquetante, comme si ça lui avait fait mal.

—Je t'attends.

—J'arrive.

—Je sais. Merci de ne pas avoir dit que tu m'avais prévenu.

—Je n'y pensais même pas, Larry.

—Honnêtement?

—Croix de bois, croix de fer, si je mens…

—Ne le dis pas.

—Tu deviens superstitieux?

Il mit un moment à me répondre.

—C'est peut-être ça. Ou c'est peut-être juste que la journée a été longue.

—La nuit le sera plus encore.

—Merci. Ça me fait vraiment du bien de l'entendre.

Et il raccrocha sans me dire au revoir.

Peut-être est-ce ma faute si Dolph ne dit jamais au revoir. Peut-être suis-je l'oiseau de mauvais augure avec lequel mes interlocuteurs ont toujours hâte de terminer une conversation. Noooon.

# CHAPITRE 40

J e m'attendais à trouver Larry assis dans sa bagnole. Mais il en était sorti pour s'adosser à la portière conducteur. Même de loin, je voyais qu'il souffrait : que son dos était raide, et qu'il s'efforçait de ne pas remuer plus que strictement nécessaire.

Je me garai près de lui. De près, il avait l'air encore plus mal en point. Sa chemise blanche était maculée de traînées de suie. Son pantalon d'été était marron, de sorte qu'il avait mieux résisté. Une trace noire courait depuis son front jusqu'à son menton, soulignant un de ses yeux bleus et le faisant paraître plus sombre, tel un saphir enchâssé dans de l'onyx. Son regard était morne, comme si la douleur l'avait vidé de toute son énergie.

— Doux Jésus, tu as une sale gueule, commentai-je.

Il sourit presque.

— Merci.

— Prends un cachet et monte dans la Jeep, lui ordonnai-je.

Il fit mine de secouer la tête, se ravisa et dit :

— Non. Du moment que tu peux me conduire là-bas, je veux être en état de faire mon boulot sur le lieu du prochain désastre.

— On dirait que quelqu'un a foutu le feu à tes fringues, fis-je remarquer.

— Et toi, on dirait que tu sors juste de la douche, répliqua-t-il avec une pointe de ressentiment.

—Qu'est-ce qui ne va pas ?

—À part le fait que j'ai l'impression qu'on m'a planté un tisonnier chauffé au rouge dans le dos ?

—À part ça, acquiesçai-je.

—Je t'en parlerai dans la voiture.

Sous son allure boudeuse, je décelai de la fatigue. Au lieu de discuter, je me dirigeai vers la Jeep. Je fis quelques pas avant de comprendre que Larry ne suivait pas. Pivotant, je vis qu'il était toujours planté près de sa caisse, les yeux fermés, les poings serrés contre ses flancs. Je revins vers lui.

—Tu as besoin d'un coup de main ?

Il rouvrit les yeux et grimaça :

—Plutôt d'un autre dos. Mes mains fonctionnent bien.

Je souris et lui pris doucement le bras. Je m'attendais qu'il se dégage, mais il ne le fit pas. Il avait mal. Il s'avança d'un pas raide, et je le soutins pour que ce soit moins douloureux. Nous progressâmes lentement mais sûrement vers la Jeep. Lorsque nous atteignîmes enfin notre but, Larry haletait. Je lui ouvris la portière passager et hésitai. Je ne savais pas comment le faire monter. De quelque façon que je m'y prenne, il allait déguster.

—Laisse-moi juste m'appuyer sur toi. Je peux y arriver seul.

Ses doigts se crispèrent sur mon bras, l'emprisonnant comme dans un étau. Je restai de marbre. Larry se laissa tomber sur le siège et émit un petit sifflement entre ses dents.

—Tu m'avais dit que ça fait encore plus mal le lendemain. Pourquoi as-tu toujours raison ?

—C'est dur d'être parfaite, avouai-je, impassible. Mais j'ai appris à faire avec.

Larry sourit. Il se mit à glousser et se plia en deux de douleur, ce qui lui fit encore plus mal. Pendant quelques secondes, il se tortilla sur le siège, à l'agonie. Quand il put enfin se redresser, il empoigna le tableau de bord avec tant de force que ses doigts se marbrèrent.

— Pitié, ne me fais pas rire.

— Désolée.

Je sortis de la boîte à gants mes lingettes à la lanoline et à l'aloe vera. Le truc idéal pour nettoyer les taches de sang. J'imaginais qu'elles agiraient aussi sur de la suie. Je tendis le paquet à Larry et l'aidai à boucler sa ceinture de sécurité. Oui, ça lui aurait fait moins mal sans la ceinture, mais personne ne monte dans ma caisse sans mettre sa ceinture. Ma mère serait toujours en vie si elle avait observé cette simple règle.

— Prends un cachet et dors dans la bagnole. Je te ramènerai chez toi dès que j'en aurai terminé avec Dolph.

— Non, refusa Larry sur un ton si obstiné, si déterminé, que je sus qu'il était inutile d'insister – alors, pourquoi essayer ?

— Comme tu voudras. Mais j'aimerais bien que tu m'expliques comment tu as fait ton compte. On dirait que tu as essayé de dissimuler tes taches.

Seuls ses yeux remuèrent pour me dévisager d'un air interrogateur.

— Que tu t'es roulé dans de la suie, reformulai-je. Ça ne t'arrive jamais de regarder un Disney ou de lire un bouquin pour enfants ?

Il eut un léger sourire.

— Pas ces derniers temps, non. Je me suis rendu sur les lieux de trois incendies où je devais seulement confirmer que les vampires étaient morts. Dans les deux premiers cas, je n'ai trouvé que des cendres. Dans le troisième, un tas de… brindilles calcinées. Je ne savais pas quoi faire, Anita. J'ai cherché un pouls. C'était stupide de ma part. Le crâne a explosé dans un nuage de suie.

Il se tenait très raide, parfaitement immobile, et donnait quand même l'impression d'être recroquevillé sur lui-même pour se protéger de ce macabre spectacle.

Ce que j'étais sur le point de lui dire n'allait guère le réconforter.

— Les vampires se changent en cendres quand ils brûlent, Larry. S'il restait des ossements, ce n'était pas un vampire.

Alors, il tourna la tête vers moi, et ce brusque mouvement lui fit monter les larmes aux yeux.

— Tu veux dire que c'était un humain ?

— Sans doute. Je n'en suis pas certaine, mais il y a de grandes chances.

— Grâce à moi, nous ne pourrons jamais nous en assurer, se lamenta-t-il. Sans les crocs, impossible de faire la différence.

— Ce n'est pas tout à fait exact, le détrompai-je. Il reste l'ADN – même si, très honnêtement, je n'ai jamais vu les flics prélever un échantillon sur une victime d'incendie. S'ils peuvent le faire, ils détermineront à tout le moins si c'était un humain ou un vampire.

— Si c'était un humain, ils ne pourront pas utiliser ses empreintes dentaires à cause de moi.

— Larry, si le crâne était fragile à ce point, la moindre manipulation l'aurait fait tomber en poussière. Il n'aurait pas résisté à une prise d'empreintes dentaires.

— Tu en es sûre ?

Je me passai la langue sur les lèvres et voulus mentir.

— Pas à cent pour cent, admis-je.

— Tu aurais su s'il était humain. Jamais tu ne l'aurais touché, croyant qu'il était toujours en vie, n'est-ce pas ?

Je laissai le silence emplir la voiture.

— Réponds-moi, insista Larry.

— Non, je n'aurais pas cherché à vérifier son pouls. J'aurais supposé que c'était des ossements humains.

— Putain, Anita, je fais ce boulot depuis plus d'un an, et je continue à commettre des erreurs stupides.

— Pas stupides. Juste des erreurs.

—Quelle est la différence?

Je pensais que la façon dont il s'était fait déchiqueter le dos était une erreur stupide, mais décidai de ne pas le mentionner.

—Tu connais la différence, Larry, dis-je patiemment. Ou du moins, tu la connaîtras quand tu cesseras de t'apitoyer sur ton sort.

—Ne sois pas condescendante, s'il te plaît.

La colère dans sa voix me gifla plus que ses paroles. Je n'avais pas besoin de ça aujourd'hui, vraiment pas.

—Larry, j'adorerais flatter ton ego et te réconforter, mais je suis un peu à court de sucres d'orge en ce moment. Moi non plus, je n'ai pas eu une journée très agréable.

—Que s'est-il passé?

Je secouai la tête.

—Raconte-moi. Je suis désolé.

Je n'avais pas envie de parler à quiconque de ce que j'avais fait dans cette chambre d'hôpital. À Larry moins qu'à tout autre.

—Je ne sais même pas par où commencer, soupirai-je.

—Balance tout en vrac, et je trierai.

—Richard joue au con.

—Oh. Tu as des problèmes sentimentaux, dit-il sur un ton presque amusé.

Je le foudroyai du regard.

—Ne sois pas condescendant, s'il te plaît.

—Pardon.

—Ce n'est pas seulement ça. Avant qu'une nouvelle urgence se déclare, Dolph voulait que je me rende à l'Église de la Vie Éternelle. Malcolm dormait au sous-sol. Ses fidèles veulent qu'on l'en fasse sortir. Les pompiers veulent savoir s'ils peuvent l'y laisser jusqu'à ce que la nuit tombe et qu'il se relève de lui-même.

—Et alors?

— Et alors, je n'ai pas la moindre idée de la façon dont je pourrais m'y prendre pour savoir si Malcolm est vivant ou mort.

Larry m'observa, les yeux écarquillés.

— Tu déconnes ?

— J'aimerais bien.

— Mais tu es une nécromancienne !

— Je relève des zombies, et parfois des vampires, mais je ne peux pas relever un maître vampire aussi puissant que Malcolm. Et puis, même si je pouvais… Est-ce que ça prouverait qu'il est vivant, ou qu'il est mort ? Ça pourrait juste vouloir dire qu'il était prêt à devenir un zombie. Jean-Claude est déjà debout ; pour ce que j'en sais, Malcolm pourrait l'être aussi.

— Un vampire zombie ? s'étonna Larry. C'est possible ?

Je haussai les épaules.

— Va savoir. À ma connaissance, je suis la seule personne capable de relever les vampires comme des zombies. Il n'y a pas beaucoup de manuels qui traitent du sujet.

— Et Sabitini ?

— Qui, le magicien ?

— Il relevait des zombies pendant son numéro, et certains vampires lui obéissaient. J'ai lu des témoignages.

— D'abord, il est mort en 1880. Ça fait un bail. Ensuite, les vampires n'étaient que des complices qui faisaient son jeu. Pour eux, c'était un moyen de marcher librement parmi les humains, à une époque où on butait les morts-vivants à vue. On les appelait « Sabitini et ses vampires apprivoisés ».

— Personne n'a jamais prouvé que c'était un charlatan, Anita.

— Certes. Mais il est mort, et il n'a pas laissé de journal intime derrière lui.

— Tu peux toujours le relever pour lui poser la question, suggéra Larry.

Je le regardai si longtemps que je dus enfoncer la pédale de frein pour éviter d'emboutir la bagnole qui roulait devant moi.

—Qu'est-ce que tu as dit?

—Relève Sabitini et demande-lui s'il pouvait relever les vampires comme toi. Il est mort depuis à peine plus d'un siècle. Tu as déjà relevé des zombies beaucoup plus vieux que ça.

—Tu n'étais pas là l'an dernier quand une prêtresse vaudou a relevé un nécromancien. Le zombie a échappé à son contrôle, et il s'est mis à massacrer des gens.

—Tu m'en as parlé. Mais la prêtresse ignorait ce qu'il était. Toi, tu le sais. Tu n'aurais qu'à prendre des précautions.

—Non.

—Pourquoi?

J'ouvris la bouche et la refermai aussitôt, parce que je n'avais pas de bonne réponse à fournir à Larry.

—Je n'approuve pas le fait de relever les morts pour satisfaire une quelconque curiosité, finis-je par dire. Sais-tu combien de fric on m'a proposé pour relever des célébrités?

—J'ai toujours envie de découvrir ce qui est réellement arrivé à Marilyn Monroe, grimaça Larry.

—Quand sa famille viendra me le demander, peut-être que je le ferai. Mais je ne perturberai pas l'ultime repos de cette pauvre femme juste parce qu'un torchon à ragots a agité un gros chèque sous le nez de Bert.

—Un très gros chèque. Le montant était assez impressionnant pour que notre cher patron envoie Jamison essayer. Mais il n'a pas réussi. Elle était morte depuis trop longtemps. Il aurait fallu un plus gros sacrifice.

Je secouai la tête.

—Jamison est une lavette.

—Tous les autres réanimateurs de la boîte ont refusé.

—Toi y compris.

Larry haussa les épaules.

—Je pourrais la relever et lui demander comment elle est morte, mais pas devant des caméras. Elle était traquée de son vivant, et elle l'est toujours après sa mort. Je ne trouverais pas ça juste.

—Tu es un brave garçon, Larry.

—Mais je ne suis pas assez bon pour savoir que les vampires se consument totalement, et que des restes d'ossements brûlés appartiennent forcément à un humain.

—Ne recommence pas avec ça. C'est une question d'expérience. J'aurais dû t'en parler avant que Dolph t'envoie sur le terrain. Franchement, tu deviens si bon que je n'y ai même pas pensé.

—Tu as supposé que je le savais déjà ?

—Ouais.

—J'ai remarqué que le flux des cours magistraux s'est tari récemment. Avant, je prenais plus de notes quand je sortais avec toi que je n'en ai jamais prises à la fac.

—Mais ce n'est plus le cas à présent.

—Non. Je n'avais pas fait attention, mais non.

Un sourire éclaira le visage de Larry, chassant les horreurs de la journée. L'espace d'un instant, il redevint le gamin optimiste aux yeux brillants qui s'était présenté devant moi le premier jour.

—Tu veux dire que je commence enfin à me débrouiller ?

—Ouais. En fait, si tu étais un peu plus rapide à appuyer sur la détente, je dirais que tu es d'attaque pour faire cavalier seul. C'est juste que… C'est difficile de tout savoir. Parfois, quelque chose merde, et on se rend compte qu'on n'est pas aussi calé qu'on l'imaginait.

—Ça t'arrive aussi de temps en temps ?

—Bien sûr.

Il prit une profonde inspiration et la relâcha.

—Je t'ai déjà vue te laisser surprendre une ou deux fois, Anita. Quand les monstres deviennent tellement bizarres que même toi, tu ne comprends ce qui se passe… En général, ça ne tarde pas à virer crade. Dans les grandes largeurs.

Il avait raison. Et j'aurais voulu que ça ne soit pas le cas, parce que nous étions en plein dans une de ces situations où je ne maîtrise que dalle. Je ne comprenais pas ce qui était arrivé à Nathaniel. Je ne savais pas comment les marques fonctionnaient avec Richard. Ni comment déterminer si Malcolm faisait toujours partie des morts-vivants, ou s'il avait franchi la frontière vers un état de mort plus permanente.

En fait, j'avais tant de questions et si peu de réponses que je voulais juste rentrer à la maison. Avec un peu de chance, une fois le problème de Dolph résolu, Larry et moi pourrions tous les deux gober un cachet et dormir jusqu'au lendemain. Demain serait forcément un meilleur jour. Ou du moins, je l'espérais.

# CHAPITRE 41

La maison fumait encore lorsque nous arrivâmes. De minces volutes grisâtres s'élevaient depuis les poutres noircies tels des fantômes miniatures. Quelque fantaisie du feu avait épargné la coupole qui coiffait le bâtiment. Les étages inférieurs étaient éventrés et couverts de suie, mais la coupole se dressait au-dessus des ruines, pareille à un phare blanc. On aurait dit qu'un géant aux dents noires avait mordu dans la maison et arraché une énorme bouchée de maçonnerie.

Le camion anti-incendie bloquait la rue étroite. Une énorme flaque d'eau se répandait sur le bitume tel un lac peu profond. Les pompiers pataugeaient dedans, charriant des kilomètres de tuyau sur leurs épaules.

Un agent de police en uniforme nous arrêta avant que nous puissions nous approcher de l'action. Je fis descendre ma vitre et lui montrai ma carte. Bien que plastifiée et munie d'une petite pince pour que je puisse la clipper sur mes vêtements, ce n'est pas un badge officiel. Parfois, les flics lui jettent juste un coup d'œil et me laissent passer ; parfois, ils sont un peu plus pointilleux et se sentent obligés de demander la permission à un de leurs supérieurs. Washington était en train d'examiner le projet de loi de Brewster, qui donnerait aux exécuteurs de vampires l'équivalent d'un statut fédéral de marshal. Je ne savais pas trop quoi en penser. Il ne suffit pas d'un badge pour faire un flic, mais en ce qui me concerne, j'adorerais en avoir un pour me faciliter la vie.

—Anita Blake et Larry Kirkland. Nous venons voir le divisionnaire Storr, annonçai-je.

L'agent fronça les sourcils.

—Il faut que j'en parle à quelqu'un.

Je soupirai.

—Très bien. Nous attendrons ici.

Il s'éloigna en quête de Dolph, et je pianotai sur le volant pour tromper mon impatience.

—Avant, tu te disputais toujours avec ces types, fit remarquer Larry.

Je haussai les épaules.

—Ils ne font que leur travail.

—Depuis quand est-ce que ça t'empêche de râler?

Je jetai un coup d'œil à Larry. Il souriait, ce qui lui épargna la réplique cinglante qui me brûlait les lèvres. Et puis, dans son état et avec tout ce qui se passait autour de nous, c'était agréable de le voir de bonne humeur.

—D'accord, je ramollis un chouïa, concédai-je. Et alors?

Son sourire s'élargit et se changea en grimace – une grimace de mange-merde, comme l'aurait appelée mon oncle. Comme s'il s'apprêtait à dire quelque chose de si drôle qu'il hésitait presque. J'aurais parié que je n'allais pas trouver ça marrant.

—C'est parce que tu es amoureuse de Jean-Claude, ou parce que tu baises régulièrement?

Je lui adressai mon sourire le plus doucereux.

—En parlant de baise régulière, comment va l'inspecteur Tammy?

Larry rougit le premier. Je jubilai.

L'agent revint vers nous, l'inspecteur Tammy Reynolds sur ses talons. Oh, que la vie était belle.

—Mais c'est ton petit sucre d'orge en personne, susurrai-je.

Larry la vit à son tour. Le rouge de ses joues s'intensifia jusqu'à prendre une couleur de flammes, plus soutenue encore que celle de ses cheveux. Ses yeux bleus étaient légèrement exorbités de l'effort qu'il faisait pour respirer. Il avait essuyé la suie de son visage, ce qui l'empêchait d'avoir l'air d'une ecchymose géante.

—Tu ne diras rien, hein, Anita ? Tammy n'aime pas qu'on la taquine.

—Personne n'aime ça.

—Je suis désolé, dit-il très vite, avant que les deux flics puissent nous rejoindre. Je m'excuse. Ça ne se reproduira plus jamais. S'il te plaît, ne m'embarrasse pas devant Tammy.

—Tu crois que je pourrais te faire ça ?

—Sans la moindre hésitation. Par pitié, retiens-toi.

Tammy et son collègue étaient presque à notre niveau.

—Ne me fais pas chier, et je ne te ferai pas chier non plus.

—Marché conclu.

Je baissai ma vitre en souriant.

—Inspecteur Reynolds, c'est bon de vous voir.

Mon interlocutrice fronça les sourcils, parce que j'étais rarement contente de la voir. Tammy Reynolds était une sorcière, et le premier inspecteur de police qui ait jamais possédé des capacités surnaturelles plus développées qu'un simple don psychique. Mais elle était encore jeune, fringante, pleine de bonne volonté, et elle se donnait un peu trop de mal pour être mon amie.

Le fait que je relevais les morts la fascinait ; elle aurait voulu que je lui explique tout dans les moindres détails. Jamais une sorcière ne m'avait fait me sentir aussi monstrueuse. La plupart d'entre elles sont des âmes compréhensives. Peut-être était-ce parce que Reynolds était une sorcière chrétienne, membre des Fidèles de la Voie : une secte qui remontait aux gnostiques, et qui acceptait quasiment toutes les capacités magiques. Ses membres avaient été pratiquement éradiqués pendant l'Inquisition, car leurs croyances ne les autorisaient pas à dissimuler leur «lumière», mais quelques-uns d'entre eux avaient survécu. Les fanatiques trouvent toujours un moyen.

Grande et mince, Reynolds avait des cheveux bruns et raides qui tombaient sur ses épaules, et des yeux que j'aurais qualifiés de noisette, mais dont elle affirmait qu'ils étaient verts. Une sorte de gris verdâtre, avec un cercle brun pâle autour de la pupille. Les chats ont des yeux verts – pas les humains.

Quand j'avais résisté à ses ouvertures et refusé de lui parler de mon boulot, elle s'était tournée vers Larry. Au début, il s'était montré réticent pour les mêmes raisons que moi, mais moi, elle ne m'avait pas ouvert son lit. Cela avait suffi à balayer les objections du pauvre Larry.

Je lui aurais bien reproché le choix de ses camarades de jeux horizontaux, si je n'avais pas choisi les miens encore plus mal. Ce qui m'ennuyait, ce n'était pas que Reynolds soit une sorcière, ni qu'elle soit un flic. C'était qu'elle soit une fanatique religieuse. Mais quand on couche avec un mort-vivant, on n'est pas en position de juger les autres.

Je lui souris aimablement. Son froncement de sourcils s'accentua. Je n'avais jamais été aussi contente de la voir.

—Et réciproquement, Anita.

Son salut était prudent, mais semblait sincère. Toujours prête à tendre l'autre joue, comme une bonne petite chrétienne. Personnellement, je commençais à me demander si j'en étais toujours une. Oh, ce n'était pas de Dieu que je doutais : c'était de moi. Coucher avec un vampire hors des liens sacrés du mariage avait ébranlé ma foi en beaucoup de choses.

Reynolds plia son mètre soixante-quinze pour jeter un coup d'œil à Larry, assis de l'autre côté de la Jeep.

—Salut, Larry.

Son sourire aussi était sincère ; il faisait pétiller ses yeux. À défaut d'amour, je sentais des vagues de désir émaner d'elle comme un courant tiède et gênant.

La rougeur de Larry s'était dissipée, laissant ses taches de rousseur parsemer son teint laiteux comme des taches d'encre brune. Il l'observa de ses grands yeux bleus, et je n'aimai pas la façon dont il la regarda. Je n'étais pas certaine que ce soit juste du désir de son côté. Peut-être que ça n'était pas non plus seulement ça pour Reynolds, mais je ne me souciais pas de ses sentiments autant que de ceux de Larry.

—Inspecteur Reynolds, la salua-t-il.

Était-ce mon imagination, ou sa voix avait-elle baissé d'une octave ? Nooon.

—Où voulez-vous que nous nous garions ? demandai-je.

Reynolds reporta son attention sur moi et cligna de ses yeux noisette, comme si, l'espace d'une seconde, elle avait oublié ma présence.

—N'importe où là-derrière.

—Génial.

Elle recula pour me laisser manœuvrer, mais son regard s'attarda sur Larry. Peut-être bien que c'était plus que du désir. Et merde.

Je coupai le moteur. Larry défit prudemment sa ceinture de sécurité et grimaça. Je lui avais tenu la portière à la station-service.

—Tu veux que je t'ouvre ? offris-je.

Il pivota vers la portière avec raideur, s'efforçant de maintenir son torse immobile, et se figea la main sur la poignée. Sa respiration était haletante.

—S'il te plaît.

Moi, je me serais démerdée toute seule par fierté mal placée. Larry était vraiment le plus sage de nous deux.

Je lui ouvris la portière et lui tendis ma main. Je tirai, il poussa avec ses jambes, et nous réussîmes à le mettre debout.

Il se recroquevilla de douleur, mais cela lui fit plier le dos, ce qui aggrava son cas. Au final, il se redressa le plus possible et, adossé à la Jeep, tenta de reprendre son souffle. La douleur a tendance à vous le couper.

Soudain, Reynolds apparut près de nous.

— Qu'est-ce qui ne va pas ?

— Dis-lui. Moi, je vais parler à Dolph.

— Pas de problème, acquiesça Larry d'une voix tendue.

Il aurait dû être dans son lit, assommé par les calmants. Peut-être n'était-il pas tellement plus malin que moi, en fin de compte.

Je n'eus pas de mal à repérer Dolph. Pete McKinnon était avec lui. J'eus l'impression de me diriger vers deux petites montagnes.

Le costume foncé de Dolph semblait à peine sorti du pressing. Sa chemise blanche était impeccable, le nœud de sa cravate serré autour de son cou. Il ne devait pas être dehors depuis bien longtemps. Dans une chaleur pareille, tout le monde transpire.

— Anita.

— Dolph.

— Mademoiselle Blake, c'est bon de vous revoir, me lança Pete.

Je lui souris.

— Et c'est bon de savoir que quelqu'un est content de me voir.

Si Dolph saisit l'allusion, il n'en laissa rien paraître.

— Tout le monde t'attendait.

— Dolph n'a jamais été très porté sur les effusions, commenta Pete.

Je grimaçai.

— Je suis ravie que ça n'ait rien de personnel.

Dolph fronça les sourcils.

— Si vous en avez terminé avec les ronds de jambe, nous avons du pain sur la planche.

Pete et moi échangeâmes une dernière grimace avant d'emboîter le pas à Dolph dans la rue inondée. Je me réjouis d'avoir remis mes Nike. Je suis capable de marcher aussi bien que n'importe quel homme, à condition d'avoir les bonnes godasses.

Un grand pompier mince, à la lèvre supérieure barrée par une moustache grise, me regarda approcher d'un pas décidé. Malgré la chaleur étouffante de ce mois de juillet, il portait encore son casque et son pardessus. Quatre de ses collègues avaient enlevé tout leur barda et ne portaient plus qu'un maillot de corps avec leur pantalon d'aspect caoutchouteux. Quelqu'un les avait arrosés avec une lance à incendie. Ils ressemblaient à une publicité ambulante pour un concours masculin de tee-shirts mouillés. Et ils buvaient de l'eau et du Gatorade comme si leur vie en dépendait.

— Vous êtes sponsorisés par Gatorade, ou c'est juste un rituel mystique auquel vous vous livrez chaque fois que vous venez d'éteindre un feu ? interrogeai-je.

— Notre matos nous tient sacrément chaud. Après avoir passé un moment dans une baraque en flammes, nous sommes déshydratés, m'expliqua Pete. Nous buvons de l'eau pour nous réhydrater, et du Gatorade pour les électrolytes, histoire de ne pas nous évanouir.

— Ah.

Un sixième pompier, qui avait jusque-là été occupé à enrouler le tuyau, se dirigea vers nous. Un visage triangulaire délicat pointait sous son casque. Des yeux gris clair soutinrent mon regard. Dans la façon dont elle se tenait, le menton fièrement levé, il y avait comme un défi. Je reconnus aussitôt les symptômes. Moi aussi, j'étais passée par là. Je faillis m'excuser d'avoir supposé que c'était un homme, mais je me retins. Ç'aurait été insultant.

Pete me présenta au moustachu.

—Voici le capitaine Fulton. Il est le chargé d'incident sur ce site.

Je lui tendis ma main pendant qu'il hésitait encore. La sienne était large, avec des jointures saillantes. Il me serra la main comme s'il avait peur de me faire mal, et rompit le contact dès que possible. J'aurais parié qu'il était ravi d'avoir une femme dans son unité.

Il nous présenta la femme en question.

—Caporal Tucker.

Celle-ci me tendit la main. Sa poignée de main était ferme, agréable, et son regard si direct qu'il en devenait presque agressif. Je lui souris.

—C'est sympa de ne pas être la seule femme sur le terrain. Ça change un peu.

Les coins de sa bouche se relevèrent très légèrement. Elle m'adressa un signe de tête presque imperceptible, puis recula pour laisser la place à son capitaine.

—Que savez-vous au sujet des incendies, madame Blake?

—Pas grand-chose. Et c'est mademoiselle, corrigeai-je.

Fulton fronça les sourcils. Je sentis Dolph s'agiter à mes côtés, mécontent. Son visage ne le montrerait pas, mais il devait m'ordonner mentalement de ne pas jouer les casse-couilles. Qui, moi?

Le caporal Tucker me regardait, les yeux écarquillés, les traits figés comme si elle se donnait beaucoup de mal pour ne pas éclater de rire.

Un autre pompier nous rejoignit. Son tee-shirt humide collait à un estomac qui avait dû nécessiter beaucoup trop d'abdos, mais ça ne m'empêcha pas de profiter de la vue. Il était grand, large d'épaules, blond, et avait la gueule d'un type qui aurait dû porter une planche de surf ou rendre visite à Barbie dans sa maison de rêve à Malibu. Une trace de suie maculait son visage souriant, et ses yeux étaient rougis. Il me tendit la main sans attendre qu'on le présente.

— Je m'appelle Wren.

Pas de rang – juste son nom. Une marque de confiance en soi.

Il retint ma main un peu plus longtemps que nécessaire. Il ne cherchait pas à me mettre mal à l'aise il était juste intéressé. Je baissai les yeux. Pas par timidité, mais parce que certains hommes considèrent un regard prolongé comme une invitation. J'avais déjà assez d'étalons dans mon harem sans y ajouter un pompier, aussi appétissant soit-il.

Le capitaine Fulton lui jeta un coup d'œil peu amène.

— Vous avez des questions, mademoiselle Blake ? demanda-t-il en appuyant bien sur le « mademoiselle ».

— Vous avez un sous-sol plein de vampires que vous devez dégager sans les exposer à la lumière du soleil, et sans que vos hommes se fassent bouffer, c'est bien ça ?

Il m'observa pendant une seconde ou deux.

— En gros, oui.

— Pourquoi ne vous contentez-vous pas de les laisser là où ils sont jusqu'à la tombée de la nuit ?

— Parce que le plancher pourrait s'effondrer d'un instant à l'autre.

— Ce qui les exposerait à la lumière du soleil et les tuerait.

Il acquiesça.

— Dolph m'a dit que l'un d'eux avait été enveloppé dans une couverture et transporté à l'hôpital. Est-ce la raison pour laquelle vous pensez que les autres risquent de ne pas être dans leur cercueil ?

Il cligna des yeux.

— Nous avons trouvé un autre vampire dans l'escalier qui descend au sous-sol. Il… (Il baissa les yeux, puis les releva et les planta brusquement dans les miens avec une expression presque coléreuse.) J'ai déjà vu des victimes salement brûlées, mais jamais rien de pareil.

—Vous êtes certain qu'il s'agit d'un vampire ?

—Oui, pourquoi ?

—Parce que les vampires exposés au feu ou à la lumière du jour se consument généralement jusqu'à ce qu'il ne reste d'eux qu'un petit tas de cendres, et peut-être quelques fragments d'os.

—Nous l'avons arrosé, intervint Wren. Au début, nous avons pensé que c'était un humain.

—Qu'est-ce qui vous a fait changer d'avis ?

Ce fut son tour de se dérober à mon regard.

—Il a bougé. Il était brûlé au troisième degré sur tout le corps on voyait ses cartilages et ses muscles. Et il a tendu la main vers nous. (Son visage était pâle, hanté.) Aucun humain n'aurait pu faire ça. Nous l'avons arrosé pendant plusieurs minutes, pensant que nous pourrions peut-être le sauver, mais il a arrêté de bouger.

—Donc, vous avez supposé qu'il était mort ?

Les deux hommes échangèrent un regard.

—Vous voulez dire qu'il pourrait ne pas l'être ? s'enquit enfin Fulton.

Je haussai les épaules.

—Ne sous-estimez jamais les capacités de survie d'un vampire.

—Dans ce cas, nous devons y retourner et l'envoyer à l'hôpital, décida Wren.

Il fit mine de rebrousser chemin vers la maison, mais Fulton lui saisit le bras.

—Mademoiselle Blake, pouvez-vous dire si ce vampire est vivant ou mort ?

—Je pense.

—Vous pensez ?

—Je n'ai jamais entendu parler d'un vampire qui ait survécu à un feu. Donc, je pense pouvoir dire s'il est toujours vivant. Mais je n'en suis pas sûre à cent pour cent, et j'essaie de ne jamais mentir sur les choses vraiment importantes.

Fulton hocha la tête deux fois, un peu sèchement.

—Le pyromane a arrosé de comburant le plancher sur lequel nous allons nous déplacer. Une fois que nous serons au sous-sol, ce même plancher sera au-dessus de nos têtes.

—Et alors ?

—Il ne va pas tenir, mademoiselle Blake. Je n'emmènerai que des volontaires.

Je scrutai son visage à l'expression si grave.

—Quelle est la probabilité que ce plancher s'effondre, et dans combien de temps ?

—Nous n'avons aucun moyen de le savoir. Franchement, je suis surpris qu'il ne l'ait pas déjà fait, depuis le temps.

—Cette maison est un refuge pour les membres de l'Église de la Vie Éternelle. Si elle a été conçue comme les autres, le plafond du sous-sol doit être renforcé par des poutres en acier.

—Ça expliquerait qu'il n'ait pas déjà cédé, acquiesça Fulton.

—Donc, nous sommes en sécurité, pas vrai ?

Il secoua la tête.

—La chaleur pourrait avoir affaibli le béton, voire affecté la ductilité des poutres d'acier.

—Ce qui signifie qu'il risque de s'effondrer quand même.

Il acquiesça.

—Pendant que nous serons dessous.

*Génial...*

—Allons-y.

Il me saisit le bras et l'agrippa un peu trop fort. Je l'observai, mais il ne cilla pas, et ne me lâcha pas non plus.

— Comprenez-vous que nous pourrions être ensevelis vivants là-dessous, écrasés par les débris ou même noyés, s'il y a suffisamment d'eau ?

— Lâchez-moi, capitaine Fulton.

Ma voix était calme et égale, pas le moins du monde coléreuse. Un bon point pour moi.

Il obtempéra et recula, ses yeux roulant dans leur orbite. Il avait la trouille.

— Je veux juste que vous compreniez ce qui pourrait se passer.

— Elle comprend, lui assura Dolph.

J'eus une idée.

— Capitaine Fulton, que pensez-vous d'envoyer vos hommes dans un piège potentiellement mortel pour sauver une poignée de vampires ?

Quelque chose passa dans ses yeux noirs.

— La loi dit que ce sont des gens. On n'abandonne pas des gens blessés ou prisonniers.

— Mais…, l'encourageai-je.

— Mais mes hommes valent davantage à mes yeux qu'un tas de cadavres ambulants.

Je hochai la tête.

— Il n'y a pas si longtemps, j'aurais apporté des marsh-mallows et des saucisses pour les faire rôtir sur le feu qui les consumait.

— Qu'est-ce qui vous a fait changer d'avis ?

— J'ai rencontré trop d'humains qui étaient aussi monstrueux que les monstres. Peut-être moins effrayants, mais tout aussi maléfiques.

— À force de bosser pour la police, on finit par perdre toutes ses illusions sur son prochain, lança l'inspecteur Reynolds.

Larry et elle nous avaient enfin rejoints. Larry avait mis un sacré bout de temps pour traverser la rue et le jardin ; il était beaucoup trop mal en point pour nous accompagner à l'intérieur. Tant mieux.

— Je vais le faire parce que c'est mon boulot, déclara Fulton, mais rien ne m'oblige à aimer ça.

— Parfait. Au cas où le plancher s'effondrerait, prenez vos dispositions pour qu'on nous sorte de là avant la tombée de la nuit, lui recommandai-je. Parce que sans leur chaperon, les vampires nouveau-nés qui occupent le sous-sol risquent de ne pas pouvoir contrôler leur faim.

Ses yeux s'écarquillèrent, révélant beaucoup trop de blanc. J'aurais parié cher qu'il avait déjà eu affaire à un vampire d'un peu trop près. Il n'avait pas de cicatrices dans le cou, mais ça ne prouvait rien. Contrairement à ce qu'affirment les films, les sangsues ne visent pas automatiquement le cou. Le sang coule près de la surface en de nombreux autres endroits du corps humain.

Je lui posai doucement ma main sur le bras. La tension faisait vibrer ses muscles comme une corde trop tendue.

— Qui avez-vous perdu ?

— Quoi ?

Il semblait avoir du mal à se concentrer sur moi.

— Qui les vampires vous ont-ils pris ?

Il me regarda, et enfin, ses yeux sombres se focalisèrent sur moi. L'image atroce qui flottait derrière ses prunelles battit en retraite, et ce fut avec une expression presque normale qu'il me répondit :

— Ma femme et ma fille.

J'attendis qu'il me fournisse plus de détails, mais le silence se referma sur nous comme un bassin profond et immobile abritant toute l'horreur de ces cinq mots chuchotés. « Ma femme et ma fille. » Disparues toutes les deux. Non, assassinées.

— Et maintenant, vous devez pénétrer dans les ténèbres, risquer votre vie et celle de vos hommes pour sauver des buveurs de sang. Je compatis.

Il prit une profonde inspiration par le nez et la relâcha par la bouche. Je le regardai reprendre le contrôle de lui-même, le regardai reconstituer ses défenses morceau par morceau.

— Quand j'ai découvert qui étaient les occupants de cette maison, j'ai voulu les laisser brûler, avoua-t-il.

— Mais vous ne l'avez pas fait, répliquai-je. Vous avez fait votre boulot.

— Mon boulot n'est pas terminé, dit-il doucement.

Je hochai la tête.

— La vie est une chienne.

— Et à la fin, on meurt, acheva Larry à ma place.

Je pivotai vers lui et le foudroyai du regard, mais c'était difficile de le contredire. Pour une fois, il avait raison.

# CHAPITRE 42

L a Deux-Morsures, comme Dolph l'avait si poéti-
quement appelée, était une petite femme d'une
trentaine d'années. Ses cheveux bruns attachés en queue de
cheval découvraient son cou, exposant crûment les traces
de crocs dans sa chair délicate. En règle générale, les cer-
cueilleurs – les humains que ça excite de batifoler avec des
vampires – dissimulent leurs morsures à l'extérieur de leurs
lieux de réunion. Mais les membres humains de l'Église de
la Vie Éternelle font toujours en sorte que les leurs soient
visibles. Ils portent les cheveux courts ou attachés, et des
vêtements à manches courtes s'ils ont offert leur poignet
ou le creux du coude. Ils sont fiers de leurs morsures : ils les
considèrent comme un symbole de salut.

La morsure du haut était plus large, la peau rouge et
déchiquetée tout autour. Quelqu'un avait bouffé salement.
La seconde marque était très propre, d'une précision presque
chirurgicale. La femme s'appelait Caroline, et elle s'était
enveloppée de ses bras comme si elle avait froid. Comme il
faisait assez chaud pour faire frire des œufs sur le bitume, je
ne pensais pas que ce soit le cas. Ou du moins, que ce n'était
pas ce genre de froid.

— Vous vouliez me voir, Caroline ?

La femme acquiesça, hochant la tête à plusieurs
reprises comme ces chiens qu'on voit sur la plage arrière
des voitures.

— Oui, lâcha-t-elle d'une voix essoufflée.

Elle jeta un coup d'œil à Dolph et à Pete, puis reporta son attention sur moi. Cela me suffit. Elle voulait que nous parlions en tête à tête.

—Je vais aller faire un petit tour avec Caroline, lançai-je à la cantonade. Si ça ne dérange personne…

Dolph acquiesça.

—La Croix-Rouge distribue du café et des jus de fruits, dit Pete en désignant une camionnette munie d'un auvent.

Des volontaires réconfortaient comme ils le pouvaient les flics et les pompiers. Ils ne se pointent pas sur toutes les scènes de crime, mais ils font le maximum.

Dolph capta mon regard et hocha légèrement la tête. Il avait suffisamment confiance en moi pour me laisser interroger Caroline sans lui, et pour lui rapporter toute information pertinente à l'enquête en cours. C'était déjà beaucoup, et cela fit remonter mon moral d'un cran. D'accord, il aurait difficilement pu tomber plus bas.

J'avais une autre raison de me réjouir : je pouvais enfin me rendre utile. Dolph avait insisté pour que je le rejoigne le plus vite possible, mais à présent, plus personne ne bougeait. Fulton n'avait pas franchement hâte de risquer la vie de ses hommes. Toutefois, la question n'était pas là. Si ça avait été des humains qui occupaient le sous-sol, nous aurions déjà été harnachés et prêts à descendre. Mais ce n'était pas des humains, et quoi que dise la loi, ça faisait une différence. Dolph avait raison : avant *Addison contre Clark*, ils auraient fait venir les pompiers pour s'assurer que l'incendie ne s'étende pas aux maisons voisines, mais ils auraient laissé flamber celle-là. C'était la procédure standard.

Depuis quatre ans, le monde a beaucoup changé. Du moins est-ce ce que nous prétendons. Si les vampires ne dormaient pas dans leur cercueil et que le plafond s'effondrait, ils seraient exposés à la lumière du soleil, et ce serait terminé pour eux. Les pompiers avaient éventré à coups de hache le mur de l'escalier, de sorte que je pouvais voir le second cadavre de vampire. Il était cramé et croustillant, mais il n'était pas tombé en poussière. Je ne pouvais pas expliquer pourquoi. Je n'étais même pas certaine qu'il ne guérirait pas à la tombée de la nuit. Mais il était si salement brûlé qu'il ressemblait à un tas de brindilles noircies et de cuir racorni. Les muscles de son visage s'étaient crispés, exposant ses crocs pointus en une grimace de douleur. Wren m'avait expliqué que parfois, sous l'effet de la chaleur, ils se contractent suffisamment pour briser les os qu'ils recouvrent. Même quand on croit connaître tous les aspects les moins ragoûtants de la mort, on découvre toujours quelque chose de nouveau.

Je devais considérer ce vampire comme un corps pour supporter de le regarder. Caroline, elle, le connaissait personnellement. Je pense qu'elle avait beaucoup plus de mal à le considérer comme un corps.

Elle réclama un jus de fruits à la gentille dame de la Croix-Rouge. Dédaignant le café fumant, je demandai un Coca – c'est vous dire à quel point il faisait chaud. Puis je l'entraînai vers la pelouse d'une maison voisine, dont personne n'était sorti pour voir ce qui se passait. Les rideaux étaient tirés, et il n'y avait pas de voiture dans l'allée. Les occupants devaient s'être absentés pour la journée. Le seul signe de vie était un massif de roses triangulaire au-dessus duquel voltigeait un machaon noir. C'était une scène paisible. L'espace d'un instant, je me demandai si le papillon était l'un des familiers de Warrick, mais je ne percevais aucun pouvoir. C'était juste un papillon qui pirouettait dans les airs tel un minuscule cerf-volant de papier.

Je m'assis dans l'herbe. Caroline m'imita, lissant son short bleu pâle sous ses fesses comme si elle avait plutôt l'habitude de porter des jupes. Elle but une gorgée de jus de fruits. Maintenant que j'étais tout à elle, elle ne semblait plus savoir par où commencer. Ça aurait peut-être mieux fonctionné si j'avais attendu qu'elle se lance, mais ma patience avait atteint ses limites depuis un petit moment déjà. À la base, ce n'est pas l'une de mes principales qualités.

— De quoi vouliez-vous me parler ?

Caroline posa soigneusement sa cannette dans l'herbe, et ses mains fines tirèrent sur l'ourlet de son short Ses ongles courts étaient vernis de rose pâle assorti aux rayures de son tee-shirt sans manches. Je suppose que ça valait mieux que du bleu layette.

— Puis-je vous faire confiance ? me demanda-t-elle d'une voix aussi blanche et fragile que tout le reste de sa personne semblait l'être.

Je déteste qu'on me pose ce genre de question. Je n'étais pas d'humeur à mentir.

— Peut-être. Ça dépend pour quoi.

Elle eut un léger sursaut, comme si elle s'était attendue que je réponde « évidemment ».

— C'est très honnête de votre part. La plupart des gens mentent sans réfléchir.

Quelque chose dans la façon dont elle l'avait dit me donna l'impression qu'elle avait entendu beaucoup de mensonges, et que certains d'entre eux avaient émané de gens en lesquels elle avait eu confiance.

— En général, j'essaie de dire la vérité. Mais si vous détenez des informations susceptibles de nous aider, vous devez m'en parler.

Je bus une gorgée de mon Coca et tentai de conserver une attitude nonchalante – forçai mon corps à ne pas se raidir, à ne pas montrer combien j'avais envie de lui hurler dessus jusqu'à ce qu'elle crache le morceau. À moins de recourir à la torture, vous ne pouvez pas forcer les gens à parler, pas vraiment. Caroline voulait me raconter ses secrets. Je n'avais qu'à garder mon calme et à la laisser faire. Si je m'impatientais et que je la brusquais, ou bien elle craquerait et nous dirait tout, ou bien elle se fermerait et nous laisserait mariner dans notre jus. Comme on ne sait jamais à l'avance de quelle façon ça va tourner, mieux vaut jouer d'abord la carte de la patience. Il est toujours temps de recourir à la violence une fois que tout le reste a échoué.

—Je sers d'agent de liaison pour ce refuge depuis trois mois. Le gardien qui veillait sur les nouveau-nés s'appelait Giles. Il était fort et puissant, mais prisonnier de son cercueil jusqu'à la tombée de la nuit. Et puis, avant-hier, il s'est réveillé au beau milieu de la journée. C'était une première pour lui. Celui que les flics ont trouvé dans l'escalier devait être un des nouveau-nés.

Elle me scruta de ses yeux bruns écarquillés, se pencha vers moi et baissa encore la voix. Je dus en faire autant rien que pour l'entendre, et me retrouvai si près d'elle que mes cheveux effleurèrent son épaule.

—Les autres étaient tous morts depuis moins de deux ans. Savez-vous ce que ça signifie ?

—Qu'ils n'auraient pas dû pouvoir se relever en plein jour. Donc, que celui de l'escalier aurait dû être réduit en cendres.

—Exactement, acquiesça-t-elle.

Elle semblait soulagée d'avoir enfin trouvé quelqu'un qui comprenait.

—Ce réveil prématuré a-t-il été limité à votre refuge ? interrogeai-je.

Elle fit un signe de dénégation. À présent, nous chuchotions tête contre tête, comme des élèves de primaire qui bavardent pendant la classe. À cette distance, je pouvais voir les fines lignes rouges dans ses yeux. Caroline n'avait pas bien dormi ces dernières nuits.

—Le même phénomène s'est produit dans toutes les églises et dans tous les autres refuges. Apparemment, ça a décuplé la faim des nouveau-nés. (Machinalement, elle porta la main à son cou et à sa trace de morsure déchiquetée.) Même les gardiens ont eu du mal à les contrôler.

—Quelqu'un a une idée de la raison pour laquelle c'est arrivé ?

—Malcolm pensait que quelqu'un les manipulait.

J'avais une liste de plusieurs candidats qui auraient pu le faire, mais nous n'étions pas là pour écouter mes réponses. Nous étions là pour écouter celles de Caroline.

—Il a avancé des noms ?

—Vous avez entendu parler de nos illustres visiteurs ? demanda-t-elle dans un murmure, comme si une simple allusion à eux risquait de les invoquer.

—Si vous voulez parler des membres du Conseil, je les ai même rencontrés.

Elle se rejeta en arrière, visiblement choquée.

—Mais… Malcolm ne les a pas encore vus ! protesta-t-elle.

Je haussai les épaules.

—Ils ont préféré… saluer d'abord le Maître de la Ville.

—Malcolm a dit qu'ils nous contacteraient quand ils seraient prêts. Il considérait leur venue comme un signe que le reste de la communauté vampirique était prête à embrasser la véritable foi.

Je n'allais pas lui raconter pourquoi les membres du Conseil étaient réellement venus à Saint Louis. Si l'Église n'était pas déjà au courant, elle n'avait pas besoin de le savoir.

—Je ne crois pas que le Conseil accorde beaucoup d'importance à la religion, Caroline.

—Mais alors, pourquoi… ? s'étonna-t-elle.

—Disons qu'il a ses raisons.

Ce n'était pas un mensonge : juste une affirmation cryptique à souhait. Caroline parut l'accepter telle quelle. Peut-être avait-elle l'habitude qu'on lui raconte des conneries en les enveloppant de mystère.

— Pourquoi les envoyés du Conseil voudraient-ils nous faire du mal ?

— Peut-être ne considèrent-ils pas ça comme un mal.

— Si les pompiers descendent pour dégager les nouveau-nés et qu'ils se relèvent sans gardien... (Elle attira ses genoux contre sa poitrine et serra étroitement ses bras autour.) Ils se relèveront en tant que revenants – des prédateurs dénués de raison – jusqu'à ce qu'ils se soient nourris. Des gens pourraient mourir avant qu'ils reviennent à eux.

Je lui posai une main sur l'épaule.

— Ils vous font peur, n'est-ce pas ?

Je n'avais encore jamais rencontré un membre de l'Église qui ait peur des vampires – encore moins un membre de l'Église qui leur donne son sang et leur serve d'agent de liaison.

Caroline tira sur le décolleté de son tee-shirt jusqu'à ce que je puisse voir le haut de ses seins pâles. L'un d'eux s'ornait d'une trace qui ressemblait à une morsure de chien plutôt que de vampire. La chair était toute tuméfiée autour des marques de crocs, comme si leur propriétaire avait été arraché à elle quelques secondes après s'être mis à boire.

— Giles a dû le forcer à me lâcher. Il l'a ceinturé. Et quand je l'ai regardé, j'ai su que si Giles n'avait pas été là, il m'aurait tuée. Pas pour me transformer, mais parce qu'il me considérait seulement comme de la nourriture.

Elle laissa son tee-shirt recouvrir la plaie et se recroquevilla sur elle-même, frissonnant dans la chaleur estivale.

— Depuis combien de temps appartenez-vous à l'Église, Caroline ?

— Deux ans.

— Et c'est la première fois que vous avez peur ?

Elle acquiesça.

— Dans ce cas, ils ont pris beaucoup de précautions avec vous.

— Que voulez-vous dire ?

Je dépliai mon bras gauche pour lui montrer mes cicatrices.

— Un vampire m'a mordue au creux du coude. Si fort qu'il m'a cassé le bras. J'ai eu de la chance de ne pas en perdre l'usage.

— Et ça, qui vous l'a fait ? demanda-t-elle en désignant les traces de griffes qui couraient le long de mon avant-bras.

— Une sorcière métamorphe.

— Et la brûlure en forme de croix ?

— Des humains qui portaient quelques morsures vampiriques, comme vous, et qui ont trouvé ça amusant de me marquer en attendant que leur maître se relève pour la nuit.

Elle écarquilla les yeux.

— Mais les vampires de l'Église ne sont pas comme ça. Nous ne sommes pas comme ça.

— Tous les vampires sont comme ça, Caroline. Certains se contrôlent mieux que d'autres, mais ils doivent quand même se nourrir de sang humain. Vous ne pouvez pas respecter une créature qui vous considère comme de la nourriture.

— Mais vous sortez avec le Maître de la Ville. Pensez-vous vraiment ça de lui ?

J'y réfléchis et répondis honnêtement :

— Parfois.

Elle secoua la tête.

— Je croyais savoir ce que je voulais. Ce que j'allais faire pendant toute l'éternité. Maintenant, je ne sais plus rien. Je me sens tellement… perdue.

Des larmes coulèrent de ses grands yeux. Je passai un bras autour de ses épaules et elle se laissa aller contre ma poitrine, s'accrochant à moi de ses petites mains aux ongles vernis. Elle pleura sans un bruit, seuls ses hoquets la trahissant. Je la serrai dans mes bras et la laissai faire. Si j'emmenais les gentils pompiers dans les ténèbres et que six vampires nouveau-nés se relevaient en tant que revenants, ou bien les pompiers mourraient, ou bien je serais forcée de tuer les vampires. Dans un cas comme dans l'autre, tout le monde n'en sortirait pas indemne.

Nous devions déterminer si les vampires étaient toujours en vie, et surtout, nous devions trouver un moyen de les contrôler. Si les envoyés du Conseil étaient à l'origine du problème, peut-être pourraient-ils nous aider à le résoudre. En général, quand des grands méchants se pointent en ville pour me faire la peau, j'évite de leur réclamer de l'aide. Mais nous allions essayer de sauver des vies vampiriques, et pas seulement des vies humaines. Peut-être se laisseraient-ils convaincre. Ou peut-être pas, mais ça ne coûtait rien de demander. D'accord : ça pouvait coûter très cher. À bien y réfléchir, ça coûterait probablement très cher.

# CHAPITRE 43

Même au téléphone, je devinai que Jean-Claude était choqué par mon idée de réclamer l'aide du Conseil. Question d'intuition, je suppose. Il en resta littéralement sans voix. C'était une grande première.

— Pourquoi ne trouvez-vous pas que ce soit une bonne idée ?

— Parce que ce sont les envoyés du Conseil, ma petite, me répondit-il sur un ton étranglé par l'émotion.

— Justement. Ce sont les dirigeants de votre communauté. Être chef, ça ne consiste pas seulement à jouir de privilèges : ça consiste aussi à assumer des responsabilités. Tel est le prix du pouvoir.

— Va dire ça à vos politiciens de Washington, ceux qui paradent dans leurs costumes à trois mille dollars.

— Je ne prétends pas que les humains fassent mieux. La question n'est pas là. Les envoyés du Conseil ont contribué à créer ce problème. Ce n'est que justice qu'ils nous aident à le régler. (Une idée déplaisante me traversa l'esprit.) À moins, évidemment, qu'ils l'aient fait exprès.

Jean-Claude poussa un long soupir.

— Non, ma petite, ils ne l'ont pas fait exprès. Je n'avais pas réalisé ce qui arrivait aux autres.

— Pourquoi nos vampires ne sont-ils pas touchés ?

Je l'entendis glousser.

— Nos vampires, ma petite ?

— Vous voyez très bien ce que je veux dire.

—En effet. Ils ne sont pas touchés parce que je les protège.

—Ne le prenez pas mal, mais je suis surprise que vous ayez été capable d'empêcher le Conseil de manipuler vos gens.

—Très franchement, ma petite, je le suis aussi.

—Donc, vous êtes désormais plus puissant que Malcolm?

—Il semblerait, acquiesça-t-il à voix basse.

J'y réfléchis pendant une minute.

—Mais pourquoi ce réveil prématuré? Pourquoi cette faim accrue? Pourquoi le Conseil souhaiterait-il cela?

—Il ne le souhaite pas, ma petite. Ce n'est qu'un effet secondaire de la proximité de ses envoyés.

—Expliquez-vous.

—Leur simple présence confère de nouveaux pouvoirs aux vampires non protégés. Le réveil prématuré, par exemple, mais il pourrait y en avoir d'autres. L'appétit vorace et l'absence de contrôle des nouveau-nés pourraient signifier que les envoyés du Conseil ont décidé de ne pas se nourrir tant qu'ils seront sur mon territoire. Je sais que le Voyageur peut absorber de l'énergie à travers des vampires mineurs sans les posséder.

—Donc, il récupère une partie du sang qu'ils boivent?

—C'est ça.

—Et les autres? Se nourrissent-ils?

—Si tous les membres de l'Église connaissent les mêmes difficultés, probablement pas. À mon avis, le Voyageur a trouvé un moyen de drainer de l'énergie pour eux tous… Bien que j'aie du mal à imaginer Yvette laissant passer une seule nuit sans torturer quelqu'un.

—Elle a Warrick pour ça.

Entendant ces mots sortir de ma bouche, je me rendai compte que je n'avais pas eu l'occasion de parler à Jean-Claude de la petite expédition diurne de Warrick, ou de sa mise en garde. Jean-Claude s'était réveillé pendant que j'étais à l'hôpital, entourée de métamorphes. Depuis, je n'avais fait que courir d'une urgence à l'autre.

— Warrick est venu me rendre visite pendant que vous étiez KO pour la journée, révélai-je.

— Que veux-tu dire, ma petite ?

Je lui racontai tout. Quand je me tus, il garda le silence, et seul son souffle léger m'informa qu'il était toujours à l'autre bout de la ligne. Enfin, il prit la parole.

— Je savais que le maître d'Yvette l'alimentait en pouvoir, mais j'ignorais qu'il mettait une sourdine aux capacités de Warrick. (Il éclata brusquement de rire.) Peut-être est-ce la raison pour laquelle je ne me suis pas rendu compte que j'étais un maître vampire tant que j'ai séjourné avec le Conseil. Peut-être que mon maître empêchait lui aussi mes pouvoirs de s'épanouir.

— La mise en garde de Warrick modifie-t-elle nos plans ?

— Nous nous sommes engagés à assister à un dîner protocolaire, ma petite. Si nous refusons de payer le prix fixé pour les léopards-garous, nous donnerons à Padma et à Yvette l'excuse dont ils ont besoin pour nous défier. Revenir sur une parole donnée est un péché quasi impardonnable chez nous.

— Je nous ai mis en danger.

— Oui. Mais étant ce que tu es, tu ne pouvais pas faire moins. Warrick, un maître vampire… Qui l'eût cru ? Il est le jouet d'Yvette depuis si longtemps !

— Combien de temps ? demandai-je.

Jean-Claude mit quelques instants à me répondre.

— De son vivant, il était chevalier, et il a participé aux croisades.

— Laquelle ? Il y en a eu plusieurs.

— C'est agréable de parler à quelqu'un qui connaît l'histoire. Mais tu t'es déjà trouvée en sa présence deux fois. Quel âge lui donnes-tu ?

Je réfléchis.

— Neuf siècles, à une cinquantaine d'années près.

— Ce qui signifie… ?

— Je n'aime pas les interros orales, Jean-Claude. La première croisade remonte à la fin du XI$^e$ siècle.

— Exactement.

— Donc, à l'époque, Yvette était déjà vieille. Ne peux-tu évaluer son âge ?

— Elle doit avoir un millier d'années. Mais elle ne les fait pas. J'ai rencontré des vampires de cet âge-là qui me foutaient les jetons. Ce n'est pas son cas.

— Je suis d'accord avec toi. Yvette est terrifiante, mais pas à cause de son âge ou de son pouvoir. Elle pourrait vivre jusqu'à la fin du monde qu'elle ne deviendrait jamais un maître vampire.

— Et ça lui troue le cul.

— La formule est peu élégante, mais tout à fait exacte.

— Je vais demander l'aide du Voyageur.

— Nous leur avons déjà soutiré toute l'aide que nous pouvions obtenir d'eux, ma petite. N'accrois pas ta dette envers le Conseil, je t'en supplie.

— Vous ne m'aviez encore jamais suppliée.

— Raison de plus pour que tu m'écoutes. Ne fais pas ça.

— Je n'ai pas l'intention de négocier.

Jean-Claude expira comme s'il avait retenu son souffle jusque-là.

— Tant mieux.

— Je vais juste demander.

— Ma petite, ma petite… Qu'est-ce que je viens de te dire ?

— Écoutez, nous essayons de sauver la vie à des vampires, pas seulement à des humains. Les vampires sont des citoyens officiels de ce pays. Là encore, ça ne leur donne pas seulement des droits. Ça leur donne des devoirs – ou ça devrait.

— Tu comptes faire appel au sens de la justice des envoyés du Conseil ?

Jean-Claude ne se donna pas la peine de dissimuler l'incrédulité dans sa voix. En fait, je pense même qu'il l'accentua. Présenté de cette façon, ça semblait stupide, mais...

— Ils sont partiellement responsables de ce qui est en train de se passer. Ils ont mis leurs propres gens en danger. Les bons dirigeants ne font pas ça.

— Personne ne les a jamais accusés d'être de bons dirigeants, ma petite. Ce sont nos dirigeants, un point c'est tout. Peu importe qu'ils soient bons ou mauvais. Nous avons peur d'eux ; cela suffit.

— Foutaises, répliquai-je calmement. Ça ne suffit pas. Et de loin.

Jean-Claude soupira.

— Promets-moi seulement que tu ne négocieras pas avec eux. Présente-leur ta requête, mais ne leur offre rien en échange de leur aide. Tu dois me le jurer, ma petite. S'il te plaît.

Ce fut le « s'il te plaît » qui emporta le morceau, et aussi la peur dans sa voix.

— Je vous le jure. De toute façon, ils doivent le faire. C'est leur boulot. On ne négocie pas pour convaincre quelqu'un de faire une chose qu'il est censé faire en premier lieu.

— Tu es un merveilleux mélange de cynisme et de naïveté, ma petite.

— Vous trouvez ça naïf d'espérer que les envoyés du Conseil aideront les vampires de cette ville ?

— Ils demanderont ce qu'ils ont à y gagner, et que leur répondras-tu ?

— Je leur dirai que c'est leur devoir, et je les traiterai d'infâmes bâtards s'ils refusent.

Jean-Claude éclata de rire.

— Oh, je paierais cher pour assister à cette conversation.

—Est-ce que ça se passerait mieux si vous étiez là ?

—Non. S'ils soupçonnent que l'idée vient de moi, ils exigeront un paiement en retour. Toi seule pourrais faire preuve d'autant de naïveté vis-à-vis d'eux, et espérer qu'ils accèdent à ta requête.

Je ne me considère pas comme naïve, et ça m'ennuyait que Jean-Claude le fasse. Évidemment, il a presque trois siècles de plus que moi. Même Madonna lui semble probablement naïve.

—Je vous tiendrai au courant.

—Oh, le Voyageur s'assurera que je connaisse l'issue de votre discussion.

—Suis-je sur le point de vous attirer des ennuis ?

—Nous baignons déjà dans les ennuis jusqu'au cou, ma petite. Ça ne peut pas beaucoup empirer.

—C'est censé me réconforter ?

—Un peu. (Il baissa la voix en un murmure charmeur, comme si elle n'avait pas déjà de quoi me donner des rêves humides.) Que faisais-tu quand je me suis réveillé tout à l'heure ?

J'avais presque oublié ma petite aventure à l'hôpital. À présent, elle me revenait en pleine figure, avec assez d'intensité pour me faire monter le rouge aux joues.

—Rien du tout.

—Je ne te crois pas, ma petite. Je sais que tu faisais quelque chose.

—Stephen et Nathaniel sont-ils arrivés à la maison ?

—Oui.

—Génial. À plus tard.

—Tu refuses de répondre à ma question ?

—Non. C'est juste que je ne vois aucune réponse courte qui ne me fasse pas passer pour une salope, et je n'ai pas le temps de vous servir la version longue. Vous croyez que vous pourrez attendre ?

—J'attendrai toute l'éternité, si ma dame me le demande.

—Épargnez-moi les violons.

—Si je te souhaite bonne chance avec le Conseil, cela te plaira-t-il davantage?

—Oui.

—Alors, bonne chance. Et, Anita… Ce n'est pas une mauvaise chose d'être une dame. Une femme.

—Essayez d'en être une, et nous en reparlerons.

Sur ce, je raccrochai. « Ma dame », j'ai toujours trouvé que ça sonnait comme « mon chien ». Un titre de propriété.

Je suis la servante humaine de Jean-Claude. Je ne pourrai jamais rien y changer à moins de le tuer. Mais je ne lui appartiens pas. Si j'appartiens à quelqu'un, c'est seulement à moi. Et voilà de quelle façon j'allais approcher les envoyés du Conseil : en tant que moi, Anita Blake, exécutrice de vampires et agent de liaison entre la police et les monstres. Ils n'écouteraient peut-être pas la servante humaine de Jean-Claude, mais avec un peu de chance, ils m'écouteraient, moi.

# CHAPITRE 44

J e composai le numéro du *Cirque*. Ce fut Thomas qui décrocha.

— Ils vous font faire un boulot de larbin ? m'étonnai-je.

— Excusez-moi ?

— Désolée. C'est Anita Blake.

Mon interlocuteur garda le silence un instant, puis lança :

— Je suis navré, nous n'ouvrons pas avant la tombée de la nuit.

— Fernando est là ?

— Oui, c'est ça, la tombée de la nuit.

— J'ai besoin de parler au Voyageur, Thomas. Je le demande en tant qu'experte attachée à la police, et non en tant que servante humaine de Jean-Claude. Nous avons des vampires en danger, et je pense qu'il peut nous aider.

— Oui, nous prenons les réservations.

Je lui donnai le numéro du téléphone de voiture de Dolph.

— Nous n'avons pas beaucoup de temps, Thomas. S'il refuse de m'aider, je devrais y aller seule avec les pompiers et les flics.

— À ce soir.

Il raccrocha.

La vie aurait été tellement plus facile si Fernando était mort ! Et puis, j'avais promis à Sylvie que nous le tuerions. En général, j'essaie de tenir parole.

Dolph se pencha par la portière ouverte. Il venait de me demander pourquoi je mettais si longtemps lorsque le téléphone sonna. Je le regardai. Il hocha la tête et s'éloigna.

—Oui.

—On m'a dit que tu voulais me parler.

Je me demandai quelles lèvres il utilisait – quel corps il occupait.

—Merci de m'avoir rappelée, Voyageur.

Un peu de politesse ne pouvait pas me faire de mal.

—Thomas a plaidé ta cause avec une éloquence surprenante. Qu'attends-tu de moi ?

Je lui exposai la situation aussi brièvement que possible.

—Et que veux-tu que j'y fasse ?

—Vous pourriez arrêter de canaliser de l'énergie à travers eux. Ça nous aiderait beaucoup.

—Dans ce cas, nous devrons nous nourrir d'humains vivants. Peux-tu nous en offrir un chacun ?

—Non. Il n'est pas question d'échange ou de marchandage. Cette affaire est entre les mains de la police, Voyageur. Sur ce coup-là, je représente l'autorité de la loi humaine, pas celle de Jean-Claude.

—Qu'est-ce que la loi humaine pour moi ? Pour nous ?

—Si nous descendons là-dedans et que les vampires nous attaquent, je serai obligée de les abattre. Ils pourraient tuer des flics, des pompiers. Et ça vous ferait une publicité très négative, au moment où vous pouvez le moins vous le permettre. La décision concernant le projet de loi de Brewster doit être prise à l'automne. Le Conseil a interdit aux vampires de ce pays de se battre entre eux jusqu'à ce qu'elle ait été votée. Il ne peut pas leur permettre de massacrer des policiers.

—En effet, répondit le Voyageur sur un ton neutre.

Sa voix ne trahissait pas la moindre émotion. J'aurais été bien en peine de dire si ça le faisait marrer, s'il était en colère ou s'il s'en fichait complètement.

—Je vous demande de m'aider à sauver la vie de vos vampires.

—Ce ne sont pas mes vampires. Ils appartiennent à l'Église de la Vie Éternelle.

—Mais le Conseil règne sur tous les vampires sans exception, non?

—Nous sommes leur loi ultime, acquiesça-t-il.

Je n'aimai pas beaucoup la tournure de cette phrase, mais je laissai filer et poursuivis :

—Vous pourriez sonder au coup par coup chacun des vampires qui se trouvent dans les bâtiments incendiés pour découvrir s'ils sont vivants ou morts, et empêcher ceux qui sont toujours vivants de se relever prématurément pour nous attaquer.

—Je crois que tu surestimes mes pouvoirs, Anita.

—Je suis persuadée du contraire.

—Si Jean-Claude peut nous fournir… de la nourriture, je serai très heureux de cesser d'emprunter l'énergie de nos semblables.

—Non, vous n'obtiendrez rien de notre part.

—Désolé, mais c'est donnant-donnant.

Je commençais à perdre patience.

—Bordel, ce n'est pas un jeu!

—Nous sommes des vampires, Anita. Ne comprends-tu pas ce que ça signifie? Nous ne faisons pas partie de votre monde. Ce qui vous arrive ne nous affecte pas.

—Foutaises. Des fanatiques essaient de reproduire l'Inferno. Ça vous affecte forcément. Thomas et Gideon ont dû repousser des intrus pendant votre sommeil.

—Peu importe. Nous vivons dans votre monde, mais nous ne lui appartenons pas.

—Écoutez, c'était peut-être valable au XVIe siècle ou même après, mais à l'instant où les vampires ont acquis le statut de citoyens américains, tout a changé. L'un d'eux vient d'être transporté à l'hôpital en ambulance. Les infirmiers font de leur mieux pour le maintenir en vie, quoi que ça puisse signifier pour les membres de votre espèce. Des pompiers risquent leur peau en entrant dans des bâtiments ravagés pour sauver d'autres vampires. Les fanatiques essaient de vous tuer, mais le reste d'entre nous essaie de vous sauver !

— Dans ce cas, vous êtes des imbéciles.

— Peut-être. Mais nous autres misérables humains, nous avons prêté le serment de protéger et servir. Nous tenons toujours nos promesses.

— Sous-entends-tu que ce n'est pas mon cas ?

— Je dis juste que si vous refusez de nous aider aujourd'hui, vous n'êtes pas digne de votre siège au Conseil. Vous n'êtes pas des dirigeants : juste des parasites qui se nourrissent de la peur de leurs… sujets. Les véritables dirigeants ne laissent pas mourir leurs gens, pas s'ils peuvent les sauver.

— Des parasites, siffla le Voyageur. Puis-je partager avec les autres envoyés du Conseil la très haute opinion que tu as de nous ?

À présent, il était en colère. Je le sentais comme une vague de chaleur à travers la ligne téléphonique.

— Si ça peut vous faire plaisir. Mais retenez bien ceci : la citoyenneté légale ne confère pas seulement des droits aux vampires. Elle leur confère aussi des responsabilités envers la loi humaine qui leur a accordé sa protection juridique.

— Vraiment ?

— Ouais, vraiment. Le coup de « nous vivons dans votre monde, mais nous ne lui appartenons pas », c'était peut-être valable autrefois. Ça ne l'est plus au xxe siècle. À partir du moment où vous êtes des citoyens qui paient des impôts, développent des activités commerciales, se marient, font des enfants et héritent, vous ne pouvez plus vous planquer dans une crypte et compter le passage des ans. À présent, vous faites partie de notre monde.

— Je réfléchirai à ce que tu viens de me dire, Anita.

— Dès que j'aurai raccroché ce téléphone, j'entrerai dans cette baraque. Nous allons faire sortir les vampires dans des sacs à viande pour les protéger, au cas où le plafond s'effondrerait. S'ils se relèvent en tant que revenants pendant la manœuvre, ce sera un bain de sang.

— Je suis conscient des problèmes que cela pose.

— Êtes-vous également conscient que c'est la présence des envoyés du Conseil qui leur donne le pouvoir de se relever si tôt dans la journée ?

— Je ne peux modifier l'effet de notre présence sur les vampires mineurs. Si ce Malcolm souhaite revendiquer le statut de maître, c'est son devoir d'assurer la sécurité de ses gens. Je ne peux pas le faire à sa place.

— Vous ne pouvez pas, ou vous ne voulez pas ?

— Je ne peux pas.

*Mmmh.*

— Peut-être ai-je surestimé vos pouvoirs. Si tel est le cas, je vous fais toutes mes excuses.

— Excuses acceptées. Et je comprends combien il est rare que tu en présentes à quiconque, Anita.

Puis le Voyageur coupa la communication.

Dolph revint vers moi alors que je sortais de sa voiture.

— Alors ? me demanda-t-il.

Je haussai tes épaules.

— Apparemment, nous allons devoir nous passer de renforts vampiriques.

— Tu ne peux pas te fier à eux, Anita. Pas pour te servir de renforts. (Il me prit la main et la serra – chose qu'il n'avait jamais faite auparavant.) Nous ne pouvons compter que sur nous-mêmes, d'un humain à un autre. Les monstres se fichent de nous comme d'une guigne. Si tu crois le contraire, tu te fourres le doigt dans l'œil.

Il lâcha ma main et s'éloigna avant que je puisse trouver une réplique. C'était tout aussi bien : après avoir parlé avec le Voyageur, je n'étais pas certaine d'y arriver.

# CHAPITRE 45

Une heure plus tard, j'avais revêtu une combinaison isolante spéciale matériaux dangereux – une combiso, pour faire court. Sauf qu'elle ressemblait plutôt à un scaphandre. Le moins qu'on puisse dire, c'est qu'elle était encombrante, et qu'elle se transformait rapidement en sauna dans la chaleur de Saint Louis. Les pompiers m'avaient enveloppé les coudes et les poignets de Scotch pour sceller la jonction entre mes manches et mes gants. Comme j'avais déjà perdu deux fois mes bottes en marchant, ils en avaient fait autant avec mes jambes.

J'avais l'impression d'être un astronaute qui se serait adressé à un très mauvais tailleur. Pour ne rien arranger, je portais un appareil de respiration isolant sur le dos. Une espèce de bloc de plongée, à ceci près qu'au lieu d'un détendeur, il était relié à un masque qui me couvrait tout le visage.

J'ai mon brevet de plongée sous-marine. Je l'ai passé quand j'étais à la fac, et je l'ai fait reconduire au fil des ans pour ne pas être obligée de me retaper le putain de stage. J'avais l'intention de retarder le plus possible le moment où je devrais mettre le masque. Suite à un accident de plongée en Floride, je suis devenue claustrophobe. Je peux encore monter dans un ascenseur sans problème, mais à l'idée de me retrouver prisonnière de ma combiso, avec un masque sur la figure et ce putain de casque qui pesait une tonne… Je paniquais, et je ne pouvais pas m'en empêcher.

—Vous croyez vraiment que c'est nécessaire? demandai-je pour la douzième fois au moins.

S'ils m'avaient juste filé un casque à feu normal en plus de l'ARI, j'aurais pu gérer.

—Si vous voulez venir avec nous, oui, répondit le caporal Tucker.

Elle devait mesurer sept ou huit centimètres de plus que moi, mais ça ne lui servait pas à grand-chose. Nous avions toutes les deux l'air d'avoir hérité du scaphandre de notre grand frère.

—Il existe une possibilité de contamination infectieuse si des cadavres flottent dans le sous-sol, ajouta le lieutenant Wren.

—Il va vraiment y avoir tant d'eau que ça?

Les deux pompiers échangèrent un regard.

—Vous n'êtes jamais entrée dans une maison après un incendie, pas vrai? lança gentiment Tucker.

—Non.

—Vous comprendrez une fois que vous y serez.

—Vous allez réussir à m'angoisser.

—Ce n'est pas le but.

Le sens de l'humour de Tucker n'était pas très développé, et celui de Wren l'était un peu trop à mon goût. Il avait fait preuve d'une sollicitude agaçante pendant que nous nous tortillions pour enfiler nos scaphandres. Il s'était assuré que mon Scotch ne bougerait pas, et m'adressait à présent un sourire éblouissant. Mais rien de trop agressif. Pas assez, en tout cas, pour que je lui dise «écoutez, je sors déjà avec quelqu'un». Pour ce que j'en savais, il se conduisait ainsi avec tout le monde, et je passerais pour une pétasse qui s'imagine que tous les hommes la draguent forcément.

—Mettez votre masque, et je vous aiderai à ajuster la capuche par-dessus, offrit-il.

Je secouai la tête.

—Donnez-moi un casque normal, et j'utiliserai l'ARI.

—Si vous tombez dans l'eau et que votre capuche n'est pas étanche, ce sera comme si vous ne portiez pas de combiso du tout.

—Je suis prête à courir le risque.

—Vous avez déjà eu toutes les peines du monde à marcher depuis le camion jusqu'ici. Vous finirez par vous habituer, mais quand l'eau monte trop haut, même nous, nous avons du mal à garder notre équilibre.

Je secouai de nouveau la tête. Mon cœur battait si fort que j'avais des difficultés à respirer.

J'enfilai le masque. Je pris une inspiration, et un écho horrible me parvint aux oreilles. J'avais l'impression d'entendre la respiration de Dark Vador, sauf que c'était la mienne. Dans l'eau, dans le noir, il n'y a pas d'autre bruit que votre souffle. Et il peut résonner comme un grondement de tonnerre quand vous attendez de mourir.

—Votre sangle n'est pas assez serrée, déclara Wren.

Il se mit en devoir de l'ajuster, comme si j'avais cinq ans et qu'il m'emmitouflait avant de me laisser sortir pour jouer dans la neige.

—Je peux le faire, protestai-je.

Par le micro intégré à mon casque, ma voix se répercuta à travers la ligne de radio ouverte qui nous reliait tous.

Wren leva ses mains gantées vers le ciel en souriant. Il n'était pas du genre à se vexer facilement, et Dieu sait pourtant que j'avais essayé. Il irradiait cette espèce de bonne volonté joyeuse qui semble amortir tous les coups. Ne faites jamais confiance aux gens qui sourient tout le temps. Ou bien ils essaient de vous vendre quelque chose, ou bien ils ne sont pas très malins. Et Wren ne me donnait pas l'impression d'être stupide.

Je tripotai maladroitement la foutue sangle, sans réussir à la serrer davantage. Je déteste porter quoi que ce soit de plus épais que des gants de chirurgien sur les mains. J'arrachai mon masque, et ma première inspiration d'air frais fut trop avide, trop profonde. Je transpirais, et pas seulement à cause de la chaleur.

J'avais fourré mon Browning et mon Firestar dans deux des poches extérieures de ma combiso, qui en possédait suffisamment pour abriter une demi-douzaine d'armes à feu. Le fusil à canon scié de mon kit d'exécutrice pendait dans mon dos, dans une espèce de sac confectionné par les pompiers. Je sais, c'est illégal, mais Dolph était avec moi la fois où je m'étais lancée à la poursuite d'un revenant vampire. Comme un drogué au PCP, celui-ci était immunisé à la douleur, et bien plus fort qu'un buveur de sang normal. Un véritable démon. J'avais montré le fusil à Dolph avant de le sortir de mon sac de sport, et il m'avait donné son accord.

La fois précédente, nous nous étions retrouvés avec deux vigiles morts et un agent de police éparpillé dans tout un couloir. Du moins Dolph et ses hommes sont-ils désormais équipés de balles en argent. Le fait que Zerbrowski et lui aient failli se faire tuer avait enfin entraîné une modification de l'équipement réglementaire. Pour Noël, je leur avais offert une boîte de balles en argent à chacun, avant qu'on leur distribue leurs nouvelles munitions. Je ne voulais plus jamais les voir se vider de leur sang à mes pieds faute de matos adéquat.

J'avais laissé mes couteaux dans leur fourreau de poignet. Porter des lames nues dans les poches d'une combinaison étanche semblait un peu suicidaire. Si je paumais mes deux flingues et que j'étais obligée de farfouiller à l'intérieur de mes manches pour sortir les couteaux, nous serions probablement déjà fichus de toute façon. Inutile de m'en inquiéter.

Ma croix en argent pendait à mon cou. C'était ma meilleure arme contre des bébés vampires. Ils ne pourraient pas franchir la barrière d'un crucifix, pas si celle-ci était alimentée par une foi sincère. Je n'ai rencontré qu'un seul buveur de sang qui ait été capable d'ignorer une croix étincelante et de me blesser quand même. Et il est mort, à présent. Comme la plupart des vampires qui s'en sont pris à moi.

Tucker fit un pas dans ma direction.

— Je vais vous aider à ajuster votre masque.

Je secouai la tête.

— Vous vous occuperez de moi en dernier. Moins je passerai de temps là-dedans, mieux je me porterai.

Elle se lécha les lèvres, ouvrit la bouche pour dire quelque chose, se ravisa et lâcha finalement :

— Vous allez bien ?

Normalement, j'aurais répondu par l'affirmative, mais ces gens allaient remettre leur sécurité, et peut-être leur vie entre mes mains. Je ne pouvais pas leur mentir. J'avais la trouille.

— Pas vraiment.

— Vous êtes claustrophobe, n'est-ce pas ?

Je dus avoir l'air surpris, car Tucker ajouta :

— Beaucoup de gens veulent devenir pompiers, mais quand vous êtes au milieu d'un incendie, avec le masque sur la figure et de la fumée si épaisse autour de vous que vous ne pouvez pas voir votre propre main en la collant sous votre nez, il vaut mieux que vous ne soyez pas claustrophobe.

Je hochai la tête.

— Je comprends.

— Pendant notre formation, on nous fait faire un exercice qui consiste à nous équiper les yeux bandés, comme si la fumée avait oblitéré le monde. On repère très vite les gens qui ne supportent pas.

— Je pourrais supporter le scaphandre sans l'ARI. C'est la combinaison des deux qui me pose problème, avouai-je. M'entendre respirer là-dedans... J'ai eu un accident de plongée juste après la fac.

—Vous pourrez y arriver ?

Elle ne m'accusait de rien : elle voulait juste que je lui réponde franchement. Je hochai la tête.

—Je ne vous planterai pas.

—Ce n'est pas ce que je vous ai demandé.

Nous nous regardâmes quelques instants.

—Laissez-moi une ou deux minutes. Je n'avais pas bien compris quel genre d'équipement je devrais porter. Mais ça va aller.

—Vous en êtes sûre ?

J'acquiesçai. Elle n'ajouta rien, se contentant de s'éloigner pour me laisser rassembler mes esprits éparpillés.

Wren m'avait enfin lâché les baskets pour aller parler à Fulton. Tucker et lui allaient nous accompagner, parce qu'ils avaient tous deux une formation paramédicale et que nous aurions peut-être besoin de leurs compétences. Et puis, franchement, je ne voulais pas me retrouver seule dans le noir avec Fulton et une demi-douzaine de vampires. Il avait beaucoup trop les jetons. Je ne pouvais pas l'en blâmer, mais je ne pouvais pas non plus lui faire confiance pour protéger mes arrières. D'accord, si je m'étais regardée transpirer et lutter pour contrôler ma respiration, je ne me serais pas fait confiance non plus. Et merde. Je pouvais le faire. Je devais le faire.

L'inspecteur Reynolds me rejoignit d'un pas pesant dans son propre scaphandre. Les pompiers n'avaient pas de combiso assez grande pour Dolph, donc, c'était elle qui me servirait de renfort armé. Oh, joie. Je ne pouvais pas laisser Fulton, Wren et Tucker se démerder seuls avec elle.

Reynolds avait réussi à enfiler son holster par-dessus son scaphandre. Elle avait un de ces holsters qui tiennent avec deux bretelles reliées par une sangle. Quand j'avais été acheter le mien, j'avais compris que tous les modèles de ce genre flottaient sur moi – parce que mon dos est trop étroit. Si j'en avais pris un, j'aurais dû le faire mettre à ma taille. Du coup, j'avais opté pour un modèle équipé d'une ceinture en plus du reste, histoire de le fixer solidement. Je n'achète jamais rien qui ne soit pas prêt à être porté – ni robes ni holsters.

Reynolds me sourit.

—Larry est vraiment déçu de ne pas pouvoir venir.

—Moi, je suis soulagée, répliquai-je.

Elle fronça les sourcils.

—Je pensais que vous préféreriez l'avoir comme renfort.

—Ouais, mais son flingue ne l'aidera pas si le plafond s'effondre sur nous.

—Vous croyez qu'il le fera?

Je haussai les épaules. Jusque-là, je m'étais concentrée sur des détails petits ou grands. La combiso qui me gênait, les taquineries de Wren… J'avais réussi à ne pas penser au fait que nous allions traverser un plancher qui pourrait céder sous nos pieds, puis passer au-dessous de ce même plancher et attendre qu'il s'écroule sur notre tête pendant que nous pataugerions dans une flotte remplie de cercueils et de vampires. Une vraie partie de plaisir.

—Disons juste que je suis prudente.

—Et que vous ne voulez pas mettre Larry en danger.

—C'est exact. Je déteste l'idée qu'il puisse être blessé par quoi que ce soit, déclarai-je en regardant Reynolds.

Elle cligna de ses yeux noisette, puis me sourit.

—Moi aussi, Anita. Moi aussi.

Je hochai la tête et laissai filer. Je ne voulais pas trop en faire dans le registre mère poule. Je ne savais même pas pourquoi je me méfiais de Tammy. Peut-être était-ce à cause de mon intuition féminine, ou peut-être que j'avais du mal à faire confiance à qui que ce soit désormais. Mouais…

Tucker revint vers nous.

—Il est temps de vous harnacher, dit-elle en me regardant droit dans les yeux.

J'acquiesçai et la laissai ajuster le masque sur ma figure. Je fermai les yeux et me concentrai sur ma respiration. Inspirer, expirer ; inspirer, expirer. En plongée, si vous respirez trop vite, vous risquez de vous faire exploser les poumons. Là, c'était juste un moyen de m'empêcher d'hyperventiler.

Tucker rabattit la capuche de la combiso sur ma tête. Je la regardai faire et sus que mes yeux étaient un peu trop écarquillés.

—Respirez normalement, Anita.

—C'est ce que je fais.

C'était bizarre de réussir à parler normalement alors que ma respiration sifflante résonnait de manière si lugubre à mes oreilles. Avec un détendeur, vous ne pouvez pas parler, mais je sais par expérience que vous pouvez hurler en continuant à le serrer entre vos dents. Les sons produisent un écho terrible sous l'eau.

Entre le casque et le masque, ma visibilité se trouvait fortement réduite. Je tournai la tête pour estimer l'étendue de mes angles morts. Je n'y voyais presque rien sur les côtés.

La radio me transmit la voix de Reynolds.

—On n'y voit pas grand-chose avec ce barda, se plaignait-elle.

Les grands esprits se rencontrent...

—Vous vous y habituerez, promit Tucker.

—J'espère bien que nous ne resterons pas assez longtemps là-dedans pour nous y habituer, contrai-je.

—Si nous vous ordonnons de courir, prenez vos jambes à votre cou.

—Parce que le plancher sera en train de s'effondrer ?

Il me sembla que Tucker hochait la tête, mais c'était difficile à dire à travers toutes ces couches.

—Oui.

—D'accord. Mais quand nous atteindrons l'escalier, il faudra que je passe la première. Et si je vous ordonne de courir, ce sera parce que les vampires sont sur le point de nous bouffer.

Wren et Tucker échangèrent un regard.

— Ordonnez-nous de courir, et nous vous demanderons à quelle vitesse, affirma Wren.

— Génial.

À vrai dire, c'était un soulagement de ne pas être obligée de me prendre la tête avec mes coéquipiers. Pour une fois, personne ne protestait ou ne mettait en doute la pertinence de mes consignes. Ça me changeait un peu. Si je n'avais pas transpiré comme un porc, écouté les échos caverneux de ma propre respiration et dû réapprendre à marcher avec des bottes à semelles métalliques, j'aurais adoré collaborer avec les pompiers.

Mais ce n'était pas le cas. Franchement, j'aurais préféré descendre en rappel dans une zone de combat avec une unité de Forces Spéciales sur mes talons, plutôt que de me dandiner comme une stupide momie en essayant de ne pas perdre les pédales. Et merde, ce n'était qu'une phobie. Tout allait bien. Rien ni personne ne me faisait mal. Mon cerveau le savait, mais mon corps refusait de le croire. C'est toujours comme ça avec les phobies. La raison ne peut pas les contrôler.

Wren s'avança sur le plancher du rez-de-chaussée. Celui-ci émit un bruit pareil au grognement d'un géant endormi. Wren se figea, puis tapa du pied si fort que je crus que mon cœur allait bondir hors de ma poitrine.

— On ne devrait pas être un peu plus discrets ? suggérai-je.

— Marchez exactement dans mes pas, ordonna la voix de Wren à l'intérieur de mon casque. Ne déviez pas de ma trajectoire, et ne vous déployez pas quoi qu'il arrive.

— Pourquoi ?

— Ce n'est pas parce que le plancher est solide à l'endroit où je suis passé qu'il l'est partout ailleurs.

—Oh.

J'étais juste derrière lui, aux premières loges pour observer sa danse balourde. Ce n'était pas rassurant. Tucker venait après moi, et Reynolds fermait la marche.

J'avais donné une croix à chacun de mes coéquipiers. Tucker et Wren avaient fourré la leur dans une poche de leur combiso. Pourquoi ne la portaient-ils pas bêtement à la main ? Parce qu'ils charriaient déjà un paquet de sacs à viande opaques. Notre plan consistait à fourrer les vampires dedans pour les remonter à l'air libre. Une fois à l'intérieur d'une ambulance, ils seraient en sécurité jusqu'à la tombée de la nuit. Si nous réussissions et que le plancher ne s'effondrait pas avant la tombée de la nuit, j'allais être salement en rogne. Mais du moment qu'il ne s'effondrait pas pendant que nous étions dessous, je m'en remettrais.

J'obéis religieusement aux instructions de Wren, mais ne pus m'empêcher de dire :

—Même si je ne portais pas ce foutu scaphandre, je ne ferais pas d'aussi grandes enjambées que vous. Avec le scaphandre, je suis quasiment infirme. Je peux faire des pas plus petits ?

—Tant que vous ne vous écartez pas de ma trajectoire, oui.

Soulagement.

Le plancher était couvert de débris ; des clous saillaient un peu partout aux extrémités des planches noircies. À présent, je comprenais mieux pourquoi nos bottes avaient des semelles métalliques. Et je leur en étais reconnaissante, mais je ne marchais pas plus facilement avec pour autant.

Sur notre droite, un tuyau descendait par un trou du plancher. Il était relié à une pompe installée à l'extérieur. Les pompiers s'en servaient pour drainer l'eau du sous-sol. Si celui-ci était vraiment étanche, il pouvait être plein jusqu'au plafond. Encore une idée réjouissante.

Fulton avait réclamé un caisson isolant pour la flotte. Il semblait traiter le vampirisme comme une maladie contagieuse. Et ça l'était, mais pas de la façon qu'il croyait. Néanmoins, il était chargé d'incident, et je commençais à comprendre que ce titre équivalait à celui de Dieu sur un site d'incendie. On ne discute pas avec Dieu. On peut le traiter d'abruti, mais ça ne change pas grand-chose.

Je me concentrais sur mes pieds, les soulevais et les reposais dans les traces de Wren en prenant garde aux débris. Le monde s'estompa autour de moi, se réduisit à ma seule avancée. J'avais conscience de la chaleur du soleil, de la transpiration qui dégoulinait le long de ma colonne vertébrale, mais elles me paraissaient si lointaines… Je n'avais rien d'autre à faire que marcher sans réfléchir.

Ma respiration était redevenue normale lorsque je butai dans Wren. Effrayée, je me figeai.

— Qu'est-ce qui ne va pas ?

— Nous avons atteint l'escalier.

Ah. C'est là que j'étais censée prendre la tête de notre procession. Sauf que je n'étais pas prête. Franchement, je ne voyais même pas comment j'allais descendre des marches avec ce maudit scaphandre. Je n'avais vraiment pas imaginé à quel point il entraverait mes mouvements.

— Les escaliers sont toujours les parties les plus dangereuses d'un bâtiment comme celui-là, dit Wren. Si quelque chose doit s'effondrer, ce sera l'escalier.

— Vous essayez de nous rassurer ? railla Reynolds.

— Non : juste de vous préparer à la suite. Je vais tester les premières marches. Si ça se présente bien, je remonterai, et je céderai ma place à Blake.

Tiens, nous en étions revenus aux noms de famille. Wren ne me taquinait plus. Il était mortellement sérieux.

— Faites attention au corps dans l'escalier, me recommanda-t-il.

Puis il s'avança sur la première marche, tapant si fort du pied que je sursautai.

Le corps était noirci, réduit à l'état de charbon. Sa bouche béait en un cri silencieux. Il fallait vraiment bien regarder pour apercevoir ses crocs. En principe, les canines des vampires ne sont pas aussi longues. Ses tendons dénudés et racornis donnaient l'impression qu'ils allaient claquer si on les touchait. L'ensemble paraissait assez fragile pour tomber en poussière au premier contact.

Je me souvins de Larry et du crâne qui lui avait explosé à la figure. Ce corps-là avait l'air un poil plus solide, mais pas de beaucoup. Se pouvait-il qu'il soit encore vivant ? Restait-il en lui une étincelle que la tombée de la nuit rallumerait, et qui lui permettrait de se relever ? Je n'en savais fichtre rien. Il aurait dû être réduit en cendres. Il aurait dû continuer à se consumer dans la lumière du soleil, quelque quantité d'eau que les pompiers aient versé sur lui.

La voix de Wren m'arracha à mes macabres considérations.

— Vous pouvez passer devant, Blake.

Je baissai les yeux et vis qu'il se tenait plusieurs marches en dessous de moi, quasiment à la moitié de l'escalier. Les ténèbres du sous-sol se répandaient autour de ses pieds comme une flaque de mazout. Il avait parcouru assez de chemin pour qu'un vampire vraiment athlétique puisse lui saisir la jambe et le tirer vers le bas. C'était ma faute je m'étais laissé distraire.

— Remontez, Wren, ordonnai-je.

Bien que visiblement inconscient du danger, il obéit.

— Les marches sont en béton, donc, relativement solides. Vous ne devriez pas avoir de problème.

— Faut-il quand même que je tape du pied à chaque pas ?

— Ce serait plus sûr.

— Si je sens que ça cède sous moi, je crie ?

—C'est ça.

Il passa derrière moi en me frôlant, et j'observai les profondeurs stygiennes.

—Dans cette tenue, j'aurai besoin d'une main pour m'accrocher à la rambarde. L'autre sera occupée avec mon flingue. Ce qui m'en laissera zéro pour tenir la lampe torche.

—Je peux essayer d'éclairer devant vous, offrit Wren, mais la lumière ne tombera pas là où vous en avez besoin.

—Ne vous occupez pas de ça à moins que je vous le demande.

Il me fallut une bonne minute, peut-être deux, pour extirper mon Browning de sa poche. À cause des gants qui me gênaient, je dus utiliser mes deux mains pour ôter la sécurité. Je glissai ma main droite entière à l'intérieur de la sous-garde. En temps normal, je n'aurais pas tenu un flingue de cette façon, mais je ne pouvais pas suffisamment écarter les doigts pour appuyer sur la détente avec mon seul index.

Maintenant, j'étais prête à y aller. Si j'avais fait passer ma sécurité en premier, jamais je n'aurais pu tirer assez rapidement. Je m'étais déjà entraînée avec des gants en laine, mais jamais je n'aurais imaginé devoir flinguer des vampires dans une combiso. Évidemment jusqu'à aujourd'hui, j'ignorais ce qu'était une combiso.

—Pourquoi traînez-vous ? interrogea la voix de Fulton.

J'avais oublié qu'il écoutait tout ce que nous disions. Qu'il nous espionnait.

—Ces putains de gants ne sont pas exactement conçus pour manier une arme, répondis-je, les dents serrées.

—Qu'est-ce que ça signifie ?

—Ça signifie que je suis prête à descendre.

Je gardai mon Browning pointé devant moi, vers le plafond. Si je me cassais la gueule et que le coup partait accidentellement, je tâcherai de ne toucher personne derrière moi. Je me demandai si l'inspecteur Reynolds avait sorti son flingue. Et si elle était bonne à quoi que ce soit dans une situation d'urgence. Je pariai brièvement pour ne pas avoir à le découvrir, agrippai la rambarde et tapai du pied sur la première marche. Elle ne s'écroula pas.

Je regardai les ténèbres épaisses qui commençaient au milieu de l'escalier. Un rayon de soleil les transperçait comme un couteau.

— C'est parti, mes kikis ! lançai-je.

Et je descendis.

# CHAPITRE 46

De l'eau léchait les dernières marches. Le sous-sol s'était changé en lac. La lampe torche de Wren balaya sa surface noire tel un minuscule projecteur, révélant une masse de ténèbres presque solide mais grouillante de silencieux secrets. Un cercueil flottait à environ trois mètres de l'escalier, oscillant doucement dans l'eau si sombre.

Par-dessus le sifflement caverneux de ma propre respiration, j'entendais le clapotis du liquide. Et aussi un bruit de bois creux, pareil à celui de canots amarrés les uns contre les autres. Je tendis un doigt, et la lampe de Wren se braqua vers la direction que j'indiquais. Deux cercueils s'entrechoquaient près du mur du fond.

— Trois cercueils visibles, annonçai-je, mais il devrait y en avoir quatre de plus. Un pour le gardien, un pour le corps de l'escalier et deux autres.

Je descendis la dernière marche à sec et entrai dans l'eau. Malgré l'épaisseur de mon scaphandre, je sentis le liquide comme une fraîcheur distante, un poids mouvant qui se refermait sur mes chevilles. Cela suffit à accélérer mon souffle et à faire remonter mon cœur dans ma gorge.

— Vous allez hyperventiler, me prévint Wren. Calmez-vous.

Je pris une profonde inspiration et la relâchai lentement en comptant dans ma tête. Arrivée à quinze, j'en pris une autre.

— Ça va aller? demanda Wren.
— Que se passe-t-il? voulut savoir Fulton.

—Rien, répondit Wren.

—Je vais bien, affirmai-je.

—Que se passe-t-il ? répéta Fulton.

—Il nous manque quatre cercueils, expliquai-je. Deux d'entre eux auraient pu couler, mais ça nous en laisse quand même deux autres portés disparus. Je me demandais juste où ils étaient.

—Soyez prudents, nous recommanda Fulton.

—Comme une vierge pendant sa nuit de noces, chuchotai-je.

Quelqu'un gloussa. C'était bon de voir que même stressée, je pouvais encore amuser la galerie.

Je levai le pied pour tester la marche suivante. L'eau m'arrivait déjà aux genoux, et la semelle de ma botte dérapa. Je glissai vers le bas des marches ; seule ma prise sur la rambarde m'empêcha de me faire submerger. Je me retrouvai assise dans l'eau jusqu'au menton. Je me sentais stupide et effrayée – une combinaison dont je ne suis pas très fan.

Wren me rejoignit, et le pinceau de sa lampe torche oscilla follement tandis qu'il m'aidait à me relever. J'en avais bien besoin. Je brandis mon Browning dégoulinant.

—Il marchera encore ? s'inquiéta Wren.

—Je pourrais tirer sous l'eau, et la balle partirait quand même, le rassurai-je.

Je suis toujours étonnée par le nombre de gens qui croient que trois pauvres gouttes de flotte peuvent endommager une arme à feu. Il faut bien la nettoyer après coup, mais ça s'arrête là. Tant que vous êtes au cœur de l'action, mouillée ou pas mouillée, vous pouvez compter sur elle. L'époque où il fallait garder la poudre au sec est révolue depuis un bail.

Je descendis les marches restantes et m'avançai lentement dans l'eau fraîche. Ma respiration se fit haletante. *Et merde.* J'avais peur. À présent que j'étais solidement campée sur mes deux pieds, j'aurais pu sortir ma lampe torche ou prendre le fusil à pompe dans son sac. Mais pour changer de flingue, je préférais attendre que l'inspecteur Reynolds me rejoigne avec le sien, afin de me couvrir. Je ne savais toujours pas si elle était bonne ou non, mais ça vaudrait toujours mieux que rien.

L'eau glissait autour de ma poitrine. Elle ne me montait pas tout à fait jusqu'aux aisselles, mais presque. Je m'avançai très prudemment, nageant plutôt que marchant. Je tenais mon flingue à deux mains, et j'étais prête à tirer. Du moins, autant qu'on puisse l'être quand on flotte à moitié dans un costume d'astronaute emprunté.

Ça ne me plaisait pas du tout qu'il nous manque au moins deux cercueils encore occupés. Sans doute avaient-ils seulement coulé, mais mes entrailles étaient nouées. Elles attendaient que des mains me saisissent par les chevilles et m'entraînent sous l'eau. Mon pied effleura quelque chose de dur, et mon souffle s'étrangla dans ma gorge. Je sentis ma botte riper. C'était peut-être un bidon de peinture ? Je suppose que même les vampires entreposent des cochonneries dans leur cave.

— Débris non identifiés, annonçai-je.

— Vous parlez comme un pompier, gloussa Wren.

— Un cercueil ? demanda l'inspecteur Reynolds depuis l'escalier.

Elle fut la dernière à entrer dans l'eau.

— Non, juste un bidon de quelque chose… Je crois.

Le premier cercueil avait presque flotté jusqu'à moi. Je tendis une main pour l'immobiliser.

— Reynolds. Quand Wren et Tucker m'auront rejointe, je vais reculer. Couvrez-moi pendant que je prends mon fusil à pompe.

— Pigé.

Elle tenait sa lampe torche et son flingue à deux mains, l'un au-dessus de l'autre, de sorte que la lumière se déplaçait en même temps que le canon de son arme. Elle balayait la surface de l'eau en quête d'un mouvement. Rien que de la voir faire, je sentis la tension de mes épaules se relâcher légèrement.

—N'ouvrez pas le cercueil avant que je sois prête.

Je prenai conscience que j'avais cessé de me soucier de ma respiration. L'impression suffocante d'enfermement avait cédé face à l'adrénaline libérée par le danger de ma position – entourée de vampires, avec de l'eau qui m'arrivait à la poitrine. Je pourrais toujours m'abandonner à ma phobie plus tard, après que nous aurions survécu.

Wren et Tucker se placèrent chacun à un bout du cercueil. Même eux, ils avaient du mal à se mouvoir dans l'eau avec leur scaphandre intégral.

—Reynolds, je vais prendre mon fusil à pompe.

—Je vous couvre.

Je reculai et fis passer le sac devant moi. L'espace d'un instant, j'hésitai entre fourrer le Browning dans une de mes poches ou le ranger dans le sac à la place du fusil. Je choisis la deuxième solution, et gardai le sac devant moi pour pouvoir y plonger rapidement la main en cas de besoin. Puis j'empoignai le fusil et calai sa crosse sur mon épaule. Je me campai le plus fermement possible sur mes jambes et lançai :

—Ouvrez-le.

Tucker stabilisa le cercueil, et Wren fit basculer le couvercle. Ce faisant, il traversa ma ligne de tir. Je m'empressai de le lui signaler. Il leva la tête vers moi.

—Hein ?

—Déplacez-vous sur la droite.

Il obtempéra sans poser plus de questions, mais ce minuscule délai aurait pu suffire pour qu'il se fasse blesser, voire tuer.

L'occupant du cercueil était une femelle vampire. Elle gisait sur le dos, ses longs cheveux déployés autour de son visage très blanc, une main posée sur sa poitrine comme une enfant endormie.

—On peut la déplacer ? demanda Wren.

—Du moment que vous restez hors de ma ligne de tir, vous pouvez faire tout ce que vous voulez.

—Désolé, dit-il.

Même à travers le filtre du micro, je perçus l'embarras dans sa voix. Tant pis pour lui : je n'avais pas le temps d'apaiser son ego. J'étais trop occupée à guetter d'autres vampires. Ce n'était pas une mince affaire vu que le masque bouffait ma vision périphérique, que le casque diminuait mon ouïe de moitié et que je ne voulais pas détourner mon attention de la femelle allongée dans le cercueil. Le moins qu'on puisse dire, c'est que je n'étais pas en pleine possession de mes moyens, et je détestais ça.

—Pourquoi nos croix ne brillent-elles pas ? s'enquit Reynolds derrière moi.

—Elles ne réagissent pas à la présence de cadavres.

Wren et Tucker avaient du mal à faire entrer le corps dans leur sac à viande. Finalement, Wren le jeta par-dessus son épaule, et Tucker entreprit de remonter le sac le long de ses jambes. La vampire pendait mollement dans le dos de Wren. Ses cheveux trempaient dans l'eau et s'assombrissaient en absorbant le liquide. Quand les deux pompiers fourrèrent sa tête dans le sac, j'eus le temps d'apercevoir son visage si pâle sur lequel quelques mèches s'étaient plaquées, lui donnant l'air d'une noyée.

Tucker remonta la fermeture Éclair et se tourna vers moi.

—Il doit y avoir un peu d'eau dans le sac. Je n'ai pas pu faire autrement, s'excusa-t-elle.

—Aucune importance.

Wren ajusta le poids de son fardeau et se dirigea vers l'escalier.

—Ça va prendre un sacré bout de temps si on n'est que deux à porter, commenta-t-il.

—Nous avons encore deux combiso, mademoiselle Blake, lança Fulton par la radio. Ce n'est pas trop risqué de vous envoyer des renforts ?

—En tant qu'agneau sacrificiel, je vote pour. Pourquoi serions-nous les seuls à nous amuser ?

Wren atteignit l'escalier et commença à gravir les marches, une main posée sur la rambarde. Il essaya de taper des pieds comme il l'avait fait en descendant, et faillit retomber dans l'eau.

—Je monte direct, annonça-t-il. Si ça s'effondre, tâchez de me tirer des décombres avant que ma bouteille d'air soit vide.

—Nous ferons de notre mieux, lui promis-je.

—Merci, dit-il sur un ton sarcastique que la radio restitua à la perfection.

Tucker avait isolé un autre cercueil. Reynolds la rejoignit pour le stabiliser pendant qu'elle soulevait le couvercle. Elle n'était pas assez grande pour le rabattre d'un coup comme l'avait fait son collègue, aussi se contenta-t-elle de le pousser. Le couvercle retomba de l'autre côté, heurtant le cercueil voisin au passage. Les murs nous renvoyèrent l'écho d'un bruit sourd qui me picota le bout des doigts.

—Et merde, jura Reynolds.

—Tout va bien ? demanda Fulton.

—Ouais. Nous sommes juste un peu nerveuses, répondis-je.

—Ça va, Tucker ? insista-t-il.

—C'était moi, avoua Reynolds. Désolée.

Le deuxième vampire était un mâle aux courts cheveux bruns et à la peau piquetée de taches de rousseur. Il devait mesurer plus d'un mètre quatre-vingts. Il allait être encore plus difficile à empaqueter.

Tucker eut l'idée de traîner le cercueil jusqu'à l'escalier et d'utiliser les marches comme appui. Ça me convenait. Le soleil n'arrivait pas jusque-là, donc, le vampire s'en foutrait.

Reynolds et Tucker s'apprêtaient à soulever le corps quand Wren redescendit. Il déposa un sac à viande ouvert sur le vampire.

—Si vous stabilisez le cercueil, je n'aurai qu'à le faire rouler à l'intérieur, suggéra-t-il.

—Parfait, approuva Tucker.

Elle redescendit de deux marches et empoigna le bord du cercueil. Reynolds me consulta du regard avant de l'imiter.

—Vous pouvez y aller.

Elle se plaça de l'autre côté du cercueil. Son flingue n'était plus braqué sur rien du tout, et sa lampe torche pointée vers le bas formait une boule de lumière dorée au fond de l'eau.

Wren se pencha sur le vampire pour le faire rouler sur le flanc.

—Vous êtes encore dans ma ligne de tir, Wren.

—Désolé, dit-il.

Mais ses bras étaient déjà coincés sous le corps, et il ne s'écarta pas.

—Bougez-vous, putain, lui ordonnai-je.

—J'y suis presque.

La tête du vampire tressauta. Ça arrive parfois quand ils dorment, mais là, ça ne me disait rien qui vaille.

—Lâchez-le et reculez, Wren. Tout de suite.

Soudain, ma croix et celle de Reynolds s'embrasèrent comme deux soleils miniatures.

Wren obtempéra, mais trop tard. Le vampire se jeta sur lui, la gueule grande ouverte et les crocs saillants. Il mordit dans sa combinaison, et un peu d'air s'échappa de la déchirure dans un sifflement. Ils étaient trop près pour que je me risque à tirer avec mon fusil à pompe.

—Reynolds, il est pour vous.

Wren hurla.

Le flingue de Reynolds fit des étincelles dans la pénombre. Le vampire partit en arrière. Il avait un trou dans le front, mais il n'était pas mort – loin s'en fallait. Les revenants ne clamsent pas si facilement.

Je lui tirai dans la tête. Son visage explosa dans une pluie de sang et de morceaux de chair que l'eau goba avec de doux « plop ». Le reste de son corps s'affaissa contre le couvercle ouvert du cercueil, tandis que des spasmes agitaient ses mains sur le satin blanc du capitonnage et que ses jambes décochaient des ruades dans le vide.

Wren tomba sur le cul dans l'escalier.

— Wren, appela Tucker sur un ton pressant. Wren, réponds-moi.

— Je suis là, répondit-il d'une voix rauque. Je suis là.

Je fis deux pas prudents en direction de l'escalier et tirai dans la poitrine du vampire. Ma balle traversa sa cage thoracique et le couvercle de son cercueil derrière lui. Je chambrai une autre cartouche et aboyai :

— Remontez ! Tout de suite !

Je m'agenouillai près de Wren et, sans lâcher mon arme, glissai un bras sous ses aisselles. Par-dessus le bourdonnement de mes oreilles, j'entendis Tucker s'exclamer :

— Quelque chose m'a frôlé la jambe.

— Tout le monde dehors ! m'égosillai-je, comme si la seule puissance de ma voix pouvait les propulser vers la sortie.

Je forçai Wren à se relever et le poussai pour le faire avancer. Il ne se fit pas prier. Quand il atteignit la lumière du soleil, il se retourna pour nous attendre.

Reynolds était juste derrière moi. Deux bras dégoulinants jaillirent de l'eau de chaque côté de Tucker. Je hurlai.

— Tucker !

Les bras l'empoignèrent. Elle vola en arrière, et l'eau se referma sur elle comme un poing noir. À aucun moment je n'avais eu de cible à viser.

La radio nous transmit sa voix limpide, et sa respiration si rauque que ça me fit mal de l'entendre.

—Wren! Aide-moi!

Je glissai à bas des marches, tombai dans l'eau et me laissai submerger par ses ténèbres liquides. Ma croix brillait comme un signal lumineux. Je vis quelque chose bouger, mais je n'aurais su dire si c'était elle.

Puis je sentis un mouvement dans l'eau, quelques secondes avant que des bras me ceinturent par-derrière. Des dents déchiquetèrent ma combiso ; des mains m'arrachèrent mon casque comme du papier mouillé. Mon agresseur me retourna, et je le laissai faire. Quand je me retrouvai face à lui, je lui collai le canon de mon fusil sous le menton et tirai. Je regardai sa tête disparaître dans un nuage de sang à la lueur de ma croix. J'avais toujours le masque sur la figure, ce qui m'empêchait de me noyer.

À présent, Tucker hurlait en continu. Sa voix était partout – dans la radio, dans l'eau ; ses échos constants se répercutaient sur les murs du sous-sol.

Je me redressai, et les lambeaux de mon scaphandre glissèrent le long de mon corps. À l'instant où j'émergeai, il me sembla que les cris de Tucker s'atténuaient mais c'était juste parce que l'eau ne les amplifiait plus.

Reynolds et Wren étaient redescendus tous les deux. Mauvaise idée. Wren se démenait pour atteindre quelque chose. La combiso de Tucker, qui flottait à l'autre bout du sous-sol. Il se jeta à l'eau et tenta de la rejoindre à la nage. Reynolds s'efforçait de le suivre, le flingue à la main. L'éclat de sa croix était presque aveuglant.

—Tout le monde dehors! m'époumonai-je par la radio. Dehors, putain!

Personne ne m'écoutait.

Les cris de Tucker s'interrompirent brutalement. Ceux des autres redoublèrent d'intensité. Pour ma part, j'avais renoncé à hurler. Parce que ça ne nous aiderait pas. Il y avait au moins trois vampires dans ce sous-sol avec nous – trois revenants. Si nous restions là, nous allions mourir.

Un vampire jaillit de l'eau devant moi. Mon coup partit avant que je comprenne que j'avais appuyé sur la détente. Sa poitrine explosa, et il essaya quand même de me saisir. J'eus le temps de chambrer une autre cartouche, mais pas de tirer. En des moments comme celui-là, tout va trop vite et trop lentement à la fois. Vous ne pouvez rien arrêter ; par contre, vous voyez tout dans le moindre détail, avec une précision douloureuse.

Les doigts du vampire agrippèrent mes épaules pour m'immobiliser tandis qu'il rejetait la tête en arrière, s'apprêtant à frapper. J'eus le temps d'apercevoir des crocs encadrés par une barbe noire. Ma croix illuminait son visage par en dessous comme un lampion de Halloween.

Je braquai le canon de mon fusil à pompe sous son menton et tirai. Je n'eus pas le temps de me stabiliser, juste d'appuyer sur la détente. Sa tête explosa à son tour, et une pluie rouge s'abattit sur mon masque. Je me retrouvai aveuglée par son sang et par des fluides plus épais. Le recul du fusil à pompe me fit partir en arrière. Quand l'eau se referma sur ma tête, je ne savais pas si la créature me menaçait toujours ou si elle était morte.

Je luttai pour refaire surface. L'eau avait nettoyé mon masque, mais des fragments de chair et d'os s'y accrochaient toujours, de sorte que je n'y voyais pas beaucoup mieux. Je l'arrachai d'un geste vif. Tant pis pour la radio. Ma vision était plus importante.

Le vampire flottait devant moi. Difficile de dire dans quel sens, vu qu'il n'avait plus de tête. Bien joué.

Lorsque Reynolds tira, les détonations résonnèrent bizarrement, et je me rendai compte que j'étais sourde de l'oreille droite. Le corps de son agresseur tressauta sous l'impact des balles, tituba mais ne s'arrêta pas. Elle visait le bide, comme les instructeurs vous apprennent à le faire au stand de tir.

—La tête! hurlai-je. Visez la tête!

Reynolds leva son flingue, et le percuteur cliqueta dans le vide. Cette conne avait vidé son chargeur. Je crois qu'elle était en train d'en pêcher un autre dans sa poche quand la créature lui sauta dessus. L'eau les engloutit tous les deux.

Je me débarrassai des restes de ma combiso. Malgré le Scotch, je m'en défis aussi facilement qu'un serpent de sa vieille mue. Puis je plongeai dans l'eau. J'irais plus vite en nageant, et s'il y avait des saloperies à attraper, ça devait déjà être fait de toute façon. Ma croix éclairait mon chemin comme un phare. Mais c'était celle de Reynolds que je visais. Je ne disposais que de quelques secondes pour l'atteindre, ou il serait trop tard.

J'eus une impression de mouvement quelques secondes avant que le dernier vampire me percute. Je me retournai et voulus braquer le canon du fusil sur lui. Il l'empoigna à deux mains. Je pense qu'il aurait saisi n'importe quoi dans son avidité; manque de bol, il fallut que ça tombe sur mon arme. Il me l'arracha et la lâcha aussitôt.

Je levai les yeux vers son visage. C'était une femelle. Avec ses longs cheveux clairs qui flottaient derrière elle, elle ressemblait à une sirène tout droit sortie d'un conte d'Andersen. Ma croix fit luire sa peau comme elle tendait les mains vers moi. J'avais déjà dégainé un de mes couteaux, et je le lui enfonçai sous le menton. La lame pénétra facilement sa chair, mais elle n'était pas assez longue pour atteindre son cerveau. Ce n'était pas un coup fatal, loin s'en fallait.

La vampire se redressa dans l'eau, griffant le manche de ses doigts recourbés. Pas parce qu'elle souffrait, mais parce qu'elle ne pouvait pas ouvrir la bouche suffisamment pour se nourrir. Je lui plantai mon second couteau entre les côtes, en plein dans le cœur. Tous son corps frémit, et ses yeux s'écarquillèrent. Sa bouche s'ouvrit juste assez pour que je voie la lame de mon couteau qui lui transperçait le palais.

Elle poussa un hurlement et m'assena un revers. La seule chose qui m'empêcha de voler en arrière fut le niveau de l'eau, qui absorba une partie de l'impact. Je tombai à la renverse, et le liquide noir se referma au-dessus de ma tête. Je me laissai flotter une seconde, puis tentai de respirer et ne réussis qu'à avaler de l'eau. Je me redressai en titubant, toussai et retombai aussitôt. Enfin, je réussis à ramener mes pieds sous moi et sentis couler sur mon visage quelque chose de plus chaud que de l'eau. Je saignais. Ma vision virait au gris moucheté de fleurs blanches.

La vampire revint à la charge avec mes deux couteaux plantés dans le corps. Plus personne ne hurlait de l'autre côté du sous-sol. Je n'arrivais pas à voir jusque-là, mais le silence ne pouvait signifier qu'une chose. Reynolds, Wren et Tucker étaient perdus.

Je reculai dans l'eau. Je trébuchai sur quelque chose et tombai encore. Cette fois, je mis plus de temps à me relever. Sous mes mains, je sentis les lambeaux de ma combiso, et le sac qui contenait mon Browning. Ma vision était criblée de trous à présent, comme si je regardais la vampire à travers une lumière stroboscopique. Je fermai les yeux, mais les fleurs blanches dévoraient l'intérieur de mes paupières.

Je me laissai de nouveau glisser dans l'eau et localisai le sac près de mon pied. Retenais-je mon souffle, ou avais-je cessé de respirer ? Je ne m'en souvenais plus. Je sortis le Browning sans ouvrir les yeux. Je n'avais pas besoin de le voir pour l'utiliser.

La vampire saisit une poignée de mes cheveux et me tira vers la surface. J'appuyai sur la détente en remontant, dessinant sur son torse une ligne de trous pareille à une fermeture Éclair. Lorsque j'arrivai au niveau de son visage, elle tendit une main délicate et la referma sur le canon du flingue. Je continuai à tirer. Des morceaux de doigts volèrent. Je m'acharnai sur sa tête jusqu'à ce qu'il n'en reste plus qu'un moignon ensanglanté et que je sois sourde des deux oreilles.

La vampire s'affaissa. Je me laissai tomber à genoux. L'eau se referma au-dessus de ma tête. Je voulus pousser sur mes jambes pour regagner la surface et n'y parvins pas. Il ne me restait qu'une goulée d'air, et les taches grises et blanches m'enveloppaient. Je ne voyais plus l'éclat de la croix, ni même le noir de l'eau.

Quand les ténèbres m'engloutirent, elles étaient lisses et parfaites. Il y eut encore une seconde de flottement, l'idée vague que j'aurais dû avoir peur, puis plus rien.

# CHAPITRE 47

J e repris connaissance dans l'herbe où Caroline et moi nous étions assises. Je vomissais de l'eau et de la bile, et je m'étais rarement sentie aussi mal, mais j'étais vivante. C'était toujours bon à savoir. Et c'était encore meilleur de voir l'inspecteur Tammy Reynolds penchée sur moi, en train de regarder les ambulanciers qui s'affairaient autour de ma petite personne. Son bras était immobilisé le long de son flanc, et elle pleurait.

Puis ce fut de nouveau le noir. Et comme si quelqu'un avait changé de chaîne, je m'éveillai avec un autre décor sous les yeux. Celui d'une chambre d'hôpital. L'espace d'un instant, je craignis d'avoir halluciné – craignis qu'en réalité, Reynolds soit bel et bien morte. Larry était assis dans une chaise près de mon lit, la tête renversée en arrière – endormi, ou assommé par les médicaments. Je considérai sa présence comme un signe que je n'avais pas rêvé. Si sa chérie n'était plus de ce monde, il n'aurait pas été là, ou du moins, il ne se serait pas endormi.

Il poussa un grognement et cligna des yeux. Son regard était flou, sans doute à cause des médocs qu'il avait pris.

—Comment vas-tu ? s'enquit-il.

—Je te retourne la question.

Il sourit, tenta de se lever et dut prendre une profonde inspiration avant d'y arriver.

—Si je n'étais pas blessé, je serais en train d'aider Tammy à sauver les vampires.

Je sentis un nœud se desserrer dans ma poitrine.

—Donc, elle s'en est tirée, me réjouis-je. J'avais peur de l'avoir rêvé.

—Ouais, elle a survécu. Et Wren aussi.

—Comment ?

Larry grimaça.

—Il semble qu'un vampire appelé le Voyageur soit capable de posséder le corps d'autres vampires. Il nous a dit qu'il était membre du Conseil, et qu'il était venu nous aider. Parce que tu le lui avais demandé.

Il me regardait attentivement, et le voile d'hébétude induit par les calmants se dissipa comme il tentait de m'arracher la vérité par la seule force de son regard.

—En gros, c'est ça, acquiesçai-je.

—Il s'est emparé du vampire qui attaquait Tammy et Wren, et il les a sauvés. Tammy a fourré son bras dans la gueule du vampire. Elle a récolté une jolie fracture, mais elle s'en remettra.

—Et Wren ?

—Il va bien, mais il est assez secoué par ce qui est arrivé à Tucker.

—Elle ne s'en est pas sortie, comprenai-je.

Larry secoua la tête.

—Elle était déchiquetée, pratiquement coupée en deux. Seule sa combiso la maintenait en un seul morceau.

—Donc, vous n'avez pas eu à l'empaler.

—Les vampires ont fait le boulot eux-mêmes. Ils ont remonté le corps de Tucker, mais pas ceux des vampires que vous avez tués. Ils sont restés dans leur sous-sol.

—Laisse-moi deviner… Le plafond s'est effondré, pas vrai ?

Moins de cinq minutes après qu'ils eurent sorti Tucker et qu'ils t'eurent allongée dans l'herbe, toute la maison s'est écroulée. Le corps du vampire que le Voyageur occupait s'est mis à brûler. Je n'avais encore jamais vu ça. C'était impressionnant… et effrayant. Les débris l'ont enseveli. Les pompiers n'ont pas pu le déterrer avant la tombée de la nuit, parce que ça l'aurait de nouveau exposé à la lumière du jour. Il s'est extirpé lui-même des décombres alors qu'ils commençaient à peine à creuser.

—Il a attaqué quelqu'un?

—Non. Il semblait plutôt calme.

—Tu étais là?

—Ouais.

Je laissai filer. Inutile de m'inquiéter de ce qui aurait pu se passer si le vampire s'était dégagé en colère. Par ailleurs, je trouvais très intéressant que Warrick puisse supporter la lumière du soleil, mais pas le Voyageur. Survivre à la lumière du soleil, même diffuse, est un don très rare chez les morts-vivants. Ou peut-être que Warrick avait raison. Peut-être que c'était la grâce de Dieu. Qui étais-je pour le savoir?

—À moins que mon imagination me joue des tours, on dirait que tu souffres moins – que tu bouges plus facilement.

—Vingt-quatre heures supplémentaires se sont écoulées. Je commence à guérir.

Je sursautai.

—Je te demande pardon?

—Tu es restée KO pendant plus d'une journée entière, révéla Larry. Nous sommes dimanche après-midi.

—Et merde!

Jean-Claude avait-il rencontré le Conseil sans moi? Le fameux «dîner protocolaire» – quoi que cette expression puisse signifier – avait-il déjà eu lieu?

—Et merde, répétai-je avec conviction.

Larry fronça les sourcils.

—J'ai un message pour toi, de la part du Voyageur. Dis-moi pourquoi tu sembles si perturbée tout à coup, et je te le donnerai.

— Ne marchande pas avec moi, s'il te plaît.

— Très bien. Le dîner est repoussé jusqu'à ce que tu ailles assez bien pour y assister.

Je me laissai aller contre mes oreillers, et ne pus empêcher le soulagement de s'inscrire sur mon visage et de détendre tout mon corps.

— Que diable se passe-t-il, Anita ?

Peut-être était-ce le choc, ou peut-être le fait que je n'aime pas mentir à Larry. Quoi qu'il en soit, je lui dis la vérité. Je lui racontai tout. Je lui parlai de Richard et des marques. Il était déjà au courant, mais ignorait ce que j'avais découvert récemment. J'omis quelques détails, mais pas grand-chose. Quand j'eus terminé, il s'affaissa dans sa chaise, l'air sonné.

— Dis quelque chose.

Il secoua la tête.

— Sainte Marie mère de Dieu, je ne sais pas par où commencer. La nuit dernière, Jean-Claude a donné une conférence de presse. Le Voyageur était à ses côtés. Ils ont parlé de la nécessité que les vampires et les humains fassent front ensemble aux tragiques événements de ces derniers jours.

— Quel corps le Voyageur avait-il revêtu ? demandai-je.

Larry frissonna.

— C'est l'un des pouvoirs les plus dérangeants que j'aie jamais vu à l'œuvre. Il a possédé un des vampires de l'Église de la Vie Éternelle. Malcolm aussi était là. Le Voyageur a utilisé ses pouvoirs pour nous aider à sauver les autres vampires, Malcolm y compris.

— Qui lui a servi d'interprète avant le coucher du soleil ?

— Balthazar, son serviteur humain.

— Tiens donc, commentai-je, surprise. J'aurais cru qu'il chercherait à dissimuler sa véritable nature.

Larry se rembrunit.

— Il m'a dit qu'il avait un faible pour les rouquins. J'espère qu'il plaisantait.

J'éclatai de rire, et cela me fit mal à la tête. Soudain, je pris conscience que j'avais une migraine, et que seuls les calmants me l'avaient dissimulée jusque-là. La chimie moderne… Il n'y a rien de mieux.

—Probablement pas, mais ne t'en fais pas. Tu ne figures pas à son menu.

—Qui y figure ?

—Je ne sais pas encore. Dolph a-t-il découvert qui était à l'origine de toutes les attaques ?

—Oui, répondit Larry comme si ce mot suffisait.

—Crache le morceau, ou je sors de ce lit pour te taper dessus, menaçai-je.

—C'était les Humains d'Abord. Les flics ont fait une descente sur leur quartier général un peu plus tôt dans la journée, et ils ont arrêté la plupart de leurs chefs.

—Magnifique.

Je fronçai les sourcils, frémis et fermai les yeux.

—Comment savaient-ils où trouver tous les monstres ? Ils ont attaqué des maisons privatives, des antres diurnes secrets. Ils n'auraient pas dû savoir où ils se cachaient.

J'entendis la porte s'ouvrir un instant avant qu'une voix familière réponde à la place de Larry :

—Il y avait un traître parmi les vampires.

—Salut, Dolph.

—Salut, toi. C'est bon te voir enfin réveillée.

—C'est bon d'être réveillée, grimaçai-je. Qui était le traître ?

—Tu te souviens de Vicki Pierce et du bordel qu'elle a foutu à l'*Offrande Brûlée* ?

—Oui.

—Elle avait un petit ami membre d'Humains d'Abord. Elle nous l'a donné quand nous l'avons interrogée pour la deuxième fois.

—Pourquoi l'avez-vous rappelée ?

—Apparemment, elle avait été payée pour son petit numéro. Nous avons menacé de l'inculper pour agression et tentative de meurtre. Elle n'a pas hésité longtemps.

—Mais quel rapport avec le traître?

—Mlle Pierce sortait également avec Harry, le barman et l'un des propriétaires de l'*Offrande Brûlée*.

Je ne comprenais plus rien.

—Alors, pourquoi avoir choisi son bar? Pourquoi lui causer tous ces problèmes?

—Son petit ami humain voulait la payer pour qu'elle le fasse. Elle ne voulait pas qu'il sache qu'elle voyait Harry. Quant à Harry, il a joué le jeu parce qu'il pensait que ça aurait l'air louche si son établissement était le seul commerce vampirique épargné par les fanatiques.

—Donc, il savait comment Vicki utilisait les informations qu'elle tenait de lui?

J'avais du mal à croire qu'un vampire ait pu faire ça – à plus forte raison, un vampire aussi vieux qu'Harry.

—Oui, il savait. Il a touché une partie de la somme.

—Mais pourquoi?

—Nous lui poserons la question dès que nous aurons réussi à lui mettre la main dessus.

—Laisse-moi deviner. Il s'est volatilisé.

Dolph acquiesça.

—N'en parle pas à ton petit ami, Anita.

—Les vampires sont peut-être votre seul espoir de retrouver Harry, fis-je remarquer.

—Mais nous le remettront-ils, ou se contenteront-ils de le tuer?

Je détournai le regard.

—Il y a des chances pour qu'ils lui en veuillent à mort, concédai-je.

—Et je ne peux pas les en blâmer, mais je le veux vivant, Anita. J'ai besoin de lui vivant.

—Pourquoi?

—Nous n'avons pas réussi à mettre tous les membres d'Humains d'Abord sous les verrous. Je ne veux pas les laisser en liberté, avec les coudées franches pour préparer une nouvelle vague d'attentats.

—Tu ne peux pas faire parler Vicki?

—Elle a finalement réclamé un avocat, et elle semble tout à coup frappée d'amnésie.

—Et merde.

—Donc, nous avons besoin d'Harry pour qu'il nous dise si les rescapés d'Humains d'Abord nous préparent une dernière mauvaise surprise.

—Mais vous n'arrivez pas à le trouver.

—C'est ça.

—Et tu ne veux pas que je demande à Jean-Claude où il est.

—Donne-nous vingt-quatre heures pour le localiser. Passé ce délai, si nous ne l'avons pas découvert, tu pourras lâcher la meute. Tâche au moins de lui soutirer des infos avant que les vampires le butent.

—Pourquoi supposes-tu que je serai là quand il mourra?

Dolph m'observa sans rien dire, et cette fois, je soutins son regard.

—Je ne tue pas pour Jean-Claude, Dolph, quoi que prétende la rumeur.

—J'aimerais le croire, Anita. Tu ne peux pas savoir à quel point j'aimerais le croire.

Je me radossai à mes oreillers.

—Crois ce que tu veux. Ce n'est pas comme si tu avais besoin de ma permission, dis-je amèrement.

Il sortit sans rien ajouter, comme si ce qu'il voulait dire était trop douloureux, trop irrémédiable. Il continuait à s'acharner sur nous, sur moi. Je commençai à craindre qu'il insiste jusqu'à ce qu'une faille impossible à combler s'ouvre entre nous. Nous continuerions à travailler ensemble, mais nous ne serions plus amis. Ma migraine empirait, et pas seulement parce que les médicaments avaient cessé de faire effet.

# CHAPITRE 48

Le docteur qui vint m'examiner déclara que j'étais complètement remise, et s'avoua stupéfait par mes capacités de récupération. Le pauvre ; s'il avait su…

Pete McKinnon m'appela en fin de journée. Il avait découvert que d'autres incendies similaires à ceux déclenchés par notre ver luisant s'étaient produits à La Nouvelle-Orléans et à San Francisco. Il me fallut un moment pour comprendre l'importance de ces villes. Lorsque je me souvins, je demandai :

— Et rien à Boston ?

— Non, pas d'incendies suspects à Boston. Pourquoi ?

Je ne pense pas qu'il me crut lorsque je répondis « pour rien ». Mais comme Dolph, il laissa filer. Je n'étais pas encore prête à accuser les envoyés du Conseil. Ce n'était pas parce que les mêmes incidents avaient eu lieu dans plusieurs des villes où ils s'étaient rendus que c'était forcément leur faute. Il n'y avait pas eu d'incendies à Boston. D'accord, il y en avait eu à Saint Louis pendant leur séjour. Mais ça ne prouvait rien.

C'est cela, oui. Et le lapin de Pâques m'apporte des œufs en chocolat tous les ans.

Je fis part de mes soupçons à Jean-Claude.

— Mais pourquoi les envoyés du Conseil voudraient-ils brûler des bâtiments vides, ma petite ? Si l'un d'eux était capable de conjurer du feu, il ne gaspillerait pas ses pouvoirs à causer des dégâts matériels. Pas à moins que cela lui rapporte quelque chose.

— Vous parlez d'un mobile financier ?

Il haussa les épaules.

— Peut-être, mais venant de leur part, je pencherais plutôt pour un mobile personnel.

— Je ne peux pas obtenir davantage d'informations sans les dénoncer aux flics.

Il réfléchit une seconde ou deux.

— Peut-être devrais-tu attendre que nous ayons survécu à cette soirée avant de tous nous suicider, suggéra-t-il.

— Pas de problème.

La tombée de la nuit me trouva vêtue d'une robe sans manches en velours noir, très courte et très moulante, avec un décolleté en V. Sa taille se composait d'une large bande de dentelle à travers laquelle la peau de mon ventre transparaissait, pâle et tentante.

Dessous, je portais des bas noirs. Ils montaient un peu plus haut qu'ils l'auraient dû, c'est-à-dire qu'au lieu de s'arrêter à mi-cuisse, la bande de dentelle siliconée qui leur permettait de tenir tout seuls effleurait ma culotte de satin noir. Ils étaient une taille trop grands pour moi. C'était Jean-Claude qui les avait achetés, et il avait fait exprès. J'avais déjà porté ce genre de bas, et j'étais d'accord avec lui : quand on a des jambes aussi courtes que les miennes, tous les artifices visuels sont bons pour les rallonger. Si nous avions prévu des activités périscolaires, j'aurais adoré voir la tête de Jean-Claude quand je me serais retrouvée devant lui, nue à l'exception de ces bas. Là, ce n'était que frustrant et un peu effrayant.

J'avais refusé de porter les escarpins en velours noir qu'il avait choisis. Je préférais les miens. D'accord, ils étaient en cuir tout bête, beaucoup moins chics. Et pas forcément plus confortables. Mais leurs talons étaient assez bas pour que je puisse courir avec, ou porter un léopard-garou évanoui en cas de besoin.

— Tu es l'image même de la perfection, ma petite, à l'exception de tes chaussures.

— Laissez tomber. Vous avez déjà de la chance que j'aie accepté de porter des bas plutôt qu'un collant. M'habiller en prévision du cas où les autres convives verraient mes sous-vêtements me fait froid dans le dos.

— Tu as parlé de devoirs et de responsabilités au Voyageur. Ce soir, nous allons payer le prix pour tes léopards-garous. Le regretterais-tu ?

Gregory était toujours saucissonné dans ma chambre à coucher, pâle et fragile. Vivian se tenait dans une des chambres d'amis et ne s'exprimait que par monosyllabes.

— Non, je ne le regrette pas.

— Dans ce cas, récupérons les autres et mettons-nous en route.

Mais Jean-Claude ne bougea pas. Il resta allongé sur le ventre, le menton appuyé sur ses mains croisées. Si ça avait été quelqu'un d'autre, j'aurais dit qu'il était vautré sur mon canapé, mais Jean-Claude ne se vautre pas : il pose, il s'étale, mais il ne se vautre pas. Son corps était étiré de toute sa longueur, de telle sorte que seul le bout de ses bottes noires dépassait de l'accoudoir.

Il portait une tenue que je lui avais déjà vue, mais qui n'en perdait pas son charme pour autant. J'adore ses fringues ; j'adore le voir s'habiller et se déshabiller.

— À quoi pensez-vous ? lui demandai-je.

— J'aurais préféré rester à la maison ce soir. J'aurais aimé te déshabiller lentement, un vêtement à la fois, et savourer ton corps après la chute de chacun d'eux.

Cette seule suggestion fit vibrer mon bas-ventre et me raidit tout le corps.

— Moi aussi.

Je m'agenouillai sur le sol devant lui, lissant ma robe sous mes fesses pour qu'elle ne remonte ni ne se froisse. Ce n'était pas lui qui m'avait appris à le faire, mais ma Grand-Maman Blake, au fil d'une enfance ponctuée de messes dominicales durant lesquelles mon apparence semblait toujours plus importante que le sermon.

Je posai mon menton sur le canapé, près du visage de Jean-Claude. Mes cheveux se répandirent autour de ma tête, effleurant le dos de ses mains croisées et caressant sa joue.

— Vos sous-vêtements sont-ils aussi sexy que les miens ?

— Ils sont en soie brossée, chuchota-t-il.

Je fus assaillie par un souvenir sensoriel si fort qu'il me fit frissonner. Le contact de son membre érigé à travers la soie épaisse, la texture presque vivante que prenait celle-ci en moulant sa virilité. Je dus fermer les yeux pour ne pas qu'il lise mon trouble dans mon regard. L'image était si vivace qu'elle me fit serrer les poings.

Je le sentis bouger une seconde avant que ses lèvres se posent sur mon front. Quand il parla, elles remuèrent sur ma peau.

— Tes pensées te trahissent, ma petite.

Je levai mon visage vers lui, et sa bouche glissa le long de mon nez. Il demeura parfaitement immobile tandis que je remontais contre lui jusqu'à ce que nos lèvres se rencontrent. Puis sa bouche écrasa ma bouche ; sa langue chercha ma langue. Nous n'utilisons pas nos mains : seules nos lèvres se touchaient. Seuls nos visages se pressaient l'un contre l'autre.

— Je peux vous interrompre ?

La voix familière était si chargée de colère que je me rejetai précipitamment en arrière.

Richard se tenait au bout du canapé, les yeux baissés vers nous. Je ne l'avais pas entendu approcher. Jean-Claude l'avait-il entendu, lui ? J'aurais parié que oui. Parfois, il me semble que même en proie aux affres de la passion, il ne laisserait jamais personne le surprendre. Ou peut-être ne me jugeais-je tout simplement pas capable de le distraire à ce point. D'accord, il m'arrive de manquer de confiance en moi.

Je m'assis sur mes talons et levai les yeux vers Richard. Il portait un smoking noir avec une queue-de-pie et un nœud pap'. Ses longs cheveux étaient coiffés en queue de cheval, si bien tirés en arrière qu'ils donnaient l'illusion d'être courts. Richard est toujours séduisant, mais ce n'est que lorsqu'on se débarrasse de ses cheveux qu'on réalise la perfection de son visage. De ses pommettes ciselées, de ses lèvres pleines, de sa fossette. À présent, ce visage parfait et si familier me regardait avec arrogance. Il savait quel effet il me faisait, et il voulait retourner encore un peu le couteau dans la plaie.

Jean-Claude se redressa sur le canapé, la bouche barbouillée de mon rouge à lèvres. La couleur si vive, écarlate comme du sang tiré par surprise, contrastait avec la pâleur de sa peau. Il se lécha le coin de la bouche du bout de la langue, puis passa un index sur sa lèvre supérieure et le retira maculé de rouge. Alors, il l'introduisit dans sa bouche et le suça avec une lenteur délibérée. Il ne m'avait pas quittée des yeux, mais c'était à Richard que s'adressait son petit numéro.

J'en éprouvai un mélange de reconnaissance et de colère. Il savait que Richard essayait de me blesser, donc, il blessait Richard en retour. Mais il ne s'en tenait pas là. Il le provoquait, frottait du sel dans ses plaies. Une expression hantée passa sur le visage de Richard, et je dus détourner les yeux.

— Ça suffit, Jean-Claude. Ça suffit.

Jean-Claude eut l'air amusé.

— Comme tu voudras, ma petite.

Richard me regardait toujours. Enfin, je soutins son regard. Peut-être avais-je moi aussi une expression hantée, parce qu'il se détourna sans mot dire et sortit de la pièce.

— Va te remettre un peu de ce délicieux rouge à lèvres, ma petite. Ensuite, nous devrons partir.

La voix de Jean-Claude véhiculait du regret, comme elle véhicule parfois de la joie ou du désir. Je lui pris la main et la portai à ma bouche.

—Avez-vous toujours peur d'eux, malgré tout ce qui vient de se passer ? S'ils comptaient nous tuer, ils ne se seraient pas laissés filmer avec vous. (Je touchai sa jambe, laissant mes doigts courir sur son pantalon et savourant la fermeté de sa cuisse en dessous.) Pour l'amour du ciel, le Voyageur a serré la main du maire de Saint Louis

Jean-Claude posa sa main sur ma joue.

—Jusque-là, le Conseil ne s'était jamais soucié d'apparaître en public. C'est sa première incursion dans une toute nouvelle arène. Mais ses membres sont l'étoffe dans laquelle on taille les cauchemars depuis plusieurs millénaires. Une journée de politique humaine ne les aura pas changés radicalement.

—Quand même…

Il appuya un doigt sur mes lèvres.

—C'est bon signe, ma petite. Je veux bien te le concéder. Mais tu ne les connais pas aussi bien que moi. Tu ne les as pas vus sous leur pire jour.

Des images s'imposèrent à mon esprit. Le corps écorché de Rafael. Sylvie affaissée au bout de ses chaînes. Fernando sodomisant Vivian.

—Je les ai vus faire des choses assez atroces depuis leur arrivée en ville. Vous avez établi les règles, Jean-Claude. Ils ne peuvent pas nous mutiler, ni nous violer, ni nous tuer. Que leur reste-t-il ?

Il déposa un doux baiser sur mes lèvres et se leva en me tendant la main. Je la pris et le laissai me tirer vers le haut. Il portait son masque amusé, celui que je prenais pour son vrai visage il fut un temps. À présent, je sais que lorsqu'il l'affiche, ça signifie qu'il cache quelque chose. Il fait souvent ça quand il a peur et qu'il ne veut pas que les gens s'en aperçoivent.

— Vous me fichez la trouille, murmurai-je.

Il sourit.

— Non, ma petite. Les envoyés du Conseil s'en chargeront très bien tout seuls.

Sur cette réplique réconfortante, il sortit du salon pour rassembler notre escorte.

Je saisis mon sac à main et en tirai mon «délicieux rouge à lèvres». Les envoyés du Conseil avaient eux aussi posé des conditions. Pas d'armes ce soir. C'est pour ça que j'avais mis cette robe : il suffisait de me regarder pour savoir que je ne dissimulais rien sur moi. Jean-Claude préférait éviter de leur donner une excuse pour me fouiller au corps. Quand je lui avais demandé où était le problème, il s'était borné à répondre :

— Crois-moi, ma petite, tu n'as pas envie de leur fournir une raison de te toucher.

Sur ce point, je lui faisais confiance. Je ne voulais plus jamais qu'un des envoyés du Conseil pose ses sales pattes sur moi.

La nuit allait être longue.

# CHAPITRE 49

Ce qui avait autrefois été le salon de Jean-Claude, et avant ça, la salle du trône de Nikolaos, avait été transformé en salle de banquet. Les nouveaux occupants des lieux avaient réussi à trouver une table de plus de trois mètres de long. Seuls ses pieds en forme de pattes de lion griffues étaient visibles. Le plateau était recouvert d'une nappe si chargée de fils d'or qu'elle scintillait dans la lumière. Si nous avions réellement été censés manger là-dessus, j'aurais eu peur de la salir, mais il n'y avait pas de nourriture en évidence. Pas plus que de chaises ou d'assiettes. Juste des serviettes de lin blanc dans des ronds de serviette en or, des verres à vin en cristal et un chauffe-plats industriel sous la surface brillante duquel brûlaient des flammes de gaz bleu.

Un homme était suspendu au plafond par les poignets, ses pieds pendant dans le vide au-dessus de la table rutilante – à l'aplomb exact du chauffe-plats. Il s'appelait Ernie. Son torse musclé était nu. Le bâillon qui l'empêchait de hurler emprisonnait sa longue queue-de-cheval à l'arrière de son crâne. Ses cheveux étaient rasés sur les côtés. Ce n'était pas les envoyés du Conseil qui lui avaient fait ça pour le torturer : il se les rasait lui-même. Ernie était l'un des courtisans les plus récents de Jean-Claude, un humain qui voulait devenir un vampire et qui, tel un nouvel initié à la franc-maçonnerie, effectuait son apprentissage en servant de domestique, de messager… et, apparemment, d'amuse-bouche.

Derrière Jean-Claude, Richard et moi se tenaient Jamil, Damian, Jason et, plus surprenant, Rafael. Le roi des rats avait insisté pour nous accompagner, et je n'avais pas fait beaucoup d'efforts pour l'en dissuader. Les envoyés du Conseil nous avaient autorisé une personne chacun en plus de Jason. Yvette avait spécialement requis sa présence. En l'emmenant, nous gagnions un loup-garou supplémentaire, mais ses yeux bleus étaient un peu trop écarquillés, sa respiration un peu trop rapide. Yvette incarnait son idée de l'enfer, et l'enfer venait de lui envoyer une invitation à laquelle il ne pouvait se dérober.

Ernie nous observait, ruant, se débattant et tentant de parler à travers son bâillon. Je crois qu'il nous demandait de le faire descendre, mais je n'aurais pas pu le jurer.

—Qu'est-ce que cela signifie? lança Jean-Claude.

Sa voix emplit l'immense pièce, sifflant et grondant jusqu'à ce que les ombres nous la renvoient en échos durs et cinglants.

Padma émergea du couloir du fond. Il portait un costume doré aussi scintillant que la nappe, ainsi qu'un turban assorti orné de plumes de paon et d'un saphir plus gros que mon pouce. On l'aurait dit prêt à tenir le rôle du maharadjah dans un film de Bollywood[1].

—Tu ne nous as offert nulle hospitalité, Jean-Claude. Malcolm et ses gens nous ont servi des rafraîchissements, mais toi, le Maître de la Ville, tu nous as laissés le gosier sec. (Il leva une main pour désigner Ernie.) Cet humain est entré ici sans notre permission. Il a dit qu'il t'appartenait.

Jean-Claude s'avança jusqu'à la table et leva les yeux vers Ernie.

—Tu ne devais rentrer de chez tes parents que dans deux jours. La prochaine fois, s'il y en a une, appelle pour prévenir.

---

1. Équivalent en Inde de ce qu'est Hollywood.

Ernie le regarda, les yeux écarquillés, en marmonnant à travers son bâillon. Il rua si violemment qu'il se mit à se balancer.

—En te débattant, tu ne réussiras qu'à te faire mal aux épaules, lui dit Jean-Claude. Calme-toi.

Ernie s'affaissa lentement au bout de ses chaînes. Jean-Claude l'avait hypnotisé de son regard et le berçait pour l'apaiser, à défaut de l'endormir. Toute tension le quitta, et ses yeux bruns se firent vacants. Il attendait. Du moins n'avait-il plus peur.

Gideon et Thomas entrèrent et vinrent se placer respectivement à droite et à gauche de Padma, un peu en retrait. Thomas était en uniforme ; ses bottes noires étaient si bien cirées qu'on aurait pu se voir dedans. Son casque blanc était surmonté d'un long plumet – probablement en crin de cheval. Sa veste était rouge avec des boutons de laiton. Des gants blancs et un sabre complétaient sa tenue.

Gideon était quasiment nu. Pour tout vêtement, il ne portait qu'un string blanc qui avait du mal à contenir sa virilité. Un lourd collier d'or incrusté de petits diamants et de grosses émeraudes recouvrait presque tout son cou. Ses cheveux blonds soigneusement peignés se répandaient sur ses épaules. L'autre extrémité de la chaîne fixée à son collier se trouvait dans les mains de Thomas.

Padma tendit la main, et Thomas lui remit la laisse. Gideon et lui n'échangèrent pas même un regard. Ils avaient déjà dû jouer ce spectacle des dizaines de fois.

La seule chose qui m'empêcha de faire une remarque sarcastique fut la promesse que m'avait arrachée Jean-Claude. Ce soir, je le laisserais parler. Il craignait que je dise quelque chose qui énerverait les envoyés du Conseil. Comme si c'était mon genre !

Jean-Claude contourna la table. Richard et moi l'imitâmes deux pas en retrait, reproduisant la position de Padma et de ses familiers. Le symbolisme n'échappa à personne. Le problème, c'est que Richard et moi faisions semblant. À mon avis, ce n'était pas le cas de Thomas et de Gideon.

—Je suppose que vous allez trancher la gorge d'Ernie pour que son sang tombe dans le chauffe-plats, et que nous puissions tous nous servir ?

Padma sourit et hocha gracieusement la tête. Jean-Claude éclata de son merveilleux rire presque palpable.

—Si telle était vraiment votre intention, Maître des Bêtes, vous l'auriez pendu par les pieds.

Richard et moi échangeâmes un regard dans son dos. Je pivotai pour observer le corps paisiblement ballant d'Ernie. Comment Jean-Claude avait-il su qu'il aurait fallu le pendre par les pieds ? À question idiote…

—Es-tu en train de nous accuser de bluff ? susurra Padma.

—Non, répliqua Jean-Claude. Juste de théâtralité.

Padma eut un sourire qui monta presque jusqu'à ses yeux.

—Tu as toujours été très doué pour ces jeux.

Jean-Claude s'inclina légèrement sans le quitter du regard.

—Je suis honoré que vous ayez une si bonne opinion de moi, Maître des Bêtes.

Padma gloussa.

—Quelle langue de velours, Maître de la Ville… (Son rire s'évanouit abruptement, laissant son visage dur et vide.) Il n'en demeure pas moins que tu as été un bien piètre hôte. J'ai dû me nourrir à travers mes serviteurs.

Il glissa une main brune, caressante, sur les épaules nues de Gideon. Le tigre-garou ne réagit pas, comme si Padma n'était pas là. Ou peut-être comme si lui-même n'y était pas.

—Mais tous n'ont pas ma chance, Jean-Claude. D'autres que moi ont faim. Ils sont tes invités, et ils connaissent la faim.

—Le Voyageur les nourrissait. Je pensais qu'il vous nourrissait aussi.

—Je n'ai pas besoin de son énergie régurgitée, affirma Padma avec une grimace de dégoût. De toute façon, il a cessé de les nourrir lorsque celle-ci… (Il me désigna de sa main libre.)… Lui a ordonné de s'arrêter.

J'ouvris la bouche pour dire quelque chose, faillis demander la permission, puis songeai : *et merde*.

—Je lui ai demandé de s'arrêter, rectifiai-je. Personne ne peut donner d'ordre au Voyageur.

Là. C'était si diplomatique que mes dents me faisaient mal.

Le rire du Voyageur le précéda dans la pièce. Le nouveau corps qu'il s'était choisi était jeune, masculin, séduisant, et mort depuis si peu de temps qu'il arborait encore un bronzage soutenu. Balthazar marchait près de lui en le palpant avec avidité. Un nouveau jouet à tripoter. Larry m'avait dit que Malcolm avait prêté un membre de son Église au Voyageur. Je me demandai s'il savait ce que le Voyageur et Balthazar feraient avec son corps.

J'aurais pu dire qu'ils portaient des toges, mais ça n'était pas tout à fait ça. Le Voyageur s'était drapé d'une riche étoffe pourpre, épinglée sur une épaule à l'aide d'une broche d'or et de rubis. La nudité de son autre épaule mettait en valeur la peau lisse et bronzée de son hôte. La taille du vêtement était soulignée par deux cordelettes rouges. Le bas lui tombait presque jusqu'aux chevilles, dissimulant partiellement ses sandales à lacets.

Balthazar était en rouge, avec une broche d'argent et d'améthyste et des cordelettes pourpres. Sa poitrine était juste assez dénudée pour qu'on voie qu'elle était agréablement musclée, au cas où il aurait subsisté le moindre doute à ce sujet.

—Vous ressemblez aux jumeaux Bobbsey, commentai-je.

Jean-Claude se racla la gorge. Je refermai la bouche, mais si tous les autres portaient des fringues aussi ridicules, j'allais avoir du mal à m'empêcher de les vanner. Franchement, c'était trop facile.

Le Voyageur rejeta sa tête en arrière et partit d'un grand rire joyeux, mais légèrement sifflant. Je ne pus m'empêcher de penser à une vipère. Il tourna vers moi les yeux bruns de son hôte, mais au fond de ses prunelles, ce fut lui que je vis. Je l'aurais reconnu quels que soient les yeux avec lesquels il me regardait.

Balthazar mesurait environ cinq centimètres de moins que son nouveau corps. Il était assez près de lui pour que le Voyageur le tienne sous son bras, comme un homme qui plaque sa compagne contre lui en marchant pour la protéger.

—J'ai sauvé tes humains aujourd'hui, Anita. J'ai sauvé beaucoup de vampires. Cela ne te suffit-il pas ?

—Jean-Claude ? lançai-je sur un ton interrogateur.

Il poussa un gros soupir.

—C'était inutile de t'arracher cette promesse. Sois toi-même, ma petite. Tâche juste de ne pas te montrer trop insultante.

Il recula pour se placer entre Richard et moi. Peut-être que le symbolisme ne lui avait pas plu non plus.

—Je suis ravie que vous ayez sauvé mes amis et tous les vampires prisonniers. Mais vous en avez retiré beaucoup de publicité positive sans courir le moindre risque. Je pensais vous avoir fait comprendre que vous deviez vous moderniser un peu, entrer dans le xxᵉ siècle.

—Oh, mais je le comprends, Anita. Je le comprends.

Le Voyageur frotta sa joue contre le visage de Balthazar, en m'observant avec assez d'intensité pour que je me réjouisse qu'il ne soit pas hétéro.

—C'est quoi, cette installation médiévale ? demandai-je en désignant Ernie du pouce.

Ses yeux se posèrent sur l'humain avant de revenir vers moi.

—Personnellement, je n'étais pas pour, mais les autres ont voté. Et il est vrai que Jean-Claude a été un hôte négligent.

Jean-Claude me toucha le bras.

— Si je vous avais vraiment invités, ou si vous aviez requis ma permission avant d'entrer sur mon territoire, j'aurais été plus que ravi de vous concéder un droit de chasse – même si vous vous rendrez peut-être compte un jour que l'un des bénéfices de la légalité, c'est un nombre incroyable de victimes consentantes. Certains humains iraient jusqu'à vous payer pour que vous étanchiez votre soif avec leur sang.

— Une de nos lois les plus anciennes nous interdit de nous nourrir sur le territoire d'un autre sans sa permission. J'ai donc alimenté les autres jusqu'à ce que ta servante humaine m'informe des sévères répercussions de mes pouvoirs sur la population locale.

Le Voyageur s'écarta de Balthazar et avança jusqu'à se retrouver à portée de Jean-Claude.

— Pourtant, aucun de tes vampires n'a été affecté. Je n'ai pu ni pomper leur énergie, ni leur transmettre la mienne. Tu m'en as empêché, et cela m'a surpris davantage que tout ce que tu as pu faire par ailleurs. Ça implique un pouvoir que je n'aurais jamais songé à t'attribuer – ni maintenant, ni dans un millier d'années.

Il se déplaça sur le côté pour se planter devant Richard. Et son nouveau corps était toujours le plus grand. Il devait mesurer au moins un mètre quatre-vingt-dix. Il se tenait si près de lui que le tissu pourpre de son vêtement effleurait toute la longueur du corps de Richard. Il entreprit de contourner celui-ci, et à aucun instant le tissu ne cessa de le toucher, glissant sur son smoking comme une main d'étoffe.

— Le triumvirat de Padma ne lui a pas conféré un tel pouvoir.

Il s'immobilisa entre Jean-Claude et Richard. Comme il levait une main pour lui caresser le visage, Richard lui saisit le poignet.

— Ça suffit ! aboya-t-il.

Le Voyageur baissa lentement le bras, de sorte que sa main frôla celle de Richard. Il se tourna vers Balthazar en souriant.

— Qu'en penses-tu ?

— Je pense que Jean-Claude est un petit veinard.

Richard s'empourpra et serra les poings. Il se retrouvait dans la position habituellement réservée aux femmes. Quand vous vous défendez de coucher avec quelqu'un, on ne vous croit pas. Plus vous niez, plus les gens trouvent ça louche.

Mais Richard était plus malin que moi. Il n'essaya même pas de nier. Il se contenta de pivoter vers le Voyageur et de planter son regard dans le sien.

— Écartez-vous de moi.

Tous les méchants éclatèrent de rire. Aucun de nous n'eut l'air de trouver ça drôle. Et curieusement, ce « nous » incluait Thomas et Gideon. Que fichaient-ils avec Padma ? Quel malheureux enchaînement de circonstances avait fait d'eux les prisonniers du Maître des Bêtes ? Si nous survivions tous, je le leur demanderais. Mais j'en doutais fort. Si nous tuions Padma, les membres de son triumvirat le suivraient dans la mort. Et si Padma nous tuait…

Le Voyageur se dirigea vers moi dans une envolée de tissu pourpre.

— Ce qui m'amène à toi, Anita.

Son nouveau corps me surplombait d'au moins trente centimètres, mais bon, on finit par s'habituer à être plus petite que tout le monde.

— Quoi ? dis-je en levant les yeux vers lui.

Il redoubla d'hilarité. Il semblait de si bonne humeur, si… radieux. Soudain, je compris pourquoi. Balthazar et lui avaient dû polir leur service trois-pièces avant notre arrivée.

Je regardai son visage souriant et demandai :

— Votre nouveau corps est-il exceptionnellement souple, ou Balthazar aime-t-il varier les plaisirs ?

Le rire s'estompa de ses yeux, déserta ses traits comme le soleil se couchant à l'horizon. Ce qu'il laissa derrière lui était si dur et si froid que je doutais de pouvoir encore lui parler. Peut-être en avais-je déjà trop fait.

Jean-Claude me prit par les épaules et me tira doucement en arrière. Il fit mine de s'interposer entre le Voyageur et moi, mais je le retins.

—C'est moi qui l'ai foutu en rogne. Ne me protégez pas contre lui.

Il me laissa rester devant, mais en réponse à un signal invisible, le reste de notre escorte rompit son immobilité et se déploya derrière nous.

Yvette et Warrick entrèrent par le couloir du fond. Liv était avec eux.

—Vous avez tous l'air si appétissant, commenta la femelle vampire.

Sa propre plaisanterie la fit glousser. Elle portait une tenue de soirée blanche toute simple. Ses épaules nues étaient plus livides que le tissu. Dès que je la vis, je sus qu'elle ne s'était pas nourrie. Des manches qui n'étaient pas attachées à sa robe recouvraient ses bras depuis l'épaule jusqu'au poignet. À partir de la taille, son corset s'évasait en une ample jupe princesse formée de plusieurs couches de tissu superposées, à l'instar de ses curieuses manches. Ses cheveux d'un blond presque blanc tombaient autour de son visage en une multitude de tortillons et de petites tresses. Pas de costume d'époque pour Yvette : elle ne tolérait que le dernier cri en matière de mode. Son maquillage était un poil trop soutenu pour son teint de papier mâché, mais c'est difficile de réussir le look naturel quand on a une aussi sale gueule.

Warrick portait un très joli costume blanc à col Mao – donc, pas de cravate –, si bien assorti à la robe d'Yvette qu'ils ressemblaient à un couple de mariés ultratendance perché au sommet d'une pièce montée. Mais alors qu'Yvette portait sa robe comme si elle avait été taillée sur mesure, Warrick semblait affreusement gêné aux entournures.

Liv nous foudroya tous du regard. Quelle impartialité ! Sa robe de soirée bleue n'avait pas été conçue pour une femme aussi musclée et anguleuse. Elle avait été reprise en de nombreux endroits, et elle lui allait quand même très mal.

C'était la première fois que je voyais Liv depuis que je savais qu'elle avait aidé à torturer Sylvie. Je m'attendais à regretter de ne pas l'avoir tuée quand j'en avais eu l'opportunité. Mais il y avait dans son regard et dans sa posture une hésitation qui disait que, peut-être, elle avait découvert une autre facette des envoyés du Conseil entre-temps. À présent, elle avait peur. Et ça me réjouissait.

—On dirait que tu as récupéré les fringues de quelqu'un d'autre, raillai-je. Comme une parente pauvre à qui on fait la charité.

—Le Voyageur t'a-t-il donnée à Yvette pour que tu lui serves de femme de chambre ? interrogea Jean-Claude. S'est-il déjà lassé de toi ?

—Yvette m'a seulement aidée à m'habiller, répliqua Liv, le menton fièrement dressé.

Mais ses mains lissèrent machinalement sa robe pour l'ajuster. Manque de bol pour elle, ça ne changea pas grand-chose.

—Tu avais des tenues bien plus seyantes que ça dans ta propre penderie.

—Mais elle n'avait pas de robe, contra Yvette avec un sourire doucereux. Pour un dîner protocolaire, les femmes doivent être en robe.

Du coup, je regrettai de ne pas être en pantalon.

—Je sais ce que tu as fait à Sylvie, Liv. J'ai regretté de ne pas t'avoir fait sauter la tête plutôt que les genoux la dernière fois. Mais tu sais quoi ? Passe quelques années avec les membres du Conseil, et tu le regretteras peut-être aussi.

—Je ne regrette rien, affirma-t-elle.

Mais je décelai une crispation dans son visage, et vis passer une lueur dans ses yeux magnifiques. Quelque chose lui avait flanqué la trouille. Quelque part, j'avais envie de savoir ce qu'ils lui avaient fait. D'ailleurs, voir combien elle était effrayée suffisait à mon bonheur.

—Je suis ravie que tu t'amuses, Liv.

Asher nous rejoignit sur ces entrefaites. Ses cheveux étaient attachés en une tresse serrée. Ils avaient toujours cette couleur capable de rivaliser avec les fils dorés de la nappe, cette couleur que j'aurais trouvée surnaturelle même chez un humain. Ainsi tirés en arrière, ils exposaient les cicatrices de son visage à la vue de tous. C'était difficile de ne pas les regarder. Et le reste de sa tenue n'arrangeait rien.

Son torse nu offrait un contraste étourdissant. Comme son visage, il était mi-beauté angélique, mi-cauchemar de chair fondue. Son pantalon de cuir noir fendu sur les côtés révélait une ligne de chair nue depuis sa taille jusqu'au milieu de ses mollets, à l'endroit où commençait la tige de ses bottes. Ce que je voyais de sa cuisse droite était couvert de cicatrices qui s'arrêtaient un peu au-dessus de son genou. Ce qui ne répondait toujours pas à la plus préoccupante de mes questions. Ses bourreaux avaient-ils fait de lui un eunuque, ou sa virilité était-elle toujours intacte? C'était comme un accident de la route. Vous vouliez savoir, et en même temps, vous ne le vouliez pas.

—Jean-Claude, Anita, c'est si aimable de vous joindre à nous.

Mais son ton sifflant, chargé d'une menace brûlante, démentait la politesse de ses paroles.

—Ta présence me procure toujours le même plaisir, retourna Jean-Claude d'une voix absolument neutre et inexpressive.

À vous d'interpréter ça comme un compliment ou une moquerie.

Asher glissa vers nous, un sourire retroussant ses lèvres parfaites. De nouveau, les deux côtés de sa bouche fonctionnaient. Ses muscles étaient indemnes sous les cicatrices. Il s'immobilisa face à moi. Il était au moins à deux pas trop près pour que je me sente à l'aise. Mais je ne reculai ni ne protestai, me contentant de lui rendre son sourire. Ni le sien ni le mien ne montèrent jusqu'à nos yeux.

— Tu aimes ma tenue, Anita ?

— C'est un peu agressif, vous ne trouvez pas ?

Il caressa du bout de l'index la bande de tissu ajouré qui m'entourait la taille. Son doigt se faufila par un trou de la dentelle et vint effleurer ma peau nue. Un hoquet s'échappa de ma gorge.

— Tu peux me toucher où tu veux, susurra-t-il.

J'écartai sa main.

— Désolée, mais je ne vous retournerai pas votre offre.

— Oh, je pense que si, intervint le Voyageur.

Je lui jetai un coup d'œil.

— Non.

— Jean-Claude s'est montré extrêmement clair en ce qui concerne vos règles. Et aucune d'elles n'interdit à Asher de se nourrir de toi. Il a besoin de sang, Anita. Je suis sûr qu'il préférerait te planter autre chose que ses crocs dans le corps, mais il devra s'en contenter.

Je secouai la tête.

— Pas question.

— Ma petite, murmura Jean-Claude.

Je n'aimais pas du tout la façon dont il avait dit ça. Je pivotai vers lui, et un regard me suffit.

— Vous n'êtes pas sérieux ? m'exclamai-je, même si je connaissais déjà la réponse.

— Tu ne m'as jamais fait préciser qu'ils n'auraient pas le droit de boire notre sang.

Je le regardai.

—Vous voulez vraiment le laisser me mordre?

Il secoua la tête.

—Ce que je veux n'importe guère, ma petite. S'ils ne peuvent ni nous torturer ni nous violer, cela ne leur laisse pas beaucoup d'autres options.

—Si vous préférez, vous pouvez me rendre un de mes léopards-garous, suggéra Padma. Vivian, peut-être. Oui, je serais prêt à vous accorder un sauf-conduit si vous me rendiez ma tendre Vivian.

Comme s'il n'avait attendu que ce signal, Fernando fit son entrée dans la pièce. Il était courbatu, mais encore en état de marcher. Dommage. Il portait un gilet incrusté de joyaux et un pantalon bouffant dans le plus pur style Mille et Une Nuits.

—Fernando vous a dit qu'il l'avait violée? demandai-je à Padma.

—Je sais ce que mon fils a fait.

—Et vous ne considérez pas Vivian comme… usagée?

Il me dévisagea froidement.

—Ce que je ferai d'elle quand elle m'appartiendra de nouveau ne te concerne pas, humaine.

—Et si je refuse de vous la rendre?

—Dans ce cas, tu n'as pas le choix. Tu dois nourrir l'un de nous. Si tu préfères choisir quelqu'un qui te répugne moins, cela peut s'arranger. Peut-être te prendrai-je moi-même. De nous tous, seule Yvette trouve Asher séduisant, mais elle a toujours été portée sur le grotesque.

L'expression d'Asher ne trahit rien, mais je savais qu'il avait entendu. Padma voulait qu'il entende. Ça faisait deux siècles que tout le monde le traitait comme un monstre de foire. Pas étonnant qu'il soit à cran.

—Je préférerais qu'Asher me plante n'importe quoi dans le corps plutôt que de vous laisser toucher un seul de mes cheveux.

La surprise qui balaya le visage de Padma fut très vite remplacée par de l'arrogance. Mais l'insulte ne lui avait pas plu. Tant mieux.

— Il est possible que ton souhait soit exaucé avant la fin de la nuit, Anita.

Ce n'était pas réconfortant.

Asher avait du mal à me regarder en face, comme s'il avait peur. Pas peur de moi : peur que ce soit un jeu cruel destiné à le blesser. Il affichait ce mélange de tension et de résignation des victimes qui se sont fait tabasser trop souvent, pour trop de raisons différentes.

— Merci, ma petite, chuchota Jean-Claude.

Je crois qu'il était soulagé. Sans doute avait-il craint que je tente un truc suicidaire plutôt que de me soumettre. Et sans la petite plaisanterie de Padma, j'aurais opposé beaucoup plus de résistance. Là, j'étais décidée. J'allais le faire. Si je refusais, nous serions obligés de combattre les envoyés du Conseil – et nous perdrions. S'il me suffisait de donner un peu de mon sang à Asher pour que nous restions en vie jusqu'au matin suivant, qu'il en soit ainsi.

Un hurlement animal hérissa les poils de mes bras. Deux léopards entrèrent souplement, un collier incrusté de joyaux autour du cou. Le noir – Elizabeth, présumai-je –, me regarda en feulant comme ils me dépassaient. Ils avaient la taille de léopards normaux, un peu moins grands que des Danois mais plus longs. Leur pelage roulait sur leurs muscles comme du velours ; leur colère et leur énergie emplissaient la pièce, picotant les autres métamorphes comme une drogue. Ils allèrent s'étendre aux pieds de Padma.

Je sentis enfler le pouvoir de Richard. Il s'échappa de lui en une vague apaisante, incitant les léopards à retrouver leur calme et leur forme humaine.

— Non, non, protesta Padma. Ils sont à moi. Je les garderai sous la forme que je voudrai, aussi longtemps que je le voudrai.

—Alors, ils commenceront à perdre leurs caractéristiques humaines, déclara Richard. Elizabeth est infirmière. Elle ne pourra pas faire son travail avec des crocs ou des yeux de panthère.

—Elle n'a pas d'autre travail que de me servir, répliqua Padma.

Richard fit un pas en avant. Jean-Claude lui posa une main sur l'épaule.

—Il nous provoque, mon ami.

Richard se dégagea mais acquiesça.

—Si je voulais les forcer à reprendre leur forme humaine, je ne crois pas que le Maître des Bêtes pourrait m'en empêcher.

—Serait-ce un défi ? interrogea Padma.

—Les léopards-garous ne t'appartiennent pas, Richard, intervins-je.

—Ces deux-là n'appartiennent à personne.

—Ils peuvent m'appartenir, s'ils le veulent.

—Non, dit Padma. Non, je ne te concéderai rien ni personne d'autre.

Il recula contre le mur, entraînant Gideon au bout de sa laisse. Thomas l'imita.

—Asher, prends-la.

Asher tenta de me saisir le bras, mais je me dérobai.

—Pas si vite. On ne vous a jamais dit que l'attente augmente le plaisir ?

—J'attends ça depuis plus de deux siècles, ma chérie. Si c'est vrai, ça promet d'être une expérience inoubliable.

Je pivotai vers Jean-Claude et l'entraînai un peu à l'écart.

—Vous avez un conseil à me donner ? lui demandai-je à voix basse.

—Asher va essayer d'en faire un viol, ma petite. (Il leva la main avant que je puisse protester.) Pas au sens où tu l'entends, mais les effets seront étonnamment similaires. Fais-en une entreprise de séduction si tu le peux. Change la nécessité en plaisir. C'est la dernière chose à laquelle il doit s'attendre. Ça le perturbera.

—À quel point ?

—Tout dépendra de la solidité de tes nerfs.

Je jetai un coup d'œil à Asher par-dessus mon épaule. L'intensité de son regard était effrayante. J'étais désolée qu'on se moque de lui depuis deux siècles, mais ce n'était pas ma faute.

—Je crois que ça ne va pas le faire.

Richard nous avait écoutés. Il se rapprocha de nous et chuchota :

—Tu donnes déjà ton sang à un vampire. Un de plus ou de moins, quelle différence ?

—Ma petite et moi ne sommes pas obligés de partager du sang pour partager du pouvoir, le détrompa Jean-Claude.

Richard fronça les sourcils.

—Tu te refuses encore à lui ? Es-tu donc incapable de t'abandonner complètement à quelqu'un ?

Le visage de Jean-Claude était inexpressif et magnifique. Je reportai mon attention sur celui de Richard, que la colère assombrissait, et secouai la tête.

—Si je pouvais trouver quelqu'un pour te remplacer au sein de notre triumvirat, je le ferais. Mais nous sommes condamnés à rester ensemble, alors, arrête de jouer au con avec moi.

Je le repoussai assez fort pour qu'il trébuche, et j'eus toutes les peines du monde à me retenir de le gifler au passage. Nous disputer en privé, c'était une chose. Le faire devant les méchants, ça allait à l'encontre des règles.

# CHAPITRE 50

Asher m'entraîna dans un coin, et les autres s'assirent en tailleur autour de nous, comme des élèves de primaire à qui leur maîtresse va raconter une histoire. Ou donner une leçon de choses – c'était une meilleure analogie. Il m'attira brutalement contre lui, une main passée dans mes cheveux pour contrôler ma tête. Puis il plaqua sa bouche sur la mienne avec assez de violence pour me meurtrir les lèvres et me forcer à les écarter.

Je fis beaucoup mieux que ça. Fermant les yeux, je lui rendis son baiser en dardant ma langue entre ses crocs. Embrasser un vampire avec la langue sans se couper, c'est tout un art... Que je maîtrisais désormais à la perfection. Apparemment, j'étais plutôt douée, car Asher se dégagea le premier, avec une expression de stupeur absolue. Il n'aurait pas eu l'air plus surpris si je l'avais giflé. Au contraire, il s'était attendu que je le fasse.

Jean-Claude avait raison. Si je prenais Asher au dépourvu en me montrant encore plus entreprenante que lui, peut-être ne me mordrait-il pas. En tout cas, ça valait le coup d'essayer. Je n'avais jamais laissé Jean-Claude boire mon sang. En l'occurrence, je n'étais pas sûre que ce soit un moindre mal, mais le moment était venu de choisir une stratégie et de m'y tenir.

Asher se pencha vers moi. Il était si près que le bout de nos nez se touchait presque.

—Regarde-moi, fillette. Regarde-moi. Tu n'as pas envie de me toucher.

Ses cils dorés soulignaient le bleu pâle de ses yeux. Je me concentrai sur la couleur saisissante de ses prunelles et réclamai :

—Défaites vos cheveux.

Il me repoussa si fort que je trébuchai. Je l'énervais. Je le privais de sa vengeance. On ne peut pas violer quelqu'un de consentant.

Je revins vers lui et le contournai d'une démarche féline, regrettant à moitié de ne pas avoir mis les escarpins en velours dont la hauteur aurait accentué le balancement de mes hanches. Le dos d'Asher était pur et intact ; il ne portait que quelques cicatrices pareilles à des gouttes de cire fondue aux endroits où l'eau bénite avait dégouliné sur son flanc. Je fis courir mes mains sur sa peau lisse, et il sursauta comme si je l'avais mordu.

Il fit volte-face, me saisit les bras et me tint à distance de lui. Ses yeux scrutèrent mon visage presque frénétiquement. Quoi qu'il vit, cela ne lui plut pas. Il fit remonter ses mains jusqu'à mes poignets, puis plaça une des miennes sur le côté ravagé de sa poitrine.

—C'est trop facile de fermer les yeux et de faire semblant, gronda-t-il. Trop facile de toucher ce qui reste indemne. (Il pressa mes doigts sur la masse de replis ondulants qui avait été son torse.) Ça, c'est la réalité. Ce avec quoi je dois vivre chaque nuit, ce avec quoi je vivrai pour toute l'éternité. Ce qu'il m'a fait.

Je me collai contre lui, pressant mes mains et mes avant-bras sur ses cicatrices. Sa peau était rugueuse, couverte de minuscules aspérités comme la surface d'une flaque gelée. Puis je levai les yeux vers lui et dit :

—Ce n'est pas Jean-Claude qui vous a fait ça, mais des hommes qui sont morts depuis longtemps.

Je me dressai sur la pointe des pieds et embrassai sa joue détruite. Il ferma les paupières. Une larme solitaire s'échappa de son œil droit et se faufila entre les boursouflures de sa chair torturée. Je la bus doucement, et quand Asher rouvrit les yeux, je faillis sursauter tant ils étaient près de moi. Au fond de ses prunelles, je vis une peur, une solitude, un besoin si brûlant qu'ils avaient consumé son cœur aussi sûrement que l'eau bénite avait rongé sa peau.

Je voulais effacer toute cette souffrance, le tenir dans mes bras et le bercer jusqu'à ce qu'elle s'évanouisse. À cet instant, je me rendai compte que ce n'était pas mon souhait : c'était celui de Jean-Claude. Il voulait soulager Asher de sa douleur, combler le vide béant qui le dévorait. Je voyai le vampire à travers un voile d'émotions que je n'avais jamais éprouvées pour lui, une nostalgie des jours meilleurs et désormais enfuis – de l'amour, de la joie, des corps tièdes pressés les uns contre les autres dans les ténèbres froides.

Je piquetai son visage de baisers en descendant vers sa poitrine et en prenant garde à ne toucher que ses cicatrices, ignorant sa moitié parfaite comme j'avais ignoré sa moitié ravagée un peu plus tôt. Curieusement, son cou avait été épargné. J'embrassai sa clavicule et le tissu cicatriciel blanc qui la recouvrait. Asher se détendit légèrement, sans toutefois me lâcher. Je me dégageai de son étreinte et continuai à descendre le long de son corps, un doux baiser à la fois.

Je caressai son estomac de ma langue jusqu'à la ceinture de son pantalon. Il frissonna de tout son corps. Je passai à la peau exposée de sa cuisse et m'arrêtai à l'endroit où ses cicatrices s'achevaient. Puis je me relevai. Asher me regarda, presque effrayé par ce que j'allais faire ensuite.

Je dus me dresser sur la pointe des pieds pour attraper sa tresse dans sa nuque. Ça aurait été plus facile par-derrière, mais il aurait interprété ça comme un rejet. Je ne pouvais pas me détourner de ses cicatrices, même pour une bonne cause. Je défis le nœud qui retenait ses cheveux et séparai les trois grosses mèches. Je dus me plaquer contre lui pour ne pas perdre l'équilibre tandis que je passai mes doigts dans sa crinière dorée pour la peigner, en un geste très intime. Je pris mon temps, savourant sa couleur extraordinaire, sa texture riche et soyeuse. Quand elle se déploya enfin sur ses épaules, je redescendis à plat sur mes pieds. J'avais des crampes aux mollets.

Dans mon regard, je mis tout ce que j'éprouvais – la conviction qu'il était magnifique.

Asher m'observa quelques instants sans broncher. Enfin, il déposa un baiser très léger sur mon front, me serra brièvement contre lui et recula.

—Je ne peux pas te capturer avec mes yeux. Sans l'hypnose ou les affres de la passion, je ne réussirai qu'à te faire mal. Je peux me nourrir de n'importe qui. Mais ce que je viens de voir dans tes yeux, personne d'autre n'aurait pu me le donner.

Il tourna la tête vers Jean-Claude. Tous deux s'entre-regardèrent un long moment. Puis Asher sortit du cercle, et je revins vers Jean-Claude. Je m'assis près de lui en lissant ma jupe sous mes fesses et en serrant mes genoux contre ma poitrine. Il me passa un bras autour des épaules et m'embrassa sur le front comme Asher venait de le faire. Je me demandai s'il essayait de goûter la bouche de l'autre vampire sur ma peau. Cela ne me dérangeait pas. Peut-être que ça aurait dû, mais je ne lui posai pas la question. Je n'étais pas certaine de vouloir connaître la réponse.

Le Voyageur se retrouva debout comme par magie. La seconde précédente, il était assis ; à présent, sans que je l'aie vu se relever, il me toisait de toute la hauteur de son corps d'emprunt.

—Nous n'aurions pas été plus abasourdis si tu avais conjuré un dragon. Tu as apprivoisé notre Asher sans lui donner la moindre goutte de ton sang. (Il se déplaça d'un pas glissant.) Yvette n'est pas si facile à rassasier. (Il lui sourit alors qu'elle se redressait.) N'est-ce pas, ma chère ?

Yvette contourna Jason en passant ses mains dans ses cheveux. Le loup-garou sursauta comme si elle l'avait frappé, ce qui eut l'air de beaucoup l'amuser. Elle riait encore quand elle pivota vers lui dans un envol de jupes blanches et lui tendit les bras.

— Viens à moi, Jason.

Il se pelotonna sur lui-même, petite boule serrée dont ne dépassaient que ses coudes et ses genoux, et se contenta de secouer la tête.

— C'est toi que j'ai choisi, insista Yvette. Et tu n'es pas assez fort pour te dérober.

Une pensée atroce me traversa l'esprit. J'aurais parié que Jean-Claude n'avait pas précisé aux envoyés du Conseil qu'il leur serait interdit de nous pourrir dessus. Jason ne se remettrait probablement pas d'une autre étreinte avec un corps en décomposition. Je me laissai aller contre Jean-Claude et soufflai :

— Vous avez bien précisé qu'ils ne pouvaient pas nous torturer, hein ?

— Évidemment.

Je me levai et fis face à Yvette.

— Vous pouvez vous nourrir de lui, mais pas lui pourrir dessus.

Elle tourna son regard glacial vers moi.

— Personne ne te demande ton avis.

— Durant les négociations, Jean-Claude a stipulé que vous ne pourriez pas nous torturer. Pourrir sur Jason pendant que vous vous nourrissez, c'est de la torture. Vous le savez. C'est pour ça que vous avez jeté votre dévolu sur lui.

— Je veux ma part de sang de loup-garou, et je veux la boire de la façon que je préfère.

— Vous pouvez vous nourrir de moi, offrit Richard.

— Tu ne sais pas à quoi tu t'engages, Richard, protestai-je.

— Je sais que j'ai le devoir de protéger Jason, et qu'il est incapable de supporter ça.

Il se leva, splendide dans son smoking flambant neuf.

— Jason t'a-t-il raconté ce qui lui est arrivé à Branson ? demandai-je.

Deux femelles vampires étaient en train de batifoler avec lui quand elles avaient commencé à se décomposer. Elles s'étaient changées en cadavres pourris pendant qu'il gisait encore nu sous elles. À présent, c'était devenu son pire cauchemar — une vraie phobie. J'avais été témoin de cette scène ; j'avais même senti leurs mains décharnées sur moi quand j'étais intervenue pour tirer Jason de leurs griffes. Je ne pouvais pas lui en vouloir d'être terrorisé.

— Oui, il m'a raconté, acquiesça Richard.

— L'entendre, ce n'est pas la même chose que le vivre, fis-je remarquer.

Jason avait enfoui son visage entre ses genoux. Il répétait quelque chose à voix basse, et je dus m'agenouiller devant lui pour l'entendre.

— Je suis désolé, je suis désolé, je suis désolé…

Je touchai son bras, et il poussa un hurlement – les yeux écarquillés, la bouche grande ouverte.

— Tout va bien, Jason. Tout va bien.

Richard avait raison. Jason ne pouvait pas faire ça. Je hochai la tête.

— D'accord.

— Non, intervint Padma. Non, le roi des loups est à moi. Je ne le partagerai pas.

— Je n'accepterai rien de moins qu'un métamorphe, s'obstina Yvette.

Jamil se leva.

— Non, contra Richard. C'est mon boulot de protéger Jason – pas le tien, Jamil.

— Et c'est mon boulot de vous protéger, Ulfric.

Richard secoua la tête. Il défit son nœud papillon et les premiers boutons de sa chemise, dénudant la ligne musclée et parfaite de son cou.

—Non. (Les mains sur les hanches, Yvette tapa du pied.) Il n'a pas peur. Je veux quelqu'un qui a peur.

Dans ma tête, je songeai : *oh, il aura peur*. Il aura très peur. Vous remarquerez que je ne m'étais pas précipitée pour me proposer à la place de Jason. J'avais déjà assisté à ce spectacle-là, et je n'avais aucun désir d'en être la vedette.

—Et j'ai d'autres plans pour l'Ulfric, ajouta Padma.

Le Voyageur les réprimanda d'un claquement de langue, comme s'ils étaient des enfants polissons.

—C'est une offre équitable, Yvette. L'Ulfric lui-même, ou un de ses loups mineurs.

—Ce n'est pas la puissance du sang qui m'intéresse, mais celle de la terreur, insista la vampire avec une moue boudeuse.

—C'est une offre trop généreuse pour quelqu'un qui n'est pas membre du Conseil, s'offusqua Padma.

—Est-ce qu'ils se chamaillent toujours ainsi ? m'étonnai-je.

—Oui, répondit Jean-Claude.

Une vie quasi éternelle, un pouvoir effrayant, et tant de mesquinerie… Comme c'était décevant. Comme c'était banal.

Je pris le menton de Jason et le forçai à me regarder. Il haletait. Je touchai ses mains. Elles étaient glacées.

—Jason, si elle ne te pourrissait pas dessus, pourrais-tu la laisser se nourrir ?

Il déglutit deux fois avant de répondre :

—Je ne sais pas.

Au moins, c'était franc. Il était terrifié.

—Je serai avec toi, promis-je.

Alors, il se désintéressa des hurlements dans sa tête pour m'observer.

—Elle ne va pas aimer ça.

—Qu'elle aille se faire foutre. C'est à prendre ou à laisser.

Cette déclaration me valut l'ombre d'un sourire. Jason agrippa mes mains posées sur les siennes et acquiesça. Je jetai un coup d'œil à Jean-Claude, assis près de nous.

—Vous ne nous aidez pas beaucoup, lui dis-je sur un ton aigre.

—Moi aussi, j'ai vu le spectacle, ma petite.

Ses pensées faisaient si bien écho aux miennes que je me demandai à qui elles appartenaient. Mais ce qu'il disait était effrayant. Il ne s'offrirait pas à Yvette pour sauver Jason.

Je me levai, entraînant Jason avec moi. Il s'accrocha à ma main comme un petit garçon qui, le jour de son entrée en maternelle, redoute que sa maman le laisse seul avec les brutes en culotte courte.

—Si vous me donnez votre parole d'honneur que vous ne lui pourrirez pas dessus, vous pouvez vous nourrir de lui.

—Non, protesta Yvette. Non, ça gâche tout.

—À vous de choisir. Vous pouvez avoir Richard, si Padma y consent, et vous pouvez même lui pourrir dessus. Mais il n'aura pas aussi peur que Jason. Vous lui inspirez une telle horreur…

Je m'écartai pour qu'elle puisse mieux le voir. Jason frémit mais ne bougea pas. En revanche, il ne put soutenir le regard de la vampire. Ce fut moi qu'il regarda. Je pense qu'en fait, il matait mon décolleté. Pour une fois, je ne me rebiffai pas. Il avait bien besoin d'une distraction. Le connaissant, je n'étais guère surprise qu'il ait choisi celle-là.

Yvette se passa la langue sur les lèvres. Enfin, elle acquiesça.

Je lui amenai Jason. Lui aussi était vêtu d'une façon qui ne laissait pas grand-chose à l'imagination. Il portait un pantalon en cuir d'un bleu deux tons plus foncé que ses yeux, qui semblait peint à même sa peau et dont il avait rentré le bas dans des bottes de la même couleur. En haut, il n'avait pas de chemise : juste un gilet assorti à son pantalon et attaché par trois lanières.

Comme nous pénétrions dans le cercle, il trébucha. Yvette glissa vers lui, et il eut un mouvement de recul. Seule ma main l'empêcha de prendre ses jambes à son cou.

— Du calme, Jason. Du calme.

Il n'arrêtait pas de secouer la tête, tirant sur mon bras pour se dégager. Il ne se débattait pas exactement, mais il ne coopérait pas non plus.

— C'est trop demander ! aboya Richard. Jason est mon loup, et je refuse qu'on le tourmente.

Je le dévisageai. Il était si fier, si arrogant…

— Jason est aussi mon loup. (Je lâchai son poignet et lui pris doucement la tête entre mes mains.) Si c'est trop te demander, dis-le, et nous trouverons une autre solution.

Il m'agrippa les poignets, et je le vis se ressaisir. Je regardai un contrôle durement acquis emplir ses yeux, son visage.

— Ne me laisse pas.

— Je suis là.

— Non, regimba Yvette. Tu ne peux pas lui tenir la main pendant que je me nourris.

Je pivotai vers elle, et Jason était si près que nos corps se touchèrent même sans le contact de nos mains.

— Dans ce cas, tant pis pour vous. Vous ne l'aurez pas.

— D'abord, tu dresses Asher, et maintenant, tu essaies d'en faire autant avec moi. Mais tu n'as rien que je désire, Anita.

— J'ai Jason.

Elle siffla en découvrant ses crocs et toute sa beauté si soignée se délita, révélant la bête tapie en dessous. Puis elle passa un bras autour de moi pour s'emparer de Jason, qui bondit en arrière. Elle agita la main tel un chat s'efforçant d'attraper une balle en caoutchouc de sa patte repliée. Je me déplaçai de manière à rester entre eux, et nous nous retrouvâmes au centre du cercle. Lorsque le dos de Jason heurta le mur, je saisis le poignet d'Yvette.

— Imprégnez-vous de sa terreur. Je sens son cœur battre contre mon dos. Et que je lui tienne la main n'y changera rien. Rien de ce que je pourrais lui faire ne le vaccinerait contre l'horreur de votre contact.

Jason enfouit sa tête entre mes omoplates, et ses mains glissèrent autour de ma taille. Je lui tapotai le bras. Son corps n'était plus qu'une masse de chaleur palpitante, et son cœur affolé propulsait son sang dans ses veines à toute vitesse. Sa terreur planait dans l'air comme une brume invisible mais brûlante.

— Très bien, capitula Yvette. (Elle recula vers le centre du cercle et nous tendit une main pâle.) Viens, Anita. Amène-moi mon trophée.

Je me dégageai doucement de l'étreinte de Jason et lui pris les deux mains. Ses paumes étaient moites. Je le conduisis à reculons vers Yvette et le plaçai dos à elle. Ses doigts tremblants se crispèrent sur les miens. Il scruta mon visage comme si c'était la seule chose qui comptât au monde.

Yvette lui posa une main sur le dos. Il gémit. Je l'attirai vers moi jusqu'à ce que nos bras se touchent et que nos yeux ne soient plus séparés que par quelques centimètres. Je n'avais pas de paroles réconfortantes à lui prodiguer. Je ne pouvais rien lui offrir que mes mains auxquelles se raccrocher, et quelque chose d'autre sur lequel se concentrer.

Yvette glissa ses deux mains par-dessus les épaules de Jason et tâtonna en quête des lanières de son gilet. Comme elle s'efforçait maladroitement de les défaire, elle m'effleura la poitrine. Je fis mine de reculer, et Jason se raidit. Je restai où j'étais, mais mon propre pouls battait la chamade, à présent. Moi aussi, j'avais peur d'elle – peur de ce qu'elle était.

Elle dut passer un bras autour de la taille de Jason pour dénouer la dernière lanière, moulant son corps contre le dos du loup-garou. Elle lui lécha l'oreille d'un rapide coup de langue rose pâle. Il ferma les yeux et inclina la tête jusqu'à ce que nos fronts se touchent.

— Tu peux le faire, l'encourageai-je.

Il acquiesça, les paupières toujours closes, le front toujours contre le mien.

Yvette passa ses mains sous son gilet, au niveau des reins, et les fit remonter le long de ses flancs en appuyant légèrement ses ongles sur sa peau. Jason hoqueta, et je comprenai que ça n'était pas seulement de terreur. Il avait couché avec Yvette avant de savoir ce qu'elle était. Elle connaissait son corps, savait l'exciter comme seule une maîtresse en aurait été capable. Et elle allait retourner ce savoir contre lui.

Jason écarta son visage du mien et me jeta un regard de noyé. Yvette rabattit le gilet sur ses épaules et fit remonter sa langue le long de son dos en une ligne humide. Jason détourna la tête pour que je ne puisse pas le voir.

— Ce n'est pas grave que tu y prennes du plaisir, lui assurai-je.

Il reporta son attention sur moi, et dans ses yeux, je lus autre chose que de la peur. La peur m'aurait moins gênée, mais bon, ce n'était pas moi qu'on torturait.

Yvette s'agenouilla derrière lui et fit quelque chose avec sa bouche. Soudain, les genoux de Jason cédèrent sous lui, nous faisant tomber tous les deux. Je me retrouvai allongée sur le dos, sous le loup-garou. J'avais une jambe libre, ce qui était à la fois une bonne et une mauvaise chose, parce que son bas-ventre épousait le mien à la perfection. Je sentais que son corps était content d'être là. Pour son esprit, je n'en étais pas si sûre. Il poussait de petits gémissements sourds.

Je me redressai sur les coudes et me tortillai pour me dégager partiellement, de façon à pouvoir m'asseoir et regarder ce qu'Yvette lui avait fait. Deux petits trous ornaient le creux de ses reins ; le sang perlait sur le cuir bleu de son pantalon sans l'imprégner, comme s'il avait été traité au Scotchgard. Il verrouilla ses bras autour de ma taille.

— Ne me laisse pas, je t'en supplie.

Sa joue était pressée contre mon ventre. La tension de son corps me serrait le cœur.

— Je ne te laisserai pas, Jason, promis-je en regardant Yvette par-dessus sa tête.

Elle était à genoux, sa jupe blanche étalée autour d'elle comme si elle attendait un photographe. Elle eut un sourire qui monta jusqu'à ses yeux, les emplissant d'une lumière à la fois ténébreuse et joyeuse. Elle s'amusait comme une petite folle.

— Vous vous êtes nourrie. C'est terminé.

— Tu sais bien que non. Je l'ai juste goûté.

Qui ne tente rien n'a rien. Mais je savais qu'elle avait raison.

— Dans ce cas, faites-le, et finissons-en.

— Si tu m'avais laissé pourrir, ça aurait été plus rapide. Je veux sa terreur et son plaisir. Il me faut plus de temps pour les obtenir.

Jason émit un petit bruit étranglé, comme un enfant qui pleure dans le noir. Je jetai un coup d'œil à Richard. Il nous observait, et il n'était plus en colère contre moi. Dans ses yeux, je lus une douleur bien réelle. Il aurait préféré que ce soit lui plutôt que Jason. Comme un véritable roi, il aurait enduré la torture pour préserver un de ses fidèles sujets.

Une odeur boisée – terre humide et jeunes pousses vertes – emplit mes narines, si forte qu'elle me serra la gorge. Je regardai Richard et sus ce qu'il suggérait. Nous nous étions disputés au sujet des munin. Il pensait vraiment que je n'avais rien à craindre d'eux, parce que je n'étais pas une métamorphe. Il n'avait pas compris que les marques que nous partagions m'exposeraient à eux tout autant que lui. À présent, la situation nous offrait de nouvelles possibilités.

Il n'était pas question que je canalise Raina – j'espérais bien ne plus jamais avoir à le faire –, mais je pouvais canaliser le pouvoir de la meute. Sa tiédeur, son contact. Ça aiderait beaucoup Jason.

Je fermai les yeux et sentis la marque s'ouvrir tel un rideau à l'intérieur de mon corps. Jason leva la tête et me dévisagea. Ses narines frémirent, humant mon odeur, s'emplissant du pouvoir.

Yvette déchira le gilet dans son dos comme s'il eût été en papier. Jason hoqueta. Elle lui lécha le flanc, et soudain, sa bouche se referma sur les côtes du loup-garou. Je vis les muscles de sa mâchoire se contracter tandis qu'un spasme agitait Jason. Il s'affaissa contre moi, griffant le sol de ses ongles comme s'il ne savait plus quoi faire de ses mains ni du reste de son corps.

Yvette recula, laissant deux trous rouges bien nets derrière elle. Du sang dégoulina des plaies jumelles. Elle se passa la langue sur les lèvres et me sourit.

—Ça fait mal ? demandai-je à Jason.

—Oui et non.

Je voulus l'aider à se redresser, mais Yvette m'en empêcha en lui posant une main sur le dos.

—Non. Je le veux par terre. Je veux le sentir sous moi.

Je perçus une odeur âcre et musquée. Jason essaya de lever les yeux vers moi ; Yvette lui appuya sur l'arrière du crâne pour le forcer à garder la tête dans mon giron.

—Que fais-tu ? interrogea-t-elle en me dévisageant, méfiante.

—Je suis sa lupa. J'ai appelé la meute à son aide.

—La meute ne peut pas l'aider.

—Si.

Je me laissai aller sur le sol et me tortillai pour me glisser de nouveau sous le corps de Jason. Ma petite robe noire finit autour de mes hanches. À présent, tout le monde pouvait mater ma culotte et mes bas. Heureusement qu'ils étaient assortis au reste de ma tenue. Mais je voyais le visage de Jason, et je sentais un peu plus de choses que je l'aurais voulu. Tout ce que je voulais, c'était ses yeux. Tout ce que je voulais, c'était qu'il me regarde.

Je n'avais jamais testé la position du missionnaire avec un homme qui fasse la même taille que moi. Le contact visuel était incroyablement intime. Jason poussa un rire nerveux.

— Si tu savais combien j'ai fantasmé là-dessus…

— Curieusement, moi pas, répliquai-je.

— Oooh, que tu es cruelle.

Soudain, il arqua le dos, et son bas-ventre se pressa contre le mien. Yvette venait de boire une nouvelle gorgée. La peur revint en force, et la panique envahit ses yeux.

— Je suis là, dis-je sur un ton apaisant. Nous sommes là.

Jason ferma les paupières et prit une profonde inspiration. Il se remplit de l'odeur d'humus, de fourrure et d'endroits sombres pleins de corps qui sentaient tous la meute.

Yvette frappa encore. Il hurla, et je me redressai juste assez pour voir que la vampire lui avait détaché un lambeau de chair. Du sang dégoulinait sur sa peau.

Jean-Claude s'approcha du bord du cercle.

— Tu ne te contentes plus de te nourrir : tu le tortures. Arrête-toi immédiatement, ordonna-t-il à Yvette.

— Non. Ma soif n'est pas encore étanchée.

— Alors, bois. Mais fais vite, avant que notre patience atteigne ses limites.

Yvette rampa sur Jason, ajoutant son poids à celui du loup-garou et me clouant au sol. Les surpiqûres de sa braguette s'enfonçaient si fort dans ma chair qu'elles me blessaient. Sa respiration haletante était de plus en plus rapide. Il n'allait pas tarder à hyperventiler.

— Regarde-moi.

Yvette le saisit par les cheveux et lui tira la tête en arrière.

—Non, c'est moi que tu dois regarder, Jason. Parce que je vais te faire mal. Je hanterai tes rêves.

—Pas question, contrai-je.

Le pouvoir enfla en moi, et je le crachai à la figure de la vampire. Du sang coula le long d'une estafilade sur sa joue.

Tout le monde se figea. Yvette porta une main à son visage.

—Comment as-tu fait ça?

—Si je vous disais que je l'ignore, me croiriez-vous?

—Non.

—Alors croyez au moins ceci, salope. Si vous ne vous dépêchez pas d'en finir, je vous découperai en morceaux, crachai-je avec conviction, bien que je ne sois pas certaine de pouvoir répéter ma performance.

Seuls les maîtres vampires peuvent ainsi blesser les gens à distance. Et je n'avais jamais vu Jean-Claude le faire.

Yvette me crut. Elle se pencha en avant, et son sang goutta dans les cheveux blonds de Jason.

—Comme tu voudras, putain. Mais sache une chose: je ne l'hypnotiserai pas. C'est lui qui paiera pour ça, dit-elle en tournant la tête sur le côté pour me montrer sa joue blessée.

—C'est toujours la même chose avec vous, commentai-je sur un ton blasé.

Yvette fronça les sourcils. Visiblement, elle ne s'était pas attendue que je réagisse ainsi. Je pris le visage de Jason à deux mains et le forçai à soutenir mon regard. À présent, je décelais de la stupéfaction sous sa peur, parce qu'il savait que je n'avais encore jamais rien fait de pareil. Mais il pouvait difficilement manifester sa surprise devant les méchants.

Yvette pressa toute la longueur de son corps sur celui de Jason. Je sentis le loup-garou remuer contre moi. Il n'y avait rien entre nous qu'un peu de satin et de cuir. Mon corps réagit, et ce fut mon tour de fermer les yeux pour lui masquer mon trouble.

Tout à coup, l'odeur de la fourrure et la proximité tiède de sa chair me submergèrent. Le munin jaillit en moi tel un geyser. Je levai la tête et embrassai Jason. À l'instant où nos lèvres se touchèrent, le pouvoir s'écoula entre nous. C'était un lien différent, meilleur que celui que j'avais établi avec Nathaniel, et je devinais pourquoi. Nathaniel n'appartenait pas à la meute.

Jason ne me rendit pas mon baiser tout de suite. Au bout de quelques secondes, il s'abîma dans ma bouche, dans la chaleur du pouvoir, et celui-ci crût jusqu'à ce que je le sente balayer mon corps, nos corps, comme le souffle brûlant du sirocco. Il se déversa sur Yvette et lui arracha un cri.

La vampire plongea ses crocs dans le cou de Jason. Le loup-garou hurla dans ma bouche ; son corps se raidit, mais sa douleur fut emportée par la vague de pouvoir. Je sentais les lèvres d'Yvette aspirer l'énergie tel un siphon. Je la poussai vers elle de toutes mes forces et elle vacilla en arrière, ivre d'autre chose que de sang.

Libéré du corps de la vampire, Jason se redressa légèrement et m'embrassa comme s'il voulait se couler dans ma bouche, s'introduire en moi, se réfugier à l'abri de mon corps. Je lui rendis son baiser. J'avais invoqué le munin de Raina, et je ne savais pas comment le renvoyer.

Je sentis le bas-ventre de Jason réagir, le sentis jouir, et cela suffit à me propulser vers la surface pour reprendre le contrôle. Un moment embarrassant à souhait pour me retrouver dans le siège du conducteur.

Jason s'affaissa sur moi. Il haletait, mais pas de frayeur. Je détournai la tête pour ne pas voir les gens rassemblés autour de nous. Yvette gisait sur le flanc, roulée en boule, du sang dégoulinant le long de son menton. Elle le lécha avec difficulté, comme si ce minuscule effort était trop pour elle. Puis elle me dit en français :

—*Je rêve de toi.*

Jean-Claude m'avait déjà fait le coup. je connaissais donc la signification de ces mots. Je m'entendis soupirer :

—Pourquoi les Français savent-ils toujours exactement quoi dire dans des moments comme celui-là ?

Jean-Claude s'agenouilla près de moi.

—C'est génétique, ma petite.

—Ah.

J'eus du mal à soutenir son regard alors que Jason était toujours vautré sur moi. Je lui tapai sur l'épaule.

—Jason.

Le métamorphe ne dit rien, se contentant de rouler sur le côté. Ce qui l'amena plus près d'Yvette que j'aurais souhaité l'être, à sa place.

Soudain, je me rendai compte que ma robe était toujours relevée jusqu'à ma taille. Jean-Claude m'aida à m'asseoir pendant que je me tortillai pour la faire descendre.

Richard nous rejoignit. Je m'attendais à une remarque blessante – Dieu sait que je lui avais largement fourni la matière. Il me surprit en lâchant :

—Raina, disparue mais pas oubliée.

—Sans déconner…

—Je suis désolé, Anita. Quand tu m'en as parlé, je n'ai pas compris que c'était une fusion presque totale. Maintenant, je comprends pourquoi ça t'a fait peur. Il existe des moyens pour empêcher que cela se reproduise. J'étais trop furieux contre toi pour croire que c'était aussi grave. (Une expression de douleur et de confusion mêlées passa sur son visage.) Je m'en excuse.

—Si tu fais en sorte que ça n'arrive plus jamais, j'accepte tes excuses.

Soudain, Padma apparut au-dessus de nous.

— Toi et moi serons les prochains à danser ensemble, Ulfric. Après le spectacle que ta lupa vient de nous offrir, je suis plus impatient que jamais de te goûter.

Richard me jeta un coup d'œil, puis regarda Jason et Yvette qui gisaient toujours immobiles sur le sol, comme s'ils étaient trop épuisés pour remuer fût-ce le petit doigt.

— Je ne crois pas être aussi bon qu'Anita.

— Je pense que tu te sous-estimes, répliqua Padma.

Il tendit la main à Richard, mais celui-ci se releva seul. Les deux hommes faisaient presque la même taille. Ils se regardèrent, et je sentis le pouvoir onduler entre eux tandis qu'ils se testaient.

Je me laissai aller contre la poitrine de Jean-Claude et fermai les yeux.

— Sortez-moi de là avant qu'ils commencent. J'ai besoin de temps pour me remettre. Je ne supporterai pas d'être à côté d'eux quand ils déchaîneront leur pouvoir.

Jean-Claude m'aida à me lever, et voyant que mes jambes ne me portaient pas, il me prit dans ses bras comme si je ne pesais pas plus lourd qu'une plume. Puis il marqua un temps d'arrêt. Peut-être s'attendait-il que je proteste… Je lui passai mes bras autour du cou.

— C'est bon, vous pouvez y aller.

Il m'adressa un sourire enchanteur.

— J'avais envie de faire ça depuis très longtemps.

N'était-ce pas romantique de me laisser porter comme une jeune épousée le soir de ses noces ? Si. Mais quand Jason se redressa en titubant, mon regard se posa sur sa braguette. Une tache humide maculait le cuir bleu. Ça, ce n'était pas romantique du tout.

# CHAPITRE 51

Padma et Richard se faisaient face à une distance prudente. Chacun d'eux agitait son pouvoir sous le nez de l'autre comme un appât au bout d'une ligne, pour voir qui mordrait à l'hameçon le premier. Comme toujours, le pouvoir de Richard était une chaleur électrique. Ce qui m'étonna, ce fut que celui de Padma le soit aussi. Plus que n'importe quel vampire que j'aie jamais rencontré, il possédait un pouvoir tiède – vivant, faute d'un terme plus approprié. Il n'avait pas le scintillement électrique de celui de Richard, mais il dégageait la même chaleur.

Leur pouvoir emplit la pièce comme si l'air lui-même était chargé de leur énergie. Il était partout et nulle part à la fois. Celui de Richard me mordait la peau ; il m'arracha un hoquet auquel Jean-Claude fit écho. Celui de Padma me brûlait comme si je me trouvais trop près d'une flamme nue. Combinés, ils en devenaient presque douloureux.

Rafael se rapprocha de nous. Jean-Claude me tenait toujours dans ses bras ; c'est vous dire à quel point je me sentais mal. Le roi des rats portait un costume bleu marine tout ce qu'il y a de plus ordinaire, une chemise blanche et une cravate discrète. Ses mocassins noirs étaient si bien cirés qu'ils brillaient, mais l'ensemble de sa tenue aurait aussi bien convenu à un rendez-vous d'affaires qu'à un enterrement. Son costume était du genre qu'on ne sort du placard que pour les mariages et les funérailles.

— On dirait qu'ils sont de force égale, commenta-t-il, mais c'est une illusion. (Même s'il parlait doucement, nous étions assez près de Richard et de Padma pour que ceux-ci puissent l'entendre.) Le Maître des Bêtes m'a fait le même coup avant de me pulvériser.

—Il ne t'a pas pulvérisé, protestai-je. Tu as gagné.

—Seulement parce que tu es venue me sauver.

—Non. Tu ne lui as pas donné tes rats. Tu as gagné.

Je touchai l'épaule de Jean-Claude, et il me posa. Je tenais debout. *Youpi*.

—Très impressionnant, Ulfric, le complimenta Padma. Mais voyons jusqu'à quel point tu peux l'être. Merci, Rafael, d'avoir gâché la surprise. Je te rendrai la pareille un jour.

Le gant était jeté, comme on dit. Le pouvoir de Padma se déchaîna à travers la pièce telle une tempête. Je titubai, et seule la main de Jean-Claude m'empêcha de m'écrouler.

Richard poussa un hurlement et tomba à genoux. Nous n'avions été touchés que par le contrecoup du pouvoir de Padma. Richard, lui, se prenait l'impact en pleine face. Je m'attendais que le Maître des Bêtes lui inflige le même traitement qu'à moi quelques jours plus tôt, mais de toute évidence, il avait d'autres plans.

—Transforme-toi pour moi, Richard, susurra-t-il. J'aime ma nourriture poilue.

Richard secoua la tête.

—Jamais, dit-il d'une voix étranglée, comme si on lui arrachait ce mot de la gorge.

—«Jamais», ça peut être très long, insinua Padma.

Je sentis son pouvoir comme des insectes rampant sur ma peau, des fourmis aux mandibules semblables à des tisonniers chauffés au rouge qu'elles me plantaient dans la chair. C'était ce qu'il avait fait à la panthère-garou quand il l'avait punie.

Mais Richard, lui, ne se tordit pas sur le sol comme Elizabeth. Il serra les dents, se releva et fit un pas vacillant vers le vampire.

La brûlure empira ; les morsures se rapprochèrent telle une ligne continue de minuscules flammes. Je poussai un gémissement, et pourtant, Richard demeura debout. Il fit même un pas supplémentaire en direction de son tortionnaire.

Le déferlement de pouvoir s'interrompit de manière si brutale que l'absence de douleur fit tomber Richard à genoux aux pieds de Padma. Sa respiration rauque résonna dans le brusque silence.

— La douleur ne t'amènera pas à moi, constata le Maître des Bêtes, dépité. Pouvons-nous nous dispenser de ces petits jeux, Ulfric ? Puis-je me nourrir maintenant ?

— Faites-le, et qu'on n'en parle plus, cracha Richard.

Padma eut un sourire qui ne me plut guère. Comme s'il était totalement maître de la situation, et que tout se passait comme prévu.

Il contourna Richard et s'agenouilla gracieusement derrière lui. Posant sa main sur le côté de son cou, il lui tourna la tête pour dégager l'endroit où il comptait le mordre. Un de ses bras glissa en travers de la poitrine du loup-garou et le plaqua contre lui tandis que son autre main lui tenait la tête.

Il se pencha sur lui et lui chuchota quelque chose à l'oreille. Un spasme parcourut le corps de Richard, qui tenta de se dégager. Avec une rapidité stupéfiante, Padma passa ses deux bras sous ses aisselles et verrouilla ses doigts derrière sa nuque – un Nelson classique. Lorsque Richard cessa de lutter, il était allongé à plat ventre sur le sol, et Padma le chevauchait. Si ça avait été une épreuve de lutte, il aurait été immobilisé, vaincu. Mais cette fois, aucun arbitre ne viendrait siffler la fin du match.

— Que se passe-t-il ? interrogeai-je, anxieuse.

— J'avais prévenu Richard, soupira Rafael, mais il est si borné…

— Que se passe-t-il ? répétai-je sur un ton aigu.

— Padma appelle la bête de Richard, ma petite, répondit Jean-Claude. Je l'ai déjà vu faire ça.

Le corps de Richard fut agité par un spasme si violent que son front heurta le sol avec un bruit mat. Il roula sur le flanc, mais le vampire resta sur lui et continua à chuchoter.

— Il a réussi à appeler ta bête de cette façon? demandai-je à Rafael.

— Oui.

Je le regardai. Il continua à observer le spectacle, refusant de soutenir mon regard.

— Son pouvoir s'est abattu sur moi comme une vague. Il l'a appelée et l'a drainée. Puis il a recommencé encore et encore, jusqu'à ce que je m'évanouisse. Je me suis réveillé dans l'état où tu m'as trouvé sur le chevalet, pendant qu'on m'écorchait.

Il avait raconté ça d'une voix neutre, comme si c'était arrivé à quelqu'un d'autre.

— Aidez-le, implorai-je en me tournant vers Jean-Claude.

— En pénétrant dans le cercle, je donnerai une excuse à Padma pour me défier. Si nous nous battons en duel, je perdrai.

— Donc, il vous tend un piège.

— Pas seulement. Briser les forts est la plus grande joie de son existence.

Un hurlement animal se déversa de la bouche de Richard.

— Moi, je vais l'aider, décidai-je.

— Comment, ma petite?

— Padma ne peut pas me défier, et il ne peut pas appeler ma bête. Le contact physique renforce la puissance des marques, n'est-ce pas?

— Oui.

Je souris et me dirigeai vers Richard. Jean-Claude ne tenta pas de me retenir. Personne ne le tenta.

Richard avait réussi à se dresser sur ses genoux malgré le vampire toujours collé à lui. Ses yeux étaient ambrés comme ceux d'un loup, et je le sentais au bord de la panique. À cette distance, je percevais sa bête comme une forme monstrueuse affleurant la surface d'un lac noir. Lorsqu'elle émergerait, elle l'emporterait avec elle. Rafael semblait avoir accepté sa défaite, mais Richard ne le pourrait pas. Il se la reprocherait jusqu'à la fin des temps.

—Que fais-tu, humaine? lança Padma en levant les yeux vers moi.

—Je suis sa lupa et le troisième membre de son triumvirat. Je fais mon boulot.

Je pris le visage de Richard dans mes mains, et ce simple contact suffit à raffermir son contrôle sur lui-même. Je sentis son cœur ralentir, les palpitations de son corps s'apaiser et la forme monstrueuse couler vers les profondeurs ténébreuses de son être. Richard tira sur ma marque comme un noyé sur la corde qu'on lui a jetée, l'enroulant autour de lui.

—Non, protesta Padma. Il est à moi.

Je lui souris.

—Non, il est à moi. Que ça vous plaise ou non, il est à moi.

Les yeux de Richard reprirent leur brun normal, et il articula :

—Merci.

Padma se releva si vite que ce fut presque de la magie. Il me saisit le poignet assez fort pour le meurtrir, et je lâchai :

—Vous ne pouvez pas me défier, parce que je ne suis pas un vampire. Vous ne pouvez pas vous nourrir de moi, parce que je ne peux jouer les calices qu'une seule fois ce soir, et que j'ai déjà été celui d'Asher.

Richard gisait sur le sol, en appui sur un de ses avant-bras pour ne pas se vautrer totalement, mais je perçus dans un flash combien il était las et affaibli.

—Tu connais bien nos règles, Anita, concéda Padma. (Il m'attira vers lui.) Tu n'es ni un vampire ni un calice, mais tu restes quand même sa lupa.

—Vous voulez essayer d'appeler ma bête? Vous ne pouvez pas invoquer ce qui n'existe pas.

—J'ai senti ton pouvoir avec le bébé loup-garou. (Il me prit par le menton, leva mon visage vers lui et renifla ma peau comme si j'exhalais un parfum exotique.) Tu sens la meute, Anita. Il y a quelque chose en toi à appeler. Quoi que ce soit, je m'en emparerai.

—Elle ne fait pas partie de notre marché, intervint Jean-Claude.

—Elle a interféré, répliqua Padma. Elle a elle-même décidé de se joindre à cette bacchanale. Ne t'inquiète pas: je ne lui ferai pas de mal. Pas trop.

Il se pencha vers moi et murmura quelques mots en français. Je ne connaissais pas assez bien la langue pour comprendre ce qu'il disait, mais je captai les mots «loup», «pouvoir» et «lune», et je sentis le pouvoir jaillir en moi. C'était trop tôt après Jason. Il était encore tout près de la surface. Padma l'appelait, et je ne savais pas comment l'en empêcher. Il se déversa sur ma peau en une lame de fond brûlante. Mes genoux cédèrent sous moi. Padma me rattrapa comme je m'effondrais contre lui.

Richard me toucha la jambe, mais il était trop tard. Il tenta de raffermir mon contrôle comme je l'avais fait pour lui – sauf que je n'avais pas la moindre parcelle de contrôle à raffermir. Padma appelait, et le munin répondait. Pour la seconde fois en une heure, je canalisais l'esprit de Raina.

Le pouvoir emplit ma peau. Je me redressai, pressant mon corps contre celui du Maître des Bêtes et l'observant à quelques centimètres de distance. Le pouvoir voulait toucher quelqu'un – n'importe qui. Peu lui importait. Mais moi, ça m'importait, et cette fois, j'eus assez de contrôle pour lui refuser ce qu'il exigeait.

—Non.

Je m'écartai de Padma et m'affaissai mollement sur le sol. Il me suivit, caressant mes cheveux et mon visage tandis que je rampais pour m'éloigner de lui.

—Ton pouvoir est de nature sexuelle. Une pulsion d'accouplement, peut-être. Comme c'est intéressant…

—Laissez-la tranquille, Maître des Bêtes, ordonna Jean-Claude.

Padma éclata de rire.

—Que crois-tu qu'il se passerait si je continuais à appeler sa bête ? Crois-tu qu'elle céderait ? Crois-tu qu'elle me baiserait ?

—Nous ne le saurons jamais, affirma Jean-Claude.

—En t'opposant à mon plaisir, tu me lances un défi en bonne et due forme.

—C'est ce que vous souhaitiez depuis le début, non ?

Padma s'esclaffa de nouveau.

—Oui, je penses que tu devrais payer de ta vie la mort du Trembleterre. Mais je ne peux pas te tuer juste pour ça. Le Conseil a voté.

—Par contre, si vous me tuez en duel, personne ne pourra vous le reprocher, c'est bien ça ?

—C'est bien ça.

Je me recroquevillai sur moi-même, tentant de ravaler le pouvoir, mais celui-ci refusait d'aller où que ce soit. Richard se traîna jusqu'à moi et toucha mon bras nu. J'eus un mouvement de recul comme si sa main m'avait brûlée – parce que je le désirais, d'une façon si primitive et si brutale que ça me faisait mal.

—Ne me touche pas, s'il te plaît.

—Comment t'es-tu débarrassée du munin la dernière fois ?

—Le sexe ou la violence. Il disparaît après avoir eu son compte de sexe ou de violence.

*Ou de guérison*, songeai-je. Même si ça avait aussi été du sexe, d'une certaine façon.

Le pouvoir de Padma nous roula dessus comme un tank aux chenilles hérissées de pointes. Nous hurlâmes tous les deux, et Jean-Claude hurla avec nous. Du sang jaillit de sa bouche en un bouillonnement écarlate, et je sus ce que Padma avait fait. Je l'avais senti essayer de me faire la même chose. Il avait propulsé son pouvoir à l'intérieur de Jean-Claude et l'avait ouvert pour faire exploser quelque chose en lui.

Jean-Claude tomba à genoux, sa chemise blanche éclaboussée de rouge. Sans réfléchir, je me relevai pour m'interposer entre Padma et lui. Le pouvoir brûlait le long de ma peau ma colère le nourrissait comme s'il était véritablement une bête.

— Écarte-toi de mon chemin, humaine, ou je te tuerai la première, menaça Padma.

Me tenir si près de lui, c'était comme me retrouver prisonnière d'un mur invisible de feu et de douleur. Il avait affaibli Richard, puis moi ; il avait fait quelque chose à nos marques. Et sans nous, Jean-Claude ne pouvait pas gagner.

Je cessai de combattre l'énergie en moi. Je l'étreignis, l'alimentai, et elle se déversa hors de ma bouche en un rire qui hérissa les poils sur mes bras. Ce n'était pas mon rire. C'était un rire que j'avais cru ne plus jamais entendre de ce côté-ci de l'enfer.

Padma m'empoigna, une main sur chaque bras, et me souleva de terre.

— Je suis autorisé à te tuer si tu interfères avec un duel.

Je l'embrassai, caressai doucement ses lèvres des miennes. Mon geste le surprit tellement qu'il se figea l'espace d'une seconde. Puis il me rendit mon baiser, verrouillant ses bras derrière mon dos alors que mes pieds pendaient toujours dans le vide.

— Même si tu me baises ici et maintenant, dit-il en reculant légèrement sa tête, ça ne le sauvera pas.

De nouveau, ce rire fusa entre mes lèvres, et je sentis les ténèbres emplir mes yeux. Cet endroit froid et blanc où il n'y a que vide et silence s'ouvrit en moi, et Raina s'y engouffra. Je me souvins du contact du cœur de Nathaniel dans mes mains, de l'instant où j'avais compris que je pouvais, que je voulais le tuer davantage que je voulais le guérir. C'était tellement plus facile…

Je passai mes bras autour du cou de Padma et l'embrassai sur la bouche. Puis je plongeai le pouvoir en lui comme une épée. Son corps se raidit. Ses bras s'ouvrirent, mais je m'accrochai à lui pour l'empêcher de se dégager. Son corps était lourd et glissant. Il se débattait contre le pouvoir tel un poisson pris au filet. Je le refermai sur lui comme un étau. Le Maître des Bêtes tomba à genoux et me hurla dans la bouche. Du sang jaillit en un flot tiède, emplissant ma gorge de sa chaleur salée.

Des mains me tirèrent par les épaules et par la taille comme pour m'arracher à Padma. Je m'agrippai à lui, enveloppant sa taille de mes jambes et son cou de mes bras.

— Reculez, ou je lui broie le cœur. Reculez ! Tout de suite

Thomas tomba à genoux près de nous, du sang dégoulinant le long de son menton.

— Si vous le tuez, Gideon et moi mourrons avec lui.

Je ne voulais pas les tuer. Le pouvoir m'échappa, enseveli sous le regret.

— Non, dis-je à voix haute.

Je le nourris de ma colère, de ma révolte. Le munin enfla et me remplit. Je serrai doucement le cœur de Padma, approchai mon visage de son oreille et chuchotai :

— Pourquoi ne luttez-vous pas, Maître des Bêtes ? Où est passé ce pouvoir terrifiant dont vous étiez si fier ?

Il n'y eut pas d'autre réponse que sa respiration laborieuse.

Je serrai un peu plus fort, et il hoqueta.

—Nous pourrions mourir ensemble, gargouilla-t-il.

Je frottai ma joue contre son visage, et son sang nous barbouilla la peau. J'avais toujours su que le sang excitait les lycanthropes, mais jusque-là, je n'avais jamais compris pourquoi. Je n'avais jamais imaginé l'ampleur de la tentation. Ce n'était pas tant sa chaleur que son odeur à la fois douceâtre et métallique, mélangée au parfum de la peur. Padma était si effrayé… Je le sentais, et pas seulement avec mon nez.

Je m'écartai suffisamment pour voir son visage. Celui-ci n'était plus qu'un masque de sang. Une moitié de moi était terrifiée. L'autre moitié voulait le nettoyer à coups de langue, comme un chat qui vide un bol de crème. J'imprimai une légère pression à son cœur et regardai le sang s'écouler plus vite de sa bouche.

Son pouvoir enfla en une vague tiède.

—Je te tuerai avant de mourir, lupa.

Je le tins contre moi et sentis croître son pouvoir affaibli, mais encore suffisant pour mettre sa menace à exécution.

—Êtes-vous toujours un bon Hindou? demandai-je.

Les yeux de Padma s'emplirent de confusion.

—Combien de mauvais karma avez-vous accumulé durant ce tour de roue?

Je lui léchai les lèvres. Je dus coller mon front contre le sien et fermer les paupières pour m'empêcher de faire ce que le munin désirait. Ce que Raina aurait fait si elle avait été à ma place.

—Quelle punition recevriez-vous dans votre prochaine incarnation pour tous les crimes que vous avez commis durant celle-ci? Combien de vies vous faudrait-il pour vous racheter?

De nouveau, je reculai ma tête pour le dévisager. J'avais suffisamment repris le contrôle de moi-même pour ne plus lécher son sang. Je plongeai mon regard dans le sien et sus que j'avais vu juste. Le Maître des Bêtes craignait la mort et ce qui viendrait après.

—Que seriez-vous prêt à faire pour vous sauver, Padma ? Que seriez-vous prêt à donner ? (Je baissai la voix.) Qui seriez-vous prêt à donner ?

—N'importe quoi, souffla-t-il.

—N'importe qui ? insistai-je.

Il me regarda sans répondre.

Jean-Claude s'était rassis, lové dans les bras de Richard.

—Le duel ne se termine qu'à la mort de l'un des adversaires. Nous avons le droit de l'achever.

—Êtes-vous si impatients de mourir ? Le trépas d'un membre du triumvirat entraînera celui des deux autres, nous rappela le Voyageur.

Il se tenait un peu en retrait, comme s'il ne voulait rien avoir à faire avec nous. Nous étions trop violents, trop primitifs – trop mortels.

—C'est à Padma qu'il faut poser à cette question, pas à moi, répliqua Jean-Claude.

—Quel est votre prix ? interrogea le Maître des Bêtes.

—Il n'y aura pas de punition pour la mort d'Oliver. Il a perdu un duel ; c'est aussi simple que ça.

Jean-Claude toussa, et quelques gouttes de sang frais maculèrent ses lèvres.

—Entendu, dit Padma.

—Entendu, renchérit le Voyageur.

—Je n'ai jamais voulu leur mort parce qu'ils avaient tué le Trembleterre, déclara Yvette. Entendu.

—Le Trembleterre avait mérité de mourir, ajouta Asher. Entendu.

Jean-Claude me tendit la main.

—Viens, ma petite. Nous avons notre sauf-conduit.

Je secouai la tête et déposai un chaste baiser sur le front du Maître des Bêtes.

—J'ai promis à Sylvie que tous ceux qui l'avaient violée mourraient.

Un spasme agita le corps de Padma. Une réaction, enfin !

—Tu peux avoir la femme, mais pas mon fils.

—Êtes-vous d'accord avec lui, Voyageur ? Vous êtes le maître de Liv, à présent. Renoncerez-vous à elle si facilement ?

—Tueras-tu Padma si je refuse ?

—J'ai donné ma parole à Sylvie, me contentai-je de répondre.

Et je savais que ça signifierait quelque chose pour eux.

—Dans ce cas, Liv t'appartient. Fais d'elle ce que bon te semblera.

—Maître, protesta la vampire.

—Silence ! aboya le Voyageur.

—Tu vois, Liv ? grimaçai-je. Ce ne sont que des monstres comme les autres.

Je baissai les yeux vers le visage ensanglanté de Padma et regardai la peur emplir ses yeux comme de l'eau qu'on verse dans un verre. Je le regardai observer mon propre visage impassible. Pour la première fois, j'avais envie de tuer. Pas par vengeance, ni pour assurer ma sécurité ou même pour honorer ma parole, mais juste parce que je pouvais le faire. Parce que pour la partie ténébreuse de mon être, ce serait un plaisir de broyer son cœur et de le voir se vider de son sang noir.

J'aurais aimé en attribuer la faute au munin de Raina, mais je n'étais pas certaine que ça venait d'elle. Peut-être cela venait-il de moi. Peut-être cela était-il toujours venu de moi. Ou peut-être cela émanait-il de l'un des garçons. Franchement, je l'ignorais et je m'en foutais. Je laissai cette idée emplir mon visage et mes yeux. Je laissai Padma la voir, et ce qui emplit son visage et ses yeux à lui, ce fut de la peur. Parce qu'il comprenait.

—Je veux Fernando, dis-je tout bas.

—C'est mon fils.

— Quelqu'un doit mourir pour ses crimes, Padma. Je préférerais que ce soit lui, mais si vous refusez de me le donner, je me contenterai de vous.

— Non, intervint Yvette. Nous nous sommes déjà montrés plus que généreux. Nous vous avons laissé tuer un membre du Conseil en toute impunité. Nous vous avons rendu votre traître et notre nouveau jouet. Nous ne vous devons rien d'autre.

Je ne détachai pas mon regard de Padma, mais ce fut au Voyageur que je m'adressai :

— Si vous vous étiez bornés à insulter les vampires de cette ville, tout serait déjà terminé, et vous ne nous devriez rien. Mais nous sommes des lukoi, pas des vampires. Vous avez appelé notre Geri, et elle est venue. Vous avez tenté de la briser, et comme elle ne pliait pas, vous l'avez torturée en sachant pertinemment qu'elle ne vous donnerait pas la meute. Vous l'avez déshonorée pour nulle autre raison que vous pouviez le faire, et que vous ne pensiez pas encourir de représailles. Le Maître des Bêtes a traité nos loups comme de la vermine, des pions dont il pouvait disposer à sa convenance.

Je relâchai son cœur, parce que si je ne l'avais pas fait, le munin l'aurait tué. Puis je propulsai brutalement le pouvoir en lui. Padma hurla, et ses deux serviteurs firent écho à ses cris d'agonie.

Il s'écroula sur le dos. Je le chevauchai, posai mes mains sur sa poitrine et me redressai.

— Nous sommes les Thronos Rokk, le peuple du Trône de Pierre, et nous ne sommes les pions de personne.

Fernando s'agenouilla au bord du cercle.

— Père…

— Sa vie ou la vôtre, Padma, dis-je sur un ton dur. Sa vie ou la vôtre.

Le Maître des Bêtes ferma les yeux et souffla :

— La sienne.

— Père! s'écria Fernando. Tu ne peux pas me donner à elle. À eux.

— Ai-je votre parole d'honneur que nous pourrons le punir comme nous l'entendrons, dusse-t-il en périr? insistai-je.

Padma acquiesça.

— Tu l'as.

Damian, Jason et Rafael entourèrent Fernando. Celui-ci tendit la main vers son père.

— Je suis ton fils, gémit-il.

Padma refusait de le regarder. Même quand je m'écartai de lui, il roula sur le flanc en lui tournant le dos.

J'essuyai d'un revers de main le sang qui maculait mon menton. Le munin s'en allait, s'écoulait hors de moi comme l'eau d'une baignoire dont on a ôté la bonde. Le goût du sang était en moi; il imbibait jusqu'à la moindre fibre de mon être. Je me pliai en deux et vomis. Je peux vous dire que ça n'est pas meilleur à la remontée que ça l'était à la descente.

Jean-Claude m'ouvrit les bras, et je me traînai jusqu'à lui. À l'instant où sa main fraîche toucha la mienne, je me sentis mieux. Pas beaucoup, mais c'était déjà ça. Richard me caressa doucement le visage. Je les laissai m'attirer dans le cercle de leurs bras. Jean-Claude parut ragaillardi par mon seul contact. Il se redressa légèrement.

Jetant un coup d'œil à la ronde, je vis Gideon et Thomas en faire autant avec Padma. Ils saignaient tous les trois abondamment, mais seuls les yeux du Maître des Bêtes étaient toujours hantés par la peur. Je l'avais poussé jusqu'au bord de l'abysse. Je nous y avais poussés tous les deux. J'avais été élevée dans la foi catholique, et je n'étais pas certaine qu'il y ait assez de «Je vous salue Marie» dans le monde entier pour effacer ce qui m'arrivait depuis quelque temps.

# CHAPITRE 52

Fernando tenta de résister, mais nous étions trop nombreux. Les autres l'attachèrent avec des chaînes d'argent et le bâillonnèrent pour mettre un terme à ses incessantes supplications. Il n'arrivait toujours pas à croire que son père l'ait trahi.

Liv ne lutta pas. Elle semblait presque résignée à son sort. Ce qui la surprit le plus fut le fait que je ne les tuai pas sur place. J'avais d'autres plans pour eux. Fernando et elle avaient insulté la meute ; ils seraient punis par la meute. Chez les métamorphes, le châtiment est un sport collectif. Peut-être même inviterions-nous les rats-garous pour un festin multiracial.

Lorsqu'on les emmena, la pièce s'emplit d'un silence si profond et si béant qu'il résonna à nos oreilles comme un grondement de tonnerre. Yvette s'avança dans ce silence – souriante et gracieuse, auréolée de la fraîcheur et de la beauté que lui avaient conférées le sang de Jason et notre pouvoir combiné.

— Jean-Claude doit toujours répondre de ses agissements criminels, lança-t-elle.

— De quoi parles-tu ? interrogea le Voyageur.

— Mon maître, Mort d'Amour, l'accuse d'avoir tenté d'établir un autre Conseil dans ce pays, lui rappela Yvette. Une organisation qui déroberait notre pouvoir et ferait de nous de pathétiques marionnettes.

Le Voyageur eut un geste insouciant.

—Jean-Claude est coupable de beaucoup de choses, mais celle-ci ne fait pas partie de la liste.

Le sourire d'Yvette s'élargit, et je devinai que ce qu'elle s'apprêtait à dire n'allait pas me plaire.

—Qu'en penses-tu, Padma? Si Jean-Claude est un traître, nous pouvons l'exécuter. Nous le pouvons et nous le devons. Il servira d'exemple à tous ceux qui envisageraient d'usurper l'autorité du Conseil.

Padma était toujours à terre, blotti dans les bras de ses deux serviteurs. Visiblement, il avait du mal à se remettre de notre petite confrontation. Il regarda notre trio. Nous aussi, nous étions encore pelotonnés sur le sol. Aucun de nous six ne serait en état de danser cette nuit. Le regard du Maître des Bêtes en disait long. Je l'avais humilié, effrayé et forcé à nous remettre son fils. Il eut un sourire hideux.

—Si Jean-Claude est un traître, il doit être puni.

—Padma, soupira le Voyageur, tu sais bien que c'est faux.

—Je n'ai pas dit que Jean-Claude était un traître. J'ai juste dit que s'il l'est, il doit être puni. Vous ne pouvez pas le nier.

—Mais il ne l'est pas.

—J'utilise la procuration donnée par mon maître pour réclamer un vote, susurra Yvette. Je pense déjà savoir dans quel camp se porteront trois de nos voix.

Asher s'approcha de nous.

—Jean-Claude n'est pas un traître, Yvette. Prétendre le contraire serait un mensonge.

—Les mensonges sont choses très intéressantes. Ne trouves-tu pas, Harry?

Yvette tendit la main, et comme en réponse à un signal, Harry le barman la rejoignit. Je croyais que plus rien ne pourrait me surprendre ce soir-là. Apparemment, je m'étais trompée.

—Je vois que tu le connais, gloussa Yvette.

— La police te cherche, Harry, lui lançai-je.

— Je sais.

Il eut du mal à soutenir mon regard. Cela ne me réconforta pas beaucoup, mais quand même.

— Je savais déjà qu'Harry appartenait à ta lignée, déclara Jean-Claude, et je constate qu'il t'appartient tout court.

— En effet.

— Qu'est-ce que ça signifie, Yvette ? interrogea sévèrement le Voyageur.

— Harry a fait passer des informations aux fanatiques pour qu'ils puissent tuer des monstres, répondis-je.

— Mais pourquoi ?

— C'est justement ce que je comptais lui demander.

— Comme beaucoup d'anciens, mon maître redoute le changement, révéla Yvette. Or, nous accorder un statut légal est le changement le plus radical qui nous ait jamais menacés. Il veut que cela s'arrête.

— Comme Oliver, murmurai-je.

— Exactement, acquiesça-t-elle.

— Mais tous ces meurtres de vampires n'ont pas remis leur statut légal en question, objectai-je. Au contraire, ils ont fait le jeu du lobby pro-vampirique.

Yvette grimaça.

— Mais maintenant, nous allons pouvoir nous venger. Ce sera si atroce et si sanglant que tous les humains sans exception se retourneront contre nous.

— Tu ne peux pas faire ça, protesta le Voyageur.

— Padma m'a donné la clé. Le Maître de la Ville est faible, et son lien avec ses serviteurs l'est plus encore. Si quelqu'un le défiait à présent, il n'aurait pas de mal à le tuer.

— Tu pourrais défier Jean-Claude, mais jamais tu ne pourrais lui succéder, Yvette. Ton pouvoir n'est même pas suffisant pour faire de toi un maître vampire. C'est celui de Mort d'Amour qui t'a donné des idées de grandeur.

—Il est vrai que je ne serai jamais un maître, mais il en est un parmi nous qui déteste Jean-Claude et sa servante. Asher? appela Yvette comme si elle avait tout planifié depuis le début.

Asher la regarda d'un air étonné. Quoi qu'elle ait manigancé, il n'était pas au courant. Il baissa les yeux vers Jean-Claude.

—Tu voudrais que je le tue pendant qu'il est trop faible pour se défendre?

—Oui, acquiesça Yvette sur un ton avide.

—Non, refusa Asher tout net. Je ne veux pas prendre la place de Jean-Claude, pas comme ça. Le battre à la loyale, ce serait une chose. Ça… ce serait de la traîtrise.

—Je croyais que tu le haïssais.

—En effet, mais l'honneur n'est pas un vain mot pour moi.

—Sous-entendrais-tu qu'il l'est pour moi? (Yvette haussa les épaules.) Tu as raison. Si je pouvais prendre la place de Jean-Claude, je le ferais. Mais dussé-je vivre un millénaire de plus que je ne serai jamais un maître. Néanmoins, ce n'est pas ton honneur qui t'arrête. C'est elle. (Elle tendit un doigt accusateur vers moi.) Tu dois vraiment être une grande magicienne pour réussir à ensorceler tous les vampires et tous les métamorphes qui t'approchent, Anita.

—Vous m'avez approchée, et on ne peut pas dire que vous soyez sous le charme, fis-je remarquer.

—J'ai des goûts trop exotiques pour que tu puisses les satisfaire, réanimatrice.

—Si Asher refuse de s'emparer de cette ville, vous ne pourrez pas contrôler ses vampires. Vous ne pourrez pas les forcer à massacrer la population humaine.

—Je ne comptais pas uniquement sur la haine d'Asher pour faire fonctionner notre plan, me détrompa Yvette. Il aurait été utile de contrôler les vampires de Saint Louis, mais ce n'est pas indispensable. Le carnage a déjà commencé.

Nous l'observâmes tous en silence, chacun de nous se posant la même question. Ce fut moi qui la formulai à voix haute :

— Qu'est-ce que ça signifie ?

— Dis-leur, Warrick, ordonna Yvette.

Le grand vampire secoua la tête. Elle soupira.

— Très bien, je vais m'en charger moi-même. Avant que je le rencontre, Warrick était un guerrier saint, capable d'invoquer le feu de Dieu. N'est-ce pas, Warrick ?

Son serviteur baissa la tête pour ne pas affronter nos regards. Il resta immobile, silhouette massive d'un blanc étincelant, avec la mine contrite d'un petit garçon qui s'est fait prendre la main dans la boîte à biscuits.

— C'est vous qui avez allumé les incendies de La Nouvelle-Orléans, de San Francisco et d'ici, comprenai-je. Pourquoi n'avez-vous rien fait à Boston ?

— Je vous ai expliqué que plus je passais de temps loin de mon maître, plus mes pouvoirs grandissaient. À Boston, j'étais encore trop faible. Ce n'est qu'à La Nouvelle-Orléans que j'ai senti la grâce de Dieu me revenir pour la première fois depuis près d'un millénaire. Au début, je me suis laissé enivrer. J'ai honte d'avoir brûlé un bâtiment. Je ne voulais pas le faire, mais c'était si bon, si pur…

Yvette prit le relais.

— Je l'ai surpris en pleine action, et je lui ai ordonné de recommencer dans d'autres endroits – partout où nous passions. Je lui ai ordonné de tuer des gens, mais même la torture n'a pu l'y contraindre.

Alors, Warrick leva les yeux.

— Je me suis assuré que personne ne soit blessé.

— Vous êtes un pyrokinétique, lâchai-je.

Il se rembrunit.

—J'ai reçu un don de Dieu, corrigea-t-il. C'était le premier signe que j'avais retrouvé ses faveurs. Avant, je crois que je craignais le Saint Feu. Je craignais qu'il me détruise. Mais à présent, je n'ai plus peur. Yvette souhaiterait que j'utilise le don de Dieu à des fins maléfiques. Ce soir, elle voulait que je brûle votre stade et tous ses occupants.

—Warrick, qu'avez-vous fait? m'exclamai-je, horrifiée.

—Rien, souffla-t-il.

Yvette l'entendit. Soudain, elle se retrouva à côté de lui, ses jupes blanches ondulant autour de ses mollets. Elle lui saisit le menton et le força à la regarder.

—L'intérêt d'incendier les autres bâtiments était de laisser une piste qui conduirait au sacrifice de ce soir. Une offrande brûlée pour notre maître. Tu as mis le feu au stade comme prévu?

Warrick secoua la tête. Ses yeux bleus étaient écarquillés, mais pas effrayés.

Yvette le gifla assez fort pour lui imprimer la trace de sa main sur la joue.

—Sale grenouille de bénitier, siffla-t-elle. Tu réponds de tes actes devant le même maître que moi. Pour ta punition, je vais faire pourrir la chair sur tes os.

Warrick se tenait très droit. On voyait qu'il se préparait à endurer les tourments à venir. Enveloppé d'une blancheur étincelante, il ressemblait plus que jamais à un guerrier saint. La sérénité de son expression faisait plaisir à voir.

Le pouvoir d'Yvette jaillit vers lui, et je sentis son contrecoup comme un léger courant d'air. Mais Warrick demeura immobile et intact. Furieuse, la vampire pivota vers nous.

—Lequel d'entre vous l'aide? Lequel d'entre vous le protège contre mes pouvoirs?

Je comprenai ce qui se passait.

—Personne ne l'aide, Yvette. Warrick est un maître vampire, et vous ne pouvez plus lui faire de mal.

— De quoi parles-tu ? Il est à moi. Il m'appartient. Je peux faire de lui ce que bon me semble.

— Plus maintenant.

Warrick eut un sourire béat.

— Dieu m'a libéré de vous, Yvette. Il m'a enfin pardonné ma déchéance – le désir pour votre chair blanche qui m'avait précipité en enfer. Désormais, je suis libre. Libre de vous.

— Non, hurla-t-elle. Non !

— Il semble que notre frère du Conseil ait limité les pouvoirs de Warrick, commenta le Voyageur. Tout comme il accroissait les tiens.

— C'est impossible, ragea-t-elle. Nous réduirons cette ville en cendres et nous le revendiquerons. Nous leur montrerons que nous sommes des monstres !

— Non, Yvette, contra Warrick. C'est fini.

— Je n'ai pas besoin de toi pour le faire. Je trouverai bien un journaliste à étreindre. Je pourrirai sur lui devant les caméras. Je ne décevrai pas notre maître. Je serai le monstre qu'il veut que nous soyons. Le monstre que nous sommes tous dans le fond. (Elle tendit une main à Harry.) Viens, allons trouver des victimes sur la place publique.

— Nous ne pouvons t'y autoriser, contra le Voyageur.

— En effet, acquiesça Padma. (Il se releva avec l'aide de Thomas et de Gideon.) Nous ne pouvons t'y autoriser.

— Non, renchérit Warrick, nous ne pouvons l'autoriser à tenter quiconque d'autre. Ça suffit.

— Non, ça ne suffit pas. Ça ne suffira jamais, tempêta Yvette. Je trouverai quelqu'un pour te remplacer à mes côtés, Warrick. Je transformerai un autre benêt qui me servira jusqu'à la fin des temps.

Le grand vampire secoua lentement la tête.

— Je ne vous laisserai pas voler l'âme d'un autre homme. Je ne condamnerai pas un autre malheureux à l'enfer de votre étreinte.

—Je croyais que c'était l'enfer tout court que tu redoutais, siffla Yvette. Pendant des siècles, tu t'es lamenté à l'idée de rôtir dans une fosse. (Elle fit la moue.) Pendant des siècles, je t'ai écouté déblatérer à propos de ta pureté enfuie et de la punition qui sanctionnerait ta déchéance.

—Je ne crains plus ma punition, Yvette.

—Parce que tu crois avoir été pardonné.

Warrick secoua la tête.

—Dieu seul sait s'il m'a vraiment pardonné, mais si ce n'est pas le cas et qu'il décide de me punir, je l'aurai mérité. Nous l'avons tous mérité. Je ne vous autoriserai pas à me remplacer.

Yvette lui tourna autour en caressant sa tunique blanche. Je la perdis de vue quand elle passa derrière son large dos, et lorsqu'elle réapparut de l'autre côté de lui, elle était en train de pourrir. Telles d'obscènes limaces, ses doigts laissaient sur les vêtements de Warrick des traînées verdâtres et visqueuses. Elle lui éclata de rire au nez. Son visage était couvert de plaies purulentes.

—Que lui arrive-t-il ? chuchota Richard, choqué.

—Rien du tout. Elle le fait exprès.

—Tu rentreras en France avec moi, gloussa Yvette. Tu continueras à me servir bien que tu sois un maître désormais. Si quelqu'un est capable de consentir un tel sacrifice, c'est bien toi, Warrick.

—Non. Si j'étais vraiment digne de la grâce de Dieu, peut-être le ferais-je, mais je ne suis pas si fort que ça.

La vampire passa ses bras décomposés autour de la taille de Warrick et leva la tête vers lui en souriant. Son corps se putréfiait, imbibant sa robe blanche de fluides sombres. Ses cheveux blond platine se desséchaient sous nos yeux, se changeant en paille cassante.

—Alors, embrasse-moi une dernière fois. Je dois te trouver un remplaçant avant l'aube.

Warrick l'enlaça et la serra contre lui.

—Non, Yvette, non. (Il la regarda, et une expression presque tendre passa sur son visage.) Pardonnez-moi.

Il tendit ses mains devant lui. Un feu bleu jaillit de ses doigts – une couleur étrange, plus pâle encore que celle du gaz de ville.

Yvette se tordit le cou pour regarder par-dessus son épaule et sursauta.

—Tu n'oserais pas!

Warrick referma ses bras sur elle. Sa robe s'enflamma la première.

—Ne sois pas stupide, Warrick! s'époumona-t-elle. Lâche-moi!

Le colosse tint bon, et lorsque le feu atteignit sa chair, Yvette s'embrasa comme si elle avait été imbibée de kérosène. Des flammes spectrales l'enveloppèrent. Elle hurla et se débattit, mais Warrick la plaquait contre sa poitrine. Elle ne pouvait même pas éteindre les flammes avec ses mains.

Le feu nimbait Warrick d'une aura bleue, et pourtant, il ne brûlait pas. Avec sa silhouette blanche et blonde enveloppée de flammes, il ressemblait à un saint. Une vision sacrée, à la fois merveilleuse et terrible. Il demeura immobile, irradiant la pureté, tandis qu'Yvette commençait à noircir et à se calciner dans ses bras. Il nous sourit.

—Dieu ne m'a pas rejeté. Seule ma peur m'a rendu esclave d'elle pendant toutes ces années.

Yvette se débattit dans son étreinte et tenta de se dégager, mais il la serrait trop fort. Il tomba à genoux, inclinant la tête alors qu'elle luttait contre lui. Elle se consumait; de gros lambeaux de chair se détachaient de ses os, et elle continuait à hurler. Une odeur de cheveux brûlés et de chair carbonisée emplissait la pièce, mais il n'y avait pas de fumée : juste une chaleur qui augmentait petit à petit, nous forçant tous à reculer. Enfin, Yvette cessa de remuer et se tut.

Je crois que Warrick avait prié pendant qu'elle flambait, se débattait et hurlait. Avec un rugissement, les flammes bleues montèrent presque jusqu'au plafond, puis changèrent de couleur. Elles devinrent jaune orangé, la couleur des flammes ordinaires. Alors, je me souvins du récit de Pete, et de la façon dont le ver luisant avait fini par flamber.

— Warrick, lâchez-la, ou vous brûlerez avec elle.

Sa voix résonna une dernière fois.

— Je ne crains pas l'étreinte de Dieu. Il exige un sacrifice, mais il est miséricordieux.

À aucun moment il ne cria. Le feu commença à le ronger, et pourtant, il ne laissa pas échapper le moindre son. Ce fut une autre voix que la sienne qui emplit son silence : un gémissement aigu, incohérent, pitoyable et désespéré. Yvette était toujours en vie.

Quelqu'un songea à demander s'il y avait un extincteur quelque part.

— Non, il n'y en a pas, répondit Jason.

Je l'observai depuis l'autre côté de la pièce. Il soutint mon regard, et je sus que non seulement il mentait, mais qu'il connaissait l'emplacement de l'extincteur. Tout comme Jean-Claude, dont la main était inerte dans la mienne. Et tout comme moi.

Aucun de nous ne se précipita pour aller le chercher. Nous la laissâmes brûler – nous les laissâmes brûler tous les deux. J'aurais sauvé Warrick si j'avais pu, mais Yvette… Brûle, chérie, brûle.

# CHAPITRE 53

Les membres du Conseil rentrèrent chez eux. Deux d'entre eux nous avaient donné leur parole qu'on ne nous ennuierait plus. Je n'étais pas sûre de leur faire confiance, mais c'était le mieux que nous ayons pu leur soutirer.

Richard et moi nous réunissons régulièrement avec Jean-Claude pour apprendre à contrôler nos marques. Je n'arrive toujours pas à contrôler le munin, mais j'y travaille, et Richard m'aide. Nous nous efforçons de ne pas trop nous chamailler. Il est reparti pour finir sa thèse en biologie surnaturelle, et il ne reviendra pas avant la fin de l'été. Du coup, nous avons dû interrompre nos séances : il serait difficile de travailler efficacement par-delà une telle distance.

Avant de s'en aller, il a cherché au sein de la meute des candidates potentielles au poste de lupa. Je ne sais pas comment réagir. Ce n'est pas lui qui me manquera le plus – c'est le contact avec les lukoi. On peut toujours trouver un nouveau petit ami, mais une famille – surtout une famille aussi étrange que celle-là… C'est rare.

Tous les léopards-garous se sont ralliés à mon étendard, y compris Elizabeth. Surprise, surprise. Ils m'appellent leur Nimir-Ra, ce qui signifie « reine léopard ». Toi Tarzan, moi Jane…

J'ai donné Fernando et Liv à Sylvie. Il ne reste d'eux que quelques morceaux qu'elle garde en souvenir.

Nathaniel a voulu emménager avec moi. Je lui ai dégoté un appartement dont je paie le loyer. Sans quelqu'un pour gérer sa vie, il serait paumé. Zane, qui s'est remis de ses blessures, dit qu'il a besoin d'un maître ou d'une maîtresse – qu'il est ce que les sadomaso appellent un familier. C'est un statut inférieur à celui d'esclave, un terme qui désigne une personne incapable de fonctionner seule. Je n'avais encore jamais entendu parler d'une chose pareille, mais ça semble vrai, du moins pour Nathaniel. Non, je ne sais pas ce que je vais faire de lui.

Stephen et Vivian sortent ensemble. Franchement, je commençais à croire que Stephen préférait les garçons. C'est vous dire si je suis perspicace.

Asher est resté à Saint Louis. Aussi bizarre que cela puisse paraître, ici, il est entouré d'amis. Jean-Claude et lui parlent souvent de choses qu'ils ont vécues, et que j'ai seulement lues dans des bouquins ou vues dans des films. Je lui ai suggéré de consulter un chirurgien esthétique. Il m'a informée que ses brûlures ne pouvaient pas être soignées, parce qu'elles avaient été provoquées par un objet saint. Je lui ai dit que ça ne coûtait rien de se renseigner. Quand il s'est fait à l'idée choquante que la technologie moderne pouvait accomplir des miracles dont son propre corps était incapable, il a suivi mon conseil. Les docteurs sont optimistes.

Jean-Claude et moi avons baptisé la baignoire de ma nouvelle maison. Imaginez des bougies blanches allumées dans toute la pièce, leur lumière se reflétant sur sa poitrine nue, et les pétales de deux douzaines de roses rouges flottant à la surface de l'eau. Tel est le spectacle qui m'a accueillie une nuit, alors que je rentrais chez moi vers 3 heures du matin. Nous avons batifolé jusqu'à l'aube, puis je l'ai bordé dans mon lit. Je suis restée allongée à ses côtés jusqu'à ce que toute chaleur déserte son corps et que mes nerfs me lâchent.

Richard a raison. Je ne peux pas m'abandonner complètement à Jean-Claude. Je ne peux pas le laisser se nourrir. Je ne peux pas vraiment partager son lit. Aussi séduisant soit-il, il reste un mort-vivant. Je continue à esquiver tout ce qui me le rappelle un peu trop. Il détient certainement les clés de ma libido, mais celles de mon cœur… Un cadavre ambulant peut-il détenir les clés de mon cœur ? Non. Oui. Peut-être. Comment diable le saurais-je ?

# BRAGELONNE – MILADY,
## C'EST AUSSI LE CLUB :

Pour recevoir la lettre de Bragelonne – Milady annonçant nos parutions et participer à des rencontres exclusives avec les auteurs et les illustrateurs, rien de plus facile !

Faites-nous parvenir vos noms et coordonnées complètes, ainsi que votre date de naissance, à l'adresse suivante :

**Bragelonne
35, rue de la Bienfaisance
75008 Paris**

**club@bragelonne.fr**

Venez aussi visiter nos sites Internet :
**http://www.milady.fr
http://www.bragelonne.fr**

Vous y trouverez toutes les nouveautés, les couvertures, les biographies des auteurs et des illustrateurs, et même des textes inédits, des interviews, des liens vers d'autres sites de Fantasy et de SF, un forum et bien d'autres surprises !

Achevé d'imprimer en juin 2009
Par CPI Brodard & Taupin - La Flèche (France)
N° d'impression : 52396
Dépôt légal : juin 2009
Imprimé en France
81120145-1